A STOLEN YEAR

CeCe Malone

Inhaltswarnung

Liebe Lesende,

die folgende Geschichte ist alles andere als rosarot. Es werden Dinge thematisiert, die für einige Menschen verstörend, schwer verdaulich oder sogar schwer zu bewältigen sein können. Bitte gehe sorgsam mit dir und deiner Seele um. Damit du besser einschätzen kannst, ob die Geschichte zu dir, deinen Bedürfnissen und Grenzen passt, findest du hinten im Buch eine Inhaltswarnung. Achtung: Diese enthält Spoiler für das gesamte Buch.

Ich wünsche dir viel Freude mit der Geschichte und hoffe, Liv und Caleb werden dich genauso verzaubern wie mich.

CeCe MALONE

A STOLEN YEAR

FEAR & DESIRE

1. Auflage
© 2025, CeCe Malone

Lektorat & Korrektorat: Tabea Rittinghaus
Coverdesign: Sarah Scheumer
Buchsatz: Marie Döling

Verlag: BoD · Books on Demand GmbH, Überseering 33,
22297 Hamburg, bod@bod.de
Druck: Libri Plureos GmbH, Friedensallee 273, 22763 Hamburg
ISBN: 978-3-7597-9538-0

Bibliografische Information der Deutschen Nationalbibliothek: Die Deutsche Nationalbibliothek verzeichnet diese Publikation in der Deutschen Nationalbibliografie; detaillierte bibliografische Daten sind im Internet über http://dnb.dnb.de abrufbar.

FÜR MAMA,

weil du es leider nicht mehr geschafft hast.
Ich weiß, dass du die Geschichte geliebt hättest.

KAPITEL 1

MEIN TOP WAR bereits schweißnass, meine Beine zitterten, und ich drehte die gefühlt zwanzigste Pirouette zu La Bayadère, als plötzlich die Tür zum Studio aufging.

»Da ist aber heute jemand sehr ambitioniert. Wärst du doch auch im Unterricht wieder so präsent.« Maria zwinkerte mir zu und stellte ihren Korb mit einem lauten Geräusch auf der Theke ab.

Keuchend ließ ich mich auf den Boden sinken und spürte, wie die Erschöpfung sich in jeder einzelnen meiner Zellen ausbreitete. Mein Körper bebte, aber das Gedankenkarussell schien für den Moment verstummt – genau das, was ich gebraucht hatte. Seufzend legte ich den Kopf in den Nacken und blickte zu Maria auf, die mich beinahe mitleidig ansah. Ich stieß ein angestrengtes Stöhnen aus, als sie mir ein frisches Handtuch zuwarf, das ich gerade noch so fing, bevor ich mir den Schweiß aus dem Gesicht wischte.

»Du weißt, dass ich gerade viel zu tun habe. Ich wäre am liebsten jeden Tag hier und ich vermisse es, die Mädchen zu trainieren.« Schwungvoll stand ich auf und bewegte mich auf die Theke zu. Maria hatte die Musik bereits ausgeschaltet und hielt mir eine Flasche Wasser hin.

»Ich weiß, aber du fehlst uns hier. Wer hätte denn gedacht, dass die Jobsuche dich mehr einspannt als das Studium.«

Ich ließ mich zu einem milden Lächeln herab und dachte darüber nach, wie Unrecht sie doch hatte. Meine Jobsuche war nicht zeitaufwendiger als das Studium, jedoch frustrierte sie mich bis ins Unermessliche. Ich war müde von all den Mühen, die ich mir gab und den Absagen, die ich erhielt. Ich war voller Sorge um Mom, und wie wir in Zukunft die immer teurer werdende Behandlung finanziell abfangen können, war ungewiss.

Aber all das erzählte ich Maria nicht, denn ich wollte um jeden Preis verhindern, dass sie sich um mich sorgte. Sie hatte mit dem Studio und damit, einen Ersatz für mich zu finden, genug zu tun. Vor fünf Jahren hatte sie mir die Möglichkeit gegeben, mein Training weiterzuführen, als ich für mein Studium nach Boston gezogen war. Mit dem kleinen Studio hatte Maria sich vor mehr als dreißig Jahren einen Lebenstraum erfüllt. Seitdem sie selbst nicht mehr aktiv tanzte, unterrichtete sie nur noch Ballett für Mädchen zwischen acht und sechzehn Jahren. Als ich in ihrem Studio angefragt hatte, ob ich mich für den Ballettunterricht anmelden könne, lehnte sie ab, machte mir jedoch ein Angebot. Sie ließ mich vortanzen und bot mir einen Job als Tanzlehrerin an, den ich dankend annahm. Dafür konnte ich die letzten Jahre kostenlos und so oft ich wollte in diesem Studio trainieren. Außerdem hatte ich von Maria – einer erfolgreichen Tänzerin – noch sehr viel lernen dürfen. Ich würde dieser Frau auf ewig dankbar sein, weshalb es mich umso mehr schmerzte, dass ich sie nun nicht mehr unterstützen konnte.

»Hast du schon jemanden gefunden?«, fragte ich sie, um vom Thema meiner Bewerbungsbemühungen abzulenken.

»Morgen stellt sich eine Studentin vor, wir hoffen, sie kann dir das Wasser reichen«, erwiderte sie wehmütig, während sie eines der Handtücher aus dem Korb griff, um es zu falten. Ein trauriges Lächeln machte sich auf meinem Gesicht breit und ich spürte, dass es wohl besser sei, jetzt zu gehen.

Ich schulterte meine Tasche und atmete gegen das schwere Gefühl in meiner Brust an, bevor ich mich noch einmal zu Maria umdrehte. »Ich muss jetzt los, aber ich drücke euch die Daumen, dass die Studentin hier bald eine gute und zuverlässige Unterstützung ist.«

Sie nickte und nahm einen tiefen Atemzug. »Livia, du weißt, dass du immer zum Training herkommen darfst, ganz gleich, was wir damals vereinbart haben. Ich freue mich, dich in ein paar Tagen wiederzusehen.«

Gespielt empört drehte ich mich zu ihr um. »Du weißt, dass du mich nicht so nennen sollst. Aber danke, ich werde darauf zurückkommen.« Ich hasste es, wenn Menschen meinen vollen Namen benutzten, aber eigentlich wollte ich mit meiner Reaktion nur meine unendliche Traurigkeit überspielen. Denn ich würde nicht hier und jetzt vor Maria in Tränen ausbrechen.

Auf dem Weg zur U-Bahn kramte ich mein Handy aus der Tasche und starrte auf das Display, wobei ich prompt einen Mann anrempelte, der den Inhalt seines Kaffeebechers auf dem Gehweg verschüttete. Ich biss die Zähne fest aufeinander, als ich ihn laut fluchen hörte. Doch ich war zu sehr in Eile, als dass es mir möglich gewesen wäre, zurückzugehen, um aufrichtig um Entschuldigung zu bitten – wieder ein Minuspunkt auf dem Karma-Konto. Ich entsperrte den Bildschirm meines Smartphones: Drei verpasste Anrufe von Mom, fünf Nachrichten und eine E-Mail.

Mom: Livi, wie war das Vorstellungsgespräch? Melde dich. Ich hab dich lieb.

Und eine zweite Nachricht:

Mom: Ach, und Grandpa fragt, wann wir dich das nächste Mal zu Gesicht bekommen? Und ich würde es auch sehr begrüßen, meine Tochter mal wieder in die Arme zu schließen. Schau doch mal, wann es dir passt.

Ich drückte das Handy an meine Brust und atmete tief ein. Dieses schwere Gefühl, das sich jedes Mal bemerkbar machte, wenn Mom sich meldete, überkam mich noch viel heftiger als soeben im Studio. Ich war mir nicht sicher, was mich in diesem Moment mehr belastete; die Sorge, sie wieder einmal bezüglich meiner Bewerbungen enttäuschen zu müssen, oder ihre gesundheitliche Situation, die wie ein Damoklesschwert über uns schwebte.

Morgen rufe ich sie zurück und erzähle ihr von dem wenig erfolgreichen Vorstellungsgespräch, versuchte eine leise Stimme in mir, mich selbst zu besänftigen. Also beschloss ich, ihr eine kurze Nachricht zu schreiben.

Liv: Hey, Mom, es geht mir gut. Ich bin heute Abend mit Rylee und Piper unterwegs. Mach dir keine Sorgen. Ich melde mich morgen. Hab dich lieb.

Ich checkte die übrigen Nachrichten.

Rylee: Liv, kommst du nochmal nach Hause? Gehen wir zusammen ins Cube? Ich bin noch bis 19 Uhr im Laden. Ich warte auf deinen Bericht.

Piper: Es tut mir leid, ich schaffe es nicht pünktlich um 20 Uhr. Ich weiß genau, dass du jetzt die Augen verdrehst, aber ich habe, wie immer, gute Gründe …
Piper: Ich werde Connor mitbringen. Ich hoffe, das ist in Ordnung. Bis später.

Mein Blick fiel auf die aufleuchtende E-Mail, und ein Hoffnungs-schimmer flackerte in mir auf, der aber abrupt erlosch, als ich die erste Zeile las. Shit, schon wieder eine Absage. Hätte ich die Nachricht doch einfach nicht geöffnet, um den Tag nicht noch schlimmer zu machen. Von der Leichtigkeit, die ich nach dem Tanzen gespürt hatte, war längst nichts mehr übrig.

Sehr geehrte Ms. Hayes,

wir bedauern sehr, Ihnen mitteilen zu müssen, dass Sie aufgrund der mangelnden Berufserfahrung nicht für die ausgeschriebene Stelle infrage kommen und wir Ihre Bewerbung im weiteren Bewer-bungsverfahren leider nicht berücksichtigen können.

Das war dann Absage Nummer vierzehn. Ich schnaubte vor Ent-täuschung und schmiss das Handy achtlos in meine Tasche. Vier-zehn Absagen, wovon sechs mich immerhin zum Vorstellungsge-spräch eingeladen hatten, aber acht mir nicht mal die Chance ge-geben hatten, vorzusprechen, immer mit derselben Begründung: keine Berufserfahrung. Das war doch Irrsinn, da hatte man einen Master in International Management von der Harvard Business School und fand keinen Job, weil einem die Berufserfahrung fehlte. Irgendwann muss doch jeder mal irgendwo angefangen haben.

Ich schob die destruktiven Gedanken beiseite und versuchte mich wieder an einem positiven Mindset. Zu meinem Leidwesen musste ich allerdings schnell einsehen, dass dies vermutlich heute erst nach zwei Gläsern Rotwein wieder einsetzen würde. Diese beschissene Jobsuche dominierte meine Gedanken und Emo-tionen der letzten Wochen und das gefiel mir keineswegs. Ich fühlte mich zunehmend hilfloser.

Ich öffnete die Tür zu Rylees Laden und blickte mich suchend um. Langsam schlenderte ich ein paar Schritte in Richtung der Theke und sah, wie sie von hinten mit einem Stapel Bücher angelaufen kam und geradewegs auf ein Regal zusteuerte. Als sie mich erblickte, lächelte sie erleichtert, übergab mir einige der Bücher und befahl mir mit einer nickenden Kopfbewegung nach rechts, ihr zu folgen.

»Du warst im Studio tanzen?« Sie ließ ihren Blick an meinem verschwitzten Körper hinabwandern und sah mir dann wieder ins Gesicht. Ich nickte nur knapp.

»Komm schon, raus mit der Sprache, wie war das Vorstellungsgespräch?«

Seufzend legte ich die Bücher ab und ließ mich auf den Sessel neben dem Regal fallen. »Na schön, lass es uns hinter uns bringen. Dann reden wir aber den ganzen Abend nicht mehr darüber.«

Rylee legte den Kopf zur Seite und bedachte mich mit einem ebenso mitleidigen Blick wie Maria zuvor. »So schlimm?«

Nein, es war nicht schlimm, es war schlimmer. Ich musste mich merklich zusammenreißen, um nicht sofort in Tränen auszubrechen. Obwohl es keinen Ort gab, an dem ich das hätte besser tun können als bei meiner besten Freundin, schluckte ich die aufkeimenden Tränen runter.

»Ich verstehe einfach nicht, warum es immer wieder an fehlender Berufserfahrung scheitert. Irgendwer muss mir doch eine Chance geben.« Mit einem dumpfen Geräusch legte sie den Stapel Bücher ab, drehte sich zu mir um und zog mich aus dem Sessel hoch in eine Umarmung.

»Liv, du bist wundervoll und hast einen grandiosen Masterabschluss einer Eliteuniversität. Ich habe zwar nicht studiert, aber ich denke, es geht vielen Menschen so, wenn sie ins Berufsleben starten. Natürlich wird man nicht auf diese bittere Realität vorbereitet. Du wirst einen Job finden. Gib nicht auf.«

Energisch widmete sie sich wieder ihrem Stapel, strich sich ihre kupferfarbenen Haare aus dem Gesicht und sortierte das oberste Buch in das Regal ein. Was hätte ich nur all die Jahre ohne sie gemacht? Rylee war meine beste Freundin seit der Junior-High. Wir sind beide in demselben Ort in Fall River aufgewachsen und waren seit unserem dreizehnten Lebensjahr unzertrennlich. Als ich vor fünf Jahren mein Studium an der Harvard Business School begann, sahen wir uns nur noch unregelmäßig. Das änderte sich, als sie vor drei Jahren nach Boston zog, um die Buchhandlung ihrer verstorbenen Grandma zu übernehmen. Sie hatte das große Haus geerbt und zog in das Apartment über dem Laden. Dadurch sahen wir uns endlich wieder regelmäßig, und da ich keinen Anspruch mehr auf einen Platz im Studentenwohnheim hatte, ließ sie mich vorrübergehend kostenlos bei sich wohnen – zumindest bis ich einen Job gefunden hatte.

Ich lebte aktuell von einigen Ersparnissen und arbeitete neben dem Tanzstudio in einem Supermarkt. Dieser Job brachte mehr Geld ein als der im Tanzstudio, weshalb ich mich widerwillig dafür entscheiden musste. Da ich noch intensiv Zeit für die Jobsuche brauchte, waren zwei Arbeitsstellen eigentlich nicht drin und so geriet ich täglich in einen Strudel aus Organisation und Frustration.

»Danke, dass du immer das Richtige sagst. Was würde ich nur ohne dich machen? Aber du weißt, dass mir meine finanziellen Mittel ausgehen, und Moms Behandlung wird einfach immer teurer. Grandpas und Moms Rente reichen längst nicht mehr aus. Ich muss langsam einen Job finden.« Deprimiert ließ ich mich zurück in den Sessel fallen und strich mir mit beiden Händen durchs Gesicht.

»Ich weiß. Es tut mir leid, in was für einer misslichen Lage du steckst. Ich bin für dich da. Mach dir bitte wegen der Wohnsituation keine Gedanken. Du bleibst so lange, wie du möchtest.«

Rylee ahnte nicht, wie dankbar ich für dieses Angebot war. Sicherlich hätte ich auch zu Mom und Grandpa zurück nach Fall River ziehen können, jedoch wäre es von dort enorm schwierig mit der Jobsuche geworden.

Zufrieden stellte sie das letzte Buch in das Regal und klatschte in die Hände. »Lass uns Feierabend machen, duschen gehen und auf andere Gedanken kommen.« Lachend zog sie mich wieder hoch. »Hör auf, dich wie ein nasser Sack in dem Sessel zu vergraben.« Ihr fröhliches Wesen und ihre positive Art waren selbst nach so vielen Jahren immer noch ansteckend. Also musste auch ich unweigerlich lachen, als wir unsere Taschen schnappten und Richtung Ladentür schlenderten.

Eine Stunde später kamen wir beim Cube, unserer Stammbar, an. Ich schaute mich kurz um, ob Piper es doch pünktlich geschafft hatte, stellte aber schnell fest, dass sie noch nicht da war. Das sah ihr ähnlich. Piper war nie pünktlich, und irgendwie gehörte die Unpünktlichkeit einfach zu ihr, genauso wie ihr volles Haar, ihre unendlich langen Beine und ihre Zielstrebigkeit. Wir lernten uns vor fünf Jahren in Harvard kennen, weil wir in demselben Wohnheim untergekommen waren. Uns verband von Anfang an ein vertrautes und starkes Band. Sie war Jurastudentin und ist es immer noch. Mit den Jahren sind auch Rylee und Piper zu guten Freundinnen geworden, sodass wir mittlerweile eine Einheit bildeten. Sie beide waren nicht nur meine besten Freundinnen, sondern ein Teil meiner Familie. Wir wussten einfach alles voneinander, weshalb ich mir auch die Mühe sparen konnte, etwas vor den beiden geheim zu halten. Gerade Rylee las mich wie ein offenes Buch, und das ließ sie mich auch gerne wissen.

Zielstrebig steuerten wir unseren Lieblingstisch an, während Rylee schon lasziv den Arm hob, um Ace, dem Besitzer der Bar, ein Zeichen zu geben. Ace grinste breit, als er Rylee entdeckte.

Dass er mehr für sie empfand als die Freundschaft, die beide vorgaben, blieb nicht unbemerkt. Er war fasziniert von ihrem feurigen Temperament. Dazu war sie eine echte Erscheinung, mit ihren langen rötlichen Haaren und ihren heißen Kurven, die sie immer in Szene zu setzen wusste. Außerdem beherrschte Rylee die Kunst des Flirtens wie keine andere, und da machte sie auch vor Ace keinen Halt.

»Ladys, was darf es denn heute für euch sein?« Sein Blick ruhte einzig auf Rylee.

»Hey Ace, bring uns doch bitte zwei Gläser trockenen Rotwein.« Zwinkernd klappte sie die Karte zu und lächelte ihm hinterher, wobei mir nicht entging, wie ungeniert sie auf sein Hinterteil starrte. Ich hob eine Braue und beugte mich zu ihr vor. »Was soll das werden?«

Sie hob ahnungslos eine Schulter. »Was denn? Ich flirte nur ein bisschen. Ace ist echt heiß und er steht auf mich.«

»Ja, das ist unübersehbar. Es wäre nur irgendwie echt cool, wenn du uns unsere Stammbar nicht kaputtmachst, nur weil du Schwierigkeiten hast, dein Höschen anzubehalten.«

Rylee verdrehte theatralisch die Augen. »Du solltest das vielleicht auch mal wieder versuchen. Wie lange ist es bei dir her?«

Genervt sah ich dabei zu, wie ihre Augen mich belustigt anfunkelten. »Wie lange ist was her?«, erwiderte ich tonlos, obwohl ich längst wusste, was sie meinte.

»Na, du weißt schon, dass du Sex hattest.«

Bevor ich etwas sagen konnte, stand Ace am Tisch und stellte unseren Rotwein und eine Schale mit Crackern ab. Verlegen schaute ich erst zu ihm und dann zu Rylee.

»Alles okay bei dir, Liv?«, fragte Ace jetzt, dem wohl mein entgleister Gesichtsausdruck nicht entgangen war.

»Ja, sicher, danke«, entgegnete ich gespielt selbstsicher, doch ich spürte, wie meine Wangen glühten. Rylee kicherte und warf

Ace einen unschuldigen Blick zu.

»Wir sagen dir Bescheid, wenn wir noch was brauchen«, hauchte sie ihm leise zu. Er lächelte sie einen Moment länger an als nötig, nickte und ging wieder in Richtung der Bar. Sie fand genauso Gefallen an ihm, wie er an ihr, auch wenn es für Rylee niemals über ein sexuelles Interesse hinausgehen würde. Ich konnte es ihr nicht verübeln. Ace war ein großer, breitschultriger, tätowierter Mann mit rauer Stimme und Zehn-Tage-Bart. Sein attraktives Gesicht stand im Kontrast zu seiner ansonsten wilden Erscheinung. Ace war ein Rocker durch und durch, und das Funkeln in Rylees Augen, wenn er auf sein Bike stieg, verriet mir, dass sie sich längst mehr mit ihm vorstellte, als ihn nur anzusehen.

Noch immer unangenehm berührt von ihren forschen Worten, griff ich nach meinem Rotwein und trank einen großen Schluck, während Rylee sich einen Cracker in den Mund steckte und mich weiterhin mit ihrem bohrenden Blick bedachte. »Und? Wann hattest du nun zuletzt Sex? Und mit wem?«, fragte sie kauend und wandte den Blick auch jetzt nicht ab.

Ich verdrehte innerlich die Augen. Mein Tag war beschissen, und das Letzte, worüber ich reden wollte, war mein noch beschisseneres Liebesleben – oder sagen wir eher mein nicht vorhandenes Liebesleben.

»Es ist schon eine Weile her, aber es ist kein Thema, das wir intensivieren müssen, da mir gerade nichts fehlt.« *Das war gelogen.*

Sie legte den Kopf schräg und schnaubte. »Warum glaube ich dir das nicht?«

Ich schmunzelte innerlich, denn mir war klar, dass sie mir das nicht abkaufen würde. Es war Rylee. Rylee, die immer alles sagte, was sie dachte. Rylee, die immer mehr wissen wollte, als man preisgab. Rylee, die ein wahres Interesse an meiner Person hatte. »Weil du mein verdammter Soulmate bist und mich besser kennst als ich mich selbst.«

Ein kaum merkliches Zucken machte sich an ihrem Mundwinkel bemerkbar, während ihr Blick mich wissen ließ, dass die Unterhaltung noch nicht beendet war. »Raus damit. Wie lange?« Um ihre Aufforderung zu untermauern, machte sie eine fächernde Geste mit ihrer Hand.

Ich schluckte schwer und nahm mir einen der Cracker, um nicht sofort antworten zu müssen. Sie sah mir geduldig dabei zu, wie ich mit dem trockenen Gebäck im Mund versuchte, Zeit zu schinden, obwohl uns beiden klar war, dass ich diese Frage beantworten müsste. Dann gab ich einen tiefen Seufzer von mir und lehnte mich gegen das kühle Polster der Bank. »Ein Jahr.«

Über ihr Gesicht huschte so etwas wie Mitleid, vielleicht war es aber auch Enttäuschung.

»Überrascht?«, durchbrach ich die Stille zwischen uns.

»Nein, es ist nur eine verdammt lange Zeit.«

Ich nickte und tat so, als würde es mich nicht völlig fertigmachen, dass es seit einem Jahr keinen Mann in meinem Leben gab, mit dem ich mir auch nur ansatzweise vorstellen konnte, eine weitere sexuelle Erfahrung zu machen. Dass ich regelmäßig an mir selbst zweifelte, weil ich davon ausging, dass mit mir und meiner Libido ganz sicher etwas nicht stimmte, verriet ich ihr besser nicht.

»Mit wem?«, wollte sie wissen.

»Mit Ryan.«

Rylee hob eine Braue und sah mich ungläubig an. »Mit Vanille-Ryan?«

Irgendwie wurde diese Unterhaltung immer unangenehmer. Dieser ganze Tag wurde einfach immer beschissener. Je mehr ich mich mit meinen Niederlagen, Fehltritten und Unfähigkeiten beschäftigte, desto größer wurde der Wunsch, mich einfach aufzulösen. Am besten zu einer unsichtbaren, gefühllosen Masse.

»Ja, scheint so.« Ich zuckte teilnahmslos mit den Schultern, denn es war nicht so, als hätte mir die Nacht mit Ryan etwas bedeutet. Nein, die ganze Beziehung hatte mir nie wirklich viel bedeutet, und es hatte mich innerlich fast zerrissen, denn Ryan war perfekt. Wir waren während meiner Studienzeit drei Jahre ein Paar. Das *perfekte* Paar. Zumindest schien es so für Außenstehende, denn andere Frauen beneideten mich regelmäßig um den tollen Mann an meiner Seite.

Ryan war gutaussehend, ein Musterstudent und kam aus einem guten Elternhaus. Er war aufmerksam und las mir wirklich jeden Wunsch von den Lippen ab, aber Ryan war nun mal Vanille. Sie war lecker, immer verfügbar, und jeder mochte Vanille. Das Problem war nur, dass ich nicht dazu gehörte. Ich hatte mich an Vanille so schnell sattgegessen, dass mir fast übel wurde, wenn ich sie wieder und wieder wählte. Ich, die viel lieber Minze mit Schokolade oder Karamell mit salzigen Brezeln gehabt hätte.

So oft hatte ich mich schlecht gefühlt, wegen dieser Gedanken; irgendwie undankbar und teilweise gestört. Denn wer wollte einen Mann mit Ecken und Kanten, wenn er die perfekte Vanille haben konnte? Leider war auch unser Sexleben so ziemlich vanillig und ohne jegliche Leidenschaft, auch wenn Ryan sich, wie in allen Lebensbereichen, immer um eine solide Basis bemühte.

Als ich vor einem Jahr, kurz nach unserer Trennung, auf einer Party in einer Unterhaltung angedeutet hatte, dass ich in unserer Beziehung nicht immer zum Höhepunkt gekommen war, wollte er es unbedingt wissen. Daraufhin verbrachten wir eine letzte, völlig besoffene Nacht miteinander, die es mir im Nachhinein sehr leicht machte, mit Vanille endgültig abzuschließen.

Gerade, als ich gedanklich so richtig auf die Selbstmitleidsschiene abgebogen war, ging die Tür auf und ein vertrautes Lachen drang an meine Ohren. Piper steuerte geradewegs auf unseren Tisch zu und zog Connor hinter sich her. Es war nun schon das zweite Mal, dass sie ihn mit zu einem Treffen brachte. Connor Wilson war ihr Kommilitone. Sie traf ihn nun schon eine ganze Zeit lang regelmäßig, was eher untypisch für sie war, da sie sonst sehr bedacht darauf war, sich auf ihr Studium zu konzentrieren. Ich kannte keinen ehrgeizigeren und unabhängigeren Menschen als Piper – wobei unabhängig nicht so ganz passte, wenn man bedachte, dass ihr Vater ihr das sorglose Leben, das sie führte, ermöglichte. Aber sie brauchte darüber hinaus niemanden und das machte sie auch mehr als deutlich. Sie war der wohl introvertierteste Mensch, den ich kannte, das komplette Gegenteil von Rylee, die so kontaktfreudig und herzlich war, dass wir sie nach ein paar Drinks stets im Auge behalten mussten.

Piper rutschte neben mir auf das dunkelbraune Leder. Gegenüber, neben Rylee, nahm Connor Platz.

»Wow, Pie, du hast nur fünfundvierzig Minuten Verspätung, das ist Bestzeit«, scherzte Rylee.

Piper lachte amüsiert auf und fuhr sich mit der Hand durch ihr schulterlanges braunes Haar. »Ich freue mich auch, euch zu sehen, und ich brauche dringend ein Glas Wein.« Während sie sprach, drehte sie sich zu mir um und musterte mich mit einem skeptischen Blick. »Liv, du siehst auch aus, als hättest du einen harten Tag gehabt.«

Rylee schaute sie kopfschüttelnd an und Piper schien schnell zu begreifen, denn jetzt formte sie mit ihren Lippen ein stilles O. »Süße, das tut mir leid. Heute war das Vorstellungsgespräch. Es hat nicht geklappt, oder?«

Frustriert ließ ich die Serviette auf den Tisch fallen. »Nein, leider nicht. Das Schlimme ist, dass ich den ganzen Tag an einem Auswahlverfahren teilgenommen habe, um mir dann in der letzten Runde des Gesprächs anzuhören, dass alles ganz toll sei, es mir aber an Berufserfahrung fehle. Die gleiche Absage einer anderen Firma kam gerade per E-Mail, ohne dass ich überhaupt vorsprechen konnte.« Na toll und nun strafte mich auch noch Piper mit einem mitleidigen Blick. Ich meinte sogar, eine Spur Mitleid in dem von Connor wahrgenommen zu haben.

»Das wird schon. Sag uns, wenn wir etwas für dich tun können.« Besänftigend legte sie ihre Hand auf meine. Piper wollte immer nur das Beste für mich, und genauso ambitioniert, wie sie ihre Karriere vorantrieb, war sie in ihren Freundschaften. Sie würde ganz sicher eine ihrer Nieren für mich spenden, das wusste ich, jedoch konnte sie mir in dieser Situation nicht weiterhelfen. Ohne etwas zu erwidern, nickte ich ihr dankend zu.

»Du suchst einen Job?«, meldete sich nun Connor zu Wort.

Verlegen darüber, dass er mein Dilemma hautnah miterlebte, ließ ich meinen Blick zu ihm schweifen und nickte. Ich hatte heute Abend nicht wirklich Lust, über meine Jobsuche zu sprechen. Jedoch wollte ich ihm gegenüber nicht unhöflich sein. Irgendwie schienen die Erinnerungen an meine Arbeitslosigkeit und mein Versagen allgegenwärtig. Ich wusste nicht viel über Connor Wilson. Er war ein durchtrainierter, sonnengebräunter Schönling mit goldblondem Haar, der nur die teuersten Designerklamotten trug, und genau wie Piper ein sehr ehrgeiziger Student mit exzellenten Noten. Sein Vater war in der Pharmaindustrie tätig.

»Du sagtest, du findest keinen Job, weil dir die Berufserfahrung fehle? Warum machst du nicht erst mal ein Praktikum, um weitere Referenzen vorzuweisen? Das ist nach so einem Studienabschluss doch eigentlich üblich«, äußerte er völlig selbstverständlich und als wäre mir dieser Gedanke nicht selbst schon gekommen.

Wie sollte ich diesem sorglosen Studenten nun beibringen, dass ein unbezahltes Praktikum für mich nicht infrage kam? Dass ich Probleme in meinem Leben hatte, von denen er sicherlich niemals betroffen sein würde, da er sie einfach mit Geld lösen könnte. Connors erhobene Augenbrauen riefen mir in Erinnerung, dass ich ihm noch immer eine Antwort schuldig war.

»Ein Praktikum ist unbezahlt und das kann ich mir aktuell nicht leisten«, erwiderte ich und sah betreten auf die zerknüllte Serviette, an der ich jetzt nervös herumzupfte. Anscheinend war dieser lächerliche Fetzen das Einzige, was mir aktuell Halt gab. Ich riss mich zusammen und schenkte ihm ein gezwungenes Lächeln. Er sollte nicht sehen, wie schlecht es mir wirklich ging. Ich kannte ihn ja gar nicht.

»Mmh, verstehe. Du warst auf der Business School?«

»Ja, ich habe sogar einen Master gemacht, aber ohne Praktikum ist dieser wohl nicht so viel wert.« Der Satz kam sarkastischer über meine Lippen, als beabsichtigt. Bei dem Gedanken daran, dass Grandpa vor fünf Jahren sein Haus verkauft hatte und zu uns gezogen war, um mir das Studium an einer der renommiertesten Business Schools des Landes zu ermöglichen, zog sich mein Innerstes schmerzlich zusammen.

Connor nickte anerkennend und lächelte. »Ich hätte da vielleicht etwas für dich. Mein Vater sitzt im Vorstand von MCW Pharmaceuticals. Der CEO sucht eine neue persönliche Assistentin. Der Vertrag wäre nur für ein Jahr. Soweit ich weiß, liegt das Jahresgehalt bei 150.000 Dollar.«

Ungläubig sah ich in sein makelloses Gesicht und setzte an, um etwas zu erwidern, brachte aber keinen Ton heraus.

»Erde an Liv.« Piper schnippte mit zwei Fingern vor meinen Augen.

»150.000 Dollar? Das ist ja …«, ich stockte wieder, »der Wahnsinn. Aber wäre ich nicht etwas überqualifiziert für diese Tätigkeit?«

Connor lachte ungläubig und nahm einen großen Schluck seines Biers, bevor er sich zu mir vorbeugte. »Liv, wenn du die persönliche Assistentin von Caleb West warst, dann kannst du dich überall bewerben und sie werden dich mit Kusshand nehmen. Vorausgesetzt, du stellst dich geschickt an und lässt dir am Ende des Jahres eine gute Beurteilung ausstellen.« Jetzt wurde mir schlagartig bewusst, wie viel es mir noch an Businessfähigkeiten fehlte. Er hatte recht. Das Ganze wäre ein smarter Schachzug, auch wenn eine persönliche Assistenz ganz und gar nicht das war, was ich mir vorstellte.

»150.000 Dollar, wenn die nicht ebenfalls ein Anreiz sind. Du hättest zwei Fliegen mit einer Klappe geschlagen. Du sammelst hervorragende Referenzen und wirst auch noch gut bezahlt.« Piper funkelte mich aus ihren großen braunen Rehaugen an. Es war nicht zu übersehen, dass sie begeistert von Connors Vorschlag war und auch Rylee grinste über beide Ohren.

»Wo kann ich mich bewerben?«, fragte ich unsicher.

Connor fuhr sich mit der Hand durchs Haar. »Es gibt für solche Stellen keine offiziellen Ausschreibungen. Ich rede mit meinem Vater und sehe, was ich tun kann.«

Rylee quietschte aufgeregt und streckte den Arm nach mir aus, um meine Hand fest zu drücken.

»Warte mal kurz, wo ist denn da der Haken? Ich meine, 150.000 Dollar für Kaffee kochen und Termine vereinbaren scheinen mir ein bisschen überbezahlt.«

Jetzt wurde Connors Miene ernster. »Nun, ganz so einfach ist es nicht. Dieser Job ist schon mit gewissen Verpflichtungen und Anforderungen verbunden.«

Wir schauten ihn alle drei gleichermaßen erwartungsvoll an, um ihm weitere Informationen zu entlocken.

»Du verpflichtest dich, für ein ganzes Jahr für Caleb West zu arbeiten, was bedeutet, dass du bei ihm lebst. Die Arbeitszeiten sind nicht ohne, und naja, wie soll ich es ausdrücken …«, er schaute schmunzelnd in die Runde. »Der Typ ist etwas *speziell*.«

Pipers misstrauischer Blick traf auf Connor. »Was soll das bitte bedeuten? Wir werden Liv bestimmt keinem Gestörten oder Perversen aussetzen.«

Sein amüsiertes Lachen erlosch nicht. »So schlimm wird es schon nicht sein. Genauere Infos habe ich auch nicht, aber so wie ich es mitbekommen habe, ist er ziemlich strukturiert, eigen, und er ist nicht unbedingt für sein freundliches Gemüt bekannt. Mach dir am besten selbst ein Bild und dann triff deine Entscheidung. Wenn du möchtest, rede ich noch heute mit meinem Vater und gebe dir Bescheid.«

Ich nickte und sah, wie Piper ihm ein geflüstertes »Danke« und einen Kuss zuwarf. Auch wenn gerade viele Fragen aufkamen, konnte ich diese Chance nicht ungenutzt lassen.

Ich hatte keine Informationen zu MCW Pharmaceuticals, außer denen, die ich in den Zeitungen gelesen hatte. Sie waren nicht der größte Pharmakonzern des Landes, waren aber sicher trotzdem ein Milliardenunternehmen. Medienberichten zufolge, war der Gründer Samuel West vor drei Jahren an einer unheilbaren Nervenerkrankung gestorben und sein Sohn leitete seitdem die Firma. Wie ironisch, hatte ich mir damals gedacht, dass der Gründer eines Pharmakonzerns dann am Ende an einer unheilbaren Krankheit starb.

Die wichtigste Information, die ich allerdings über MCW Pharmaceuticals hatte, war die über ein zwei Millionen Dollar teures Medikament, das sie herstellten. Das Medikament, das meiner Mutter mit nur einer einmaligen Gabe das Leben retten könnte. Ich schluckte schwer. Die Pharmaindustrie war die letzte Branche, in der ich tätig sein wollte, und doch war sie nun mein einziger Lichtblick. Wie sollte ich Mom und Grandpa erklären, dass ich vorhatte, bei dem Teufel persönlich zu arbeiten? Seufzend schob ich die Gedanken beiseite.

»Eine Frage hätte ich noch. Was hat es mit diesem einen Jahr auf sich? Warum genau ein Jahr?«

Connor schüttelte kaum merklich mit dem Kopf. »Ich weiß es nicht genau, ich weiß nur, dass Caleb West seine letzten drei persönlichen Assistenten immer nur für ein Jahr eingestellt hat, und auch da ist er ziemlich strikt. Keiner ist bis jetzt auch nur einen Tag länger geblieben.«

Zu Hause angekommen, zog ich mir meine Jeans aus, schlüpfte in eine gemütliche Jogginghose und knotete mir einen Messy Bun. Ich hatte eindeutig genug für heute und wollte einfach nur noch liegen. Erschöpft starrte ich an die Decke, während mein Kopf ratterte. Irgendwie ließ mich der Gedanke an den Job bei MCW Pharmaceuticals nicht los. Seufzend setzte ich mich auf und griff nach meinem Laptop. Das alte Teil hatte mittlerweile einen Riss im Display und funktionierte nur noch am Ladekabel. Neugierig tippte ich die Worte in die Suchleiste ein. Nichts. Einfach nichts. Ich stieß über einige Artikel zu MCW Pharmaceuticals, aber über Caleb West war einfach nichts zu finden. Er wurde lediglich kurz in einem Artikel über Samuel Wests Tod als Nachfolger des Pharmakonzerns erwähnt. Ansonsten war der Mann anscheinend ein Geist. Keine Social-Media-Kanäle. Kein einziges Foto. Worauf würde ich mich da einlassen? War er wirklich so unfreundlich? Kurz zog sich mein Magen zusammen. Dann rief ich mir ins Gedächtnis, dass es völlig egal wäre, denn es wäre nur ein Job. Außerdem stand es in den Sternen, ob ich überhaupt die Chance darauf bekäme.

Irgendwann muss ich eingeschlafen sein. Als ich die Augen öffnete, war es bereits hell draußen. Untypisch für Ende September, hörte ich Vogelgezwitscher, und Sonnenstrahlen fielen durch den schmalen Schlitz des Rollos in mein Zimmer. Hätte ich es nicht besser gewusst, hätte es auch ein wunderschöner Frühlingstag sein können. Ich hatte erstaunlich gut geschlafen. Ein erholtes Gefühl machte sich in mir breit und die Sonnenstrahlen taten ihr Übriges für meine Laune. Für einen kurzen Moment lächelte ich in den Tag, bis plötzlich die Tür zu meinem Zimmer aufgerissen wurde.

»Sag mal, wann wolltest du aufstehen? Es ist schon halb zehn. Ich stehe schon seit einer Stunde im Laden.«

Hektisch richtete ich mich auf. Wann hatte ich zuletzt so lange geschlafen?

Als sei sie auf der Flucht, lief Rylee um mein Bett herum, griff mein Handy vom Nachttisch und schmiss es mir grinsend entgegen.

Entsetzt sah ich zehn verpasste Anrufe von Piper und sprang aus dem Bett. »Oh mein Gott, ist etwas passiert?« Mit zitternden Fingern entsperrte ich das Display.

»Liv, schau mich an, es ist alles okay, ich wollte dich nicht erschrecken. Piper geht es gut. Ruf sie einfach zurück, ja?« In ihrer Stimme lag etwas Freudiges und bei genauerer Betrachtung sah sie auch kein Stück besorgt aus. Nein, ihre smaragdgrünen Augen funkelten mich aufgeregt an. Erleichtert ließ ich das Handy sinken und stieß den Atem aus, als es mir wie Schuppen von den Augen fiel. »Nein, oder?«

Lachend legte sie den Kopf schräg und forderte mich abermals auf, Piper anzurufen.

Nervös wählte ich Pipers Nummer und sofort ertönte am anderen Ende ihre Stimme, allerdings gefühlt zwei Oktaven höher als gewohnt. »Ah Liv, na endlich. Ich habe gerade mit Connor geredet. Es gibt eine gute und eine weniger gute Nachricht.«

Ich spürte, wie meine Kehle trockener wurde und mein Magen sich merkwürdig zusammenzog. Es wäre wohl besser gewesen, ich hätte erst einmal etwas gefrühstückt. Oder ich war einfach ohnehin ein nervliches Wrack.

»Na komm schon, Pie, raus mit der Sprache.«

»Okay, okay. Also, die gute Nachricht ist: Connors Vater hat dir ein Vorstellungsgespräch für die Stelle als persönliche Assistentin bei MCW Pharmaceuticals besorgt.«

Nun wandelte sich das flaue Gefühl in meinem Magen zu einem aufgeregten Flattern und ich konnte ein Lächeln nicht unterdrücken.

»Die eher schlechte Nachricht ist: Das Vorstellungsgespräch ist schon morgen.«

»Schon morgen?«, krächzte ich. »Piper, ich bin nicht vorbereitet, ich weiß nichts über das Unternehmen und ich habe nichts zum Anziehen. Wie soll das funktionieren?« Tausend Gedanken schossen mir durch den Kopf.

»Bleib ruhig, ich helfe dir. Wir schaffen das, dich bis morgen früh um 9 Uhr fit und vorzeigbar zu bekommen.«

Am anderen Ende der Leitung hörte ich sie leise lachen, während ich gegen die aufkeimende Panik ankämpfte. Mein Blick fiel auf Rylees Gesicht und auch sie verzog den Mund zu einem breiten Grinsen. »Das ist nicht lustig, ich werde das gnadenlos verkacken.«

Rylee riss mir mit einem Ruck das Handy aus der Hand. »Heute um 16 Uhr Konferenz im Laden. Ich besorge Kaffee und Muffins. Bis dahin wird Liv sich vom ersten Schock erholt haben.«

KAPITEL 2

PÜNKTLICH UM 8.45 Uhr kam ich bei MCW Pharmaceuticals an und blickte die siebzehn Stockwerke dieses imposanten Gebäudes mit seiner polierten Glasfront hinauf. So sah also ein milliardenschwerer Pharmakonzern aus?

Von Rylees Wohnung bis hierher hatte ich nur vierzig Minuten gebraucht. Das war durchaus zu verkraften. Ich strich meinen Rock glatt und schaute noch einmal auf die Einladung, die Connor mir gestern Abend per E-Mail geschickt hatte. Darin stand, dass ich mich unten am Empfang melden solle.

Meine schwitzigen Hände und mein trockener Mund waren sicherlich nicht die beste Voraussetzung für ein entspanntes Vorstellungsgespräch. Aber ich hatte längst aufgegeben, mich irgendwie zu beruhigen. Es war zwecklos. Heute galt: Augen zu und durch. Wenn ich das hier in den Sand setzte, dann wäre ich hoffnungslos verloren, dessen war ich mir bewusst.

In einer sechsstündigen Aktion hatten Rylee, Piper und ich mich gestern für das heutige Vorstellungsgespräch vorbereitet, inklusive einer Fashionberatung. Ich entschied mich für einen schwarzen knielangen Stoffrock mit hinterem Schlitz, High Heels, eine weiße Bluse und einen schwarzen Blazer. Bei genauerer

Betrachtung fiel auf, dass er mindestens eine Nummer zu groß war, weil ich ihn mir von Piper geliehen hatte und sie sicher zehn Zentimeter größer war als ich. Meine blonde Lockenmähne hatte Rylee mir heute Morgen zu einem strengen Dutt zusammengeknotet. Passend zu dem klassischen Outfit hatte ich mein Makeup schlicht gehalten. Wie ich fand, sah ich doch ziemlich seriös aus. Nichts an meinem Erscheinungsbild deutete darauf hin, was für ein Chaos sich hinter dieser schönen Fassade versteckte.

Jetzt blickte ich beim Vorbeigehen in die Fensterfront und checkte zügig, ob der nudefarbene Lippenstift noch an Ort und Stelle saß. Ich atmete noch einmal tief durch und ging durch die große Drehtür, hinter der mich zwei Wachmänner freundlich begrüßten. Das Gebäude mit seinem Boden aus Marmor und den goldenen Verzierungen an der Empfangstheke war noch beeindruckender, als es von außen der Fall war. Ich straffte die Schultern und ging Richtung Empfang auf eine junge Frau in einem eleganten Kostüm und mit fein zusammengesteckter Frisur zu. Auf ihrem Namensschild stand in goldenen Buchstaben der Name Amelia Davis. Die schöne Frau blickte von ihrem Computer auf.

»Guten Tag und herzlich willkommen bei MCW Pharmaceuticals. Was kann ich für Sie tun?« Ihre Stimme war sanft, ihr Lächeln warm und aufrichtig.

»Mein Name ist Livia Hayes, ich habe heute um 9 Uhr ein Vorstellungsgespräch für die Stelle der persönlichen Assistentin von Mr. West.« Nervös hielt ich ihr meine Einladung entgegen.

Amelia lächelte mich unentwegt freundlich an, nahm mir die Einladung aus der Hand, überflog den Einladungstext und tippte etwas in den Computer ein. Unfassbar, wie perfekt sie aussah. Skeptisch blickte ich an mir hinab. Kurz überkamen mich Zweifel, ob ich überhaupt hierher passte. Ich quirliger Lockenkopf, der am liebsten Jeans und Messy Bun trug, der die High Society nur aus den sozialen Medien kannte und beim Essen immer nur die Gabel, aber nie das Messer benutzte, weil er im Jogginganzug vor dem Fernseher fettiges Junkfood zu sich nahm.

Plötzlich riss die melodische Stimme der bezaubernden Amelia mich aus meinen Gedanken. »Sie müssen in das sechzehnte Stockwerk. Mrs. Barnes erwartet Sie bereits.« Während sie sprach, wies sie in Richtung des Fahrstuhls. Mit meinem schönsten Lächeln bedankte ich mich bei der Frau aus einer anderen Welt, straffte abermals meine Schultern und atmete tief durch.

Im sechzehnten Stockwerk angekommen, nahm mich eine junge Frau entgegen, die mindestens genauso schön war wie Amelia. Mit Anmut und Eleganz bedeutete die Frau mit dem wasserstoffblonden Bob mir, ihr zu folgen.

Wow, wo war ich hier nur gelandet? Mein Selbstbewusstsein schien sich minütlich weiter in Luft aufzulösen und machte einer unangenehmen Unsicherheit Platz. Nicht, weil ich mich selbst nicht schön fand – nein, weil mich das Gefühl von eben nicht losließ, dass ich hier einfach nicht hingehörte, vielmehr nicht hinpasste.

Wir gingen einen langen Korridor entlang und hielten vor einem Eckbüro, bevor die junge Frau kurz an die Tür klopfte und diese öffnete, ohne hereingebeten worden zu sein. Sie trat zur Seite und befahl mir mit einer Handbewegung, einzutreten, während sie mich ankündigte: »Ms. Hayes ist da.«

Eine dunkelblonde Frau mittleren Alters in einem blauen Blazer mit goldenen Knöpfen erhob sich, machte ebenfalls eine einladende Handbewegung und zeigte auf den Stuhl vor ihr. Die Frau war für ihr Alter durchaus attraktiv und absolut stilsicher. Alles an ihr schrie nach Souveränität, selbst die Art, wie sie ihr kinnlanges, perfekt geföhntes Haar nach hinten warf.

»Ms. Hayes, schön, dass Sie die Zeit gefunden haben. Bitte setzen Sie sich doch.«

Sie war nicht allein, denn an dem langen Konferenztisch saßen noch eine weitere brünette Frau, die, wie ich schätzte, in ihren Dreißigern war, ein sichtlich älterer graubärtiger Mann und ein jüngerer, ziemlich attraktiver Mann, der nicht viel älter als ich zu sein schien. Dieser musterte mich nun eindringlich von oben bis unten und schenkte mir ein warmes Lächeln. Schüchtern erwiderte ich das charmante Lächeln des gutaussehenden Latinos, trat vor und nahm auf dem mir angebotenen Stuhl aus Leder Platz. Eine durchaus beeindruckende Runde für so ein Bewerbungsgespräch, wie ich fand. Unangenehm musterten mich alle vier eine Zeit lang eindringlich, doch keiner sagte auch nur ein Wort. Ich blickte an dem langen Tisch aus Mahagoni zwischen ihnen umher, während eine lähmende Nervosität mich überfiel.

Die Frau, die mich hereingebeten hatte, räusperte sich nach einer gefühlten Ewigkeit endlich und schlug die Bewerbungsunterlagen auf, die ich gestern noch per E-Mail versendet hatte.

»Schön, dass alles noch so spontan geklappt hat, Ms. Hayes. Mein Name ist Catherine Barnes. Das ist Lydia Jones«, sie zeigte auf die brünette Frau zu ihrer Rechten, die mir daraufhin ein kurzes Lächeln schenkte, »und das sind Adam Parker«, ihre Hand wies auf den älteren Herren links von ihr, der jetzt nur kurz aufschaute und noch im selben Atemzug seinen Blick wieder auf meine Unterlagen senkte, »und Thiago Gonzales. Er hat im letzten Jahr die persönliche Assistenz von Mr. West übernommen.«

Der attraktive junge Mann nickte kurz in meine Richtung. Neugierig beäugte ich ihn und zupfte nervös am Saum meines Rocks. Für ihn suchte man also eine Nachfolge.

»Sie haben einen beeindruckenden Abschluss gemacht, aber noch keinerlei Berufserfahrung in ihrer Branche gesammelt. Was bringt Sie nach Ihrem Studium zuerst dazu, sich als persönliche Assistentin zu bewerben?«

Mrs. Barnes sah mich erwartungsvoll über ihren Brillenrand

hinweg an. Meine Beine schwitzten, der Rock war ein Stück hochgerutscht und nun klebte meine Haut unangenehm an dem Lederstuhl. Ich versuchte, mich so wenig wie möglich zu bewegen, aus Angst, merkwürdige Geräusche von mir zu geben. Diese Frage hatte mich eiskalt erwischt. Das war es jetzt auch mit diesem Job, dachte ich panisch. Was sollte ich Mrs. Barnes nur darauf antworten? Ich versuchte, meine Gedanken zu sortieren. Es würde nichts bringen, zu lügen. Was sollte ich auch für eine Geschichte erfinden? Also beschloss ich kurzerhand, bei der Wahrheit zu bleiben. Räuspernd faltete ich die Hände in meinem Schoß zusammen und atmete tief durch.

»Ich möchte ehrlich mit Ihnen sein. Ich habe mich auf einige Stellen beworben und keine Anstellung erhalten, weil mir die Berufserfahrung fehlt. Ich habe durch einen Bekannten von dieser Stelle erfahren und sehe eine große Chance für mich, erste Erfahrungen zu sammeln. MCW Pharmaceuticals ist ein namhaftes Unternehmen. Ich bin mir sicher, in diesem Jahr wertvolle Dinge für die Zukunft mitnehmen und mich persönlich weiterentwickeln zu können.« Schwer schluckend blickte ich Mrs. Barnes direkt in die Augen. Mein Herzschlag glich dem Galoppieren eines wilden Mustangs. Jetzt war es raus. Jetzt hatte ich einfach mit offenen Karten gespielt, obwohl so viel für mich auf dem Spiel stand.

Mrs. Barnes schaute erst Mr. Gonzales, dann Mr. Parker und zuletzt Mrs. Jones an, deren Mienen allesamt völlig ausdruckslos waren. Dann ging ihr Blick wieder zu mir. Sie legte ihren Kopf schräg und lächelte breit. »Sie sind ehrlich, Ms. Hayes, das gefällt mir.«

Erleichtert atmete ich aus. Hatte sie das wirklich gesagt? Und hatte sie das auch wirklich so gemeint? Vermutlich hatten auch Mrs. Barnes und ihre Gefolgschaft kein Interesse an unangenehmen Situationen, und sie löste die Situation gerade so souverän, wie ich sie eingeschätzt hatte.

Wir setzten das Interview fort und während ich weitere Fragen zu meiner Person und über meine beruflichen Vorstellungen beantwortete, entspannte ich mich zunehmend. Als Mrs. Barnes mich fragte, ob ich mir darüber bewusst sei, welch hohe Anforderungen die Stelle als persönliche Assistenz von Mr. West mit sich brächte, nickte ich länger als nötig. Für einen kurzen Moment hatte ich Sorge, dass dieser Ausdruck etwas zu bedürftig wirkte.

Sie blickte in die Runde und fragte die anderen, ob jemand weitere Fragen an mich habe, aber alle drei schüttelten einvernehmlich den Kopf.

»Ms. Hayes, wir werden die Bewerbungsgespräche der letzten Tage nun gemeinsam mit Mr. West auswerten und uns dann mit einem Ergebnis bei Ihnen melden.« Sorgfältig packte sie die Unterlagen zurück in die Mappe und klemmte diese unter ihren Arm.

Mrs. Jones betätigte einen Knopf und rief Claire, die Dame, die mich hergebracht hatte. Sie solle mich wieder abholen und hinausbegleiten.

Das wars also schon? Ich bemühte mich, mir meine Irritation nicht anmerken zu lassen. War die Kürze des Gesprächs ein gutes oder ein schlechtes Zeichen? Mr. West war für mich immer noch ein Geist, denn er machte sich anscheinend nicht einmal die Mühe, die Bewerber selbst kennenzulernen. Schließlich würde er ein ganzes Jahr den Großteil des Tages mit einem von ihnen verbringen. Oder vertraute er seinen Mitarbeitern blind in der Hinsicht, die richtige Wahl zu treffen?

Ohne jegliches Gefühl dafür, wie das Gespräch verlaufen war, bedankte ich mich und verließ gemeinsam mit Claire den Besprechungsraum.

KAPITEL 3
Caleb

SEIT EINER HALBEN Stunde saß Landon in meinem Büro und erzählte mir vom gestrigen Intermezzo mit irgendeiner Frau namens Amelia, während er einen Stressball in seiner rechten Hand knetete. Wie ich dann unfreiwilliger Weise erfahren musste, war sie wohl die Dame an unserem Empfang. Ich machte mir nicht die Mühe, von meinem Computer aufzublicken, denn Landon brauchte täglich seine Minuten, in denen er in meinem Büro saß und sich irgendeinen Kram von der Seele redete. Für mich war dieses Verhalten unverständlich, aber er war mein bester Freund seit ich zwölf war – und ein verdammt loyaler noch dazu. Also ertrug ich diese einseitigen täglichen Sitzungen. Hin und wieder nickte ich zustimmend und gab Laute von mir, die ihm signalisieren sollten, dass ich ihm folgte.

»Hörst du mir eigentlich zu?« Landon warf den Stressball in meine Richtung, der mich nur knapp verfehlte und auf meinem Notebook landete. Das hatte dann wohl doch nicht so gut funktioniert. Ich runzelte die Stirn und schmiss den Ball zurück in seine Richtung.

»Es ist 14 Uhr. Solltest du nicht eigentlich arbeiten? Ich meine, du hast als COO dieser Firma doch genug zu tun, oder nicht?

Und wo wir gerade beim Thema sind: Ich erwarte heute noch einen Bericht von dir.«

Ruckartig stemmte er sich aus dem Sessel. Den Ball warf er nun von einer in die andere Hand, bis er ihn schließlich vorsichtig auf meinen Schreibtisch ablegte. Mit beiden Händen stützte er sich vor mir ab und seufzte. »Was zur Hölle ist eigentlich los mit dir? Wann willst du dich mal ein bisschen locker machen?«

Ich hasste es, wenn Landon diese Art von Gesprächen mit mir führte. Da hörte ich mir doch lieber an, in welchen Positionen er es Amelia gestern besorgt hatte. Jetzt schaute er mich erwartungsvoll an, also war die Option, dieses Gespräch zu ignorieren und einfach weiterzumachen, nicht mehr existent.

»Verdammt, Landon, ich habe zu tun. Was willst du von mir hören?«, gab ich unwirsch zurück.

Er sog hörbar die Luft ein, hielt kurz inne, um sie dann genau so hörbar wieder rauszulassen. Ich wusste, jetzt war er angepisst. Aber das war nicht mein Problem.

»Caleb, ich brenne genauso für das Geschäft wie du. Ich teile deine Prinzipien zum größten Teil. Ich lebe für das, was dein Vater uns gelehrt hat, aber du darfst dabei nicht vergessen, auch zu leben.«

Ich wusste, dass dies das Ergebnis unserer Unterhaltung sein würde. Landon war selbst ein Workaholic, der verdammt gute Arbeit leistete, weshalb nicht nur mein Vater ihm blind vertraute, sondern auch ich. Er war genauso wie ich von ihm ausgebildet worden, um eines Tages an der Spitze des Unternehmens zu stehen. So war er nach dem Tod meines Erzeugers vor drei Jahren von mir zum COO und somit zu meiner rechten Hand ernannt worden. Landon war wie ein Bruder für mich und ich schätzte es, bei einem Glas Whiskey mit ihm über Sport und teure Autos zu reden. Seine Frauengeschichten interessierten mich hingegen weniger. Ich hatte nichts übrig für diese Art von Affären.

»Lass uns später zusammen was trinken«, hörte ich mich sagen – wohlwissend, dass ich damit dieses Gespräch so schnell wie möglich beenden wollte.

Er nickte zufrieden. »Na geht doch.«

»Ich habe zwei stressige Tage hinter mir. Mr. Gonzales ist seit gestern durch die neuen Bewerber ziemlich eingespannt. Das heißt, er ist einen großen Teil des Tages nicht verfügbar.«

Wenn das doch nur die ganze Wahrheit wäre. Es stresste mich zunehmend, dass der Wechsel des Assistenten bevorstand. Nicht, weil Mr. Gonzales mir irgendwie ans Herz gewachsen wäre – das würde nicht passieren, darauf achtete ich penibel –, sondern weil ich nicht wusste, wen ich zu erwarten hatte. Ich überließ Catherine das gesamte Bewerbungsverfahren. Sie hatte eine gute Menschenkenntnis, führte die saubersten Backgroundchecks durch und kannte meine Eigenarten in- und auswendig.

In dem Moment, als Landon sich zu mir umdrehte, um etwas zu erwidern, klopfte es an der Tür. »Herein«, befahl ich barsch. Catherine erschien in der Tür und war nicht überrascht, ihren Sohn hier anzutreffen.

»Hey, Mom, wie sind die Bewerbungsgespräche gelaufen?« Landon gab seiner Mutter einen flüchtigen Kuss auf die Wange und bewegte sich bereits Richtung Tür.

»Deshalb bin ich hier. Ich wollte mit Caleb die Ergebnisse besprechen.«

»Gut, ich mache mich mal an die Arbeit. Wir sehen uns später, Cal.« Mit einer salutierenden Handbewegung verabschiedete er sich und schloss die Tür.

»Catherine, setz dich doch.«

Sie legte die Mappe, die sie unter ihrem Arm trug, auf meinem Schreibtisch ab und setzte sich in den Sessel, in dem Landon zuvor gesessen hatte. Mit beiden Händen strich sie über ihre Beine, bevor sie diese übereinanderschlug. Catherine sah müde aus. In den letzten Tagen verließ sie nie vor 21 Uhr das Büro. Mein Vater hatte sie zu Lebzeiten bereits zur CFO des Unternehmens ernannt, und somit kümmerte sie sich seit mehr als zehn Jahren um die finanziellen Angelegenheiten von MCW Pharmaceuticals. Die Personalplanung fiel zwar in Landons Aufgabenbereich, jedoch ließ ich für meine persönlichen Assistenten nur Catherine das Bewerbungsverfahren durchführen. Sie nahm ihren Job ernst – ganz so, wie mein Vater es gewollt hätte. Aber genauso unermüdlich, wie sie für MCW Pharmaceuticals arbeitete, war sie als Mutter für Landon da – und auch für mich. Nach dem Tod meiner Mutter kümmerte sich Catherine um meine Schwester und mich, als seien wir ihre eigenen Kinder. Sie hatte nie einen Unterschied zwischen Landon und uns gemacht.

»Wie ist es gelaufen? Ich wäre sehr dankbar, wenn Mr. Gonzales ab jetzt wieder seinen gewöhnlichen Verpflichtungen nachgehen könnte.«

Catherine sah amüsiert zu mir rüber. »Was würdest du nur ohne deinen persönlichen Assistenten tun? Die Abwesenheit von Mr. Gonzales hat dir sichtlich zugesetzt. Warum machen wir es uns nicht leicht und er bleibt?« In ihrer Stimme schwang ein Hauch von Provokation mit.

»Du weißt genau, dass das nicht geht. Also, gibt es ein Ergebnis?« Ich wollte dieses Thema nicht länger behandeln als nötig. Je schneller wir zur Tagesordnung übergehen konnten, desto schneller würde mein Nervensystem wieder runterfahren.

»Ja, ich habe eine Wahl getroffen.« Lächelnd fiel ihr Blick auf die Unterlagen, die sie zuvor auf meinen Schreibtisch gelegt hatte, und bedeutete mir mit einer nickenden Kopfbewegung, diese zu öffnen.

Ungeduldig schaute ich durch die Unterlagen und dann fragend zu Catherine hoch. »Das sind drei Bewerber«, stellte ich fest.

»In diesem Jahr war es nicht einfach. Diese drei Bewerber sind in der engeren Wahl, wobei die erste Bewerberin eigentlich ausscheidet. Sie hat eine hervorragende Vita, aber im Gespräch hatte sie für meinen Geschmack zu viel Diskussionsbedarf, als es um die Begleitung mehrtägiger Geschäftsreisen ging. Bewerber Nummer zwei ist ein sehr sympathischer junger Mann, der bereits mehrere Posten als PA hatte …«

Ich ließ Catherine nicht weiterreden und klappte die Mappe energisch zu. »Super, dann haben wir ja jemanden.«

»Ich habe mich für Bewerberin Nummer drei entschieden«, erwiderte sie trocken und verengte die Augen.

Langsam senkte ich meinen Blick wieder auf die Unterlagen und schlug die Mappe erneut auf, bevor ich Catherine einen mürrischen Blick zuwarf. »Sie ist dreiundzwanzig und hat keinerlei Berufserfahrung. Warum sollten wir sie einstellen?«

»Es sprechen mehrere Dinge für sie. Sie kam auf Empfehlung von Peter Wilson, einem äußerst geschätzten Mitglied des Vorstands. Sie hat eine lupenreine Weste, keine Eskapaden oder Skandale, keine Partnerschaft, die schwierig werden könnte, und keine Kinder. Sie ist verlässlich und flexibel …«

»Woher willst du das wissen?«, unterbrach ich sie.

»Weil sie die richtige Motivation hat.«

Genervt klappte ich die Bewerbungsunterlagen wieder zu und schob sie von mir. »Wir nehmen den Mann«, sagte ich bestimmt und strich mir mit einer Hand übers Kinn.

Catherine kam mit verschränkten Armen auf mich zu und sah mit gefurchter Stirn auf mich herab. »Ms. Hayes ist die beste Wahl. Ich kann das beurteilen, denn ich habe in den letzten drei Tagen zwölf Bewerbungsgespräche geführt. Willst du sie nicht, weil sie erst dreiundzwanzig ist, oder weil sie eine Frau ist? Denn Thiago ist auch nur zwei Jahre älter.« Energisch begann sie, mit dem rechten Fuß zu wippen, während ihr Blick mich festhielt.

»Ich hätte mir denken können, dass du diese Karte ausspielst.«

»Muss ich dich daran erinnern, dass wir hier mittlerweile regelmäßige Meetings halten, um die Gleichstellung am Arbeitsplatz zu gewährleisten? Wozu hast du vor zwei Jahren die Gleichstellungsbeauftragte wählen lassen? Wenn ich nun wieder einen Mann einstelle, werden die mir aufs Dach steigen. Wie soll ich vor dem Vorstand argumentieren, dass du ausschließlich Männer an deiner Seite wünschst, wobei unsere Frauenquote nach wie vor zu niedrig ist? Ich sehe schon die nächste Schlagzeile vor mir: *Caleb West, der neue CEO von MCW Pharmaceuticals ist ein misogynes und sexistisches Arschloch.*« Catherine gestikulierte wild mit den Händen in der Luft, während sie sich weiter in Rage redete.

Unrecht hatte sie nicht. Wir hatten uns nach schlechter Presse über meinen Vater dazu entschieden, uns für die Gleichstellung in unserem Unternehmen einzusetzen und generell mehr den Fokus auf Mitarbeiterzufriedenheit zu legen.

Angestrengt lehnte ich mich zurück in den Stuhl und schaute aus dem Fenster.

»Caleb, bekomm dich in den Griff. Wenn dir das Unternehmen am Herzen liegt, dann wirst du die richtige Wahl treffen.«

Ohne dass sie es aussprach, wusste ich, dass eine andere Entscheidung nicht infrage kam, wenn diese im Sinne des Unternehmens sein sollte. Ich musste meine persönlichen Präferenzen hintanstellen. Außerdem wollte ich weiterhin unter dem Radar fliegen, und schlechte Presse war da nicht gerade hilfreich.

»Na schön, leite alles Nötige in die Wege. Mr. Gonzales soll sie in der nächsten Woche einarbeiten.

KAPITEL 4

ICH HATTE DAS enorme Bedürfnis, mich in meinem Bett zu verkriechen, eine Serie zu schauen und die Reste unseres Eisvorrats zu plündern. Da Rylee und Piper aber sehnsüchtig auf meinen Bericht warteten, unterdrückte ich mein Verlangen und steuerte zielstrebig auf den Laden zu. Rylee stand an der Theke und schrieb etwas auf einen Block, blickte aber durch das Läuten der Türglocke unmittelbar auf, schmiss den Kugelschreiber hin und lächelte mir aufgeregt entgegen.

»Soll ich uns einen Kaffee machen?« Ohne meine Antwort abzuwarten, drehte sie sich bereits in Richtung der Tür, die zur Teeküche führte.

»Ja, unbedingt, ich brauche Kaffee«, murmelte ich, roch kurz unter meinen Armen und rümpfte die Nase. Angstschweiß war echt etwas Mieses. Ich sollte gleich dringend eine Dusche nehmen.

Während ich das leise Summen der Kaffeemaschine wahrnahm, blickte ich mich um. Rylee hatte anscheinend ihre Büchergenres umsortiert. Ihre Grandma wäre sehr stolz auf sie, denn sie hatte in den letzten Jahren so viel Mühe und Liebe in diese kleine Buchhandlung gesteckt. Pfeifend kam sie mit zwei dampfenden

Tassen Kaffee nach vorne und hielt mir eine entgegen. Ihr war nicht entgangen, dass ich meinen Blick umherschweifen ließ. »Ich habe neue Sessel aus grünem Samt bestellt. Was sagst du?«, fragte sie ernsthaft interessiert an meiner Meinung. Die alten braunen Ledersessel mussten wirklich dringend mal ausgetauscht werden, auch wenn sie bequem waren. Wie oft hatten Rylee und ich nach Ladenschluss bei Kerzenschein bis in die Nacht auf diesen Sesseln gesessen, Wein getrunken und gelesen. Es war nicht so, als hätten wir nicht auch oben in ihrem Apartment lesen können, aber die kleine Buchhandlung hatte einen gewissen Charme und eine Wirkung auf uns, die man schwer in Worte fassen konnte. Sie war ein Stück Zuhause und unser sicherer Ort.

»Grüner Samt klingt toll. Wenn die Sessel da sind, sollten wir dringend mal wieder einen Leseabend machen.«

Wehmütig sah sie mich an und nickte, denn unsere gemeinsamen Abende waren seit meiner Jobsuche wirklich rar geworden. Langsam trat sie neben mich und lehnte ihren Kopf an meine Schulter. Ich nahm einen Schluck des Kaffees und blickte hinab auf die braune Flüssigkeit, während ich mein Gesicht verzog und die Brühe mit größter Selbstbeherrschung meine Kehle herunterwürgte.

»Der Kaffee schmeckt scheußlich.« Gleichzeitig prusteten wir los.

»Okay, ich besorge uns gleich einen Kaffee von Starbucks, aber nur, wenn du mir jetzt endlich erzählst, wie es heute gelaufen ist«, sagte sie mit einer verspielt kindlichen Stimme und knuffte mich in die Seite.

»Es ist gut gelaufen.«

»Das ist alles? Es ist gut gelaufen? Du weißt, dass ich mich damit nicht zufriedengebe.« Mit ihrer freien Hand wies sie auf die beiden Sessel und bedeutete mir, mich zu setzen. Ich gehorchte brav, denn ich wollte mich mit Rylee sicher nicht anlegen. Sie war eine der wildesten und temperamentvollsten Frauen, die ich kannte. Wenn sie sich etwas in den Kopf gesetzt hatte, dann konnte nur noch eine Naturkatastrophe sie davon abhalten, ihren Plan in die Tat umzusetzen. Aber genauso verbissen und leidenschaftlich kämpfte sie für die Menschen, die sie liebte.

»Na schön, ehrlich gesagt bin ich komplett verwirrt. Das Vorstellungsgespräch war okay, denke ich, aber ziemlich kurz. Mrs. Barnes wusste genau, was sie fragen wollte, kam ziemlich schnell auf den Punkt, und dann wurde ich auch schon entlassen. Sie wollen sich bei mir melden, wenn sie mit Mr. West die Bewerber besprochen haben.«

Rylee schaute mich hoffnungsvoll an. »Aber das klingt doch fürs Erste ganz gut, oder nicht?«

»Ich weiß nicht. Mein Gefühl sagt mir etwas anderes. Vielleicht ist es aber auch, weil die Situation einfach alles andere als gewöhnlich ist. Ich meine, wer stellt eine persönliche Assistentin ein, ohne sie jemals zuvor gesehen oder mit ihr gesprochen zu haben? Wer tut so etwas?« Kurz und freudlos lachte ich auf.

Mit einer unerwarteten Präsenz spürte ich Rylees verwunderten Blick auf mir haften. »Warte mal, du meinst, Mr. West war nicht bei dem Vorstellungsgespräch dabei?« Ihr ungläubiger Blick bestätigte meine eigene Einschätzung zu dem Ganzen. Es war schier verrückt.

Kopfschüttelnd wandte ich mich ihr zu. »Was, wenn sie mir das nur so gesagt haben? Vielleicht haben die anderen Bewerber ihn in einem weiteren Gespräch längst kennengelernt und er macht sich nun ein Bild von ihnen. Vielleicht wollten sie mir das nicht so direkt sagen, dass ich nicht gut genug bin, weil ich keine Berufserfahrung vorweisen kann ...«

Mit einem lauten »Liv« unterbrach Rylee mein Geplapper. »Was redest du denn da? Denkst du ernsthaft, dass ein Unternehmen wie MCW Pharmaceuticals es nötig hat, Bewerber mit

Samthandschuhen anzufassen? Ich denke, wenn sie gesagt haben, sie besprechen das und melden sich, dann werden sie es auch so gemeint haben. Du bist sicherlich noch im Rennen.« Liebevoll tätschelte sie meinen Oberarm.

Und wieder schaffte sie es, mich in wenigen Augenblicken zu beruhigen. Ich nickte. »Du hast recht, ich sollte mich nicht verrückt machen. Ich warte einfach ab; was anderes wird mir ohnehin nicht übrigbleiben.«

»Piper möchte uns um acht im Cube treffen. Was sagst du? Wollen wir dich heute Abend auf andere Gedanken bringen?«

»Das klingt gut. Ich werde jetzt oben in deinem Apartment erst mal für ein bisschen Ordnung sorgen, und später gehen wir ins Cube.« Ich warf ihr ein schmales Lächeln zu und steuerte die Tür an.

»Liv, es ist *unser* Apartment.« In ihrer Stimme klang etwas so Sanftes und Beruhigendes mit, dass mein Innerstes sich unweigerlich erwärmte.

Nachdem wir Piper in unserer Stammbar auf den neuesten Stand gebracht hatten, wirkte diese irgendwie nachdenklich.

»Was ist, Pie? Du denkst auch, dass es ein schlechtes Zeichen ist, oder?«

Sie schüttelte den Kopf. »Nein, ich sehe das genauso wie Rylee.«

»Aber?«, fragte ich eine Spur zu genervt, denn diese Grübelei machte mich wahnsinnig.

»Liv, ich mache mir einfach nur Sorgen, dass es dir mit diesem Job nicht gutgehen könnte. Ich meine, der Kerl, für den du arbeiten würdest, ist wie ein Geist und du lebst ein Jahr lang mit ihm zusammen. Es stört mich irgendwie, dass du ihn noch nicht zu Gesicht bekommen hast.«

Ich schürzte die Lippen und warf ihr einen scharfen Blick zu. Piper bemerkte meine deutliche Anspannung und winkte ab.

»Ach, vergiss es, ich habe einfach Angst, dass wir uns nicht mehr so oft sehen und habe mich da in etwas hineingesteigert.«

»Ich denke, jetzt ist es etwas spät für Zweifel. Schließlich hast du mir vor zwei Tagen, als wir hier mit Connor saßen, noch gut zugeredet. Ich weiß, dass dieser Job alles andere als gewöhnlich ist, aber er wäre eine große Chance. Ich will diesen Job, auch wenn es bedeutet, dass ich ein Jahr meines Lebens mit einem mir fremden Menschen verbringen muss.« Energisch stellte ich mein Glas auf dem Tisch ab. Was hatte ich da soeben von mir gegeben? Piper hatte mich so verunsichert, dass ich mir die Situation anscheinend irgendwie schönreden musste. Wieder überkamen mich tiefe Zweifel, als mich plötzlich das Klingeln meines Handys aus den Gedanken riss.

Der Blick auf mein Display zeigte eine mir unbekannte Nummer und augenblicklich überkam mich ein ungutes Gefühl. *O Gott, Mom.* Hastig zwängte ich mich an Rylee vorbei, um nach draußen zu gehen. »Komme gleich wieder, ich muss da kurz rangehen«, ächzte ich im Vorbeigehen und beeilte mich, denn es war im Cube so laut, dass ich sicherlich kein Wort verstehen würde. Draußen angekommen, nahm ich völlig außer Atem den Anruf entgegen. »Ja, hallo?«

»Hallo, Ms. Hayes, hier spricht Catherine Barnes von MCW Pharmaceuticals. Ich freue mich, Ihnen die Stelle als persönliche Assistentin von Mr. West anbieten zu können.«

Das konnte unmöglich sein. Völlig perplex sah ich auf die Uhr. Es war bereits halb neun. Arbeitete diese Frau rund um die Uhr? Ich saß vor fast zwölf Stunden bei ihr im Bewerbungsgespräch, und nun rief sie mich an. Mir stockte der Atem. Ich hatte diesen verdammten Job ernsthaft bekommen.

»Mrs. Barnes, ich weiß nicht, was ich sagen soll, ich freue mich sehr. Vielen Dank für Ihr Vertrauen. Ich, ich …«

»Sie nehmen das Jobangebot also an?«, unterbrach sie mein Gestammel, und das Lächeln in ihrer Stimme war nicht zu überhören.

»Ja, ja, selbstverständlich«, platzte es aus mir heraus.

»Gut, dann würde ich gern kurz die ersten wichtigen Details mit Ihnen besprechen. Sie beginnen ab nächster Woche Montag. Ein Wagen wird sie um 8 Uhr abholen. Wie Sie ja bereits wissen, leben sie in diesem Jahr bei Mr. West. Dort steht Ihnen natürlich ein eigenes Zimmer inklusive eines Badezimmers zur Verfügung. Sie benötigen nichts außer Ihrer Kleidung und Ihren persönlichen Sachen. Ansonsten werden Sie rundum mit allem versorgt. Sie erhalten morgen eine E-Mail mit allen Dingen, die wir noch von Ihnen brauchen. Gibt es noch eine Wohnung, für die wir die Miete für das kommende Jahr übernehmen müssen?«

Ungläubig schüttelte ich den Kopf, bis ich realisierte, dass Mrs. Barnes mich nicht sehen konnte. »Nein, ich lebe aktuell bei meiner Freundin.«

»Gut, dann hätten wir vorerst das Wichtigste geklärt. Über alles Weitere sprechen wir dann am Montag. Ich werde Sie persönlich in Empfang nehmen.«

Mrs. Barnes hatte eine angenehme und freundliche Stimme, die mir direkt ein wohlig warmes Gefühl bescherte und meine Zerstreutheit und Nervosität von gerade in Sekunden verdrängte. Nachdem ich mich gefühlte fünf weitere Male bei ihr bedankt hatte, verabschiedeten wir uns.

Eine Zeit lang starrte ich ungläubig in die Bar, wo Rylee und Piper über irgendeinen Scherz von Ace zu lachen schienen, der lässig an dem Lederpolster von Rylees Sitzbank lehnte. Ich konnte es noch immer nicht glauben. Wie hatte mein Gefühl mich so täuschen können? Ich entsperrte mein Handy und tippte eine Nachricht ein, während meine Hände begannen wie Espenlaub zu zittern, denn ich wusste, was mir nun bevorstand.

Liv: Mom, ich habe einen Job gefunden. Ich komme dich und Grandpa morgen besuchen.

KAPITEL 5
Liv

ICH HATTE NOCH sechs Tage Zeit, bis ich mein aktuelles Leben vorerst hinter mir ließ. Vermutlich würde nach diesem Jahr nichts mehr so sein, wie es war. Denn wenn alles so eintraf wie geplant, hätte ich sicherlich spätestens in einem Jahr einen gut bezahlten Job. Nicht, dass die Stelle der persönlichen Assistenz nicht top bezahlt wäre, aber diese Anstellung war nun mal befristet. Und ich wurde zunehmend nervöser, weil ich nicht wusste, worauf ich mich da genau eingelassen hatte. Pipers gestrigen Worte hatten ihre Wirkung hinterlassen. Ich machte mir ununterbrochen Gedanken darüber, wer dieser Mann wohl war, für den ich ein Jahr meines Lebens hergab. War er ein sympathischer und fürsorglicher Mensch oder ein arrogantes, mürrisches Arschloch? In den vergangenen Tagen hatte ich mir jegliche Horrorszenarien ausgemalt. Ich versuchte, die Gedanken beiseite zu schieben, als ich auf das Haus zusteuerte, in dem ich groß geworden war.

Ein mulmiges Gefühl machte sich in meiner Magengegend breit – unsicher, ob es an den Drinks lag, mit denen Rylee, Piper und ich gestern Abend auf meinen neuen Job angestoßen hatten, oder an der Tatsache, dass ich sowohl meiner Mutter als auch meinem Großvater gleich die Wahrheit über meinen neuen Job erzählen musste. Aufgeregt trat ich an die Tür und klopfte. Kurze Zeit später ertönte ein Rascheln im Flur, gefolgt von Grandpas tiefer Stimme. Schwungvoll öffnete er die Tür. »Mein kleiner Muffin, da bist du ja endlich.« Er streckte die Arme aus, sofort schmiegte ich mich in seine feste Umarmung und atmete den vertrauten Duft seines Aftershaves und Holz ein. Schlagartig wurde mir bewusst, wie sehr er mir gefehlt hatte.

»Wie geht es dir? Wo ist Mom?«

Mit einem Fingerzeig wies er in Richtung des Wohnzimmers und nahm mir meine Jacke ab. »Es geht mir gut, du weißt doch, Unkraut vergeht nicht. Ich hatte einiges zu tun. Ich habe in deinem alten Baumhaus ein paar Bretter erneuert, nachdem du das letzte Mal hier warst.«

»Wieso?«, fragte ich irritiert.

»Na, wer weiß, ob du nicht auch irgendwann Kinder haben wirst.« Lächelnd zwinkerte er mir zu. Ich verdrehte die Augen und gab ihm einen Klaps auf die Schulter.

Leise ging ich den schmalen Flur entlang, der zum Wohnzimmer führte, da ich nicht wusste, ob Mom schlief. Aber sie saß im Rollstuhl vor dem Fenster und schaute in den Garten. Mit einem Lächeln im Gesicht ging ich um sie herum und sah ihr in die Augen.

»Livi, ich habe schon auf dich gewartet. Lass dich ansehen. Du siehst gut aus.«

Ich beugte mich vor und gab ihr einen Kuss auf die Stirn. »Mom, wie geht es dir?«

Sie lächelte müde und legte mir ihre kalte Hand an die Wange. »Lass uns raus gehen auf die Veranda, mein Schatz, es ist noch so ein herrliches Wetter draußen.«

Irgendwie wurde ich das Gefühl nicht los, dass sie versuchte, meiner Frage nach ihrem Befinden auszuweichen.

Sie sah schlecht aus und hatte im Vergleich zu meinem letzten Besuch vor drei Wochen deutlich abgenommen. Ich führte sie hinaus und ließ meinen Blick währenddessen über unseren Garten schweifen, den Grandpa stets gepflegt hatte. Aber jetzt war eindeutig nur noch das Nötigste gemacht worden.

»Erzähl mir von deinem neuen Job. Wo wird mein Mädchen Karriere machen?«, fragte sie und versuchte, sich nicht anmerken zu lassen, dass sie Schmerzen hatte.

Grandpa stieß mit dem Rücken die Tür zur Veranda auf und drehte sich mit einem Tablett zu uns um. »Ich habe gehört, heute gibt es etwas zu feiern.« Erwartungsvoll stellte er das Tablett mit den drei Gläsern Orangensaft vor uns auf dem Tisch ab. Ich sah das Leuchten in seinen Augen und wusste, er war fürchterlich stolz auf mich. Übelkeit stieg in mir auf, bei dem Gedanken daran, ihn gleich bodenlos enttäuschen zu müssen. Denn die persönliche Assistenz eines *Pharmateufels* – wie Grandpa sie immer nannte – war sicherlich nicht das, was er sich für seinen kleinen Muffin vorgestellt hatte. Warum musste alles immer so kompliziert sein? Ich hätte meiner Familie so gerne freudestrahlend von meinem neuen Job erzählt. Stattdessen saß ich nun wie ein Häufchen Elend vor ihnen und fühlte mich wie die letzte Verräterin.

Räuspernd blickte ich in Moms fahles Gesicht, denn es war unmöglich, Grandpa dabei anzusehen. Aber ich musste es wie mit einem Pflaster kurz und schmerzlos machen.

»Ich habe mich um eine Stelle als persönliche Assistenz bei MCW Pharmaceuticals beworben und sie bekommen. Es ist ein toller Job, um erste Berufserfahrungen zu sammeln und er ist wirklich gut bezahlt ...«

Weiter kam ich nicht, da stand Grandpa auf, die Stimme erhoben und gestikulierte wild mit den Armen. »Herrgott, Livia, willst du mir etwa sagen, dass wir fast unser gesamtes Vermögen für deine Ausbildung ausgegeben haben, damit du Kaffee kochst – für einen Pharmateufel? Hast du vergessen, dass das Leben deiner Mutter auf dem Spiel steht? Weil diese Ungeheuer das Medikament, das ihr Leben retten könnte, aus Profitgier so überteuert anbieten, dass ein normal sterblicher Mensch es sich niemals würde leisten können? Wir müssen hier jeden Tag mit dem Gedanken leben, dass ihr geholfen werden könnte und stattdessen müssen wir mit ansehen, wie sie dahinsiecht.« Seine Kieferpartie verhärtete sich und sein Blick ließ keinen Zweifel, dass er mehr als enttäuscht von mir war. Erschrocken zuckte ich zusammen, so als hätte er mir eine Ohrfeige verpasst.

»Schluss, hör sofort auf damit«, hörte ich Moms kratzige Stimme. »So wirst du nicht noch einmal mit Livi sprechen.«

O Gott, es war noch schlimmer, als ich erwartet hatte. Ich hatte Grandpa in den dreiundzwanzig Jahren meines Lebens nie so außer sich vor Wut erlebt. Er war immer liebevoll mit mir umgegangen und hätte sein letztes Hemd für mich gegeben. Jetzt kam ich mir vor wie eine elendige Heuchlerin.

»Ich verstehe einfach nicht, was das bringen soll! Was hat das mit dem zu tun, was du machen möchtest? Livia, du hast einen Master gemacht und bist damit doch vollkommen überqualifiziert.« Ungläubig schüttelte er den Kopf und strich sich mit den Händen durchs Gesicht.

»Grandpa, ich habe mich vierzehn Mal beworben, seitdem ich im Sommer meinen Abschluss gemacht habe. Mir wurde aufgrund meiner fehlenden Berufserfahrung in allen Fällen abgesagt. Es ist üblich, nach einem Studienabschluss ein Praktikum zu machen. Dies wäre aber unbezahlt und das kann ich mir nicht leisten. MCW Pharmaceuticals hat einen Namen. Ich kann dort Einblicke in die Firmenstruktur erhalten und an Meetings – auch mit ausländischen Firmen – teilnehmen. Der Job wird bezahlt und ist nur auf ein Jahr befristet ...«

Er hob den Arm, um mir zu signalisieren, dass er genug gehört hatte. »Was ist das für ein Quatsch? Wir hätten dir da auch noch geholfen und zur Not wärst du einfach wieder zu uns gezogen.«

Grandpa verstand nicht, dass ich nicht wieder zurück nach Hause konnte. Mein Leben war in Boston, dort waren meine Freunde und genau dort wollte ich auch arbeiten. Ich hatte es satt, weiterhin von ihnen finanziert zu werden, denn ich wusste, dass Moms Behandlung teuer war. Das dringende Bedürfnis, ihnen mit meinem Job endlich etwas zurückzugeben, quälte mich jeden einzelnen Tag.

»Ich hoffe, du weißt, was du tust.« Sein schneidender Tonfall versetzte mir einen Stich. Mit diesen Worten verschwand er im Haus. Mom warf mir einen entschuldigenden Blick zu und folgte ihm.

Ich saß noch eine ganze Weile auf der Veranda. Tränen brannten hinter meinen Lidern, denn mit einem Mal überkamen mich schreckliche Zweifel. Sollte ich den Job doch lieber absagen? Grandpa hatte recht mit dem, was er sagte. Wie sollte ich jeden Tag für den CEO eines Pharmakonzerns arbeiten, in dem Wissen, dass sie Menschen sterben ließen, nur weil Geld wertvoller war als ein Menschenleben?

Die Tür ging auf und Mom rollte nach draußen. Sanft strich sie mir mit der Hand über die Wange und sah mich dabei eindringlich an. »Sei nicht traurig, Schatz, er meint es nicht so. Deine Nachricht, dass du für ein Pharmaunternehmen arbeiten wirst, kam vielleicht jetzt gerade etwas unpassend.« Ausweichend sah sie zu Boden und kaute auf ihrer Unterlippe.

»Mom, sag schon, was ist los? Ich merke doch, dass ihr mir etwas verheimlicht.« Ich fixierte sie mit einem Blick, der ihr zu verstehen gab, dass ich nichts als die Wahrheit gelten lassen würde.

Jetzt richtete sie ihren Kopf auf und sah mich aus glasigen Augen an. »Hör zu, Liv. Dr. Weber war letzte Woche hier. Wie du sicherlich festgestellt hast, geht es mir aktuell nicht so gut.« Sie richtete ihren Blick in die Ferne und atmete tief ein.

»Sag schon, was ist los? Was hat Dr. Weber gesagt?« In meiner Stimme schwangen sowohl Ungeduld als auch Angst mit.

Traurig drehte sie den Kopf wieder in meine Richtung und blickte mir tief in die Augen, während ihre Unterlippe bebte. Dann platzte es plötzlich aus ihr heraus: »Ich habe nicht mehr lange. Wenn ich Glück habe, dann bleiben mir vielleicht noch gute zwei Jahre.«

Regungslos starrte ich sie an. Mein Körper begann zu zittern, während meine Knie sich anfühlten, als gäben sie gleich unter mir nach. Säße ich nicht bereits, wäre ich sicherlich zu Boden gesackt. Ich wusste, dass Mom nicht alt werden würde – das hatten uns die Ärzte bereits vor zwei Jahren mitgeteilt, als ihre Autoimmunerkrankung erkannt wurde. Ich hatte mich belesen. Da war die Rede von zehn Jahren bei guter Lebensführung, und die hatte Mom – dafür sorgte Grandpa penibel. Wir sprachen auf einmal von insgesamt vier Jahren, das konnte unmöglich ihr Ernst sein.

Ich scheiterte an dem Versuch, meine Tränen zu unterdrücken. Jetzt flossen sie nur so aus mir heraus. Laut schluchzend japste ich nach Luft, der Druck auf meiner Brust wurde sekündlich stärker, bis es so schien, als würde alles um mich herum verschwimmen. »Mom, ich glaube, ich bekomme eine Panikattacke.« Weinend ließ ich zu, dass sie meinen Kopf auf ihren Schoß zog. Wimmernd schmiegte ich mich an sie und spürte, wie sie mir mit den Händen behutsam über den Kopf streichelte.

»Ich bin da, Livi. Ich werde immer da sein. Ich will, dass du diesen Job annimmst. Ich will, dass du deinen Plan verfolgst, hörst du? Das ist mein dringlichster Wunsch.«

Schlotternd vor blanker Panik erhob ich mich und sah, dass auch über ihre Wangen Tränen liefen. Mein Brustkorb zog sich unweigerlich noch ein Stück mehr zusammen, als mir klar wurde, dass ich ihr jetzt genau das sagen musste, was sie hören wollte.

»Ich verspreche dir, es wird nicht umsonst gewesen sein, was ihr für mich getan habt. Versprich du mir bitte im Gegenzug, dass du gut auf dich aufpasst und mir sofort Bescheid sagst, wenn es dir schlechter geht. Ich werde euch so oft es geht besuchen kommen.«

Sie presste die Lippen aufeinander und legte ihre Stirn an meine. Mit ihrer Nasenspitze berührte sie meine, so wie sie es auch gemacht hatte, als ich noch ein kleines Mädchen war. Mom und Liv gegen den Rest der Welt. Mein Vater starb bei einem tragischen Arbeitsunfall, als ich gerade mal ein Jahr alt war. Von da an hatten Mom und Grandpa mich zusammen großgezogen. Ich würde für die beiden durchs Feuer gehen, umso unerträglicher war es, dass Grandpa jetzt so enttäuscht von mir war.

»Ach, und Livi«, sagte sie mit einem sanften Lächeln in ihrer Stimme. »Bitte gib das Tanzen nicht auf.« Hoffnungsvoll sah sie mich an.

Meine Mutter hatte mir das Tanzen beigebracht; sie war in meinen Augen die beste und anmutigste Tänzerin, die ich je gesehen hatte. Mom hatte Ballett unterrichtet, bis sich die ersten Symptome ihrer Erkrankung äußerten und es ihr nicht mehr möglich war. Unvorstellbar, wie schwer ihr das gefallen sein musste, weshalb sie größtes Interesse an meiner eigenen Tanzkarriere zeigte.

»Ich würde das Tanzen niemals aufgeben, es ist ein Teil von mir, der mich dir immer nah fühlen lassen wird.«

Ihr zufriedenes Seufzen legte sich wie eine beruhigende Hand auf mein Herz. Ich würde sie zumindest dahingehend niemals enttäuschen.

Grandpa kam an diesem Abend nicht mehr, um sich von mir zu verabschieden, und ich versuchte auf das zu vertrauen, was Mom sagte: dass er einfach Zeit brauchen würde.

Die letzten sechs Tage hatte ich damit verbracht, mein Leben zu ordnen und mich auf meinen neuen Job vorzubereiten. Ich mistete meine Habseligkeiten aus, die ich bei Rylee hatte, sodass ich nur das mitnahm, was ich wirklich brauchte. Ich war mit Piper und Rylee shoppen, um meine Garderobe bürotauglich zu machen. Zudem kündigte ich meinen Job im Supermarkt, bei dem ich ohnehin nur an zwei Tagen in der Woche arbeitete und besuchte Maria und die Mädchen im Ballettstudio, um mich vorerst zu verabschieden.

Ich hatte das Gefühl, gut vorbereitet zu sein und doch irgendwie auch gar nicht, weil das, was vor mir lag, so ungewiss war.

Als der Montag kam, saß ich auf gepackten Koffern vor Rylees Haus und wartete gemeinsam mit ihr und Piper auf den Fahrer, der mich abholen sollte. Der Abschied fiel uns dreien sichtlich schwer, obwohl wir wussten, dass ich nicht in eine andere Stadt zog und wir uns regelmäßig sehen konnten.

»Pass auf dich auf. Wir haben dich unendlich lieb«, sagte Rylee mit tränenerstickter Stimme und fiel mir um den Hals. Piper tat es ihr gleich.

»Und schreib uns sofort, wenn du es nicht mehr aushältst. Wir holen dich ab, egal wann, hörst du?«, meldete Piper sich mit ernster Miene zu Wort.

Rasch versuchte ich, die Tränen, die sich ihren Weg bahnten, zu unterdrücken. Ich wollte nicht heulen, denn ich sollte gleich meinen neuen Boss und meinen Arbeitsplatz kennenlernen.

Schwer seufzend zog ich sie beide wieder fest an mich und atmete noch ein letztes Mal ihre vertrauten Düfte ein, die in den letzten Jahren zu meinem Zuhause geworden waren.

Und dann sah ich sie, die Limousine, die mich in mein neues Leben bringen sollte.

KAPITEL 6
Caleb

ICH RICHTETE MEINE Krawatte und zog mein Jackett an. Der Plan war, heute später ins Büro zu fahren. Mr. Gonzales würde hierbleiben, um die neue Assistentin einzuarbeiten und Catherine bestand darauf, dass ich sie zumindest mit in Empfang nahm. Das passte mir nicht im Geringsten – das wusste sie genau –, doch Catherine hatte nach so vielen Jahren nicht aufgegeben, mich zu einem besseren Menschen zu erziehen. Tief in ihrem Innersten musste ihr klar gewesen sein, dass mein Personal mir persönlich nicht wirklich am Herzen lag und ich es nur schätzte, wenn sie gute Arbeit machten – und genau dafür sorgte sie.

Ungeduldig fiel mein Blick auf meine Patek Phillipe, als ich feststellte, dass es bereits 8.30 Uhr war. Normalerweise wäre ich längst im Büro. Zielstrebig ging ich in Richtung Küche, wo Catherine und Mr. Gonzales ihre Köpfe über der Theke zusammengesteckt hatten und irgendetwas besprachen. Laut räuspernd machte ich auf mich aufmerksam. »Ist der Wagen noch nicht zurück?«

Catherine ruckte mit dem Kopf hoch und blickte mich fragend an. »Du meinst wohl, ob Ms. Hayes noch nicht da ist?«

Mit einem genervten Schnauben nahm ich den Kaffee, den

Mr. Gonzales mir gemacht hatte, von der Anrichte.

»Mr. Gonzales hat seine Sachen schon gepackt und wird heute im Wellington einchecken, sodass Ms. Hayes ihr Zimmer beziehen kann. Geplant ist, dass sie ihn heute durch den Tag begleitet, damit er sie mit allen wichtigen Details vertraut macht. Morgen wird er ihr dann nur noch über die Schulter schauen. Wir hoffen, dass wir den Übergang so reibungslos wie möglich für dich gestalten können.« Erwartungsvoll schaute sie mich über ihren Brillenrand hinweg an, als müsste ich etwas erwidern.

Ich nickte und nahm einen großen Schluck Kaffee, als ich das Geräusch des Aufzugs wahrnahm. Sie waren also da. Wundervoll. Dann würde hier in ungefähr achtundvierzig Stunden hoffentlich wieder alles seinen gewohnten Gang gehen. Die Aufzugtür öffnete sich und Catherine bedeutete mir mit einem schnellen Handzeichen, mich in Bewegung zu setzen. Sie eilte los und Mr. Gonzales lief ihr, wie auf Kommando, mit einem Tablet unter dem Arm hinterher. Noch immer an die Küchentheke gelehnt, hörte ich sie in einem auffällig freundlichen Tonfall sagen: »Ms. Hayes, schön, dass Sie da sind. Ich hoffe, Sie hatten eine angenehme Fahrt hierher. Unser Fahrer wird gleich dafür sorgen, dass ihr Gepäck hochgebracht wird.«

»Danke, Mrs. Barnes, es war ganz angenehm. Ich freue mich, endlich da zu sein«, ertönte eine helle weibliche Stimme. Ich richtete mich langsam auf, stellte die Kaffeetasse auf der Theke ab und bewegte mich in Richtung des Aufzugs.

»Mr. Gonzales kennen Sie ja bereits.« Er schüttelte ihr die Hand und strahlte dabei wie ein Honigkuchenpferd. Catherine drehte sich zu mir um und deutete mit ihrer Hand in meine Richtung. »Und das ist Mr. West.«

Ich lehnte mich zu ihr vor, schüttelte ihr ebenfalls die Hand und nahm sie mit einem kurzen Nicken in Empfang.

»Willkommen«, brachte ich knapp hervor. Sie lächelte und sah neugierig zu mir auf. Ihr Handschlag war zart. Überrascht trat ich ein Stück zurück und scannte sie unauffällig. Ich hatte nicht einen einzigen Gedanken jemals daran verschwendet, wie meine Assistenten wohl aussähen. Doch darauf war ich ganz sicher nicht vorbereitet, denn sie sah aus wie ein unschuldiger Engel. Diese kleine zierliche Frau reichte mir mit ihren High Heels gerade knapp bis zur Schulter. Eine schwarze Stoffhose umspielte ihre schlanken, aber durchaus trainierten Beine. Sie war definitiv sportlich. Hellblonde Locken fielen ihr über den Rücken, die kleinen Sommersprossen in ihrem Gesicht ließen sie noch unschuldiger wirken und akzentuierten ihre engelhafte Erscheinung.

Sie strich sich eine Haarsträhne hinters Ohr und sah mich mit ihren eisblauen Augen verlegen an. Dann fiel mein Blick auf diesen Mund, der etwas anderes vermuten ließ als der Rest von ihr. Sie war die Unschuld in Person – ihre vollen Lippen waren hingegen die reinste Sünde. Erschrocken von meinen eigenen Gedanken trat ich noch einen weiteren Schritt zurück. Catherine schaute irritiert zu mir rüber.

»Ich muss los. Ihr kommt zurecht, nehme ich an.« Ein mahnendes Gefühl, die Situation schnellstmöglich zu verlassen, nahm Besitz von mir. Denn diese Frau war mir bereits in der ersten Sekunde nicht nur unter die Haut, sondern direkt in meinen Schwanz gefahren.

Wenige Minuten später ließ ich mich von meinem Fahrer Henry ins Büro bringen. Catherine würde später kommen, sie hatte noch zu tun, und mit Mr. Gonzales rechnete ich nicht vor 12 Uhr.

Bei meiner Ankunft wartete Landon bereits in meinem Büro. Er saß auf meinem Stuhl und lächelte hämisch, als ich auf ihn zuging. »Wie lange sitzt du schon hier?« Ungläubig schüttelte ich den Kopf.

»Catherine sagte mir, du seist unterwegs.«

»Was kann ich für dich tun?« Mit einer scheuchenden Handbewegung bedeutete ich ihm, von meinem Stuhl aufzustehen.

»Ich wollte nur mal nach dir sehen. Ich wusste ja, deine Laune würde heute nicht die beste sein.«

Mürrisch klappte ich mein Notebook auf. »Und das wolltest du dir freiwillig antun?«

Landon seufzte. »Nein, Mann, du bist mein bester Freund und ich wollte dir vorschlagen, heute Abend was zu unternehmen, um dir diesen stressigen Tag zu versüßen.« Er zwinkerte mir zu, was mich unweigerlich auflachen ließ.

»Und da denkst du, dass ich ausgerechnet was mit dir unternehmen will?«

»Hör auf mit dem Scheiß. Ich weiß genau, wie angespannt du bist. Ich bin mir sicher, die neue Assistentin wird schnell eingearbeitet sein. Oder bist du immer noch pissig, weil Catherine dir keinen Mann erlaubt hat?«

Mittlerweile hatte er auf meiner Ledercouch Platz genommen und streckte beide Arme aus, als gehörte sie ihm.

»Wovon redest du? Du solltest wissen, dass es mir egal ist, welches Geschlecht meine Assistenz hat. Der Mann hatte die besseren Referenzen. Das ist alles.«

»Ach, ist das so?« Landon blickte mich mit hochgezogener Braue an. Ich ignorierte seine Frage geflissentlich und tippte etwas in mein Notebook.

»Und wie ist deine neue Assistentin so?«

»Kann ich wohl kaum beurteilen. Ich habe ihr nur kurz die Hand geschüttelt und bin dann ins Büro gefahren.«

Er brauchte nicht zu wissen, wie eiskalt mich ihr erster Anblick erwischt hatte. Mir war ja selbst nicht klar, was los mit mir war. Warum hatte ich sie so angesehen? Sie war ein Mauerblümchen. Wie Catherine sagte, ein unbeschriebenes Blatt. Sie war nur meine Assistentin. Vielleicht müsste ich dringend mal wieder vögeln. Es war schon einige Wochen her, seit ich das letzte Mal eine Frau dafür bezahlt hatte, mir ihre Dienste zu erweisen.

»Ich verstehe nicht, warum du dich jedes Jahr diesem Stress aussetzen willst. Du warst doch zufrieden mit Mr. Gonzales.«

Jetzt schaute ich von meinem Notebook hoch. »Landon, du kennst meine Gründe«, ließ ich ihn genervt wissen.

»Ja, das heißt aber nicht, dass ich sie verstehe.« Die ernste Miene, mit der er mich ansah, ließ mich ahnen, worauf dieses Gespräch hinauslaufen würde. »Es macht sie nicht lebendig, Cal. Das, was du tust, bringt niemandem etwas. Wenn du mich fragst, hättest du Mr. Gonzales behalten sollen.« Landon hatte es geschafft, dass ich innerhalb weniger Sekunden außer mir war. Zähneknirschend schlug ich das Notebook zu.

»Warum machst du an so einem Tag wie heute so ein Thema auf? Ich dachte, du wolltest mir helfen? Klang gerade zumindest noch so«, zischte ich ihn an, sodass er beschwichtigend die Hände hob.

»Sorry, Cal, ich hatte nicht vor, dir den Tag noch mehr zu vermiesen. Ich will es einfach nur verstehen. Ich meine, Catherine und ich stehen dir auch nah, wir sind deine Familie. Um uns machst du nicht so ein Theater.«

»Das ist etwas völlig anderes. Ihr wisst, worum es geht und könnt auf euch aufpassen. Außerdem kann ich euch beide ja schlecht aus meinem Leben streichen – wobei ich mir diese Option noch einmal durch den Kopf gehen lasse, wenn du mir weiterhin auf den Sack gehst.« Mit beiden Händen strich ich mir über das Gesicht und seufzte. »Wenn du mich entschuldigst. Ich würde hier jetzt gern weitermachen.«

Landon nickte und erhob sich von der Couch. »Ich werde mal das Meeting für heute Mittag vorbereiten. Über die Zahlen müsste Catherine später noch mal drüber gucken.«

»Gut, dann sehen wir uns später.«

Er verließ mein Büro, denn er wusste, wann er besser den Mund hielt und das Weite suchte. Ich war dankbar für die Ruhe, denn ich war heute einfach nicht in Stimmung, um über Maddie zu sprechen. Um genau zu sein, war ich es nie. Wieso er es nicht einfach gut sein lassen konnte? Zwölf Jahre waren seit ihrem Tod vergangen und ja, ich hatte mein Leben danach so organisiert, dass ich für andere Menschen keinerlei Risiken mehr einging. Meine Regeln funktionierten, das zeigten die letzten Jahre. Seit ich CEO von MCW Pharmaceuticals war, hatte ich drei persönliche Assistenten und keiner war länger als ein Jahr geblieben. Ich legte großen Wert darauf, keinerlei Beziehungen im beruflichen oder privaten Kontext aufzubauen, was mir auch mühelos gelang. Bis auf meinen Leibwächter Cruz hatte es niemand geschafft, so etwas wie ein Freund zu werden, denn bei ihm ging die Wahrscheinlichkeit, dass er in Gefahr geriet, gegen Null. Cruz Vegas war so ziemlich der krasseste Typ, dem ich jemals begegnet war, und er war alles andere als ein Opfer. Menschen mieden ihn.

Ich hatte ein Talent dafür, andere Menschen auf Abstand zu halten. Es fiel mir keineswegs schwer, weshalb mich die heutige Begegnung mit der neuen Assistentin umso mehr irritierte. Ich würde kein Interesse an ihr finden. Alles war völlig harmlos. Ich stand aktuell nur extrem unter Strom, versuchte ich mir einzureden. Es war scheißegal, wer sie war oder wie sie aussah. Ich würde einfach einen gesunden Abstand halten, so wie ich es auch bei meinem übrigen Personal tat.

KAPITEL 7
Liv

DIE ERSTE BEGEGNUNG mit meinem Boss hatte ich mir ganz sicher anders vorgestellt. Ich hatte einen arroganten, unattraktiven Snob erwartet. Stattdessen schüttelte ein großgewachsener, verdammt attraktiver, aber distanzierter Mann mir die Hand und wurde mir als Mr. West vorgestellt. Ein kurzer Blick in seine großen, von dichten Wimpern umrandeten haselnussbraunen Augen, und meine Knie hatten sich angefühlt wie Wackelpudding. Welchen ersten Eindruck er wohl von mir hatte? Bis zu diesem Zeitpunkt kannte er wahrscheinlich lediglich meinen Namen, denn bei unserer Vorstellung wirkte er auf mich nicht sonderlich interessiert. Es war mir nicht entgangen, dass er mich angesehen hatte, als stamme ich von einem anderen Planeten. Er hatte sich auch nicht die Mühe gemacht, irgendetwas über mich in Erfahrung zu bringen. Stattdessen war er schneller wieder verschwunden, als er aufgetaucht war.

»Ich zeige Ihnen als erstes Ihr Zimmer. Folgen Sie mir«, hörte ich die Stimme von Mrs. Barnes, die in Richtung eines langen Flurs zeigte. Das Penthouse von Mr. West war ziemlich beeindruckend mit seinem großen, offenen Wohnraum, seiner langen und hellen Fensterfront und der großen Dachterrasse, auf der ein

Jacuzzi stand. Die ebenfalls offene Küche mit ihrer überdimensional großen Kochinsel und den weißen Hochglanzfronten sah aus, als ob eine zehnköpfige Luxusfamilie hier ihr Essen zubereiten ließe. Ich staunte und folgte Mrs. Barnes den Flur entlang. Sie öffnete die Tür zu meinem Zimmer und ich musste mich beherrschen, damit sie nicht mitbekam, *wie* beeindruckt ich war. Ich fühlte mich wie ein kleines Mädchen in einem Märchenschloss. Nur dass hier nicht mein Märchenprinz lebte, sondern mein Boss, der mich vermutlich rund um die Uhr arbeiten lassen würde. Wenigstens ließ es sich hier gut aushalten.

Das Zimmer war groß und ebenso hell wie der Wohnbereich. In der Mitte stand ein Kingsize Boxspringbett und darüber hing ein Flatscreen, so groß wie Rylees Küchentisch. In der Ecke befand sich ein Sofa aus Leder, daneben ein wuchtiger Schreibtisch aus Mahagoni im englischen Stil, der beinahe königlich wirkte. Das Zimmer war ordentlich und roch angenehm frisch nach einem Zitrusreiniger. Als Mrs. Barnes mir den begehbaren Kleiderschrank und das daran angrenzende Badezimmer zeigte, war es um mich geschehen. Diese Art von Ankleidezimmern kannte ich nur aus dem Fernsehen. Meine Kleider und Schuhe würden diesen Raum nicht einmal zur Hälfte füllen können, und dabei war ich mit vier Koffern angereist, die mittlerweile ordentlich in der Ecke standen. Das Bad zierten helle, edel wirkende Fliesen und in der Mitte stand eine große freistehende Badewanne. Ein Duschbereich mit einer Regendusche war separat abgetrennt.

Schlagartig wurde mir bewusst, was es bedeutete, ein Milliardär zu sein. Wir sprachen hier nicht von Millionen, sondern von Milliarden – und genauso sah dieses Penthouse auch aus. Mrs. Barnes bedeutete mir abermals, ihr zu folgen.

»Neben Ihrem Zimmer liegen noch zwei Gästezimmer, die so gut wie nie genutzt werden.«

Wir gingen über den langen Flur zurück, vorbei an dem hellen

Wohnbereich, auf die gegenüberliegende Seite.»Das ist das Büro von Mr. West. Hierher kommen Sie nur, wenn es Ihnen ausdrücklich gesagt wird. Und hier hinter«, sie wies auf zwei weitere Türen,»befinden sich Mr. Wests privaten Räume, die Sie bitte nicht betreten.«

Erleichtert seufzte ich auf. Ich schlief also weit genug von diesem Mann entfernt. In den letzten Tagen hatte ich mir oft den Kopf darüber zerbrochen, ob ich wohl genügend Privatsphäre hätte. Mir war bewusst, dass ich viel arbeiten müsste, aber sicherlich hätte ich auch einige Stunden frei, die ich nicht unbedingt mit meinem Boss verbringen wollte. Das alles hier fühlte sich gerade so surreal an, und dass Mr. West – entgegen meiner Vorstellung – so ziemlich der Inbegriff von Attraktivität war, machte die Sache nicht besser.

»Mit dem Aufzug kommen Sie in die obere Etage. Dort finden sie den Pool, den Saunabereich und einen Fitnessraum. Diese Räumlichkeiten können Sie dann nutzen, wenn Mr. West sie nicht benötigt.« Mit ihren Worten entriss mich Mrs. Barnes unvermittelt meinen abschweifenden Gedanken. Das alles hier wurde immer bunter.

Wir gingen zurück in die offene Küche, wo Mr. Gonzales an der Kochinsel saß und etwas auf einem Tablet tippte. Als er uns bemerkte, blickte er lächelnd auf.»Kann ich Ihnen einen Kaffee anbieten, Ms. Hayes?«

Unsicher, wie Mrs. Barnes es wohl fände, wenn ich hier kurz nach meiner Ankunft Kaffee tränke, lehnte ich dankend ab.

»Ich habe Ms. Hayes durch die Räumlichkeiten geführt. Ich bitte Sie, ihr alles Weitere zu erklären, Thiago. Wir sehen uns später.« Sie schenkte mir ein warmes Lächeln und griff nach ihrer Birkin Bag.»Kommen sie erst einmal in Ruhe an.« Liebevoll tätschelte sie mir die Schulter, als hätte sie eine Ahnung, wie schwer mir all das fiel. Dann verschwand sie in Richtung des Aufzugs bis das Klackern ihrer High Heels auf dem Marmorboden verstummte.

Alle waren so freundlich und fürsorglich, was mich innerlich ein wenig beruhigte.

Thiago Gonzales war ein schöner, strukturierter, organisierter und – ich verwette meinen Allerwertesten darauf – sicherlich nicht hetero Mann. Er stand auf und winkte mich zu dem Kaffeevollautomaten. »Wir beginnen mit dem Wichtigsten«, zwinkerte er mir zu. Geduldig und ruhig erklärte er mir jeden einzelnen Schritt der Zubereitung des Lieblingskaffees von Mr. West. Dann stellte er ihn vor mir ab. »Probieren Sie ihn, Sie sollten wissen, wie der Kaffee Ihres Bosses schmeckt.«

Ich war erstaunt darüber, wie klischeebehaftet meine Einarbeitung startete, aber er hatte recht. Diese einfachen Dinge sollte ich beherrschen. Neugierig griff ich nach der Tasse, nahm einen Schluck und stellte mit Erstaunen fest, dass der Kaffee besser schmeckte, als von jedem Barista. »Der schmeckt sehr gut.«

Mr. Gonzales lächelte selbstzufrieden. »Nehmen Sie ihn gern mit auf die Terrasse, das Wetter ist schön. Wir setzen uns raus, und ich erkläre Ihnen schon mal einige Dinge.«

Sprachlos folgte ich ihm mit meinem Kaffee nach draußen. Wir setzten uns in eine Lounge und kurz stockte mir der Atem. Der Ausblick über die Skyline Bostons war überwältigend. Das sähe ich also immer sehen, wenn ich hier draußen säße? Ungläubig schüttelte ich den Kopf. Ich sah aus dem Augenwinkel, wie Mr. Gonzales mich amüsiert   beobachtete.

»Beeindruckt?«, fragte er mit erhobener Braue. Ich sah ihn an und nickte etwas verlegen.

»Das muss Ihnen nicht unangenehm sein. Als ich hier vor einem Jahr ankam, ging es mir ganz genauso. Ich hatte zwar vorher schon drei Jahre lang eine Stelle als persönliche Assistenz, allerdings hatte ich da in meinem eigenen Apartment gelebt und war nur zu den Bürozeiten verfügbar.«

Ich war verwundert darüber, mit was für einer Selbstverständlichkeit er sich hier bewegte, dass er es sich erlaubte, draußen bei dieser Aussicht entspannt zu arbeiten.

»Mr. Gonzales, darf ich Sie etwas fragen?«

Mit schmalen Augen sah er zu mir rüber und streckte mir die Hand entgegen. »Nenn mich Thiago.«

Erleichtert hielt auch ich ihm meine Hand entgegen. Dass er mir seinen Vornamen anbot, lockerte die Situation gleich ein Stück mehr für mich auf. »Danke, nenn mich Liv.«

»Was möchtest du wissen, *Liv*?« Er betonte meinen Namen so, als wäre er ein Fremdwort.

»Wie ist Mr. West so? Was ist er für ein Mensch?« Ich wusste, ich sollte diese Frage nicht sofort stellen. Jedoch war ich völlig verunsichert von der heutigen Begegnung und der Tatsache, dass sich alles so real anfühlte, seit ich hier saß. Ich würde ein Jahr lang in seinem Zuhause leben, ohne irgendetwas über diesen Mann zu wissen.

Thiago legte das Tablet, auf dem er gerade begonnen hatte, etwas einzutippen, auf dem Tisch ab und blickte mich ernst an. »Nimm es nicht persönlich, dass er sich kaum zeigt, unkommunikativ und distanziert ist. So ist er eben. Er ist besonders. Das wird sich auch in diesem Jahr nicht ändern. Mr. West ist ein professioneller Abstand sehr wichtig.«

»Aber warum lässt er seine Assistenten dann bei sich wohnen?«

»Das wirst du relativ schnell herausfinden. Er lebt für seine Arbeit. Als seine persönliche Assistentin beginnt dein Tag morgens um 5.30 Uhr. Du arbeitest auch an Samstagen. Stell dich also darauf ein, wenig Freizeit zu haben. An manchen Tagen waren wir bis spätabends im Büro. Wie würdest du es bei diesen

Arbeitszeiten täglich rechtzeitig durch den Bostoner Verkehr schaffen? Mr. West legt großen Wert auf einen reibungslosen Ablauf seines Alltags.«

»Verstehe«, gab ich zurück und nickte, obwohl mir bei seinen Worten mulmig zumute war.

Thiago legte seinen Kopf schief und bedachte mich mit einem mitleidigen Blick. »Ich weiß, der Anfang ist schwer. Ich kann dir nur den Tipp geben, nicht zu viele Fragen zu stellen und alles so umzusetzen, wie es von dir erwartet wird. Meine Beurteilung ist tadellos und wird mir eine gute Karriere ermöglichen. Da der Vertrag immer nur auf ein Jahr befristet ist, nehme ich an, das ist auch dein Ziel.«

Wieder nickte ich und lächelte stumm.

Thiago erklärte mir ausführlich alle Tools und Apps, mit denen ich arbeiten musste, um Mr. Wests Alltag zu planen. Neben einem eigenen Handy, auf dem mich Mr. West oder Mrs. Barnes kontaktieren konnten, bekam ich ein Tablet, das ab jetzt mein stetiger Begleiter war, und eine Schlüsselkarte für das Penthouse. Mittlerweile schrieb ich alles fleißig mit, um ja keine Info zu versäumen. Ich hätte nicht erwartet, dass die persönliche Assistenz eines Mannes so viele verschiedene Tätigkeiten umfasste.

»Wenn Mr. West einen Fahrer ordert, dann gibst du Henry Bescheid. Die Nummer ist im Handy gespeichert. Wenn er etwas essen möchte, besorgst du es. Seine bevorzugten Lieferservices sind auch im Handy hinterlegt. Einkäufe für zu Hause planst du über die App. Du fragst Mr. West, was er benötigt. Kochen musst du nicht, dafür gibt es Personal, das du ordern kannst, aber das wurde hier so gut wie nie benötigt.«

»Muss ich mir meine eigenen Lebensmittel besorgen?«

Thiago lachte. »Nein, so lange du für Mr. West arbeitest, musst du dich um nichts sorgen. Wenn er etwas zu essen bestellt, kannst du dir auch etwas holen, was immer du willst. Wenn du neue

Kleidung für die Arbeit brauchst oder irgendetwas anderes, dann kaufst du es dir. Einzig für deine Freizeitaktivitäten kommst du selbstständig auf.«

Stirnrunzelnd schaute ich ihn an, während Thiago mir eine schwarze American Express entgegenhielt. »Diese Karte kannst du für alles nutzen. Mach damit keinen Quatsch, besorge das, was benötigt wird. Die Kreditkartenabrechnung wird einmal im Monat von Catherine überprüft.«

Es entging Thiago nicht, dass ich ihn mit weit geöffnetem Mund anstarrte.

»Krieg dich wieder ein, dein Job ist auch kein Zuckerschlecken.« Er grinste unentwegt, belustigt über meine Reaktion.

»Und nun ein paar sehr wichtige Zusatzinfos: Einmal in der Woche organisierst du frische Blumen für das Grab seiner Familie. Der Blumenladen ist im Handy gespeichert; die wissen genau, wo die Blumen hingehen.«

Ich schluckte schwer. Das Grab seiner Familie? Waren beide Eltern tot? Ich versuchte, mich von diesem schrecklichen Gedanken loszureißen, um Thiago weiter zu folgen.

»Du sprichst Mr. West ausschließlich mit Mr. West an. Du klopfst immer an und wartest, bis er dich reinbittet, und du schließt immer die Tür hinter dir. Wenn du etwas benötigst, wendest du dich an Catherine. Die hinteren privaten Räume hier zu Hause sind tabu. Du bringst niemanden mit hierher.«

Ich nickte eifrig und notierte die Dinge, die Thiago so selbstverständlich runterrasselte, so schnell ich konnte. Wie sollte ich mir all das merken?

»Mach dir keine Gedanken wegen des Sicherheitspersonals. Sie werden euch ins Büro und wieder nach Hause folgen und überall, wo ihr gemeinsam hingeht. In der Regel tun sie dies sehr diskret und unauffällig.«

»Sicherheitspersonal?«, fragte ich, um sicherzugehen, dass ich mich nicht verhört hatte.

Er nickte, als wäre es das Normalste der Welt, einen Bodyguard zu haben.

»Und jetzt zu deinen Arbeitszeiten: Deine Woche beginnt montagmorgens um 5.30 Uhr und endet samstags, wann auch immer Mr. West fertig ist. Mittwochs hast du sicher ab 18 Uhr frei, da geht er privaten Aktivitäten nach. Sonntag ist dein freier Tag. Diese Zeit steht dir zu deiner freien Verfügung. Ein paar Mal im Jahr geht es auf Geschäftsreise, da wirst du Mr. West begleiten.«

Mein Kopf rauchte. Thiago musste mir angesehen haben, wie ich mich fühlte.

»Wir lassen das jetzt alles mal kurz sacken und fahren gleich ins Büro. Das ist von hier nicht weit entfernt. Dann zeige ich dir dort deinen Arbeitsplatz und stelle dich allen wichtigen Leuten vor.« Fürsorglich legte er eine Hand auf meinen Rücken, so als wolle er mich daran erinnern, zu atmen.

Ich wusste nicht, was ich mir unter der persönlichen Assistenz eines Pharmamilliardärs vorgestellt hatte – das übertraf definitiv alles. Seufzend sah ich in Thiagos Gesicht, der sich bemühte, sein motivierendes Lächeln beizubehalten.

KAPITEL 8

Liv

GEGEN 13 UHR fuhren wir ins Büro. Thiago hatte mir auf dem Weg dorthin noch weitere Details zu den Eigenarten meines neuen Bosses erzählt. Ich wusste nicht, ob ich neugierig auf diesen Menschen oder völlig abgeschreckt war. Wahrscheinlich ein bisschen von beidem.

Wir betraten das Gebäude von MCW Pharmaceuticals, und ich erkannte die Dame am Empfang, der Thiago im Vorbeigehen eine Kusshand zuwarf. Amelia Davis lächelte und begrüßte mich mit einem »Herzlich willkommen, Ms. Hayes«.

Erstaunt darüber, dass sie wusste, dass ich heute meinen ersten Arbeitstag hatte, bedankte ich mich und folgte Thiago, der mit eiligen Schritten voranging und den Aufzug ansteuerte. Zielstrebig drückte er den Knopf des sechzehnten Stockwerks und lehnte sich gelassen gegen die Wand, als der Fahrstuhl sich kaum hörbar in Bewegung setzte.

»Im Grunde brauchst du dir nur das sechzehnte Stockwerk merken. Dort befinden sich die Büros von Mr. West, Catherine und Mr. Barnes, und dort ist auch einer der großen Konferenzräume. Im ersten Stockwerk befinden sich die Labore. In den Etagen darüber die Reinräume, die sich …«

»Moment mal. Die was?«, unterbrach ich ihn irritiert.

Thiago grinste amüsiert. »Ein spezieller Raum, in dem Medikamente hergestellt werden. In den Laboren wird geforscht und in den Reinräumen werden die Medikamente sozusagen unter keimfreien Bedingungen produziert.« Er sah mich einen Moment lang prüfend an, so als wolle er sichergehen, dass ich ihm folgen konnte.

»Die Reinräume sind absolut tabu. Auf diese Etage kommst du ohnehin nicht ohne Zugangskarte. Darüber befindet sich der Vertrieb. Direkt unter der Chefetage ist die Rechtsabteilung und darüber ist die Buchhaltung. Falls du sonst irgendwie Hilfe bei der Orientierung hier im Haus brauchst, dann fragst du einfach Amelia Davis. Sie weiß alles.«

Ich brauchte einen Augenblick, um all die Informationen sacken zu lassen. Dann fragte ich neugierig: »Der Mann von Mrs. Barnes arbeitet auch hier?«

»Nein, ihr Mann lebt nicht mehr. Es ist ihr Sohn, Landon«, antwortete Thiago knapp als das Summen des Aufzugs ertönte.

Im sechzehnten Stockwerk angekommen, offenbarte das Öffnen der Aufzugtüren unmittelbar die Sicht auf einen Schreibtisch, an dem eine Dame saß, die mir sofort bekannt vorkam.

»Das ist Claire«, hörte ich Thiago sagen.

Natürlich, Claire. Ich ging auf sie zu und stellte mich vor, bevor sie mir mit einem atemberaubenden Wimpernaufschlag ihre manikürte Hand entgegenstreckte. »Willkommen bei MCW Pharmaceuticals.«

»Claire kümmert sich gemeinsam mit Lisa um die Belange von Mr. und Mrs. Barnes.« Er zeigte auf einen weiteren Schreibtisch hinter einer Glaswand, von dem aus uns eine rothaarige Schönheit zuwinkte. Lisa trug ein Headset und lächelte unentwegt, während sie sich nebenbei anscheinend irgendwelche Notizen machte. Auch sie sah, ähnlich wie Amelia und Claire, aus, als wäre sie einem Katalog entsprungen.

Thiago führte mich den langen Korridor entlang, vorbei an dem Raum, in dem das Vorstellungsgespräch stattgefunden hatte. Er drehte sich zu mir um und wies auf das Eckbüro. »Den Konferenzraum kennst du ja bereits.« Wir gingen weiter und steuerten auf ein zweites Eckbüro zu. »Das ist das Büro von Mr. West, und hier«, er lief ein paar Schritte weiter und öffnete eine Glastür, die sich rechts neben dem Büro befand, »ist dein Büro.« Grinsend hielt er mir die Tür auf, damit ich eintreten konnte. Es war ein kleines, aber sehr modern eingerichtetes Büro. Ich sah Thiago fragend an, als mir eine Tür rechts neben dem Schreibtisch ins Auge fiel.

»Ja, genau, dadurch kommst du in das Büro von Mr. West.«

Ich nickte und schaute mich um. Der Ausblick aus diesem Büro war atemberaubend und für einen kurzen Augenblick fühlte ich mich genauso entschädigt wie vorhin auf der Dachterrasse des Penthouses.

»Vergiss aber nicht, was ich dir gesagt habe.« Abwartend ließ er seinen Blick über mein Gesicht schweifen.

»Ja, ich weiß: nicht eintreten, wenn ich nicht ausdrücklich aufgefordert wurde. Und immer die Tür schließen.«

Ein zufriedenes Lächeln umspielte seine Lippen. »Und es ist egal, durch welche der Türen du kommst, diese Regel gilt immer.« Wieder nickte ich.

Immer häufiger drängte sich mir der Gedanke auf, für einen extrem komischen Menschen zu arbeiten. Was waren das nur für strikte Anweisungen, an die ich mich halten sollte? Vielleicht litt er an irgendwelchen Neurosen, die er versuchte zu kompensieren, indem er andere Menschen dafür einspannte. Grandpa würde mir sicherlich jetzt sagen, dass es daran lag, dass er ein Pharmateufel war.

»Ich zeige dir noch das Büro von Catherine und Mr. Barnes,

dann müssen wir uns an die Arbeit machen.«

Mir war aufgefallen, dass er sie Catherine und nicht Mrs. Barnes nannte. »Welche Funktion genau haben Mr. und Mrs. Barnes?«

»Mrs. Barnes ist die CFO dieser Firma. Sie kümmert sich hauptsächlich um alle finanziellen und teilweise um personelle Angelegenheiten, die Mr. West betreffen. Und sie ist Teil des Vorstands von MCW Pharmaceuticals. Catherine ist eine verdammt ehrgeizige und intelligente Frau. Sie ist ein herzensguter Mensch und du wirst dich sicher gut mit ihr verstehen. Mach dir also keine Gedanken.« Thiagos Miene wurde ernster. »Anders sieht es mit Mr. Barnes aus. Er ist die rechte Hand von Mr. West, was bedeutet, er kümmert sich um das operative Geschäft, und dazu ist er sein bester Freund. Landon ist charakterlich das komplette Gegenteil von Mr. West, also nimm dich vor ihm in Acht. Er ist gutaussehend und charmant.«

»Und?«, entgegnete ich neugierig, denn ich ahnte, dass es da noch mehr zu erfahren gab.

»Und es gibt in diesem Haus nicht viele Frauen, die noch nicht mit ihm im Bett waren. Ich denke, im Grunde ist Mr. West dieser Umstand völlig egal. Jedoch sollte dir das als seine persönliche Assistentin nicht passieren. Es könnte dich sonst deinen Job kosten. Mr. West und Mr. Barnes haben eine völlig entgegengesetzte Auffassung, wenn es um das Thema Mitarbeiterführung geht.« Thiago bemerkte meinen überraschten Blick und musterte mich eindringlich.

»Oh, okay. Danke für die Warnung.«

»Du wirst nicht viel mit ihm zu tun haben, und von Mr. West selbst geht keinerlei Gefahr aus, da kannst du dir sicher sein.«

Jetzt schaute ich ihn noch irritierter an als zuvor. »Was meinst du damit?«

Thiago zuckte mit den Schultern. »Ich habe in einem Jahr nie erlebt, dass er sich mit einer Frau getroffen oder sie mit nach Hause gebracht hat. Anders als Landon würdigt Mr. West die Frauen hier im Haus keines Blickes. Keine Ahnung, vielleicht ist er asexuell oder so, sowas soll es ja durchaus geben.«

Ich staunte nicht schlecht. Wenn diese Frauen, die allesamt aussahen, als wären sie Anwärterinnen der Miss-America-Wahl, ihn kalt ließen, musste da etwas dran sein.

»Was ist, bist du überrascht?«

»Nein, ich dachte nur ... ich weiß nicht, er sieht nicht so aus, als sei er ... naja, du weißt schon. Er ist so ...«

»Heiß?«, neckte Thiago mich mit einem herausfordernden Blick.

Erschrocken fuhr ich zu ihm herum. Meine Wangen glühten.

»Schätzchen, wir haben doch alle Augen im Kopf. Warte erst mal, bis du ihn oben ohne siehst.«

»Oben ohne?«, krächzte ich.

Thiago lachte laut auf. »Entspann dich, Liv. Ich habe ihn zweimal gesehen, als er aus seiner Sauna kam. Er war nur mit einem Handtuch bekleidet. Es war sonntags und er wusste nicht, dass ich schon zurück war. Sollte dir das passieren, bin ich mir sicher, du wirst es überleben.« Er zwinkerte mir zu und schien wieder deutlich belustigt über meine entgleisten Gesichtszüge.

Na super. Mein neuer Boss war also ein asexueller, menschenscheuer, anspruchsvoller, neurotischer und sonderbarer Adonis. Wobei mir Ersteres relativ egal sein sollte und Letzteres mich vielleicht in unangenehme Situationen katapultieren könnte. Ich war mir nicht sicher, ob ich diese Information lieber nicht erhalten hätte, denn immer mehr befremdliche Mosaikteilchen fügten sich in meinem Kopf zusammen und formten das Bild eines sehr schwierigen Mannes.

Catherines Bürotür stand offen, sodass Thiago uns nur durch ein kurzes Klopfen an der offenen Glastür bemerkbar machte. Als ihr Blick auf uns fiel, lächelte sie herzlich. Vor ihrem Tisch stand ein Mann in einem feinen grauen Armani-Anzug, der uns nun ebenfalls bemerkt hatte und durchdringend musterte. Ein zweifellos schöner Mann blickte mir entgegen. Er war nicht so groß wie Mr. West, aber mit Sicherheit trotzdem über 1,80 m. Mit seinem glattrasierten Gesicht, dem ordentlich zurück gelegten Haar und seinem Lächeln, das wirkte, als sei es einer Zahnpastawerbung entsprungen, sah er aus wie Prince Charming. Lächelnd kam er auf mich zu und hielt mir die Hand entgegen.

»Sie müssen Ms. Hayes sein.« Wieder ließ er seinen Blick über mich schweifen, wobei er einen Moment zu lange auf meinem Dekolleté verweilte. Verlegen sah ich ihn an, während ich seine Hand schüttelte und mich vorstellte.

»Oh, entschuldigen Sie bitte. Landon Barnes.«

Ah, das war also der charmante Frauenversteher, vor dem ich mich in Acht nehmen sollte.

»Herzlich willkommen bei MCW Pharmaceuticals.« Er zwinkerte mir zu, was unweigerlich wieder dazu führte, dass Wärme in meine Wangen stieg.

»Ms. Hayes, hat Thiago Sie schon mit ihrem Arbeitsplatz vertraut gemacht?«, lenkte Mrs. Barnes ein, und ich war froh, dass ihr Sohn von mir abließ und ein Stück zurücktrat.

Mein Blick fiel auf Thiago, der zu meiner Erleichterung sofort das Wort ergriff. »Wir sind gerade dabei«, erwiderte er seelenruhig und hielt das Tablet in die Höhe. »Ich zeige ihr die Räumlichkeiten, stelle die wichtigsten Leute vor und dann bereiten wir alles für die Meetings am Nachmittag vor.«

Sie nickte zufrieden. »Gut, dann auch noch einmal von mir: Herzlich willkommen hier in unseren Büroräumen.«

Im Augenwinkel nahm ich wahr, dass Mr. Barnes mich immer noch musterte und mir entging nicht, dass Catherine ihm einen funkelnden Blick zuwarf.

»Danke, Mrs. Barnes«, kam es leise über meine Lippen.

Sie machte eine wegwerfende Handbewegung. »Ach, bitte nennen Sie mich doch Catherine. Wir verbringen hier das gesamte nächste Jahr zusammen.«

Thiago und ich hatten insgesamt zwei Termine für den Nachmittag vorzubereiten. Um 14 Uhr nahmen wir einen Herrn in Empfang und geleiteten ihn zu einem kleinen Konferenzraum. Thiago hatte zuvor über das Handy mit Mr. West kommuniziert, um sich das Okay zu holen, dass er bereit war, den Mann zu empfangen. Ich beobachtete das Szenario vorerst aus der Ferne. Thiago öffnete die Tür und bedeutete dem Mann mit einer Handbewegung, einzutreten. »Nehmen Sie Platz. Mr. West ist gleich soweit. Kann ich Ihnen etwas zu trinken bringen? Einen Kaffee? Ein Wasser?«

»Ein Kaffee wäre toll.« Der Mann wischte sich mit einem Tuch über die Stirn.

»Gerne, kommt sofort.« Thiagos Lächeln schien wie in sein Gesicht gemeißelt, denn während er mit dem Mann sprach, war nicht eine einzige andere Emotion wahrnehmbar. Beeindruckt von seiner Professionalität folgte ich ihm in eine Teeküche.

Sofort fiel mir auf, dass hier der gleiche Vollautomat stand wie im Penthouse. Thiago griff sich zwei Tassen aus dem Schrank. »Du weißt noch, wie Mr. West seinen Kaffee trinkt?« Ich nickte etwas unsicher, während er mechanisch eine Tasse unter den Automaten stellte und einen Knopf betätigte. Die andere Tasse hielt er mir entgegen und zeigte mit einer Kopfbewegung auf die Maschine. Ich sollte also jetzt den ersten Kaffee für meinen neuen Boss machen.

Während ich versuchte, mich an jeden einzelnen Schritt zu erinnern, musste Thiago mich zweimal korrigieren. Ich hätte niemals gedacht, dass Kaffee kochen zu so einer solchen Kunst werden könnte, die mir Schweißperlen auf die Stirn trieb, weil ich sie nicht beherrschte. Er nahm mir den fertigen Kaffee aus der Hand, stellte alles auf ein Tablett und tippte mir auf die Schulter. »Ich laufe hinter dir her. Du klopfst an und servierst den Kaffee, dann verlässt du wieder den Raum. Das ist alles. Ganz einfach.«

Ich schluckte trocken. Ich sollte diesen Kaffee jetzt in die Höhle des Löwen bringen? Ich wusste nicht, was mich erwartete, aber es blieb mir nichts anderes übrig, denn ich hatte nur diese beiden Tage mit Thiago, um eingearbeitet zu werden – und die würde ich nutzen. Nervös griff ich nach dem Tablett. Ich kam mir albern vor. So schwierig konnte es nicht sein, einen Kaffee auf den Tisch zu stellen. Und er wird schon kein Ungeheuer sein, schließlich hatte Thiago es auch ein Jahr an seiner Seite ausgehalten, ermahnte ich mich selbst. Er lächelte mir noch einmal aufmunternd zu und machte hinter mir eine schubsende Geste, die mich zum Losgehen bewegen sollte.

Zaghaft klopfte ich an die Tür und wartete auf ein *Herein*. Als keine Reaktion kam, öffnete ich die Tür vorsichtig, balancierte das Tablett in meiner Hand und bemühte mich, nichts zu verschütten. Langsam näherte ich mich dem Tisch und lächelte die beiden Männer höflich an. Mr. West unterbrach sein Gespräch nicht und schaute über mich hinweg, als sei ich kein Mensch, sondern irgendein Ding, das für ihn arbeitete. Vorsichtig trat ich an den Tisch heran und stellte beide Tassen an ihren Platz. Der Mann musterte mich einen Moment und bedankte sich in einem übertrieben freundlichen Tonfall. Mr. West hingegen schien weiterhin keine Notiz von mir zu nehmen und brachte auch kein *Danke* heraus. Also machte ich kehrt und schloss die Tür hinter mir. Thiago sah mich stirnrunzelnd an, denn er musste die

Erleichterung in meinem Gesicht bemerkt haben.

»So schlimm?«

Ich schüttelte den Kopf. »Nein, es war okay«, log ich, obwohl die Situation mehr als unangenehm war.

»Na siehst du, das wird schon.«

Zurück in meinem Büro erklärte Thiago mir geduldig, wie ich Amelia Davis über die Termine des nächsten Tages informieren sollte. Sie würde mich nur anrufen, wenn jemand unangekündigt kam. Ansonsten würde ich lediglich eine kurze Nachricht erhalten, dass der Kunde sich auf dem Weg nach oben befand. Thiago war gerade dabei, mir in einer App zu zeigen, wie ich verschiedene Räume für Meetings einbuchen konnte, als ich plötzlich einen Schatten in meiner Bürotür wahrnahm. Mein Kopf fuhr hoch – und mein Körper versteifte sich. Mr. West sah mich mit finsterer Miene an, ehe sein Blick auf Thiago fiel. »Mr. Gonzales, was war heute mit dem Kaffee nicht in Ordnung?«

Thiago räusperte sich. »Es tut mir leid, wenn er nicht wie gewohnt war. Ms. Hayes hat den Kaffee gemacht. Es war ihr erstes Mal.«

Mr. West blickte abschätzig in meine Richtung und dann wieder zu Thiago. »Dann sorgen Sie dafür, dass sie das Kaffeekochen bis zu ihrer Abreise morgen lernt«, murrte er unheilvoll, bevor er sich zum Gehen abwandte und genauso schnell verschwand, wie er aufgetaucht war.

Mein Boss war also ein totales Arschloch. Die Liste der Feststellungen über ihn könnte ich problemlos erweitern. Ich starrte einen Moment lang ungläubig zu Thiago. Mit zittriger Stimme stammelte ich ein kleinlautes »Tut mir leid« und wäre am liebsten im Erdboden versunken.

»Liv, lass den Kopf nicht hängen. Er ist eben, wie er ist. Ich hatte dir vorhin schon gesagt, du sollst all das nicht persönlich nehmen. Erwarte keine Dankbarkeit von ihm, oder dass er dich morgens freudestrahlend begrüßt. Gib dir ein bisschen Zeit, das wird schon.«

Sichtbar eingeschüchtert brachte ich wieder nicht mehr als ein stummes Nicken hervor.

»Ich habe einfach Angst, etwas falsch zu machen.«

Er legte seinen Kopf schief und schaute mich mitfühlend an. »Würde es dir helfen, wenn ich dir meine Nummer gebe? Du kannst mir schreiben, wenn du dir wegen irgendetwas unsicher bist.«

»Das würdest du für mich tun?«

»Klar, warum denn nicht? Ich mag dich und ich weiß noch genau, wie es für mich in den ersten Tagen war.«

Thiagos Angebot stimmte mich ein bisschen zuversichtlicher, auch wenn das Arrangement, auf das ich mich hier eingelassen hatte, in der Praxis gerade alles andere als attraktiv war.

Nachdem wir noch ein weiteres Meeting für zehn Personen im großen Konferenzraum vorbereitet, Essen besorgt und einige Telefonate geführt und die Planung für den Folgetag durchgegangen waren, neigte sich der Arbeitstag gegen 20 Uhr endlich dem Ende zu.

Wir warteten nicht lange vor dem Gebäude, als Henry mit der Limousine vorfuhr. Er hatte Thiago und mich bereits heute Mittag hierhergebracht und er wirkte – im Gegensatz zu unserem Boss – wie ein freundlicher Mensch. Mr. West blickte die gesamte Fahrt über auf sein Handy und sprach kein einziges Wort. Dieser Mann schien wirklich viel beschäftigt und äußerst wortkarg zu sein. Ich lächelte Thiago unsicher an, der diese Situation aber anscheinend normal und viel weniger unbehaglich wahrnahm als ich, denn er schaute immer wieder losgelöst aus dem Fenster. Vielleicht war er auch einfach nur froh, dieser Hölle hier endlich zu entkommen.

Der Wagen hielt vor dem Gebäude, in dem sich das Penthouse befand. Mr. West stieg vor mir aus und sein Sicherheitsmann folgte ihm. Thiago hatte mir bereits gesagt, dass Henry ihn weiter zu dem Hotel fahren würde, in dem er diese Nacht einquartiert war.

»Stell dir einen Wecker auf 5.30 Uhr und mach dich zurecht. Ich werde um 6 Uhr da sein und dich unterstützen.« Er lächelte, während er Mr. West hinterherblickte.

»Nun geh schon.« Er nickte mit dem Kopf in die Richtung meines Bosses, der sich zielstrebig auf den Eingang zubewegte und scheinbar kein Stück daran interessiert war, wo ich abgeblieben war.

Ich stieg aus dem Wagen und beugte mich hinunter, um Thiago noch einmal in die Augen zu sehen. »Gute Nacht, Thiago, und danke für alles.«

Er machte eine wegwerfende Handbewegung. »Nicht dafür. Gute Nacht, Liv.«

Krachend fiel hinter mir die Autotür zu. Mit schnellen Schritten eilte ich meinem Boss hinterher. Im Gebäude angekommen, begrüßte mich der Rezeptionist und wies mir mit einem Fingerzeig die Richtung, in die Mr. West gegangen war. Er stand vor dem Aufzug und wartete scheinbar unbekümmert, während ich mich völlig außer Atem neben ihn stellte und versuchte, mich zu sammeln.

Im Fahrstuhl herrschte ebenfalls eine unangenehme Stille, die ihm absolut nichts auszumachen schien. Wie lange konnte so eine Aufzugfahrt sein? Ich atmete hörbar erleichtert aus, als das Piepen ertönte und die Aufzugtür sich öffnete. Ich hoffte, dass er meinen Erleichterungsseufzer nicht als solchen gedeutet hatte, wobei ihm alles, was meine Person betraf, ohnehin völlig egal zu sein schien. Wortlos ging er mit seinem Aktenkoffer den Flur entlang und verschwand in seinem Büro. Da stand ich nun allein in diesem riesigen Penthouse an meinem ersten Tag. Und mein Boss, *Schrägstrich* Mitbewohner, tat so, als wäre ich Luft. Das war dann also mein neues Leben? Oder wie ich es nannte, meine persönliche Hölle.

In meinem Zimmer angekommen, ließ ich mich stöhnend auf das verflucht weiche Bett fallen und atmete schwer. Eine tiefgehende Erschöpfung überrollte mich wie eine Welle und drückte mich schwer ins Kissen. Für einen Moment schloss ich die Augen, denn ich fühlte die Tränen kommen wie ein nahendes Gewitter. Was war das bitte für ein Tag? Was stimmte nur nicht mit diesem Menschen, der ab jetzt mein Boss war? Was hatte ich mir da angetan? Würde ich das ein ganzes Jahr aushalten können? Meine Gedanken überschlugen sich und ich presste verzweifelt die Hände gegen mein Gesicht. Dann drehte ich mich träge zur Seite, umklammerte das Kissen und ließ los, was sich den ganzen Tag über in mir angestaut hatte. Warme Tränen rannen mir übers Gesicht. Ich hatte mich in meinem gesamten Leben noch nie so einsam gefühlt. Wehmütig dachte ich an Mom und daran, wie gern ich ihre beruhigende Stimme heute gehört hätte, aber so konnte ich sie unmöglich anrufen. Also griff ich nach meinem Handy und schrieb ihr eine kurze Nachricht:

Liv: Hallo Mom, der erste Arbeitstag war toll. Es ist nur sehr spät geworden und ich bin müde. Ich melde mich morgen. Ich hoffe, es geht dir gzt. Drück Grandpa von mir, auch wenn er es nicht will. Ich hab dich lieb.

Ich rappelte mich auf, ging rüber zu meinem Ankleidezimmer und starrte auf die nicht augepackten Koffer. Na super, das stand mir heute auch noch bevor. Unbehaglich schaute ich mich in meinem Zimmer um und fragte mich, ob es sich jemals wie mein Zuhause anfühlen würde. Vielleicht, wenn ich meine persönlichen Dinge ausgepackt und einen Platz dafür gefunden hatte. Aber das war kein Projekt mehr für heute Abend. Ich entschied mich, eine warme Dusche zu nehmen und Rylee und Piper auf den neusten Stand zu bringen.

KAPITEL 9
Caleb

12 Jahre zuvor

ZÖGERLICH ÖFFNETE ICH die Haustür und legte meinen Schlüssel auf das Sideboard. Es war ein merkwürdiges Gefühl, nach so vielen Monaten wieder hier zu sein und mich meiner Realität zu stellen. »Hallo, jemand zu Hause?«

Ein klirrendes Geräusch ertönte aus der Küche, gefolgt von einem lauten Poltern auf der Treppe. Dann blickte sie mir freudestrahlend entgegen und fiel mir direkt in die Arme. »Da bist du ja endlich. Ich dachte schon, du kommst gar nicht mehr nach Hause.«

Wow, Maddie hatte sich verändert. In ihrem roten Kleid und dem Rouge auf ihren Wangen sah sie längst nicht mehr aus wie das kleine Mädchen, das ich immer vor den anderen Kindern in der Nachbarschaft beschützt hatte.

»Du hast dich seit fünf Monaten nicht blicken lassen, Cal. Ich bin ernsthaft sauer darüber.« Sie verzog den Mund zu einer schmollenden Grimasse und boxte mir leicht gegen die Schulter.

»Da müssen wir nochmal ein ernstes Wörtchen drüber sprechen, aber heute nicht. Heute ist Weihnachten und ich bin einfach nur froh, dass du da bist.« Sie zog mich erneut in eine Umarmung und ich atmete ihren vertrauten Geruch ein.

»Willkommen zu Hause, mein Lieber, lass dich ansehen. Du hast uns gefehlt.« Catherine wischte sich die Hände an ihrer Schürze ab und kam eilig auf mich zu. Maddie hatte mich bereits aus ihrer Umarmung entlassen und grinste breit. Catherine gab mir einen flüchtigen Kuss auf die Wange.

»Jetzt komm doch erst mal rein.« Sie nahm mir meine Jacke ab und bedeutete mir mit einer Handbewegung, ins Esszimmer zu gehen. Sie hatte sich wieder alle Mühe gegeben. Catherine wollte stets, dass für uns alles perfekt war, weshalb es uns an nichts gefehlt hatte – außer an unserer eigenen Mutter. Denn egal wie wundervoll sie war, sie konnte Mom niemals ersetzen.

»Wo sind Dad und Landon?«

Catherine schenkte mir ein Glas Wein ein, während ich gegenüber von Maddie am Tisch Platz nahm. »Die beiden mussten noch etwas besorgen, sie müssten jeden Moment hier sein.« Ihre Worte wurden immer leiser, während sie in Richtung der Küche verschwand.

»So, Bruderherz, dann erzähl doch mal. Hält das College dich so beschäftigt, oder hat die lange Abstinenz von deiner Familie mit einer gewissen jungen Dame namens *Hannah* zu tun?«, fragte sie und zog das Ende ihres Namens dabei gekünstelt in die Länge.

Ich seufzte schwerer als beabsichtigt. »Mit Hannah ist es vorbei. Ich habe einfach gerade zu viel zu tun. Außerdem ist New Haven nicht gerade um die Ecke.«

Maddie runzelte die Stirn. »Die Fahrt wirst du für deine Schwester doch wohl hin und wieder auf dich nehmen können.«

Wenn ich es mir hätte aussuchen können, wäre ich nach Harvard gegangen. Mein Vater bestand aber darauf, dass Landon und ich in Yale studierten, weil er selbst dort studiert hatte. Für ihn kam keine andere Universität infrage. Landon hatte vergangenen

Sommer seinen Abschluss gemacht und war dann bei MCW Pharmaceuticals eingestiegen.

Ich wusste, dass mir in meinem Leben nicht viele Optionen blieben, und auch wenn ich gerne etwas anderes gemacht hätte, beugte ich mich meinem Schicksal und würde meinen Vater eines Tages sehr stolz machen. Er hatte schon immer seine eigenen Pläne mit uns, sehr zum Leidwesen meiner Schwester, denn sie sollte im nächsten Sommer auch gegen ihren Willen an die Yale University.

Maddie hatte immer von einer großen Tanzkarriere geträumt und sich hinter dem Rücken meines Vaters an der Juilliard eingeschrieben, um Tanz und Musik zu studieren. Seitdem herrschte ziemlich dicke Luft zu Hause, wie ich von Catherine erfahren hatte, denn ich hatte in den letzten Monaten ein paar Mal mit ihr telefoniert.

Es hatte mich gewundert, dass Maddie mir nichts von all dem Drama erzählt hatte, obwohl sie sich regelmäßig bei mir gemeldet hatte. Aber vielleicht wollte sie nicht, dass ich mich schlecht fühlte. Das sähe ihr zumindest ähnlich.

»Ich gelobe, mich zu bessern, meine liebe Schwester. Vielleicht kommst du mich einfach bald in Yale besuchen und ich zeige dir schon mal den Campus«, neckte ich sie.

»Das ist nicht lustig, Cal.« Sie wandte ihren Blick ab, aber das Glitzern in ihren Augen blieb mir nicht verborgen. Mit dem, was ich gesagt hatte, war ich zu weit gegangen, denn Maddie nahm die Lebensplanung, die unser Vater für uns hatte, nicht so einfach hin wie ich.

Schuldbewusst beugte ich mich vor und legte meine Hand auf ihre. »Hör zu, Maddie, es tut mir leid. Ich weiß, wie belastend dieses Thema für dich ist. Das war echt unpassend.«

Sie blinzelte eine Träne weg, stand auf und strich ihr Kleid glatt. »Schon gut«, brachte sie mit einem Halblächeln hervor, doch ich sah die Traurigkeit in ihren Augen noch immer.

»Alter, ich dachte, du lebst nicht mehr.« Landon klopfte mir von hinten fest auf die Schulter. Lachend stand ich auf und zog ihn in eine Umarmung, in der ich seine Geste spiegelte. Dann fiel mein Blick auf meinen Vater.

»Dad?« Ich nickte ihm knapp zur Begrüßung zu. Ein stummes und kaltes Wiedersehen, ganz genau so, wie ich es erwartet hatte. Mein Vater überraschte mich eben selten.

»Caleb, mein Sohn, schön, dass du es einrichten konntest«, sagte er tonlos und schenkte uns einen Whiskey ein. Einen Moment herrschte eine unangenehme Stille, bis Catherine den Raum betrat und das Essen servierte, gefolgt von Maddie, die ebenfalls eine Schüssel auf dem Tisch abstellte. Ich hatte gar nicht bemerkt, dass sie den Raum verlassen hatte.

»Wie läuft es am College? Du hast lang nichts von dir hören lassen.«

Ich wusste, mein Vater wollte, dass ich ihm eine gute Erklärung dafür lieferte, warum ich seit fünf Monaten nicht mehr zu Hause war. Ich konnte ihm schlecht sagen, dass ich gerade versuchte, die Zeit, die mir noch blieb, vollkommen auszunutzen. Bevor ich in ein fremdbestimmtes Leben eintreten würde, um MCW Pharmaceuticals irgendwann erfolgreich weiterzuführen. Die letzten fünf Monate meines Lebens hatten sich so verdammt frei und normal angefühlt, und ich hatte es genossen, auch wenn der Preis dafür war, dass ich Maddie schrecklich vermisste.

»Es läuft wirklich gut, Dad. Ich bin nur gerade sehr eingespannt«, erwiderte ich und strich mir mit Daumen und Zeigefinger übers Kinn.

»Solange du durch das Lernen und nicht durch Frauen oder Partys eingebunden bist, denke ich, können wir deine Abwesenheit hier noch eine Weile verkraften.« Er sah mich mit diesem erwartungsvollen Blick an, den er mir immer entgegenbrachte, wenn er mich daran erinnern wollte, was es bedeutete, ihn zu enttäuschen.

Mit einem stummen Nicken gab ich ihm zu verstehen, dass er sich wie immer ganz auf mich verlassen konnte, während ich mein Glas hob, um ihm zuzuprosten.

Als mein Blick auf Maddie fiel, sah ich, dass sie den ihren gesenkt hielt und ihre Lippen fest aufeinanderpresste, um an dieser Konversation nicht teilnehmen zu müssen. Meine Brust zog sich schmerzhaft zusammen und mich überkam ein merkwürdiges Gefühl, so als hätte ich irgendetwas Entscheidendes verpasst. Maddie war zwei Jahre jünger als ich. Mit ihren achtzehn Jahren war sie kein Kind mehr, aber sie weckte in mir jedes Mal wieder den Beschützerinstinkt. Es zerriss mich innerlich, zu wissen, dass es einen Menschen gab, vor dem ich sie niemals würde beschützen können.

Unseren Vater.

Ich wusste, wie sehr sie unter seinem Verhalten, unter all den Regeln, die er aufstellte, und seinem Lebensplan, den er für uns hatte, litt.

»Es wird Zeit, dass du deinen Abschluss machst und wir voll auf dich zählen können.«

Seine Worte ließen mich innerlich zusammenzucken, denn die Pharmaindustrie war mein persönlicher Albtraum.

Mein Vater erhob abermals sein Glas und sah erst Landon und dann mich an. Während Landon ihm lächelnd zustimmte, hatte Maddie ihren Blick auf meinen Vater gerichtet und sah ihn durch verengte Augen an. Zorn, wie lodernde Flammen spiegelte sich in ihren braunen Iriden wider. Ich kannte Maddies Ausdruck nur zu gut, wenn sie vor Wut überkochte. »Caleb braucht noch ein paar Semester, und vielleicht möchte er ja auch erst mal etwas anderes machen, als für dein fragwürdiges Unternehmen zu arbeiten.« Ihr Tonfall war schneidend, und sie reckte trotzig das Kinn. Während sie ihre langen Haare zusammenband, wandte sie ihren provokanten Blick nicht von meinem Vater ab.

»Das ist ja interessant, dass gerade du das sagst, Madison. Warum schließt du denn von dir auf andere?«

»Ich schließe nicht von mir auf andere. Ich habe Augen im Kopf und ich sehe, was um mich herum geschieht. Und ich sehe auch, wie es den Menschen, die ich liebe, wirklich geht«, ihr Tonfall gewann weiter an Schärfe. So kannte ich sie nicht. Alle am Tisch starrten sie an und hatten scheinbar das Atmen vergessen – einschließlich mir.

Mein Vater wusch sich den Mund ab und schmiss die Serviette achtlos auf seinen Teller. »Madison West, ich wäre an deiner Stelle vorsichtig, was du von dir gibst«, zischte er über den Tisch hinweg und funkelte sie unheilvoll an.

Maddie hielt seinem Blick stand, sagte aber kein Wort.

»In diesem Tonfall lasse ich nicht mit mir reden, und glaube mir – hier ist das letzte Wort noch nicht gesprochen.« Energisch griff er nach seinem Glas und trank es in einem Zug aus, ehe er es demonstrativ klirrend auf dem Tisch abstellte.

Maddie erhob sich und stieß den Stuhl so fest von sich, dass er geräuschvoll über den Boden schabte. »Gut, dann gehe ich eben auf mein Zimmer, und wenn *du* bestimmst, dass wir das besprechen können, dann werde ich selbstverständlich zur Stelle sein. Ganz so, wie der Herr es vorsieht. Ich werde mich fügen – so wie immer. So wie mit all meinen Träumen, die von dir zerdrückt werden wie eine lästige Fliege.« Ihre Worte kamen abgehackt, ehe sie laut schnaubend auf dem Absatz kehrtmachte.

Was war das bitte soeben? Ich hatte Maddie meinem Vater gegenüber noch nie so erlebt und das Schlimmste war, dass ich wusste, er würde ihr dieses Verhalten nicht einfach so durchgehen lassen. Sorgenfalten bildeten sich auf meiner Stirn. Mir war nicht entgangen, dass sie ihm während des Essens immer wieder nicht zu deutende Blicke zugeworfen hatte. Ein unsagbar schlechtes Gewissen machte sich in mir breit. Was war hier vor sich gegangen in den Monaten meiner Abwesenheit?

Später am Abend klopfte ich an ihrer Zimmertür. Ich wollte sichergehen, dass sie okay war. Vorsichtig schob ich meinen Kopf durch die Tür und sah, wie sie eingerollt auf ihrem Bett lag. »Maddie, ich bin's, Cal, darf ich reinkommen?« Sie blickte nicht zu mir auf, aber ich sah, wie sie nickte. Ich schloss die Tür, ging langsam auf sie zu und setzte mich auf die Bettkante. Mit ausdrucksloser Miene starrte sie ins Leere. Irgendwie sah sie jetzt auf einmal so blass aus. »Willst du mir sagen, was mit dir los ist?« Zaghaft strich ich ihr eine Strähne aus dem Gesicht, bevor sie sich seufzend aufrichtete und mich ansah.

»Ich weiß nicht, ob wir hier darüber reden sollten.« Verschwörerisch sah sie in Richtung der Tür und wirkte beinahe ängstlich.

Ich warf ihr einen verwunderten Blick zu und bemerkte, wie ihr eine Träne übers Gesicht lief. Ich konnte sie einfach nicht weinen sehen. Sofort überkam mich das dringende Bedürfnis, sie festzuhalten, und egal, was sie mir gleich sagen würde, ich würde es für sie wieder in Ordnung bringen.

»Maddie, sag mir bitte sofort, was los ist, sonst werde ich hier in zwei Tagen nicht wieder abreisen. Sind es wieder diese Albträume, die dich quälen?«

Kopfschüttelnd sah sie mich an, und es wirkte, als überlegte sie noch, was sie sagen wollte. »Cal, es gibt da etwas, dass ich dir dringend sagen muss, aber ich glaube, hier ist nicht der richtige Ort dafür.«

Stirnrunzelnd musterte ich sie. »Wovon redest du?«, fragte ich sie mit zittriger Stimme und versuchte, ihr kryptisches Gerede irgendwie einzuordnen. Sie sah ernsthaft besorgt aus, dass uns jemand hören könnte. An ihrer Stimmlage erkannte ich, dass sie überzeugt war von dem, was sie da sagte.

»Was machst du an Silvester?« – völlig unerwartet wechselte sie das Thema.

»Ich weiß nicht, ich denke, ich bin mit ein paar Freunden auf dem Campus. Es wird einige Partys geben, die sich anbieten.«

Sie nickte. »Gut, was hältst du davon, wenn ich nächste Woche zu dir komme und wir Silvester zusammen verbringen?«

Es wunderte mich, dass sie diesen Vorschlag machte, aber ich hatte sie gerne bei mir, also willigte ich ein. Maddie hatte erst seit wenigen Wochen ihren Führerschein, und irgendwie war mir nicht wohl bei dem Gedanken, dass sie alleine fuhr.

»Das wäre toll. Wie kommt es dazu?«

Teilnahmslos zuckte sie mit den Schultern. »Ich will einfach Zeit mit dir verbringen, bevor ich weggehe.« Die letzten drei Worte flüsterte sie so leise, dass ich Mühe hatte, sie zu verstehen. Aber ich hatte sie verstanden, und sie trafen mich mit der Wucht eines Vorschlaghammers.

Ich schluckte schwer, bevor ich sie leise wiederholte: »Du willst weggehen? Wohin?«

»Ich kann hier nicht bleiben. Ich kann nicht nach Yale. Ich gehe zugrunde, du hast ja keine Ahnung, was ich in den letzten Monaten durchgemacht habe.« In ihren leisen Worten schwang etwas Vorwurfsvolles mit, und ich zuckte innerlich zusammen.

»Ich erzähle dir alles sobald wir uns sehen.« Ihr Blick fiel wieder prüfend zur Tür und dann zu mir.

»Klar, du kommst einfach nächste Woche und wir reden.« Ich wollte sie nicht weiter bedrängen, denn ich spürte, wie schlecht es ihr mit der Situation ging. Maddie war der wichtigste Mensch in meinem Leben. Sie war nicht nur meine Schwester, nein, sie war auch meine Seelenverwandte. Sie wusste immer, wie es in mir aussah, und wenn es ihr schlecht ging, fühlte ich eine Art eigenen körperlichen Schmerz.

Ein unsagbar schlechtes Gewissen überkam mich bei dem Gedanken daran, sie allein gelassen zu haben. Es ging ihr schlecht, und ich hatte mich in den letzten Monaten nicht ein einziges Mal sehen lassen.

Ich nahm sie in den Arm, gab ihr einen Kuss auf den Scheitel und versuchte, mich selbst innerlich zu beruhigen, denn ich wollte nicht, dass sie mich so aufgewühlt erlebte. Ich wusste, sie brauchte meine starke Schulter und die würde ich ihr immer geben, egal, wie es selbst in mir aussah.

»Es tut mir leid, dass ich nicht für dich da war. Bitte melde dich, wenn du mich brauchst, Maddie. Es gibt nichts, das mir wichtiger ist, als dass es dir gut geht.«

Sie nickte und drückte mich noch ein bisschen fester.

»Und wenn du meine Unterstützung brauchst bei deinem Vorhaben, wegzugehen, werde ich dir helfen. Dieser Fehler passiert mir kein zweites Mal. Ich lasse dich niemals wieder allein mit deinem Kummer, hörst du?«

Sie schluchzte an meiner Halsbeuge, während ich beruhigend durch ihr braunes lockiges Haar strich.

»Ich mache dir keinen Vorwurf. Ich bin glücklich darüber, dass du in den letzten Monaten endlich dein Leben gelebt hast. Ich will, dass du weißt, dass egal, wie weit du weg bist oder wie lang wir uns nicht sehen – Cal, mein Zuhause bist immer du. *Du bist mein Lieblingsmensch.*« Ihre Worte legten sich wie ein weicher und wärmender Mantel um mein Herz, auch wenn das Gefühl mich quälte, dass meine Schwester einen tiefen Schmerz in sich trug, und dass hier irgendetwas vor sich ging, von dem ich schnellstmöglich erfahren sollte.

Maddie verließ ihr Zimmer nur selten über die Weihnachtstage. Sie sagte, sie fühle sich nicht gut. Ich war mehrmals täglich zu ihr ins Zimmer gegangen, um ihr Tee und Kekse zu bringen, aber die meiste Zeit lag sie in ihrem Bett und starrte auf den Fernseher. Ich hatte Landon bereits zur Seite genommen und ihn zu Maddies Zustand befragt, aber er hatte keine brauchbaren Informationen, da er selbst kaum zu Hause war. Das Einzige, das ihm nicht entgangen war, war die mehr als angespannte Situation zwischen ihr und meinem Vater. Landon stand Maddie sicher nicht so nah wie ich, aber ich wusste, dass er sie – genauso wie mich – liebte wie einen Geschwisterteil. Deshalb hatte ich ihn auch beauftragt, sie in den nächsten Tagen im Auge zu behalten.

Maddie und ich hatten vereinbart, dass ich sie um 18 Uhr am Parkplatz abholte. Es war mittlerweile 18.30 Uhr und von ihr war weit und breit keine Spur. Dreimal hatte ich bereits versucht, sie anzurufen, aber sie war nicht rangegangen. Das passte so gar nicht zu ihr. Eine innere Unruhe machte sich langsam in mir breit. Vielleicht hatte sie ihr Handy vergessen und der Verkehr war schlecht, schließlich war es Silvester. Ich entschied mich dazu, Catherine anzurufen, aber auch sie war nicht zu erreichen. Wahrscheinlich machte sie sich gerade für eine der legendären Silvesterpartys von MCW Pharmaceuticals zurecht. Nervös starrte ich auf mein Handy und beschloss, es bei Landon zu versuchen. Verdammt, auch er ging nicht ran. Ich vermutete, dass er bei seiner Freundin war.

Es war jetzt 18.40 Uhr und ich wurde zunehmend nervöser. Kurz überlegte ich, ob ich ihr eine Nachricht schreiben und dann zurückgehen sollte, als mein Handy plötzlich vibrierte und ich die Nummer meines Vaters auf dem Display aufleuchten sah. Mit zitternder Hand nahm ich den Anruf entgegen und erschauderte, als ich seine entsetzte Stimme hörte.

»Caleb, es geht um Madison.«

Sofort beschleunigte sich mein Herzschlag und mein Mund wurde staubtrocken. Für einen kurzen Moment schien der Boden unter mir zu wackeln. »Was ist mit ihr?«, brachte ich atemlos hervor.

»Sie hatte einen Unfall, du solltest kommen.«

Drei Stunden später traf ich im Massachusetts General Hospital ein. Panisch und mit weichen Knien steuerte ich auf die ältere Dame am Empfang zu. »Mein Name ist Caleb West, meine Schwester wurde vor einigen Stunden hier eingeliefert.«

»Entschuldigen Sie bitte, wie ist der Name Ihrer Schwester?«

»West, Madison West«, stotterte ich nervös und knibbelte an der Haut meines Nagelbetts.

Sie tippte etwas in ihren Computer und schaute dann mit ernster Miene zu mir auf. »Mr. West, nehmen Sie einen kurzen Moment Platz. Eine Kollegin wird Sie gleich zur Intensivstation begleiten.« Mit der Hand wies sie auf den Wartebereich hinter mir, während sie eine Nummer wählte.

Nickend trat ich zur Seite. Ich konnte mich jetzt nicht hinsetzen. Meine Gedanken überschlugen sich. Was war passiert? Wie ging es ihr?

Keine fünf Minuten später ertönte eine weibliche Stimme neben mir. »Mr. West, bitte folgen Sie mir.«

Der Weg zur Intensivstation schien unendlich lang. Vor einer Glastür, auf der in großen weißen Buchstaben das Wort *Intensivstation* prangte, blieben wir stehen. Die Schwester hielt eine Karte vor ein Gerät und öffnete damit die Tür. Sie führte mich direkt in das zweite Zimmer auf der rechten Seite und ich erstarrte bei dem Anblick, der sich mir bot.

Mein Herzschlag schien für einen kurzen Moment ausgesetzt zu haben. Landon stand an der Wand und fixierte das Bett, seine Augen waren gerötet. Catherine saß tränenüberströmt auf einem

Stuhl, und mein Vater stand völlig apathisch an Maddies Bett und starrte auf sie hinab. Geräuschvoll stieß ich die Luft aus, als mein Blick auf Maddie fiel. Ihre Augen waren geschlossen, und die Herz-Lungen-Maschine sorgte mit einem surrenden Geräusch für die gleichmäßige Bewegung ihres Brustkorbs. Über die linke Seite ihres Kopfes ragte eine riesige Wunde. Sie war kreidebleich, ihre Lippen spröde und sie sah so anders aus als die Maddie, die ich vor einer Woche noch in meinen Armen gehalten hatte. Es war, als wäre schon sämtliches Leben aus ihr gewichen.

Als mein Vater sich plötzlich zu mir umdrehte, trat ich zitternd einen Schritt vor. Catherine und Landon hatten mich nun auch bemerkt. Ich hörte Catherine schluchzen. Es fühlte sich an, als würde mein Herz in tausend Stücke zerbrechen. Ich spürte einen unaushaltbaren Druck auf meiner Brust, während sich ein unangenehmes Brennen hinter meinen Lidern ausbreitete. Wie in Zeitlupe setzte ich einen Fuß vor den anderen, bis ich vor ihrem Bett stehen blieb und nach ihrer Hand griff. Sie fühlte sich kalt und schlaff an, aber sie konnte noch nicht tot sein, denn schließlich bewegte sich ihr Brustkorb noch. Er hob und senkte sich. Langsam schloss ich meine Augen und öffnete sie wieder – in der Hoffnung, dass all das nur ein schlechter Traum war. Doch da lag sie immer noch vor mir, an die Maschinen angeschlossen, die ihr Leben am seidenen Faden hielten.

»Was …«, ich brach ab und versuchte mich zu sammeln. Das Schlucken schien fast unmöglich. »Was ist passiert?«, brachte ich mit bebender Stimme hervor.

Mein Vater fuhr sich mit der Hand durchs Gesicht, sah mich jedoch nicht an. »Sie hatte einen Unfall mit ihrem Wagen. Sie ist vor einen Baum gefahren. Wir wissen nicht, warum«, erklärte er tonlos. Ein eiskalter Schauer durchfuhr mich, mein Herz schlug mir jetzt wieder bis zum Hals. Ich sah zu Maddie hinunter. Was hatte ich ihr nur angetan? Sie war auf dem Weg zu mir. Warum hatte ich ihr an Weihnachten nicht einfach ausgeredet, zu mir zu kommen? Dann wäre all das nicht geschehen. Warum war ich nicht früher für sie da gewesen, als sie mich gebraucht hatte? Warum hatte ich sie in diese Lage gebracht, dass sie mich so dringend sehen musste? Der Selbsthass, der sich durch meinen Körper fraß, war übermächtig.

»Wird sie wieder? Ich meine, kommt sie wieder in Ordnung?« Meine Stimme brach endgültig ab.

Catherine sah mich jetzt zum ersten Mal seit meiner Ankunft richtig an, und in ihrem Blick las ich die vernichtende Antwort, während sie sich mit ihren Handballen die Tränen aus den Augen wischte.

Landon schaute unentwegt auf den Boden und schien in eine Art Schockstarre verfallen zu sein. Er wirkte wie versteinert, denn er blinzelte nicht einmal.

Mein Vater sah mich mit einem schmerzverzerrten Blick an, den ich niemals zuvor bei ihm gesehen hatte. Mir wurde schummrig, und ich rang nach Luft. »Caleb, Madison hat schwere Kopfverletzungen erlitten. Die Ärzte sagen, dass sie nichts mehr für sie tun können.«

Beim Klang seiner Stimme zuckte ich zusammen, und im nächsten Moment trat ich strauchelnd zurück. Es schien, als würde um mich herum alles dunkel werden, als würde sich alles, was eben noch Materie war, einfach auflösen. Und dann war da nur noch Leere – eine unendliche Leere, die von mir Besitz ergriff. Soeben war Maddie noch da gewesen und jetzt sollte sie für immer fort sein? Nein, das konnte nicht wahr sein. Keine Realität könnte jemals so vernichtend sein wie das, was sich gerade vor mir abspielte. Es konnte nicht echt sein. Ich hatte heute Morgen noch mit ihr telefoniert und ihre Stimme gehört. Sie war echt, sie war Maddie und sie hatte sich gefreut, mich zu sehen.

Dumpf hörte ich Catherine aus der Ferne rufen, ich solle mich beruhigen, während mein Vater und Landon mich mit aller Kraft festhielten. Ich wollte zu ihr, ich wollte sie halten und nie wieder loslassen. Ein grauer Schleier vernebelte meine Sinne. Ich presste meine Hände vor mein Gesicht und fing an zu schluchzen.

O mein Gott, Maddie!

Die Tür öffnete sich und ein Arzt trat in Begleitung zweier Männer ein, die keine medizinische Kleidung trugen. Einer der beiden Männer räusperte sich und stellte sich uns mit Detective Smith vor, den anderen Mann mit Detective O'Brien.

»Mr. West, wir würden gern kurz mit Ihnen und Ihrem Sohn sprechen«, richtete Detective Smith das Wort an meinen Vater.

Verwirrt schaute ich meinen Vater an, der ebenfalls überrascht wirkte. Der andere Detective bat Catherine und Landon, kurz vor die Tür zu gehen. Catherine streichelte mir im Vorbeigehen über den Arm, während Landon sich mechanisch in Bewegung setzte. Der Arzt schaute nun zwischen den beiden Detectives hin und her, um sich zu vergewissern, ob er jetzt sprechen sollte, woraufhin ihm Detective Smith ein stummes Zeichen gab.

Jetzt richtete der Arzt den Blick auf meinen Vater. »Wir haben das Ergebnis der toxikologischen Untersuchung erhalten. Diese wird gemacht, um zu sehen, ob ein Unfallopfer Alkohol oder andere Substanzen im Blut hat. Dies war bei ihrer Tochter nicht der Fall, jedoch konnten wir ein Nervengift nachweisen, das erst ungefähr eine Stunde nach der Einnahme seine Wirkung entfaltet. Es kommt zu plötzlich einsetzender Bewegungsunfähigkeit. Die Konzentration im Blut war nicht so hoch, dass sie tödlich gewesen wäre, aber sie war ausreichend, um Ms. West fahruntauglich zu machen.«

Fassungslos blickte mein Vater zu den beiden Detectives.

»Sir, wir gehen davon aus, dass Ihre Tochter vergiftet wurde.«

Samuel war nun sämtliche Farbe aus dem Gesicht gewichen,

während ich zum ersten Mal etwas wie eine echte Gefühlsregung in seinen sonst so versteinerten Gesichtszügen wahrnahm.

»Da wäre noch etwas«, übernahm Detective Smith wieder.

Noch eine Wahrheit? Fahrig fuhr ich mir mit der Hand über den Nacken und versuchte irgendwie Luft in meine Lunge zu bekommen.

Der Detective räusperte sich und sah zwischen uns umher, um sicherzustellen, dass wir bereit waren, weitere Details zu erfahren. »Ihre Tochter war bereits in der fünfzehnten Woche schwanger. Wussten Sie davon? Wissen Sie, wer der Vater des Kindes ist?«

Mein Vater strauchelte ein paar Schritte rückwärts, während er unaufhörlich mit dem Kopf schüttelte. Schweißperlen liefen ihm von der Stirn.

»Das Baby ist bereits vor einigen Stunden verstorben. Es tut mir leid.«

Regungslos starrte ich den graubärtigen Detective an. Wir hatten nicht nur Maddie verloren, sondern auch ihr Baby, von dem anscheinend niemand etwas gewusst hatte. Das war es also, was sie mir sagen wollte. Das war der Grund warum sie wegwollte, sie wollte für ihr Baby und sich ein anderes Leben.

»Es war ein Junge. Falls das wichtig für Sie ist.«

Ich nickte und presste die Lippen zusammen, während mir Tränen über die Wangen liefen. Ich würde meinen Neffen niemals kennenlernen; würde Maddie nie mit ihrem Sohn erleben.

»Wer, verdammt nochmal, wollte sie tot sehen? Was war das für ein Gift?« Laut krachend schlug ich mit der Hand auf den Schreibtisch meines Vaters, aber er rührte sich nicht.

»Beruhige dich, Cal«, versuchte Landon, mich zu besänftigen.

»Sag mir nicht, was ich tun soll. Meine Schwester wurde verdammt nochmal ermordet und ich will wissen, wer das getan hat!«, knurrte ich und zeigte drohend mit dem Finger auf ihn.

Zwei Wochen waren seit Maddies Tod vergangen. Nachdem die Detectives die Alibis von uns allen überprüft hatten, mussten wir trotzdem einen Befragungsmarathon über uns ergehen lassen.

»Hatte Ihre Schwester Feinde?« Nein, verdammt, Maddie war der liebenswürdigste Mensch, den ich kannte. Sie konnte man einfach nicht hassen.

Nach all den Befragungen und Auswertungen der Spuren, die die Polizei gesammelt hatte, machte man uns keine große Hoffnung, den Mörder von Maddie zu finden. Also ließ mein Vater von seinen Leuten auf eigene Faust ermitteln.

»Ich habe tatsächlich etwas herausgefunden«, sagte er mit zusammengepressten Zähnen. »Es handelt sich um ein Toxin, das sehr häufig in der Medikamentenforschung eingesetzt wird.«

»Was soll das heißen? Das Gift kommt von uns?« Mit weit aufgerissenen Augen starrte ich zu meinem Vater. Die Hände zu Fäusten geballt, denn der lodernde Zorn in mir drohte sich zu einem unkontrollierbaren Brand auszubreiten.

Sein Kiefer mahlte. »Natürlich nicht«, fauchte er mich an.

»Also die Konkurrenz?«, fragte Landon so gefasst, dass es beinahe schmerzte, denn ich hätte am liebsten das gesamte Mobiliar zerlegt.

Mein Vater zögerte einen Moment, bis er nickte. Als er sich mit vollkommen ruhigen Fingern über den Bart strich, sah ich in seinen Augen nichts als Schwärze.

»Du willst mir jetzt sagen, dass einer deiner Konkurrenten meine Schwester ermordet hat? Warum? Wer war das?« Ich schrie ihn an, so wie ich es niemals zuvor gewagt hatte, denn meine unerträgliche Wut brauchte so dringend ein Ventil. Tränen verschleierten mir die Sicht. Noch immer wollte ich es nicht wahrhaben, dass sie nicht mehr da war, und jetzt eröffnete mir mein Vater, dass er sie auf dem Gewissen hatte.

»Caleb, es gibt zu viele andere Pharmahersteller, denen wir als aufsteigender Ast ein Dorn im Auge sind. Wahrscheinlich wollte man uns ein Exempel statuieren«, erwiderte er mit einer Ruhe, die mir das Blut in den Adern gefrieren ließ, während er sich ganz langsam aus seinem Sessel erhob.

Verständnislos schüttelte ich den Kopf. »Warum ausgerechnet sie? Sie musste wegen deinem scheiß Unternehmen sterben. Was ist mit dem Vater des Kindes? Warum haben wir so etwas nicht mitbekommen? Vielleicht hat er etwas mit ihrem Tod zu tun.« Völlig außer mir schlug ich wieder auf den Tisch.

Mein Vater starrte auf meine Hand und atmete hörbar aus, bis er mich im nächsten Moment – ohne jegliche Vorwarnung – gegen die Wand drängte und brutal am Hals packte. Sein Gesicht war jetzt ganz nah an meinem, und hinter dieser entsetzlichen Dunkelheit tief in seinen Augen loderte der blanke Hass. Ich wusste, er würde mir jetzt eine Lektion erteilen. Und das tat er. »Wir werden uns nicht einschüchtern lassen. Maddies Tod wird nicht umsonst gewesen sein. Deine Aufgabe ist es mehr denn je, dieses Unternehmen größer zu machen. Das, mein Lieber, passiert alles nur wegen deiner Gefühlsduselei. Du bist ein Geschäftsmann, Caleb. Sorge dafür, dass du nicht angreifbar bist, hör auf zu heulen und handle.« Er machte eine Pause und verstärkte seinen Griff. »Und der Vater des Kindes ist vermutlich irgendein Typ, mit dem sie sich mal wieder herumgetrieben hat. Wenn du die letzten Monate da gewesen wärst, dann hättest du gewusst, wie schräg sie drauf war. Sie war völlig durch.« Er ließ von mir ab und wandte sich an Landon, dem er einen unmissverständlichen Blick zuwarf. »Ich will, dass die Sicherheitsvorkehrungen erhöht werden.«

Mein Vater war ein eiskalter Mann in einer eiskalten Branche, und selbst der Tod seiner eigenen Tochter ließ ihn nicht weicher, sondern noch kälter werden. Für ihn war es nur ein Kapitel, aus dem er lernte, um es in Zukunft besser zu machen. Nicht mehr als ein Kollateralschaden auf dem Weg zu Macht und Reichtum. Für mich war der Ort, an den ich gehörte, für immer verschwunden: mein Lieblingsmensch, meine Schwester. Niemals wieder würde ich zurück ins Leben finden. Ab heute würde ich nur noch funktionieren. Ich hatte sie verloren, weil ich versagt hatte

KAPITEL 10

UNGEDULDIG SCHAUTE ICH auf mein Handy und wartete, dass es endlich piepte. Drei Leute waren noch vor mir, bevor ich meine Bestellung aufgeben musste. Nervös wippte ich mit dem Fuß hin und her. Nur noch zwei Personen. Verdammt, Thiago, antworte! Als hätte er meine Gebete erhört, vibrierte das Handy und sein Name erschien auf dem Display. Hastig entsperrte ich den Bildschirm und las die Nachricht.

Thiago: Joghurtsoße.

Mehr brauchte ich nicht wissen. Erleichtert ließ ich das Handy in meiner Tasche verschwinden und atmete auf. Seit knapp zwei Wochen arbeitete ich nun für Mr. West, und ohne Thiago wäre ich wahrscheinlich schon gestorben oder gekündigt worden.

Im Grunde kannte ich die Essgewohnheiten meines neuen Bosses mittlerweile. Aber wenn er etwas orderte, was ich zuvor noch nicht besorgt hatte, war ich froh, dass Thiago mir dabei half, das Essen genau so auszuliefern, wie Mr. West es mochte. Denn er war mit Abstand der beschäftigste Mensch in diesem Universum. Man konnte den großen Mr. West nicht einfach kurz abfangen oder anrufen, um ihn zu fragen, welche Soße er auf seinem Sandwich haben wollte. Und nach dem Kaffeedesaster an meinem ersten Tag gab ich mir die größte Mühe, nicht noch einmal negativ aufzufallen. Davon abgesehen hatte er es in zwei Wochen geschafft, ganze zehn Sätze mit mir zu wechseln.

Die Tage boten nicht viel Abwechslung. Der Morgen bestand meist daraus, dass ich Mr. Wests Kaffee zubereitete und ihn über die Termine des Tages in Kenntnis setzte. Dann erledigte ich im Büro für gewöhnlich irgendwelche organisatorischen Dinge, während er tat, was ein CEO eben so tat.

Zu Hause – im Penthouse – fühlte ich mich immer noch unwohl. Mein Zimmer war zwar schön, aber nach einigen Tagen fiel mir hier so langsam die Decke auf den Kopf. Bis jetzt hatte ich täglich mit Mom, Rylee und Piper telefoniert, wobei ich ständig flüsterte, weil ich nicht wusste, wie viel Mr. West davon hören konnte. Von ihm bekam ich kaum etwas mit, außer wenn er zum Sport nach oben ging – und das tat er ziemlich oft – oder wenn er sich etwas zu trinken holte.

Heute war Samstag, also würde ich am Abend zu Rylee aufbrechen, um bei ihr zu übernachten. Letzten Sonntag hatte ich Mom und Grandpa besucht, nur um festzustellen, dass er immer noch wütend auf mich war. Ich bildete mir ein, dass er trotzdem mit einem Ohr hingehört hatte, als ich Mom von dem neuen Job erzählt hatte. Er tat so, als würde er etwas ausmessen, dabei hielt er mindestens einmal das Maßband verkehrt herum.

Ich tippte gerade etwas in meinen Computer, als jemand an meinen Schreibtisch trat. Ich hob meinen Blick und sah direkt in Landons perfektes Gesicht, das sich zu einem Lächeln verzog. In der Hand hielt er eine Pralinenschachtel.

»Oh, wollen Sie heute jemanden überraschen, Mr. Barnes?«

Er legte den Kopf schräg und behielt sein Lächeln bei. »Eigentlich sind Sie diejenige.«

Misstrauisch blickte ich auf die Schachtel und dann wieder zu ihm. »Oh, okay.«

Aus seinem Lächeln wurde ein Lachen, und er hielt mir die Schachtel demonstrativ entgegen. »Ich dachte, Sie könnten etwas Nervennahrung gebrauchen. Sehen Sie es als kleines Willkommensgeschenk.«

»Ich bin schon seit zwei Wochen hier, Mr. Barnes, aber danke.« Verlegen nahm ich ihm die Pralinen aus der Hand, während er meinen Blick nicht losließ und mit den Fingern der anderen Hand auf den Schreibtisch trommelte. Verunsichert über sein Verhalten versuchte ich mich von seinem Blick zu lösen.

»Dann wird es ja höchste Zeit«, scherzte er noch immer mit seinem perfekten Lächeln.

Wie oft er am Tag wohl so charmant lächelte? Wenn ich recht überlegte, sah ich Landon fast immer gut gelaunt. Wirklich ein krasser Kontrast zu meinem Boss.

»Ach, und Livia, nennen Sie mich doch Landon.«

Überraschung machte sich auf meinem Gesicht bemerkbar. »Danke für das Angebot. Liv wäre mir lieber. Ja, also nennen Sie mich Liv«, kam es mit dünner Stimme aus mir hervor. Was war nur mit mir los? Ich benahm mich wie ein schüchterner Teenager.

Er nickte und steuerte auf die Tür zu. Dann drehte er sich noch einmal zu mir um. »Gut, Liv, dann noch einen angenehmen Arbeitstag. Wir sehen uns.« Mit einem Augenzwinkern verschwand er aus meiner Bürotür und ließ mich sprachlos zurück.

Hatte er mir ernsthaft aus heiterem Himmel Pralinen geschenkt und mir seinen Vornamen angeboten? Ich dachte an Thiagos Worte und daran, wie Mr. West das Ganze wohl finden würde. Wäre es ihm egal? Ich meine, es waren nur Pralinen – ein völlig harmloses Willkommensgeschenk. Es hatte doch nichts zu bedeuten, oder etwa doch? Was, wenn er mit mir geflirtet hatte? Nein, er war sicher nur nett. Ich verwarf die Gedanken an

Landon und nahm die Schachtel vom Schreibtisch um sie in der Schublade zu verstauen, als sich plötzlich wieder eine große dunkle Gestalt vor mir aufbäumte. Mr. West musterte mich einen Augenblick mit hochgezogener Braue, bis ich realisierte, dass sein Blick auf der Schachtel ruhte, die ich noch immer in der Hand hielt.

Mit einem gequälten Lächeln ließ ich sie in der Schublade verschwinden und wandte mich ihm zu. »Was kann ich für Sie tun?«

»Der heutige 15-Uhr-Termin ist ein Kunde aus Deutschland. Er wird nicht alleine kommen, ich hätte Sie gerne bei dem Meeting dabei, damit Sie Protokoll führen. Das benötigen wir dringend bei dieser Art von Gesprächen. Wäre das machbar?«

Mit leicht geöffnetem Mund nickte ich ihm zu, bis ich mich zusammenriss und aufstand, um mit ihm auf Augenhöhe zu sein. Wobei dieser Mann mindestens dreißig Zentimeter größer war als ich, was das Ding mit der Augenhöhe erschwerte. »Selbstverständlich werde ich Protokoll führen.«

Er nickte nur, schaute sich noch einmal in meinem Büro um und ließ mich wieder einmal wortlos zurück.

Ich hatte den kleinen Konferenzraum vorbereitet, Kaffee gekocht und Donuts bereitgestellt, als ich eine Nachricht von Amelia erhielt, dass der Kunde sich soeben angemeldet hatte. Mr. West hatte mich zuvor strengstens angewiesen, ihm Bescheid zu geben, wenn dieser auf dem Weg nach oben ist, weil er den Kunden gerne persönlich in Empfang nehmen wollte. Dieser Kunde schien wirklich wichtig zu sein, denn normalerweise war es meine Aufgabe, die Besucher am Aufzug abzuholen.

Ich klopfte leise an seine Tür und wartete auf das *Herein,* als die Tür unerwartet aufging. Mr. West stand mit einem Mal so nah vor mir, dass ich zurücktaumelte. »Ich wollte Ihnen Bescheid geben, dass der Kunde auf dem Weg nach oben ist«, stotterte ich, völlig überwältigt von seiner plötzlichen Nähe.

Er kniff die Augen zusammen, trat an mir vorbei und bedeutete mir wortlos, ihm zu folgen. Ich zupfte an meinen Rock und stapfte hinter ihm her, wobei ich Mühe hatte, auf meinen High Heels mit seinen großen Schritten mitzuhalten.

Mr. West stellte sich vor den Aufzug und verschränkte die Hände vor seinem Körper. Automatisch fiel mein Blick auf seine breiten Schultern, hinab zu seinen wunderschön gepflegten Händen, und ich fragte mich, was er damit wohl noch so anstellte, außer auf seinem Notebook zu tippen und Gewichte zu stemmen. Ich ohrfeigte mich innerlich für diese unangebrachten Gedanken und ermahnte mich, konzentriert zu bleiben auf das, was vor mir lag.

Die Aufzugtür öffnete sich und zwei Herren mittleren Alters in maßgeschneiderten Anzügen traten hervor. Mr. West machte einen großen Schritt nach vorn, schüttelte einem von ihnen kräftig die Hand und nickte. »Mr. Bleckmann, ich freue mich, Sie in unserem Haus begrüßen zu dürfen.«

»Mr. West, schön, dass wir uns endlich persönlich begegnen.« Der Mann drehte sich abrupt zu mir um und neigte lächelnd den Kopf. Er hielt mir seine Hand entgegen, und sagte auf Deutsch: »Guten Tag, schöne Frau.«

Ich erwiderte sein Lächeln. »Guten Tag, Herr Bleckmann, schön, Sie kennenzulernen. Willkommen bei MCW Pharmaceuticals.«

Alle drei Männer sahen mich gleichzeitig mit demselben überraschten Gesichtsausdruck an.

»Sie sprechen Deutsch, welch eine schöne Überraschung«, stellte Mr. Bleckmann fest, musterte mich einen Moment und schenkte mir ein anerkennendes Lächeln.

»Na, da hätte mein Kollege hier fürs Dolmetschen gar nicht mitkommen brauchen.« Er zwinkerte mir zu und stellte den anderen Mann als Mr. Schmitz vor.

»Und wie ist Ihr Name?«

»Oh, entschuldigen Sie bitte, wie unhöflich von mir. Mein Name ist Livia Hayes, ich bin die persönliche Assistentin von Mr. West.«

»Freut mich, Ihre Bekanntschaft zu machen, Ms. Hayes. Wären Sie so nett, uns zu den Toiletten zu führen? Wir hatten eine lange Fahrt hierher«, scherzte er und klopfte Mr. Schmitz lässig auf die Schulter.

Ich begleitete die beiden Männer zu den Herrentoiletten und erklärte ihnen, wo sich der Konferenzraum befand, in dem wir auf sie warteten.

Eilig richtete ich mir meinen Arbeitsplatz direkt neben Mr. West ein. Jeder meiner Handgriffe wurde von ihm genau unter die Lupe genommen. Gerade als ich mich setzte und tief durchatmete, beugte er sich zu mir rüber und senkte die Stimme. »Sie sprechen Deutsch?«

»Ja, ich habe International Management studiert und zwei weitere Fremdsprachen gelernt«, erwiderte ich trocken.

»Warum weiß ich davon nichts?« Er sah mich vorwurfsvoll an, als hätte ich ihm das sofort am ersten Tag sagen müssen.

Ich zuckte unschuldig mit den Schultern. »Ich weiß es nicht, ich dachte nicht, dass es wichtig für Sie ist, welche Sprachen Ihre Assistentin spricht.«

»Was ist die zweite Fremdsprache?«

»Spanisch.«

»Sie sprechen fließend Deutsch und Spanisch?«

»Nein, Mr. West, verhandlungssicher«, ließ ich ihn selbstbewusst wissen, denn wenn ich für eine Sache – neben dem Tanzen

– brannte, dann waren es Fremdsprachen. Er sog kaum hörbar die Luft ein und wollte gerade etwas erwidern, als die Tür aufging und die beiden Männer eintraten.

Das Gespräch dauerte zwei Stunden, in denen Mr. West und Mr. Bleckmann sich größtenteils auf Englisch unterhielten und Mr. Schmitz aufmerksam zuhörte. Lediglich wenn es um vertragliche Inhalte ging, ließ Mr. Bleckmann für sich übersetzen.

Ich hatte von Catherine im Vorfeld eine Standardvorlage für ein Gesprächsprotokoll erhalten, an der ich mich nun entlanghangelte. Ich notierte auch die wichtigsten Erkenntnisse aus dem Gespräch der beiden deutschen Männer, was Mr. West scheinbar begrüßte, denn er schielte während der Unterhaltung der beiden immer wieder hinüber und quittierte mein weiteres Schreiben mit einem zufriedenen Nicken.

Nach zwei langen Stunden erhoben sich Mr. West und Mr. Bleckmann und besiegelten ihre heutigen Ergebnisse mit einem Handschlag.

»Meine Frau und ich sind heute noch in der Stadt, wir würden uns freuen, wenn Sie mit uns zu Abend essen würden.« Mr. Bleckmann grinste über beide Ohren und sah mich mit einem Funkeln in den Augen an. »Und bringen Sie doch Ihre reizende Assistentin mit. Es kommt nicht oft vor, dass wir uns bei unseren Besuchen in den USA auf Deutsch unterhalten können.« Er formulierte es nicht wie eine Frage, blickte aber trotzdem fragend zwischen Mr. West und mir umher.

»Teilen Sie meiner Assistentin mit, wo wir Sie später treffen«, entgegnete Mr. West selbstverständlich.

Als ich zu ihm herumfuhr, berührten meine Augenbrauen beinahe meinen Haaransatz, doch er würdigte mich keines Blickes. Als sei es vollkommen legitim, meine freie Zeit nach seinem Belieben zu verplanen. Ich sollte heute mit diesen Männern und einer Ehefrau, die ich nicht kannte, zu Abend essen? Irritiert und irgendwie seltsam vor den Kopf gestoßen, begleitete ich die beiden Herren zum Aufzug, nahm die Adresse des Restaurants, in dem wir uns treffen würden, entgegen und verabschiedete mich.

Henry fuhr uns um kurz vor acht in ein nobles Restaurant, in das ich mich in meinem Leben sicherlich niemals verirrt hätte, wäre ich nicht zur persönlichen Assistentin eines Milliardärs aufgestiegen. Kurz sinnierte ich darüber, wie gut bezahlt dieser Job war, und fragte mich, ob ich in meiner weiteren beruflichen Laufbahn jemals wieder so viel Geld verdienen würde. Doch dann rief ich mir ins Gedächtnis, wie viel dieser Job von mir abverlangte.Ich hatte in den letzten zwei Wochen gefühlt mehr gearbeitet als in den gesamten Jahren zuvor. Meine Freizeit beschränkte sich auf drei Stunden am Abend und sechs Stunden Schlaf. Ein fünfzehnstündiger Arbeitstag war keine Seltenheit, doch der heutige Samstag würde den Rekord brechen.

Ich hatte Rylee bereits eine Nachricht geschrieben, dass ich es heute nicht mehr schaffte und erst morgen kommen würde. Ihre Antwort darauf war ein Meme-Sound, der einen Peitschenschlag imitierte. Ja, ganz genau so fühlte ich mich. Dieser Job, dieser Mann, verlangten mir viel ab. Aber daran müsste ich mich wohl gewöhnen. Das laue Studentenleben war endgültig vorbei.

Mr. West hielt mir die Tür auf und trat hinter mir ein. Wir ließen uns von einem äußerst freundlichen und zuvorkommenden Kellner die Mäntel abnehmen und zu unserem Platz führen, wo Mr. und Mrs. Bleckmann bereits auf uns warteten. Stirnrunzelnd blickte ich an mir hinab und für einen kurzen Moment überkam mich ein unwohles Gefühl, denn dieser Laden hier schrie nach Menschen mit Geld und Designerklamotten.

Dass mein Boss nur maßgeschneiderte Anzüge von namhaften Designern trug, war mir bewusst. Jedoch schien in diesem Laden niemand zu sein, der unter einer Million Dollar Monatseinkommen lag. Es hätte mich nicht gewundert, wenn die Servicebekleidung der Kellner hier in diesem edlen Schuppen nicht mindestens ein Textiletikett von Armani trug.

Ich hatte mich für ein schlichtes Kleid aus schwarzem Samt entschieden, das mir bis über die Knie reichte. Es lag allerdings so eng an, dass es mir nun beim Laufen immer wieder nach oben rutschte. Unbeholfen zupfte ich daran und konzentrierte mich darauf, nicht mit meinen hohen Absätzen umzuknicken.

Ich bildete mir ein, dass Mr. West im Auto einen kurzen Blick auf meine nackten Beine geworfen hatte. Sein Ausdruck war allerdings wie immer so undurchsichtig, dass ich es nicht deuten konnte, ob ihm der Anblick gefiel oder er es zu aufreizend für ein Abendessen fand. Schnell verwarf ich den Gedanken daran, was Mr. West von meinem Outfit hielt, denn es sollte mir egal sein.

»Mrs. Bleckmann, es ist mir eine Freude, Sie kennenzulernen«, begrüßte ich sie auf Deutsch.

Ein aufrichtiges Lächeln umspielte ihren Mund, während sie mir ihre Hand entgegenhielt. »Die Freude liegt ganz auf meiner Seite. Sie müssen also Ms. Hayes sein, die unfassbar schöne Assistentin von Mr. West. Mein Mann hat also nicht übertrieben.« Sie warf mir ein verschmitztes Lächeln zu.

Augenblicklich versteifte ich mich und hoffte inständig, dass meine Gesichtsfarbe mir nicht entglitt und ihr verriet, wie unangenehm mir diese Situation war.

Räuspernd zog Mr. West meinen Stuhl zurück und bedeutete mir, Platz zu nehmen.

Mrs. Bleckmann war eine elegant gekleidete, äußerst gepflegte Frau in ihren Fünfzigern, der man ihr Alter im ersten Moment nicht ansah. Ihr Gesicht hatte ganz sicher Botoxbehandlungen hinter sich, aber ihre Hände verrieten ihr wahres Alter. Ihre Stimme klang weich und angenehm und ihr Lächeln löste eine vertraute Wärme in mir aus.

Wie sich im weiteren Gesprächsverlauf herausstellte, waren die Bleckmanns wirklich humorvolle Menschen, deren Gesellschaft sich gut aushalten ließ. Ich beobachtete Mr. West, wie er den beiden gespannt zuhörte. Als sie von einem lustigen Vorfall in ihren Flitterwochen auf Barbados erzählten, sah ich ihn plötzlich zum ersten Mal wirklich lachen. Unweigerlich musste ich mitlachen – nicht, weil das Gesagte tatsächlich so lustig war, sondern weil sein Lachen eine ansteckende Wirkung auf mich hatte. Seine Grübchen stellten einen Kontrast zu seinen ansonsten markanten Gesichtszügen dar. Ich hatte ihn öfter in Gesprächen lächeln sehen. Jetzt aber fiel mir auf, wie anders das heutige Lächeln war, im Gegensatz zu den vorherigen Malen, bei denen es nur so aussah, als lächelte er, der Rest seiner Miene jedoch ausdruckslos blieb. Caleb West war zweifelsohne ein schöner Mann, aber sein wahres Lächeln machte ihn für mich wirklich attraktiv. Ich fragte mich, warum er es so selten zeigte. Es war eine Schande, dass er dieses Lächeln – das mir soeben wärmend durch den ganzen Körper ging – der Welt so selten zeigte.

»Arbeiten Sie beide schon lange zusammen?«, unterbrach Mrs. Bleckmann plötzlich meine Gedanken an das bezaubernde Lächeln meines Bosses. Perplex blinzelte ich sie an, denn mit dieser Frage hatte ich nicht gerechnet.

Mr. West ergriff das Wort und bedeutete dem Kellner, dass wir gern noch mehr Wein hätten. »Ms. Hayes arbeitet erst seit zwei Wochen bei MCW Pharmaceuticals. Sie ist also noch in der Einarbeitungsphase.«

Sie nickte und lächelte mich so warmherzig an, dass ich mich unmittelbar wieder entspannte. »Also lernen Sie beide sich gerade erst so richtig kennen«, stellte sie fest.

Ich warf ihr ein schüchternes Lächeln zu und nickte ebenfalls, wobei ich es vermied, Mr. West anzusehen.

In den letzten drei Stunden, in denen wir hier saßen, schienen Mr. und Mrs. Bleckmann mehr Interesse an meiner Person als an der von Mr. West zu haben. Sie stellten mir Fragen zu meinem Studium und ob ich jemals in Deutschland gewesen war, die ich alle höflich und gewissenhaft beantwortete. Mr. West schien es nicht zu stören, keinen sonderlich großen Anteil an den Gesprächsinhalten zu haben.

»Mr. West, eine ganz wundervolle Dame haben Sie sich da an Ihre Seite geholt. Sie ist sprachtalentiert, gebildet und dazu noch eine Augenweide.«

Jetzt lächelte er, wie er es immer tat. Nicht aufrichtig, aber so, dass es irgendwie als freundlich durchging.

»Nun ja, Sie entschuldigen mich einen kurzen Augenblick, ich würde mich gern ein bisschen frisch machen.« Mrs. Bleckmann tupfte sich mit ihrer Serviette über den Mund und stand auf.

»Dann werde ich die Zeit nutzen, um ein wichtiges Telefonat zu führen. Laufen Sie nicht weg.« Mr. Bleckmann zwinkerte uns zu, dann verschwand er in Richtung des Ausgangs.

Sofort herrschte eine unangenehme Stille zwischen uns. Ich überlegte, wie lange wir hier nun schweigend nebeneinandersitzen könnten, ohne dass es peinlich würde, als Mr. West plötzlich völlig unerwartet seinen Arm um meine Stuhllehne legte und sich zu mir hinüberbeugte.

Benebelt von seinem holzig-rauchigen Duft, der mir unmittelbar in die Nase stieg und eine glühende Hitze in mir verursachte, sah ich ihn an und versuchte, so lässig wie möglich zu wirken. Ich wusste nicht, ob es daran lag, dass er mir noch nie so nah war oder an der Tatsache, dass er mir zum ersten Mal tief in die Augen sah. Aber mein Körper reagierte in einer Art, die mir Unbehagen bereitete. Ein aufregendes Kribbeln durchfuhr mich, als er seine vollen Lippen leicht öffnete. Er blickte auf seine Uhr und dann wieder zu mir. »Die beiden haben anscheinend großes Interesse an Ihnen, weshalb sie wohl gerne noch die ein oder andere Stunde mit uns hier sitzen würden. Deshalb schlage ich vor, dass wir den Abend – aufgrund Ihrer Kopfschmerzen – gleich vorzeitig beenden werden.«

Ungläubig schaute ich ihn an, denn er sagte das so selbstverständlich, als wäre es eine Tatsache, dass ich Kopfschmerzen hatte, während das tiefe Timbre seiner Stimme mir einen weiteren Schauer durch den Körper jagte.

Gelassen lehnte er sich wieder auf seinem Stuhl zurück und wartete meine Antwort ab.

»Sie wollen, dass ich für Sie lüge?«, fragte ich flüsternd und drehte nervös an einer meiner Locken.

Er folgte dem Spiel meiner Finger und atmete hörbar aus. »Wenn Sie das so nennen wollen. Oder Sie verhelfen uns einfach nur zu unserem wohlverdienten Feierabend.« Unauffällig ließ er seinen Blick umherschweifen, um sicherzugehen, dass die Bleckmanns noch nicht in Sichtweite waren.

Niemand hatte erwähnt, dass solche Gefälligkeiten auch in meinen Aufgabenbereich fielen. Thiago würde es bereuen, dass er mich auf solche Situationen nicht vorbereitet hatte. Mir war nicht wohl dabei, die Bleckmanns anzulügen. Sie waren wirklich nett, und ich hatte heute seit zwei Wochen wieder so etwas wie Spaß gehabt. Andererseits wollte ich das etwas aufgelockerte Verhältnis, dass sich heute zwischen ihm und mir gezeigt hatte, nicht gefährden. So viel wie heute hatte er an keinem der anderen Tage mit mir gesprochen und ich wertete das als gutes Zeichen.

Noch immer überrumpelt von seiner Forderung, sah ich, wie Mrs. Bleckmann auf unseren Tisch zusteuerte, dicht gefolgt von ihrem Ehemann. Ich atmete tief durch und warf Mr. West einen Blick zu, der ihm signalisierte, dass ich mit im Boot saß.

Er quittierte meine Zustimmung mit einem stummen Nicken und leerte sein Weinglas.

Demonstrativ fasste ich mir an die Schläfe und massierte sie mit sanftem Druck. Mrs. Bleckmann beobachtete mich und ich konnte Besorgnis in ihrem Gesichtsausdruck lesen, sodass sich augenblicklich mein Gewissen zu Wort meldete. Hastig griff ich nach meiner Clutch und kramte in ihr herum, während ich gespielt schmerzvoll, aber leise aufstöhnte.

»Ist alles okay bei Ihnen?«

Jetzt hatte ich ihre ungeteilte Aufmerksamkeit. »Ja, ich habe nur leider starke Kopfschmerzen bekommen und gerade festgestellt, dass ich keine Kopfschmerztablette bei mir habe.«

Sie griff nach ihrer Tasche. »Kein Problem, Liebes, ich kann Ihnen eine geben.«

Mist, damit hatte ich nicht gerechnet. Hilflos schaute ich zu Mr. West und dann wieder zu ihr. Vor meinem inneren Auge sah ich den Versuch, diesen Abend zu beenden, schon kläglich scheitern, als mir plötzlich Pipers Migräne in den Sinn kam. »Das ist wirklich lieb gemeint, aber eine normale Kopfschmerztablette wird mir leider nicht helfen. Ich leide unter Migräne und brauche ein bestimmtes Medikament.«

Sie legte den Kopf schräg und warf mir einen besorgten Blick zu. »Dann ist es wohl das Beste, wir beenden den heutigen Abend. Es ist zwar schade, aber Sie gehören eindeutig ins Bett.« Liebevoll legte sie ihre Hand auf meine. »Sie würden ein wirklich schönes Paar abgeben.«

Zu meinem Glück hatte sie die Worte auf Deutsch gesagt, aber ich vergewisserte mich lächelnd, dass Mr. West nichts davon verstanden hatte, der mich aber nur irritiert ansah und seine Aufmerksamkeit wieder auf das Wort von Mr. Bleckmann richtete.

Mrs. Bleckmann legte mir einen Kugelschreiber und einen Block auf den Tisch und bat mich, meine Nummer zu notieren.

»Wenn Sie irgendwann mal nach Deutschland kommen wollen, dann zögern Sie nicht, sich bei mir zu melden. München ist wirklich schön und ich würde mich freuen, Sie wiederzusehen.« Sie zog eine Visitenkarte aus ihrer Tasche und legte sie sanft vor mir ab.

Gerührt sah ich zu ihr hinüber und griff nach dem Block, als mir der Kugelschreiber aus der Hand rutsche und zu Boden fiel. Ich bückte mich, um ihn aufzuheben und bemerkte beim Aufrichten, dass Mr. West seinen Arm ausgestreckt und seine Hand schützend um die Tischkante gelegt hatte, während er sich weiterhin angeregt mit Mr. Bleckmann unterhielt. Auch Mrs. Bleckmann hatte diese Geste bemerkt und warf mir einen vielsagenden Blick zu, als wollte sie damit die Aussage von gerade eben unterstreichen. Wieder stieg Hitze in mir auf, aber ich ermahnte mich diesmal, einen kühlen Kopf zu bewahren. Ich würde mir nichts darauf einbilden, dass er mich davor bewahrt hatte, mir den Kopf zu stoßen. Vielleicht dachte er auch einfach an das blonde Klischee und wollte vorsorglich handeln. Das würde wohl eher zu ihm passen.

Mr. West stand an eine Hauswand gelehnt und zündete sich eine Zigarette an, als wir auf Henry warteten. Er musste meine Verwunderung darüber bemerkt haben und hielt die Zigarette in die Höhe.

»Nur nach einem guten Geschäftsessen«, klärte er mich auf, drehte seinen Kopf und pustete den Qualm in die andere Richtung.

Ich wusste nicht, um welche Summen es bei dem Deal ging, den Mr. Bleckmann und MCW Pharmaceuticals ausgehandelt hatten, aber für Mr. West schien heute alles zu seiner vollsten Zufriedenheit gelaufen zu sein.

»Was hat Mrs. Bleckmann gerade zu Ihnen gesagt?«, fragte er aus heiterem Himmel, wobei ich mir einbildete, dass er nicht zu interessiert klingen wollte.

Ich würde ihm nicht die Wahrheit sagen. Weil er mich dazu genötigt hatte, zu lügen, tat ich es jetzt auch. »Sie hat sich nur für den tollen Abend bedankt.«

Er zog wieder an seiner Zigarette und nickte stumm, dabei hielt er für einen kurzen Moment Augenkontakt, als ahnte er, dass ich ihm nicht die Wahrheit sagte.

»Warum hatten Sie keine Kopfschmerzen? Warum ich?«, platzte es aus mir heraus. Ich wusste, die Frage war provokant, aber schließlich hatte er mich in meiner zweiten Woche als seine Assistentin dazu gebracht, für ihn zu lügen. Dazu kam, dass Mr. West mir gegenüber nicht gerade mit großzügigen Gesten geglänzt hatte, sodass ich ihm keine Gefälligkeiten schuldig war.

»Sie haben mich heute mit Ihrem Sprachtalent überrascht, Ms. Hayes. Ich wollte auch Ihre schauspielerischen Fähigkeiten testen«, sagte er teilnahmslos und zog erneut an seiner Zigarette.

Das konnte unmöglich sein Ernst sein. Seine Aussage und die Art, wie er mit mir sprach, provozierten mich so sehr, dass ich Mühe hatte, einen angemessenen Tonfall beizubehalten. »Und?«, sprudelte es eine Spur zu hitzig aus mir heraus.

Er wandte seinen Blick ab und ein Grinsen zupfte an seinem Mundwinkel. Mit dem Daumen strich er sich über die Unterlippe, als wolle er einen Tabakkrümel wegwischen. »Ich muss sagen, Sie waren gut.«

Henry fuhr vor. Frustriert ließ ich den Tag in meinem Kopf Revue passieren; denn es war tatsächlich so etwas wie Hoffnung in mir aufgekeimt, dass sich das Verhältnis zu meinem Boss vielleicht doch etwas auflockerte. Aber er hatte sie mit seinem

Verhalten in Sekunden zunichte gemacht, da mir klar wurde, dass er mich nur benutzt hatte.

KAPITEL II
Liv

DIE LETZTEN BEIDEN Wochen verliefen ohne große Zwischenfälle. Ich war nun einen Monat bei MCW Pharmaceuticals. Mein Boss sprach nach wie vor nur das Nötigste mit mir, und trotzdem fühlte ich mich immer wohler. Irgendwie schien mein Nervensystem sich an diesen Umstand gewöhnt zu haben und wertete seine Wortkargheit und sein Desinteresse an meiner Person längst nicht mehr als Ablehnung. Catherine war zunehmend zu einer Vertrauensperson geworden. Sie hatte immer ein offenes Ohr, wenn ich ein Anliegen hatte, und kannte die Eigenheiten von Mr. West. Deshalb erinnerte sie mich immer wieder daran, nichts von dem, was er sagte oder tat, persönlich zu nehmen.

Henry, unser Fahrer, stellte sich als wirklich nette Gesellschaft heraus. Er war ein älterer, liebenswerter Mann, der mir die Fahrt zwischen der Reinigung und Dunkin' Donuts mit seinen spannenden Geschichten, die er im Laufe seiner Karriere als Fahrer erlebt hatte, versüßte. Er hatte schon für einige Promis und Menschen mit Rang und Namen gearbeitet und etliche lustige Gespräche und Szenarien miterlebt. Dabei achtete er stets darauf, nur die Geschichten zu erzählen, aber niemals die Namen zu nennen.

Mit Lisa und Claire pflegte ich ein oberflächliches Verhältnis, da sie beide einen Großteil der Zeit damit verbrachten, über Frauen aus dem Haus zu lästern, die ich ohnehin nicht kannte, oder Landon Barnes anzuschmachten.

»Ich bin heilfroh, dass ich für Mrs. Barnes arbeite und nicht für *ihn*«, sagte Claire, biss in ihren Donut und lehnte sich kauend an meinen Schreibtisch.

Ich ließ sie einfach reden, während ich auf dem Tablet die Bestellung für das Mittagessen eingab. Heute ließen wir den Lieferservice ins Büro kommen. Diese Tage waren mir die liebsten, so musste ich mich wenigstens nirgendwo anstellen.

»Was meinst du damit?«, fragte ich sie mehr aus Höflichkeit, als aus ernsthaftem Interesse.

»Naja, du weißt schon. Du kannst einem echt leidtun. Dein Boss ist schon speziell, wenn auch heiß, aber halt irgendwie merkwürdig. Sag nicht, das ist dir noch nicht aufgefallen?« Sie gestikulierte wild mit den Händen in der Luft, als plötzlich ein lautes Räuspern erklang. Erschrocken sah ich von meinem Tablet auf. Claire fuhr mit entsetzter Miene herum und blickte in das ausdruckslose Gesicht von Mr. West.

»Sollten Sie nicht an Ihrem Schreibtisch sitzen? Oder werden Sie dafür bezahlt, meine Assistentin von ihrer Arbeit abzuhalten?« Sein Tonfall war derart herablassend, dass ich innerlich zusammenzuckte, wohingegen sein Gesichtsausdruck wie immer unlesbar blieb.

Claires Wangen erröteten, während sie etwas Unverständliches stammelte und mit gesenktem Kopf an ihm vorbeiging.

Mit weit geöffneten Augen starrte ich ihn an, unsicher, was von dem, was Claire gerade von sich gegeben hatte, an seine Ohren gedrungen war. Aber er sah mich nur eindringlich an und ließ sich nichts anmerken.

»Ich warte auf einen wichtigen persönlichen Brief. Ich werde heute nach der Arbeit nicht nach Hause fahren, also legen Sie die Post auf meinen Schreibtisch und schließen Sie die Tür wieder hinter sich.«

»Ja, natürlich«, antwortete ich wie aus der Pistole geschossen, denn ich gab mir noch immer die größte Mühe, meine Arbeit zu seiner vollsten Zufriedenheit zu erledigen. Ich fragte mich, was er wohl nach der Arbeit machte, als mir klar wurde, dass heute Mittwoch war. Mr. West war mittwochs immer erst sehr spät zu Hause. In der letzten Woche kam er erst irgendwann in der Nacht. Ob er außer Landon so etwas wie Freunde hatte? Ich bezweifelte es.

Der Plan war ursprünglich, mich abends mit Rylee und Piper zu treffen, aber das legte ich mittlerweile immer öfter auf den Sonntag und genoss es, mittwochs alleine zu sein. Zweimal konnte ich bis jetzt den Fitnessraum nutzen, um Yoga zu machen. Einmal, als Mr. West mittwochsabends nicht da war, hatte ich sogar klassische Musik gehört und ein bisschen dazu getanzt. Das Tanzen fehlte mir unglaublich, aber die Fahrt von hier zum Studio wäre fast eine Stunde durch den Stadtverkehr, also verschwendete ich keinen Gedanken daran, es in der Woche schaffen zu können. Mir blieb für meine Freizeitaktivitäten nur der Sonntag, aber da siegte meist die Sehnsucht nach Mom, Grandpa, Rylee und Piper.

Um 17.30 Uhr hatte ich heute Feierabend machen können, was verhältnismäßig zu den anderen Tagen wirklich früh war. Ich leerte das Postfach unten in der Lobby und stieg erschöpft in den Aufzug. Seit heute Mittag fühlte ich mich irgendwie unwohl und ich hoffte, nicht krank zu werden.

Ein unangenehmes Ziehen machte sich in meinem Unterbauch bemerkbar, als die Aufzugstüren sich öffneten und den Blick auf das gigantische Penthouse freilegten. Ich schob es auf den Stress und nahm mir vor, die freie Zeit für mich zu nutzen, um erst einmal ein warmes Bad zu nehmen.

Auf dem Weg zu Mr. Wests Büro schaute ich den Stapel Briefe durch, um zu überprüfen, ob etwas für mich dabei war. Ich öffnete die Tür und hielt kurz inne. Mir wurde schlagartig bewusst, dass er mir heute zum ersten Mal gestattete, sein Büro zu betreten – und das, obwohl er nicht da war. Normalerweise legte ich die Briefe in der Küche auf der Anrichte ab und er nahm sie sich irgendwann dort weg.

Neugierig wanderte mein Blick durch den Raum, während ich langsam hinüber zu dem massiven Schreibtisch ging. Sofort zog ein eingerahmtes Foto meine Aufmerksamkeit auf sich. Ich griff nach dem goldenen Bilderrahmen und sah mir das Foto genauer an. Auf dem Bild zeigte sich ein deutlich jüngerer Mr. West, der eine junge Frau im Arm hielt. Beide lächelten und sahen glücklich aus. Die sonnengebräunte Haut und die luftige Kleidung der beiden ließen darauf schließen, dass das Foto im Sommer entstanden ist. Für einen kurzen Moment empfand ich diesen Anblick von Mr. West abstrus. Dieses atemberaubende Leuchten in seinen Augen ließ sich beim besten Willen nicht mit dem Bild, das ich von ihm hatte, in Einklang bringen. Ob die hübsche junge Frau wohl seine Freundin war?

»Suchen Sie etwas Bestimmtes?«

Ich verschluckte mich beinahe an meinem eigenen Speichel, als mit einem Mal Mr. West neben dem Schreibtisch auftauchte. Wie zur Hölle konnte dieser riesige Mann sich so langsam anschleichen? Behutsam nahm er mir den Bilderrahmen aus der Hand und stellte ihn zurück an seinen Platz. Dann machte er einen Schritt auf mich zu – sein Blick war warnend, aber zugleich trug er auch etwas Verletzliches in sich.

»Ms. Hayes, ich würde es begrüßen, wenn Sie in Zukunft nur die Dinge tun, um die ich Sie gebeten habe«, wies er mich mit strenger Stimme an, sodass ich mir unmittelbar wie ein kleines Mädchen vorkam, das Dummheiten begangen hatte. Am liebsten wäre ich vor Scham davongerannt, doch dieser Mann besaß eine Aura, die mich jedes Mal beinahe lähmte.

»Natürlich, Mr. West, es tut mir leid. Ich wollte nicht unhöflich oder neugierig sein«, stammelte ich vollkommen verloren und trat einen Schritt zurück, denn seine Nähe wirkte nahezu bedrohlich.

»Dann tun Sie es auch nicht«, sagte er so ruhig, dass es mir fast Angst machte. Mit einer Handbewegung wies er mir den Weg zur Tür und bedeutete mir, zu gehen.

Keine zehn Minuten nachdem er aufgetaucht war, nahm ich das Geräusch des Aufzugs wahr und atmete erleichtert auf. Ich war also wieder alleine. Was hatte er hier gewollt? Hatte er etwas vergessen oder wollte er überprüfen, ob er mir trauen konnte? In dieser Hinsicht hatte ich wohl kläglich versagt. Ich verfluchte mich für meine verdammte Neugier.

Mit angespanntem Körper ließ ich mir ein Bad ein, denn das unangenehme Ziehen, das mittlerweile bis in meinen unteren Rücken strahlte, wurde zunehmend schlimmer. Seufzend setzte ich mich auf den Wannenrand und ging gedanklich die mehr als peinliche Situation von gerade eben durch, als sich ein warmes Gefühl in meinem Slip bemerkbar machte. Gottverdammt, warum hatte ich nicht daran gedacht? Genervt vom heutigen Tag und meiner Unfähigkeit, meinem Zykluskalender ausreichend Beachtung zu schenken, kramte ich in meiner Schublade und fand noch drei Tampons. Damit müsste ich bis morgen früh klarkommen.

Das Ziehen in meinem Unterbauch war mittlerweile zu krampfartigen Schmerzen geworden, die sich minütlich zu verschlimmern schienen. Ich hatte nicht in jedem Zyklus Probleme, aber wenn ich Periodenkrämpfe hatte, dann waren sie meist nur schwer auszuhalten. Ich hatte mal gehört, dass starker Stress zu Schmerzen während der Menstruation führte und das passte gerade sehr gut. Der letzte Monat war ziemlich aufregend und anstrengend.

Ich wusste um dieses Problem und ärgerte mich jetzt, dass ich nicht daran gedacht hatte, Schmerztabletten einzupacken. Heute Abend musste ich mir also mit Wärme und Ruhe helfen. Nach baden war mir gerade irgendwie nicht mehr zumute, also drehte ich das Wasser aus, schlüpfte in eine Jogginghose und machte mich mit meinem Körnerkissen unter dem Arm auf den Weg in die Küche.

Ganze fünfzehn Minuten brauchte ich, um zu verstehen, wie man diese verdammte Mikrowelle bediente. Zwischenzeitlich waren die Schmerzen so stark geworden, dass ich unter Kaltschweiß litt und mich auf den Boden vor den Küchenschrank kauerte. So extreme Schmerzen hatte ich schon eine ganze Weile nicht mehr gehabt.

Stöhnend lehnte ich den Kopf an den Küchenschrank und dachte an die Periodenauszeiten, die ich mir immer gemeinsam mit Rylee genommen hatte, als ich noch bei ihr wohnte. Irgendwann liefen unsere Zyklen beinahe synchron und wir hatten unsere Periode meistens zur selben Zeit. Wir kuschelten uns dann bei ihr aufs Sofa und schauten uns mit unseren Körnerkissen irgendwelche Komödien an, die uns auf andere Gedanken bringen oder in bessere Stimmung versetzen sollten. Jetzt würde ich gerade alles dafür geben, mit ihr gemeinsam auf ihrem Sofa zu liegen. Stattdessen kauerte ich einsam unter stärksten Schmerzen auf dem Küchenboden meines Bosses, der mich nicht ausstehen konnte. Super Voraussetzungen, um sich in so einer sensiblen Zeit wohl und geborgen zu fühlen.

Ächzend raffte ich mich auf und nahm das Körnerkissen aus der Mikrowelle. Dann fiel mein Blick auf das Sofa. Ich würde mich einfach kurz setzen und die Wärme wirken lassen und dann zurück in mein Bett gehen. Keuchend schleppte ich mich rüber, lehnte mich an eines der großen Kissen und zog die Beine an. Das Sofa war wirklich bequem, und ich bemühte mich, ruhig und gleichmäßig zu atmen. Ich ließ die Wärme sanft durch meinen Unterleib strömen und nur wenige Minuten später schien mein Körper sich langsam zu entspannen. Erleichtert seufzte ich auf und sank tiefer in das Kissen, spürte wie die Anspannung aus meinen Gliedern wich, bis meine Augen mit einem Mal unsagbar schwer wurden.

»Ms. Hayes?« Zaghaft stupste mich jemand an. »Ist alles okay bei Ihnen?«

Schlaftrunken öffnete ich die Augen und brauchte einen Moment, um zu realisieren, wo ich mich befand und was passiert war. Ruckartig setzte ich mich auf. Um Himmels willen, ich war eingeschlafen. Wie konnte das passieren? »Wie spät ist es?«, murmelte ich und versuchte blinzelnd die Gestalt auszumachen, die mich angesprochen hatte und jetzt mit einem mehr als besorgten Blick auf mich herabschaute.

»23.30 Uhr«, ließ mich eine dunkle und raue Männerstimme wissen – eine Stimme die mir viel zu vertraut war und die nicht in dieses Szenario passte.

»Sie machen auf mich irgendwie einen kranken Eindruck.« Sein fragender Blick fiel auf das Körnerkissen, das auf meinem Schoß lag, und mich daran erinnerte, dass ich ihm noch immer eine Antwort schuldig war.

Doch ehe ich einen Satz formulieren konnte, durchfuhr mich ein krampfartiger Schmerz, der mir wie ein Stromschlag in den unteren Rücken fuhr, sodass ich bei dem Versuch, aufzustehen, ins Taumeln geriet. Blitzartig schoss mir durch den Kopf, in was für einer unangenehmen Situation Mr. West mich vorgefunden hatte. Hitze stieg mir in die Wangen. *Gott, bitte nicht schon wieder.* Ich musste hier schnellstmöglich weg. »Es tut mir leid, ich hatte Schmerzen und wollte mich nur kurz ausruhen, da muss ich eingeschlafen sein. Ich gehe besser jetzt in mein Zimmer und werde mich hinlegen. Morgen wird es mir bestimmt wieder besser gehen«, versuchte ich die peinliche Situation irgendwie zu rechtfertigen und wandte mich bereits zum Gehen, als er mich plötzlich am Arm zurückhielt. Erschrocken fiel mein Blick auf seine warme Hand, als würde sie mich verbrennen.

»Brauchen Sie einen Arzt?«, fragte er in rauer, aber leiser Stimmlage, die gleichermaßen beruhigend und aufwühlend wirkte.

Verlegen schüttelte ich den Kopf. »Nein, das Problem ist bekannt, meistens dauert es nur einen Tag und dann geht es wieder.«

»Sind Sie …«, er stockte und runzelte die Stirn, bevor er weitersprach: »Sind Sie krank? Also chronisch? Brauchen Sie irgendetwas?«

Schallend und kurz lachte ich auf, ehe der stechende Schmerz in meinem Uterus mich umgehend wieder zurück in die Realität riss. Diese verdammte Gebärmutter. Die Art, wie er das fragte, klang nicht sonderlich empathisch, vielmehr so, als wollte er sichergehen, dass er sich keine beschädigte Ware ins Haus geholt hatte.

Stotternd setze ich an, unschlüssig, wie ich es ihm beibringen sollte. »Nein, Frauenprobleme. Sie wissen schon …«, sagte ich so knapp und beiläufig wie möglich, während ich abwinkte, als wäre es nichts. Obwohl diese Krämpfe mich regelrecht in die Knie zwangen und mich daran zweifeln ließen, ob ich mich ernsthaft fortpflanzen wollte, wenn dieses Organ mir schon jetzt solches Leid bereitete.

Einen Moment blickte er mich so an, als sähe er sich zum

ersten Mal damit konfrontiert, dass Frauen eine Gebärmutter, Blutungen und Periodenkrämpfe hatten. Doch dann sammelte er sich, ließ meinen Arm los und trat räuspernd einen Schritt zurück. »Natürlich, verstehe. Geben Sie Catherine Bescheid, falls Sie irgendetwas brauchen.« Er musterte mich noch einen Moment lang, unsicher, ob er mich wirklich so zurücklassen konnte. Aber dann wandte er sich ohne ein weiteres Wort ab und verschwand in der Dunkelheit des langen Korridors.

Nachdem ich mein Körnerkissen noch einmal erwärmt hatte, ging ich auf mein Zimmer und kauerte mich in mein Bett. Durch die Wärme war ich erstaunlich schnell wieder eingeschlafen, wurde dann aber gegen 3 Uhr morgens von erneuten Krämpfen aus dem Schlaf gerissen. *Verdammt, so viel Stress kann ich gar nicht gehabt haben.* Vor Schmerz stöhnend setzte ich mich auf und tastete unbeholfen nach dem Schalter der Lampe, deren Licht endlich die Dunkelheit in meinem Zimmer vertrieb. Mit halb geöffneten Lidern wollte ich gerade nach meiner Wasserflasche greifen, als mir eine weiße Packung auf meinem Nachttisch ins Auge fiel, die dort vorhin definitiv noch nicht gelegen hatte – Schmerztabletten. Irritiert griff ich danach und inspizierte die Packung. Natürlich, MCW Pharmaceuticals stand in kleinen Buchstaben auf der Packungsseite. Ich ließ mich nach hinten fallen und schlug die Hände vors Gesicht. *Bitte lass ihn nicht in meinem Zimmer gewesen sein. Bitte lass ihn mich nicht beim Schlafen gesehen haben – nicht in diesem desolaten Zustand.*

Als hätte mein Auftritt vorhin nicht gereicht, musste das Universum noch eins draufsetzen. Selbstverständlich war mein heißer, mürrischer Boss nachts in mein Zimmer geschlichen, um mir bei der Beseitigung meiner Periodenprobleme zu helfen.

Nachdem sich mein Schamgefühl langsam wieder legte, stellte ich mir unweigerlich die Frage, ob es wirklich eine fürsorgliche Seite an diesem Menschen gab. War er doch empathischer, als ich anfangs angenommen hatte? Ich ließ meinen Blick wieder zu den Tabletten schweifen und entschied – trotz der Umstände, wie diese Packung es in mein Zimmer geschafft hatte –, gerade äußerst froh zu sein, sie zur Hand zu haben. Also nahm ich eine der Tabletten und schlief noch ganze zwei friedliche Stunden, bis um 5.30 Uhr mein Wecker klingelte.

KAPITEL 12
Caleb

ALS ICH UM 7 Uhr die Küche betrat, stand sie wie gewohnt an der Theke und hielt mir eine Tasse Kaffee entgegen. Sie war geschminkt und zurechtgemacht. Nichts deutete mehr auf den Zustand hin, in dem ich sie gestern Abend hier vorgefunden hatte. Sie schien die Packung Schmerztabletten also gefunden zu haben, die Catherine gestern noch vorbeigebracht und in ihr Zimmer gelegt hatte.

Ich wollte ihr Reich nicht betreten, nachdem ich sie ohnehin schon in eine so unangenehme Situation gebracht hatte. Ein merkwürdiges Gefühl überkam mich bei dem Gedanken daran, wie ich gestern Abend in ihr blasses und schmerzverzerrtes Gesicht geblickt hatte, wie sie zusammengekauert und schutzlos auf meinem Sofa lag. Ich musste mich beherrschen, sie nicht hochzuheben und in ihr Bett zu tragen, als ich sah, wie sie taumelte. Verdammt noch mal, mich sollte die Periode meiner Assistentin nichts angehen. Es gefiel mir nicht, was diese Frau in mir auslöste. Sie war ein Widerspruch in sich. Einerseits war sie stark und schlagfertig, andererseits hatte sie diesen verletzlichen Blick, diese sanfte Art, die mich wachsam werden ließ. Ich rief mir ins Gedächtnis, dass ich sie deshalb nicht mit Samthandschuhen anfassen durfte. Sie war meine Assistentin und würde, genau wie all die anderen zuvor, in elf Monaten wieder gehen. Allerdings hatte sie es geschafft, mich in nur einem Monat nachhaltig zu beeindrucken. Sie war gebildet, und zäher, als ich anfangs angenommen hatte. Ihr Alter, auf das ich damals abgezielt hatte, um Catherine davon zu überzeugen, dass sie nicht die Richtige für diese Stelle war, hatte in der Realität keinerlei negative Auswirkungen.

Zu meinem Leidwesen musste ich feststellen, dass ich sie mittlerweile besser kannte, als mir lieb war, denn sie hatte ein paar wenige Eigenheiten, die mir unfreiwilliger Weise durchaus vertraut waren. Ich wollte sie nicht bewusst beobachten und dennoch prägten sich diese Informationen unweigerlich in mein Gedächtnis ein.

Mir war aufgefallen, wie sie automatisch das Kinn reckte, wenn mein Tonfall alles andere als freundlich war, als könne sie sich durch diese Haltung schützen. Wie sie ihre kleine Nase rümpfte, wenn sie sich an etwas Neuem versuchte. Wie ihre vollen Lippen sich zu einem breiten Lächeln verzogen, wenn sie sich wohlfühlte. Sie trank ihren Kaffee meistens mit Karamellsirup. Ihre eisblauen Augen, ihre niedlichen Sommersprossen und ihr sündiger Mund hatten meine Gedanken das ein oder andere Mal in einer Weise eingenommen, die mir fremd war. Über keinen meiner Assistenten zuvor hatte ich so viele Informationen in meinem Kopf abgespeichert, und genau diese Tatsache war es, die mich beunruhigte und zu dem Entschluss brachte, sie weiter auf Abstand zu halten.

»Guten Morgen, Mr. West. Ich werde kurz die heutigen Termine mit Ihnen durchgehen.« Ms. Hayes überreichte mir die Kaffeetasse und griff eifrig nach dem Tablet, wobei ihre Hände leicht zitterten und ihr Blick steif auf den Bildschirm gerichtet war. Sie war sichtlich angespannt. Ging es ihr doch nicht so gut, wie ich dachte? Versuchte sie sich krampfhaft zusammenzu-reißen? Oder war ihr unsere gestrige Begegnung so peinlich, dass sie mich nicht ansehen wollte?

»Geht es Ihnen besser?«, hörte ich mich selbst sagen, als ich mir wieder ins Gedächtnis rief, dass ich kein Interesse an ihr zeigen wollte. Es sollte mir egal sein. Sie stand hier, bereit, ihren Job zu machen, und das war alles, was zählte.

Sichtlich überrascht von meinem Interesse an ihrem Befinden, riss sie ihren Blick vom Tablet hoch. Wahrscheinlich hatte sie ge-hofft, ich würde einfach zur Tagesordnung übergehen. »Ja, es geht mir gut. Danke«, flüsterte sie heiser und wirkte dabei so verletz-lich, dass ich sie am liebsten an meine Brust gezogen hätte. *Was zur Hölle stimmt nicht mit mir?* Wer war diese Frau, und warum löste sie Gefühle in mir aus, die ich seit mehr als zehn Jahren nicht mehr gespürt hatte?

Ich griff nach meiner Kaffeetasse und quittierte ihr an-gespanntes Lächeln mit jenem stummen Nicken, mit dem ich schon seit Wochen mit ihr kommunizierte. Je länger ich sie an-sah, desto größer wurde das Bedürfnis, jetzt ins Büro zu fahren und die Tür hinter mir zu schließen.

Ich war gerade dabei, ein hundertvierzigseitiges Dokument zur Einführung eines neuen Arzneimittels durchzugehen und an ent-sprechenden Stellen meine Unterschrift zu setzen, als es an der Tür klopfte und Catherine mein Büro betrat.

»Ich wollte kurz nach dir sehen. Ist alles okay bei dir?« Sie war der einzige Mensch auf dieser Welt, dem ich Fragen über meine Befindlichkeit gestattete und dem ich auch mehr oder weniger ehrlich darauf antwortete.

»Es geht mir gut. Ich bin nur ziemlich müde«, brachte ich mürrisch hervor und schob den Stapel Blätter von mir.

Catherine seufzte. »Spät geworden gestern, was?« Es war mehr eine Feststellung als eine Frage.

»Ich war noch mit Landon unterwegs. Du weißt ja, wann ich zu Hause war.«

»Wie geht es deiner Assistentin?«

»Ganz gut, denke ich. Sie sitzt an ihrem Platz und arbeitet.«

»Ja, das habe ich gesehen.«

Catherine hätte sie niemals selbst darauf angesprochen. Sie konnte schweigen wie ein Grab. Ich war ihr dankbar, dass sie in all den Jahren in den unmöglichsten Situationen für mich da war. Also kam sie auch gestern vorbei, um dieses kleine Problem für mich zu lösen. Dass ich es kaum aushielt, Ms. Hayes so zu sehen, sagte ich Catherine nicht. Stattdessen äußerte ich meine Sorge, dass sie morgen vielleicht nicht einsatzfähig sein könnte.

»Bekommst du das heute noch fertig?« Sie wies mit dem Kinn auf das Dokument auf meinem Schreibtisch. Erleichtert darüber, dass sie das Thema wechselte, griff ich wieder nach dem Stapel und nickte. Die Einführung eines neuen Arzneimittels war ein detailliert geregelter Prozess. So war es äußerst wichtig, dass alles präzise geprüft wurde, um am Ende die Zulassung zu erhalten. Nicht selten steckten zehn Jahre und mehr an Forschungsarbeit darin. Auch ich machte mir die Mühe, jedes einzelne Wort einer jeden Seite zu lesen, auch wenn verschiedene Stellen, inklusive unserer Rechtsabteilung, das bereits getan hatten.

»Ja, ich denke schon. Wenn du den 16-Uhr-Termin für mich übernehmen könntest?«

»Ich sage Liv Bescheid, dass sie den Kunden zu mir bringen soll«, erwiderte Catherine und sah mich an, als wollte sie noch etwas sagen – tat es aber nicht.

Ich hatte mitbekommen, dass Landon und Catherine Ms. Hayes bereits beim Vornamen nannten – und umgekehrt genauso. Mir war auch dank Lisas und Claires Flurfunk nicht entgangen, dass Landon ihr Pralinen geschenkt hatte, was mir sehr missfiel. Bei unserem gestrigen Treffen hatte ich ihn darauf angesprochen und ihm unmissverständlich zu verstehen gegeben, dass er das unterlassen solle, was Landon nur mit einem schelmischen Grinsen quittiert hatte. Er wusste, dass ich es nicht mochte, wenn Dinge kompliziert wurden. Es war mir egal, dass Landon seine eigenen Assistentinnen, inklusive unserer Empfangsdame, fickte. Aber ich würde nicht zulassen, dass er mein Arbeitsverhältnis erschwerte, indem er meine Assistentin umgarnte. Ich kannte seinen Charme und wollte, dass Ms. Hayes sich auf ihren Job konzentrierte. Zumindest redete ich mir das ein.

Meine letzten drei Assistenten waren uninteressant für ihn, weil sie männlich oder zu alt waren, aber jetzt hatte er ein deutliches Interesse. Landon war ein Jäger, aber nach gestern Abend würde er es darauf beruhen lassen, dessen war ich mir sicher.

Da ich heute fast den ganzen Tag vertieft in meine Unterlagen war, musste ich Ms. Hayes, zu meinem Glück, nur zweimal kurz sehen, als sie mir etwas zu essen oder Kaffee brachte.

Wie auf der Hinfahrt schwiegen wir auch jetzt auf der Fahrt nach Hause. Sie blickte aus dem Fenster, während ich E-Mails auf meinem Smartphone checkte. Diese Stille zwischen uns gefiel mir und löste eine innere Ruhe in mir aus, denn nichts war für mich derzeit aufwühlender, als eine Interaktion mit dieser Frau zu führen.

Zwei Wochen waren seit dem unangenehmen Zwischenfall vergangen und es war mir gelungen, eine professionelle Distanz zu schaffen. Auch Ms. Hayes schien sich nur auf die nötigsten Konversationen zu beschränken, was ich sehr begrüßte. Es war Mittwoch und ich würde heute mit Landon einen Drink zu mir nehmen und somit meinen gewohnten Aktivitäten nachgehen.

Die Hälfte des Abends sprachen wir über Sport, so wie wir es immer taten. Die andere Hälfte über seine neuste Errungenschaft namens Jeanette, die auch der Grund dafür war, dass Landon den Abend vorzeitig beendete. »Sorry, Alter, ich hoffe, es ist okay, wenn ich verschwinde.«

Ich verzog meinen Mund zu einem schiefen Grinsen und nickte. »Klar, hab deinen Spaß.«

»Solltest du vielleicht auch mal wieder haben.«

Landon kannte meine Gewohnheiten nur zu gut und er wusste, wann ich welchen Aktivitäten nachging. Es war ihm nicht entgangen, dass ich die letzten Male nach unserem Treffen nicht ins Hotel, sondern nach Hause gefahren war.

»Ich hatte echt viel um die Ohren, keine Ahnung, vielleicht sollte ich das mal wieder tun.« Das war nicht gelogen. Ich war wirklich ziemlich eingespannt durch die Firma. Dazu kam, dass ich seit Wochen schlecht schlief.

Landon klopfte mir auf die Schulter und nickte mir verständnisvoll zu. »Wir sehen uns morgen.«

Er war ein unverbesserlicher Frauenheld, aber ich wusste, dass es ihm wichtig war, dass es mir gut ging. Er verstand meine Prinzipien nicht immer, aber respektierte sie. Landon und ich teilten jedoch eine Gemeinsamkeit: Wir hatten beide kein Interesse an einer tiefgehenden Beziehung mit einer Frau. Der einzige Unterschied war, dass er die Gefühle von Frauen dazu missbrauchte, seine Bedürfnisse zu erfüllen. Ich hingegen legte den Fokus auf Win-Win-Situationen. Ich bezahlte schöne Frauen für ihre Dienste, wobei niemand zu Schaden kam und ich mich nicht mit unnötigem Gefühlsgeplänkel auseinandersetzen musste.

An diesem Mittwoch kam ich früher als gewöhnlich nach Hause. Ich horchte in die Stille, aber von Ms. Hayes war keine Spur wahrzunehmen. Normalerweise hörte ich sie in ihrem

Zimmer, da die Wände ziemlich hellhörig waren – was ich ihr wohl besser nicht erzählte. Ich hörte sie jeden Abend telefonieren, wobei ich nicht genau verstand, was sie sagte, aber an der Art, wie sie sprach, erkannte ich, ob sie mit einer Freundin oder ihrer Mutter redete. Ich wusste um diesen Umstand und verhielt mich deshalb meist intuitiv leise.

Da sie anscheinend noch unterwegs war, beschloss ich, in die Sauna zu gehen und vielleicht auf diese Weise ein bisschen runterzukommen. Zielstrebig steuerte ich den Saunabereich in der oberen Etage an, als ich plötzlich aus dem Fitnessraum leise Musik wahrnahm. Es war nicht die Tatsache, dass ich Musik hörte, sondern das Stück, welches ich erkannte, was mich erstarren ließ. Ja, ich kannte dieses Ballettstück: Der Nussknacker. Maddie hatte oft dazu getanzt.

Neugierig näherte ich mich der Tür. Aus irgendeinem Grund fühlte ich mich schlagartig wie in Trance. Ich konnte gar nicht anders, als sie zu öffnen.

Ms. Hayes stand vor dem Spiegel auf ihrem rechten Bein, den Oberkörper nach hinten geneigt. Das linke Bein hatte sie in die Luft gestreckt und umfasste es mit dem linken Arm. Der rechte Arm ragte anmutig in die Höhe. Ich konnte nichts weiter tun, außer sie regungslos anzustarren.

Sie musste bemerkt haben, dass ich eingetreten war, denn plötzlich stand sie vor mir und wedelte mit der Hand. »Mr. West? Ist alles okay? Ich hoffe, es ist in Ordnung, dass ich hier oben tanze. Ich dachte, Sie würden den Raum jetzt nicht nutzen.«

Alles, was sie sagte, schien irgendwie dumpf und weit weg. Ich nahm nur noch die Musik im Hintergrund wahr und sah *sie* vor meinem inneren Auge. Ihr Lachen, ihre Bewegungen, Maddie. Währenddessen musste ich ausgesehen haben, als wäre ich einem Geist begegnet, denn als ich langsam wieder zu mir kam, sah ich in Ms. Hayes' überaus besorgtes Gesicht.

»Machen Sie das sofort aus.«

Jetzt sah sie nicht mehr besorgt, sondern schockiert aus.

»Machen Sie das sofort aus, habe ich gesagt.«

Sie zuckte zusammen. Erst jetzt fiel mir auf, wie laut ich geworden war. Hastig lief sie rüber zu ihrem Handy und entkoppelte die Soundbox, während sie mich nicht aus den Augen ließ. Zitternd griff ich mir an die Stirn. Der Raum schien eine Temperatur von über dreißig Grad zu haben, denn anders ließ sich nicht erklären, dass sich neben meinen Händen auch auf meiner Stirn bereits ein Schweißfilm gebildet hatte. Mit dem Ärmel wischte ich darüber. Meine Kehle fühlte sich eng an. Mein Herz schlug wie eine Kriegstrommel und das Rauschen in meinen Ohren machte mich beinahe wahnsinnig.

Sie trat einen Schritt auf mich zu. Ihr Blick war sanft geworden. »Mr. West, ich glaube, Sie haben eine Panikattacke.«

Ihre Worte ließen mich innehalten. Mit schnellen Schritten lief sie an mir vorbei und kam mit einem Glas Wasser zurück. Mittlerweile hatte ich mich wieder etwas gefangen und nahm ihr dankend das Wasser ab, trank es in einem Zug und fasste mir verwirrt an den Kopf. »Es tut mir leid, ich wollte Sie nicht stören, es ist nur …« Bevor ich den Satz beenden konnte, wurde mir bewusst, dass ich ihr solche Dinge über mich lieber nicht erzählen sollte. Eigentlich sollte ich ihr gar nichts erzählen und sie hätte mich in einem solchen Zustand niemals sehen dürfen. Also schwieg ich, verließ fluchtartig den Raum und ließ sie wieder einmal allein zurück.

In dieser Nacht lag ich wach. Ich hatte mich wieder beruhigt, war aber trotzdem noch immer verwirrt von meinem Aussetzer am

Abend. Ein Blick auf die Uhr verriet mir, dass ich in weniger als vier Stunden aufstehen musste. Stöhnend rollte ich mich zur Seite, als mich ein lautes Klirren aufschrecken ließ. Es war so laut, dass es mich sicher aus dem Schlaf gerissen hätte, wenn ich nicht ohnehin schon wach gewesen wäre. Instinktiv griff ich in meine Schublade und holte vorsichtig die Beretta hervor.

Ich konnte mir nicht vorstellen, dass es irgendjemand geschafft hatte, am Sicherheitspersonal vorbeizukommen, aber für alle Fälle war ich vorbereitet. Seit Maddies Tod hatte ich sowohl im Penthouse als auch im Büro immer eine Waffe griffbereit. Auf dem Weg zur Tür zog ich mir schnell eine Jogginghose und meinen Bademantel über, während ich in die Stille horchte, um irgendetwas Verdächtiges ausfindig zu machen, hörte aber nichts.

So leise wie möglich bewegte ich mich Richtung Küche. Je näher ich kam, desto besser konnte ich die Geräusche wahrnehmen, die ganz klar aus dem Wohnbereich kamen und nach Glas, gepaart mit einem leisen Fluchen, klangen. Langsam tastete ich im Dunkeln die Wand ab, auf der Suche nach dem Lichtschalter, denn ich konnte ja gerade schlecht die Sprachsteuerung verwenden. Entschieden hielt ich die Beretta in der rechten Hand, während ich mit links den Lichtschalter betätigte und im selben Moment die Waffe zog.

Ich hatte wohl mit allem gerechnet, aber nicht damit. Ms. Hayes hockte auf dem Boden und versuchte scheinbar, Glasscherben aufzusammeln, während ich hier stand und mit einer Waffe auf sie zielte. Doch ich war unfähig, mich zu rühren, da mein Blick sofort auf ihren halbnackten Hintern fiel, der von ihrer grauen Shorts kaum bedeckt wurde – wobei ich mir unsicher war, ob man das noch Shorts nennen konnte. Mit einem schrillen Schrei sprang sie auf und drehte sich zu mir um, bevor sie mit weit aufgerissenen Augen die Waffe fixierte, die ich noch immer in der Hand und auf sie gerichtet hielt. Mit bebendem Körper stand sie vor mir und japste nach Luft, als ich beschwichtigend die Hände hob, um ihr wortlos zu signalisieren, dass ich mich nun in Richtung der Theke bewegte. Ganz langsam und behutsam legte ich die Beretta ab und hob die Hände in die Höhe, damit sie sah, dass ich jetzt unbewaffnet war. Während ich einen Schritt vorwärts wagte, ließ sie mich nicht aus den Augen.

Ich sah das Chaos vor mir, das sie angerichtet hatte, konnte mich jedoch nur auf eine einzige Sache konzentrieren: auf ihre kleinen prallen Brüste, die unter ihrem weißen, engen Top sichtbar waren. Ihre harten Nippel ließen mich vermuten, dass sie fror. Kein Wunder, sie hatte auch kaum etwas an. Ihr Anblick elektrisierte jede Faser meines Körpers. Mein Blick huschte auf ihrem Körper wild umher, bis ich es endlich fertigbrachte, ihn von ihr loszureißen. Ich betrachtete die Szene und versuchte herauszufinden, was passiert war.

»Ich hatte Durst und nichts mehr in meinem Zimmer. Ich wollte mir nur kurz eine Flasche Wasser holen, da ist sie mir aus der Hand gerutscht.«

Beschämt blickte sie auf das Durcheinander vor ihr und kaute nervös auf ihrer Unterlippe. Wie unschuldig sie doch wirkte, obwohl der Blick auf ihr Top und ihre knappe Shorts etwas völlig anderes erahnen ließen. Ich sah sie an und dachte darüber nach, ob sie wirklich so ein kleiner Engel war? Wie sie sich wohl unter mir anfühlen würde? Würde sie laut stöhnen, wenn sie kam?

»Es tut mir so leid, ich wollte Sie nicht wecken«, fuhr sie unbehaglich fort und riss mich aus meinen widerwärtigen Fantasien.

»Verdammt, warum haben Sie das Licht nicht angemacht? Ich dachte, Sie wären ein Einbrecher.« Zeitgleich fiel unser Blick auf die Waffe, die noch immer da lag, wo ich sie abgelegt hatte.

»Das habe ich gemerkt«, erwiderte sie mit zittriger Stimme.

Erst jetzt sah ich, warum sie sich keinen Millimeter bewegt

hatte, seitdem ich den Raum betreten hatte. Sie stand barfuß inmitten all der Scherben.

»Sie wissen, dass das Licht hier mit Sprachsteuerung funktioniert?«, fragte ich sie mit gerunzelter Stirn und konnte mir ein leichtes Schmunzeln nicht verkneifen.

Sie nickte und zog ebenfalls die Stirn kraus. »Ich habe mich einfach selbst total erschrocken und …« Sie hielt inne und blickte an sich hinunter. Jetzt war auch ihr aufgefallen, dass sie halb nackt vor mir stand, und verschränkte unmittelbar die Arme vor der Brust. Unfähig, sich zu bewegen, weil sie immer noch in dem Scherbenhaufen stand, starrte sie mich an, als ob sie gerade nichts lieber täte, als sich in Luft aufzulösen.

Für einen kurzen Augenblick erlaubte ich mir, sie anzusehen, wie ihre blonden Locken ihr vor Scham gerötetes Gesicht umrahmten. Wie unfassbar schön sie einfach war.

Im nächsten Moment zog ich meinen Bademantel aus und reichte ihn ihr, denn ich wollte nicht, dass sie sich unwohl fühlte. Dankend zog sie ihn über und schlang wieder die Arme um ihren zitternden Körper. Nun war ich es, der mit nacktem Oberkörper vor ihr stand. Ich bemerkte, wie sie verlegen zur Seite blickte, aus Angst, mich ansehen zu müssen. Diese Schüchternheit und der Anblick ihres nahezu perfekten Körpers brachten mein Blut in Wallung. Ich musste dringend reagieren.

»Ms. Hayes, machen Sie einen großen Schritt in diese Richtung und gehen Sie außen herum in Ihr Zimmer.«

Ihre Augen wanderten zu dem Punkt, auf den ich zeigte, sie selbst bewegte sich aber keinen Millimeter.

»Aber ich muss das hier noch beseitigen.« Hektisch wedelte sie mit der Hand in der Luft, als wenn ich nicht selbst gesehen hätte, was sie veranstaltet hatte.

»Das war ein Befehl. Bitte gehen Sie *jetzt*. Ich kümmere mich darum«, ließ ich sie in einem strengen Tonfall wissen und wies in

Richtung des Korridors, in dem ihr Zimmer lag.

Zu meinem Glück ersparte sie uns weitere Diskussionen und hörte auf das, was ich ihr gesagt hatte. Warum hatte diese Frau so ein verdammtes Talent, mich in solche Situationen zu bringen? Zum ersten Mal wünschte ich mir, heute Nacht Mr. Gonzales begegnet zu sein, anstelle von ihr. Nachdem sie verschwunden war, atmete ich erleichtert auf. Es war auch höchste Zeit, dass sie aus der Küche verschwand, denn mein Schwanz war mittlerweile steinhart.

Da ich nach dieser Aktion ohnehin nicht einschlafen konnte, beschloss ich, eine Dusche zu nehmen. Es hatte mich eine halbe Stunde gekostet, den Boden von allen Glasscherben zu befreien. Normalerweise hatte ich für solche Fälle Personal, das sich darum kümmerte, aber mitten in der Nacht war Juanita, meine Haushälterin, nicht vor Ort, denn sie arbeitete nur vormittags.

Ich ließ das warme Wasser über meinen Körper laufen und lehnte meinen Kopf gegen die Fliesen. Als mein Blick auf meinen noch immer steifen Schwanz fiel, schloss ich gequält die Augen. Ich wollte diese Bilder aus meinem Kopf verbannen, stattdessen drängten sie sich mir nur noch mehr auf. Ich umfasste meinen schmerzhaft pochenden Ständer und begann mit festem Druck, meine Hand auf und ab zu bewegen. Keuchend legte ich den Kopf in den Nacken. Der Gedanke daran, wie ich ihr gerade am liebsten ihr weißes Top heruntergezogen und ihre süßen Titten entblößt hätte, machte mich wahnsinnig. Meine Bewegungen wurden schneller, während mein Atem stoßweise ging und ich an nichts anderes mehr denken konnte, als an sie. Ich wollte sie. Ich wollte ihren Körper. Ich wollte sie mir nehmen, mich in sie stoßen und sie zum Schreien bringen. Meine Hand pumpte immer härter.

In meiner Fantasie legte ich sie mit ihren unverschämten Shorts über die Küchentheke und streifte sie ihr von ihrem knackigen Arsch, während ich meine Hand zwischen ihre feuchten Schenkel gleiten ließ … Weiter kam ich nicht, da ergoss ich mich schon mit einem leisen Stöhnen in meiner Hand. Schwer atmend stützte ich mich mit der anderen Hand an der Wand ab und sah dabei zu, wie mein Sperma von dem warmen Wasser davon gespült wurde. Ich brauchte einen Moment, um zu begreifen, was passiert war.

Fuck! Ich schlug heftig mit der flachen Hand gegen die Fliesen. *Was zur Hölle ist mit mir los?* Das hier musste mein absoluter Tiefpunkt sein. Ich hatte mir soeben einen auf meine Assistentin gewichst. Meine Assistentin, die mehr als tabu für mich war. Meine Assistentin, die keine Rolle für mich spielen sollte. Meine Assistentin, von der ich mir wünschte, dass sie mir so scheißegal wäre, wie all die anderen Menschen, die vor ihr diesen verfickten Job gemacht hatten. Sie war meine verdammte *Assistentin*. Das alles musste sofort aufhören.

KAPITEL 13
Liv

AN DIESEM SAMSTAG hatten wir es tatsächlich mal um 18 Uhr aus dem Bürogebäude geschafft, sodass ich es heute Abend noch zu Rylee schaffte. Mein Plan war, bis morgen Abend dort zu bleiben und mich vor meiner Heimreise noch mit Thiago zu treffen. Da ich in den letzten zwei Monaten so wenig Freizeit hatte, sah ich meine Freundinnen wirklich selten, denn die meisten Sonntage nutzte ich, um nach Fall River zu fahren. Moms Zustand war aktuell stabil, weshalb ich beschloss, das heutige Wochenende mit meinen Freundinnen zu verbringen.

Eiskalte Luft schlug mir entgegen, als ich mich auf den Weg zur U-Bahn machte. In knapp drei Wochen wäre Weihnachten und ich hatte noch nicht mit Mr. West darüber gesprochen, ob ich frei bekommen würde. An Thanksgiving hatte ich Mom und Grandpa besucht, war aber noch am selben Abend zurückgefahren, weil ich freitags arbeiten musste – mein Boss gönnte sich nicht einen einzigen freien Tag.

Ich zog meine Mütze über, kuschelte mich in meinen Schal und beobachtete, wie mein warmer Atem die kalte Abendluft füllte. Auf der Fahrt zu Rylee überkamen mich tausend Gedanken. Zu meinem Leidwesen hatte ich in letzter Zeit öfter mit diesen unangenehmen Gedankenkarussellen zu kämpfen.

Seufzend legte ich den Kopf an die Fensterscheibe und dachte darüber nach, wie verrückt mein Leben aktuell war. Vor zwei Monaten – noch vor meinem Gespräch bei MCW Pharmaceuticals – wäre es unvorstellbar für mich gewesen, so viel zu arbeiten. Es war irrsinnig, aber irgendwie war ich mittlerweile daran gewöhnt. Die ersten Wochen waren hart, und mein Energieniveau ließ wirklich zu wünschen übrig. Ich hatte unterdessen auf der Arbeit nette Menschen kennengelernt. Lediglich meine Freizeitgestaltung frustrierte mich zunehmend.

Nach dem Vorfall vor zwei Wochen hatte ich mich nicht noch einmal getraut, oben im Fitnessraum zu tanzen. Außerdem hegte ich den zunehmenden Verdacht, dass Mr. West von meinen abendlichen Telefonaten vermutlich mehr mitbekam, als mir lieb war. Irgendwann war mir aufgefallen, dass ich ihn in seinem Büro beim Telefonieren durchaus hören konnte.

Und dann war da noch mein Boss, aus dem ich nicht schlau wurde ...

Seit er mich nachts fast erschossen hatte, weil ich eine Glasflasche habe fallen lassen, war er mir wie gewohnt aus dem Weg gegangen. Ehrlich gesagt war es mir diesmal sogar recht, denn er hatte in dieser Nacht mehr von mir gesehen, als ein Boss von seiner Angestellten sehen sollte.

Bei dem bloßen Gedanken daran, wie er mit seinem nackten, durchtrainierten Oberkörper und seiner hellgrauen Jogginghose vor mir stand, stieg Hitze in mir auf. So sehr ich wünschte, es wäre nicht wahr – dieser Mann war eine bloße Erscheinung. Thiago hatte bei der Beschreibung seines Körpers definitiv maßlos untertrieben.

Was mich aber noch weniger losließ als die Begegnung in der Küche, war die, als er mich zuvor beim Tanzen überrascht hatte. Ich hatte den Eindruck, als wäre er durch die Musik irgendwie getriggert worden. Welche schmerzvolle Erinnerung rief sie in ihm hervor? Was verband er mit diesem Stück? Seit Mom krank war, litt ich selbst oft genug unter Panikattacken, als dass ich es nicht erkannt hätte.

Ich war mir sicher, dass ihm diese Tatsache jedoch nicht bewusst war.

Vorfreudig stieg ich aus der U-Bahn und nahm Rylee schon aus der Ferne wahr, wie sie mir mit ausgestrecktem Arm zuwinkte. Ich beschleunigte meine Schritte, während sie mir eilig entgegenlief. Vor Erleichterung seufzend, fielen wir uns in die Arme, denn es war nie sicher, ob wir es wirklich schafften, uns zu sehen, oder ob mein Job unsere Pläne doch wieder durchkreuzte. Es war komisch, sie nicht mehr jeden Tag zu sehen, mit ihr den ersten Kaffee morgens zu trinken oder abends gemeinsam mit ihr zu kochen.

»Lass uns nach Hause gehen, Liv, du hast doch sicherlich Hunger.«

Und wie ich den hatte! Ich vermisste Rylees Kochkünste und unsere kreativen Pasta-Kreationen. Ich ernährte mich zwar nicht unausgewogen, denn Mr. West legte wirklich Wert auf gutes Essen und ließ es sich auch einiges kosten. Jedoch aß ich fast immer alleine, wenn Claire und Lisa nicht gerade mit einer Packung Donuts oder einem Stück Kuchen in meinem Büro auftauchten.

Unweigerlich musste ich an den Abend zurückdenken, als ich Mr. West zu dem Abendessen mit den Bleckmanns begleitet hatte. Dieser Abend hatte sich so normal angefühlt, in Gesellschaft zu essen, ihn lachen zu sehen. Seitdem war mir dieses echte Lächeln von ihm verwehrt geblieben.

»Sag nicht, du hast für uns gekocht?«, fragte ich sie hoffnungsvoll.

»Nein, aber für uns eingekauft. Ich dachte, wir beide kochen gemeinsam etwas.« Rylee grinste breit, denn sie wusste, dass sie ins Schwarze getroffen hatte.

Ich hatte uns gerade zwei Gläser Rotwein eingeschenkt, als es plötzlich an der Tür klingelte. Rylee war damit beschäftigt, Knoblauch zu hacken, also öffnete ich die Tür und lächelte Piper zu, die freudestrahlend die Treppe hochkam und mir eine Packung meiner Lieblingsschokolade entgegenhielt. Ich hatte Piper in den letzten Wochen noch seltener gesehen als Rylee, weil sie aktuell durch ihr Studium sehr eingespannt war und die meiste Zeit auf dem Campus verbrachte. Also zog ich sie an mich und umarmte sie stürmisch, während sie versuchte, ihre Balance wiederzuerlangen.

Als wir die Küche betraten, in der Rylee immer noch genüsslich ihren Kochlöffel schwang, fiel Pipers Blick ohne Umschweife auf die beiden Rotweingläser, von denen wir bereits eindeutig getrunken hatten.

»Ihr trinkt ohne mich?« Sie stemmte die Hände in die Hüften und verzog das Gesicht zu einer gespielt empörten Grimasse. »Ich sehe nur zwei Gläser.«

Sie hatte den Satz kaum zu Ende gebracht, da hielt ich ihr schon ein Glas entgegen. »Danke für die Schokolade, Pie, aber ich habe in den letzten Wochen mehr Kuchen und Donuts gegessen als in meinem gesamten Leben zuvor.«

Sie saß nun auf dem Stuhl vor mir, nippte an ihrem Rotwein und betrachtete mich mit schiefgelegtem Kopf. Ich sah ihr an, wie es in ihrem hübschen Kopf arbeitete. »Also geht es dir aktuell gut mit deiner Situation?«

Es ging mir nicht gut, aber ich hatte mich mit vielem gut

arrangiert. Ich würde mich einfach darauf konzentrieren, den beiden nur die positiven Dinge zu erzählen. »Ich habe nette Arbeitskollegen und der Job ist gar nicht mal so langweilig, wie ich dachte. Durch Catherine habe ich schon einige Dinge lernen können.«

»Das freut mich, aber wie sieht es mit deinem Boss aus? Ist er immer noch so grumpy?«

Ich hätte wissen müssen, dass Piper es nicht dabei belassen würde. Nur stand ich damit vor einem Problem, denn Mr. West gehörte nicht zu den guten Dingen, auf die ich mich konzentrieren konnte. Was sollte ich ihr sagen? Mein Boss ist mysteriös, manchmal sehr zuvorkommend, ein anderes Mal extrem zurückhaltend, teilweise abweisend, sehr oft launisch, und dann gab es diese eine Nacht, als er oben ohne vor mir stand, weil er mir seinen Bademantel gegeben und ein halbes Inferno in mir entfacht hatte. All das durfte ich ihr nicht sagen, denn ich konnte sein Verhalten und das, was seine Gegenwart in mir auslöste, selbst nicht deuten. Er weckte meine Neugier, aber ich wusste, dass ich ihr nicht nachgehen durfte – in keinerlei Hinsicht. Ich hatte seinen Blick nicht vergessen, als ich in seine Privatsphäre eingedrungen war und das Foto in meinen Händen hielt. Und die Frage danach, was er mittwochs tat, wenn er nicht zu Hause war, brannte schon lange in mir.

»Mein Boss ist professionell, distanziert und sehr großzügig. Es fehlt mir an nichts«, erwiderte ich mit einem schmalen Lächeln und nahm noch einen Schluck von meinem Wein – einen auffällig großen Schluck, der Pipers Augenbrauen prompt nach oben wandern ließ. Meine Fassade, die ich mühsam versuchte aufrechtzuerhalten, um nicht vollends in Tränen auszubrechen, bekam langsam Risse. Aus dem Augenwinkel nahm ich wahr, wie Rylee mich aufmerksam musterte. Sie fing meinen Blick ein, den sie scheinbar richtig deutete, denn im nächsten Moment stieß sie sich von der Anrichte ab und wechselte unvermittelt das Thema, worüber ich mehr als dankbar war.

»Was haltet ihr davon, wenn wir heute nicht mehr ins Cube gehen, sondern den Abend hier verbringen? Wir könnten uns einen Film ansehen und Schokolade essen.« Sie deutete auf die XXL-Tafel vor uns. »Na kommt schon, wir hatten lange keinen Mädelsabend wie diesen.« Begeistert von ihrer eigenen Idee, schwang sie den Kochlöffel in Pipers Richtung, die ihr lächelnd zustimmte.

»Ich könnte mir nichts besseres vorstellen«, hörte ich mich selbst sagen und wusste, dass ich es auch so meinte.

Nach dem Essen verbrachten wir den restlichen Abend auf der Couch mit Rotwein und Schokolade und waren gegen 2 Uhr alle drei friedlich eingeschlafen.

Als ich um 10 Uhr aufwachte, fühlte ich mich mehr als erholt – und das, obwohl mein Bett im Penthouse sicherlich bequemer war als Rylees Sofa. Aber der Abend tat meiner Seele nach dieser einsamen Zeit mehr als gut, sodass ich geschlafen hatte wie ein Stein. Einerseits war ich froh darüber, andererseits schmerzte es mich, dass ich nicht öfter hier sein konnte.

Gähnend streckte ich mich und konnte ein Grinsen nicht unterdrücken, als mir der Duft von Eiern und Speck in die Nase stieg. Es war schön, sich mal wieder zu Hause und geborgen zu fühlen – sich verwöhnen zu lassen. Vorfreudig schlenderte ich auf nackten Füßen in die Küche, wo Rylee in der einen Hand den Pfannenwender hielt und in der anderen ein Glas Orangensaft, das sie mir lächelnd entgegenhielt, während sie ihre wunderschönen Kurven hin- und herwiegte. Ich kannte keinen Menschen, der so früh aufstand und dabei so gute Laune hatte wie sie.

Mit einer Geste bedeutete ich ihr, die AirPods herauszunehmen. »Wo ist Piper?«, fragte ich und rieb mir die Augen.

»Sie ist mit ihrem Vater zum Frühstück verabredet.«

Ich nickte und setzte mich an den Tisch, wobei ich eine leichte Enttäuschung nicht leugnen konnte. Ich hätte sie so gerne noch einmal in den Arm genommen. Aber ich wusste, wie wichtig Piper die Treffen mit ihrem Vater waren. Rylee taxierte mich mit einem Blick, den ich nur schwer deuten konnte. Ihre vollen Lippen öffneten sich leicht, so als wollte sie etwas loswerden, überlegte aber noch, wie sie es formulieren sollte. »Du würdest es mir sagen, oder?«

»Ich würde dir was sagen?« Kauend sah ich zu ihr auf.

Ihr gerade noch so gut gelaunter Gesichtsausdruck war einer besorgten Miene gewichen. »Wenn er dich schlecht behandelt.«

Darüber hatte sie sich also seit Pipers und meinem Gespräch gestern Gedanken gemacht. Ich konnte Rylee wirklich schlecht etwas vorspielen. Sie kannte mich zu gut, und es schmerzte mich, dass der Gedanke daran, dass es mir nicht gutgehen könnte, sie quälte.

»Natürlich würde ich es dir sagen«, versuchte ich sie zu beruhigen, doch ihr bohrender Blick ließ mich vermuten, dass sie mir kein Wort abkaufte. »Mr. West ist speziell, aber er hat mich niemals schlecht behandelt. Wir gehen uns die meiste Zeit aus dem Weg. Ich arbeite für ihn, mehr Erwartungen habe ich nicht. Er muss nicht mein bester Freund sein.«

»Gut. Denn du redest am Telefon nie wirklich darüber, wie es dir dort geht. Ich weiß, dass deine Gedanken aktuell meistens bei deiner Mom sind, aber du solltest darüber nicht vergessen, auch für dich zu sorgen.« Wieder sah sie mich eindringlich an, doch dann schlich sich ein süßes Lächeln auf ihr Gesicht. »Was wollen wir heute noch machen?«

Ich mochte es, dass Rylee nach unangenehmen Gesprächsthemen so schnell zur Tagesordnung übergehen konnte.

»Ich bin um 18 Uhr zum Essen mit einem Mann verabredet. Bis dahin gehöre ich dir«, erwiderte ich mit einem Zwinkern.

»Du verarschst mich doch, oder? Mit wem triffst du dich? Erzähl mir alles!« Sie funkelte mich aufgeregt an, während sie mir eine Weintraube zuwarf, die ich gerade noch so fing.

Ich würde sie gerne auf eine falsche Fährte locken. Ich müsste nur bei der Wahrheit bleiben, dass dieser Typ gutaussehend und liebenswert war und der ehemalige Assistent von Mr. West. Das einzige Detail, das ich verschweigen würde, war, dass er nicht auf Frauen stand.

Thiago und ich trafen uns bei einem netten kleinen Italiener ganz in der Nähe des Penthouses. Von hier aus konnte ich zu Fuß nach Hause gehen.

»Ich bin oft hergekommen, als ich noch für Mr. West gearbeitet habe«, erklärte er mir und sah sich in dem kleinen traditionellen Laden um. Ich folgte seinem Blick und stellte fest, wie wohl ich mich hier mit ihm in diesem romantischen Ambiente fühlte, im Gegensatz zu dem Restaurant, das Mr. West und ich mit den Bleckmanns besucht hatten.

»Danke, dass du es mir gezeigt hast.« Tatsächlich war mir bis jetzt nie der Gedanke gekommen, abends allein auszugehen, aber jetzt war diese Option durchaus verlockend.

»Wie läuft es bei MCW Pharmaceuticals für dich?« Thiago zeigte seit unserer ersten Begegnung ehrliches Interesse an mir und meiner Situation. Er hatte mir in den letzten Wochen nicht nur einmal zur Seite gestanden, und dafür war ich ihm sehr dankbar. Wir beide merkten schnell, dass wir auf einer Wellenlänge waren, denn wir lachten über dieselben Dinge, konnten aber auch über ernste Themen sprechen. Er war der einzige Mensch, dem ich erzählen konnte, wie es aktuell wirklich in mir aussah.

»Auf der Arbeit läuft es ganz gut. Alle sind sehr nett und haben mich gut aufgenommen, außer …«, ich stockte und blickte aus dem Fenster.

Als ich Thiago wieder ansah, hatte er den Kopf schiefgelegt und bedachte mich mit einem mitfühlenden Blick. »Außer er«, brachte Thiago den Satz zu Ende.

Ein gequältes Seufzen entfuhr mir. »Ich weiß auch nicht. Er trägt nicht gerade dazu bei, dass ich mich wohlfühle. Er schafft es nicht einmal, *Danke* zu sagen. Im Büro kann ich es besser ertragen als zu Hause. Ich weiß nicht – ich fühle mich einfach einsam.«

Er nickte einfühlsam. »Verstehe. Ich denke, du solltest den Gedanken loslassen, dass er dir diese Form der Wertschätzung entgegenbringt. Er bezahlt dich gut und erwartet dafür, dass du gute Arbeit leistest. Er ist nicht der Typ, der Gesellschaftsspiele mit dir spielt oder ein nettes Gespräch mit dir führt.«

»Das ist es nicht, Thiago. Ich erwarte nicht, dass wir Freunde werden, aber er ist einfach so widersprüchlich in dem, was er tut.«

Jetzt sah er mich aufmerksam an. »Was meinst du damit?«

Ich erzählte ihm von unserem Abendessen mit den Bleckmanns und den nächtlichen Begegnungen, in denen er sich fürsorglich zeigte, und dann wieder nur das Nötigste mit mir sprach. Von der Nacht in der Küche, in der wir uns halbnackt gegenüberstanden und ich seine heißen Blicke mehr als deutlich auf mir gespürt hatte.

Thiagos Miene wurde ernst. »Du solltest dich von ihm fernhalten. Es gibt einen Grund, warum er so ist, wie er ist.«

Stirnrunzelnd musterte ich sein Gesicht. Er wusste also etwas. »Sag mir, was du weißt.«

»Sag du mir, warum du so ein Interesse daran hast.«

Ich zuckte unschuldig mit den Schultern. »Ich weiß es nicht.

Der Mann ist mysteriös und irgendwie habe ich das Bedürfnis, hinter diese eiskalte Fassade zu blicken.«

Sein Blick wurde noch ernster. »Schon mal darüber nachgedacht, dass du vielleicht gar nicht sehen möchtest, was dahintersteckt?«

Augenrollend lehnte ich mich zurück. Ich war es leid, dass Thiago in Rätseln sprach. »Sag mir, was du weißt. Bitte«, flehte ich ihn an und schenkte ihm dabei meinen süßesten Blick, den ich immer einsetzte, um Rylee zu überreden, zum hundertsten Mal mit mir *P.S. Ich liebe dich* zu schauen.

»Ich weiß nichts, Liv. Ich weiß nur, dass ich ein Jahr mit diesem Menschen verbracht habe. Genug Zeit, um zu merken, dass mit ihm etwas nicht stimmt. Ich meine, seine ganze Familie ist tot. Sowas hinterlässt sicherlich Spuren. Und dann sind da all diese merkwürdigen Allüren. Ich will nicht, dass du dich da in etwas verrennst. Denk daran, was dein Ziel bei der ganzen Sache ist. Die Psyche deines Bosses zu ergründen, gehört ganz sicher nicht dazu.«

Bedrückt stocherte ich mit der Gabel auf meinem Teller herum. Ich brachte gerade noch so ein schmales Lächeln über die Lippen. Hatte Thiago recht? Verrannte ich mich da in etwas und interpretierte in seine kurzen Anflüge der Fürsorge zu viel hinein? »Du hast recht, ich sollte mich voll und ganz auf meinen Job konzentrieren.«

KAPITEL 14
Liv

ENTGEGEN THIAGOS WARNUNGEN entschied ich mich, ein paar kleinere Nachforschungen anzustellen. In der letzten Woche hatte Mr. West wieder einmal erfolgreich so getan, als wäre ich nicht existent. Seit unserer nächtlichen Begegnung in der Küche wurde ich das Gefühl nicht los, dass er sich nicht einmal mehr die Mühe machte, mich anzusehen, wenn er mit mir sprach. Warum mich dieses Desinteresse nicht kalt ließ, sondern neugieriger machte, konnte ich mir nicht erklären. Was mir aber durchaus bewusst war, war die Tatsache, dass ich viel zu häufig über diesen Mann nachdachte.

In seiner Gegenwart fühlte ich mich ständig so, als fiele mir das Atmen plötzlich schwer. In gemeinsamen Meetings erwischte ich mich immer häufiger dabei, wie ich ihn still und heimlich beobachtete, um noch einmal dieses leise Flattern zu erleben, das sein Lachen in mir auslöste – dieses ehrliche Lachen, das er an jenem Abend im Restaurant gezeigt hatte.

Eigentlich wollte ich zu Catherine, um etwas aus ihr herauszubekommen. Allerdings war sie in dieser Woche gemeinsam mit Claire geschäftlich verreist. Also klopfte ich kurzerhand entschlossen an Landons Tür und schenkte ihm mein charmantestes

Lächeln. »Ich hoffe, ich störe nicht.«

Er lehnte sich lässig in seinem Stuhl zurück und warf mir einen überraschten Blick zu, denn ich verirrte mich nicht oft hierher.

Ich musste gestehen, Landon sah wirklich gut aus. Er hatte eine freundliche Aura und schenkte jeder Frau, die sein Feld betrat, eine Aufmerksamkeit, die ihr den tiefen Glauben gab, wunderschön und begehrt zu sein. Es war verständlich, dass Frauen ihm reihenweise zu Füßen lagen. Für meinen Geschmack war er jedoch etwas zu glattgebügelt. Er strahlte pure Perfektion aus, verhielt sich stets wie ein Gentleman und hatte für uns Assistentinnen jederzeit ein offenes Ohr. Auch wenn uns allen bewusst war, dass er dies sicherlich nicht nur aufgrund einer ausgezeichneten Mitarbeiterführung tat. Sein Verhalten war völlig gegensätzlich zu dem von Mr. West, denn er war aufgeschlossen und humorvoll.

»Sie stören doch nicht, Liv. Was kann ich für Sie tun?« Mit einer einladenden Handbewegung bot er mir an, mich zu setzen. Ich winkte ab. Es bereitete mir Unbehagen, als ich mir vorstellte, wie Mr. West reagieren würde, wenn er sähe, dass ich in Landons Bürosessel saß und ein Pläuschchen hielt.

»Ich hatte mich nie wirklich für die Pralinen bedankt. Das war sehr nett von Ihnen. Also danke.«

Landons wissentliches Grinsen ließ Wärme in mir aufsteigen, die nach wenigen Sekunden unangenehm in meinen Wangen glühte. Er war nicht dumm und ihm musste klar gewesen sein, dass das nur ein fadenscheiniger Vorwand war.

»Was haben Sie wirklich auf dem Herzen?« Sein Blick war überraschend sanft, während er einen langen aber leisen Seufzer ausstieß.

»War das so offensichtlich?« Nervös blickte ich hinter mir in den Korridor, um zu prüfen, dass wir wirklich alleine waren.

Landons Braue schnellte nach oben. Ob er wohl bemerkt hatte, wie nervös ich war? »Ms. Hayes, Sie benehmen sich, als wären Sie auf einer geheimen Mission.«

Okay, er hatte es bemerkt. Und ja, ich befand mich auf einer geheimen Mission, aber das würde ich ihm nicht auf die Nase binden, also lachte ich kurz auf, als hätte er einen Scherz gemacht. »Es ist nichts Wichtiges. Ich fühle mich hier nur sehr wohl. Dann kam mir in den Sinn, dass der Vertrag ja nur für ein Jahr läuft, und ich hatte mich gefragt, ob es wohl die Möglichkeit gäbe, diesen zu verlängern?« Ich wusste längst, dass es diese Möglichkeit nicht gab, aber ich erhoffte mir einen Hinweis auf die Begründung.

Landon atmete hörbar ein. »Warum fragen Sie das nicht Ihren Boss?«

»Nun ja, es ist nicht so, dass er sonderlich gesprächig ist, wissen Sie?« Nervös trat ich von einem Bein aufs andere, während Landon mich nicht aus den Augen ließ. In seinem Blick lag etwas, das ich nicht deuten konnte. »Ach, es war auch nur so ein Gedanke. Ich dachte, ich könnte mit Ihnen darüber sprechen.« Mit einer wegwerfenden Handbewegung drehte ich mich in Richtung Tür, als ich hinter mir ein amüsiertes Lachen wahrnahm. Irritiert drehte ich mich wieder zu ihm um.

»Verstehe«, begann er und lehnte sich leicht vor. »Liv, diese Verträge werden für ein Jahr geschlossen, weil Mr. West Gründe dafür hat. Ich bin nicht befugt, Ihnen mehr darüber zu erzählen. Ich kann Ihnen nur sagen, so gern wir Sie hierbehalten würden, wird es mit großer Wahrscheinlichkeit nicht dazu kommen. Also gewöhnen Sie sich nicht zu sehr an uns.«

Mit zusammengepressten Lippen starrte ich ihn an. Das so aus seinem Mund zu hören, fühlte sich irgendwie beschämend an, denn er hatte mich mehr als auflaufen lassen. *Verdammt, warum musstest du ausgerechnet ihn fragen?* Er war Mr. Wests bester

Freund und ich hätte mir denken können, dass er nicht in Plauderlaune war.

»Aber falls es etwas gibt, wobei ich Ihnen tatsächlich behilflich sein kann …«, er machte eine Pause und sah mir tief in die Augen. »Dann lassen Sie es mich wissen.« Das darauffolgende Zwinkern und verschmitzte Lächeln ließen mich erahnen, worauf er anspielte. Innerlich seufzend verdrehte ich die Augen, was ihn noch breiter grinsen ließ.

Bei Landon hatte ich keinen sonderlichen Erfolg, also versuchte ich es bei Henry. Wir scherzten viel und hatten ansonsten auch einen netten Umgang miteinander. Er würde mir sicher mehr verraten. Ich nutzte meine Gelegenheit an einem Mittwoch, als er mich nach Hause fuhr und ich alleine mit ihm im Wagen saß. Ich wusste, dass Henry Mr. West gerade irgendwohin gefahren hatte. Meistens kam er dann eine Stunde später am Büro an, um mich abzuholen.

»Sie kennen Mr. West schon lange?«

»Ja, seit einigen Jahren. Ich habe schon für seinen Vater, Samuel West, gearbeitet.« Henry schien etwas überrascht von meiner Frage, denn wir redeten sonst nie über ihn.

»Ich frage mich, was Mr. West so in seiner Freizeit macht, viel hat er davon ja nicht«, sagte ich in flapsigem Tonfall.

Henry trommelte mit den Fingern aufs Lenkrad und schwieg.

»Hat er mittwochs immer dasselbe Ziel?«, hakte ich weiter nach.

Wir hielten an einer Ampel, als er sich plötzlich zu mir umdrehte. »Bei allem Respekt, Ms. Hayes, aber es sollte Sie nicht interessieren, was ihr Boss in seiner Freizeit macht.« Er lächelte, aber sein Tonfall ließ mich wissen, dass dieser Ratschlag ernst gemeint war.

»Es tut mir leid, ich wollte nicht neugierig rüberkommen. Es ist nur so, dass ich nicht viel über ihn weiß und ich dachte …«, ich ließ den Rest des Satzes in der Luft hängen, als mir klar wurde, in was für eine unangenehme Situation ich Henry gebracht hatte.

»Ich denke, was Sie wissen, ist genug. Wenn er wollte, dass Sie mehr wüssten, dann würde er es Sie wissen lassen.«

Dieser Mann war nicht nur rätselhafter als der Ursprung des Universums – nein, sein Personal und seine Freunde waren zudem auch noch loyaler, als ich annahm. Mir drängte sich der Gedanke auf, dass er vielleicht gar nicht so unnahbar und unfreundlich war, wie ich ihn wahrnahm. Vielleicht war er nur zu mir so? Dann erinnerte ich mich jedoch an Thiagos und Claires Worte über ihn.

Seufzend lehnte ich meinen Kopf gegen die Lehne. Ich könnte es noch bei einem der Leibwächter von Mr. West versuchen. Cruz Vegas war ein enger Vertrauter, wie ich mitbekommen hatte, allerdings war er ähnlich wortkarg wie Mr. West. Außerdem war er mehr als angsteinflößend. Seine bloße Erscheinung ließ mir das Blut in den Adern gefrieren. Auch wenn er ein durchaus attraktiver Mann war, strahlte dieser zwei Meter große, muskelbepackte Riese etwas Gefährliches aus. Seine grundsätzlich desinteressierte Miene ließ mich erahnen, dass auch er sicherlich kein Pläuschchen mit mir halten würde. Von seinem anderen Leibwächter, Dimitri, waren auch keine brauchbaren Informationen zu erwarten, da er erst wenige Wochen vor mir seinen Posten angetreten hatte.

Ich würde es aufgeben. Vielleicht waren all das Zeichen, die ich besser als solche deuten sollte, wenn ich mich nicht verbrennen wollte. Das Gespräch mit Thiago, die Abfuhr von Landon und Henry und nicht zu vergessen die Schweigsamkeit, die von ihm selbst ausging. Ich würde es darauf beruhen lassen und mich um meine eigenen Angelegenheiten kümmern. Denn eigentlich stand mir nicht der Sinn nach Ärger, und ich brauchte diesen Job, aber ich würde mich nicht weiter von ihm verunsichern lassen.

Seine Art drängte mich in eine Rolle, mit der ich mich nicht identifizieren wollte. Ich war teilweise so eingeschüchtert, dass ich mich ständig seinem Verhalten beugte und versuchte, mich so unauffällig wie möglich zu verhalten. So war ich aber nicht. Es war ganz sicher nicht verwerflich, ein freundlicher und offener Mensch zu sein. Deshalb war doch wohl noch niemand gefeuert worden – oder etwa doch? Außerdem hatte ich es satt, mich zu Hause unwohl zu fühlen und auf Dinge zu verzichten, die mir Spaß machten.

Plötzlich kam mir eine Idee. Nachdem Henry mich abgesetzt hatte, steuerte ich den nächsten Supermarkt an. Muffins backen! Ich hatte es geliebt, mit Mom zu backen. Ich könnte sie mit ins Büro nehmen. Lisa würde sich ganz sicher freuen.

Auch wenn ich nach wie vor ein oberflächliches Verhältnis zu ihr und Claire pflegte, waren sie beide mit ihrer aufgeschlossenen Art ein nettes Gegenprogramm zu der düsteren Miene meines Bosses. Auf dem Weg zur Kasse hatte ich noch einen Rotwein mitgenommen, den Rylee und ich schon öfter zusammen getrunken hatten.

Ich stellte die Einkäufe in der Küche ab und suchte nach einem Weinglas. Diese Küche hatte so viele Schränke, dass ich mir nicht sicher war, ob ich bis morgen alle Utensilien zum Backen zusammenfinden würde. Ich hatte Mr. West nicht ein einziges Mal auch nur irgendetwas hier benutzen sehen. Vermutlich hatte er diese Küche niemals selbst benutzt, denn er bereitete sich ja nicht einmal seinen Kaffee selbst zu.

Nachdem ich ein ausgiebiges Bad genommen und mir ein Glas Rotwein gegönnt hatte, zog ich mir meine Yogahose und einen Strickpullover über und machte mich in der Küche an die Arbeit. Es war erst halb neun, also beschloss ich, während des Backens noch kurz mit Rylee zu facetimen.

Die Muffins waren gerade fertig, aber bei dem Versuch, sie herauszunehmen, verbrannte ich mich an dem Blech, sodass ich es nur mit Mühe auf der Theke abstellen konnte. So ein Malheur war typisch für mich, also mussten Rylee und ich herzlich lachen, während ich meinen Finger schnell unter kaltes Wasser hielt. Noch immer fluchend vor Schmerz nahm ich wahr, wie Rylees Lachen abrupt verstummte und sie ein freundliches »Hallo, Mr. West« herausbrachte. Wie von einem Skorpion gestochen, wirbelte ich herum und drückte reflexartig ihren Anruf weg. Ich spürte schon, wie mir das Gift des imaginären Stachels in Form einer unangenehmen Röte ins Gesicht schoss. Schon wieder hatte dieser große Mann sich angeschlichen wie eine Maus.

Mr. West warf mir einen skeptischen Blick zu, bevor er das Chaos in der Küche beäugte. »Was tun Sie hier?« Sein Tonfall war monoton und unbeeindruckt – wie immer.

»Ich backe Muffins«, erwiderte ich und lächelte zögerlich.

Einen Moment lang schaute er mich nur ungläubig an, als wäre für ihn nicht nachvollziehbar, dass es Menschen gab, die tatsächlich selber backten.

»Okay.« Das war alles. Dann verschwand er wieder.

Ich würde mich jetzt nicht darüber aufregen, denn ich hatte mir vorgenommen, mein Leben ganz normal und gewohnt fortzusetzen und Dinge zu tun, die mir Spaß machten. Dennoch war schlagartig alle Euphorie von gerade eben verschwunden. An dieser Situation hier – mit ihm gemeinsam – war einfach nichts normal, weshalb es sich auch nie normal anfühlen würde. Er war ein mürrischer Misanthrop, mit dem ganz sicher niemand freiwillig gern zusammenwohnen würde.

Nachdem ich meine Muffins verziert und die Küche wieder aufgeräumt hatte, sah ich, dass Rylee mich dreimal versucht hatte anzurufen. In meinem Zimmer angekommen, rief ich zurück.

»Wann wolltest du mir sagen, dass dein Boss in der Liga der

außergewöhnlichen Hotties ganz oben mitspielt? Grundgütiger, Liv«, erklang ihre schrille Stimme am anderen Ende, während ich mit den Augen rollte und sie ermahnte, leise zu sein, wobei ich selbst ein Lachen unterdrücken musste.

Unsicher, ob er hören würde, was ich sagte, versuchte ich zu flüstern, in der Hoffnung, dass sie mich verstehen konnte. »Ja, er ist nicht übel, aber er spielt in der Liga der außergewöhnlichen Creeps leider auch ganz oben mit.«

»Bei der Aussicht wäre mir das sowas von egal«, schwärmte sie lachend.

»Ich habe kein Interesse. Mein Job hier ist mir sehr wichtig, hörst du?« Entgegnete ich mit gesenkter Stimme.

»Hab verstanden. Sorry, ich war auf alles vorbereitet, aber ganz sicher nicht darauf«, antwortete sie, noch immer kichernd.

Ich kannte dieses Gefühl, das Rylee beschrieb, nur zu gut. Ich erinnerte mich daran, wie sehr mich sein gesamtes Wesen bei unserer ersten Begegnung eingenommen hatte. Aber es war nicht nur sein schönes Äußeres, das mich anzog, sondern auch seine geheimnisvolle Aura. Die Art, wie er mich angesehen hatte in jener Nacht, als er mir die Tabletten zukommen ließ, oder als ich völlig hilflos in einem Scherbenhaufen in der Küche stand. Da war etwas in seinem Blick, das er sonst nicht hatte. Etwas Warmes, Fürsorgliches, und ich bildete mir ein, dass er das nicht bei jedem Menschen hatte. Er sah mich nicht oft an, aber wenn er es tat, waren seine Blicke so derart intensiv, dass sie sich beinahe wie eine Berührung anfühlten.

Am nächsten Tag nahm ich meine Muffins mit ins Büro und versorgte gutgelaunt Amelia, Lisa und Landon damit, die sich sehr darüber zu freuen schienen. Landon ließ es sich nicht nehmen, persönlich in meinem Büro vorbeizukommen, um meine Backkünste zu loben.

Ich hatte mir fest vorgenommen, meinem wahren Ich wieder zu folgen, also würde ich auch keinen Unterschied zu Mr. West machen. Ich klopfte an der Tür und wartete auf sein mürrisches »Herein«, an das ich mich schon gewöhnt hatte.

»Möchten Sie auch einen Muffin?«

Er blickte zu mir auf und sah mich an, als würde er sich fragen, ob ich noch alle bei Sinnen hatte.

»Nein«, antwortete er schroff.

»Aber bringen Sie mir bitte einen Kaffee und schließen Sie die Tür.«

Es ärgerte mich, dass er das immer wieder sagte, denn ich wusste mittlerweile, dass es ein No-Go war, die Tür offen stehen zu lassen. Aber anscheinend hatte er kein großes Vertrauen in meine Fähigkeit, mir etwas merken zu können. Sofort bereute ich, dass ich nett zu ihm sein wollte. Er war offensichtlich nicht empfänglich für Nettigkeiten, und ich beschloss, dass es mir ab jetzt egal sein würde. Dann müsste ich eben seine Launen ertragen. Bei *dem* Jahresgehalt sollte ich das durchaus verkraften können.

Genervt von all dem Prozedere, das ich regelmäßig um ihn veranstalten musste, klopfte ich erneut an und öffnete die Tür. Er schaute nicht einmal von seinem Bildschirm hoch. Mit langsamen Schritten ging ich auf den Schreibtisch zu und bemühte mich um einen freundlichen Blick, als ich bemerkte, dass die Tasse ins Wanken geriet. So schnell konnte ich gar nicht reagieren, wie das Porzellan über den Teller rutschte und fiel. Mit Entsetzen sah ich zu, wie sich der heiße Kaffee über sein weißes Hemd ergoss.

»Fuck.« Mit einem Satz sprang er auf.

Scharf sog ich die Luft ein und starrte ihn an. Die blanke Panik überkam mich. »Das tut mir unfassbar leid, ich weiß nicht, wie das passieren konnte«, stammelte ich kleinlaut und stand wie angewurzelt vor ihm.

»Ms. Hayes, bewegen Sie sich und holen Sie ein Tuch und ein neues Hemd«, blaffte er mich an.

Mr. West hatte im Büro immer Ersatzkleidung, falls er sich vor einem Meeting oder einem Außentermin umziehen musste. Mechanisch setzte ich mich in Bewegung. Wie konnte mir das nur passieren? Hoffentlich hatte ich ihn nicht verletzt. Wäre ich jetzt gefeuert? Unzählige Gedanken schossen mir durch den Kopf. Ich versuchte mich zu besinnen und eilte zurück in das Büro.

Er stand vor seinem Schreibtisch und hatte sich sein nasses Hemd bereits ausgezogen. Nervös ging ich auf ihn zu – bemüht, ihm nicht das Gefühl zu geben, ihn anzustarren. Mit zittrigen Fingern überreichte ich ihm das Hemd, wischte fahrig mit den Küchentüchern über den Schreibtisch und schmiss sie in den Papierkorb.

»Ich gehe dann mal, wenn Sie noch etwas brauchen, lassen Sie es mich wissen«, murmelte ich mit gesenktem Blick und schob mich an ihm vorbei.

Ich wusste nicht, welche der unangenehmen Situationen, in die ich diesen Mann bis jetzt gebracht hatte, wohl die Schlimmste war. Nur war ich mir sicher, dass es nicht mehr viele brauchen würde, bis er mich feuerte.

An der Tür angekommen, ließ sein schneidender Tonfall mich zusammenzucken. »Ms. Hayes, schließen Sie die Tür.«

»Ja, natürlich, so wie immer«, gab ich unsicher zurück, während ich spürte, wie mein Körper immer mehr Blut in Richtung meines Kopfes pumpte. Auch wenn es mich nervte, dass er mich schon wieder darauf hinwies, war jetzt ganz sicher nicht der richtige Zeitpunkt, dies zum Ausdruck zu bringen. Ich nahm einen tiefen, stotternden Atemzug und wollte gerade durch die Tür, als seine Worte mich zurückhielten.

»Von innen!« Erschrocken über seine Aufforderung fuhr ich herum. Der lodernde Ausdruck in seinen Augen ließ mich erschaudern, denn er war so eindringlich, dass ich mich beinahe darunter gewunden hätte. Etwas Kaltes mischte sich mit einer festen Entschlossenheit, wodurch meine Nackenhaare sich aufstellten. Alarm – mein inneres Gefahrenbarometer schlug eindeutig Alarm, aber entgegen der Warnung meines autonomen Nervensystems blieb ich stehen und tat, was er sagte. Mit einem leisen Klicken schloss ich die Tür, drehte mich in seine Richtung und drückte mich mit dem Rücken fest dagegen. Mit hektischem Atem wischte ich meine schwitzigen Hände an meinem Rock ab und sah ihn an.

Sein Hemd stand noch immer offen, und jetzt hatte ich wirklich Schwierigkeiten, ihn nicht anzustarren. Mein Blick fiel auf seine muskulöse Brust, hinunter zu seinen Bauchmuskeln und diesem unwiderstehlichen V, das kurz über seinem Hosenbund sichtbar wurde. Ich schluckte hart, als er mit langsamen Schritten auf mich zukam und dabei sein Hemd von unten nach oben zuknöpfte. Sein Blick fing den meinen ein und hielt ihn eisern fest, während ich das Gefühl hatte, dass meine Knie unter mir drohten, nachzugeben.

Da war sie wieder, diese alles versengende Hitze, die jedes Mal in mir aufstieg, wenn er mir zu nah kam. Aber diesmal kam er näher als je zuvor. So nah, dass ich seinen Atem spüren konnte – sein Blick eine stille Warnung. Mit einem geschickten Handgriff wirbelte er mich herum und fixierte mit einer Hand meine Arme hinter dem Rücken, die andere Hand schloss sich um meinen Hals und drückte automatisch meinen Kopf in den Nacken. So schnell, wie er mich gepackt hatte, konnte mein Gehirn die

Situation gar nicht erfassen und verarbeiten. Da hatte er sich bereits vorwärtsbewegt, um mich komplett zwischen ihm und der Tür einzukeilen.

Mein Herz hämmerte wie wild gegen meine Brust, die sich unter seinem Gewicht unangenehm gegen die Tür drückte. Die Hand um meinen Hals tat mir nicht weh, aber sie war fest genug, um mir zu signalisieren, besser stillzuhalten. Er beugte seinen Kopf zu mir herunter und kam wieder so nah, dass sein Atem erst meinen Hals und dann mein Ohr streifte. Er roch nach einer Mischung aus Minze und seinem herben Parfüm, das meine Knie noch weicher werden ließ.

»Ich erkläre Ihnen jetzt ein paar Regeln für unsere weitere Zusammenarbeit und Sie hören mir ganz aufmerksam zu.« Während er sprach, ließ er meine Arme los und trat noch ein Stück näher, so weit, dass kaum ein Blatt mehr zwischen uns passte. »Sie reden nicht. Sie nicken nur, wenn Sie verstanden haben. Ist das klar?« Er sprach leise, aber mit Nachdruck.

Ich presste die Lippen zusammen, um nichts zu sagen, und nickte stattdessen stumm.

»Sie hören auf, in meiner Nähe den Sonnenschein zu spielen. Sie bringen mich nicht noch ein einziges Mal in die Situation, mich vor Ihnen ausziehen zu müssen. Sie stellen keine Nachforschungen mehr bei meinem Personal über mich an, und Sie ziehen sich gottverdammt etwas an, wenn Sie nachts die Küche betreten. Habe ich mich klar und deutlich ausgedrückt, Ms. Hayes?« Sein Ton war so frostig, dass sich sämtliche Haare auf meinem Körper schmerzhaft aufrichteten.

Als er sich noch ein Stück weiter zu mir herunterbeugte, strich sein warmer Atem wieder über die sensible Haut an meinem Hals, was mir ein zartes Stöhnen entlockte. Es schien unmöglich, einen klaren Gedanken zu fassen. Ich wusste, es sollte mich beunruhigen oder sogar verängstigen, aber das tat es nicht.

Stattdessen machte sich ein unvorstellbares Ziehen in meiner Mitte breit und meine Nippel wurden steinhart. Grundgütiger, warum roch dieser Mann so gut? Warum genoss ich seine starke Hand an meinem Hals und warum elektrisierte mich sein warmer Atem in dieser Weise? Es war, als würde ich mich mit jeder Sekunde mehr in dieser energiegeladenen Blase verlieren, die er gerade um uns geschaffen hatte. Dachte er wirklich, er könnte auf diese Weise ein ernsthaftes Gespräch mit mir führen?

»Ja, Boss, ich habe verstanden«, erwiderte ich automatisch und biss mir auf die Unterlippe, als sein Griff sich blitzschnell verfestigte. Lustvoll keuchte ich auf und schob mein Becken automatisch ein Stück nach hinten. Es war denkbar ungünstig, ihn in dieser Situation zu provozieren, aber die Sehnsucht nach seinen Berührungen siegte über meine Vernunft. Ich hatte einen Job zu verlieren und ließ zu, dass mein rationaler Verstand sich gänzlich verabschiedete.

»Spielen Sie nicht mit dem Feuer. Sie haben ja keine Ahnung«, raunte er an meinem Ohr.

Entgegen seiner Warnungen presste ich meinen Hintern noch ein Stück weiter gegen ihn, wobei ich seine Lenden knapp verfehlte, da er, selbst wenn ich High Heels trug, größer war als ich. Aber ich spürte, dass auch er sich scheinbar nicht mehr gänzlich unter Kontrolle hatte, denn seine Härte drängte sich ungezügelt gegen meinen Steiß. Er stieß einen fluchenden Laut aus, als er die andere Hand um meine Taille legte und sich noch ein Stück weiter gegen mich drückte. Seine Nase legte sich in die Kuhle hinter meinem Ohr, und er atmete tief ein, so als wollte er meinen Geruch in sich aufnehmen. Das Pulsieren in meinem Schritt wurde immer heftiger, und kurz hatte ich das Gefühl, er würde jeden Moment vollkommen die Kontrolle verlieren, als er sich mit einem Mal von mir löste.

Benommen drehte ich mich zu ihm um und hatte plötzlich

Mühe, mich auf den Beinen zu halten. Er trat ein Stück zurück und lächelte schief, ganz entspannt, als wäre nichts gewesen. Dabei knöpfte er mit militärischer Präzision seine Manschettenknöpfe zu.

»Diese Unterhaltung werde ich nicht wiederholen, Ms. Hayes. Ich hoffe für Sie, dass Sie dieses Mitarbeitergespräch ernst nehmen, ansonsten sehe ich mich gezwungen, unser Arbeitsverhältnis vorzeitig zu beenden«, teilte er mir in einem fast schon sachlichen Ton mit – so, als hätte es die letzten fünf Minuten, in denen er mich am Hals gepackt und mich seine Härte gleich in mehreren Hinsichten hatte spüren lassen, nicht gegeben.

Fassungslos richtete ich mich auf und überprüfte meine Frisur. »Ja, natürlich«, stieß ich angestrengt hervor. Die Worte kratzten wie Schleifpapier auf meinen Stimmbändern. Zwei Atemzüge später machte ich auf dem Absatz kehrt und verließ fluchtartig den Raum.

Schwer atmend schloss ich die Tür meines Büros und stemmte mich von innen mit dem Rücken dagegen. Wer war dieser Mann und warum schaffte er es, so viele widersprüchliche Gefühle in mir hervorzurufen? Ich verachtete ihn für seinen respektlosen und selbstverständlichen Umgang mit mir. Doch ein Teil in mir verzehrte sich nach ihm, nach seinen Blicken, seinem Duft und vor allem nach seinen Berührungen, die mich gerade eben in Brand gesetzt hatten.

KAPITEL 15
Caleb

MS. HAYES WÜRDE über Weihnachten verreisen, was mir ganz recht war. Ich hatte ihr sogar einen Tag extra freigegeben, und ich würde wie jedes Jahr die Einladung von Catherine und Landon ausschlagen. Seit Maddies Tod hatte ich kein Weihnachten und kein Silvester mehr gefeiert, aber die beiden gaben es nicht auf und luden mich jedes Jahr aufs Neue ein.

Ich saß in meinem Büro und blickte auf das Foto von Maddie und mir. Es war im Sommer vor ihrem Tod entstanden. Jedes Jahr an Weihnachten musste ich zwangsläufig daran denken, dass es das letzte Mal war, dass ich sie lebend gesehen hatte. Es war die letzte Unterhaltung, die wir geführt hatten, die letzte Umarmung, die ich ihr schenken konnte.

Ich stellte mein leeres Whiskeyglas auf dem Schreibtisch ab, als ich hörte, wie sie das Penthouse verließ. Erleichtert atmete ich aus. Seit dem Gespräch in meinem Büro war sie äußerst distanziert geworden. Sie hielt sich an meine Regeln, was mir durchaus Zufriedenheit verschaffte. Ich wusste, dass ich an diesem Tag zu weit gegangen war. Aber es wurde Zeit, dass sie verstand, dass ich nicht ihr fürsorglicher Mitbewohner war, der mit ihr Muffins backte. Und trotzdem gingen mir die Bilder von ihr nicht aus dem Kopf. Sie war nicht wirklich beeindruckt von meiner Dominanz. Sie hatte lediglich Angst um ihren Job. Ich hatte sie nicht gerade zimperlich angepackt, aber anstatt eingeschüchtert zu sein, hatte es sie erregt. Es hatte mich einiges an Selbstbeherrschung gekostet, ihr nicht unter den Rock zu fassen und zu überprüfen, dass ich mit meiner Vermutung richtig lag. Allerdings war das auch nicht unbedingt notwendig, denn alleine ihr Keuchen und wie sie sich meinem Schoß entgegen gebeugt hatte, waren Antwort genug.

Seufzend schenkte ich mir noch einen Whiskey ein, um auch die letzten Gedanken an sie vollständig auszuradieren. Ich musste dringend raus hier und auf andere Gedanken kommen, also zückte ich mein Handy und wählte eine Nummer.

Briana war eine brünette Schönheit mit üppiger Oberweite, die schon mehrmals von mir in ein Hotel bestellt wurde. Denn auch wenn niemand da war, würde ich niemals eine Frau mit zu mir nach Hause, geschweige denn mit in mein Bett nehmen.

Selbstsicher kam sie in ihren schwarzen Spitzendessous auf mich zu und setzte sich auf meinen Schoß. Sie kannte die Regeln bereits. Ich küsste keine Frauen, also leckte sie mir mit ihrer Zunge langsam über den Hals, während sie mit den Händen mein Hemd aufknöpfte. Ich öffnete ihren BH und ließ ihn unbeeindruckt zu Boden fallen.

»Was wünschst du dir heute Nacht von mir?«, säuselte sie mir ins Ohr, während ich eine ihrer vollen Brüste knetete.

»Bring mich einfach auf andere Gedanken«, forderte ich sie auf, bevor ich sie von meinem Schoß hob und rüber zu meinem Whiskeyglas ging.

»Einen harten Tag gehabt?«

»Kann man so sagen«, gab ich mürrisch zurück, ließ meinen Nacken kreisen und hoffte, sie würde weniger reden.

Sofort stand sie wieder hinter mir und streichelte mit ihrer Hand über meinen Schritt. Kurz hielt ich inne, bevor ich das Glas abstellte und mich zu ihr umdrehte. Irgendetwas fühlte sich heute so verdammt anders an.

Mein Blick wanderte über ihren halbnackten Körper. Sie war äußerst attraktiv und zu einer anderen Zeit unter anderen Umständen hätte ich sie heute Nacht sicher mehr als einmal gefickt. Aber sie war das komplette Gegenteil der Frau, die seit Wochen in meinem Kopf herumspukte. Schnell verdrängte ich den Gedanken an eine kleine, sommersprossige Blondine.

Briana biss sich auf die Unterlippe und entledigte sich ihres Höschens. Ohne Umschweife griff ich in ihr langes Haar und delegierte sie nach unten. Sie ging auf die Knie, öffnete meinen Gürtel und befreite meinen bereits harten Schwanz, bevor sie sich die Lippen befeuchtete und ihn tief in sich aufnahm. Ein leises Stöhnen entwich mir. Es war zu lange her, dass ich eine Frau auf diese Weise hatte. Aber so gut es sich auch anfühlte, es fühlte sich auch seltsam falsch an. Ich legte den Kopf zurück und wollte mich in Briana verlieren, wollte *sie* aus meinem Kopf vögeln.

Ich konzentrierte mich voll und ganz auf ihre feuchte und warme Mundhöhle, mit der sie nun begann, kräftig zu saugen, als plötzlich wieder die Bilder meiner Assistentin vor meinem inneren Auge auftauchten. Ihr halbnackter, wohlgeformter Hintern auf meinem Küchenboden, ihr weißes Top, das mehr verriet als es bedeckte, ihre spürbare Erregung in meinem Büro. Ich dachte daran, wie oft ich bislang den Impuls unterdrückt hatte, eine Grenze zu überschreiten und sie mir einfach zu nehmen.

Mit einem rauen Seufzer riss ich mich von Briana los und ließ meinen Schwanz wieder in der Hose verschwinden.

»Ist etwas nicht in Ordnung?«, fragte sie mit weit geöffneten Augen. Sie stand auf und wischte sich mit dem Handrücken den Mund ab, sichtlich irritiert von meinem Sinneswandel.

»Alles bestens. Es liegt nicht an dir. Du bist toll, wie immer. Ich habe nur gerade viel um die Ohren. Nächstes Mal wieder«, log ich, leerte mein Glas und legte ihr 3000 Dollar auf den Tisch.

Ich wollte nicht, dass sie sich schlecht fühlte. Ich schätzte die Frauen, mit denen ich mich traf. Es war die Art und Weise, wie sie ihr Geld verdienten, und ich liebte den Sex mit ihnen, weil er unkompliziert war. Sie nahm das Geld und steckte sich das Bündel in ihr Strumpfband.

»Ist es eine Frau? Das ist okay. Ich würde Sex mit Liebe auch immer dem hier vorziehen.« Zärtlich legte sie mir ihre Hand auf meine nackte Brust und blickte mich unter ihren künstlichen Wimpern hinweg an. Als ich nichts erwiderte, fragte sie: »Warum wehrst du dich dagegen?«

»Was weißt du schon?«, zischte ich und drückte sie von mir.

»Ich habe doch Augen im Kopf«, entgegnete sie ruhig, als hätte ich sie nicht soeben von mir gestoßen.

»Du kennst mich nicht. Deinen Mund solltest du in Zukunft einzig dafür nutzen, wofür du bezahlt wirst. Ich bin nicht hergekommen, um von dir therapiert zu werden.«

Sie schenkte mir einen abfälligen Blick, dann folgte ein frustriertes Schnauben, bevor sie ins Badezimmer verschwand. Laut krachend fiel die Tür ins Schloss. Erleichtert darüber, dass sie verschwunden war, knöpfte ich mein Hemd zu und schloss meinen Gürtel. Seufzend strich ich mir mit einer Hand über den Nacken und blickte aus dem Fenster. Ich konnte meine Assistentin nicht ficken, aber sie hatte längst meinen Kopf gefickt.

Ich war dankbar für die sechs Tage zwischen Weihnachten und Silvester. Ich nahm mir Arbeit mit nach Hause, sodass ich an

Neujahr etwas Sinnvolles zu tun hatte. Wir verließen an Silvester das Büro bereits um 17 Uhr. Ms. Hayes informierte mich nicht über ihre Pläne, aber ich ging davon aus, dass sie später verschwinden und erst am nächsten Tag gegen Abend zurückkommen würde.

Ich war gerade auf dem Weg in die Küche, um mir etwas zu essen zu bestellen, als ich das Klacken ihrer High Heels hörte. Kurz nach mir betrat sie den Wohnbereich.

»Ich wusste nicht, dass Sie noch hier sind«, sagte sie mit überrascht klingender Stimme, als sie ein Champagnerglas, auf dem roter Lippenstift klebte, auf der Spüle abstellte. Neugierig folgte ich ihrer Bewegung, bis mein Blick an ihr hängen blieb. Ihre hellblonden Locken hatte sie geglättet und zu einem hohen Zopf gebunden. Sie trug große goldene Kreolen und ein rotes schulterfreies Kleid, das sich eng an ihren wohlgeformten Körper schmiegte.

Holy shit, dieses Kleid gehörte definitiv verboten. Wie hypnotisiert starrte ich auf ihr Schlüsselbein, das so verführerisch frei lag, dass ich es am liebsten mit meinen Lippen erkundet hätte. Räuspernd entriss ich mich meiner eigenen schmutzigen Gedanken und wandte das Wort an sie:

»Sie gehen heute Abend aus?«

»Sieht ganz so aus«, antwortete sie knapp und kühl, was so gar nicht zu ihrer sonst so sonnigen Art passte. Es war fast so, als wollte sie mir demonstrieren, dass es mich nichts anging. Und das tat es auch nicht. Nicht, nachdem ich ihr zuvor unmissverständlich klargemacht hatte, wie ich mir unsere Zusammenarbeit vorstelle. Aber ich ließ mich von ihrer abweisenden Antwort nicht beirren.

»Wird jemand Sie abholen?«

Jetzt realisierte sie, worauf ich hinauswollte, und dass ich vermutlich nicht lockerlassen würde.

Sie schüttelte den Kopf. »Nein, ich fahre mit der U-Bahn zu einer Freundin und von dort aus gemeinsam mit anderen Leuten zu einer Party.«

Bei ihren Worten entgleisten mir kurz die Gesichtszüge. Sie wollte in diesem Outfit in dieser Kälte alleine um diese Uhrzeit mit der U-Bahn fahren? Ich hatte mir nie Gedanken darüber gemacht, wie sie sich bewegte, wenn sie frei hatte. Fuhr sie etwa immer abends alleine durch die Gegend?

»Sie wollen wirklich so in die Kälte raus?« Mit gerunzelter Stirn ließ ich meinen Blick über ihren Körper wandern, wobei mir auffiel, dass sie keinen BH trug. Dann sah ich ihr wieder in die Augen, die jetzt amüsiert funkelten.

»Nein, Mr. West, ich ziehe mir natürlich einen Mantel über. Ich möchte ja nicht, dass Sie Sorge haben, ich könne mich erkälten.«

Für ihren Spott mir gegenüber hätte ich sie am liebsten übers Knie gelegt. Dieses kleine Miststück wusste ganz genau, dass das sicher nicht meine größte Sorge war.

Selbstsicher stolzierte sie an mir vorbei, um ihren Plan in die Tat umzusetzen. Sie griff entschlossen nach ihrem Mantel und drehte sich zu mir um.

»Kommen Sie gut ins neue Jahr.« Ihr Lächeln nahm mich vollkommen ein, und es war fast unmöglich, meinen Blick von ihren sündhaften Lippen abzuwenden, die sie mit diesem roten Lippenstift heute so sinnlich betonte, dass sie mich beinahe verhöhnten.

Unter keinen Umständen würde ich sie so schutzlos alleine raus in die Nacht schicken. Seit dem unaufgeklärten Tod meiner Schwester war Boston für mich zu einem rechtlosen Raum geworden. Ich schüttelte mich innerlich. »Henry wird Sie fahren und hinbringen, wo auch immer Sie möchten.«

Sie schüttelte unmerklich mit dem Kopf.

Ich hielt dagegen, nickte und fuhr fort: »Doch. Wird er.«

»Nein, es ist Silvester und Henry hat bestimmt besseres zu tun …«

Reflexartig umschloss ich ihr Handgelenk und zog sie nah an mich heran. Ihr süßlicher Duft nach reifen Pfirsichen, Vanille und Amber umspielte meine Nase, während ihr Blick tatsächlich weniger überrascht aussah, als ich es erwartet hatte. Sie sah mich vielmehr erwartungsvoll aus ihren unschuldigen Augen an – jene unschuldigen Augen, die vor dieser schrecklichen Welt beschützt werden mussten.

»Keine Widerrede, Ms. Hayes. Ich bestehe darauf. Henry hat sich seit Jahren Silvester nicht freigenommen und da er mich nicht fahren muss, ist er sicherlich dankbar für ein bisschen Abwechslung«, wies ich sie in strengem Tonfall an.

Sie schüttelte unentwegt mit dem Kopf. »Das kann ich nicht annehmen«, erwiderte sie mit zarter Stimme und hielt meinen Blick. Ich beugte mich langsam zu ihr runter, bis meine Lippen beinahe ihr Ohr berührten. Ihr Atem ging augenblicklich schwerer.

»Sie müssen. Ich lasse kein Nein gelten, nicht wenn es um die Sicherheit meines Personals geht.« Einen kurzen Moment gönnte ich mir noch, ihren verführerischen Duft einzusaugen wie eine Droge, die mich augenblicklich erdete. Dann ließ ich sie zähneknirschend los und trat ein Stück zurück. Dieser Engel roch eindeutig zu gut für diese Welt.

»Gut. Das wäre aber nicht nötig gewesen«, gab sie gespielt selbstsicher zurück und reckte das Kinn, aber ich hatte sie längst durchschaut. Die Gänsehaut, die sich über ihre nackten Arme ausgebreitet hatte, verriet mir, dass sie sich so viel mehr wünschte als meine sporadische Fürsorge ihr gegenüber.

»Das sehe ich anders.«

Die Verunsicherung und Irritation standen ihr deutlich ins Gesicht geschrieben und ich wusste, mein Verhalten war dumm, nachdem ich im Büro klargemacht hatte, wie ich zu ihr stand. Aber das würde ich zu ihrem Schutz in Kauf nehmen. Umso erleichterter war ich, dass sie das Angebot annahm und keine weitere Szene machte.

Dass ich Henry beauftragt hatte, sie im Auge zu behalten und für ihre Sicherheit zu sorgen, durfte sie niemals erfahren. Henry hatte mir einen Tag später Bericht erstattet und für einen kurzen Moment zweifelte ich an meiner Vorgehensweise, in ihre Privatsphäre vorzudringen. Doch der Gedanke daran, wie sie ausgesehen hatte, ließ meinen Puls unwillkürlich in die Höhe schnellen. Welcher Mann würde bei diesem Anblick nicht schwach werden? Und ich wusste nur zu gut, wie gefährlich diese Welt da draußen war. Dabei könnte am Ende ich selbst die größte Bedrohung für sie sein, wenn ich meine Kontrolle verlieren würde.

Sie war mit ihren Freundinnen auf einer privaten Silvesterparty eines Typen namens Connor Wilson gewesen. Wie ich herausfand, handelte es sich um den Sohn eines Vorstandsmitglieds von MCW Pharmaceuticals. Hatte sie ihn schon vorher gekannt? War sie so an das Vorstellungsgespräch gekommen? Ich erinnerte mich daran, wie Catherine mir erzählt hatte, dass Peter Wilson eine Empfehlung ausgesprochen hatte.

Henry hatte sie und ihre Freundin in den frühen Morgenstunden an einem Apartment über einem kleinen Buchladen abgesetzt, der wohl ihrer rothaarigen Freundin gehörte. Ich wollte nicht daran denken, was es mit mir gemacht hätte, wenn sie diese Nacht mit einem Mann verbracht hätte. Ich würde noch wahnsinnig werden wegen dieser Frau.

Ich versuchte mich gerade wieder ganz auf meine Arbeit zu konzentrieren, als ich das Geräusch des Aufzugs vernahm. Ein Blick auf die Uhr verriet mir, dass es bereits 20 Uhr und sie vermutlich nach Hause gekommen war. Und obwohl ich es nicht über mich brachte, zu ihr zu gehen und mit ihr zu sprechen, stellte sich schlagartig eine innere Ruhe in mir ein. Ich war erleichtert, sie wieder in Sicherheit zu wissen, und ich wusste, das war mein Verderben.

KAPITEL 16
Liv

DAS NEUE JAHR hatte für mich äußerst verwirrend begonnen. Zuerst die Begegnung mit Mr. West in seinem Büro, die mich in eine Schockstarre versetzt hatte. Nachdem ich mich von der anfänglichen Erregtheit erholt hatte, wurde mir klar, dass mein Job auf dem Spiel stand. In den darauffolgenden Tagen gab ich mir die größte Mühe, meine Aufgaben zufriedenstellend zu erledigen, eine professionelle Distanz zu wahren und ihn in keine unangenehme Situation mehr zu bringen. Obwohl ich an diesem Tag seine eigene Erregung deutlich gespürt hatte, war mir klar, dass er keinerlei Interesse daran hegte, mir in irgendeiner Weise näherzukommen.

Aber dann folgte für mich sein völlig irritierendes Verhalten am Silvesterabend. Wieder sah ich diese ehrliche Besorgnis in seinem Blick. Immer wieder stellte ich mir die Frage, ob es ihm um mich als Person ging oder ob er sich Sorgen machte, dass mir etwas zustieß und ich deshalb nicht auf der Arbeit erscheinen würde. Es war einfach verrückt, dass all diese Dinge so ein Gedankenwirrwarr in mir auslösten. Er hatte die Fronten zwischen uns geklärt, und ich würde mich brav an seine Regeln halten.

Ich saß in der Küche, vertieft in die Tagesplanung auf meinem

Tablet, als ein Blick auf die Uhr mich überraschte. Es war bereits 7.15 Uhr. In all den Monaten, in denen ich für Mr. West gearbeitet hatte, war er nie später als 7 Uhr in die Küche gekommen, denn Henry holte uns immer pünktlich um 7.30 Uhr ab. Seufzend fiel mein Blick auf seinen Kaffee, der mittlerweile kalt sein musste. Ich wartete noch einige Minuten und fragte mich, was ich in dieser Situation tun sollte.

Es war nun 7.25 Uhr und von Mr. West war weit und breit keine Spur. Vorsorglich schrieb ich Henry eine Nachricht, dass wir uns verspäten würden.

Misstrauisch ging ich in Richtung des Büros. Ich horchte an der Tür, als ich nichts als Stille vernahm. Zögerlich öffnete ich sie. Ein schneller Blick verriet mir, dass er nicht da war. Er musste also noch in seinem Zimmer oder im Bad sein. Langsam näherte ich mich der Tür zu seinem Schlafzimmer. Ich hatte diesen Raum noch nie betreten.

Unsicher über seine Reaktion, wenn ich einfach eintreten würde, hielt ich inne. Sollte ich Catherine anrufen? Vielleicht war er ohnmächtig und hatte sich den Kopf gestoßen. Ich entschied mich, erst mal zu klopfen, doch es folgte keine Reaktion. Also klopfte ich fester. Wieder nichts.

Zaghaft öffnete ich die Tür und erkannte, dass es im Raum noch dunkel war. Ein ungutes Gefühl überkam mich. War alles in Ordnung mit ihm? Hatte er bloß verschlafen?

Entweder ging es jetzt um Leben und Tod oder er würde mich feuern, weil er einfach nur verschlafen hatte und ich seine heiligen Gemächer betreten hatte. Ich beschloss, meiner Intuition zu folgen und nach ihm zu sehen, denn irgendetwas sagte mir, dass er nicht okay war. Er war Caleb West – er verschlief nicht einfach.

Langsam betrat ich den dunklen Raum und versuchte, mich irgendwie vorwärts zu bewegen. Lediglich ein kleiner Lichtstrahl, der aus dem Flur hineinfiel, wies mir den Weg zu seinem Bett, in dem ich tatsächlich seine Silhouette ausmachen konnte. Mit vorsichtigen Schritten näherte ich mich dem beeindruckenden Kingsize Bett, bis ich kurz davor stehenblieb.

Er lag auf dem Rücken, sein anscheinend nackter Körper war nur von einem dünnen Laken bedeckt, und ich erkannte, dass er am ganzen Körper zitterte. Besorgt trat ich an die Seite des Bettes und schaltete die Lampe ein. »Mr. West, bitte erschrecken Sie sich nicht. Ich bin es, Ms. Hayes. Ist alles in Ordnung mit Ihnen?«

Ich war äußerst bedacht, leise und ruhig zu sprechen, doch er fuhr hoch und sah mich mit glasigen, aber starren Augen an.

»Was tun Sie hier? Wie spät ist es?« Er griff sich mit der Hand an den Hinterkopf und starrte mich noch immer irritiert an.

»Sie sind heute nicht aufgestanden. Ich habe mir Sorgen gemacht.«

Er schien mir nicht folgen zu können.

Ich wusste, dass ich gerade eine Grenze überschritt, die er ganz klar gezogen hatte, aber das war mir in diesem Moment egal, denn ich spürte, dass hier etwas ganz und gar nicht stimmte.

Fürsorglich beugte ich mich zu ihm hinunter, legte meinen Handrücken auf seine Stirn und ließ mich nicht davon abhalten, selbst als er zurückwich. Er glühte förmlich.

»Ich glaube, Sie haben Fieber«, sagte ich in ernstem Tonfall.

Er sah mich blinzelnd an, und als hätte er blitzartig realisiert, dass er zu spät zur Arbeit kommen würde, wirbelte er herum und rückte ganz nah an die Bettkante. Mein Blick fiel auf seine nackte Kehrseite. Ich kniff instinktiv die Augen fest zusammen und biss mir auf die Zähne.

Er murmelte etwas Unverständliches, als er anscheinend selbst bemerkte, dass sein Kreislauf ihm nicht gestatten würde, irgendwohin zu gehen. Eilig umrundete ich das Bett und signalisierte ihm mit einfachen Handbewegungen, dass er sich wieder hinlegen sollte. Stöhnend ließ er sich von mir zurück in sein Bett lotsen. Er zitterte immer noch am ganzen Körper, aber er hatte auch nicht wirklich etwas an.

Ich schnappte mir die Decke, die am Fußende lag, faltete sie auf und deckte ihn damit bis oben zu. Dieses dünne Laken würde ihn nicht ausreichend wärmen, denn er litt sichtbar unter Schüttelfrost.

»Mr. West, Sie müssen wirklich liegen bleiben. Ich kümmere mich um alles«, sagte ich ruhig. Kaum merklich nickte er mir zu, dabei hatte er seine Augen bereits wieder geschlossen. Als ich das Zimmer verließ, ließ ich die Tür einen Spalt offen, damit ich ihn hören könnte, falls er etwas brauchte oder doch auf die glorreiche Idee kommen sollte, sich jetzt in seinen Anzug zu schmeißen und ins Büro zu fahren.

Zügig ging ich in die Küche, kramte mein Handy aus der Handtasche und wählte Catherines Nummer. Sie meldete sich bereits nach dem dritten Klingeln.

»Guten Morgen, Liv. Was gibt es?« Sie schien noch nicht bemerkt zu haben, dass wir nicht im Büro angekommen waren.

»Es geht um Mr. West. Ich glaube, er ist krank.«

Einen Moment lang sagte sie nichts. »Was soll das heißen? Ist er verletzt?« In ihrer Stimme schwang Besorgnis mit.

»Ich bin mir sicher, dass er Fieber hat. Er wird so nicht arbeiten können.« Ich hörte sie am anderen Ende der Leitung frustriert seufzen.

»Schicken Sie mir alle Termine, ich kümmere mich darum. Bleiben Sie bitte bei ihm und seien Sie da, wenn er etwas braucht. Ich werde einen Arzt schicken. Gegen Abend schaue ich vorbei.«

»In Ordnung. Machen Sie sich keine Sorgen, Catherine.«

In den letzten Stunden war ich immer wieder zu seinem Schlafzimmer geschlichen, um zu horchen, ob ich etwas Ungewöhnliches wahrnehmen konnte. Nachdem ich Henry auf den neusten

Stand gebracht hatte, war der Arzt um 10 Uhr endlich eingetroffen. Er war mittlerweile schon 30 Minuten da drin und ich machte mir langsam Sorgen, als die Tür endlich aufging und der Arzt sich an mich wandte.

»Sie sind die Ehefrau?«

»Nein, ich bin seine Assistentin, aber ich lebe hier mit ihm zusammen.«

Zweifelnd sah er mich an und schien zu überlegen, was genau er mir sagen konnte.

»Ich habe den Auftrag, mich um ihn zu kümmern«, fügte ich hinzu, damit er dieses Datenschutzdilemma endlich hinter sich ließ und mit der Sprache herausrückte.

Er nickte gemächlich. »Gut. Er hat eine ordentliche Grippe. Sein Fieber ist hoch, das sollten Sie im Blick behalten und ihm bei Bedarf ein fiebersenkendes Mittel verabreichen. Sorgen Sie dafür, dass er viel trinkt, um nicht zu dehydrieren, und dass er ausreichend schläft. In ein paar Tagen wird er wieder ganz der Alte sein.«

Unsicher, ob es erstrebenswert war, dass Mr. West wieder ganz der Alte werden würde, bedankte ich mich bei dem Arzt und beauftragte Henry, ein Infrarot-Thermometer zu besorgen.

Ich bestellte online einige Lebensmittel, die wir vermutlich in den nächsten Tagen brauchen würden. Catherine hatte ich bereits über das Ergebnis des Arztbesuchs in Kenntnis gesetzt und sie hatte mir aufgetragen, so lange bei ihm zu bleiben, bis er wieder gesund war.

Spät am Nachmittag beschloss ich, mich erneut in sein Schlafzimmer zu schleichen, um ihm eine Tasse Tee zu bringen. Wie ich feststellen musste, war das Wasser, das ich ihm hingestellt hatte, nicht von ihm angerührt worden. Leise stellte ich den Tee ab und beugte mich zu ihm hinunter. Er schien tief und fest zu schlafen. Vorsichtig hielt ich das Thermometer an seine Stirn und blickte beim Piepton erschrocken auf das Display. Es zeigte 40,3 Grad an. Es musste ihm wirklich fürchterlich schlecht gehen. Das Gefühl von Mitleid stieg in mir auf.

Ich kannte es zu gut, wie elend man sich bei so hohem Fieber fühlte. Mom hatte sich immer so liebevoll um mich gekümmert, wenn ich krank war.

Ich beschloss, dass es das Beste wäre, ihn zu wecken, um ihm die Schmerztablette zu verabreichen.

»Mr. West?«, flüsterte ich energisch. Er reagierte nicht. Ich setzte mich auf seine Bettkante und betrachtete ihn einen Moment lang. Zaghaft legte ich meine Hand auf seine Wange und kam mit meinem Gesicht ein Stück näher an seines. Seine Bartstoppeln fühlten sich rau an. Obwohl er erschöpft und blass aussah, fesselten mich seine markanten, aber ebenmäßigen Gesichtszüge, und für einen kurzen Moment genoss ich es einfach, ihn so unverhohlen zu mustern.

Wie aus dem Nichts legte sich seine Hand schraubstockartig um meinen Unterarm, sodass ich erschrocken hochfuhr. Mit weit aufgerissenen Augen starrte er mich an. »Was zur Hölle tun Sie da, Ms. Hayes?«

Ertappt und mit klopfendem Herzen rückte ich ein Stück von ihm ab und räusperte mich. Gott sei Dank kannte er wenigstens wieder meinen Namen.

»Der Arzt hat Ihnen ein Medikament verschrieben, das müssen Sie nehmen. Es wirkt fiebersenkend. Ihr Fieber ist bei 40,3 Grad«, kam es stockend aus mir heraus. Meine Wangen glühten so heiß, dass man sicher ein Spiegelei darauf hätte braten können.

»Woher wissen Sie das?«

Ich sah auf das Thermometer, das ich noch immer in meiner Hand hielt. »Ich habe gerade gemessen.«

Seine Augen wurden noch größer und blankes Entsetzen trat

in sein Gesicht. »Sie haben doch nicht …«, ließ er den Satz unvollendet in der Luft hängen und blickte panisch an sich hinunter, während er die Decke ein Stück anhob.

Ich begriff, was er meinte und unterdrückte ein hysterisches Lachen.

»Um Himmels willen, nein, das ist ein Stirnthermometer.« Meine Mundwinkel zuckten, aber ich bemühte mich, ernst zu bleiben. Wie lange war er nicht mehr krank gewesen? Seit er ein Kleinkind war?

»Oh, okay«, entwich es ihm leise. Seufzend setzte er sich auf und griff sich an den Kopf. »Ich habe unfassbare Kopfschmerzen.«

Wortlos hielt ich ihm eine Tablette und das Glas Wasser hin.

»Was ist das?«

»Nehmen Sie die. Sie werden sich in einer halben Stunde besser fühlen. Vertrauen Sie mir.«

Mit Skepsis betrachtete er erst die Tablette und dann mich.

»Der Arzt war heute da und hat es Ihnen empfohlen«, versuchte ich, meine Aussage zu untermauern, um ihn davon zu überzeugen, seine Medizin zu nehmen.

Er überlegte kurz, griff dann nach dem Wasserglas und der Tablette und schluckte sie brav herunter.

»Sehr gut, ich lasse Sie jetzt allein, dann können Sie sich ausruhen. Ach, und Sie sollten den Tee trinken. Den hat meine Mutter mir immer gemacht, wenn ich krank war, und der wirkt wirklich Wunder«, sagte ich aufmunternd und zeigte auf die Tasse, die neben ihm auf dem Nachttisch stand.

Er nickte nur müde und schloss wieder die Augen. Wenn er bis heute Abend nicht freiwillig etwas trinken würde, dann müsste ich es ihm irgendwie einflößen.

Catherine war gegen 20 Uhr gekommen, um nach dem Rechten zu sehen. Mr. West hatte aber tief und fest geschlafen, weshalb sie nicht lange blieb.

»Vielen Dank für Ihre Mühe, Liv. Er kann sich wirklich glücklich schätzen, Sie zu haben.« Sie legte ihre Hand auf meine Schulter und lächelte mich müde an. Der harte Arbeitstag und die Sorge um ihn standen ihr deutlich ins Gesicht geschrieben. »Caleb ist wie ein Sohn für mich, ich weiß ihn gern in guten Händen.«

Ich schluckte schwer, denn ich hatte seinen Vornamen nicht oft gehört, und gerade fühlte sich diese Situation so familiär an. Wäre es ihm in ein paar Tagen unangenehm, dass ich in seinem privaten Schlafzimmer war, um mich um ihn zu kümmern? Würde das unser Verhältnis endlich etwas auflockern oder würde er mich danach wieder behandeln, als wäre ich nicht existent?

»Und scheuen Sie sich nicht, mich zu kontaktieren, wenn Sie irgendetwas brauchen. Ich bin zwar enorm eingespannt in der Firma, solange Caleb fehlt, aber ich werde alles von dort aus organisieren.«

Ich lächelte matt, denn der Tag und die Sorge um Mr. West hatten auch mich irgendwie ausgelaugt. »Vielen Dank, Catherine, wir kommen schon zurecht. Ich denke, in wenigen Tagen wird es ihm wieder besser gehen.«

Sie erwiderte mein Lächeln, diesmal etwas zuversichtlicher.

»Machen Sie sich wirklich keine Sorgen, ich rufe an, wenn etwas ist.«

»Gut.« Sie legte den Kopf schief, atmete tief durch und hob die Hand, um sich zu verabschieden. Dann stieg sie in den Aufzug.

Es war bereits sechs Stunden her, dass ich Mr. West das Medikament gegeben hatte und er schlief anscheinend wie ein Stein. Der Arzt hatte ja gesagt, er solle viel schlafen, aber ich war mir nicht sicher, ob er auch etwas getrunken hatte.

Ich machte mich gerade bettfertig, als mir der Gedanke kam,

noch einmal nach ihm zu sehen. Ich warf mir schnell einen Bademantel über und ging den langen Korridor entlang zu seinem
Zimmer, wo seine Tür noch immer angelehnt war. Ganz langsam
öffnete ich sie ein Stück weiter, denn ich wollte ihn auf keinen Fall
wecken. Wie ich aber feststellen musste, war er bereits wach und
saß auf der Bettkante. Leise räuspernd machte ich auf mich aufmerksam, damit er sich nicht erschreckte. Er fuhr zu mir herum,
schien aber nicht sonderlich überrascht, mich zu sehen.

Unbewusst verschränkte ich die Arme vor der Brust. Irgendwie fühlte ich mich unwohl in diesem Aufzug, obwohl ich wusste,
dass ich viel bekleideter war als bei unserer Begegnung in der
Küche. Und das hier war ganz sicher eine Ausnahmesituation.
Vielleicht lag es aber auch daran, dass er schon wieder mit nacktem Oberkörper vor mir saß und mich dieses unbeschreibliche,
warme Kribbeln erneut heimsuchte.

Denkbar ungünstiger Zeitpunkt, ermahnte ich mich. Zum
Glück hatte er sich mittlerweile eine Jogginghose übergezogen.
Ich machte mir keine Vorwürfe. Ich hatte mich an alle Regeln gehalten, diesmal war er es doch, der mich in diese Situation brachte.

»Ich wollte nur noch einmal nach Ihnen sehen. Wie geht es
Ihnen?«

»Ich glaube, ein bisschen besser. Ich wollte gerade unter die
Dusche.«

Überrascht trat ich zwei Schritte vor. Er konnte doch in
diesem Zustand unmöglich unter die Dusche. Ich wusste nicht,
wie hoch sein Fieber aktuell war oder wie es um seinen Kreislauf
stand. Er war nicht ein einziges Mal heute aufgestanden. Ich
dachte an Catherine und wie sehr sie sich darauf verließ, dass ich
aufpasste, und dass hier alles lief. Ich stellte mich vor ihn und
plusterte mich auf, um ihm den Weg zu versperren.

Stirnrunzelnd schaute er zu mir auf. »Was wird das?«

»Sie können jetzt so nicht alleine unter die Dusche, Mr. West.«

»Ich möchte Ihnen nicht vor den Kopf stoßen, Ms. Hayes, und es wäre bestimmt wirklich nett, mit Ihnen gemeinsam zu duschen, aber ich glaube, das wäre keine gute Idee.« Seine Stimme klang leicht verwaschen und ein Grinsen zupfte an seinen Mundwinkeln, während er sich mit der Hand über den Nacken fuhr.

»Das war auch kein Angebot«, erwiderte ich völlig perplex, während mir Wärme in die Wangen und – zu meinem Leidwesen – auch in andere Bereiche meines Körpers schoss. Unbewusst überkreuzte ich die Beine und presste sie zusammen, wohl in der Hoffnung, das Prickeln zwischen ihnen vertreiben zu können. Seine offensive Art hatte mich völlig überrumpelt. Was war nur mit ihm los? Ich schob es auf das hohe Fieber und blieb hartnäckig, indem ich mich keinen Millimeter bewegte und ihm einen ermahnenden Blick zuwarf.

»Wir müssen jetzt erst mal Fieber messen«, ließ ich ihn mit Nachdruck wissen. Zu meinem Glück hatte er bereits aufgegeben und ließ kapitulierend die Schultern sinken. Also griff ich nach dem Thermometer und hielt es an seine Stirn. Es ertönte ein leiser Piepton und eine rot blinkende 39 stach mir vom Display entgegen. Es war zwar besser als heute Nachmittag, aber so würde ich ihn nicht unbeaufsichtigt duschen lassen.

»Sie sollten sich heute noch ausruhen, und morgen, wenn es Ihnen besser geht, können Sie gerne duschen.«

»Ja, Frau Doktor«, sagte er in einem derart ironischen Tonfall, dass selbst ich mir ein Lächeln nicht verkneifen konnte. Was hatte ich ihm da nur gegeben? Machten diese Schmerzmittel Menschen etwa humorvoll? *Vielleicht solltest du ihm das jeden Morgen in seinen Kaffee geben*, witzelte eine Stimme in meinem Kopf.

Ich wollte mich gerade umdrehen, um ihm den Tee anzureichen, als seine Hand vorschnellte und sich sanft, aber bestimmt um mein Handgelenk legte. Sofort machte sich ein leises Klopfen in meiner Brust bemerkbar, das schneller wurde, als ich seinen Blick spürte, der sich fast wie eine zarte Liebkosung anfühlte.

Einen Moment lang sahen wir einander an, bis plötzlich ein völlig unerwartetes, raues »Danke« über seine Lippen kam.

Die Hitze, die ich gerade krampfhaft versucht hatte zu vertreiben, stieg nun wieder in mir auf, und ich verfluchte meinen Körper, dass er so auf ihn reagierte.

Er hatte sich noch nie für etwas bei mir bedankt, und ich freute mich innerlich wie ein kleines Mädchen, das für etwas gelobt wurde.

Peinlich, Liv. Einfach nur peinlich.

Ich nickte stumm und starrte auf seine Hand, die noch immer mein Gelenk fest umschloss. Als sein Daumen leicht über die zarte Haut der Innenseite strich, zuckte ich zusammen, als hätte er mich verbrannt. Ein weiteres Prickeln fuhr durch meinen Körper. Mr. West blickte mir tief in die Augen und sah mit einem Mal so viel klarer aus, als noch vor wenigen Minuten. Er wandte den Blick nicht ab, als er seinen Daumen erneut langsam über meine Haut fahren ließ. Mein Atem beschleunigte sich. Überwältigt von dem Gefühl, das eine einzige kleine Berührung von ihm in mir auslöste, zog ich ruckartig mein Handgelenk zurück und lächelte verlegen. Ich musste dringend hier weg.

»Ich sollte dann mal schlafen gehen, und Sie sollten sich ausruhen. Wenn Sie noch etwas brauchen, lassen Sie es mich wissen«, flüsterte ich heiser und machte mich mit klopfendem Herzen auf den Weg zu meinem Zimmer.

Die letzten beiden Tage hatte ich Mr. West immer nur Essen und Getränke ins Zimmer gestellt, wenn ich mir sicher war, dass er schlief, denn ich wollte jede unnötige Begegnung mit ihm vermeiden. Es schien ihm zeitweise etwas besser zu gehen, denn hin und wieder hörte ich den Fernseher. Je besser es ihm ging, desto mehr zog ich mich zurück, um ihm nicht das Gefühl zu geben, bei ihm ein- und auszugehen, wie es mir beliebte. Ich wusste, wie wichtig ihm seine privaten Räume waren, und nur diese Ausnahmesituation hatte dazu geführt, dass ich dort überhaupt jemals eingetreten war.

Es war der vierte Tag, nachdem ich ihn so krank vorgefunden hatte. Ich saß im Wohnzimmer auf dem Sofa und las ein Buch, als ich aus dem Augenwinkel eine Bewegung wahrnahm. Lächelnd blickte ich zu ihm auf und klappte das Buch zu.

Er war frisch geduscht und trug einen schwarzen Jogginganzug, was zwar befremdlich, aber leider auch unverschämt sexy aussah. Der Duft nach gewaschenen Haaren und seinem Aftershave füllte den Raum. Allgemein sah er wirklich schon viel besser aus als in den Tagen zuvor. Er wirkte nicht mehr ganz so blass und wackelig auf den Beinen.

»Wie geht es Ihnen?«

»Es geht mir viel besser.« Er fuhr sich mit der Hand über den Hinterkopf, irgendwie wirkte er fast verlegen. Mit diesen feuchten, wuscheligen Haaren gefiel er mir viel zu gut.

Ich freute mich ernsthaft darüber, dass es ihm besser ging, aber er sah so aus, als wollte er etwas loswerden, wusste aber nicht, wie er es sagen sollte. Ein beklommenes Gefühl machte sich in mir breit. War das hier wieder der Moment, in dem er mich wegstieß und wie Luft behandelte?

»Ich habe mich noch um Vitaminnachschub gekümmert«, sagte ich, um die unangenehme Stille zu füllen, denn er stand nach wie vor nur da und sah mich an. Ich zeigte in Richtung der Küchentheke, wo die kleinen Smoothies standen, die ich abgefüllt hatte.

Er räusperte sich und strich sich mit der Hand über sein frisch rasiertes Kinn. »Ich muss Ihnen danken, Ms. Hayes. Was Sie in den letzten Tagen für mich getan haben, war nicht selbstverständlich. Es war nicht Ihre Aufgabe«, kam es leise über seine Lippen. Ich wusste, wie schwer ihm diese Worte gefallen sein mussten. Das zweite Mal innerhalb weniger Tage, dass ich ein *Danke* von ihm zu hören bekam.

»Ach, das war doch nichts,« sagte ich so beiläufig wie möglich und unterstrich das Ganze mit einer wegwerfenden Handbewegung. Wieder hatte ich das Gefühl, dass meine Wangen glühten, und diesmal ahnte er sicher, wie verlegen mich seine Worte machten – Worte, die von jedem anderen Menschen bei mir niemals diese Wirkung gehabt hätten.

Jetzt blickte er in Richtung der säuberlich nebeneinander aufgereihten Glasflaschen mit dem grünen Inhalt und seine Augenbrauen fuhren überrascht nach oben. »Sie haben das alles selbst gemacht? Das ganze Essen in den letzten Tagen?«

»Ähm, ja, ich hatte Lebensmittel bestellt. Mit dieser App ist alles mittlerweile so einfach, die bringen einem wirklich alles, und ich meine, ich hatte ja nicht wirklich viel zu tun«, plapperte ich und fuchtelte dabei nervös mit den Händen in Richtung der Küche. *Du müsstest jetzt dringend den Mund halten.* Was redete ich da nur für einen Unfug? Und warum zur Hölle wühlte seine Anwesenheit mich derart auf? Jetzt war definitiv nicht der richtige Moment, um meine Gefühle zu ergründen.

Er musterte mich – noch immer mit erhobenen Brauen –, als hätte er den inneren Monolog, den ich mit mir geführt hatte, hören können. Einen Moment lang stand er einfach nur da und beobachtete mich aus seinen atemberaubenden braunen Augen. Diese sanften und liebevollen Augen, die so etwas vollkommen anderes hinter diesem Menschen vermuten ließen, als das, was er der Welt zeigte.

Ich wusste, er würde jetzt wieder gehen, doch bevor er sich abwandte, schenkte er mir eines dieser seltenen Lächeln, die dieses nervöse Flattern in meiner Magengegend auslösten.

KAPITEL 17
Caleb

NACH VIER TAGEN in der Hölle war ich endlich wieder im Büro und Landon begrüßte mich, als wäre ich drei Jahre weg gewesen. »Es hat dich ja richtig ausgeknockt. Wir haben uns echt Sorgen gemacht.«

»Wer ist *wir*?«, fragte ich verblüfft, während er mir Unmengen an Papierkram auf den Schreibtisch legte. Ich dachte, dass wir mittlerweile überwiegend digital arbeiteten, aber vier Tage Abwesenheit zeigten mir, dass wir scheinbar noch immer zu viel Papier verwendeten.

»Na, Catherine und ich«, entgegnete er so selbstverständlich, als würde ich die Antwort bereits kennen.

»Catherine habe ich bei mir gesehen, dich nicht«, gab ich trocken zurück und klappte mein Notebook auf.

»Sie hatte mir erzählt, zu was für einem Zombie du dich verwandelt hast, und ich wollte mich nicht anstecken. Jemand musste den Laden ja hier noch schmeißen.«

Ein Schmunzeln machte sich auf meinem Gesicht breit. Ich nahm ihm nicht wirklich übel, dass er nicht da gewesen war. Catherines Besuch war mir an manchen Tagen schon zu viel gewesen, weil ich kaum Kraft hatte, meine Augen offen zu halten.

»Du scheinst ja gute Laune zu haben, selten, dass ich dich so losgelöst sehe. Wie ich hörte, wurdest du auch gut umsorgt.«

Schlagartig verfinsterte sich meine Miene, weil ich ahnte, worauf er hinauswollte. »Da war rein gar nichts. Sie ist meine Assistentin. Ich bin ihr sehr dankbar, dass sie da war und sich um alles gekümmert hat. Das ist alles.«

»Verstehe.« Landons Mundwinkel zuckten. Er war kein Idiot und kannte mich besser als jeder andere. Er wusste ganz genau, was diese Frau für eine Wirkung auf mich hatte, aber genauso musste ihm klar sein, dass ich meine Prinzipien niemals über Bord werfen und schwach werden würde.

Im Februar musste ich aus geschäftlichen Gründen kurzfristig für eine Woche nach Europa. Als ich Ms. Hayes darüber in Kenntnis setzte, dass wir nach Paris reisen würden, konnte sie sich ein vorfreudiges Quieken nicht verkneifen. Es wäre das erste Mal, dass sie nach Europa reiste.

Wie Catherine mir aber einen Tag vor unserer Reise mitteilte, würde sie in dieser Zeit Geburtstag haben. Eine Tatsache, die mich durchaus überforderte, aber ich hatte keine andere Wahl. Ich brauchte sie vor Ort, also würde ich damit irgendwie umgehen müssen.

Meine beiden Leibwächter reisten gemeinsam mit uns. Henry konnte ich nicht überreden – wie er sagte, sei er *mittlerweile zu alt für diesen Scheiß*.

Ms. Hayes hatte vor Ort einen Fahrer organisiert, der uns ins Hotel brachte.

Ihre Suite lag direkt neben meiner, und wie ich feststellte, waren auch hier die Wände nicht besonders dick, denn ich hörte sie kurz nach der Ankunft aufgeregt mit ihrer Freundin telefonieren, mit der sie gemeinsam eine Roomtour machte. Ich vergaß manchmal, dass dieser Standard nicht für jeden Menschen normal war. Mich beeindruckte die größte und luxuriöseste Suite kaum noch. Aber irgendwie erwärmte es mein Gemüt, wenn sie sich an solchen Dingen erfreute.

Ms. Hayes hatte hier mehr Freizeit als in Boston, denn es gab zwar einige Termine, zu denen sie mich begleiten müsste, aber die meiste Zeit über würde ich aus meiner Suite arbeiten.

In Anbetracht der Tatsache, dass sie mich vor einigen Wochen vier Tage lang umsorgte hatte, fand ich diesen Ausgleich nur fair.

Seit diesen Tagen spürte ich eine deutliche Veränderung zwischen uns. Ich riss mich zusammen, ihr gegenüber nicht immer als der Griesgram aufzutreten, als den sie mich bis dato kannte.

Sie hatte mir in den letzten Wochen gezeigt, dass ihr Naturell von Grund auf liebenswert und fürsorglich war. Selbst ich brachte es zunehmend schwerer übers Herz, sie so eiskalt zu behandeln.

Jedes Mal, wenn ich sie zurechtwies, hatte ihr trauriger Blick mir einen eiskalten Stich versetzt. Ich bemühte mich, netter zu sein, aber trotz alledem die professionelle Distanz zu wahren. Sie war nun mal ein Sonnenschein und immer äußerst wertschätzend und nett im Umgang mit meinem Personal. Henry genoss ihre Gesellschaft. Catherine liebte sie und würde ihr am liebsten nach dem Jahr eine gut bezahlte Stelle im Unternehmen anbieten. Landon hatte – sehr zu meinem Leidwesen – einen Narren an ihr gefressen. Und mir war nicht entgangen, wie meine Leibwächter ihr auf den Arsch glotzten, während sie in die Limousine einstieg. Es ärgerte mich, dass es mich störte, aber mittlerweile hatte ich es akzeptiert: Diese Frau weckte meinen Beschützerinstinkt. Ich musste es nur irgendwie unter Kontrolle halten.

Und auch wenn von Dimitri und Cruz keinerlei Gefahr ausging, nervte es mich dennoch, dass sie auf diese Weise von anderen Männern angestarrt wurde – auch wenn man es sicher keinem Mann verübeln konnte. Sie war wunderschön, humorvoll, gebildet und liebenswert. Auch ich wusste um diese Qualitäten, doch die schmerzhafte Wahrheit war: Ich konnte Livia Hayes niemals haben.

Die Tage in Paris vergingen wie im Flug, und vor lauter Arbeit hatte ich Ms. Hayes tatsächlich nicht oft zu Gesicht bekommen. Am vorletzten Tag stand noch ein wichtiges Meeting an, bei dem ich Ms. Hayes darum bat, Protokoll zu führen – das machte sie wirklich hervorragend, wie ich zugeben musste.

Catherine war begeistert von ihrem Wissen, mit dem sie sich zu manchen Themen einbrachte, und der detaillierten, gründlichen Vorgehensweise bei der Protokollführung. Sie sah und hörte Dinge, die mir in einem Gespräch oft nicht aufgefallen wären. Ihre Kompetenzen lagen weit über dem, was der Job einer persönlichen Assistentin forderte – das war uns allen bewusst, und ihr außerordentliches sprachliches Talent hatte mir das ein oder andere Mal die Arbeit erleichtert. Sie war unterm Strich eine große Bereicherung für das Unternehmen, aber ich wünschte mir für sie so viel mehr. Ich wollte, dass sie Karriere machte und ich hätte ihr gerne einen angemessenen Posten in meinem Unternehmen angeboten. Doch sie war einfach zu gefährlich für mich. Denn diese Frau war wie ein Virus, der mich nach jeder Begegnung mit ihr mehr infizierte und Symptome in mir hervorrief, die ich nicht spüren wollte.

Wir trafen uns im Geschäftsgebäude meines Kunden, Mr. Laurent – Eigentümer mehrerer Privatkliniken in Frankreich und somit ein wichtiger Partner in Europa.

Als wir den großen, hellen Meetingraum betraten, begrüßten uns zwei Männer in feinsten Anzügen, die gemeinsam mit Mr. Laurent an dem langen Glastisch saßen.

Mr. Laurent erhob sich und streckte mir die Hand entgegen. Er selbst trug einen maßgeschneiderten Anzug, der seinen leichten Bauchansatz jedoch nicht kaschieren konnte. Das schwarze Haar hatte er mit Gel zurückgelegt und sein Kinn war glattrasiert. Ich schätzte ihn auf Ende vierzig, allerdings machte seine glattgebügelte Stirn den Anschein, schon einige Botoxbehandlungen hinter sich zu haben.

»Mr. West, ich freue mich, Sie persönlich bei uns begrüßen zu dürfen.« Sein Handschlag war kräftig, obwohl er sicherlich fünfzehn Zentimeter kleiner war als ich.

»Die Freude liegt ganz auf meiner Seite.«

Seine Augen leuchteten auf, als sein Blick neben mir auf Ms. Hayes fiel. »Und wer ist diese wunderschöne Dame?« Völlig selbstverständlich griff er nach ihrer Hand und zog sie ein Stück näher an sich heran, um einen Kuss auf ihren Handrücken anzudeuten.

Augenblicklich versteifte ich mich. Diese Nähe gefiel mir ganz und gar nicht.

Ms. Hayes lächelte bemüht aufrichtig, doch ich sah ihr an, dass sie sich unwohl fühlte.

Ihre Professionalität war beeindruckend, denn während unseres Meetings sah Mr. Laurent auffällig oft zu ihr rüber, was sie aber keineswegs aus dem Konzept brachte. Hingegen fiel es mir zunehmend schwerer, dem Gespräch aufmerksam zu folgen. Mit jedem gierigen Blick, den er ihr zuwarf, beschleunigte sich mein Puls. Nachdem er ihr offensichtlich zugezwinkert hatte, kämpfte ich mit meiner Selbstbeherrschung. Zähneknirschend griff ich nach dem Glas Wasser und kippte es herunter, als wäre ich am Verdursten.

Ms. Hayes warf mir einen irritierten Blick zu, als ich merkte, wie ich begann, mitten im Gespräch meinen Hemdkragen zu lockern. Die Luft fühlte sich bedrückend an.

Nach zwei langen und quälenden Stunden war der offizielle Teil unseres Gesprächs beendet und die beiden Mitarbeiter verließen den Raum. Mr. Laurent bestand darauf, dass wir noch einen Kaffee mit ihm tranken, und da er nun mal ein wichtiger Kunde war, kam ich seinem Wunsch nach – auch wenn ich selbst keinerlei Interesse daran hatte, weiter in seine schmierige Visage zu blicken.

»Wie lange werden Sie noch in Paris bleiben?«, fragte er und schien ehrlich interessiert.

»Noch zwei Tage«, antwortete ich knapp, denn ich hatte Mühe, einen freundlichen Tonfall beizubehalten.

Er lächelte zufrieden, während sein Blick über Ms. Hayes' Dekolleté huschte und ich die Hände unwillkürlich unter dem Tisch zu Fäusten ballte. Warum starrte er sie an wie ein Stück saftiges Steak?

Während wir eine vollkommen langweilige Unterhaltung über französischen Wein führten, vibrierte mein Handy unaufhörlich. Ein Blick aufs Display verriet mir, dass ich besser rangehen sollte. Ich ließ sie äußerst ungern mit diesem Widerling alleine, aber dieser Anruf war wichtig. Widerwillig entschuldigte ich mich und wies Dimitri und Cruz vor der Tür an, ein Auge und ein Ohr auf sie zu halten.

Fünfzehn Minuten später betrat ich wieder den Konferenzraum und folgte der Unterhaltung der beiden angeregt.

»Das ist wirklich nett von Ihnen, Mr. Laurent.«

»Nennen Sie mich bitte Étienne.«

Er hatte ihr in den letzten Minuten also schon seinen Vornamen angeboten.

»Mr. Laurent, ich bedanke mich recht herzlich für Ihre Gastfreundschaft, aber wir müssen leider aufbrechen«, unterbrach ich das Gespräch der beiden.

Er zwängte sich ein Lächeln heraus, weil ihm das abrupte

Ende sicherlich nicht gefiel. »Da kann man wohl nichts machen, wenn die Pflicht ruft«, sagte er bedauernd und wandte sich unverzüglich wieder Ms. Hayes zu. »Würden Sie mir die Freude erweisen, mich morgen Abend zum Essen zu begleiten? Sie sagten, Sie haben keine Termine. Ich würde Ihnen einen Fahrer schicken.«

Sie quittierte sein Angebot mit einem zögerlichen Lächeln, während ich vollkommen vom Glauben abfiel. Ich kannte ihr Sonnenschein-Lächeln, und das war ganz sicher keines von dieser Sorte. Mein Kiefer mahlte, während ich mein Handy so fest umschloss, dass die Fingerknöchel weiß hervortraten. Was dachte dieser Typ sich dabei? Sie lebte in Boston und er in Paris. Sie würden sich nach diesem Abend womöglich nie wieder sehen. Außerdem trug dieser Dreckskerl einen Ehering und sie war *meine* Angestellte. Wollte er sie zum Essen einladen, um ihr danach in irgendeinem Hotel an die Wäsche zu gehen? Wollte er sie benutzen? Sie bezahlen, als wäre sie eine Professionelle?

Ich atmete tief durch und lockerte meinen Kiefer, um meine Wut wieder unter Kontrolle zu bringen. Ich durfte nicht vergessen, dass ich aus geschäftlichen Gründen hier war. Es ging um verdammt viel Geld, deshalb durfte ich auf keinen Fall die Nerven verlieren.

Dennoch würde ich niemals zulassen, dass meine Assistentin nachts in einem fremden Land mit diesem schmierigen Typen in irgendeinem Hotelzimmer verschwand, um ihm zu Diensten zu sein. Er musste sich wirklich für unwiderstehlich halten.

»Ich möchte Ihre Pläne nicht durchkreuzen, Mr. Laurent, aber Ms. Hayes hat morgen Geburtstag und sie wurde bereits von mir zum Essen eingeladen«, entgegnete ich seinem schwachsinnigen Einfall betont ruhig.

Eine Mischung aus Überraschung und Enttäuschung spiegelte sich in seinem Gesicht wider. »Schade für mich«, entwich es ihm leise. »Aber das ist ja ein wirklich schöner Anlass. Dann wünsche ich Ihnen natürlich ganz viel Freude und einen schönen Geburtstag«, sagte er in einem Tonfall, der unaufrichtiger nicht hätte sein können.

Ms. Hayes stand auf und blickte mehr als verwirrt in meine Richtung, ihre Brauen berührten beinahe ihren Haaransatz, während ich sie ebenfalls mit großen Augen ansah, um ihr zu signalisieren, dass sie jetzt nichts Falsches sagen sollte.

»Ganz lieben Dank, aber ich habe mich schon so auf den morgigen Abend gefreut. Wissen Sie, *Étienne,* es kommt nicht so oft vor, dass mein Boss mich zum Essen ausführt.« Ihre unterschwellige Provokation verfehlte ihr Ziel nicht.

»Wären Sie meine Assistentin, würde ich das jeden Tag tun«, erwiderte er heiser, während er ihr einen weiteren Kuss auf den Handrücken hauchte. Kaum zu glauben, dass noch niemand auf seiner widerwärtigen Schleimspur ausgerutscht war. Er richtete sich auf und lächelte sie herausfordernd an. Am liebsten hätte ich ausgeholt und ihm auf seine ohnehin schon viel zu groß geratene Nase geschlagen.

»Sie Charmeur.« Ms. Hayes stupste ihn von der Seite an und zwang sich ebenfalls zu einem Lächeln. Ich wusste ganz genau, dass sie kein Interesse an diesem Typen hatte, aber sie schien es zu genießen, dass es mir missfiel, dass er sie vor meinen Augen anbaggerte.

Schweigend saßen wir im Auto. Ich wollte etwas sagen, war mir aber nicht sicher, wie ich diese Unterhaltung beginnen sollte, als sie plötzlich zu mir herumfuhr und mir die Entscheidung abnahm.

»Wohin werden Sie mich morgen ausführen?« Sie grinste listig, weil ihr klar sein musste, dass es ursprünglich nicht mein Plan war, mit ihr essen zu gehen, denn ich würde damit selbst eine meiner aufgestellten Regeln brechen.

»Ich wollte Sie nur vor einem unschönen Date bewahren.«

»Ach, und diese Entscheidung treffen *Sie* für mich?«, fragte sie verblüfft und sah mich dabei durchdringend an.

»Sagen Sie mir nicht, Sie wollten mit *Étienne* den morgigen Abend verbringen.« Ich betonte seinen Namen so gedehnt, dass kein Zweifel mehr bestand, was ich von ihm hielt.

»Und wenn es so wäre?«, erwiderte sie mit leichtem Hohn in der Stimme.

»Dieser Mann wollte sicher nicht nur mit Ihnen essen gehen. Er ist locker doppelt so alt wie Sie.«

»Meinen Sie etwa, das wüsste ich nicht? Vielleicht gefällt mir ja gerade die Tatsache, dass er älter ist. Vielleicht habe ich ja Daddy Issues, weil ich ohne Vater aufgewachsen bin. Wer weiß das schon? Sie kennen mich doch gar nicht, und vor allem sind Sie nicht mein Babysitter«, konterte sie mit einer Vehemenz, die mich traf wie ein Eissturm.

Erschrocken fuhr ich zurück und starrte sie an. Eifersucht flackerte in mir auf. Sie sollte solche Äußerungen besser nicht tätigen. Sie hatte ja keine Ahnung, was sie da sagte. Ich war nur neun Jahre älter als sie, aber ich stand kurz davor, sie über meinen Schoß zu zerren und ihr zu zeigen, was ihre frechen Worte mit mir machten – was ein älterer Mann mit ihr anstellen würde.

Geräuschvoll stieß ich die Luft aus und beugte mich wieder ein Stück zu ihr vor. »Ist das Ihr verdammter Ernst?«, fragte ich sie rau und hielt ihren Blick fest. Mittlerweile rang ich um Selbstkontrolle.

»Nein. Ich finde diesen Mann mehr als unangenehm, aber ich hätte ihm das auch selbst sagen können, ohne eine Notlüge zu erfinden.« Sie holte zitternd Luft und als sie ihren Blick wieder zum Fenster wandte, sah sie ernsthaft geknickt aus. Hatte ich sie verletzt? War mein Verhalten tatsächlich übergriffig gewesen?

»Es war keine Notlüge«, platzte es aus mir heraus. Ich ertrug den Gedanken daran nicht, sie womöglich gekränkt zu haben.

Stirnrunzelnd sah sie mich an, denn damit hatte sie augenscheinlich nicht gerechnet. »Warten Sie, Sie wollen mir sagen, dass Sie mich morgen wirklich zum Essen ausführen?« Ein Lächeln huschte über ihr Gesicht. Ich musste von allen guten Geistern verlassen sein, dass ich es ernsthaft in Erwägung zog, den morgigen Abend mit ihr zu verbringen.

»Es ist Ihr Geburtstag und ich habe mich noch nicht erkenntlich gezeigt für Ihre Unterstützung während ich krank war.«

Ihre Skepsis stand ihr deutlich ins Gesicht geschrieben. »Wo ist der Haken? Wollen Sie mich etwa kündigen oder haben Sie ansonsten irgendetwas für mich geplant, was Sie mir schonend beibringen wollen?«

Das hatte gesessen. War es für sie wirklich so unvorstellbar, dass ich einfach nur nett sein wollte? Dass ich etwas ohne Hintergedanken tat?

»Sie müssen diese Einladung nicht annehmen, es ist für Sie keine Pflichtveranstaltung.«

Einen Moment lang sah sie mich irgendwie gedankenverloren an, ehe sie erwiderte: »Ich nehme die Einladung gerne an, es ist nur …«, sie stockte und presste die Lippen aufeinander. »Naja, Sie haben bis jetzt nicht wirklich viel mit mir gesprochen und ich frage mich, worüber wir beide uns wohl unterhalten werden.«

»Verstehe. Ich denke wir sind erwachsen und sollten das hinbekommen«, versuchte ich, es so zuversichtlich wie möglich rüberzubringen.

Sie hatte vollkommen recht. Ich würde lügen, wenn ich behauptete, nicht auch schon daran gedacht zu haben, und auch jetzt war mir noch nicht klar, wie wir den Abend gemeinsam verbringen sollten. Schweigen wäre sicherlich keine Option. Ich würde über meinen Schatten springen und eine Konversation mit ihr führen müssen. Ich nahm mir vor, diese so oberflächlich wie möglich zu halten, und damit sie nicht auf die Idee kam, dass ich ein persönliches Interesse an ihr hatte, sondern es mir lediglich um ihren Geburtstag ging, gab ich ihr den gesamten Tag frei. Sie würde sicherlich einige Orte besuchen und hätte morgen Abend viel zu erzählen.

KAPITEL 18
Liv

MEIN VIERUNDZWANZIGSTER GEBURTSTAG konnte unmöglich besser starten, denn ich wachte gut erholt und mit einem atemberaubenden Blick auf den Eiffelturm auf. Lächelnd reckte ich mich und warf einen schnellen Blick auf die Uhr. Ich war mir nicht sicher, warum ich so gute Laune hatte. Lag es daran, dass ich den Tag zur freien Verfügung hatte, oder am Essen, das mich abends erwartete? Letzteres löste bei jedem Gedanken daran ein aufregendes Flattern in meinem Bauch aus, und ich fragte mich, was mir das sagen sollte. War ich aufgeregt wegen der Situation und der Sorge, schweigend neben ihm den Abend zu verbringen, oder war ich aufgeregt wegen *ihm*?

Nach einer ausgiebigen Dusche entschloss ich mich, unten im Hotel zu frühstücken. Ich hatte die ganze Woche über alleine gefrühstückt, so auch an diesem Morgen. Mr. West ließ sich das Essen grundsätzlich in seine Suite bringen, ich hingegen hatte das dringende Bedürfnis nach Gesellschaft. Und auch wenn die anderen Gäste hier nicht wirklich mit mir sprachen, fühlte ich mich doch weniger einsam, wenn ich einfach nur ihren Gesprächen lauschte und ihnen beim Essen zusah.

Ich stockte in der Bewegung, die Kaffeetasse an meinen Mund

zu führen, denn ich konnte den Gedanken nicht loswerden, dass er eigentlich gar nicht vorhatte, mich zum Essen einzuladen. Es wirkte so, als hätte es ihm gestern nicht gefallen, dass Étienne mich ausführen wollte. Die Art, wie er seinen Namen betont hatte, war mehr als abwertend. Vielleicht ging es ihm gar nicht um mich, sondern er hatte irgendein Problem mit Étienne.

Gestern Abend hatte ich den heutigen Tag gründlich geplant, denn bisher hatte ich wenig von Paris gesehen. Zwar gab es immer mal wieder freie Stunden ohne Termine oder Telefonate, aber es lohnte sich nie, etwas zu unternehmen.

An einem Tag hatte ich den hausinternen Fitnessbereich genutzt, in dem leider auch Mr. West fast jeden Abend trainierte. Deshalb war ich dankbar um meine freie Zeit am Mittag, denn so war die Wahrscheinlichkeit äußerst gering, ihm dort verschwitzt zu begegnen.

Genüsslich bestrich ich mein Croissant mit Marmelade, als ich Moms Namen auf dem Display sah.

Sie und Grandpa gratulierten mir zum Geburtstag, und Mom hörte ganz aufgeregt zu, als ich ihr von meinen heutigen Plänen erzählte.

»Livi, es ist so schön, dass du die Zeit dort auch für deine eigenen Interessen nutzen kannst. Das ist wirklich nett von Mr. West, dir frei zu geben.« Aus dem Hintergrund nahm ich ein mürrisches Nuscheln wahr, das nur von Grandpa kommen konnte.

»Er ist tatsächlich immer sehr großzügig. Ich habe bis jetzt den Großteil meines Geldes sparen können«, ließ ich sie wissen, in der Hoffnung, dass Grandpa das auch hörte. Ich wusste, er hatte seine ganz eigene Meinung über die Pharmaindustrie, aber aus irgendeinem Grund wollte ich nicht, dass er schlecht von Mr. West dachte.

Seit Mom so schwer erkrankt war, empfand Grandpa tiefen Schmerz darüber, dass das einzige Medikament, das ihr eine

Überlebenschance einräumte, so teuer war, dass wir es uns niemals leisten könnten. Mom hatte zwar eine Krankenversicherung, diese zahlte aber nicht, da das Medikament noch nicht alle Phasen der Zulassung durchlaufen hatte. Und dennoch stellte es ihre einzige Überlebenschance dar.

»Mom, geht es dir gut? Du klingst irgendwie erschöpft.« Mir war aufgefallen, dass sie sehr leise redete und immer wieder Atempausen machte, was unweigerlich dazu führte, dass sich eine innere Unruhe in mir breit machte.

»Es ist alles okay. Ich bin nur etwas müde. Du weißt doch, Grandpa umsorgt mich gut. Ich habe auch heute schon brav meinen grünen Smoothie und meinen Teelöffel Schwarzkümmelöl zu mir genommen.« Sie versuchte, mich aufzumuntern und zu beruhigen, dabei war sie diejenige, der es schlecht ging. Sie war diejenige, die all die Zuwendung und lieben Worte brauchte, die sie mir schenkte.

»Das ist gut, Mom. Ich verspreche dir, ich komme euch am Sonntag nach meiner Rückkehr nach Boston sofort besuchen.«

»Livi, wenn du mir heute etwas Gutes tun möchtest, dann versprich mir, dass du deinen Geburtstag genießt und mir ein paar schöne Fotos schickst.«

Schwer atmend kämpfte ich gegen das Engegefühl in meiner Brust an. »Ich werde ganz viel Spaß haben für dich.« Meine Worte klangen beinahe erstickt. Warum fühlte sich jedes Telefonat mit ihr wie ein Abschied an?

Diese Angst um ihr Leben lastete schwer. Seitdem sie mir eröffnet hatte, dass ihr Gesundheitszustand sich zunehmend verschlechterte, zuckte ich bei jedem Klingeln meines Handys zusammen.

Ich hatte sie in all meine heutigen Pläne eingeweiht, bis auf den Part, in dem ich mit meinem Boss zu Abend essen würde. Mir war nicht wohl bei dem Gedanken, sie könnte das Ganze fehlinterpretieren, und ich wollte vor allem Grandpa nicht verletzen.

Da Mr. West seit dem Silvesterabend darauf bestand, mir einen Fahrer zur Verfügung zu stellen, würde ich heute keine Mühen haben, meine einzelnen Ausflugsziele zu erreichen.

Zielstrebig ging ich auf den Eiffelturm zu, den ich in den letzten Tagen neugierig aus meiner Hotelsuite beäugt hatte. Doch jetzt, als ich direkt davorstand, wirkte er riesig. Langsam schlenderte ich über die Wiesen und sah einen kleinen Markt. Instinktiv umklammerte ich meine Tasche, als ich in die Menschenmenge eintauchte, denn der Fahrer hatte mich auf dem Hinweg gewarnt, dass ich an den bekannten Plätzen auf meine Sachen aufpassen und mich nicht in Gespräche verwickeln lassen solle.

Für Ende Februar war es mit zehn Grad erstaunlich mild, was mir für den heutigen Tag nur recht war. Zum Glück regnete es nicht, sodass ich den Tag vollkommen genießen konnte.

Nachdem ich mir im Louvre die Ausstellung angeschaut hatte, für die ich mehr als vierzig Minuten anstehen musste, war mein nächster Halt die Champs-Élysées.

Zwischenzeitlich hatten sich auch Piper und Rylee bei mir gemeldet und ich bombardierte sie beide und Mom über den Tag hinweg mit Selfies meines Sightseeing-Trips.

Während ich gedankenverloren über die Champs-Élysées schlenderte, entdeckte ich in einer kleinen, noblen Boutique ein Kleid, das meine Aufmerksamkeit erregte. Bis jetzt hatte ich mir noch keine Gedanken darüber gemacht, was ich heute Abend anziehen würde. Ich ging mit einem Milliardär essen, also sollte das Kleid schon einen gewissen Anspruch haben. Aber er war mein

Boss, deshalb dürfte es nicht zu sexy sein. Ich erinnerte mich an den Abend mit den Bleckmanns zurück, und wie unwohl ich mich mit meinem sechzig Dollar Kleid, inmitten dieser Gesellschaft mit all den teuren Designerklamotten, gefühlt hatte.

Das Kleid hier war langärmlig und glänzte in einem eleganten Goldton, und trotzdem wirkte es nicht zu aufdringlich. Lediglich die Länge des Kleids ließ mich etwas stutzen. Aber ich war klein, weshalb es bei mir wohl gar nicht so kurz ausfallen würde. Ich war hin und weg, allerdings wurde mir beim ersten Blick auf das Preisschild leicht schwindelig. 1200 Euro für ein Abendkleid waren für mich schon eine beachtliche Summe, allerdings kam es nicht oft vor, dass mir ein Kleid so ins Auge fiel und ich erinnerte mich selbst daran, dass heute mein Geburtstag war und ich in den letzten fünf Monaten kaum Geld für mich ausgegeben hatte.

Entschlossen betrat ich die Boutique und ließ mich von einer netten Dame durch den Laden führen und beraten.

Äußerst hilfsbereit und engagiert zeigte sie mir noch weitere Kleider, aber mein Blick fiel immer wieder auf das goldene im Schaufenster. Nachdem ich das Kleid anprobiert hatte, war klar, dass es keinen Weg zurück gab. Es saß wie eine zweite Haut und das Gefühl, das es in mir auslöste, würde mir das Geld ganz sicher wert sein.

»Wenn ich Ihnen ein Kompliment machen darf, Miss – Sie sehen in diesem Kleid und mit ihren Locken aus wie ein Engel.«

Lächelnd betrachtete ich mich im Spiegel. Engel klang gut. Das hieß Unschuld und das bedeutete wiederum, dass ich definitiv nicht zu aufreizend bei diesem Abendessen auftreten würde.

Zwangsläufig musste ich an den Nachmittag in seinem Büro denken, als er mir so nah war – sein herbes Parfüm in meiner Nase, sein Atem an meinem Ohr, die Wärme seines Körpers. Allein die Erinnerung daran löste wieder ein heißes Prickeln in meinem Unterleib aus. *Stopp!* Ich musste damit aufhören, in dieser Art und Weise an ihn zu denken. Ich verstand es selbst nicht, denn obwohl er mich so oft wie Luft behandelt hatte und mein Kopf es besser wusste, fühlte mein Körper sich zu diesem Mann hingezogen. Und wie ich bei besagter Begegnung in seinem Büro feststellen durfte, hielt mein Körper leider nicht viel von rationalen Entscheidungen. Grund genug, peinlich genau darauf zu achten, Abstand zu diesem Mann zu halten.

Zufrieden verließ ich den Laden und rief meinen Fahrer an. An dieses Leben könnte ich mich tatsächlich gewöhnen. Ich war die letzten Jahre auf öffentliche Verkehrsmittel angewiesen und nun holte mich mein eigener Fahrer auf der Champs-Élysées ab und fuhr mich für einen Spaziergang an die Seine. Ich rief mir ins Gedächtnis, dass ein Tag wie dieser auch aktuell für mich die Ausnahme war, aber es fühlte sich trotz alledem unbeschreiblich gut an.

Nachdem ich einen ausgiebigen Spaziergang am Fluss gemacht hatte, war mein letzter Halt an diesem Tag ein kleines Café im Künstlerviertel Saint-Germain-des-Prés. Mit einem Milchkaffee und meinen Macarons machte ich es mir auf dem bequemen Polster gemütlich und sah aus dem Fenster. Mit einem zufriedenen Lächeln beobachtete ich die vorbeigehenden Leute. Sie schienen glücklich zu sein. War Paris wirklich die Stadt der Liebe? Als ich mich in dem kleinen Café umsah, fielen mir tatsächlich einige verliebte Paare ins Auge, und auch am Eiffelturm war mir nicht entgangen, wie viele Menschen sich küssend davor positionierten und ein Selfie schossen. Schmerzlich wurde mir bewusst, dass ich etwas vermisste, das ich eigentlich noch nie besessen hatte: einen Partner an meiner Seite, der mich aufrichtig, bedingungslos und mit Leib und Seele liebte – und für den ich dasselbe empfand.

Ich war nicht einsam. So viele liebe Menschen hatten heute an mich gedacht. Thiago hatte mich angerufen und auch Mrs.

Barnes, Landon, Claire und Lisa hatten mir gratuliert. Rylee und Piper waren neben Mom und Grandpa immer verfügbar für mich, und dennoch sehnte ich mich nach der tröstenden Wärme und Geborgenheit eines Mannes – eines ganz bestimmten Mannes, doch mit dem würde diese sehnsuchtsvolle Fantasie niemals zu einer Wirklichkeit werden. Und obwohl dieses Begehren in mir flackerte, hatte ich den heutigen Tag genossen – ganz allein.

Es hatte verdammt gutgetan, mich ausnahmsweise mal nur um mich selbst zu kümmern und mir zu erlauben, die Sorgen für einige Stunden zu verdrängen. In den letzten Monaten hatte es sich so angefühlt, als ginge ich ständig irgendwelchen Verpflichtungen nach. Wenn ich nicht für meine berufliche Zukunft und meinen Lebensunterhalt sorgte, dann fuhr ich zu Mom, um mich zu vergewissern, dass alles in Ordnung war. Auch Rylee und Piper sah ich in den letzten Wochen wirklich selten. Ich fühlte mich heute nach langer Zeit mal wieder losgelöst von allem. Jetzt allerdings krümmte sich mein Magen vor Nervosität, denn ein Blick auf die Uhr verriet mir, dass Mr. West mich in weniger als drei Stunden abholte.

Nach meinem langen Tag gönnte ich mir eine Stunde Schlaf und anschließend ein ausgiebiges Bad. Ich fühlte mich aufgeregter als vor meinem ersten Kuss in der Schulbibliothek mit dem zwei Jahre älteren Jonah Hill. Mit zusammengepressten Lippen stand ich vor dem Spiegel und starrte mich an, unschlüssig, was ich mit meinen Haaren machen sollte. Ich entschied mich, meine wilde Mähne einfach offen zu tragen. Je weniger Aufwand, desto besser. Er sollte nicht denken, dass ich mich für ihn herausputzte.

Allerdings war es ein ziemlicher Balanceakt zwischen einem angemessenen Auftreten bei einem Abendessen mit einem Milliardär, und dem Ziel, trotzdem unauffällig zu wirken. Zufrieden steckte ich mir meine Ohrringe an und blickte erneut in den Spiegel. Ich hatte nur noch fünf Minuten, bis ich unten sein musste. Leicht zittrig zog ich meinen Lippenstift nach. Warum zur Hölle machte dieser Mann aus mir ein kleines, scheues Nervenbündel?

Mr. West wartete bereits vor dem Eingang des Hotels. Wie so oft trug er einen eleganten schwarzen Anzug. Er war glattrasiert, und sein dunkles Haar wie immer in Form gebracht. Ich mochte die Länge seiner Haare. Sie waren nicht zu kurz und nicht zu lang, und ich würde lügen, wenn ich behauptete, mir nicht mehr als einmal vorgestellt zu haben, wie es wäre, dort fest hineinzugreifen, während er meinen Körper erkundete. Gott, dieser Mann sah umwerfend aus. Mit dem Hauch eines Lächelns hielt er mir die Tür auf und bedeutete mir mit einer Handbewegung, einzusteigen.

»Ms. Hayes.«

Lächelnd nickte ich ihm zu und stieg in die Limousine. Er setzte sich neben mich und gab dem Fahrer ein Handzeichen, woraufhin dieser ihm eine Schachtel nach hinten reichte, die er mir räuspernd entgegenhielt. Meine Augen weiteten sich bei dem Versuch, die Situation zu erfassen.

»Das soll ich Ihnen von Catherine überreichen. Sie wollte, dass Sie es heute bekommen – alles Gute zu Ihrem Geburtstag.« Als er mich so aufrichtig anlächelte, dass seine Grübchen zum Vorschein kamen, vollführte mein Magen einen Salto.

Wie in Zeitlupe nahm ich die Schachtel entgegen und öffnete den Deckel. Ich schob das Papier zur Seite und erblickte eine kleine schwarze Bottega Veneta. Zischend stieß ich die Luft aus und wollte ihm augenblicklich die Schachtel entgegenwerfen, fing mich aber im letzten Moment. Das wäre sicher sehr unhöflich.

Stattdessen legte ich mir die Hand auf den Mund und unterdrückte ein entsetztes Stöhnen. »Das kann ich nicht annehmen«, presste ich unsicher hervor und verschloss sorgfältig den Deckel.

Seine Brauen zogen sich zusammen, während er sich langsam mit der Hand übers Kinn fuhr. »Ms. Hayes, ich habe keine Ahnung von diesen Taschen, aber ich weiß, dass ich sie auf keinen Fall Catherine zurückgeben kann. Es sei denn, Sie möchten ihr erklären, dass Sie ihr Geschenk nicht annehmen wollen.«

Ich schluckte schwer, denn ich kam mir so dumm vor. Warum hatte ich so heftig reagiert? Ich meine, wir sprachen hier von einer mehreren tausend Dollar teuren Handtasche.

»Okay. Sie haben recht. Ich werde mich aufrichtig bei ihr bedanken. Die Tasche ist atemberaubend.«

»Das habe ich gemerkt«, erwiderte er mit dem Anflug eines Lächelns.

Gleichmäßig atmend versuchte ich, mich wieder zu beruhigen, um den Rest des Abends nicht wie ein erschrockenes Rehkitz zu wirken. Ich schenkte ihm ein schmales Lächeln, während sich die riesige Kluft beider Welten, aus denen wir stammten, wie eine feste Schlinge um meinen Brustkorb schnürte und mir zeigte, wo mein Platz war.

Wie ich es befürchtet hatte, gingen wir in ein edles Restaurant in einem ziemlich noblen Viertel von Paris. Hierher hätte ich mich sicherlich nie in meinem Leben verirrt, denn es schrie förmlich nach Millionen und Milliarden, die ich definitiv niemals besitzen würde.

Ich warf einen flüchtigen Blick an mir hinab und hatte erneut Bedenken wegen meines Kleides. Verdammt, warum war ich wieder mal so unsicher? Ich sah toll aus und sollte den Abend einfach genießen.

Der Kellner empfing uns äußerst zuvorkommend und nahm

mir meinen Mantel ab. Das Prozedere war mir von dem Abend mit den Bleckmanns bereits bekannt. Dieses Restaurant hier schien allerdings noch eine Klasse höher zu sein. Mr. West übergab dem Kellner ebenfalls seinen Mantel und drehte sich zu mir um. An der Bewegung seines Adamsapfels erkannte ich, wie schwer er bei meinem Anblick schluckte. Mit einer Hand schüttelte ich mein Haar auf, als sein Blick erneut über meinen Körper wanderte. Verlegen blickte ich zur Seite. Ich wollte seine Aufmerksamkeit nicht, aber ein kleiner, verdrehter Teil in mir schrie förmlich danach.

Der Kellner räusperte sich. »Ich würde Sie gerne zu Ihrem Platz begleiten.«

Gleichzeitig nickten wir, als Mr. West mir den Vortritt ließ. Der Kellner brachte uns in ein kleines, gemütliches Separee, das zwar keine Tür besaß, aber so weit hinten lag, dass niemand einfach so hereinsehen konnte. Verwundert sah ich mich um. Mir war auf dem Weg hierher aufgefallen, dass es einige abgetrennte Bereiche gegeben hatte.

Mr. West schien meine Gedanken gelesen zu haben und wollte sicherlich nicht, dass ich etwas Falsches dachte, als er begann, sich zu erklären. »Auch wenn ich auf vielerlei Luxus gerne verzichte, ist das tatsächlich ein Vorteil, Geld zu haben. Sie können sich immer und zu jeder Zeit gänzlich ohne Lärm unterhalten.« Zuvorkommend schob er den Stuhl für mich zurück und setzte sich anschließend mir gegenüber auf den Platz.

Ich schmunzelte in mich hinein. Reden war ja nicht gerade seine Stärke. Ob er sich mit dieser Platzwahl einen Gefallen getan hatte, blieb abzuwarten. Aber gut, ich würde mich heute überraschen lassen.

Der Kellner erschien am Tisch und fragte nach unseren Getränkewünschen. Ich hatte keine Ahnung, was man in einem solchen Etablissement trank, also warf ich Mr. West einen ratlosen und zugleich fragenden Blick zu und sagte: »Ich trinke, was Sie trinken.«

Ein Lächeln erhellte sein Gesicht, als er eine Flasche Champagner bestellte. Ich hatte ihn noch nie so oft an einem Tag lächeln sehen. Eine meiner Brauen wanderte unwillkürlich nach oben.

»Sie haben heute Geburtstag. Darauf sollten wir anstoßen.«

Stimmt. Ich vergaß, dass man in solchen elitären Kreisen, in denen ich mich derzeit bewegte, nicht einfach mit billigem Sekt anstieß. »Natürlich«, erwiderte ich mit einem zurückhaltenden Lächeln, denn ich fühlte mich alles andere als wohl. Es fühlte sich komisch an, mit ihm hier zu sitzen und Champagner zu trinken.

»Sie haben sich Paris heute angesehen?«, fragte er beiläufig, nachdem der Kellner unseren Champagner abgestellt hatte, und prostete mir zu. Zugegebenermaßen gab er sich heute alle Mühe, die Situation nicht unangenehm werden zu lassen, auch wenn die Demonstration seines Reichtums mich gerade ziemlich einschüchterte. Ich war nur eine junge, unbedeutende Assistentin, die mit ihrem milliardenschweren Boss bei einem Abendessen saß, das er rein aus Mitleid für sie arrangiert hatte.

»Ja, ich habe mir einiges ansehen können.« Ich erzählte ihm von meinem Besuch beim Eiffelturm und dem kleinen verschlafenen Café.

Mittlerweile hatten wir unser Essen bestellt und der Kellner stellte die Teller vor uns ab. Mr. West hörte weiter geduldig und aufmerksam zu.

»Danke nochmal für den Fahrer, den Sie mir zur Verfügung gestellt haben, und für das …«, ich wies mit der Hand im Raum umher und räusperte mich. Alles fühlte sich so falsch an. Es war, als würde ich urplötzlich kaum ein Wort mehr über die Lippen bringen. Je länger er mich ansah, desto nervöser wurde ich.

Er legte den Kopf schräg und seufzte. »Woran denken Sie?«

»Seit wann sind Sie daran interessiert, was ich denke?«, fragte ich mit einem kurzen, freudlosen Lachen und legte ebenfalls den Kopf schräg.

»Ms. Hayes, ich wollte Sie nicht in Verlegenheit bringen.« Er imitierte meine Geste von gerade eben und wies auf den Raum, in dem wir saßen. »Vielleicht habe ich heute nicht die richtige Wahl getroffen. Ich hätte es besser wissen müssen nach dem Essen mit den Bleckmanns, bei dem ich den Eindruck hatte, dass Sie sich nicht wohlgefühlt haben in dieser …« Er hielt inne und sah mich schuldbewusst an.

»Reichen Gesellschaft?«, ergänzte ich, wobei der Spott in meinem Tonfall nicht zu überhören war.

Er stieß ein leises, aber frustriertes Stöhnen aus und kniff sich in die Nasenwurzel. »Warum machen Sie es mir so schwer? Es war nicht meine Absicht, dass Sie sich unwohl fühlen.«

»Ich mache es Ihnen nicht schwer, es ist nur wie es ist. Sie wissen doch ganz genau, dass ich nicht dieses Luxusleben genossen habe, in das Sie hineingeboren wurden.«

Hörbar stieß er die Luft aus und verengte die Augen. Ich nahm einen tiefen Atemzug, bevor ich ihn wieder ansah. Irgendwie wirkte er getroffen. Warum war ich so abwertend zu ihm? Er gab sich gerade alle Mühe, und ich war im Begriff, den Abend zu ruinieren. Aber dieser ganze Luxus war wie purer Hohn. Ich fühlte mich klein und unbedeutend neben ihm. Ich hatte vor seinen Augen Schnappatmung bei einer Handtasche für lächerliche 3500 Dollar bekommen. Das teuerste Kleidungsstück, das ich besaß, war ein goldenes Kleid, das ich trug, um *ihn* zu beeindrucken. Ich schämte mich für meine Gedanken und kam mir dabei so lächerlich vor.

Ich beschloss, mich zusammenzureißen und diesen Abend respektvoll und angemessen über die Bühne zu bringen, denn ich hasste es selbst, wenn ich in diesen Opfermodus verfiel.

»Es tut mir leid, es ist nur … Vielleicht hatte ich doch einen etwas langen Tag und ich vermisse meine Familie heute an meinem Geburtstag. Es ist das erste Mal, dass ich von zu Hause weg bin und ihn alleine verbracht habe«, versuchte ich irgendwie, mein unverschämtes Verhalten zu rechtfertigen. Er war die ganze Zeit über ruhig geblieben. Eine Entschuldigung war also das Mindeste.

»Es ist schon okay. Es ist menschlich, sich nicht gut zu fühlen, jemanden zu vermissen oder seinen Boss blöd zu finden.« Grinsend fing er meinen Blick ein. Versuchte er ernsthaft, mich aufzumuntern, und hatte dabei sogar einen Witz gemacht? Mit wem zur Hölle saß ich hier gerade?

»Ich finde Sie doch nicht blöd«, erwiderte ich mit einem erstickten Lachen.

»Dann bin ich ja beruhigt. Ich weiß, wie fordernd dieser Job ist. Sie schlagen sich sehr gut. Ich schätze Ihre Arbeit, Ms. Hayes, und ich bin mir sicher, dass Ihnen eine große Karriere bevorsteht. Es muss nicht Ihr Ziel sein, in diese Kreise hier zu passen, in denen Sie sich ohnehin nicht wohlfühlen. Sie werden auch ohne all das hier ein gutes und glückliches Leben führen.«

Völlig perplex von seinen Worten starrte ich ihn an. Ich hatte in den gesamten Monaten nie so ein Gespräch mit ihm geführt. Mit wurde schwummrig von all den wertschätzenden Worten, die soeben seinen Mund verlassen hatten.

»Was macht Sie da so sicher?«, fragte ich und nahm einen großen Schluck meines Champagners.

Zögernd begegnete er meinem Blick. Für einen kurzen Moment dachte ich, er würde wieder dicht machen, aber dann überraschte er mich aufs Neue.

»Ich sehe, was Sie können. Sie sind eine sehr intelligente und ambitionierte junge Frau.«

Er sagte das mit einer Selbstverständlichkeit, dass ich mich unweigerlich fragte, warum er solche Dinge mir gegenüber niemals erwähnt hatte. Warum gab er mir in den letzten Monaten immer wieder das Gefühl, Luft zu sein? Ich nahm all meinen Mut zusammen und nutzte diese Chance auf ein Gespräch mit ihm.

»Mr. West, darf ich Sie etwas fragen?«

»Nun, es kommt darauf an, was es ist«, entgegnete er und leerte sein Champagnerglas.

»Warum haben Sie mir all das nie gesagt?«

»Warum habe ich was nicht gesagt?« Stirnrunzelnd sah er in meine Richtung, während ich mit der Gabel in meinem Essen herumstocherte, unsicher, wie ich die nächsten Worte formulieren sollte.

»Naja, das, was Sie eben über mich gesagt haben, so wie Sie mich wahrnehmen. Warum ist das nie bei mir angekommen? Warum habe ich immer das Gefühl, Sie zählen schon die Tage, bis ich endlich wieder verschwinde? Ich habe mich in meinem ganzen Leben noch nie so unerwünscht gefühlt wie in Ihrer Gegenwart.«

Wow, was hatte ich da bitte gesagt? Wie redete ich mit meinem Boss? War das etwa die Wirkung des Champagners? Verlieh er einem eine extra Portion Mut? Es musste ja einen Grund geben, warum das Zeug so teuer war. Wenn dem so wäre, würde ich es vermutlich besser nicht mehr anrühren. Vorsichtshalber schob ich mein Glas ein Stück von mir weg.

Mr. Wests Blick hatte sich schlagartig verfinstert. Seine Nasenflügel blähten sich auf, als er sich vorlehnte und die zerknüllte Serviette auf den Teller warf. »Es tut mir leid, wenn ich Ihnen das Gefühl gegeben habe, dass Sie nicht erwünscht sind oder dass sie keine gute Arbeit leisten würden«, sagte er, seine Stimme jetzt etwas fester. »Ich halte gerne eine professionelle Distanz zu meinen Mitarbeitern. Das ist alles. Es ist nichts Persönliches.«

Ich nickte, denn mit so einer Antwort hatte ich gerechnet.

Wenigstens bat er mal für irgendetwas um Entschuldigung. Das war schon mehr, als ich erwartet hatte.

»Aber es ist doch nicht unprofessionell, wenn man nett miteinander umgeht. Landon und Catherine behandeln mich doch auch wertschätzend, und ich rücke den beiden deshalb nun nicht zu nah. Warum trauen Sie mir das nicht zu? Ich würde mir wirklich einen anderen Umgang mit Ihnen wünschen, denn wir haben noch knapp sieben Monate, in denen wir miteinander arbeiten und leben.«

Er war meiner langen Rede aufmerksam gefolgt – sein Blick noch immer angespannt. Vermutlich hatte er nicht damit gerechnet, dass ich die Dinge einfach so beim Namen nennen würde. Der Raum füllte sich mit einer unangenehmen Stille, die langsam, aber sicher schwerer wurde. Ich war zu weit gegangen – hatte ihn wohl schon wieder in eine peinliche Situation gebracht. Ein paar Minuten Abstand würden uns sicher guttun, also leerte auch ich mein Champagnerglas und stand auf.

»Ich geh mich mal kurz frisch machen«, informierte ich ihn mit bebender Stimme, denn aus irgendeinem Grund ging mir das hier gerade näher, als es sollte.

Unbeholfen zupfte ich an meinem Kleid, um es zurecht zu ziehen und wandte mich zum Gehen ab, als er völlig unerwartet nach meinem Handgelenk griff und mich ruckartig zu sich zog, sodass ich auf seinem Schoß landete. Sprachlos und mit starren Augen sah ich ihn an.

Einen Arm hatte er so um mich gelegt, dass seine Hand auf meiner Taille ruhte, die andere Hand lag auf meinem nackten Bein, kurz über meinem Knie. Während er den Kopf zu mir neigte, streifte sein warmer Atem meinen Hals, seine Nasenspitze berührte die erogene Zone hinter meinem Ohr und hinterließ ein Kribbeln, das meine gesamte Wirbelsäule entlangfuhr. Sein herber Duft benebelte meine Sinne, während ich fieberhaft versuchte, die sengende Hitze, die in mir empor kroch, zu vertreiben. *Reiß dich zusammen und löse dich von ihm.* Es war zwecklos. Ich war wie versteinert und genoss seine Haut auf meiner viel zu sehr – seine Körperwärme, die mich umhüllte und auf eine Art in Besitz nahm, die mich ohne jegliche Widerstandskraft zurückließ. Mein Herz pochte wie wild und ich fragte mich, ob er es wohl spüren konnte.

»Ms. Hayes, es ist nicht so, dass ich Ihnen nicht traue. Ich traue mir selbst nicht«, flüsterte er rau, aber mit einer beeindruckenden Tiefe an meinem Ohr.

Die Hand, die soeben noch auf meinem Bein ruhte, setzte sich in Bewegung. Seine Finger glitten sanft über die empfindliche Haut meiner Innenschenkel, ganz langsam, immer weiter nach oben und es fühlte sich an, wie tausend elektrische kleine Impulse, die über meine Haut tanzten.

»Sie sehen heute wunderschön aus. Sie sollten wissen, welche Wirkung Ihr atemberaubendes Kleid auf mich hat.«

Sein Atem ging schwer, während sich seine Erektion deutlich spürbar gegen meinen Hintern drängte. Ein warmer Schauer durchflutete mein Becken und setzte sich als leichtes, aber sehnsuchtsvolles Ziehen in meiner Mitte fest – je höher seine Finger glitten, desto intensiver wurde es.

»Ist es die Art von Umgang, die Sie sich mit mir wünschen?«, raunte er, während ich noch immer versuchte, gegen das aufsteigende Verlangen anzukämpfen.

»O Gott, nein«, platzte es etwas zu laut und entsetzt aus mir heraus. Ich wollte auf keinen Fall, dass er dachte, dass ich mir solche Dinge mit ihm ausmalte. Darum ging es mir in unserem Gespräch ganz und gar nicht, auch wenn mein verräterischer Körper gerade etwas anderes sagte.

Grinsend streifte er mit seinen Lippen meine Schläfe und strich ganz zaghaft mit seinem Daumen über meinen Seidenslip.

Unweigerlich keuchte ich auf, was dazu führte, dass sich sein Griff um meine Taille verstärkte. Mit einem einzigen Finger zog er den dünnen Stoff beiseite. Meine Vernunft hämmerte warnend in meinem Kopf wie ein Presslufthammer und ermahnte mich, aufzuspringen und mich der Situation zu entziehen – stattdessen blieb ich weiterhin einfach reglos sitzen und ließ zu, wie dieses unsagbare Verlangen vollständig Besitz von mir ergriff.

Seine warmen Finger fuhren über meine Spalte, teilten sie, umkreisten meine empfindliche Klitoris. Ich stöhnte leise auf. Es war so verdammt lange her, dass ein Mann mich dort berührt hatte. Ganz selbstverständlich ließ er einen Finger in mich gleiten. Überrascht zuckte ich zusammen. Quälend langsam ließ er ihn weitere Male ganz langsam, herein- und hinausgleiten, bis er einen zweiten Finger dazu nahm.

Ich presste die Lippen fest aufeinander, während seine Stöße in mir immer tiefer gingen und sich unser beider Atem gleichzeitig vor Erregung beschleunigte. Das hier konnte unmöglich gerade passieren. Ganz plötzlich und ohne Vorwarnung zog er sich aus mir zurück. Demonstrativ hielt er seine verräterisch glänzenden Finger vor mein Gesicht. Das Ziehen in meinem Unterleib verwandelte sich zu einem drängenden Pochen, während mir gleichzeitig die Schamesröte ins Gesicht stieg.

»Nun, ich frage mich, wenn es nicht das ist, was Sie von mir wollen, warum sind Sie dann so unglaublich feucht?«

Die Hitze stieg mir bis in den Hinterkopf, als ich den Blick wieder auf seine nassen Finger senkte, die er selbst anmutig betrachtete.

»Mr. West, ich hatte nicht *das* im Sinn, ich schwöre es Ihnen.«

Ein Anflug von Belustigung ließ seine dunklen Augen funkeln, während er seine Hand wieder in meinen Slip wandern ließ. Hingebungsvoll umspielte er meinen Lustpunkt mit den beiden Fingern, mit denen er soeben noch in mir war und verteilte meine Nässe. Wieder entwich mir ein Stöhnen. Automatisch presste ich die Hand auf meinen Mund.

»Sie müssen damit aufhören, es könnte jederzeit jemand hereinkommen«, hauchte ich atemlos gegen meine Handinnenfläche, dann vergrub ich mein Gesicht in seiner Halsbeuge – ein Fehler, denn sein Geruch wirkte auf mich wie ein Aphrodisiakum.

»Ich würde vorschlagen, dann beeilen Sie sich besser oder wollen Sie ernsthaft, dass ich damit aufhöre?« Er stieß einen rauen Atemzug aus und massierte meine Klit mit kreisenden Bewegungen, die mich vollkommen willenlos machten.

Mein Atem ging stoßweise, während ich mich auf seinem Schoß wand. »Nein, nicht aufhören«, flehte ich, als ich unter seinen Berührungen leicht wimmerte. Ich spürte seine Brust unter mir beben.

»Möchten Sie, dass das hier zu unserem kleinen, schmutzigen Geheimnis wird?«, fragte er sichtlich amüsiert und ließ seine Hand, die soeben noch um meine Taille lag, von oben in mein Kleid wandern. Mit seinen Fingern umspielte er zielsicher meinen steinharten Nippel. »Sagen Sie es mir oder ich höre sofort auf.«

Ich nickte eifrig und atmete so schwer, als sei ich einen Marathon gelaufen. »Ja, ich will es.«

»Braver kleiner Engel. So fügsam und verdorben.«

Mich packte das unbändige Bedürfnis, ihn zu spüren. Reflexartig griff ich unter mich und streichelte über die Beule in seiner Hose, die wirklich beachtlich war. Doch sofort löste er sich – zu meiner Enttäuschung – von meiner Brust, packte mein Handgelenk und führte meinen Arm wieder vor meinen Körper. »Nein«, knurrte er bestimmt. Seine Finger bewegten sich immer noch an meinem Lustpunkt, als er den Druck erhöhte und schwer gegen meinen Nacken atmete, was mich fast wahnsinnig werden ließ. Es fühlte sich so an, als hätte ich mein ganzes Leben darauf gewartet, von *ihm* genau auf diese Weise berührt zu werden. Als wäre genau das der Moment der Erlösung, auf den ich immer gewartet hatte. Himmel, diese Berührungen von ihm waren einnehmend, süchtig machend und so unfassbar befriedigend, obwohl ich noch nicht einmal zum Höhepunkt gekommen war.

Stöhnend griff ich in sein Hemd und zog ihn näher an mich. Ich wollte seinen Duft und seine Wärme in mich aufnehmen und ich wollte mich nicht länger zurückhalten.

»Sehen Sie sich an, wie gehorsam Sie die Beine für mich spreizen.« Bestimmend drückte er mit der einen Hand meine Schenkel weiter auseinander, während er mit der anderen meine Klit immer gezielter und schneller massierte. Seine schmutzigen Worte heizten mich noch mehr an. Immer wieder ließ er seinen Finger kurz in mich gleiten.

Er hauchte zarte Küsse gegen die sensible Haut an meinem Hals, während ich haltlos auf den Abgrund zusteuerte. Dieser Mann wusste ganz genau, was er da tat. Der Druck seiner Berührungen, perfekt abgestimmt auf das lodernde Verlangen in mir, besiegelte im nächsten Moment meinen Höhepunkt. Lustvoll begann ich unter seiner Hand zu beben und nahm das nasse Geräusch seiner sich noch immer bewegenden Finger an meiner Scham wahr. Sein Atem war wieder ganz nah an meinem Ohr.

Ich wimmerte erschöpft, als mein Orgasmus langsam abebbte, bis ich sein zufriedenes Schnauben wahrnahm. Ich biss mir auf die Unterlippe, weil ich Mühe hatte, mich zu sammeln. Da war einfach so viel Leidenschaft gerade, die er in mir geweckt hatte, so viel, von dem ich nicht wusste, dass ich es unbedingt brauchte.

Ich war soeben heftig gekommen, aber ich wollte nicht, dass seine Berührungen endeten. Mit einem Seufzen ließ ich mich gegen ihn sinken, unfähig, zu begreifen, was da gerade geschehen war.

Für einen kurzen Moment verweilten wir so, bis er mich aufrecht setzte und ansah. In seinen Augen erkannte ich ein Leuchten, das ich so nie zuvor bei ihm wahrgenommen hatte. Zufrieden musterte er mein Gesicht. Als er mir eine meiner wilden Haarsträhnen hinters Ohr strich, huschte ein leises Lächeln über seine Lippen. »Sehen Sie das als mein Geburtstagsgeschenk für Sie an, Ms. Hayes. Ich hoffe, es war zu Ihrer Zufriedenheit.«

KAPITEL 19
Caleb

ZURÜCK IN MEINER Suite brauchte ich erst einmal einen Drink. Ich hatte vollkommen die Kontrolle verloren. Was als einfaches Abendessen geplant war, hatte sich zu einem völligen Desaster entwickelt. Ich hatte mir geschworen, sie niemals so anzufassen.

Was zur Hölle war nur in mich gefahren?

Es hatte mich sämtliche Selbstbeherrschung gekostet, sie nicht gewähren zu lassen, als sie ihre Hand so verlangend auf meinen pulsierenden Schwanz gelegt hatte. Aber das war ein Schritt, den ich definitiv nicht gehen konnte.

Ihr Lust zu bereiten, war die eine Sache, aber es von ihr anzunehmen, die andere. Es war in vielerlei Hinsicht so falsch. Ich hätte mich besser unter Kontrolle haben müssen. Und obwohl ich mich krampfhaft versuchte zusammenzureißen, gingen mir all diese verbotenen Dinge nicht mehr aus dem Kopf: das Gefühl und das Geräusch ihrer nassen Pussy, das lodernde Funkeln in ihren Augen, ihr betörender Geruch, ihr leises Wimmern und ihre geröteten Wangen.

Fuck!

Ich stand so kurz davor, rüber in ihre Suite zu gehen und zu

Ende zu bringen, was ich angefangen hatte.

Nachdem sie auf der Toilette verschwunden war, hatte ich die Rechnung gezahlt und wir waren schweigend ins Hotel gefahren. Sie war deutlich durch den Wind, brachte nur noch ein kurzes »Gute Nacht« über die Lippen.

Genau das wollte ich *nicht*.

Ich wollte nicht, dass irgendetwas kompliziert wurde.

Wie paralysiert starrte ich auf die kunstvoll verzierte Vase auf dem Tisch und suhlte mich in tiefer Reue. Es brachte alles nichts. Ich musste wieder einen klaren Kopf bekommen.

Mit aller Kraft riss ich mich aus meinen destruktiven Gedanken und starrte auf die bernsteinfarbene Flüssigkeit, die ich kreisend in der Hand hielt. Wir würden morgen gemeinsam zurückfliegen und ich musste mir etwas überlegen, wie ich das mit ihr wieder hinbekam. Sie zu kündigen und auszuzahlen war keine Option, denn sie war Catherines absoluter Liebling, und das würde Unmengen an Fragen aufwerfen, die ich nicht beantworten wollte.

In was für eine Situation hatte ich mich da gebracht?

Ich ertrug es nicht, dass sie ernsthaft dachte, ich würde sie ablehnen – obwohl ich das in einer gewissen Weise tat, aber nur, weil ein anderer Teil sie so sehr begehrte. Diese Frau hatte meine Welt in den letzten fünf Monaten völlig auf den Kopf gestellt. Ich wollte sie nicht bei mir haben, und doch wollte ich sie in Sicherheit wissen. Ich wollte sie auf Abstand halten, und doch wollte ich sie ständig berühren. Ich könnte sie niemals haben, und doch konnte ich es nicht ertragen, wenn ein anderer Mann sie ansah.

Gezwungenermaßen musste ich der Wahrheit allmählich ins Auge blicken: Ganz langsam hatte dieser blonde Lockenkopf sich in mein Leben geschlichen – meine Hirnwindungen infiltriert und von meinem Schwanz Besitz ergriffen, denn der dachte ununterbrochen daran, sie in jeder erdenklichen Position zu vögeln.

Meine Gedanken waren besessen davon, sie beschützen zu wollen und mein Körper reagierte ohne jegliche Kontrolle auf sie.

Auf dem Flug nach Boston redeten wir nicht viel miteinander, da wir First Class flogen und jeder für sich sein konnte. Ich war wohl der einzige Milliardär, der nicht mit einem Privatjet reiste. Maddie hätte mich dafür gehasst, denn zu ihren Lebzeiten war das Thema Klimaschutz für sie von großer Bedeutung gewesen. Da die Pharmaindustrie ohnehin zu den umweltschädlichsten Industrien zählte, hatte ich immer das Bedürfnis, für sie einen Beitrag leisten zu wollen. Es war ein ständiger Zwiespalt, denn obwohl das oberste Ziel die Gesundheit der Menschen war, war die Belastung der Umwelt durch die Pharmaindustrie auf verschiedenen Ebenen real.

Als wir gegen 18 Uhr in Boston landeten, regnete es in Strömen. Ich wies Ms. Hayes an, sich schon mal ins Auto zu setzen, während ich Henry half, die Koffer einzuladen.

Völlig durchnässt öffnete ich die Tür und setzte mich leise fluchend neben sie. Ms. Hayes würdigte mich keines Blickes. Teilnahmslos starrte sie auf ihr Handy. Ich hatte von draußen erkennen können, dass sie soeben noch telefoniert hatte. Ein ungutes Gefühl überkam mich und ich folgte dem Impuls, sie direkt anzusprechen. In dem Moment, als sie ihren Kopf in meine Richtung drehte, bemerkte ich, dass jegliche Farbe aus ihrem Gesicht gewichen war. Sie zitterte am ganzen Körper und ich war mir nicht sicher, ob sie fror, weil auch sie nass geworden war, oder ob irgendetwas mit ihr nicht stimmte. Als ihre Atmung immer schneller ging und sie zu hyperventilieren drohte, war ich mir sicher, dass etwas ganz und gar nicht in Ordnung war.

»Ms. Hayes, reden Sie mit mir. Was ist passiert? Mit wem haben Sie gerade telefoniert?«

Panisch japste sie nach Luft, bevor sie stockend zu reden

begann: »Meine Mom … meine Mom … ich muss zu ihr.« Sie schien sich vor meinen Augen immer weiter aufzulösen.

»Was ist mit Ihrer Mutter? Wo müssen Sie hin?« Ich bemühte mich, ruhig zu sprechen, damit sie nicht weiter in Panik geriet.

»Ins Massachusetts General Hospital.« Ihre Stimme klang kratzig.

Unverzüglich stellte sich ein Engegefühl in meiner Kehle ein. Das konnte doch nicht sein. In dem Moment, in dem diese Worte ihren Mund verließen, fühlte ich mich unmittelbar zwölf Jahre zurückversetzt – an jenen Tag, als *ich* in dieses Krankenhaus gerufen wurde. Der Tag, an dem ich meine Schwester zum letzten Mal gesehen hatte.

»Ich muss ins Krankenhaus.« Mittlerweile war ihre Stimme nur noch ein zartes Flüstern, während sie unaufhörlich mit dem Kopf schüttelte.

»Wir fahren Sie dorthin. Versuchen Sie bitte, ruhig zu atmen.« Ich wies Henry an, das Massachusetts General Hospital anzusteuern.

Während der gesamten Fahrt wandte ich meinen Blick nicht ab, denn sie schien fürchterliche Angst zu haben.

Ohne weiter darüber nachzudenken, griff ich nach ihrer Hand und drückte sie leicht. »Es wird alles gut.« Langsam drehte sie den Kopf in meine Richtung. Ihre Augen waren mit Tränen gefüllt und wieder schüttelte sie nur mit dem Kopf.

»Nein, leider nicht«, sagte sie tonlos und spielte nervös an ihren Fingern. Fassungslos starrte ich sie an, bis sie fortfuhr: »Meine Mutter ist schwer krank und ihr Zustand hat sich drastisch verschlimmert. Sie wissen nicht, ob sie es schaffen wird.« Ein leises Schluchzen drang aus ihrer Kehle, dann wandte sie den Blick ab und starrte wieder aus dem Fenster. Ich hörte, wie sie um Selbstbeherrschung rang und versuchte, ihre Tränen herunterzuschlucken.

Mein Herz zog sich schmerzvoll zusammen. Das leise Schluchzen, das diesen zarten und liebevollen Menschen verließ, war das Schlimmste, was ich seit langem erlebt hatte. Ich selbst hatte kaum mehr Zugang zu meinen Emotionen, aber sie so hilflos und schmerzerfüllt zu sehen, war beinahe zu viel für mich.

Von alledem hatte sie nichts erzählt. Mit Bestürzung dämmerte mir allmählich, was sie in den letzten Monaten hatte durchmachen müssen. Welche Last sie zu tragen hatte und wie einsam sie sich gefühlt haben musste.

»Das tut mir leid, zu hören«, war das Einzige, das ich über meine Lippen brachte. In meinem Kopf toste ein Sturm der Verwüstung. Wie konnte ich nur so ignorant gewesen sein, nicht zu erkennen, wie schlecht es ihr ging?

»Muss es nicht, Sie müssen schließlich ja auch irgendwie all diesen Luxus hier bezahlen, oder?« Sie machte eine ausladende Geste im Innenraum der Limousine.

Irritiert folgte ich ihren Bewegungen und versuchte zu verstehen, was sie mir sagen wollte. »Wovon reden Sie?«

Sie sah mich an und lächelte träge, aber ihre Augen absorbierten einen Schmerz, der mich bis ins Mark erschütterte. »Nichts, vergessen Sie es einfach.«

Ihr Tonfall klang resigniert, als sie sich von mir abwandte. Ich unternahm keinen weiteren Versuch, zu erfahren, was sie damit meinte. Sie war ohnehin viel zu aufgewühlt.

Einige Minuten später erreichten wir das Massachusetts General Hospital. Ms. Hayes bedankte sich bei Henry, bevor sie ungehalten hinaus in den Regen stürmte. Ich sagte ihm, dass er warten solle, bevor ich ihr mit etwas Zeitverzögerung hinterherlief.

Im Eingangsbereich sah ich sie sitzen. Ich nahm an, dass sie warten sollte. Mein Magen verknotete sich, denn ich wusste genau, wie sie sich in diesem Moment fühlte. Ich hatte diesen

Albtraum bereits hinter mir.

Mit klopfendem Herzen ging ich auf sie zu und setzte mich auf den Platz neben ihr. Die Überraschung über mein Auftauchen stand ihr ins Gesicht geschrieben.

»Ich warte hier auf Sie.«

»Das müssen Sie nicht. Sie haben doch bestimmt genug zu tun.« Sichtlich angespannt zupfte sie am Saum ihrer Bluse und hielt ihren Blick starr darauf gerichtet.

»Ms. Hayes, bitte sehen Sie mich an.« Zögerlich sah sie mit ihren glasigen Augen zu mir auf. »Ich weiß genau, wie Sie sich fühlen.«

Ein spöttisches Seufzen drang aus ihrem Mund. »Ich bezweifle, dass Sie wissen, wie es ist, jemandem, den man liebt, beim Sterben zuzusehen, obwohl man ihm eigentlich helfen könnte. Denn Sie haben ja die nötigen Mittel, und Sie sind es auch, der es in der Hand hat, ob Menschen auf Hilfe hoffen können.«

Ihre Worte waren eiskalt und trafen mich mit der Wucht einer schallenden Ohrfeige. Sie brachte mir eine Feindseligkeit entgegen, die ich von ihr nicht erwartet hatte. Entsetzen machte sich in mir breit, und gerade als ich etwas erwidern wollte, trat die Ärztin in unser Sichtfeld und forderte Ms. Hayes auf, ihr zu folgen. Ohne ein weiteres Wort erhob sie sich und ließ mich mit den Nachwehen ihrer verbalen Attacke zurück.

Zwei lange Stunden vergingen, in denen ich im Eingangsbereich sitzen blieb und reglos auf die Uhr starrte. Ms. Hayes war bis jetzt nicht wieder aufgetaucht. Ich wusste nicht, wie lange ich hier warten würde, aber ich musste dringend mit ihr sprechen. Ich musste mich vergewissern, dass es ihr gut ging. Sie hatte mehr als eine Andeutung gemacht, die mir nicht aus dem Kopf ging.

Im Augenwinkel nahm ich die Ärztin wahr, die sie vorhin mitgenommen hatte. Sie stand am Empfang und schien in irgendwelche Unterlagen vertieft. Ich erhob mich, ging in schnellen

Schritten auf sie zu und sprach sie an, nachdem ich einen kurzen Blick auf ihr Namensschild geworfen hatte. »Dr. Torres, entschuldigen Sie bitte die Störung. Ich warte auf Ms. Hayes. Sie hatten sie vor zwei Stunden mit zu ihrer Mutter genommen.«

Sie ließ einen skeptischen Blick über mein Gesicht schweifen, ehe sie antwortete: »Wie kann ich Ihnen helfen? Wer genau sind Sie?«

»Ich möchte wissen, wie es Mrs. Hayes geht. Ihre Tochter ist meine Assistentin. Ich habe sie hergefahren.«

»Dazu darf ich Ihnen leider keine Auskunft erteilen.« Sie seufzte mitfühlend, als sie meinem verzweifelten Gesichtsausdruck begegnete. »Es sieht nicht gut aus. Mehr kann ich Ihnen nicht sagen«, schob sie mit gesenkter Stimme hinterher, während sie sich umsah.

Sorgenfalten bildeten sich auf meiner Stirn, und ein unangenehm flaues Gefühl überkam mich. Es aus dem Mund der Ärztin zu hören, machte die Situation noch realer und versetzte mich unmittelbar Jahre zurück.

»Sagen Sie mir bitte nur, ob ich irgendwie helfen kann.«

»Entschuldigen Sie bitte, Mr.?«, fragte sie auffordernd, weil ich mich ihr noch immer nicht vorgestellt hatte.

»Mr. West.«

Sie nickte, als könnte sie mich auf einmal zuordnen.

»Hören Sie, Mr. West.« Sie machte eine Pause und stieß hörbar die Luft aus. »Wenn Sie nicht unbedingt zwei Millionen Dollar spenden wollen, dann können Sie vermutlich nicht helfen.« Sie legte ihren Kopf schräg und sah mich mit hochgezogener Braue an, als habe sie mir gerade eben eröffnet, dass diese Summe ein unlösbares Hindernis darstellen würde und man Mrs. Hayes ihrem Schicksal überlassen müsste. Kopfschüttelnd widmete sie sich schon wieder ihrem Blatt, als ich sie immer noch verdutzt anstarrte.

»Das ist alles?«

Mit einem klickenden Geräusch ließ sie ihren Kugelschreiber in ihrer Brusttasche verschwinden, bevor sie wieder zu mir aufblickte und die Wangen plusterte. »Das ist alles?«, imitierte sie mich in einem ungläubigen Tonfall. Langsam beschlich mich eine dunkle Vorahnung. »Um welches Medikament handelt es sich?«

»Zodoec«, antwortete sie knapp.

»Es hat noch keine vollständige Zulassung«, stellte ich fest.

»Das stimmt, aber wir dürfen es bei der Erkrankung, an der Mrs. Hayes leidet, einsetzen, denn es ist die einzige Therapiemöglichkeit und Chance, die sie auf ein Überleben hat.«

Zodoec war einer der teuersten Wirkstoffe auf dem Markt und wurde gegen eine bestimmte Autoimmunerkrankung eingesetzt. Selbst eine Krankenversicherung half in diesem Fall nicht, denn zum einen war das Medikament noch nicht vollständig zugelassen und zum anderen war es unwahrscheinlich, dass Krankenkassen diesen hohen Preis auch in Zukunft übernehmen würden, da man bei vorangeschrittener Erkrankung nicht sicher sagen konnte, ob das Medikament noch ausreichend wirkte. Aber einen Versuch wäre es ganz sicher wert.

Ich überlegte nicht lange, ehe ich eine Entscheidung traf, mit deren Konsequenzen ich mich noch lange würde auseinandersetzen müssen. Aber das war mir in diesem Moment vollkommen egal. Ich war ein Geschäftsmann und zudem bei meinem Vater durch eine verdammt harte Schule gegangen. Meine Entscheidungen waren stets rational und gut durchdacht. Aber nicht heute. Nicht jetzt. Ich würde zum ersten Mal nach einer gefühlten Ewigkeit eine Bauchentscheidung treffen – für sie. Alles woran ich gerade denken konnte, war ihr gebrochenes Herz. Sie war im Begriff, ihre Mutter zu verlieren, und ich würde nicht tatenlos dabei zusehen.

»Ich werde die zwei Millionen Dollar für die Behandlung zur

Verfügung stellen«, sagte ich bestimmt und raffte gewissenhaft die Schultern.

Dr. Torres sah mich ungläubig an und sagte kein Wort, sondern nickte nur stumm. »Wie war nochmal Ihr Name?«

»West. Caleb West.«

Ihr Mundwinkel hob sich zu einem wissenden Grinsen. »Welch Ironie des Schicksals. Wie schnell können Sie das Geld bereitstellen? Die Zeit läuft uns davon.« Ihrem kurzen Grinsen war ein besorgter Gesichtsausdruck gewichen.

»Sofort! Ich kann ebenfalls dafür sorgen, dass das Medikament noch in den frühen Morgenstunden hier eintrifft. Dazu bräuchte ich nur ihre ärztliche Zustimmung.«

Es benötigte unsagbar viele Unterschriften und Prüfungen, ein Medikament zu verabreichen, das noch keine offizielle Zulassung hatte. Wenn wir es über MCW Pharmaceuticals beziehen würden, könnten wir viele wertvolle Stunden sparen – dessen war sich auch Dr. Torres bewusst.

»Gut, ich muss noch mit der Familie sprechen. Die muss ihre Zustimmung geben, bevor wir Mrs. Hayes behandeln.«

Ich nickte zustimmend und rieb mir die schwitzigen Handflächen an meiner Hose ab. Die Nervosität nagte an meinem Gemüt. Mrs. Hayes würde dieses Krankenhaus nicht so verlassen dürfen, wie Maddie es vor zwölf Jahren getan hatte.

Dr. Torres redete mit Ms. Hayes und Mr. Thomas – ihr Großvater, wie ich erfahren hatte. Ich saß bereits wieder seit einer halben Stunde im Wartebereich, als sich mir unweigerlich ein quälender Gedanke nach dem anderen aufdrängte. Warum hatte ich nichts davon gewusst? Catherine hatte im Bewerbungsverfahren ihren Hintergrund gecheckt, aber von alledem hatte sie nichts erwähnt. Wir hatten aber auch nie über ihre Familie oder sonst irgendetwas aus ihrem Leben gesprochen, denn das war es ja schließlich, was ich stets zu vermeiden versuchte – und jetzt fand ich mich inmitten dieses Gefühlschaos und dieser unendlichen Tragödie wieder. Sie leiden zu sehen war erdrückend.

Schmerzlich musste ich erkennen, dass der alte Caleb noch immer in mir lebte, dass er nicht weg war. Zwölf lange Jahre hatte ich versucht, ihn zu vernichten. Zwölf Jahre hatte ich alles dafür getan, nicht der emotional angreifbare Mensch zu sein, der ich einmal war – bis *sie* auftauchte und alles in mir zum Leben erweckte, was ich längst tot geglaubt hatte.

Ich hielt die Ellenbogen auf die Knie gestützt und drückte mit beiden Handballen gegen meine Stirn, als eine leise, vertraute Stimme meine Gedanken durchbrach und dafür sorgte, dass ich unverzüglich aufblickte. Ms. Hayes hatte sich direkt neben mich gesetzt – in ihren rot geränderten Augen lag nichts als Schmerz und Erschöpfung. Wie lange sie diesen Kampf wohl schon führte?

»Es ist unglaublich, was Sie da tun wollen. Ich würde immer in Ihrer Schuld stehen, Mr. West, ich bin mir nicht sicher, ob ich das möchte. Es ist in dieser Situation allerdings die einzige Chance, meine Mutter zu retten und…«, sie machte eine Pause, um ein Schluchzen zu unterdrücken, aber es gelang ihr nicht und sie wischte sich rasch mit dem Handrücken die Tränen weg. »Ich kann sie noch nicht gehen lassen.«

Wieder rollte eine Träne über ihre Wange und ich gab dem Drang nach, sie mit dem Daumen fort zu wischen. Ich wollte sie nicht berühren, aber ein Teil von mir machte in ihrer Gegenwart immer genau das Gegenteil. Schwer schluckend hob ich mit den Fingern sanft ihr Kinn um sie anzusehen, aber sie verschloss die Augen vor mir.

»Sie stehen nicht in meiner Schuld. Es ist das Mindeste, das ich für Sie und Ihre Familie tun kann.«

Sie holte zitternd Atem, bevor sie endlich die Augen öffnete und meinem Blick begegnete.

»Zwei Dinge sollten Sie aber noch wissen.«

Neugierig hob ich die Brauen.

»Es gibt aktuell nur noch eine kleine Chance, dass das Medikament so wirkt, wie wir es uns wünschen. Die Erkrankung ist schon weit fortgeschritten.«

Ich nickte und folgte ihr aufmerksam. Diese Information war mir nicht unbekannt. Sie schürzte die Lippen und wirkte, als hätte sie Scheu, die nächsten Worte auszusprechen.

»Und mein Großvater ist nicht gerade angetan von Ihnen.«

Stirnrunzelnd sah ich sie an. Ich kannte ihren Großvater nicht.

»Mein Großvater sieht nicht den Menschen, der Sie sind, oder meinen Boss. Er sieht den Pharmakonzern, den Sie führen. Er sieht die gesamte Pharmaindustrie, die Medikamente so hochpreisig anbietet, dass Menschen mit niedrigem Einkommen zusehen müssen, wie ihre Geliebten Stück für Stück zugrunde gehen, obwohl ihnen geholfen werden könnte.« Sie hielt inne und seufzte schwer. »Ich möchte nicht, dass Sie ihn als undankbar empfinden. Er ist ein wundervoller Mensch, der für diejenigen, die er liebt, alles tun würde. Er hat damals sein Grundstück verkauft, um mir das College zu finanzieren.«

In meinem Kopf begann es sich zu drehen. Mit einem Mal waren da so viele persönliche Informationen über sie, die mich in einer tiefgehenden Weise berührten, gleichzeitig aber auch vollkommen überforderten. Ihr Großvater war aktuell mein kleinstes Problem. Wenn er mich hasste, würde ich diese Bürde tragen. Seine Argumentation war nachvollziehbar, und ich konnte nicht erwarten, dass er neben all dem Schmerz und der tiefen Angst, die auch ihn aktuell beherrschten, die Zeit nahm, sich mit mir als Mensch auseinanderzusetzen – und wenn ich ehrlich war, wollte ich das auch gar nicht.

Vielleicht hatte er recht.

Vielleicht war ich ein schlechter Mensch. Aber für sie würde ich heute eine gute Tat vollbringen. Gottverdammt, für sie würde ich bis zum Ende meiner Tage gute Taten vollbringen – nur um sie wieder lächeln zu sehen.

»Ms. Hayes«, unterbrach uns die Stimme von Dr. Torres. »Wir haben gerade die Bestätigung erhalten, dass das Medikament in den frühen Morgenstunden eintreffen wird. Dann beginnen wir mit der Therapie. Sie sollten noch etwas schlafen, Sie haben einen langen Flug hinter sich.«

Vehement schüttelte Ms. Hayes den Kopf. »Ich muss mich um meinen Großvater kümmern.«

Dr. Torres legte den Kopf schief und betrachtete sie einfühlsam. »Ihr Großvater wird heute Nacht hierbleiben. Wir haben ihm bereits eine Liege zur Verfügung gestellt. Sie sollten sich noch etwas ausruhen, denn ab morgen werden Sie alle Kräfte brauchen. In den ersten zweiundsiebzig Stunden nach der Gabe des Medikaments wird sich entscheiden, ob die Behandlung anschlägt.«

Ms. Hayes' fragender Blick fiel auf die Uhr über dem Eingang und dann zu mir.

»Sie können in Ihrem Zimmer im Penthouse übernachten, und Henry wird Sie morgen früh pünktlich hierherfahren«, entgegnete ich ihrer unausgesprochenen Frage, denn es war auch mein Anliegen, dass sie sich noch etwas ausruhte. Sie sah jetzt schon so erschöpft aus, und ich wusste nicht, was ihre zarte Seele in den kommenden Tagen noch alles verkraften würde müssen.

»Gut, ich werde mich noch kurz von Grandpa und Mom verabschieden.« Ihr Mund verzog sich zu einem traurigen Lächeln.

Erleichtert darüber, dass sie sich darauf einließ, nickte ich ihr zu. Es musste ihr schwerfallen, sich umsorgen zu lassen, denn es war genau das, was sie unermüdlich für andere tat. Aber heute würde ich für sie da sein, und Henry würde sie morgen früh sicher hierherbringen.

KAPITEL 20
Caleb

WIR KAMEN GEGEN 22.30 Uhr zu Hause an. Ms. Hayes ging direkt in ihr Zimmer, was ich ihr nicht übel nahm, denn sie würde in weniger als acht Stunden von Henry abgeholt und zurück ins Krankenhaus gebracht werden. Als mir auffiel, dass sie seit Stunden nichts gegessen hatte, beauftragte ich Henry, unterwegs noch etwas zu besorgen. Doch das Essen stand nun unangerührt auf der Theke.

Ich war zu aufgewühlt, um zu schlafen, also beschloss ich, in mein Büro zu gehen und zu arbeiten. Vielleicht würde mich das ein wenig ablenken. Unweigerlich fiel mein Blick auf Maddie. Mit schwerem Herzen nahm ich das Bild in die Hand und strich mit dem Daumen über ihr Gesicht. Wie sehr sie mir fehlte, auch nach so vielen Jahren, und wie präsent unsere letzte Begegnung noch immer in meinem Kopf verweilte.

Meine Gedanken glitten wieder zurück zu den heutigen Stunden im Massachusetts General Hospital – demselben Krankenhaus, in dem Maddie gestorben war. Ich hatte diese Situation schon einmal durchlebt, nur dass es *mein* Lieblingsmensch war, der mir damals genommen wurde. Heute hatte ich mich wie ein hilfloser Zuschauer erlebt.

Für Maddie gab es damals keinerlei Überlebenschance, aber für Mrs. Hayes gab es eine – wenn auch nur eine geringe. Ich hatte nicht gezögert, als Dr. Torres mir die Bedingungen dieser einen Chance offenbarte, auch wenn ich wusste, was es für das Verhältnis zu meiner Assistentin bedeutete. Sie hatte es mir bereits gesagt, aber ich vermutete, dass sie sich auch in Zukunft nicht wohl bei dem Gedanken fühlte, dass ich das Medikament für ihre Mutter finanziert hatte.

Zwangsläufig stellte ich mir die Frage, was Maddie in einer solchen Situation getan hätte. Sie hätte jede Chance genutzt, ein Menschenleben zu retten. Sie war der sanftmütigste und liebenswerteste Mensch, den ich kannte. Als Vierjährige hatte sie schon damit begonnen, kranke Tiere mit nach Hause zu bringen, um sie dort zu versorgen. Mein Vater musste in den Jahren immer mehr Tierarztrechnungen begleichen, obwohl wir nicht einmal eigene Haustiere hatten.

Ein lautes Knarren zog meine Aufmerksamkeit auf sich. Es klang wie die Schiebetür zur Dachterrasse. Mit eiligen Schritten steuerte ich den Wohnbereich an, um mich zu vergewissern, was es mit dem Geräusch auf sich hatte. Mein Blick fiel auf die Tür, die tatsächlich einen Spalt breit offenstand. Irritiert trat ich vor und öffnete sie weiter. Es regnete immer noch stark, was mir im ersten Moment die Sicht erschwerte, doch dann sah ich sie. Ms. Hayes stand mit ausgestreckten Armen da und blickte in den Himmel, als wäre es das erste Mal in ihrem Leben, dass sie den Regen wahrnahm. Ihre Augen waren geschlossen, und sie war durchnässt bis in die Haarspitzen. Was zur Hölle tat sie da? War sie vollkommen verrückt geworden?

»Ms. Hayes, was tun Sie da?«, rief ich ihr zu, unsicher, ob sie mich durch das laute Prasseln des Regens überhaupt hörte. Blinzelnd sah sie in meine Richtung und senkte die Arme. Ihr Blick glich einer ausdruckslosen Maske, während sie einfach nur dastand. Der Regen hatte ihre weiße Bluse so weit durchtränkt, dass ihr Spitzen-BH sich darunter deutlich abzeichnete, aber das war ihr offenbar egal.

»Ms. Hayes, ich muss Sie bitten, reinzukommen. Sie werden sich noch erkälten«, versuchte ich erneut, sie zu einer Reaktion zu bewegen. Es war Februar, der Regen war eiskalt, und es wunderte mich, dass sie es so lange da draußen aushielt. Die Kälte kroch mir hier an der Tür schon bis in die Knochen. Mein Blick fiel auf ihre nackten Füße, und ich stieß einen leisen Fluch aus. Sie schien gerade wirklich nicht ganz bei Sinnen zu sein.

»Zwingen Sie mich nicht, Sie reinzuholen«, gab ich unwirsch von mir, in der Hoffnung, das würde sie endlich in Bewegung setzen. Sie ließ die Schultern resigniert sinken und strich sich die nassen Strähnen aus ihrem Gesicht –weiterhin den Blick auf mich gerichtet, als wenn sie durch mich hindurchsah. Der Regen hatte keinen Millimeter ihres Körpers verschont und sie zitterte wie Espenlaub. Verdammt, sie würde nicht einfach so reinkommen, das wurde mir in diesem Moment bewusst.

Mit wenigen großen Schritten war ich bei ihr, packte sie und hob sie hoch. Ich hatte mit deutlich mehr Gegenwehr gerechnet, aber sie rührte sich nicht – ließ einfach nur wortlos den Kopf gegen meine Brust sinken.

Wie ein kleines nasses Bündel brachte ich sie zielstrebig in ihr Zimmer, wo ich feststellen musste, dass auch ich bis auf die Boxershorts durchnässt war. Schwer seufzend ließ ich sie runter und musterte sie einen Moment lang prüfend. Sie rieb sich zitternd die Arme, wodurch mein Blick wieder auf ihre nasse Bluse und den durchscheinenden BH fiel. Ich wollte weder, dass sie fror, noch dass sie sich unwohl fühlte, wenn sie merkte, wie entblößt sie war. Ich ging rüber in ihr Badezimmer und kam mit zwei frischen Handtüchern zurück. Das eine gab ich ihr, damit sie sich bedecken konnte, mit dem andern begann ich, ihr Gesicht und ihre Haare abzutrocknen. Mir selbst tropfte das Wasser noch von den Haarspitzen über mein Gesicht, aber das war mir gerade unwichtig. Ihre Haut war eiskalt und ihr zitternder Körper ließ mich in meiner Bewegung innehalten.

»Warum haben Sie das getan?«, fragte ich leise und bemüht, nicht zu vorwurfsvoll zu klingen.

Sie sah zu mir auf wie ein begossener Pudel und schluckte schwer. »Ich habe heute so viel Angst und Schmerz gespürt, aber seitdem wir das Krankenhaus verlassen haben, war da nur noch innere Leere.«

Auch wenn mich ihre Worte innerlich zusammenzucken ließen, schenkte ich ihr einen verständnisvollen Blick, denn ich kannte diese Leere, von der sie sprach, nur allzu gut.

»Ich wollte einfach irgendetwas spüren, ich wollte *mich* spüren.« Ihre Stimme klang heiser.

Wieder nickte ich nur und tupfte ein letztes Mal vorsichtig mit dem Handtuch über ihr Gesicht. »Sie müssen raus aus den nassen Klamotten. Ich lasse Sie jetzt allein. Kommen Sie klar?« Ich wollte mich gerade zum Gehen abwenden, als sie nach meinem Arm griff und mich kopfschüttelnd ansah.

»Nein, bitte gehen Sie nicht«, flehte sie, und sofort überkam mich wieder das brennende Gefühl, sie beschützen zu wollen. Stirnrunzelnd blickte ich an ihr herab, wie sie zitternd dastand und so unendlich verloren wirkte. »Ich bin mir nicht sicher, was ich für Sie tun kann, Ms. Hayes.«

»Können Sie mich einfach einen Moment festhalten?« Erwartungsvoll sah sie mit ihren glasigen Augen zu mir auf – funkelnd wie gefrorenes Eis. Ohne weiter darüber nachzudenken, überwand ich die Distanz zwischen uns, legte meine Arme um ihren Rücken und zog sie sanft an mich. Wortlos erwiderte sie die Umarmung, schmiegte sich mit ihrem Gesicht an mein nasses Hemd und schluchzte. Sanft ließ ich meine Hand über ihre Wirbelsäule gleiten. Wir waren uns so nah, dass ich ihren schnellen Herzschlag spürte. Sie war offensichtlich aufgeregt – mir ging es ganz genauso.

Nach einer Weile verstummte ihr leises Schluchzen. Zaghaft drehte sie den Kopf und streifte mit ihrer Nase meine Brust. Sie schloss die Augen und atmete tief durch, dann löste sie sich von mir und trat einen Schritt zurück. Sie suchte meinen Blick. Das traurige Glitzern ihrer Augen war einem entschlossenen Leuchten gewichen. Das Handtuch, das sie gerade noch vor ihren Körper gehalten hat, fiel achtlos zu Boden. Ganz langsam und bedacht begann sie, ihre Bluse zu öffnen und streifte sie ab. Ihre Wangen waren gerötet – vielleicht von der Kälte, vielleicht aber auch vor Erregung. Ich schluckte schwer, denn ich fühlte mich elendig. Ich würde sie nicht zurückweisen können – nicht heute. Ich würde ihr all das geben, was sie brauchte, aber ich würde es ganz sicher zu tiefst bereuen.

Ihr Blick verweilte auf meinem Gesicht, auf der Suche nach einer Zustimmung. Meine Augen huschten zwischen ihren Lippen und ihren Brüsten hin und her, als sie begann, ganz langsam ihren BH zu öffnen. Fuck, dieser Anblick brachte mich um den Verstand. Ehrfürchtig zog ich die Luft ein. Ich war mir sicher, dass das die Zustimmung war, auf die sie gewartet hatte, denn sofort glitten ihre Hände weiter zum Saum ihres Rocks. Ich konnte mich nicht losreißen vom Anblick ihrer kleinen, aber prallen Brüste. Mein Schwanz wurde hart und ich wusste, dass mit ihm jemand im Spiel war, der um jeden Preis die Führung übernehmen wollte.

Sie zitterte noch vor Kälte, während ihre rosa Nippel sich mir verlangend entgegenstreckten. *Ach, scheiß auf diese verdammte Vernunft.* Ich ließ meinen Arm vorschnellen und zog sie an ihrer Hüfte ganz nah an mich. Schwer atmend sah sie zu mir auf, während ich bereits den Reißverschluss ihres Rocks geöffnet hatte.

»Ich will Sie sehen, Ms. Hayes. Ziehen Sie den verdammten Rock aus.«

Sie kicherte so honigsüß, dass es mir den Atem verschlug. »War das ein Befehl, Boss?«

Knurrend legte ich eine Hand in ihren Nacken und zwang sie, mich anzusehen. Lasziv leckte sie sich über die Lippen und stieg aus ihrem Rock. Sie würde mich heute Nacht eine Grenze überschreiten lassen, von der ich niemals gedacht hätte, es zu tun, aber es schien unmöglich, der Versuchung dieser Frau zu widerstehen. Unbändiges Begehren brannte in meinem Körper.

»Wenn wir das hier tun, gibt es zwei Regeln«, ließ ich sie mit rauer Stimme wissen, während ich sie kurzzeitig etwas auf Abstand brachte. Sie sah mich mit leicht geöffnetem Mund an und nickte, aber ich hatte den Eindruck, dass sie gerade kaum klar denken konnte. Ich warf ihr einen strengen Blick zu. Denn wenn ich schon heute Nacht in dieser Art und Weise für sie da sein würde, brauchte ich von ihr irgendeine Form der Sicherheit.

»Erstens: Wir küssen uns nicht auf den Mund. Zweitens: Es wird nur diese eine Nacht geben, und wir sprechen nie wieder darüber.«

»Streng genommen sind das aber drei Regeln«, hauchte sie leise und der Anflug eines Lächelns huschte über ihr wunderschönes Gesicht, während sie am Kragen meines Hemds spielte.

»Ms. Hayes, ich meine es ernst.«

Sie presste die Lippen fest aufeinander, um sich ein Lächeln zu verkneifen. »Mr. West, wie immer werde ich mich an jede Ihrer Regeln halten. Aber *bitte* berühren Sie mich endlich.«

Ihre verruchte Stimme zuckte wie ein Stromimpuls direkt in meinen Schwanz. Ein tiefes Grollen drang aus meiner Brust, denn sie forderte mich mit ihrer verführerischen und frechen Art heraus – eine Art, die mich jetzt schon daran zweifeln ließ, ob ich selbst es schaffen würde, meine Regeln einzuhalten. Zögernd sah ich sie an, denn ich wurde das Gefühl nicht los, sie würde in ihrem derzeitigen Zustand gerade zu allem Ja sagen.

Auch wenn ein letzter Funken Vernunft gerade aufgekeimt war, wusste ich, dass es zu spät war, einen Rückzieher zu machen. Spätestens als sie wie in Zeitlupe ihren Slip auszog und sich rücklings auf das Bett niederließ.

Grundgütiger, diese Pussy, die sich so gut angefühlt hatte. Nun einen Blick auf sie zu werfen, war wie ein weiteres Puzzleteil, das mir fehlte. Jetzt musste ich sie nur noch kosten. Das unbändige Bedürfnis, sie mir zu nehmen, fraß sich wie heiße Lava durch jede meiner Zellen. Während mein glühender Blick über ihren nackten, perfekten Körper schweifte, las ich die kaum übersehbare Vorfreude in ihren Augen. Als ich mich seitlich aufs Bett setzte und sie ein Stück näher zu mir zog, gluckste sie leise auf. Ich fuhr mit dem Daumen entlang ihrer Kehle, bis er auf der Kuhle unterhalb ihres Halses liegen blieb. Keuchend sah sie mich an, als ich leichten Druck ausübte – kein Stück eingeschüchtert.

»Sagen Sie mir, dass Sie das hier wollen.« Mit der Hand strich ich ihr sanft vom Schlüsselbein über ihre Brust bis hinunter zu ihrem Bauchnabel. Sie gab ein zufriedenes und langes Seufzen von sich, das in einem leisen Stöhnen endete, als ich mich zu ihr hinunterbeugte und mit meinen Lippen über ihre Brüste fuhr. Ihre Haut war weich und sie roch wieder nach dieser verführerischen Mischung aus Pfirsich und Vanille.

»Ich will es. Ich will es so sehr«, kam es gepresst über ihre Lippen.

Mit halb geschlossenen Lidern wölbte sie sich meinen Berührungen verlangend entgegen. Anerkennend küsste ich mich bis zu ihrer Brustwarze vor und umschloss sie mit meinem Mund. Zärtlich umkreise ich sie mit meiner Zungenspitze, was sie sehnsüchtig aufwimmern ließ. Ich fing an, leicht zu saugen, meine andere Hand wanderte langsam abwärts zwischen ihre Schenkel, die sie automatisch weiter spreizte. Mit kreisenden Bewegungen begann ich, ihre Klit zu massieren. Als ich meine Finger kurz über ihre Öffnung gleiten ließ, bemerkte ich, wie feucht sie bereits war. Fuck, mein steinharter Schwanz pochte schmerzhaft, und bettelte förmlich darum, von ihr berührt zu werden. Küssend arbeitete ich mich weiter vor, über ihren Bauch hinunter zu ihrer Mitte. Ich richtete mich auf und zog sie einmal zu mir herum, sodass ich jetzt vor ihr kniete.

»Was machen Sie nur mit mir, Ms. Hayes?«, raunte ich und erlaubte mir, sie einen Augenblick ganz ungeniert zu betrachten. Denn so, wie sie vor mir lag, so erregt und nackt, war sie atemberaubend.

Sie stützte sich auf ihre Ellbogen ab und biss sich auf die Unterlippe, während sie jede meiner Bewegungen genau mitverfolgte. Unsere Blicke hielten einander fest, als ich mich zu ihr hinunterbeugte und zarte Küsse auf die empfindliche Haut an ihrem Innenschenkel hauchte, bis hin zu ihrem Lustpunkt. Ihre Atmung wurde vor Aufregung schneller, und als ich meine Zunge über ihren Spalt gleiten ließ, legte sie den Kopf in den Nacken und stöhnte leise. Genau so wollte ich sie hören. Ich wollte genau das für sie tun. Sie sollte alles vergessen und sich mir vollkommen hingeben. Der Drang, mich in sie zu stoßen, übermannte mich beinahe, weshalb ich mein Lecken und Saugen an ihrer Perle intensivierte. Sie schmeckte genauso gut, wie sie sich anfühlte. Ihre Atmung ging immer schneller, fast schon hektisch, bis ihr ein lautes Stöhnen entwich. Erschrocken presste sie sich eine Hand auf den Mund, um sich selbst zu ermahnen, leise zu sein, denn sie versuchte tatsächlich krampfhaft, ihr Stöhnen zu unterdrücken.

Ich hielt inne und warf ihr einen tadelnden Blick zu, während ich nach ihrer Hand griff und sie wieder neben ihren Körper führte. »Wir sind hier ganz alleine, niemand wird dich hören. Ich will, dass du dich fallen lässt. Ich will dich verdammt nochmal stöhnen hören.«

Überrascht davon, dass ich keine Beherrschung von ihr forderte und sie duzte, kam ihr ein leises »Okay« über die Lippen. Sie schob mir ihr Becken ein kleines Stück weiter entgegen, sodass ich saugend und leckend da weitermachte, wo ich gerade aufgehört hatte. Ganz langsam, aber mit zartem Druck, spielte meine Zunge mit ihrer Knospe, fuhr hinunter zu ihrem nassen Eingang und verteilte den Beweis ihrer Erregung. Als ihr Brustkorb sich in rhythmischen Bewegungen hob und senkte, ließ sie ihr Stöhnen endlich geschehen, was dazu führte, dass ich gezwungen war, vehement an meine Selbstbeherrschung zu appellieren.

»Caleb, ich will alles von dir.« Die Worte kamen atemlos über ihre Lippen und fuhren mir wieder direkt in die Lenden. Es war das erste Mal, dass ich meinen Vornamen aus ihrem Mund hörte, aber für heute Nacht würde ich es ihr durchgehen lassen. »Bitte!«, flehte sie mich an und zog ihr Becken wieder ein Stück zurück, so als wollte sie mich daran hindern, ihre Pussy mit meinem Mund zu verschlingen. Ich richtete mich auf und sah sie an. Ihr Blick fiel sofort auf meine Hose, die mittlerweile schmerzlich spannte.

»Ich will, dass du mich fickst«, ihre Stimme sündhaft und rau.

Schmunzelnd wischte ich mir mit dem Handrücken ihren süßen Saft von den Lippen. *Das* aus ihrem unschuldigen Mund zu hören, trieb mich an den Rand des Wahnsinns. Mein Plan war, sie vergessen zu lassen. Ich wollte, dass sie sich entspannte und gut fühlte, aber ich wollte eigentlich nicht mit ihr schlafen. Jetzt lag sie hier nackt mit gespreizten Beinen vor mir – auf dem Laken zwischen ihren Beinen bildete sich ein nasser Fleck und ihre Schamlippen glänzten vor Erregung. Sie wollte mich. Wie konnte ich auch nur eine Sekunde glauben, dass ich dem Drang widerstehen könnte, sie mir voll und ganz zu nehmen?

Nach all der angestauten Energie der letzten Wochen war das Verlangen, sie hart zu ficken, nur schwer zu unterdrücken, aber heute Nacht würde sie meine sanfte Seite brauchen. Mit einem leisen Raunen zog ich mein Hemd aus und warf es zu Boden. Zischend holte sie Luft, während ihre Augen jeden einzelnen meiner Muskeln scannten.

»Jetzt die Hose«, flüsterte sie und befeuchtete ihre Lippen.

Grinsend erhob ich mich und öffnete meinen Gürtel, dann ließ ich die Hose samt Boxershorts fallen und beobachtete sie genau dabei, wie sie ihren Blick auf meinen harten Schwanz richtete, während sie schwer schluckte.

»Bist du hungrig genug, kleiner Engel?«

»Ja, verdammt!«

Ich ließ sie nicht aus den Augen, als ich wieder zu ihr aufs Bett zusteuerte, mich langsam über sie beugte und mich behutsam zwischen ihre Beine schob. Ihr Körper erzitterte, als ich eine Spur zarter Küsse auf ihrem Hals hinterließ, bis sie meine Härte an ihrem Eingang spürte.

Erschrocken stemmte sie ihre Hände gegen meine Brust, um Abstand zwischen uns zu bringen. »Ich verhüte nicht. Wir brauchen ein Kondom. Ich habe keins hier.«

»Okay, schon gut. Ich hole eins. Nicht weglaufen«.

Entspannt lächelnd lehnte sie sich zurück und in ihren Augen sah ich wieder denselben Glanz von gerade eben.

Als ich zurückkam, lag sie immer noch auf dem Bett und schaute mich erwartungsvoll an. Getrieben vor Verlangen, legte ich mich wieder zu ihr und ließ meine Hände und Lippen über ihren Körper wandern, bis ich mit meiner Hand zwischen ihren feuchten Schenkeln versank. Sie stöhnte auf und plötzlich spürte ich ihren festen Griff um meinen Schaft. Ein tiefes Stöhnen entwich meiner Kehle, als sie begann, ihre Hand auf und ab zu bewegen. Ihre Berührung an der empfindlichen Haut meines

Schwanzes zu spüren, nahm mir für einen kurzen Moment den Atem. Niemals zuvor hatte ich mich nach der Berührung einer Frau so sehr gesehnt. Ich griff nach dem Kondom und streifte es mir über, denn ich hielt es keine Sekunde länger aus, nicht in ihr zu sein.

Mit beiden Armen stützte ich mich neben ihrem Kopf ab und blickte auf sie hinab. »Bist du dir sicher, dass du mir heute Nacht alles von dir geben willst?«

Ohne zu zögern nickte sie und in ihren Augen lag ein Leuchten, das in mir jeglichen Zweifel zersprengte. Ich hielt den Blickkontakt, während ich ihre Beine ein Stück weiter spreizte, um dann ganz langsam mit der Spitze in sie einzudringen. Und obwohl sie so feucht und erregt war, war sie total verkrampft. Ihr Griff um meine Schultern wurde zunehmend fester, während ich kaum in sie kam.

»Wir müssen das nicht tun. Es gibt andere Wege, dich zum Höhepunkt zu …«

»Wag es nicht, jetzt aufzuhören«, fiel sie mir ins Wort.

»Okay, aber du musst dich ein bisschen entspannen.«

»Es tut mir leid, dein Anblick hat mich gleichermaßen erregt wie nervös gemacht. Ich …«, sie zögerte und sah auf einmal verlegen aus. Ich zog eine Augenbraue hoch und musterte ihr errötetes Gesicht.

»Es ist lang her bei mir.«

Sie wollte meinem Blick ausweichen, aber ich zwang sie mit einer Hand, mich anzusehen. Wenn sie wüsste, dass sie mich mit dieser Aussage alles andere als verschreckte – Fuck, ich wollte sie in diesem Moment noch ein Stück mehr.

»Für mich stellt das kein Problem dar«, ließ ich sie wissen und bewegte mich vorsichtig weiter, während ich ihren Hals zärtlich liebkoste. »Versuche, dich zu entspannen. Ich werde dir nicht wehtun.«

Sie schüttelte den Kopf. »Das ist es nicht.« Sie machte eine Pause und schluckte. »Vielleicht bin ich nicht das, was du gewohnt bist.«

Erschrocken hielt ich inne und strich behutsam mit dem Daumen über ihre Lippe. Wie konnte sie nur denken, mir nicht zu genügen? Ich vergötterte sie. »Du bist jetzt schon mehr als genug, ohne dass ich in dir gewesen bin.«

Sie fuhr mir mit den Fingern durch mein noch feuchtes Haar und plötzlich spürte ich, wie sie sich immer mehr unter mir entspannte und weiter für mich öffnete. Ganz langsam drang ich Stück für Stück in sie ein, bis ich sie vollständig ausfüllte. Gott, es fühlte sich noch besser an als in all den schmutzigen Fantasien, die ich mit ihr gehegt hatte.

Immer wieder ließ ich meinen Schwanz sanft in sie gleiten und widerstand dem Drang, sie härter zu nehmen. Als ihre Atmung schneller und ihr Stöhnen lauter wurde, erhöhte ich mein Tempo. Keuchend krallte sie sich mit ihren Fingernägeln in meinen Trizepsen fest und begann, ihr Becken im Rhythmus meines Taktes mitzubewegen. All ihre Befürchtungen waren umsonst gewesen. Es war als sei sie wie für mich gemacht.

»Sieh dich nur an, wie wunderschön du bist – wie gut du ihn nimmst.«

Auf ihrem Gesicht formte sich ein stolzes Lächeln. Wie schön konnte ein Mensch sein? Und wieviel Schönheit und Güte konnte ein anderer Mensch aushalten, wenn er wusste, das Objekt seiner Begierde niemals haben zu können? Mit jedem Stoß fühlte ich mich ihr näher. Mit jedem Stoß verlor ich mich mehr und mehr in ihr.

Livs Stöhnen wurde immer abgehackter. Ich würde nicht ewig durchhalten – zu lange hatte ich von ihrem Körper geträumt, zu lange hatte ich mich zurückhalten müssen. Aber ich wollte nicht, dass es endete. Ich selbst hatte es gesagt: Ich gewährte uns nur diese eine Nacht.

Ich hielt inne und zog mich aus ihr zurück, was mir ein enttäuschtes Seufzen einbrachte. »Du bist gerade einfach zu viel für mich«, witzelte ich, während ich ihre Hüften packte und sie näher zu mir zog, um ihre Beine über meine Arme zu legen. Jetzt grinste sie breit, als sie realisierte, was ich mit ihr vorhatte.

Langsam drang ich wieder in sie ein und zog ihn vollständig raus, um meinen Schwanz dann wieder genauso langsam in sie zu schieben. Mit einem Ruck zog ich sie am Oberkörper hoch, sodass sie auf mir saß, während ich auf dem Bett kniete. Ein leises Wimmern kam über ihre Lippen, als ich mit beiden Händen ihren Po fest umschloss und begann, sie auf meinem Schaft auf und ab zu bewegen.

»Sieh mich an, Liv. Ich will dir in die Augen sehen, wenn du auf meinem Schwanz kommst«, raunte ich und grub meine Finger noch fester in das süße Fleisch ihres Hinterns. Sie gehorchte und sah mir tief in die Augen, während sie mich mit harten Stößen ritt. Unser Atem wurde schneller und vermischte sich, als sie plötzlich ganz nah mit ihrem Mund an meinem war. Die Elektrizität dieses Moments war nicht zu leugnen. Zu groß war die Versuchung, meine Lippen auf ihre zu legen – ihren sündigen Mund genauso intensiv zu erforschen, wie ihren Körper. Aber so lauteten nun mal meine Regeln, also schloss ich für einen Moment die Augen und kämpfte den Drang nieder, sie zu küssen. Sie verstand den Wink und lehnte sich ein Stück zurück.

Der Anblick, wie sie mit geröteten Wangen und wippenden Brüsten meinen Schwanz ritt, war mit Abstand der beste meines Lebens. Die Anspannung in ihrem Körper war deutlich zu spüren und ich wusste nicht, wie lange ich diesem ekstatischen Gefühl noch standhalten konnte. Während ich ihren Oberkörper fest umschloss, bahnte ich mir meinen Weg und massierte mit dem

Daumen ihre Klit.

»Sieh mich an«, erinnerte ich sie, als ich spürte, wie sich ihr Beckenboden um meinen Schwanz zusammenzog. »Ich will, dass du meinen Namen sagst, wenn du kommst«, forderte ich sie atemlos auf.

Laut stöhnend hielt sie meinen Blick, bis sie in vollkommener Ekstase meinen Namen schrie. Ihn aus ihrem Mund zu hören und das nasse Ergebnis ihrer Lust zu spüren, das sich langsam seinen Weg entlang meiner Eier bahnte, ließ bei mir auch die letzten Sicherungen durchbrennen. Ich würde mich keine Sekunde länger beherrschen können. Ein paar Mal stieß ich noch tief in sie und dann kamen wir beide zusammen in überwältigenden Wellen, bis ich mich mit einem kehligen Laut in ihr ergoss.

Schwer atmend ließ ich mich neben sie fallen. Ebenso atemlos drehte sie ihr Gesicht in meine Richtung und ich folgte dem inneren Impuls, ihr über die Wange zu streicheln. Ein seliges Lächeln huschte über ihre Lippen, und es sah so aus, als hätte ich ihr tatsächlich einen kleinen Moment des Friedens geschenkt. Ich erwiderte ihr Lächeln, bis ich im nächsten Moment schlagartig realisierte, wozu ich mich da hatte verleiten lassen. Unmittelbar nachdem ich in ihr gekommen war, schlugen die Gewissensbisse ein wie eine Atombombe. Mein Lächeln verstummte. Seufzend löste ich mich von ihr, griff nach meiner Boxershorts und verschwand im Badezimmer.

Als ich zurückkam, saß sie aufrecht im Bett und sah mich wieder aus unsagbar traurigen Augen an – als sei ihr auf einmal bewusst geworden, welche Schwere eigentlich in dieser Nacht lag.

»Kannst du bei mir bleiben?«, fragte sie vorsichtig.

Ich haderte mit mir, aber das traurige Funkeln in ihren gletscherblauen Augen hielt meinen Blick gefangen.

Zögerlich stimmte ich zu, ging zu ihr rüber und legte mich

neben sie ins Bett. Zufrieden seufzend rückte sie ein Stück näher zu mir und schmiegte sich an meine nackte Brust.

»Keine Sorge, ich habe unsere Abmachung nicht vergessen.«

Sie hatte meinen misstrauischen Blick also richtig gedeutet. Ich zog eine Decke über uns und legte einen Arm um sie. Mit meinen Fingern fuhr ich immer wieder durch ihre noch leicht feuchten Locken, bis ich nur noch ihre gleichmäßige Atmung wahrnahm.

In dieser Nacht schlief ich nicht. Völlig konfuse Gedanken fluteten meinen Kopf. Es war so anders mit ihr als mit all den Frauen in den letzten Jahren. Mit ihnen war es einseitig, roh und hart. Ich behandelte die Frauen respektvoll, aber es war mir egal, ob sie auf ihre Kosten kamen. Ich füllte ihr Bankkonto und das war die einzige Erwartung, die sie an mich hatten. Mit ihr war es sinnlich und einfühlsam. Ich hatte es genossen, ihren Körper zu erforschen, sie zu schmecken und ihr Lust zu bereiten. Sie war die erste Frau seit dem College, die ich nicht für Sex bezahlt hatte.

Und plötzlich war es wieder da – mein Gewissen, das mich daran erinnerte, was für ein elendiges Arschloch ich doch war. Hatte ich diese Situation irgendwie ausgenutzt? Sie war in einer völlig verletzlichen Lage und ich hatte mit ihr geschlafen. Würden wir uns jemals wieder so begegnen, wie es in unserem Arbeitsverhältnis angemessen war?

Ich rief mir ins Gedächtnis, dass es gerade wichtigere Dinge gab, über die man sich Gedanken machen sollte. Mrs. Hayes müsste auf die Behandlung ansprechen und die nächsten Tage überleben.

Ein letztes Mal sah ich sie an und streichelte über ihr engelsgleiches Haar, denn ich wusste, es würde das letzte Mal sein, dass ich sie so berühren konnte.

Ich hatte sie gefühlt.

Ich hatte sie gekostet.

Ich wollte sie besitzen.

Und jetzt war ich dazu verdammt, mich auf ewig in schmerzhafter Sehnsucht nach dieser Frau zu winden.

KAPITEL 21

Liv

VÖLLIG ÜBERMÜDET SAß ich im Auto auf dem Weg ins Krankenhaus und blickte aus dem Fenster. Es war noch dunkel draußen und die Lichter in den Straßen wirkten irgendwie hypnotisierend auf mich. Vielleicht war es aber auch der Schlafmangel, der mich in einen tranceartigen Zustand versetzte. Unterwegs hatte ich mir einen Kaffee und ein Croissant geholt, aber nicht einmal den Kaffee bekam ich runter.

Ich hatte mich nur schnell duschen und ein paar Sachen einpacken können, als die Nachricht von Henry kam, dass er unten auf mich wartete. Caleb hatte mich für die nächsten Tage beurlaubt und ich war ihm sehr dankbar, dass ich mir in dieser Situation nicht auch noch den Kopf wegen meines Jobs zerbrechen musste. Mein Magen meldete sich durch ein krampfartiges Gefühl bei dem Gedanken daran, was vor mir lag. Würde Moms Körper die Behandlung annehmen? Wie würde es ihr heute gehen?

Mein Gewissen lastete so schwer, dass ich Mühe hatte, durchzuatmen, und meine Gefühle zur gestrigen Nacht waren völlig ambivalent. Einerseits quälte mich die Frage, wie ich es mit ihm hatte so sehr genießen können, während meine Mutter auf lebenserhaltende Maßnahmen angewiesen war. Andererseits stellte sich die berechtigte Frage, warum ich es mir nicht einfach erlauben konnte, für wenige Stunden alles zu vergessen und mich wieder lebendig zu fühlen. Denn das hatte ich getan: Jede seiner Berührungen war mir bis unter die Haut gegangen, jeder Blick, den er mir schenkte, hatte eine Gänsehaut ausgelöst, und der Orgasmus, der so intensiv war, dass ich alles um mich herum vergaß, hatte sein Ziel nicht verfehlt. In den letzten Stunden gab es nur ihn und mich, und ich hätte sowieso nichts anderes tun können, außer in meinem Kummer zu ertrinken. Ich verdrängte die Gedanken an die letzte Nacht. Darum würde ich mich später kümmern.

Pünktlich betrat ich die kühle Eingangshalle des Krankenhauses. Schlagartig fühlte mein Körper sich wieder wie gelähmt an. Wie im Autopiloten steuerte ich auf die Dame am Empfang zu und fragte mit zittriger Stimme nach meiner Mutter. Alles schien auf einmal wieder so weit weg. Das Licht hier war so viel greller als ich es in Erinnerung hatte. Vielleicht waren meine Augen vom vielen Weinen aber auch einfach nur empfindlich.

Die nette Dame ließ mich nicht lange warten und führte mich mit schnellen Schritten zur Intensivstation. Nervös betrat ich das Zimmer und sah, wie sich Moms Brustkorb durch die Maschine immer noch in rhythmischen Bewegungen hob und senkte. Grandpa saß an ihrem Bett und hielt ihre Hand. Vor ihrem Bett standen zwei Ärztinnen, von denen ich eine als Dr. Torres erkannte.

»Das Medikament ist vor einer halben Stunde eingetroffen. Alle wichtigen Blutuntersuchungen haben wir bereits durchgeführt. Ihre Mutter ist aktuell stabil, somit steht dem Start nichts mehr entgegen«, erklärte Dr. Torres behutsam.

Ich nickte stumm und trat an Grandpas Seite. Seine Augen waren gerötet und tiefe Schatten zierten sein Gesicht, das wirkte, als sei es um zehn Jahre gealtert. Sanft legte ich ihm meine Hand auf die Schulter und zu meiner Überraschung ergriff er sie mit seiner und drückte sie leicht.

»Worauf müssen wir uns nun einstellen?«, fragte ich heiser, während ich Dr. Torres' mitfühlenden Blick einfing.

»Es kommt drauf an. Die nächsten zweiundsiebzig Stunden nach der Vergabe werden entscheidend sein. Wir machen alle sechs Stunden eine Blutuntersuchung, um zu sehen, ob die Veränderung stattfindet, die wir uns wünschen. Wenn die Behandlung anschlägt, wird ihre Mutter in ungefähr drei Tagen vom Beatmungsgerät genommen werden können.«

Ich kämpfte gegen das kloßartige Gefühl in meiner Kehle an. Meine Hand, die immer noch auf Grandpas Schulter ruhte, schwitzte unangenehm, aber ich wollte sie ihm nicht entziehen.

Am liebsten hätte ich die nächste Frage nicht gestellt, aber ich musste Gewissheit haben: »Was, wenn nicht?«

Dr. Torres' ernster Gesichtsausdruck schweifte zwischen uns umher. »Wir geben ihr fünf Tage. In diesen muss sich etwas tun. Wenn dem nicht so ist, müssen wir uns darüber Gedanken machen, was Ihre Mutter sich in diesem Fall gewünscht hätte.«

Ein eiskalter Schauer lief mir über den Rücken, während blanke Angst meine Brust zusammenschnürte. Mir war nicht entgangen, dass auch Grandpa bei den Worten der Ärztin schmerzlich zusammenzuckte.

»Starten Sie die Behandlung«, forderte ich sie mit Nachdruck auf. Ich senkte mein Gesicht und fing Grandpas angsterfüllten Blick ein, dann drückte ich seine Schulter noch ein klein wenig fester.

Die Medikamentengabe lag nun drei Stunden zurück. In etwas mehr als vier Stunden hätten wir das erste Ergebnis, das uns anzeigen würde, wo die Reise hinging. Grandpa war nicht von

Moms Seite gewichen. Kurzzeitig hatte er seinen Kopf auf ihre Matratze gelegt und die Augen geschlossen. Ich nutzte die Gelegenheit, die beiden wenige Minuten alleine zu lassen, um in der hauseigenen Cafeteria für ihn etwas zu essen und zu trinken zu besorgen. Er sah ganz und gar nicht gut aus. Ich war mir nicht sicher, ob er seit Moms Ankunft hier überhaupt irgendetwas zu sich genommen hatte.

Ein Blick auf mein Handy ließ mich aufschrecken. Ich hatte mindestens zehn Nachrichten von Rylee und Piper, die mir mitteilen wollten, dass sie an uns dachten. Auf dem Weg hierher hatte ich ihnen eine Sprachnachricht geschickt. Selbst Catherine hatte mir geschrieben und ließ mich wissen, dass sie sehr betroffen sei und mit den Gedanken bei mir und meiner Familie war. Er schien ihr also schon alles berichtet zu haben. Sicherlich hatte er den Teil, in dem er mich gestern Nacht getröstet hatte, dabei ausgelassen. Die Stimme der Vernunft meldete sich mit einem leisen Klopfen. Diese Gedanken sollte ich auf keinen Fall hegen – sie waren falsch und fehl am Platz. Doch in diesem kalten Moment gaben sie mir eine mehr als willkommene Wärme. Wahllos kaufte ich ein paar Snacks und Kaffee und ging zurück ins Zimmer. Ich konnte und wollte mit diesem Gefühlschaos nicht alleine sein.

Grandpa war bereits aufgewacht und sah mich verwundert an. »Wo warst du, mein Muffin?« Noch im selben Moment fiel sein Blick auf das volle Tablett. Seine Worte waren seltsam tröstlich, denn er hatte mich lange nicht mehr so genannt.

»Ich habe ein paar Dinge zu essen besorgt.« Ich stellte das Tablett ab und griff nach den beiden Kaffeetassen. »Du siehst müde aus, Grandpa.« Mit einem trägen Lächeln hielt ich ihm eine der beiden Tassen hin.

»Danke Livi, aber du siehst auch so aus, als hättest du heute Nacht kein Auge zu getan.« Ich zuckte innerlich zusammen, als mein Gewissen mir wieder mit tiefer Verachtung ins Ohr säuselte, obwohl ich wusste, dass ich ohnehin nicht hätte schlafen können.

»Du solltest auch etwas essen.« Ich hielt ihm einen Müsliriegel hin, den er geflissentlich ignorierte. Seufzend schmiss ich den Riegel zurück aufs Tablett.

Mit verengten Augen taxierte er mich. »Wie hast du den Pharmateufel dazu gebracht, dass er das Medikament stellt?«

Mit dieser Frage hatte ich nicht so schnell gerechnet, weshalb ich ihm einen entgeisterten Blick zuwarf, bevor ich das Wort ergriff: »Was meinst du damit?«

»Jetzt tu doch nicht so unwissend. Was hast du ihm im Austausch geboten? Oder will ich das lieber nicht wissen?« Grandpa schnaubte höhnisch und ich zuckte zurück, als hätte er mich geschlagen.

Völlig fassungslos ließ ich die Tasse sinken und stellte sie mit einem lauten Geräusch auf dem Tisch ab. »Ich kann nicht glauben, dass du solche Gedanken hegst, Grandpa.« Ein Brennen machte sich hinter meinen Lidern bemerkbar, während ich erneut gegen das Engegefühl in meinem Hals ankämpfte. Diese Art von Gespräch wollte ich ganz sicher nicht mit meinem Großvater führen.

»Livia, ich glaube einfach nicht, dass solche Menschen etwas aus reiner Herzensgüte tun. Schließlich haben seine Entscheidungen ja auch dazu geführt, dass deine Mutter nun hier an den Maschinen hängt und um ihr Überleben kämpft.«

Das konnte unmöglich sein Ernst sein. Er kannte nicht die gesamten Hintergründe und er kannte *ihn* nicht.

Plötzlich ergriff mich das unsagbare Gefühl, Caleb West verteidigen zu müssen. »Ich musste ihn nicht dazu bringen, dass er ein Medikament stellt, denn das Krankenhaus hat dieses auf herkömmlichem Wege bestellt. Mr. West hat lediglich die Rechnung übernommen, die er – nebenbei bemerkt – aus seinem Privatvermögen bezahlt hat. Auch wenn Mr. West MCW Pharmaceuticals besitzt, ist er weder befugt, aus dem Firmenkapital einfach Geld zu entwenden noch hat er die Möglichkeit, rechtliche Grundlagen auszuhebeln – was in diesem Fall bedeutet, dass er verschreibungspflichtige Medikamente nicht einfach herausgeben kann, auch dann nicht, wenn sie von ihm hergestellt werden. Er hat aber im Rahmen seiner Möglichkeiten dafür gesorgt, dass das Medikament schnellstmöglich hier ankommt.« Mein Tonfall war lauter und bestimmter als Grandpa es von mir gewohnt war und selbst ich erschrak kurzzeitig über die Vehemenz, mit der ich Caleb verteidigte.

Grandpa kräuselte die Lippen und schüttelte den Kopf.

»Und außerdem gibt es so etwas wie einen Wettbewerbspreis. Er kann nicht einfach hingehen und Medikamente um achtzig Prozent günstiger anbieten als die Konkurrenz. Dieses Problem ist eines, das auf der Ebene der gesamten Pharmaindustrie gelöst werden müsste«, fügte ich hinzu und musste am Ende des Satzes tief Luft holen, da ich mich so in Rage geredet hatte.

Jetzt zeichnete ein spöttisches Lächeln seinen Mund. »Dachte ich es mir doch. Du hast für diesen Mistkerl wirklich etwas übrig. Wie hat er dich um den Finger gewickelt?«

»Wie kannst du so über ihn urteilen? Du kennst ihn ja gar nicht«, entgegnete ich scharfzüngig, doch Grandpa schüttelte nur müde mit dem Kopf.

»Ich werde weder deine Denkweise noch deine Begeisterung für diesen Mann jemals verstehen. Wir sollten das Gespräch beenden, denn hier ist sicherlich nicht der richtige Rahmen dafür.« Unsere Blicke fielen gleichzeitig auf Mom, deren Leben noch immer am seidenen Faden hing.

Wir sprachen die letzten drei Stunden kein einziges Wort miteinander. Das monotone Geräusch der Beatmungsmaschine wurde zunehmend bedrückender. Mittlerweile war Dr. Torres da gewesen, um nach Mom zu sehen und ihr Blut abzunehmen. Nun warteten wir ungeduldig auf das Ergebnis. Die Nervosität ließ Übelkeit in mir aufsteigen.

Grandpa hatte in der Zwischenzeit etwas gegessen, was mich wenigstens ein Stück weit zufrieden stimmte. Für mich war es okay, dass er nicht mit mir sprach. Ich hatte mich bereits an diesen Zustand gewöhnt, schließlich hatte er in den letzten Monaten nur das Nötigste mit mir gesprochen. Aber hier ging es nicht um Grandpa oder um mich. Es ging um Mom. Ihre Genesung hatte oberste Priorität.

Ich wollte Grandpa gerade ein Glas Wasser reichen, um ihn zum Trinken zu bewegen. Doch in diesem Moment öffnete sich die Tür und Dr. Torres trat ein. Blitzschnell beschleunigte sich mein Herzschlag. Gleichzeitig erhoben wir uns, als die Ärztin uns mit ernster Miene ansah. Ich rechnete schon halb damit, sie würde uns nun die vernichtende Nachricht überbringen, vor der ich mich so fürchtete, als ihr Mund sich zu einem leichten Lächeln verzog. Jegliche Anspannung wich aus meinen Schultern und ich japste nach Luft, denn anscheinend hatte ich vergessen zu atmen.

»Es gibt gute Nachrichten, zumindest für den Moment. Ihre Mutter scheint auf das Medikament anzuspringen. Wir werden die nächste Blutabnahme in sechs Stunden abwarten und hoffen, dass es sich ganz genau so weiterentwickelt. Sie ist nicht über den Berg, aber das Blutbild zeigt genau die Veränderung, die wir uns gewünscht haben.«

Ich schloss die Augen und atmete zittrig ein. All die ungeweinten Tränen der letzten Stunden fanden ihren Weg in die Freiheit und liefen nun warm über meine Wangen. Ein Blick zu Grandpa verriet mir, dass er ganz genau dasselbe in diesem Moment durchlebte wie ich.

»Das ist großartig«, presste ich mit tränenerstickter Stimme hervor. Dr. Torres schenkte mir ein warmes Lächeln und streichelte mir über den Oberarm. »Reden Sie mit ihr. Sie wird Sie hören.«

Unaufhörlich nickte ich mit dem Kopf, bevor sie den Raum verließ, mit dem Versprechen, dass sie in einigen Stunden wiederkommen würde. Ich setzte mich zu Mom auf die Bettkante und nahm ihre Hand. Das hatte ich in den letzten Stunden öfter getan, aber ich hatte nur in meinen Gedanken mit ihr gesprochen.

»Mom, ich weiß, dass du mich hören kannst. Wir haben gerade gute Nachrichten erhalten und ich möchte, dass du dich darauf vorbereitest, dass wir uns in ein paar Tagen wieder umarmen werden. Grandpa ist auch hier und wir werden nicht weggehen – nicht bevor du wach bist und mit uns gesprochen hast. Du schaffst das. Du bist unfassbar tapfer und stark. Mom, ich liebe und vermisse dich schrecklich.«

Ein tosender Sturm an Emotionen fegte mich beinahe von den Beinen. Seit der Nachricht von Dr. Torres spürte ich zwar einen Funken Hoffnung in meinem Herzen, aber die große Angst, dass sie doch nicht mehr zu uns zurückfinden würde, hielt sich hartnäckig. Und dann war da diese schmerzhafte Sehnsucht nach meiner Mutter. Sie war mein Anker, mein sicherer Hafen, sie war meine Mom. Plötzlich fühlte ich mich wieder wie das kleine Mädchen von früher, das sich nach den tröstenden Worten und Berührungen seiner Mutter sehnte, und ich klammerte mich fest an ihren Arm. Unaufhörlich schluchzte ich ihn ihre Armbeuge, als ich eine vertraute und beruhigende Hand auf meinem Kopf spürte.

»Mein Muffin, es wird alles gut werden. Es wird alles gut, hörst du?«

Das musste es. Sie musste es einfach schaffen. Ich war erst

vierundzwanzig und ganz sicher nicht bereit, meine Mutter schon gehen zu lassen. Ich wollte noch so viele Dinge mit ihr erleben. Ich wollte wieder mit ihr lachen, mit ihr tanzen, meine Erfolge mit ihr feiern und ihr eines Tages Enkelkinder schenken. Es war zu früh – für sie, für mich und auch für Grandpa. Ein Elternteil sollte sein Kind nicht überleben, denn egal, wie alt man war: Im Herzen der Eltern blieb man immer das eigene Kind, das man einst in den Schlaf gewogen und ihm Sicherheit gespendet hatte, für das man immer kämpfen und es beschützen wollen würde. So hatte Mom es immer zu mir gesagt und ich wusste, dass Grandpa auch für sie so empfand. Er litt unter ihrer Erkrankung so viel mehr als er zeigte. Er wollte für seine Tochter stark sein und das tat er auch, zumindest nach außen hin.

Einige quälende Stunden später bekamen wir das nächste positive Ergebnis von Dr. Torres. Noch immer konnte man nicht sagen, ob sie es wirklich schaffen würde, aber unsere Hoffnung wuchs mit jeder Stunde. Es war mittlerweile kurz nach Mitternacht und wir warteten wieder ungeduldig auf die Ärztin. Sie hatte uns fest zugesagt, das nächste Ergebnis mit uns zu besprechen. Das war nun die dritte Blutabnahme. Mir drängte sich die Frage auf, wie lange diese Frau hier im Dienst war? Es schien, als wohnte sie hier.

Die Tür ging auf und sie trat hinein. Jetzt, wo ich gerade darüber nachgedacht hatte, fiel mir auf, dass sich dunkle Schatten unter ihren Augen abzeichneten. Sie sah müde und erschöpft aus, dennoch begrüßte sie uns mit einem freundlichen Lächeln. Angespannt erhob ich mich und musterte jeden Millimeter ihres Gesichts auf der Suche nach einem Hinweis, was mich nun erwarten würde.

»Ms. Hayes, Mr. Thomas, wir haben wirklich gute Nachrichten.«

Hörbar stieß ich die Luft aus, und wieder begann ich zu

schluchzen. Eine Welle der Erleichterung ließ meine Glieder kribbeln.

»Die Behandlung hat bis jetzt gut angeschlagen und wir gehen auch weiterhin von dieser Entwicklung aus. Ich kann noch nichts versprechen, aber wenn sie sich weiterhin stabilisiert, würden wir morgen Abend damit beginnen, sie aus dem künstlichen Koma zu holen. Den Rest muss sie dann alleine schaffen.«

Ich schlug mir die Hände vors Gesicht und weinte – diesmal vor Freude. Grandpa nahm meine Hände herunter und sah mich an. Ich konnte nicht anders, als ihn zu umarmen. Egal, wie er gerade zu mir stand, ich brauchte seine Nähe. Zu meiner Freude erwiderte er meine Umarmung und gab mir einen sanften Kuss auf den Kopf.

»Das sind tolle Neuigkeiten.« Meine Stimme klang noch immer heiser, denn ich hatte in den letzten Stunden so viel geweint wie noch nie zuvor in meinem Leben.

Dr. Torres nickte zufrieden. »Morgen wird mein Kollege für Sie da sein. Ich werde jetzt nach Hause fahren. Ich drücke Ihnen weiterhin beide Daumen. Ihre Mutter ist stark, sie wird das schaffen.«

Mit einem ehrlichen Lächeln auf den Lippen verabschiedete ich Dr. Torres – das erste aufrichtige Lächeln seit der Nacht mit *ihm*. »Danke für alles, Dr. Torres.«

»Nicht dafür, das ist mein Job. Ihre Mutter hat das vorbildlich gemacht und Sie waren ihr wirklich eine großartige Stütze. Und zu guter Letzt haben Sie einen sehr engagierten und großzügigen Vorgesetzten. Ohne sein Zutun hätten wir es sicher nicht bis hierhergeschafft.« Ihre Worte rieben wie Schmirgelpapier über meine ohnehin schon geschundene Seele.

In dieser Nacht blieben Grandpa und ich im Krankenhaus bei Mom. Ich überlies ihm die Liege, während ich die Nacht auf dem

Stuhl verbrachte. Mit dem Oberkörper auf ihr Bett gelehnt, schlief ich zumindest ganze zwei Stunden, als mich ein unangenehmer Schmerz im Nacken aus dem Schlaf riss. Ich stand auf und versuchte mich ein wenig zu dehnen, während ich aus dem Fenster sah und den Vollmond betrachtete. So würde ich erst mal nicht mehr einschlafen können, also griff ich träge nach meinem Handy. Neben den üblichen Nachrichten von Rylee und Piper leuchtete eine Nachricht von einer mir unbekannten Nummer auf. Ich öffnete sie.

Unbekannte Nummer: Ich hoffe, es ist okay, dass Catherine mir Ihre Nummer gegeben hat. Sie haben Ihr Arbeitshandy nicht dabei und ich frage mich, wie es Ihrer Mutter geht – und natürlich Ihnen.

Er musste seinen Namen nicht darunterschreiben, denn ich wusste auch so, dass er es war. Er hatte sich also meine private Handynummer geben lassen, und er war bereits wieder zum *Sie* übergegangen. Es war 3 Uhr morgens, die Nachricht hatte er vor vier Stunden geschrieben.

Seufzend drückte ich das Handy an meine Brust und schloss die Augen. Seine Nachricht wühlte meine Gedanken und somit auch meine Gefühle wieder auf. Ich hatte gerade keine Kapazität, mich damit zu befassen, aber es gefiel mir nicht, dass er mir längst nicht mehr egal war. Er hatte mir das Versprechen abgenommen, dass nach dieser einen Nacht alles ganz genau so sein würde, wie es war und wir nie wieder darüber sprächen. Aber es ging nicht nur um diese Nacht. Es ging um zwei Millionen Dollar, die er bezahlt hatte, um das Leben meiner Mutter zu retten. Um den innigen Moment, den wir an meinem Geburtstag geteilt hatten. Um den besorgten Blick, den ich jedes Mal an ihm wahrnahm, wenn es mir nicht gut ging oder er mich in Gefahr sah. Und um das Knistern zwischen uns, das auch vor dieser Nacht schon existiert hatte. Würde ich auch über all diese Dinge nicht sprechen dürfen? Er wollte nichts von mir, das hatte er mir unmissverständlich klargemacht. Er würde mich vermutlich einfach so aus seinem Leben löschen, wenn dieses eine Jahr vorbei war. Ich musste mich selbst schützen. Ich durfte mich nicht in dieser Sehnsucht zu ihm verlieren.

Erschöpft von all den Gedanken und Sorgen, die mich plagten, öffnete ich die Augen, legte das Handy zur Seite und setzte mich wieder auf den Stuhl, um Moms Hand zu halten.

»Mom«, begann ich flüsternd und kam mir irgendwie merkwürdig vor, weil ich nicht sicher war, ob Grandpa hören konnte, was ich sagte. Denn das hier war ganz sicher nicht für seine Ohren bestimmt. Ich überwand meine Hemmungen und sprach mit ihr: »Ich habe einen großen Fehler gemacht. Ich habe mein Herz in Gefahr gebracht. Ich weiß nicht, wie das passieren konnte, aber ich habe es getan und ich hätte es verhindern können. Ich frage mich, was du mir wohl jetzt raten würdest.« Ich stockte und holte geräuschvoll Luft. »Mom, du fehlst mir so sehr.« Meine Stimme brach ab. Tränen rannen in einem endlosen Meer über mein Gesicht und durchtränkten das Laken. Haltsuchend schmiegte ich meinen Kopf an ihre Seite.

Irgendwann muss ich eingeschlafen sein, denn Grandpa weckte mich sanft, als der Arzt kam, um nach Mom zu sehen.

Einen Tag später wurde sie aus dem künstlichen Koma geholt. Die Ärzte hatten uns erklärt, dass es etwas Zeit brauchte, bis sie aufwachte, da die Medikamente schrittweise reduziert werden mussten. Als sie dann endlich ihre Augen öffnete, schien sie die ersten Stunden sehr verwirrt, und das Atmen fiel ihr schwer. Ich sah deutlich, wie sie kämpfte, doch ich war nie glücklicher in meinen Leben. Sie war bereits zwölf Stunden wach, als sie mich das erste Mal anlächelte und leise meinen Namen hauchte.

»Mom, ich bin da.«

Grandpa rief Dr. Torres und sie kam, um nach ihr zu sehen. »Mrs. Hayes, wissen Sie, wo Sie sind?« Dr. Torres sprach leise aber deutlich, während sie ihr in die Augen leuchtete.

Mom sah ängstlich zu mir auf. Ich ergriff ihre Hand und streichelte ihr behutsam durchs Haar. Die Ärztin nahm sich Zeit und erklärte ihr ganz in Ruhe, was genau geschehen war und dass sie ihr das Medikament verabreicht hatten, aber sie schien nicht alles verstanden zu haben.

»In den nächsten Tagen werden Sie Ihrer Mutter immer wieder helfen müssen, ihre Erinnerungslücken zu füllen und sie mit den fehlenden Informationen zu versorgen.«

Nickend bestätigte ich die Anweisungen der Ärztin. »Was werden die nächsten Schritte sein?«

»Wir streben an, für Ihre Mutter so schnell wie möglich einen Rehaplatz zu bekommen. Das kann nicht allzu lange warten, denn vor ihr liegt noch ein langer Weg.«

Von Stunde zu Stunde wurde Mom klarer und verstand, was passiert war, auch wenn sie kaum Erinnerungen an die Tage vor dem Krankenhausaufenthalt hatte.

Ich saß an ihrem Bett und erzählte ihr von meiner Parisreise, als Grandpa sich plötzlich erhob und an den Kopf fasste. »Ich war tagelang in diesem Zimmer, ich muss mal an die frische Luft.«

Mom ließ die Situation, dass Grandpa den Raum verlassen hatte, nicht ungenutzt und griff nach meiner Hand.

»Livi, wer hat dieses Medikament bezahlt?« Mit großen Augen sah sie mich an. Sie schien auf einmal so viel klarer als noch vor einigen Minuten.

Nervös lächelte ich sie an. Ich würde sie nicht anlügen, und sie würde sich auch nicht hinhalten lassen. Koma hin oder her, aber ich kannte meine Mutter gut genug. »Mein Boss hat die Kosten übernommen«, erwiderte ich nicht allzu euphorisch.

Ihr Blick versteinerte sich augenblicklich. »Das ist unglaublich! Wie sollen wir das je abbezahlen?« Ich schüttelte den Kopf. »Ich habe nicht im Detail mit ihm darüber gesprochen, aber ich gehe nicht davon aus, dass er das Geld von uns zurückfordern wird.«

»Das geht aber nicht, das können wir nicht …«

»Mom«, schnitt ich ihr mit fester Stimme das Wort ab. »Du warst in Lebensgefahr und Mr. West wollte helfen. Wenn er die Kosten nicht übernommen hätte, dann …«, ich brachte den Satz nicht über meine Lippen. Bedrückt senkte sie den Blick, denn sie hatte verstanden, dass unsere Optionen begrenzt gewesen waren.

Mittlerweile war eine Woche vergangen und ich hatte Catherine darüber informiert, dass ich morgen wieder zurückkehrte. Sie war verständnisvoll am Telefon und sagte mir, dass ich mir ruhig so viel Zeit lassen sollte, wie ich brauchte, aber ich wollte die Situation nicht ausreizen. Mom sollte ab morgen in die Reha. Sie hatte mich letztendlich auch gedrängt, wieder zur Arbeit zu gehen, denn sie sorgte sich um meine Stelle. Rylee und Piper hatte ich über alles in Kenntnis gesetzt. Ich erzählte ihnen allerdings nichts über die Nacht mit meinem Boss und all die ambivalenten Gefühle die zu meinem stetigen Begleiter geworden waren. Damit blieb ich vorerst allein.

KAPITEL 22
Caleb

CATHERINE HATTE MICH darüber in Kenntnis gesetzt, dass Ms. Hayes heute Abend wiederkommen würde. Eine Woche war vergangen, seit ich sie zum letzten Mal gesehen hatte, und ein ungutes Gefühl überkam mich bei dem Gedanken daran, dass sie heute Abend wieder nur ein paar Türen weiter unter meinem Dach schlief. In ihrem Zimmer – ein Ort, der für mich auf ewig tabu sein würde. Die Nachricht über die Genesung ihrer Mutter hatte mir tiefe Erleichterung verschafft.

Ich wollte nicht an sie denken, doch es gelang mir nicht. Immer wieder kreisten meine Gedanken um die Fragen, wie sie mit all dem Kummer und Schmerz gerade umging. Wie es ihrer Mutter wohl ging. Und ob sie überhaupt zurückkehren würde. In gefühlter Dauerschleife rief ich mir die Nacht inklusive der Vereinbarungen, die wir getroffen hatten, ins Gedächtnis. Es stand außer Frage, dass ich mich daran halten würde, denn die Schuldgefühle, die mich in den letzten Tagen heimgesucht hatten, waren vernichtend.

Die letzte Woche ohne sie war anstrengend gewesen. Sie übernahm in meinem Alltag so viel mehr, als ich mir ursprünglich eingestehen wollte, aber zu meinem Glück war auf Landon und

Catherine wie immer Verlass. Catherine stellte mir – zumindest für die Arbeitszeit – Claire Dawson zur Seite, wobei diese die Koordination der Termine nicht halb so gut meisterte wie Ms. Hayes.

Nach meiner Ankunft aus dem Krankenhaus letzte Woche, hatte ich Catherine wütend angerufen und sie zur Rede gestellt, wobei ich ihr vorwarf, diese verdammt wichtige Information über den Gesundheitszustand von Ms. Hayes' Mutter nicht erhalten zu haben. Catherine war merklich entsetzt gewesen und beteuerte, selbst keine Ahnung davon gehabt zu haben. Allerdings war sie auch sichtlich irritiert darüber, dass ich zwei Millionen Dollar meines Privatvermögens gespendet hatte, um Mrs. Hayes das Leben zu retten. Sie sagte aber nichts, weil sie wusste, dass sie Mist gebaut hatte. Dieser Fehler hätte ihr nicht unterlaufen dürfen. Es hätte auch ein Medienspektakel daraus werden können und diese Art von Publicity konnten wir nicht gebrauchen. Ms. Hayes war meine Angestellte und ihre Mutter war auf eines unserer teuersten Medikamente angewiesen – nein, verdammt, ihr Leben hing davon ab. Wie musste sie sich all die Monate bei diesem Gedanken gefühlt haben? Diese Information hätte gereicht, um sie nicht als meine persönliche Assistentin einzustellen. Im Grunde hatte ich keine andere Wahl, als das Medikament zu spenden – so argumentierte ich auch vor Catherine. Aber in Wirklichkeit würde ich es für sie immer wieder tun. Sie so gebrochen zu sehen und das unerträgliche Gefühl, wieder in diesem Krankenhaus zu sein, hatten mich beinahe innerlich zerfressen.

Ihre Mutter erhielt eine Chance, die Maddie nie hatte und ich hätte damals mein Leben darum gegeben, meiner Schwester helfen zu können. Es krümmte sich alles in mir bei dem Gedanken daran, dass Ms. Hayes den gleichen Schmerz spürte wie ich damals – ein Schmerz, der niemals wieder verebbte und einen innerlich zerstörte. Ich würde alles dafür tun, sie davor zu schützen, den Menschen zu verlieren, den sie am meisten liebte. Und das bedeutete eben auch, mich von ihr fernzuhalten.

Ich war gerade in meine Unterlagen vertieft, als es an der Tür klopfte.

»Es ist spät, du solltest gehen.«

Gequält blickte ich von meinem Schreibtisch auf und sah Landon im Türrahmen lehnen, der lässig einen Blick auf seine Audemars Piguet warf. In den letzten Tagen hatte er sich wieder als sehr guter Freund erwiesen. Er wusste, dass ich bei meinem vollen Terminkalender auf meine Assistentin angewiesen war, deshalb gab er sein Bestes, um diese Woche so gut wie möglich mitzuorganisieren. Ihm war klar, dass ich extrem angespannt war, aber er wusste auch, dass es nicht nur an der Arbeitssituation lag, und er hatte die ganze Woche kein einziges Wort darüber verloren, wofür ich ihm sehr dankbar war. Er stellte auch nicht infrage, was ich getan hatte.

»Willst du darüber reden?«, fragte er mich jetzt mit besorgter Miene.

Ich schüttelte den Kopf.

»Hör zu, Mann, ich weiß, es muss hart für dich gewesen sein, in diesem Krankenhaus zu sitzen – «, er hielt inne und sah so aus, als würde auch in seiner Brust der Schmerz über Maddies Verlust wieder aufflackern. »Es ist nicht ausgegangen wie bei Maddie. Livs Mutter hat es überlebt – dank dir. Du hast da echt was Gutes getan.« Er sah mich eindringlich an, während ich Schwierigkeiten hatte, einen klaren Gedanken zu fassen.

»Danke, Landon«, brachte ich nur knapp hervor und fuhr mir mit beiden Händen durchs Gesicht.

»Ich muss los, du solltest jetzt auch wirklich Schluss machen. Ab morgen geht alles wieder seinen gewohnten Gang.«

Er kannte mich einfach zu gut und wusste, was mich beruhigte. Es führte jedes Mal zu einer immensen innerlichen

Anspannung, wenn gewohnte Strukturen fehlten und dadurch Arbeitsabläufe erschwert wurden.

Worüber ich ihn jedoch im Ungewissen ließ, war der wahre Grund, warum ich es nicht eilig hatte, nach Hause zu kommen. Weil ich der größte Idiot war und ich selbst meinem besten Freund niemals davon erzählen könnte.

Zwanzig Minuten später verließ ich das Firmengebäude. Henry wartete bereits, denn ich hatte es heute ausnahmsweise einmal geschafft, ihm Bescheid zu geben, denn das waren Angelegenheiten, um die Ms. Hayes sich in der Regel kümmerte.

Zuhause trat ich aus dem Aufzug und blieb wie versteinert stehen, weil ich nicht damit gerechnet hatte, dass sie direkt vor mir stehen würde. Sie schien ebenfalls überrascht, denn sie fuhr erschrocken herum und ließ ihre Tasche beinahe fallen.

Völlig überrumpelt von ihrem Anblick, sprach ich das Offensichtliche aus: »Ms. Hayes, Sie sind wieder da.«

Mit einem verlegenen Lächeln sah sie mich an und deutete auf ihren Koffer. »Ich bin gerade eben erst reingekommen.«

Ihre Stimme klang kratzig, während sie ihre Handtasche fest umklammerte. Sie trug eine Jeans und einen Strickpullover, die Haare hatte sie zu einem unordentlichen Zopf zusammengeknotet. Mein Blick fiel auf ihre gletscherblauen Augen, denen ich so verfallen war und durch die sie mich nun eingehend musterte. Aber sie sahen müde aus und sie hatte eindeutig geweint – viel geweint. Ihre Sommersprossen waren heute deutlicher zu sehen als sonst, vermutlich, weil sie nicht geschminkt war. Und obwohl sie so viel durchgemacht hatte, so einen unsagbaren Schmerz erlitten hatte, war sie so schön, dass es beinahe weh tat.

»Wie geht es Ihrer Mutter?«, fragte ich sie aus ehrlichem Interesse.

Sie räusperte sich. »Meiner Mutter geht es den Umständen

entsprechend gut, sie wird nun eine Reha machen.«

»Das freut mich zu hören.«

Ein bedeutungsvolles Schweigen machte sich zwischen uns breit, während mir ein unbeholfenes Lächeln über die Lippen kam. Diese Situation war grotesk.

Ich setzte mich in Bewegung und ging an ihr vorbei, denn ich konnte sie keine Sekunde länger ansehen. Zwar hatte ich sie aufrichtig nach dem Befinden ihrer Mutter gefragt, aber in dem Moment, als ich in ihre müden, traurigen Augen geblickt hatte, hätte ich gern gewusst, wie es *ihr* ging. Es war hart, gegen den inneren Drang, sie an mich zu ziehen und ihren süßen Duft einzuatmen, anzukämpfen. Sie sah so verletzlich und schutzlos aus, dass mein Beschützerinstinkt zwangsläufig rebellierte. Er wollte ausbrechen, sie halten und trösten und ihr Versprechungen darüber machen, dass alles wieder gut werden würde. Verdammt, diese Gedanken mussten aufhören. Dieses Verlangen musste aufhören. Ich musste einen Schlussstrich ziehen und das würde nur auf die altbewährte Weise gehen – Abstand und Professionalität.

Ich drehte mich noch ein letztes Mal zu ihr um, bis ihr Blick den meinen traf. *Gott, warum bist du nicht einfach weitergegangen?* Denn jetzt formten ihre Lippen Worte. Worte, für die ich niemals bereit sein würde.

»Ich muss mich bei Ihnen bedanken, für alles, was Sie getan haben.« Sie lächelte mich an. Aber ihre wahren Gefühle konnte sie nicht damit überspielen.

Was meinte sie hier gerade mit *alles?* Dass ich ihrer Mutter das Leben gerettet hatte, obwohl es das Mindeste war, was ich tun konnte? Oder dass ich ihren schwächsten Moment ausgenutzt hatte, um sie zu vögeln? Verdammt, ich wusste auf rationaler Ebene selbst, dass es so nicht war, aber warum fühlte es sich so falsch an?

»Ich weiß nicht, wie ich das jemals wiedergutmachen kann.«

»Ms. Hayes, bitte lassen Sie das. Es ist okay. Es war das Mindeste, was ich tun konnte. Ich freue mich, wenn Ihre Mutter auf dem Weg der Genesung ist, aber auch hierüber würde ich gern Stillschweigen bewahren.« Damit schnitt ich ihr das Wort ab und musste hilflos mit ansehen, wie die pure Enttäuschung in ihren Augen aufblitzte. Sie blinzelte eine Träne weg und nickte, dann straffte sie die Schultern, drehte sich um und ging, ohne ein weiteres Wort zu sagen.

Ich fühlte mich mal wieder wie das letzte Arschloch, was vermutlich daran lag, dass ich eines war. Noch vor einer Woche hatte ich mit ihr geschlafen und heute brachte ich es nicht einmal fertig, ihr länger als zwei Sekunden in die Augen zu sehen. Ich hatte ihr ganz sicher das Gefühl vermittelt, dass ich kein weiteres Interesse an ihrem Leben hatte. Und genau das wollte ich auch, weil ich wusste, dass es das Beste war, um sie auf Abstand zu halten. Diese Frau hatte es in wenigen Monaten geschafft, mir unter die Haut zu gehen – in einer Weise, die für alle Beteiligten gefährlich werden könnte.

KAPITEL 23

Liv

IM GEGENSATZ ZU dem mehr als unangenehmen und schmerzhaften Wiedersehen mit Caleb war der Empfang im Büro liebevoll und einfühlsam. Catherine kam am ersten Tag mit Kaffee in mein Büro und umarmte mich herzlich.

»Wir haben Sie hier vermisst, Liv. Wie geht es Ihrer Mutter, und wie geht es Ihnen?« Sie nahm sich die Zeit, mir zuzuhören und nickte immer wieder verständnisvoll. »Wir waren alle wirklich sehr betroffen, als Caleb von der Situation berichtete.« Sie rückte ihre Brille gerade, während sie mir einen mitfühlenden Blick zuwarf.

Ich schluckte schwer. »Ich bin Mr. West wirklich sehr dankbar. Ich weiß nicht, wie ich das je wiedergutmachen kann.«

Catherine schüttelte den Kopf. »Ich bitte Sie, Sie müssen gar nichts gutmachen. Wenn jemand es nachvollziehen kann, wie Sie sich gefühlt haben, dann ist es ganz sicher Ihr Boss.« Sie trank einen großen Schluck aus ihrer Tasse, wohl realisierend, dass sie zu viel gesagt hatte. Doch es war zu spät. Mein fragender Blick bohrte sich in ihren. Sie seufzte und legte den Kopf schräg. »Vor vielen Jahren war er in demselben Krankenhaus in einer ähnlichen Situation wie sie – nur dass für seine Schwester jegliche

Hilfe zu spät kam. Sie starb einen Tag später.« Ihr Blick ging zu Boden und der Klang ihrer Stimme hatte sich verändert. Ihre Traurigkeit über das, was sie gerade erzählt hatte, lag wie ein zu schweres Parfüm in der Luft. Sie räusperte sich, stand auf und ging Richtung Tür. Das war Zeichen genug für mich, um zu verstehen, dass sie dieses Thema nicht weiter intensivieren wollte. »Liv, es wäre mir sehr lieb, Sie würden diese Information diskret behandeln, wenn Sie verstehen, was ich meine.«

Ich nickte und schenkte ihr ein aufmunterndes Lächeln, obwohl mir der Schock tief in den Knochen saß. »Selbstverständlich.«

»Gut.«

Sie presste die Lippen aufeinander, straffte ihren Rock und wollte gerade gehen, als ich wieder das Wort ergriff: »Ach, und Catherine,« sie drehte sich erneut zu mir um, noch immer mit diesem traurigen Lächeln, »danke für die Glückwünsche und das wirklich wundervolle Geschenk zu meinem Geburtstag.«

Jetzt erreichte das Lächeln auch wieder ihre Augen. »Ich habe zu danken. Sie machen tolle Arbeit und wir haben Sie wirklich gerne hier.«

Meinte sie mit *wir* auch ihn? Nach dem gestrigen Wiedersehen und dem heutigen Tag bezweifelte ich das stark. Er hatte, genau wie vor Paris, nur das Nötigste mit mir gesprochen.

Nachdem Catherine mein Büro verlassen hatte, machte ich mich zügig an die Arbeit. Claire hatte mich heute Morgen über alles, was in der vergangenen Woche liegen geblieben war, in Kenntnis gesetzt, und das schien eine Menge zu sein. Obwohl ich mir fest vorgenommen hatte, die Arbeit anzugehen, um vor allem auch auf andere Gedanken zu kommen, hatte ich Schwierigkeiten, mich zu konzentrieren. Immer wieder musste ich darüber nachdenken, was Catherine gesagt hatte. Seine Schwester war gestorben. Bei dem Gedenken daran zog sich unweigerlich mein

Magen zusammen. Er trug also einen Schmerz in sich, von dem ich in den letzten Tagen nur eine leise Ahnung erhalten hatte. Ich dachte an das Foto auf seinem Schreibtisch. Seine Schwester, natürlich. Die Ähnlichkeit war nicht zu übersehen. Ich war davon ausgegangen, dass er Einzelkind war, denn in dem Bericht über ihn, als sein Vater gestorben war, stand, dass er der alleinige Erbe sei. Ich versuchte, meine Gedanken beiseite zu schieben und mich auf die Arbeit zu fokussieren, um meine Abwesenheit irgendwie wieder wettzumachen.

Der erste Arbeitstag war anstrengend, aber es tat gut, meinem gewohnten Alltag nachzugehen und etwas Abstand zu den letzten Tagen im Krankenhaus zu gewinnen. Ich war noch in eine Tabelle vertieft, in der ich alle noch zu erledigenden Aufgaben nach Priorität sortierte, als sich plötzlich jemand in meinem Türrahmen räusperte. Mr. West sah so aus, als sei er zum Gehen bereit. Ein Blick auf die Uhr ließ mich hochschrecken. Es war bereits 20.30 Uhr, aber ich hatte mich so in die Arbeit gestürzt, dass ich die Zeit völlig vergessen hatte. Mist, ich hatte Henry natürlich auch nicht informiert.

»Es tut mir leid, ich habe die Uhrzeit völlig aus den Augen verloren. Ich gebe Henry Bescheid und packe meine Sachen zusammen.« Hastig fuhr ich mit den Händen über den Schreibtisch, um Ordnung in meine Zettelwirtschaft zu bringen.

Stirnrunzelnd lehnte er im Türrahmen und musterte mich, da er sicher nicht damit gerechnet hatte, mich in einem solchen Chaos vorzufinden. Den ganzen Tag über hatte er es sichtlich vermieden, mich anzusehen, und jetzt stand er da und sah mir unverhohlen dabei zu, wie ich meine Sachen auf dem Schreibtisch sortierte. Von ihm beobachtet zu werden, ließ Unruhe in mir aufsteigen. Mein Körper fühlte sich eigenartig überhitzt an. Was tat dieser Mann nur mit mir? Verdammt, ich hatte Sex mit ihm. Er wollte mich nicht. Ich war erwachsen. Ich sollte mich im Griff haben.

Meine Gedanken überschlugen sich, während er mir in aller Ruhe weiter dabei zusah, wie ich versuchte, Ordnung in das Chaos zu bringen, das meine Innenwelt gerade so sehr widerspiegelte. Nur würde meine Seele hierdurch keine Ruhe finden.

Bald war Halbzeit, aber ich war mir nicht sicher, wie ich noch ein weiters halbes Jahr mit ihm zusammenwohnen und arbeiten sollte. Er sah unglaublich gut aus, wie er dastand, in seinem schwarzen Anzug, die muskulösen Arme vor der Brust verschränkt, seine markanten Gesichtszüge – und auf einmal konnte ich an nichts anderes denken, als an seine heißen Berührungen auf meiner Haut. *Reiß dich zusammen, das ist nicht der richtige Zeitpunkt, in dieser Art an ihn zu denken, wenn er dich geradewegs anschaut*, ermahnte mich die Stimme der Vernunft. Was, wenn er mir meine schmutzigen Gedanken ansah? Ich sollte diese Gedanken und Erinnerungen schnellstmöglich loswerden, denn er hatte seine Bedingungen an unsere Nacht klar und deutlich formuliert. Er spielte zumindest fair, das musste man ihm lassen. Eilig griff ich nach meiner Handtasche und ließ mein Handy darin verschwinden. »Ich bin soweit«, brachte ich gehetzt hervor und nahm einen tiefen Atemzug.

Er nickte nur stumm und wies mit einer Kopfbewegung in Richtung des Aufzugs. Unsicher lief ich im Korridor an ihm vorbei und wollte gerade den Knopf drücken, da berührten sich unsere Finger, denn er hatte anscheinend dasselbe vor. Die Berührung war kaum wahrnehmbar und doch jagte sie Schockwellen durch meinen gesamten Körper. Räuspernd trat er einen Schritt zurück. Die Aufzugtür öffnete sich und er deutete an, mir den Vortritt zu lassen, wohl aus Sorge, ich könnte ihm wieder zu nah kommen. Schweigend standen wir nebeneinander. Die Stille hatte etwas Unangenehmes, denn auch wenn für ihn mit diesem

Deal, den wir eingegangen waren, und der Vereinbarung, an die ich mich halten müsste, alles geklärt war, so hatte ich das dringende Bedürfnis, mit ihm zu sprechen.

Im zehnten Stockwerk stieg ein junger Mann ein, der uns mit einem freundlichen »Guten Abend« begrüßte. Während ich den Gruß erwiderte, quittierte Mr. West die freundliche Geste nur mit einem kurzen Nicken.

Der Mann trug ebenfalls einen Anzug. Er war schätzungsweise Ende zwanzig, kleiner als Mr. West und sah wirklich gut aus. Sein dunkelblondes Haar wirkte leicht zerzaust aber in Kombination mit diesem teuren braunen Anzug wirkte es kein Stück ungepflegt, sondern irgendwie wild und exquisit zugleich. Er warf mir ein charmantes Lächeln zu, das seine süßen Grübchen zum Vorschein brachte. Ich schenkte ihm ein zurückhaltendes Lächeln, denn seines war irgendwie ansteckend, also konnte ich gar nicht anders.

Mr. West ließ den Blick zwischen ihm und mir für einen kurzen Moment hin und her schweifen und hob dabei kaum merklich eine Braue. Das Signal der Aufzugtür ertönte und der attraktive Sunnyboy wünschte noch einen schönen Abend, dann drehte er sich zu mir um und zwinkerte mir zu. Während ich verlegen zurücklächelte, schob sich Mr. West wortlos an mir vorbei und steuerte den Ausgang an.

Drei Wochen später fand in den Räumlichkeiten der oberen beiden Etagen von MCW Pharmaceuticals eine kleine Feier statt. Wir hatten die Zulassung für ein neues Medikament – nein, vielmehr für ein teures Medikament – erhalten und die Chefetage hatte beschlossen, eine Cateringfirma kommen zu lassen. Ich wusste nicht, welche Empfindungen in diesem Fall die Oberhand gewannen. Es war toll, dass es ein neues Medikament gab, das eine Therapiemöglichkeit darstellte, jedoch überkam mich ein ziemliches Unbehagen bei dem Gedanken daran, dass auch dieses Medikament seinen Preis und nicht jeder Mensch eine Krankenversicherung hatte.

Ich stand gelangweilt da und beobachtete wie die prickelnden Bläschen meines Champagners zerplatzten – ähnlich meiner Hoffnungen, meinem Boss näher zu kommen –, als ich plötzlich seine Stimme hörte. Nervös beteiligte ich mich an Lisas und Claires Gespräch über verschiedene Techniken des Nageldesigns – ich hatte verdammt nochmal keine Ahnung davon. Er stand mir im großen Konferenzraum gegenüber und unterhielt sich mit zwei mir fremden Männern, während er unbeteiligt wie immer an seinem Whiskeyglas nippte. Ich beobachtete ihn einen Moment lang unauffällig. Er hatte mich noch nicht bemerkt, was mich nicht wunderte – schließlich hatte er es in den letzten drei Wochen geschafft, mir jeden Tag mehr aus dem Weg zu gehen. So sehr, dass ich daran zweifelte, überhaupt noch seine Assistentin zu sein.

Ich war die letzten Samstage immer nach der Arbeit zu Rylee aufgebrochen, weil ich nicht im Penthouse bleiben wollte, wenn es nicht dringend notwendig war. Und da Mom in Reha war, blieb mir nichts anderes übrig, als täglich mit ihr zu telefonieren, denn die Anreise hätte sich für einen Tag nicht gelohnt. Außerdem bestand sie darauf, dass ich nicht noch einen weiteren Tag auf der Arbeit fehlte.

Ein Blick auf die Uhr verriet mir, dass ich es wohl noch rechtzeitig zu Rylee schaffen würde. Mein Plan war, mich bis zum offiziellen Ende um 20 Uhr überall einmal blicken zu lassen und dann heimlich abzuhauen.

Entschlossen ging ich an Mr. West und den beiden Männern

vorbei, um den Raum zu verlassen und meine Runde fortzusetzen, als ich unvermittelt mit jemandem zusammenstieß.

»Oh, das tut mir leid«, nuschelte ich peinlich berührt, blickte
auf und sah in ein hübsches Gesicht, das mir durchaus bekannt
vorkam. Es war der Mann aus dem Aufzug.

»Hey, flüchten Sie etwa vor mir?« Sein charmantes Lächeln
zog mich in seinen Bann – genauso wie bei unserer ersten Begegnung.

So verzog ich, ohne es zu merken, meinen Mund zu einem
breiten und aufrichtigen Grinsen. »Es tut mir leid, ich habe Sie
nicht gesehen.«

»Kein Problem. Wenn eine Kollision mit Ihnen ein so schönes
Lächeln nach sich zieht, würde ich es beim nächsten Mal wohl
wieder drauf ankommen lassen.« Er hatte nicht nur ein wahnsinnig einnehmendes Lächeln, sondern war auch noch schlagfertig. Das gefiel mir.

»Max«, sagte er und hielt mir die Hand hin. Ich brauchte
einen Moment, um zu begreifen.

»Liv«, erwiderte ich und nahm seine Hand. Das breite Grinsen auf meinem Gesicht war wie festgefroren.

»Ich hatte gehofft, Sie hier zu treffen.« Er legte eine Hand auf
meinen unteren Rücken und führte mich ein Stück weiter an den
Rand des Raums, weil sich immer mehr Leute an uns vorbeischo-
ben.

»Ach, ist das so?«, fragte ich herausfordernd.

Er warf mir einen vielsagenden Blick zu. Wow, dieser gut-
aussehende Mann flirtete ganz offensichtlich mit mir und es
fühlte sich irgendwie so normal an.

Max erzählte mir gerade, wann er zum ersten Mal auf mich
aufmerksam geworden war und dass er in der Rechtsabteilung
von MCW Pharmaceuticals arbeitete, als ich aus dem Augenwinkel bemerkte, dass Mr. West uns beobachtete. Schlagartig

fühlte ich mich wie elektrisiert. Er musterte uns mit einer ausdruckslosen Miene, doch sein Blick verbrannte mich beinahe. Er ließ mich deutlich spüren, dass ihm der Anblick missfiel. In einem Zug leerte er sein Glas und ging schweigend an uns vorbei. Er würdigte mich keines Blickes, und dennoch fühlte es sich an wie eine stumme Warnung. Wie machte dieser Mann das?

»Liv, ich muss mich leider noch ein paar nicht ganz so interessanten Gesprächspartnern widmen, wenn du verstehst, was ich meine.«

Max' Worte rissen mich aus meinen Gedanken. »Ja, klar, kein Problem, das verstehe ich.«

»Ich würde mich freuen, wenn wir nach der Arbeit vielleicht mal zusammen etwas trinken gehen. Was hältst du davon?«

»Das klingt toll«, murmelte ich, aber meine Gedanken waren längst woanders.

Er entsperrte sein Handy und forderte mich auf, meine Nummer einzutippen. Ich kam seiner Aufforderung nach, dann verabschiedete er sich so charmant, wie er mich zuvor begrüßt hatte.

Mein Blick blieb an Landon hängen, der ebenfalls schmunzelnd in meine Richtung sah und mir mit einem Glas zuprostete. Na toll, das hatte mir gerade noch gefehlt.

Nachdem ich Catherine gefunden und eine halbe Stunde mit ihr gesprochen hatte, wollte ich mein Vorhaben in die Tat umsetzen. Henry wusste schon Bescheid und würde in wenigen Minuten unten auf mich warten. Unauffällig ging ich in mein Büro, um meine Tasche zu holen, als mich Stimmen aus dem Büro von Mr. West hellhörig werden ließen. Leise schlich ich mich zur Zwischentür und legte mein Ohr ganz nah daran. Landons Stimme erkannte ich sofort. Er schien mit einer Frau zu streiten, deren Stimme ich erst nicht zuordnen konnte, aber dann nannte er ihren Namen: Amelia.

»Meinst du, ich bekomme nicht mit, wie du mit deinen Assistentinnen umgehst? Ich kann das so nicht. Du weißt, was ich empfinde, doch es ist dir anscheinend egal.« Amelia schluchzte.

Ich hörte Landon seufzen, dann ein Geräusch von Stoff auf Stoff, gefolgt von dem schmatzenden Geräusch eines Kusses. »Lass uns das bitte später zu Hause bereden.«

Plötzlich nahm ich das klackernde Geräusch von High Heels auf dem Flur wahr, das sich immer weiter meiner Bürotür näherte. Hektisch schnappte ich meine Tasche und bewegte mich Richtung Ausgang, um die Person rechtzeitig abzufangen. Claire stöckelte geradewegs auf mich zu. Gehetzt zog ich die Tür hinter mir zu und atmete tief durch.

»Da bist du ja. Wir haben schon überall nach dir gesucht.« Dem Klang ihrer Stimme und ihrem Gang nach zu urteilen, hatte sie schon einige Gläser Champagner getrunken. Der Blick auf meine Tasche ließ ihren rot geschminkten Mund zu einer schmollenden Grimasse werden. »Sag nicht, du willst schon gehen? Jetzt fängt der Abend doch erst an, lustig zu werden.«

»Ich habe noch eine Verabredung«, hielt ich mich kurz, schulterte meine Tasche und bewegte mich in Richtung des Aufzugs. Claire ließ sich jedoch nicht so schnell abschütteln und lief leicht strauchelnd neben mir her.

»Ach Liv, komm schon, selbst dein humorloser Boss mischt sich noch unters Volk.« Sie kicherte und hielt sich einen Finger an den Mund, um anzudeuten, dass ich niemandem verraten soll, wie sie über den Besitzer dieser Firma sprach. »So ganz unter uns: Ich bin echt froh, dass du wieder da bist. Wie schaffst du das nur, jeden Tag für ihn zu arbeiten? Wenn sein überragendes Aussehen nicht entschädigen würde, hätte ich es keine zwei Tage ausgehalten. Irgendwie hat der Typ doch massive Probleme, eine Konversation zu führen. Vielleicht ist er ein Menschenhasser oder sowas. Und das als CEO einer Firma.« Sie lachte amüsiert und wickelte eine ihrer blondierten Haarsträhnen um den Finger, während ihre Worte einen inneren Widerstand in mir aufkeimen ließen.

Es gefiel mir nicht, wie sie über ihn redete, auch wenn ich wusste, dass er nun mal ganz genau so auf andere Menschen wirkte. Ich kannte auch eine andere Seite von ihm, die das komplette Gegenteil von dem war, was Claire in ihm sah. Er hatte sich mir gegenüber fürsorglich, empathisch und zärtlich gezeigt. Ja, und es machte mich selbst fertig, dass es noch diese andere Seite an ihm gab, die mich schlecht fühlen ließ, und die ließ er mich seit drei Wochen jeden Tag spüren. *Jeden verdammten Tag!*

Die Aufzugtüren öffneten sich und sorgten dafür, dass ich diese Unterhaltung mit Claire nicht weiterführen musste. Ich trat in den Aufzug und verzog meinen Mund krampfhaft zu einem Lächeln. »Wir sehen uns am Montag, viel Spaß noch.« Ich hob die Hand, um ihr zu signalisieren, dass ich jetzt verschwand, woraufhin sie seufzend davonstöckelte.

Claires Worte hallten in meinem Kopf nach und sorgten für ein bedrückendes Gefühl in meiner Brust. Er konnte mich behandeln, als sei ich Luft, und doch hatte ich immer wieder das Gefühl, diesen Mann verteidigen zu wollen. Die Sehnsucht nach ihm fraß sich wie Säure durch mein Herz. Es schmerzte mich, zu wissen, dass ich ihn niemals haben könnte. Deshalb war es Zeit, weiterzumachen und nach vorn zu blicken.

In wenigen Monaten würden sich unsere Wege trennen und ich würde nicht mehr als eine seiner vielen Assistenten und ein netter One-Night-Stand gewesen sein.

KAPITEL 24
Caleb

DREI WOCHEN HATTE ich es geschafft, sie auf Abstand zu halten, und gerade als ich dachte, wir würden die nächsten Monate so noch über die Bühne bringen, brachte sie mich wieder in eine Situation, die mir bewies, dass das Bullshit war. Ich würde mit ihr nicht mehr arbeiten können. Also musste ich wohl oder übel einen Weg finden, sie loszuwerden, denn sie war die verbotene Frucht, die mich ständig in Versuchung brachte. Ich dachte daran, wie ich sie gerade am liebsten über die Schulter geworfen und aus diesem Raum getragen hätte, als sie diesem Anwalt ihr süßes Lächeln geschenkt und offensichtlich mit ihm geflirtet hatte.

Verflucht, es störte mich, zu sehen, wie Männer auf sie reagierten, und es machte mich rasend, wenn sie Gefallen an einem von ihnen fand – und das tat sie. Bereits bei ihrer Begegnung im Aufzug war mir nicht entgangen, dass sie diesen Typen mit seiner aufgesetzten Art sympathisch fand.

Genervt öffnete ich die Tür meines Büros und fand zu meiner Überraschung Landon vor, der auf meinem Stuhl saß und sich die Hose zuknöpfte. Sein Jackett lag auf der Ledercouch. An seinem Hemd klebte Lippenstift. Ich musste kein Genie sein, um zu begreifen, was hier gerade vor sich ging.

»Ernsthaft? Du hast ein eigenes Büro. Mit wem warst du hier?«

Er lächelte müde und fuhr sich mit der Hand durchs Haar. »Amelia. Ich konnte nicht in mein Büro, da würden Lisa und Claire mich finden. In dein Büro traut sich niemand rein.« Er stand auf und ging zur Couch, um sich sein Jackett anzuziehen.

»Ich hoffe für dich, dass du keine Spuren hinterlassen hast«, brummte ich unheilvoll.

Belustigt schüttelte er den Kopf. »Entspann dich, Cal, es war nur ein Blowjob. Amelia ist sauber und präzise dabei.«

Ich zog eine Augenbraue hoch und sah ihn an. »Ist das was Ernstes zwischen euch? Du triffst sie schon erstaunlich lange.«

Sein süffisantes Lachen füllte den Raum. »Ich komme gut aus mit ihr, der Sex ist berauschend, aber du weißt, wie ich zu festen Beziehungen stehe. Das hat sich nicht geändert.« Prüfend sah er mich an. »Aber was ist mit dir?«

»Was soll mit mir sein?«, fragte ich teilnahmslos.

»Ich habe dich gesehen, als Liv und Max sich unterhielten. Du hast sie regelrecht verbrannt mit deinem Blick. Alter, sag mir nicht, du stehst auf deine Assistentin?«

»Spinnst du?«, brach es aus mir heraus. »Wann war ich jemals an einer der Frauen hier interessiert?«

Landon grinste schief. »Gut, dann interessiert es dich sicher nicht, dass sie ihm ihre Nummer eingespeichert hat und kurz darauf verschwunden ist.«

Jetzt hatte er mich. Ich seufzte und kniff mir mit Daumen und Zeigefinger in die Nasenwurzel.

»Scheiße, Mann, du hast sie gevögelt, oder?« Landon starrte mich mit großen Augen an. Er musste meine Antwort nicht abwarten, um zu wissen, dass er ins Schwarze getroffen hatte. Landon war mein bester Freund, ihm etwas zu verheimlichen war die eine Sache, ihn anzulügen eine Grenze, die ich nicht überschreiten wollte.

Er rieb sich mit beiden Händen durchs Gesicht und lachte erneut auf, diesmal klang es fast schon frustriert. »Ich stelle mir gerade Catherines Gesicht vor, wenn sie erfährt, dass du, nachdem sie sich Jahr für Jahr ein Bein ausreißt, indem sie neue Assistenten einstellt, um deine Angst vor Nähe und Bindung zu kompensieren, deine neue Assistentin über den Tisch gebeugt hast.«

»Habe ich nicht«, zischte ich ihn an.

»Wo auch immer du sie hattest, du hast ein verdammtes Problem«, erwiderte er in einem weiterhin äußerst amüsierten Tonfall.

»Schön, wie sehr es dich vergnügt«, knurrte ich.

Jetzt wurden seine Miene und auch sein Tonfall ernst. »Du solltest das beenden.«

»Es war nur eine einmalige Sache!«, beharrte ich, in der Hoffnung, er würde mir glauben. Ich log nicht, jedoch konnte ich ihm schlecht sagen, wie oft ich mir vorstellte, es wieder mit ihr zu tun.

»Was hast du vor?«

Ratlos zuckte ich mit den Schultern. »Sie entweder auf Abstand halten, bis ihr Vertrag ausgelaufen ist, oder …« Ich stockte.

»Sie kündigen«, vervollständigte er meinen Satz, schüttelte jedoch zeitgleich den Kopf. »Das kannst du nicht bringen. Catherine würde Fragen stellen, und du weißt nicht, was sie später erzählt. Wenn rauskommt, dass du sie gekündigt hast, weil du deinen Schwanz nicht aus ihr lassen konntest, hast du weitaus größere Probleme.«

Landon hatte recht, aber er wusste nicht, dass es so nicht gewesen ist. Ich hatte sie nicht dazu gebracht, mit mir zu schlafen – zumindest wollte ich das glauben. Nach allem, wie ich sie in den Wochen vor dieser Nacht behandelt hatte, war mir ohnehin schleierhaft, warum sie sich überhaupt von mir angezogen fühlte.

In Paris war dieses Knistern, das Verlangen in ihrem Blick, ihr Stöhnen, das danach schrie, ihr mehr zu geben.

Landon taxierte mich mit seinem Blick. »Cal, du wirst doch wohl keine Probleme haben, diese Situation noch sechs Monate zu managen, oder? Lass deinen Schwanz in der Hose und fokussiere dich auf das Geschäft. Sie ist nur eine Frau von vielen. Sie ist deine Assistentin.«

Wie unrecht er doch hatte. Für mich war sie nicht eine Frau von vielen. Das sollte er eigentlich wissen, denn ich hatte nie Interesse an irgendeiner anderen Frau gezeigt, obwohl hier durchaus sehr attraktive Frauen arbeiteten.

Ich nickte dennoch. »Es war ein Fehler, der mir sicher nicht noch einmal passieren wird. Kein Wort zu Catherine.«

Landon schürzte die Lippen, sichtlich verärgert darüber, dass ich ihm das sagen musste. Denn ich wusste, dass er diese Information niemals weitertragen würde, schon gar nicht an seine Mutter. Er wollte gerade etwas erwidern, als die Tür schwungvoll aufging.

»Da seid ihr ja. Landon, ich habe dich überall gesucht. Du wirst gebraucht.« Catherine sah fragend zwischen uns umher.

»Zwei Minuten, Mom.«

Sie zögerte kurz, dann schloss sie die Tür hinter sich. Sobald sie den Raum verlassen hatte, musste ich schmunzeln, bei dem Gedanken daran, Catherine wäre zehn Minuten eher gekommen und hätte Landon versunken im Mund unserer Empfangsdame vorgefunden.

»So viel zum Thema *hier kommt niemand rein.*«

Schwer seufzend verdrehte er die Augen und verließ das Büro.

Stöhnend lehnte ich meinen Kopf zurück und bereitete mich auf das vor, was vor mir lag. Ich würde die Situation mit ihr klären müssen und das noch heute Abend, wenn ich nicht wollte, dass mir alles um die Ohren flog.

KAPITEL 25
Liv

ES WAR DAS erste Mal, seit Mom im Krankenhaus gewesen ist, dass ich ausging. Es ging ihr von Tag zu Tag besser und das war definitiv Grund zu feiern. Rylee hatte mich überredet, heute Abend in einen neuen Club zu gehen. Das Golden Magician hatte erst vor zwei Wochen seine Pforten geöffnet und es klang ganz so, als wäre es ein Club, der uns dreien gefallen würde.

Zu meiner Freude war ich mehr als rechtzeitig von der Firmenfeierlichkeit losgekommen, somit blieb mir noch genügend Zeit, mich fertigzumachen. Henry würde mich später zu Rylee fahren. Er kannte sie mittlerweile schon, denn sie hatte ein paar Mal auf mich gewartet. Auch Henry konnte sich Rylees offensiver, humorvoller und herzlicher Art nicht entziehen. Beim letzten Mal brachte sie ihm sogar selbstgebackene Muffins ans Auto. Für sie war es unvorstellbar, jemanden zu haben, der einen rund um die Uhr irgendwohin fuhr. Weil sie so dankbar war, dass er mich immer sicher zu ihr brachte, wollte sie sich erkenntlich zeigen.

Ich stieg aus der Dusche und betrat meinen Ankleideraum. Zielstrebig griff ich nach dem neuen Kleid, das ich mir extra für den heutigen Abend zugelegt hatte und stellte verärgert fest, dass das Etikett sich nicht so einfach entfernen ließ. Hilfesuchend kramte ich in meinem Schreibtisch nach einer Schere, fand aber nichts, was hilfreich war. Genervt blickte ich an mir hinab und stellte fest: Ich war nackt. So konnte ich unmöglich in die Küche gehen.

Entschlossen griff ich nach dem Bademantel meines Bosses, der nach dem Desaster in der Küche immer noch bei mir im Badezimmer hing. Er fühlte sich weich auf meiner Haut an und ich bildete mir ein, immer noch einen Hauch seines Aftershaves wahrzunehmen. Zögerlich öffnete ich die Tür und warf einen Blick in Richtung des Aufzugs. Das Letzte, was ich brauchte, war eine weitere peinliche Begegnung mit ihm.

Claire und Lisa sagten, dass diese Partys meist bis in die Nacht hinein gingen und da er der Gastgeber war, würde er hier sicher nicht vor Mitternacht aufkreuzen, also flitzte ich los. Ich hatte bereits die Hälfte der Strecke zum Wohnbereich zurückgelegt, als ich das leise Piepen des Aufzugs vernahm. Wilde Panik stieg in mir auf. *O Gott, warum?* Warum war es mir nicht klar gewesen, dass meine logischen Schlussfolgerungen keinen Bestand hatten? Wir redeten hier schließlich über mich – und ich besaß nun mal das ausgeprägte Talent, Caleb West in unangenehme Situationen zu bringen.

Im Bruchteil einer Sekunde versuchte ich, eine Entscheidung zu treffen. Mein Instinkt schrie nach Flucht und wollte auf dem Absatz kehrtmachen, um zurück in mein Zimmer zu rennen. Mein rationaler Verstand hingegen wusste, dass ich das unmöglich schaffen konnte, ohne dass er mich bemerken würde. Also entschied mein Nervensystem sich kurzerhand wohl für den Freeze-Modus und ich blieb einfach wie erstarrt stehen.

Unmittelbar nachdem er aus dem Aufzug gestiegen war, traf mich sein mehr als überraschter Blick. Ich lächelte verlegen und versuchte, die peinliche Situation irgendwie zu erklären: »Es tut mir leid, ich weiß, ich sollte hier nicht so herumlaufen, aber ich hatte nicht so früh mit Ihnen gerechnet«, kam es haspelnd aus mir heraus, während ich die Arme fest um meinen Körper schlang. Mit jedem Wort, das meinen Mund verließ, wuchs meine Unsicherheit und ich machte instinktiv zwei Schritte zurück.

Er sagte kein einziges Wort – seine Miene glich einer steinernen Maske, während er mit langsamen Schritten auf mich zukam. Er wirkte insgesamt beinahe ungewohnt entspannt, wäre da nicht dieses raubtierhafte Funkeln in seinen Augen gewesen. Sein Jackett hatte er ausgezogen, die Ärmel seines Hemds hochgekrempelt, sodass ich unweigerlich auf seine muskulösen, sehnigen Unterarme starren musste. Die Krawatte hatte er abgelegt und die ersten Knöpfe seines Hemds waren geöffnet, wodurch mein Blick als Nächstes auf seine harte Brust fiel – die Brust, an der ich in jener Nacht so viel Trost gefunden hatte. Dieser Anblick ließ direkt eine mir mittlerweile mehr als bekannte Hitze in mir aufsteigen. *Wieder mal der falsche Zeitpunkt, Liv.* Ich sollte besser beten, dass er mich nicht kündigte.

Für einen kurzen Moment dachte ich, er würde einfach so an mir vorbeilaufen, aber dann blieb er plötzlich auf meiner Höhe stehen. Eingeschüchtert von seiner bloßen Präsenz, sah ich zu Boden und wagte es nicht, mich zu bewegen, während mein Herz unaufhaltsam gegen meine Brust wummerte.

»Sehen Sie mich an, Ms. Hayes.« Seine Stimme klang tief und bedrohlich, sodass sich sämtliche Nackenhaare bei mir aufrichteten. Ganz langsam drehte ich mich zu ihm herum und wagte es, ihm ins Gesicht zu schauen. Sein finsterer Blick hielt mich sofort gefangen. »Wir müssen reden. Jetzt!«

»Jetzt?«, stieß ich mindestens eine Oktave zu hoch aus. »Ich habe eine Verabredung und muss mich fertig machen.« Mein Tonfall gewann an Strenge, denn ich wollte mich von ihm nicht so beherrschen lassen – nicht in meiner freien Zeit und schon gar nicht nach dem, wie er mich in den letzten Wochen behandelt hatte. Vereinbarung hin oder her, aber wenn er sich nicht wie ein erwachsener Mann verhalten konnte, nachdem wir Sex hatten, wäre ich auch jetzt nicht bereit, auf Abruf mit ihm zu reden.

Ein unheilvolles Grollen drang aus seiner Brust, während er ein Stück vortrat. Automatisch wich ich zurück – so weit, bis ich die Wand in meinem Rücken spürte. Er stütze beide Arme links und rechts von meinem Kopf ab und lehnte sich mit seinem Gesicht soweit vor, dass er plötzlich ganz nah an meinem war.

»Wohin des Weges?« Seine raue Stimme elektrisierte mich und der Geruch von herbem Whiskey und seinem holzigen Parfüm drang in meine Nase.

»Ich habe eine Verabredung, das sagte ich doch bereits«, entgegnete ich schnippisch.

»Dann frage ich präziser: Mit *wem*?«

Was war nur los mit ihm? Er ignorierte mich seit Wochen und jetzt wollte er in meiner Freizeit ein Pläuschchen mit mir halten, bei dem er mir einfach viel zu nah kam und davon ausging, ich wäre ihm irgendeine Rechenschaft schuldig.

»Ich glaube nicht, dass Sie das etwas angeht.«

Selbst überrascht von meiner schlagfertigen und mutigen Antwort, hob ich das Kinn. Ich war es leid, mich so behandeln zu lassen. Ich war seine Regeln leid und ich war es leid, dass mein Körper unter seinen Blicken weich wurde wie Wachs.

Ich wandte meinen Blick von ihm ab und versuchte, an ihm vorbei zu schauen. Blitzschnell griff er nach meinem Kinn und hielt es fest, sodass ich gezwungen war, ihn anzusehen.

»Triffst du dich mit *ihm*?«

Erschrocken sah ich ihm wieder in die Augen, denn ich wusste genau, wen er meinte. Ich hätte einfach mit dem Kopf schütteln können, um die Situation zu deeskalieren, aber meine innere Rebellin war geweckt. Was dachte er, wer er war?

»Sie meinen Max?«, fragte ich unschuldig und klimperte provokant mit den Wimpern. »Was wäre denn, wenn ich mich heute mit ihm träfe?«

Sein Griff an meinem Kinn wurde fester. Er verzog das Gesicht, als bereitete es ihm Schmerzen. »Dann verbiete ich es dir.«

Jetzt waren wir also wieder beim *Du*. Sein Tonfall war barsch und seine Augen funkelten mich beinahe böse an. So hatte ich ihn noch nie erlebt und trotzdem trat ich ihm mit Hohn entgegen.

»Du kannst mir gar nichts verbieten. Du bist mein Boss, und was ich in meiner Freizeit treibe, geht dich einen Scheißdreck an«, keifte ich.

Ein schweres Gefühl überkam mich, als ich realisierte, wie sehr er mich mit seinem Verhalten verletzte, denn ich präsentierte hier gerade eine völlig neue Version meiner selbst. Hatte er mich in diesen wenigen Monaten bereits so sehr verändert? Oder war ich es selbst, die das aus mir gemacht hatte?

Er lockerte seinen Griff und trat ein Stück zurück. »Er ist ein Mitarbeiter von mir und ich untersage es dir, dich mit ihm zu treffen, solange du für mich arbeitest«, entgegnete er gespenstisch ruhig, während er seinen Nacken kreisen ließ.

In mir tobte ein Sturm. Ich warf ihm einen wütenden Blick zu und schnaubte. »Was kümmert es dich, wer mich vögelt? Du willst mich ja nicht mehr anfassen, aus Angst, dass ich dir dann am Rockzipfel hänge. Oder keine Ahnung, was dein scheiß Problem ist.« Meine Stimme klang heiser, Tränen füllten meine Augen und ich hatte Mühe, sie wegzublinzeln.

Unser erstes Gespräch nach dieser Nacht hatte ich mir anders vorgestellt – irgendwie erwachsener. Seine Miene blieb ausdruckslos, während ich vor lauter Emotionen, die in Highspeed durch mich hindurchrasten, fast zu kollabieren drohte.

Mit erhobener Braue blickte er an mir herab und schüttelte dabei ungläubig den Kopf. »Du hast meinen Bademantel an?«

Ich nickte stumm und spürte, wie ich errötete. Mist, daran hatte ich gar nicht mehr gedacht.

»Zieh ihn aus«, forderte er mich in einem warnenden Tonfall auf, der mich unmittelbar in Schockstarre versetzte.

»Was? Ich habe nichts darunter.« Entsetzt verschränkte ich meine Arme wieder vor der Brust. Das konnte er unmöglich ernst meinen.

»Zieh ihn aus! Ich sage das nicht noch einmal. Es ist mein Bademantel und ich will ihn zurück, *sofort.*«

Doch, er meinte es ernst. Immer noch starrte ich ihn an, unfähig, mich zu bewegen. Entschieden machte er einen Schritt auf mich zu, griff nach dem Gürtel und zog ganz langsam daran. Viel zu nah war er mittlerweile. Seine gesamte Aura zog mich in ihren Bann, so wie die Dunkelheit den Tag verschluckte. Während ich meinen Blick nicht von seinen hypnotisierenden Augen losreißen konnte, nahm ich unbewusst beide Arme runter und ließ es einfach geschehen.

Mit beiden Händen streifte er den Bademantel von meinen Schultern und ließ ihn gleichgültig zu Boden fallen. Scharf zog er die Luft ein, als er seinen glühenden Blick über meinen Körper wandern ließ. Ich stand nun komplett nackt und unbedeckt vor ihm, nicht nur körperlich, sondern auch seelisch, denn er sah, wie sehr ich mit meinen Tränen kämpfte.

»Hast du dich für ihn so hübsch gemacht?« Sein Blick fiel auf meine frisch rasierte Scham.

Völlig aus der Fassung, schüttelte ich den Kopf. Er trat noch einen Schritt weiter zu mir, sodass sein Körper jetzt endlich meinen berührte. »Sag es mir«, raunte er an meinem Ohr, während seine Hand sich tief in meinem Haaransatz vergrub und meinen Kopf ein Stück nach hinten zog.

Wut stieg wieder in mir empor und führte einen erbitterten Krieg mit meiner Lust, die sich drängend zwischen meinen Schenkeln bemerkbar machte. Wieder und wieder schüttelte ich den Kopf, bis Caleb seine Finger langsam durch meine Spalte gleiten ließ. Keuchend zuckte ich zusammen.

»Mein Fehler. Ich hätte klar formulieren sollen, dass diese hübsche Pussy ab jetzt ganz allein mir gehört.«

»Was willst du von mir? Was willst du hören, Caleb? Dass ich jede Nacht darauf warte, dass du wieder in mein Bett kommst?«, fauchte ich, bis meine Stimme durch ein leises Schluchzen abbrach und ich den salzigen Geschmack meiner Tränen wahrnahm.

»Sag das nochmal«, forderte er mich mit beunruhigend leiser Stimme auf, nachdem ich ihn so angeschrien hatte. Er wollte mich ganz sicher foltern. In mir wütete immer noch ein Gefühlscocktail aus Wut, Verletztheit und Erregung. Ich wusste nicht, wohin das Ganze hier führen sollte, aber ich war mir sicher, nicht bereit zu sein, wieder einen Deal mit ihm einzugehen.

»Ich will, dass du mich berührst. Ich will es die ganze Zeit, aber ich will keinen neuen Deal. Ich will dich ganz oder gar nicht. Ich will nicht wieder einen Mitleidsfick. Ich bin sie leid – all diese Regeln, die du aufstellst ...« Gerade, als ich so richtig in Fahrt kam, ließ er meine Haare los und legte einen Finger auf meine Lippen, um mich zum Schweigen zu bringen. Seine dunklen Iriden funkelten verlangend und fixierten meinen Mund. Ganz langsam beugte er sich zu mir herunter und führte seine Hand in meinen Nacken, ehe seine Lippen meine fanden. Unmittelbar sackte ich unter seinen Berührungen zusammen, aber er hielt mich. Sein Mund an meinem verzog sich kurzzeitig zu einem Grinsen, bis er ihn im nächsten Moment mit seiner heißen Zunge öffnete. Sein Kuss war weich, warm und leidenschaftlich und ließ mich genau das spüren, wonach ich mich so sehr sehnte. Gott, diese perfekten Lippen und dieses leise Stöhnen an meinem Mund entfachten in meinem Körper ein unbändiges Verlangen. Mit jeder Faser meines Körpers verzerrte ich mich nach diesem Mann.

Während sein Mund mich noch immer hungrig in Besitz nahm, glitt seine Hand wieder zwischen meine Beine. Im nächsten Moment spürte ich, wie ein Finger zwischen meinen Wänden eintauchte und sich begierig in mir bewegte. Unerwartet löste er unseren intensiven Kuss und grinste breit, denn ich war so erregt, dass das Ergebnis nun an seinen Fingern haftete.

Ein diabolisches Grinsen zierte sein Gesicht, als er sich genüsslich den Finger ablutschte und leise seufzte. »Ich werde dich berühren, mein kleiner Engel, ganz genau so, wie du es willst – aber vorher muss ich dich noch für dein loses Mundwerk deinem Boss gegenüber bestrafen. Das kann ich so nicht durchgehen lassen.«

Meine Augen weiteten sich, mein ganzer Körper vibrierte vor Sehnsucht und Aufregung.

»Du wolltest dich mit einem anderen Mann treffen«, stellte er knurrend fest und in seinen Augen blitze eine Dunkelheit auf, die mich erschaudern ließ. Schmerzhaft biss ich mir auf die Unterlippe und fragte mich, was zur Hölle mit mir nicht stimmte, dass dieser herrische Tonfall und die Aussicht darauf, von ihm bestraft zu werden, mir direkt zwischen die Schenkel fuhren.

Er nahm mein Gesicht in beide Hände und presste seine Lippen auf meine – nicht so sanft wie gerade. Es fühlte sich an, als wollte er sich daran erinnern, sich im Zaum halten zu müssen, als wollte er sich wieder erden. Gerade als ich begann, seinen Kuss zu erwidern, löste er sich von mir, hob mich über seine Schulter und gab mir einen festen Klaps auf den nackten Hintern.

»Caleb, was hast du vor?«

»Jetzt werde ich dir zeigen, was es bedeutet, wenn ich alle

Regeln breche. Das ist es doch, was du von mir wolltest, kleiner Engel.«

Vor Aufregung wimmerte ich auf, als dieser 1,92 m große Mann mich mühelos in sein Schlafzimmer trug. Er stellte mich sanft vor sich ab und strich mir das Haar aus dem Gesicht. Mein Blick fiel sofort auf die Beule in seiner Hose, und sein Blick folgte meinem, während er ganz langsam begann, seinen Gürtel zu öffnen. »Geh auf die Knie.«

Seine Präsenz und Dominanz ließen einen erregenden und warmen Schauer durch meinen Körper fahren. Ohne zu zögern gehorchte ich und kniete ehrfürchtig vor ihm nieder.

Da saß ich nun vor ihm – schwer atmend, unterwürfig und bereit, alles für ihn zu tun. Die Feministin in mir schrie, dass ich jetzt besser abbrechen und laufen sollte – nachdem dieser Mann mich so behandelt und mit mehr als einer Red Flag unmittelbar vor meiner Nase gewedelt hatte – aber der verruchte und devote Teil in mir liebte *alles* an dieser Situation, an ihm, an meiner neuen Rolle.

Ein erstauntes Keuchen entwich mir, als er seine Hose fallen ließ und mir seine riesige Erektion entgegenstreckte. Er war so viel größer, als ich ihn durch das schummrige Licht jener Nacht in Erinnerung hatte. Bläulich durchschimmernde Adern verliefen unterhalb seines Schafts.

»Jetzt sei ein braver kleiner Engel und öffne deinen Mund für mich«, sagte er ganz ruhig und beherrscht, als wäre diese Situation das Normalste der Welt. Er hielt seinen Schaft fest umschlossen, während er ihn in Richtung meines Munds führte. Das musste er mir nicht zweimal sagen.

»Ja, *Boss*«, flüsterte ich heiser, was ihm ein tiefes, kehliges Geräusch entlockte. Ich befeuchtete meine Lippen und wollte gerade nach seinem Schwanz greifen, da packte er grob mein Handgelenk.

»Nein! Hände in deinen Schoß. Du wirst sie nicht bewegen, ist das klar? Sonst muss ich dafür sorgen, dass du es nicht mehr kannst.« Sein Tonfall war derart drohend, dass ich es nicht eine Sekunde in Erwägung zog, nicht zu kooperieren. Also ließ ich die Hände dort, wo er sie sehen wollte.

»Ich helfe dir«, brummte er, griff dabei fest in mein Haar und dirigierte meinen Kopf zu seinem Schritt. Bereitwillig öffnete ich meinen Mund und leckte mit der Zunge über seine Eichel. Ein transparenter, glitzernder Faden spannte sich von seiner Spitze bis zu meiner Zunge.

»Fuck.« Ein leises Stöhnen drang aus seiner Kehle, was mich befeuerte, seine Härte mit meinen Lippen fest zu umschließen und mich von ihm führen zu lassen. Dominant lenkte er meinen Kopf und steuerte jede meiner Bewegungen verlangend und hart – ganz anders als bei unserem ersten Mal.

Ich würde meine Strafe tapfer entgegennehmen und ihm geben, was er wollte, wenn er mich nur endlich von diesem unaushaltbaren Prickeln zwischen meinen Beinen erlöste. Sein riesiger Schwanz glitt immer tiefer in meinen Hals und ich hatte Mühe, ihn vollständig aufzunehmen. Während sein Blick die ganze Zeit auf meinem Gesicht ruhte, wurden seine Stöße heftiger und sein Stöhnen lauter. Meine Augen füllten sich mit Tränen und ich atmete verzweifelt gegen meinen Würgereiz an, gleichzeitig spürte ich meine nasse Erregung, die sich weiter den Weg aus mir hinaus bahnte.

Caleb stieß immer wieder in mich, zog ihn vollständig raus, damit ich kurz Luft holen konnte, um ihn dann erneut bis in meinen Rachen vorzustoßen. Der Drang, ihn anzufassen, brannte in mir wie ein Leuchtfeuer. Caleb quittierte meine Begierde nur mit einem trägen Kopfschütteln. Indem er mich so einschränkte, quälte er mich auf eine perverse Art, die meine Lust immer weiter steigerte. Seine Bewegungen wurden kurzzeitig wieder etwas langsamer und gezielter. Ich nutzte den Spielraum, den er mir gab und ließ meine Zunge vorschnellen. Leidenschaftlich umspielte ich seine Eichel, ließ meine Zunge an seinen Adern herunter- und wieder hinaufgleiten. Der Griff in meinen Haaren wurde fester, als er seinen harten Schwanz wieder bis zum Äußersten in mir vergrub. Ich hielt seinen Stößen tapfer entgegen.

»So ein versauter kleiner Engel.«

Er fickte meinen Mund immer schneller und härter, bis er mit einem Mal laut und beinahe animalisch aufstöhnte. Eilig zog er sich aus meinem Mund zurück, nahm seine Härte in die Hand und spritze mir unvermittelt auf die Brüste. Sein warmer Saft lief über meinen Nippel. Ich wischte mir mit dem Handrücken den Speichel von meinem Mund, während ich mich sammelte und versuchte, zu begreifen, was soeben geschehen war. Ja, er hatte mich benutzt, und ja, verdammt – es hatte mich unfassbar erregt.

Keuchend blickte Caleb auf mich herab und grinste, um mich im nächsten Moment zu sich hochzuziehen und seine Lippen hart auf meine zu pressen.

»Ich bin noch nicht fertig mit dir, aber erst mal waschen wir dich jetzt sauber«, hauchte er atemlos gegen meine Lippen, ehe sein Blick auf meinen Oberkörper fiel, an dem sein Sperma mittlerweile bis zu meinem Bauchnabel gelaufen war, und ein zufriedenes Lächeln machte sich auf seinem Gesicht breit.

Er schob mich ins Badezimmer und drehte die Dusche auf. Noch immer schwer atmend, schaute ich ihm dabei zu, wie er sein Hemd aufknöpfte und sich komplett vor mir entblößte. Der Anblick seines muskulösen Oberkörpers und seines harten Schwanzes ließen mich innerlich brennen vor Sehnsucht. *Himmel, diese V-Line.*

Mit einer Kopfbewegung befahl er mir, in die Dusche zu steigen. Ich gehorchte abermals, stellte mich unter den warmen Strahl und ließ das Wasser über meinen Kopf laufen, als ich seinen warmen Körper und seine Erregung hinter mir spürte.

»Geht es dir gut?«, flüsterte er an meinem Ohr. Vier Worte, die mich sanft einhüllten und die auch die letzten Hemmungen von mir nahmen. Lächelnd drehte ich mich zu ihm um und ließ meine Fingerspitzen sanft über seine Bauchmuskeln fahren.

»Ja«, hauchte ich und blickte zu ihm auf. Zärtlich nahm er mein Gesicht in seine Hände und gab mir einen leidenschaftlichen Kuss. Mit seinem Körper drängte er mich gegen die Fliesen und ging so plötzlich vor mir auf die Knie, dass ich strauchelte. Halt gebend packte er meine Taille, bis ich mich gefangen hatte. Während das warme Wasser auf uns niederprasselte, legte er sich eines meiner Beine über seine Schulter und fuhr sanft mit der Zunge durch meine Spalte. Ich stöhnte auf, krallte mich in seinem nassen Haar fest und versuchte, zwischen ihm und den Fliesen einen festen Stand zu finden.

Der Hunger nach ihm und seinen Berührungen war nicht von dieser Welt – er übermannte mich, nahm mich vollkommen ein und spuckte mich willenlos wieder aus.

Wie oft hatte ich mir solche Szenarien mit ihm ausgemalt und dazu nichts weiter als meinen Vibrator gehabt, der die Fantasie in mir zu einem erlösenden Gefühl transformierte. Aber heute war er wirklich da, er nahm sich alles und er gab mir alles.

Caleb ließ zwei seiner Finger langsam in mich gleiten, während seine Zunge weiterhin meinen Lustpunkt umspielte. Er bewegte sich in mir so, dass er Bereiche stimulierte, von denen ich nicht einmal wusste, dass sie existierten.

»Engel, du schmeckst himmlisch. Ich habe so oft an deine kleine Pussy gedacht«, raunte er gegen meine pulsierende Klit.

Sterne tanzten vor meinen Augen und es dauerte keine drei Minuten, bis er mich auf diese Weise über die Klippe stieß, bevor ich mich völlig überwältigt und erschöpft noch ein Stück mehr gegen die Wand sinken ließ.

Nachdem Caleb uns beide eingeschäumt und abgespült hatte, drehte er die Dusche aus, leckte über seine Lippen und musterte mich einen Moment, bevor er mich an seine Brust zog – zu meinem Glück, denn ich hatte Sorge, meine Beine würden einfach so unter mir nachgeben. Es fühlte sich so an, als hätte sich sämtliche Muskulatur in meinem Körper einfach so aufgelöst.

Sanft strich er mir durchs nasse Haar und gab mir einen Kuss auf die Stirn. »Und jetzt trocknen wir uns ab und kommen gemeinsam.«

KAPITEL 26
Caleb

ICH LEGTE SIE auf meinem Bett ab und konnte den Blick nicht von ihrem perfekten Körper nehmen, denn diese Frau glich einem Meisterwerk. Sie atmete immer noch schwer, was nach ihrer Leistung von eben und ihrem Orgasmus nicht verwunderlich war.

»Dreh dich um«, befahl ich ihr und griff nach ihren Knöcheln, um sie näher an mich zu ziehen. Ihre eisblauen Augen funkelten mich aufgeregt an. Ihr Haar war noch immer feucht, und sie trug lediglich ihre vom Orgasmus geröteten Wangen.

Sie gehorchte und drehte sich auf den Bauch, bevor ich mich mit beiden Armen abstützte und meinen Körper über ihren gleiten ließ, wobei sich meine Härte gegen ihren prallen Po drängte. Zufrieden lächelnd legte sie den Kopf schräg und ich hätte dieses Bild am liebsten für immer eingefroren – so wunderschön und natürlich.

Küssend arbeitete ich mich abwärts von ihrem Hals, über ihre Schultern und ihren Rücken hinunter, bis ich bei den anbetungswürdigen Rundungen ihres Hinterns angekommen war. Mit meiner Hand glitt ich zwischen ihre Beine, die sie sofort bereitwillig weiter öffnete. So gehorsam und feucht ließ sie mich fast wahnsinnig werden. Ich musste mich zügeln, sie mir nicht in einer Weise zu nehmen, die sie vielleicht doch noch verschreckte. Mit meinem Daumen strich ich über ihre empfindlichste Stelle, bis sie begann, leise zu schnurren. Genau so wollte ich meinen kleinen Engel.

Mittlerweile hatte ich mich wieder von ihr runter geschoben und stand vor dem Bett, um ein Kondom aus meiner Nachttischschublade zu holen und es mir überzustreifen. Pure Lust vernebelte meine Sinne. Ich konnte an nichts anderes mehr denken, als in ihr zu sein. Viel zu lange hatte ich mir verboten, sie so zu erleben – sie mir zu nehmen.

Mit einem Ruck zog ich sie an ihren Hüften hoch, bis sie auf allen vieren hockte, und positionierte sie so vor mir, dass ich mühelos in sie eindringen konnte. Fuck, wie konnte ich auch nur versucht haben, dieses Gefühl aus meinem Gedächtnis löschen zu wollen?

Sie keuchte auf und warf den Kopf in den Nacken, während ich mich zu ihr vorbeugte und ihre Brüste umfasste, die sich im Takt meiner Stöße auf und ab bewegten. Drängend schob sie ihren Hintern immer weiter gegen meine Lenden. Sie war so feucht, dass das glitschige Geräusch selbst von unserem lauten Stöhnen nicht geschluckt wurde. Mit größter Selbstbeherrschung hielt ich mich davon ab, zu hart in sie zu stoßen, doch sie musste mich wieder einmal herausfordern.

»Ich brauche dich noch tiefer; noch härter«, stöhnte sie und ich war mir nicht sicher, ob sie das wirklich ernst meinte, denn mein Schwanz füllte sie jetzt schon bis aufs Äußerste. Aber sie war derart nass und losgelöst, dass ich sicher keine Mühe hätte, sie noch härter zu nehmen.

Grob packte ich ihren Oberkörper und drückte ihn runter, mit der anderen Hand zog ich ihren Unterkörper gleichzeitig näher zu mir. Meine Finger gruben sich in ihre Hüften, während ich mit gezielten und harten Stößen ihren Orgasmus vorantrieb und mich gleichzeitig darauf fokussierte, meinen eigenen zurückzuhalten.

Eine Weile beobachtete ich, wie mein Schwanz immer wieder in ihre feuchte warme Höhle eintauchte, während ich mit den Fingern ihre Klit stimulierte und sie lustvoll unter mir stöhnte.

»Gefällt dir, was dein Boss mit dir macht?« Laut klatschend prallte meine Hüfte gegen ihren wippenden Hintern.

»Ja«, wimmerte sie leise.

»Ich kann dich nicht hören, Engel. Sag mir, ob dein Boss dich gut genug fickt.«

»Ja, verdammt. *Ja*!«, schrie sie und bog stöhnend ihren Rücken durch.

Mit immer schnelleren Bewegungen kippte sie ihr Becken vor und zurück und stieß eine Mischung aus Stöhnen und Wimmern aus, als ihre Pussy sich noch enger um meinen Schwanz zusammenzog. Zarte Schweißperlen benetzten ihren Rücken, während sie voller Spannung unter mir erzitterte. »O Gott, Caleb, ich komme.«

Mit einem erlösenden Gefühl drang ich wieder tief in sie, bewegte mich schneller, bis auch ich kam und die Welle der Ekstase mich mitriss.

Wie berauscht wischte ich mir mit dem Unterarm über die feuchte Stirn. Jegliche Anspannung war aus ihrem Körper gewichen. Sie sah so verdammt zufrieden aus. Atemlos küsste ich ihren schweißbedeckten Rücken, zog mich langsam aus ihr zurück, entsorgte das Kondom und ging ins Bad.

Als ich wieder den Raum betrat, lag sie lächelnd auf dem Bauch und blickte in meine Richtung. Ich setzte mich zu ihr aufs Bett und lehnte mich gegen das Kopfteil.

»Komm her zu mir«, forderte ich sie auf und streckte dabei die Hand nach ihr aus.

Langsam setze sie sich auf und bedachte mich mit einem skeptischen Blick.

»Komm her und setz dich neben mich«, forderte ich sie abermals auf und klopfte auf den freien Platz neben mir.

Trotz ihres irritierten Blicks folgte sie meiner Anweisung und lehnte sich ebenfalls an das Kopfteil.

Mit dem warmen Waschlappen, den ich zuvor aus dem Bad mitgebracht hatte, begann ich, sie vorsichtig zwischen ihren Beinen zu waschen, bis sie plötzlich zusammenzuckte und mich entsetzt anstarrte.

»Was zur Hölle tust du da?«

»Ich mache dich sauber. Ich will, dass du dich wohlfühlst.«

Ihr überraschter Gesichtsausdruck verriet mir, dass vermutlich noch kein Mann, mit dem sie bisher intim war, in Form einer Aftercare für sie da gewesen war. Vielleicht hatte sie so viel Fürsorge aber auch einfach von mir nicht erwartet. Widerwillig ließ sie zu, dass ich sie wusch, entspannte sich aber schnell unter meinen Berührungen.

»Brauchst du noch irgendetwas?«, fragte ich sie behutsam und legte den Waschlappen beiseite.

Sie lächelte zögerlich, während sie mit einer ihrer Haarsträhnen spielte. »Wasser wäre nicht schlecht«, entgegnete sie prüfend, um sicherzugehen, dass ich das, was ich gesagt hatte, ernst meinte.

Schmunzelnd griff ich nach der noch verschlossenen Flasche an meinem Bett und reichte sie ihr.

»Danke. Kneif mich bitte mal«, feixte sie.

Ich legte die Stirn in Falten und tat so, als wäre mir nicht klar, was sie meinte. »Wieso?«

»Weil das alles, was hier gerade passiert, völlig konträr zu dem ist, wie es in den letzten Wochen zwischen uns war, und deine jetzige Überfürsorge das Gegenteil von dem ist, wie hart du gerade meinen Mund gevögelt hast. Sag mir bitte nicht, du bereust es schon wieder und willst hier gerade nicht meinen Intimbereich, sondern dein Gewissen reinwaschen.«

Lachend zog ich sie an mich und gab ihr einen Klaps auf ihren nackten Hintern. Sie lachte ebenfalls, legte ihren Kopf auf meine Brust und zog mit ihrem Zeigefinger kleine Kreise darauf.

»Es tut mir leid, wie ich dich behandelt habe. Ich werde dir mit der Zeit sicherlich einiges erklären, aber aktuell bitte ich dich einfach darum, im Hier und Jetzt zu bleiben und unsere gemeinsame Zeit zu genießen. Glaube mir, wenn ich dir sage, dass ich ganz genauso verwirrt bin wie du.«

Sie hob den Kopf und blickte mir direkt in die Augen. »Was bedeutet das für uns?«

Ratlos zuckte ich mit den Schultern. »Hör zu, es ist alles ziemlich neu für mich. Ich hatte seit dem College keine Freundin mehr.« Kaum hatten die Worte meinen Mund verlassen, setzte sie sich auf, zog sich die Decke vor die Brust und blickte mich mit großen Augen an.

»Das ist wie lange her?«

»Zwölf Jahre.« Mit einem Mal spürte ich die Schwere, die auf meiner Brust lastete. Ich wollte diesen schönen Moment mit ihr eigentlich genießen, aber mir war klar, dass sie Fragen hatte, denen ich nicht auf ewig aus dem Weg gehen konnte.

Sie strich mir sanft mit der Hand über die Wange. »Das ist okay für mich. Wir gehen es einfach langsam an.« Mit schräg gelegtem Kopf betrachtete sie mich, und in ihrem Blick lag eine Sanftmütigkeit, die mir einen Stich versetzte.

»Lass uns schauen, wie es sich entwickelt. Es ist mir wichtig, dass wir Privates und Berufliches trennen und dass niemand etwas davon mitbekommt, bevor wir selbst nicht sicher sind, was es ist. Ich brauche diese Zeit.«

»Was bedeutet es, Berufliches und Privates zu trennen?« Ihr

freches Grinsen sollte mich ganz sicher aus der Reserve locken.

»Es bedeutet, dass ich dein Boss bin und du mich nicht von meiner Arbeit ablenkst, bis wir diese vier Wände hier betreten.«

Sie hatte sich wieder auf meine Brust gelegt und ein Bein um mich geschlungen. »Und was passiert, wenn wir diese vier Wände hier betreten?«

Diese Frage war ganz sicher kalkuliert. Mit einem Ruck drehte ich sie herum, bis ich über ihr lag. »Dann sorge ich dafür, dass du dich von der Arbeit erholst und dabei meinen Namen schreist.«

Lachend fanden unsere Münder sich und ich spürte, wie ich schon wieder hart wurde, als sie plötzlich unter mir aufschreckte.

»Mist, ich habe sie völlig vergessen.«

Irritiert schob ich mich von ihr und sah dabei zu, wie sie aufsprang, als sei sie von einer Tarantel gestochen worden.

»Kannst du mir ein T-Shirt geben?«

»Sicher.« Verwirrt kratzte ich mich am Kopf.

Nachdem ich eins meiner T-Shirts aus dem Ankleidezimmer geholt hatte, hielt ich es ihr hin und betrachtete sie mit verengten Augen. »Wen hast du vergessen?«

»Meine Freundinnen. Wir waren verabredet, um gemeinsam in diesen neuen Club zu fahren. Ich bin gleich wieder da.« Eilig verließ sie mein Schlafzimmer und verschwand scheinbar in ihrem. Also nutzte ich ihre plötzliche Abwesenheit, um mich kurz abzuduschen.

Zehn Minuten später betrat ich den Wohnbereich. Sie saß auf dem Sofa und trug noch immer mein T-Shirt. Ihre Haare standen wild in alle Richtungen, und trotzdem sah sie wunderschön aus.

Nur mit einem Handtuch um meine Hüften gebunden, ging ich rüber zum Kühlschrank. Sie tippte etwas in ihr Handy, aber aus dem Augenwinkel nahm ich wahr, wie ihr Blick mir folgte.

Noch immer tiefenentspannt von unserer körperlichen Zusammenkunft, ließ ich mich zu ihr aufs Sofa sinken und reichte ihr ein Glas mit kaltem Wasser. »Alles okay?«

»Ja, es ist alles gut. Ich hatte meine Verabredung nur völlig vergessen, durch, naja, unsere Beschäftigung.«

Ich mochte es, wenn sie so schüchtern wirkte, denn ich wusste, dass ich sie dazu bringen konnte, ihre Hemmungen vollständig abzulegen – vor allem, wenn sie wütend auf mich wurde oder wenn ich sie zum Höhepunkt brachte.

»Möchtest du noch ausgehen? Soll Henry dich irgendwohin fahren?«

Sie schüttelte den Kopf und schmiegte sich näher an mich. »Nein, meine Freundinnen müssen heute ohne mich den Club unsicher machen. Ich bleibe hier bei dir, wenn das okay für dich ist.«

Sanft strich ich ihr eine Strähne aus dem Gesicht. »Natürlich, mehr als das.«

»Gut, aber ich bestehe darauf, dass wir die Nacht zusammen verbringen, wenn ich hierbleibe.«

»Du meinst, du willst in meinem Bett schlafen?«, neckte ich sie, wohlwissend, dass sie heute ganz sicher nicht in ihrem eigenen Bett schlafen würde.

»Ja, in deinem Bett und mit dir.« Sie grinste verschwörerisch.

»Okay«, kam es mir so leicht über die Lippen, obwohl es das allererste Mal war, dass ich mein Bett mit einer Frau teilte. »Soll ich uns etwas zu essen bestellen?«

»Ja, ich habe riesigen Hunger, und ich könnte mich daran gewöhnen, dass ab jetzt du alles regelst.«

»Das kannst du vergessen«, dämpfte ich ihre Euphorie, konnte mir ein Grinsen aber nicht verkneifen. Über die App rief ich den Lieferservice und legte mich wieder zu ihr aufs Sofa.

Sie strich mir mit den Fingern über meine nackte Brust, folgte jedem meiner Bauchmuskeln, bis sie mein Handtuch ganz langsam öffnete. »Bist du ständig hart?«

»Nein, nur wenn ich in deiner Nähe bin.«

Sie schluckte schwer und sah mich mit einem nachdenklichen Blick an. »Ich habe mir das alles so oft gewünscht. Aber jetzt bin ich gerade einfach so wahnsinnig durcheinander.«

Hörbar atmete ich aus, während ich sie ein Stück näher an mich zog. »Ich hatte meine Gründe.«

Sie nickte mit gesenktem Blick. »Sag mir nur, was sich geändert hat.«

»Du. Du hast mich verändert. Ich konnte gegen diese Anziehung irgendwann nicht mehr ankämpfen.«

Das hatte sie scheinbar zufrieden gestimmt, denn jetzt sah ich wieder diesen Glanz in ihren Augen. Ich hätte ihr noch so viel mehr sagen können, aber das würde ich mir für ein anderes Mal aufheben.

Zärtlich umfasste sie meine Härte, während ich mit der Hand unter ihr T-Shirt fuhr und über die seidige Haut ihrer Brüste streichelte. Langsam ließ ich die Hand zwischen ihre Schenkel wandern, als mir ein enttäuschtes Seufzen entfuhr. »Du hast dir einen Slip angezogen?«

»Ja, es fühlt sich falsch an, hier ohne Höschen herumzulaufen. Schließlich bist du immer noch mein Boss.«

»Sofort runter damit«, knurrte ich.

Augenblicklich raffte sie das T-Shirt ein Stück hoch, zog ihren Slip demonstrativ langsam über ihre Hüften und spreizte die Beine. »Besser so, Boss?«

Und da hatte sie ihre Schüchternheit wieder abgelegt – mein kleiner sündiger Engel.

KAPITEL 27

Liv

WIR VERBRACHTEN DEN gesamten Sonntag in Calebs Bett. Ich gab mir die größte Mühe, Rylee und Piper eine plausible Geschichte aufzutischen, warum ich so plötzlich abgesagt hatte. Mich quälte mein schlechtes Gewissen. Ihnen zu sagen, dass es mir nicht gut ging, fühlte sich so falsch an. Wir drei waren immer aufrichtig und ehrlich zueinander, was ich sehr schätzte, und ich wollte diese Verbindung mit meinen Freundinnen nicht gefährden. Jedoch konnte ich ihnen unmöglich über eine Nachricht mitteilen, dass ich gerade mit meinem Boss geschlafen hatte – oder dass es schon das zweite Mal war –, ohne dass sie vom ersten Mal gewusst hatten. Außerdem hatte ich Caleb ein Versprechen gegeben, dass wir das, was auch immer wir hatten, erst einmal für uns behielten.

Mein Montag startete wie immer, außer dass ich nicht in meinem, sondern in dem Bett meines Bosses wach wurde. Als mein Wecker klingelte, hielt Caleb mich fest und wollte mich tatsächlich wieder zurück unter seine Decke zerren, während ich ihm im Halbschlaf erklärte, dass ich für ihn arbeitete und früher aufstehen musste. In dem Moment, in dem er wieder eingeschlafen war, schlich ich mich aus dem Zimmer und ging rüber zu meinem, um zu duschen und mich fertig zu machen. Die Stunden seit Samstagabend fühlten sich so surreal an.

Ich entschied mich für eine schwarze Stoffhose mit passendem Blazer, einem beigefarbenen Top und hohen Schuhen. Ich stöckelte in die Küche, bereitete zwei Tassen Kaffee zu und stürzte mich mit dem Tablet in die heutige Planung, als mich plötzlich zwei starke Arme von hinten umschlangen und mir der Duft seines Aftershaves in die Nase stieg.

Es war also doch kein Traum. Angestrengt lehnte ich über der Theke, um weiter zu tippen, während er zarte Küsse auf meinem Hals verteilte.

»Guten Morgen, Engel, wie hast du geschlafen?« Seine Worte fühlten sich irgendwie überfordernd an und lösten eine Unsicherheit aus, die ich nicht fühlen wollte. Als ich mich zu ihm umdrehte, hielt ich kurz inne und versuchte, mich zu sammeln. Er sah mich mit einem liebevollen und aufrichtigen Blick an, den ich nicht an ihm kannte. Er war noch immer da – hier mit mir und hielt mich.

»Gut. Ich hoffe, du auch.« Kaum hatte ich den Satz beendet, nahm er mein Gesicht in beide Hände und küsste mich zärtlich. Seine Zunge schmeckte nach Minze, und hätte ich nicht die Küchentheke im Rücken gehabt, die mich stützte, wäre ich sicherlich einfach so unter seinen Berührungen zusammengesackt. Dieser Mann machte mich schwach, und das machte mir verdammt viel Angst. Ich schlief mit meinem Boss und niemand sollte es wissen. Damit hatte ich eine Situation kreiert, die sich schneller wieder in Luft auflösen konnte, als sie begonnen hatte. Das Ganze war fatal, denn ich musste mir eingestehen, ihm bereits gnadenlos verfallen zu sein – nein, ich hegte ernsthafte Gefühle für diesen Mann und nach den letzten Stunden mit ihm, würde er sicher niemals wieder meinen Kopf verlassen.

»Du siehst bezaubernd aus – wie immer. Aber warum hast du

heute keinen Rock angezogen? Ich habe mir Monate lang vorgestellt, wie es wäre, in meinem Büro die Hand darunter zu schieben ...«

Lachend hielt ich ihm eine Hand an den Mund. »Caleb, lass das. Du hast gesagt, wir sollen Berufliches und Privates trennen, und das tun wir auch. Die Hand unter meinen Rock zu schieben, ist nicht sonderlich professionell. Also reiß dich zusammen.«

Er verzog das Gesicht zu einer gespielt beleidigten Grimasse.

»Und was heißt hier *seit Monaten*?« Fragend sah ich ihn an, doch er zuckte bloß schuldbewusst mit den Schultern und versuchte, sich durch einen Kuss an meinem Hals vor der Antwort zu drücken. Er wusste schon jetzt, wie er mich gefügig machte, aber ich sammelte den letzten Rest meiner Selbstbeherrschung, legte ihm eine Hand auf die Brust und zwang ihn, mich anzusehen. »Sprich!«, forderte ich ihn scharf auf und scannte sein Gesicht.

Er grinste schief und vergrub sein Gesicht in meinem Haar. »Ich bin dir verfallen seit unserer ersten Begegnung am Aufzug.« Langsam fuhr er mit seinen Fingern über mein Schlüsselbein und ich schloss für einen Moment die Augen. »Du hast mir die Sprache verschlagen und ich würde lügen, wenn ich behauptete, nicht regelmäßig in dieser Weise an dich gedacht zu haben.« Er hauchte wieder einen federleichten Kuss auf meinen Hals, der ein angenehmes Prickeln zwischen meinen Beinen verursachte.

»Das hast du alles aber sehr gut überspielen können, denn bis Samstag hätte man meinen können, ich sei für dich nur ein lästiges Übel.«

Seufzend lehnte er sich ein Stück zurück. »Ich wollte es nicht wahrhaben, dass ich dich wollte. Können wir uns einfach darauf einigen, dass ich ein Idiot war und du viel zu gut für mich?«

»Ja, ich denke, darauf können wir uns einigen.«

Sachte streichelte er mir über den Rücken, in seinem Blick lag wirklich so etwas wie Reue. Überrascht von so viel Ehrlichkeit, schmiegte ich mich an seine Brust und spürte – ganz zu meinem Verderben – dass ich ihm noch ein Stück mehr verfiel.

Die letzte Arbeitswoche war hart gewesen. Ich hätte nicht damit gerechnet, wie anstrengend es ist, eine Fassade aufrecht zu erhalten, wenn man am liebsten übereinander herfallen würde. Caleb gab sich größte Mühe, unnahbar wie immer aufzutreten und seinen kühlen, emotionslosen Tonfall beizubehalten. Doch es gab Situationen, in denen ich ernsthafte Sorge hatte, aufzufliegen. Vor zwei Tagen öffnete er ohne anzuklopfen die Tür zu meinem Büro und redete mich mit meinem Vornamen an, als er wie vom Blitz getroffen realisierte, dass Claire an meinem Schreibtisch lehnte. Er stammelte, dass ich noch irgendetwas zu erledigen hatte und verließ den Raum. Claire war sichtlich irritiert und hatte nach diesem Vorfall ziemlich viele Fragen: Warum er mich beim Vornamen nannte und nicht anklopfte – das passte so gar nicht zu ihm. Außerdem war ihr aufgefallen, dass er hin und wieder lächelte. Schulterzuckend hatte ich mir die größte Mühe gegeben, unbeteiligt zu wirken und sinnbringende Ausreden zu erfinden. Claire hatte all meinen Quatsch geschluckt, aber solche Patzer sollten uns nicht öfter passieren, denn irgendwann würden die ersten Mitarbeiter misstrauisch werden.

Heute war zum Glück endlich Samstag – Wochenende und damit Zeit, in der man sich nicht verstellen musste. Jedoch hatten wir nicht bedacht, dass wir beide auch noch ein Privatleben besaßen, in dem auch andere Menschen eine Rolle spielten.

Caleb warf mir im Auto schon warnende Blicke zu, die mich erahnen ließen, was er gleich mit mir vorhatte, aber ich würde ihn leider enttäuschen müssen.

Rylee, Piper und Thiago wollten sich heute Abend mit mir im Cube treffen und nachdem ich ihnen letzte Woche so spontan abgesagt hatte, konnte ich sie diese Woche nicht wieder hängen lassen.

Als der Aufzug sich öffnete, wurde ich sofort gegen eine harte Männerbrust gezogen. Sobald sein heißer Mund meinen traf, öffnete ich ihn bereitwillig, um seiner Zunge Einlass zu gewähren. Mein Körper verselbstständigte sich und reagierte auf ihn wie immer, doch heute war ich gezwungen, dem ganzen einen Riegel vorzuschieben und löste mich keuchend von ihm.

»Caleb, ich würde gern den ganzen Abend so weitermachen, aber wir haben noch ein Privatleben mit Freundschaften, die wir pflegen sollten.« Während ich sprach, öffnete ich meinen Mantel und zog meine Schuhe aus.

Mit schräg gelegtem Kopf beobachtete er mich dabei. »Was soll das heißen?«

»Dass ich mich heute Abend mit meinen Freunden treffen muss.«

Er schnaubte enttäuscht. »Musst du?«

»Ja, ich habe ihnen letzte Woche völlig unerwartet abgesagt und wir wollen doch keinen Verdacht erwecken. Außerdem vermisse ich sie.«

Er brachte ein widerwilliges Nicken hervor und fuhr sich mit der Hand durchs Haar. »Vermutlich hast du recht. Landon hatte mich auch gefragt, was ich heute Abend mache. Wir sollten unseren gewohnten Aktivitäten nachgehen.«

Ich lächelte ihm aufmunternd zu, um zu unterstreichen, dass wir das Richtige taten. »Ich komme morgen gegen Nachmittag wieder, dann haben wir noch ein bisschen Zeit zusammen.«

»Morgen Nachmittag erst? Wie soll ich das schaffen?«

Dieser Mann machte mich fertig. Bis vor einer Woche war er jeden Tag bemüht, mich zu ignorieren, und jetzt bekam er nicht genug Nähe. Ich schlief seitdem jede Nacht in seinem Bett und er hielt mich jedes Mal so fest umschlungen, als hätte er Sorge, ich würde es mir anders überlegen und abhauen.

»Mach es mir nicht so schwer«, schmollte ich, zog ihn an mich und küsste mich über sein raues Kinn hoch zu seinen weichen Lippen.

»Schon gut, Engel. Ich bestehe aber darauf, dass Henry dich bringt und abholt. Er steht dir auch ansonsten das ganze Wochenende zur Verfügung.«

»Danke, das hatte ich vermutet.«

Seit Wochen ließ er nicht mehr zu, dass ich öffentliche Verkehrsmittel nutzte. Nach einem schnellen Blick auf meine Uhr ließ ich einen verschwörerischen Blick an ihm hinab schweifen und zog ihn an seiner Krawatte wieder näher zu mir. »Es ist spät, wir sollten uns fertig machen, aber es spricht nichts dagegen, dass wir gemeinsam duschen.«

Das ließ er sich nicht zweimal sagen, packte mich an den Oberschenkeln und hob mich hoch, sodass ich vorfreudig mit meinen Beinen seine Hüfte umklammerte.

Küssend brachte er mich in sein Schlafzimmer und legte mich auf dem Bett ab, aber er blieb über mich gebeugt und intensivierte unseren Kuss. »Runter mit deinen Sachen«, raunte er, während er mit der Zunge über meinen Hals fuhr.

Im nächsten Moment hatte er sich aufgerichtet und knöpfte sich das Hemd auf. So schnell ich konnte, zog ich mich aus, umrandete das Bett und sprintete in Richtung des Badezimmers, doch noch bevor ich angekommen war, hatte er mich eingeholt, wirbelte mich herum und drückte mich mit einem triumphierenden Grinsen gegen den Türrahmen. Laut lachend versuchte ich, mich aus seinem festen Griff zu befreien, aber all meine Versuche blieben erfolglos. Unbeeindruckt von meiner Gegenwehr, presste er seine Lippen fest auf meine, seine Hände umfassten meine Hüften und seine Härte schob sich drängend gegen meinen Bauch.

»Caleb«, stöhnte ich vor Erregung – seine Hände waren überall.

»Ich liebe es, wenn du meinen Namen stöhnst.«

Ich ließ meine Finger über seine Brust gleiten, runter zu seinem Schwanz, den ich nun mit einer Hand fest umschloss und mit leichten Auf- und Abbewegungen massierte, bis ich irgendwann begann, den Druck zu variieren und er meine Mühen mit einem Lusttropfen belohnte. Er vibrierte förmlich vor Erregung.

»Ab in die Dusche mit dir.« Mit einem festen Klaps auf den Po schubste er mich in Richtung der Duschkabine. Ich mochte es, wenn er mir keinen Raum für Widerworte gab – ja, es turnte mich regelrecht an. Es war erstaunlich, wie viele neue und überraschende Facetten er in dieser kurzen Zeit in mir entfacht hatte.

Brav stieg ich in die Dusche, während Caleb nach einem Kondom griff und mir folgte.

»Ich hoffe, du weißt, dass das heute leider nur ein Quickie wird«, foppte ich ihn, denn auch das war ein Teil unserer gemeinsamen Dynamik, den ich liebte.

Ein widerwilliges Knurren drang aus seiner Kehle, als er sich mir näherte. »Dann hast du am Sonntag einiges gutzumachen.«

»Oh ja« kam es mir atemlos über meine Lippen, denn Caleb hatte mich gepackt, gegen die Fliesen gedrückt und bewegte sich bereits in mir. Jeder seiner Stöße brachte mich dazu, laut aufzustöhnen und es jetzt schon zu bereuen, am Wochenende nicht bei ihm zu bleiben.

»Fuck, mein kleiner Engel, wie feucht du für mich bist, ohne dass ich dich vorher berührt habe.«

Nie zuvor in meinem Leben hatte ich eine größere Anziehungskraft und eine intensivere Sehnsucht gespürt, als bei ihm. Also ließ ich mich vollkommen fallen, ließ mich mit ihm, seinen Küssen, Berührungen und Stößen treiben. Für einen Moment nahm ich nichts anderes wahr, außer unserem Stöhnen und

Keuchen und dem Geräusch von nackter Haut auf Haut, das von den gefliesten Wänden widerhallte.

Zwei Stunden und zwei Orgasmen später setzte Henry mich am Cube ab. Ich strahlte nach der ausgiebigen Dusche mit Caleb über beide Ohren, weshalb ich mich selbst ermahnte, mich zusammenzureißen. Tatsächlich war heute nicht Piper, sondern ich die Letzte, die eintraf. Selbst Thiago war schon da und unterhielt die beiden mit seinem humorvollen Charme. Ich sah das Leuchten in ihren Augen, denn Thiago war definitiv eine Zehn von zehn. Schade, dass dieser Mann nicht auf Frauen stand. Rylee hatte mir in der Zwischenzeit verziehen, dass ich sie auf eine falsche Fährte gelockt hatte.

Ich begrüßte alle drei herzlich mit einer ausgiebigen Umarmung. Ein warmes Gefühl machte sich in meiner Brust bemerkbar und ich musste erkennen, wie sehr sie mir gefehlt hatten.

»Anscheinend geht es dir wieder gut nach letzter Woche. Du siehst fantastisch aus.« Rylee musterte mich mit einem skeptischen Blick.

Ich lächelte ertappt und schüttelte verlegen mit dem Kopf. »Rylee, ich trage eine Jeans und eine Bluse. Also nichts Besonderes.«

Sie tippte sich mit dem Zeigefinger an die Lippen. Man sah ihr an, wie es in ihr arbeitete. »Nein, irgendetwas ist anders. Du hast da diesen *Glow*.« Mit einer hektischen Handbewegung fuchtelte sie vor meinem Gesicht herum.

»Ich habe mich einfach nur erholt und freue mich, euch wiederzusehen.« War es tatsächlich so offensichtlich, dass ich gevögelt wurde? Bevor jemand etwas sagen konnte, wurden wir zu meiner Erleichterung von Ace unterbrochen, der jetzt an unserem Tisch stand und uns breit anlächelte. »Liv, schön, dich mal wiederzusehen. Was kann ich dir bringen?«

Lächelnd bestellte ich ein Glas Rotwein. Er nickte und warf Rylee im Vorbeigehen einen verdächtigen Blick zu.

»Was war das? Was habe ich verpasst?« Neugierig hob ich eine Braue und zeigte mit dem Finger zwischen ihr und Ace hin und her.

Rylee grinste und hob schuldbewusst ihre Schulter.

»Du hast letzte Woche definitiv was verpasst. Rylee hat ihn nach dem Golden Magician endlich an ihr Schmuckkästchen gelassen«, platze es aus Piper heraus.

Thiago lachte und erhob sein Glas.

»Oh wow, da habe ich ja wirklich etwas verpasst«, sagte ich wenig begeistert, denn ich ahnte, dass diese Liaison noch für Ärger sorgen würde.

Rylee war wie immer kein Stück unangenehm berührt. Ich kannte keinen anderen Menschen, der mit seiner Sexualität so offen umging wie sie. Sie war in Punkto selbstbestimmter und freier Sexualität ein absolutes Vorbild. Ihr musste man nicht sagen, dass sie vorsichtig sein und auf ihr Herz aufpassen müsste, denn Rylee kam nicht mal auf die Idee, es zu verschenken. Sie ließ einen Typen nicht näher als an ihre Vagina.

»Wie läuft es bei dir, Liv? Wie geht es Gillian?«, wechselte Piper schlagartig das Thema.

»Mom geht es gut, sie macht große Fortschritte, aber sie wird noch einige Wochen in Reha bleiben.«

»Und was ist mit dir?«, schaltete sich Thiago ein, weil er bemerkt hatte, dass ich die erste Frage unbeantwortet gelassen hatte.

»Es geht mir gut«, antwortete ich knapp und nippte an meinem Weinglas. Rylee und Piper schielten beide ungläubig in meine Richtung.

»Kommst du mit der Situation um deinen grumpy Boss jetzt besser klar?«, fragte Rylee und ließ mein Gesicht dabei nicht außer Acht.

Bei dem bloßen Gedanken an ihn wurde mir warm. Warum nur war mein Körper so ein mieser Verräter? Ich zwang mich, mich zusammenzureißen, denn noch vor wenigen Wochen, bevor ich das erste Mal mit ihm im Bett war, hätte ich diese Frage ganz einfach beantwortet.

Gespielt lässig fuhr ich mir durch die Haare und führte mein Weinglas erneut an meinem Mund. »Es ist auszuhalten. Ich habe nicht viel mit ihm zu tun, rede kaum mit ihm, er nicht mit mir. Es ist das Übliche wie immer. Ich habe mich mittlerweile dran gewöhnt – Caleb ist eben, wie er ist.« Schlagartig verwandelte sich die Wärme in meinem Körper in stechende Hitze und ich versuchte, das Gefühl mit dem Rest meines Weins herunterzuspülen. Hoffentlich war mein kleiner Versprecher niemandem aufgefallen. Aber als ich das Glas auf den Tisch absetzte, sah ich direkt in Thiagos verwundertes Gesicht. Bingo! Die Hitze erreichte meine Wangen. Thiagos Brauen berührten beinahe seinen Haaransatz. »*Caleb*?«

Ich räusperte mich. »Oh, das ist mir so rausgerutscht.«

Mir war klar, er würde mir das nicht abkaufen, denn er hatte ihn in einem Jahr nie bei seinem Vornamen genannt und wusste, wie distanziert Caleb war. Deshalb musste ihm bewusst sein, dass einem der Vorname sicherlich nicht einfach so rausrutschen würde.

»Du nennst ihn bei seinem Vornamen?« Jetzt blickten auch Rylee und Piper interessiert in meine Richtung.

»Nein, ich nenne ihn so, wie er genannt werden will – Mr. West, natürlich. Er ist schließlich mein Boss.« Mein Versuch, mich rauszureden, war wirklich armselig, das musste ich zugeben.

»Heilige Scheiße, du schläfst mit ihm?«

Ich verschluckte mich an dem Schluck Wein, den ich mir gerade aus Rylees Glas gegönnt hatte und griff hustend nach einer

Serviette, um sie mir an den Mund zu halten und die anderen davor zu bewahren, mit gegorenen Trauben geduscht zu werden. Wem wollte ich hier etwas vormachen? Ich hatte soeben meinen Wein wie Wasser gekippt und war nervöser als ein Süchtiger auf Entzug. Als würde meine Freunde das nicht stutzig machen.

Mit hilflosem Blick klopfte Piper mir auf den Rücken, bis ich mich etwas beruhigt hatte. Ich sah in drei völlig entgeisterte Gesichter – unfähig, irgendetwas zu sagen. Dann ertönte Rylees schrilles Quieken. »Oh mein Gott, Liv, bitte sag mir, dass das wahr ist. Sag mir, dass du heißen, schmutzigen Sex mit deinem Adonis von Boss hast.«

Piper stimmte lachend ein, während mein Kopf bereits in Flammen stand und mein Blick den dreien alles verriet, was sie wissen mussten.

»Wie konnte das passieren? Wie lange geht das schon?« Thiagos Stimme war ernst und er schien der Einzige zu sein, der eher besorgt war, als sich darüber zu freuen, dass ich mit meinem Boss schlief. Ich zuckte mit den Schultern und sah beschämt zu Boden. Irgendwie hatte ich das Gefühl, Thiago enttäuscht zu haben, und mein Gewissen quälte mich Caleb gegenüber, dass ich es auch nicht einen Tag geschafft hatte, unsere Affäre vor meinen Freunden zu verbergen.

»Du musst uns alles erzählen, Liv«, rüttelte Rylee an meinem Arm.

»Es gibt nicht viel zu erzählen und eigentlich soll es niemand wissen. Ich habe es Caleb versprochen. Ich zähle auf euch, dass das auch so bleibt.«

Rylee gab ein enttäuschtes Schnauben von sich.

»Dein Boss schläft also mit dir und möchte nicht, dass es irgendjemand weiß. So, so.« Thiago runzelte die Stirn, sein herausfordernder Tonfall lastete schwer auf mir.

»So ist es nicht, Thiago. Er hat seine Gründe.«

»Sicher hat er die.« Mit einem humorlosen Lachen wandte er sich von mir ab.

»Was ist dein verdammtes Problem?«

Mit strenger Miene fuhr er wieder zu mir herum, aber ich sah auch ernsthafte Besorgnis in seinen Augen aufblitzen.

»Ich mache mir Sorgen um dich, weil ich dich gernhabe. Das ist alles. Aber du bist erwachsen. Du musst wissen, was du da tust. Nur bitte sage mir nicht irgendwann, dass ich dich nicht gewarnt hätte.«

Eine Weile sahen wir einander einfach nur an, jeder in seinem eigenen Schmerz, bis Thiago dem ein Ende setzte und aufstand.

»Ladys, entschuldigt mich kurz.« Mit diesen Worten verschwand er in Richtung der Toiletten und ich sah ihm traurig nach. Was hatte ich erwartet? Dass Thiago einen Luftsprung macht?

»Jetzt erzähl schon. Wie heiß ist der Sex auf einer Skala von eins bis zehn?« Rylee flüsterte so laut, dass vermutlich jeder sie hören konnte.

»Das interessiert mich auch«, meldete sich Piper zu Wort.

»Eine Elf«, gab ich schmunzelnd von mir, sodass Rylee und Piper beide gleichzeitig in eine Mischung aus schrillem Schreien und Grölen verfielen, was unvermittelt dazu führte, dass Ace uns einen verwunderten Blick zuwarf.

»Lass dir nicht von Thiago den Spaß verderben, er hat irgendwelche Big-Brother-Feelings und will dich einfach nur beschützen. Aber du solltest wirklich auf dich aufpassen, hörst du?«, belehrte mich Rylee.

Ich nickte stumm und beschloss, in diesem Moment meine Freundinnen in dem Glauben zu lassen, wir hätten nur heißen Sex. Dass ich diesem Mann bereits völlig verfallen war und ganz sicher mehr für ihn empfand, als mir selbst lieb war, behielt ich lieber für mich.

Außerdem kannten sie ihn, im Gegensatz zu Thiago, nicht. Er hatte jeden Grund dazu, sich zu sorgen und das wusste ich, weshalb ich ihm auch nicht böse sein konnte. Ich verstand ja selbst nicht, warum ich dabei war, mich in diesen Mann zu verlieben. Vielleicht, weil ich eine Seite an ihm kennenlernen durfte, die Thiago verborgen geblieben war – eine fürsorgliche, einfühlsame und verletzliche Seite. Ich kannte sein schönstes Lächeln, das er mir in den letzten Tagen so oft gezeigt hatte und von dem ich niemals genug bekommen würde. Ich sah mehr in ihm, als nur den grumpy Boss. Ich sah den Mann, der er war: der aufmerksame Liebhaber; der Freund, der da war, wenn man ihn brauchte.

Jetzt musste ich Rylee, Piper und Thiago zumindest nicht mehr belügen, aber ich musste Caleb irgendwie erklären, dass ich beim ersten Treffen mit meinen Freunden in Punkto Verschwiegenheit kläglich versagt hatte.

KAPITEL 28
Caleb

ES WAR GESTERN spät geworden mit Landon, also hatte ich heute mal ausnahmsweise lange geschlafen und danach trainiert. Jetzt hockte ich in meinem Büro an der Prüfung eines Vertrags, was ich sicher auch morgen in der Firma hätte erledigen können. Eigentlich hatte ich mir fest vorgenommen, sonntags nicht mehr zu arbeiten, aber irgendwie klappte es eher schlecht als recht. Mein Vater hatte wirklich beste Ergebnisse erzielt, wenn es darum ging, mich auf Leistung zu trimmen.

Ein leises Klopfen erregte meine Aufmerksamkeit, bevor ein blonder Lockenkopf zaghaft die Tür öffnete und mich aus seinen eisblauen Augen verlegen ansah. »Störe ich?«

Ein breites Grinsen nahm mein Gesicht ein. »Komm schon rein. Ich habe erst in einigen Stunden mit dir gerechnet.«

Zielstrebig kam sie auf mich zu, umrundete den Schreibtisch und setzte sich auf meinen Schoß. »Du hast mir gefehlt.« Sie schlang die Arme um mich und vergrub ihre Nase an meinem Hals.

»Du mir auch, Engel.« Ich inhalierte ihren süßen, fruchtigen Duft und realisierte, wie ernst ich das, was ich eben zu ihr gesagt hatte, auch meinte. Ich hatte sie vermisst, und das, obwohl sie nur eine Nacht weg gewesen war und ich mir bis vor einer Woche nicht einmal gestattet hatte, ihr überhaupt irgendwie näher zu kommen.

»Wie war der Besuch bei deinen Freundinnen?«

Ihr Blick wurde schlagartig ernst und ich sah eine Spur von Reue in ihren Augen aufblitzen. »Darüber wollte ich mit dir sprechen«, sagte sie kleinlaut und rückte ein Stück zurück.

Alarmiert sah ich sie an. »Was ist passiert? Hat dir jemand wehgetan?«

Sie lachte kurz auf, verstummte dann aber schnell wieder und ihre Miene wurde wieder so ernst wie sie gerade eben noch war. »Das ist es nicht. Wir hatten einen schönen Abend, aber mir ist etwas wirklich Dummes passiert.« Sie blickte betreten zu Boden.

Ich holte tief Atem und legte ihr eine Hand an die Wange. »Was auch immer es ist – du kannst es mir sagen.«

Mit einem langen Seufzen begegnete sie meinem Blick. »Ich weiß nicht, wie das passieren konnte, aber ich habe aus Versehen deinen Namen genannt und Thiago ist stutzig geworden. Er kennt dich und die Zusammenarbeit mit dir – naja, und er weiß auch, wie ich vorher über dich gesprochen habe.«

Ich hob eine Braue und unterdrückte das Zucken meines Mundwinkels.

Sie machte eine wegwerfende Handbewegung. »Du weißt ja selber, dass du – wie soll ich es ausdrücken – speziell warst.«

Jetzt konnte ich mein Schmunzeln nicht mehr verbergen. »Raus damit, so schlimm kann es doch nicht sein.«

Sie schüttelte den Kopf. »Er hat es erraten, Caleb, es tut mir leid. Als die Sache auf dem Tisch war, konnte ich meine Freunde nicht anlügen.« Tränen füllten ihre Augen.

Ich nahm ihr Gesicht in beide Hände und schaute sie ernst an. »Hey, das ist kein Grund, sich schlecht zu fühlen. Es ist alles okay. Ich bin da und ich bleibe. Irgendwann wird sowieso jeder wissen, was ich für dich empfinde. Das Letzte, was ich will, ist, dass du dich deshalb schlecht fühlst.« Ich gab ihr einen sanften Kuss auf die Schläfe, woraufhin sie mich näher an sich zog und ihre Stirn gegen meine lehnte.

»Du bist wundervoll, weißt du das eigentlich?«

Ein ungläubiges Lachen verließ meinen Mund. »Nein, das höre ich zum ersten Mal. Gerade wurde mir noch gesagt, dass ich speziell sei.«

Sie knuffte mir in die Seite und verdrehte die Augen.

»Hast du Hunger?«, wechselte ich das Thema.

»Ja, unser Frühstück ist schon etwas her.«

»Was hältst du davon, wenn ich dich heute zum Essen ausführe?«

Mit großen Augen schaute sie mich an. »Du und ich gehen privat zusammen essen? Ist das nicht zu riskant?«

»Henry wird uns irgendwohin fahren, wo ich mir sicher bin, dass uns niemand sehen wird.«

»Okay, aber meinst du nicht, dass Henry, Cruz oder Dimitri nicht vielleicht Verdacht schöpfen, wenn wir beide sonntags zusammen ausgehen?«

Ich strich ihr eine Haarsträhne hinters Ohr und lächelte sie an. »Glaubst du ernsthaft, Henry wüsste nicht längst, was wir beide tun? Und um Cruz und Dimitri brauchst du dir ganz sicher keine Gedanken machen. Cruz hat schon ganz andere Dinge für sich behalten, und Dimitri würde auch niemals etwas sagen. Sie sind meine Leibwächter und für meine Sicherheit verantwortlich.«

Empört schlug sie sich eine Hand vor den Mund. »Woher sollte Henry davon wissen?«

»Er hat schon seit Längerem den Auftrag, dich sicher überall hinzubringen und die klare Anweisung, ein Auge auf deine Sicherheit zu haben. Er ist nicht dumm. Er weiß genau, dass ich solche Vorkehrungen noch für keinen meiner Assistenten und auch für keine Frau getroffen habe, außer …« Ich stockte. So weit wollte ich eigentlich gar nicht gehen mit diesem Gespräch.

»Außer für wen?«

Räuspernd fiel mein Blick auf Maddies Bild, dem Liv aufmerksam folgte. »Für meine Schwester. Henry kannte sie. Er arbeitet seit sechzehn Jahren als Fahrer für unsere Familie. Maddie ist vor zwölf Jahren gestorben.« Meine Stimmung bekam augenblicklich einen Dämpfer.

Sie legte den Kopf schief und sah mich mitfühlend an. »Das tut mir schrecklich leid. Was ist passiert? Wenn du nicht drüber reden willst, ist es okay.«

Ich schüttelte den Kopf, denn ich war es leid, immer vor diesem Thema davonzulaufen, und sie hatte die Wahrheit verdient. »Sie wurde ermordet«, flüsterte ich und verfestigte Halt suchend meinen Griff um ihre Taille.

Liv sah mich wie erstarrt an. »O Gott, Caleb, das ist schrecklich. Ich weiß nicht, was ich sagen soll. Wer tut so etwas?« Sanft legte sie eine Hand an meine Wange.

Ich nahm ihre andere Hand und küsste die Innenseite ihres Handgelenks. »Das weiß man bis heute nicht. Sie haben den oder die Mörder nie gefunden. Maddie wurde vergiftet und hatte infolgedessen einen Autounfall, als sie auf dem Weg zu mir ins College war.«

Eine einzelne Träne rann über ihre Wange, als sie ihre Stirn gegen meine lehnte. »Es tut mir leid, ich wollte nicht weinen, es berührt mich nur so sehr.«

»Du musst dich nicht ständig entschuldigen.«

»Das muss unerträglich für dich sein.« Sie sah mich mit glasigen Augen an.

Ich musste schwer schlucken, denn ich hatte Mühe, meine eigenen Tränen weiterhin auszusperren. Ihre Anteilnahme rührte mich in einer Weise, die mir fremd war. Ich hatte das Geschehene nie mit einem anderen Menschen geteilt, außerdem hatte ich eine lange Zeit nicht um Maddie geweint. Durch die strenge Hand meines Vaters war irgendwann nur noch Leere in mir. Aber *sie* schien irgendetwas in mir zu lösen.

»Ich mache mir bis heute große Vorwürfe, denn hätte ich darauf bestanden, dass Henry sie fährt, hätte sie vermutlich überlebt. Aber sie war stur und wollte unbedingt mit ihrem eigenen Auto fahren. Niemals hätte ich ihr das ausreden können. Sie war auf dem Weg zu mir. Wir wollten Silvester zusammen verbringen.« Ich senkte meinen Blick wieder auf ihr Foto.

»Unfassbar, dass man nie herausgefunden hat, wer es war.« Sie schüttelte unaufhörlich mit dem Kopf.

»Mein Vater war sich sicher, dass es einer unserer Konkurrenten war, um ein Warnsignal zu senden. MCW Pharmaceuticals war damals auf dem aufsteigenden Ast. Mein Vater lehrte mich nach Maddies Tod, durch Gefühle für andere Menschen nicht zu angreifbar zu werden.«

Sie schluckte schwer. »Ist das der Grund, warum du alle so auf Distanz hältst?«

Ich seufzte und strich mir mit der Hand über den Nacken. »Ja, vielleicht zum Teil, wobei es Menschen wie Landon, Catherine und Henry gibt, die immer zu meinen engsten Vertrauten zählten, und Cruz, mein Leibwächter, der in den letzten drei Jahren so etwas wie ein Freund geworden ist. Aber darüber hinaus hatte ich nie Interesse daran, Freundschaften oder Beziehungen einzugehen. Ich wollte niemals wieder einen Menschen in Gefahr bringen. Dem Unternehmen den Rücken zu kehren, wäre keine Option gewesen, das hätte mein Vater ganz sicher zu verhindern gewusst.«

Ihr betroffener Blick durchbohrte mich, und ihre aufrichtige Anteilnahme drang bis in den tiefsten Winkel meiner Seele.

»Was ist bei Cruz anders?«, lenkte sie ein, denn sie hatte

sicherlich gespürt, dass mein Vater kein Thema war, über das ich gern sprach. Bei dem Gedanken an Cruz entwich mir ein belustigtes Schnauben.

»Denkst du, jemand würde es freiwillig mit ihm aufnehmen, oder ihn bedrohen?«

Jetzt musste auch sie lachen und schüttelte den Kopf, aber kurz darauf verstummte sie wieder und ihr Blick wurde ernst. »Ich verstehe das. Du hättest es mir sagen können, ich hätte es immer verstanden.«

Ich hatte ihr mehr über mich anvertraut als jemals irgendeinem anderen Menschen. Selbst Landon hatte ich nie einen Einblick in meine innere Gefühlswelt gewährt. Er und Catherine konnten sich sicherlich einen Reim auf mein Verhalten machen, aber ich hatte nie offen mit ihnen darüber gesprochen.

»Cruz und du seid also so etwas wie Freunde?«

Wir hatten ein Thema eröffnet, bei dem ich ihr sicherlich nicht alles sagen konnte, aber ich bemühte mich, ihr zufriedenstellende Antworten zu liefern und dabei so ehrlich wie möglich zu sein.

»Da die Polizei nichts Brauchbares im Fall von Maddie finden konnte, hat Cruz mir in den letzten Jahren des Öfteren geholfen, in verschiedene Richtungen zu ermitteln. Ja, er ist neben Landon, Catherine und Henry der einzige Mensch, auf den ich mich verlasse und um den ich mich nicht sorgen muss.«

Zärtlich strich sie mit dem Finger über meine Lippe und hauchte einen kaum spürbaren Kuss darauf. »Lass uns gehen und dich auf andere Gedanken bringen. Aber ich will, dass du weißt, dass ich für dich da bin. Du kannst mit mir sprechen.« Ihre Stimme war dabei so sanft, dass ich mich unweigerlich beruhigte und aufatmete.

Liv war nach Maddie ganz sicher der liebenswerteste Mensch, der mir je begegnet war. Niemals würde ich zulassen, dass dieser

Frau etwas zustößt. Ich vergrub mein Gesicht in ihrem Haar und genoss dieses Gefühl der Verbundenheit, das ich so viele Jahre nicht mehr gespürt hatte.

KAPITEL 29

Liv

CALEB HATTE MICH auf meinen Wunsch hin in ein Restaurant ausgeführt, in dem ich mich auch wohlfühlte. Wir waren fast eine Stunde gefahren, um an einem Ort sein zu können, von dem er dachte, dass uns hier niemand kannte. Das Gefühl, sich mit ihm in der Öffentlichkeit zu bewegen, als die Frau an seiner Seite und nicht als seine Assistentin, war fremd, aber es gefiel mir zunehmend. Es war bereits dunkel draußen, als wir die Heimfahrt antraten. Henry hatte während der zwei Stunden unseres Essens geduldig gewartet und fuhr nun vor. Caleb hielt mir ganz gentleman-like die Tür auf – ein Umstand, an den ich mich erst einmal gewöhnen musste.

»Es war ein schöner Abend. Danke«, sagte ich bemüht leise, damit Henry mich nicht hören konnte. Caleb grinste und warf mir diesen speziellen Blick zu, dabei legte er eine Hand auf meinen nackten Oberschenkel und streichelte zart mit den Fingern in Richtung meines Innenschenkels. Ich versteifte mich augenblicklich, schlug die Beine übereinander und sah zu Henry, der definitiv einen Blick in den Rückspiegel geworfen hatte. Seine Mundwinkel zuckten, bevor er den Blick wieder abwandte und auf die Straße sah. Verlegen sah ich zu Caleb, der sich aber darüber zu amüsieren schien.

Seine Augen funkelten mich an, der Griff seiner Hand, die zwischen meinen übereinander geschlagenen Beinen lag, verstärkte sich, während er mir ein Lächeln zuwarf, das mich dahinschmelzen ließ. Dieser Mann hatte so eine enorme sexuelle Anziehungskraft auf mich, dass allein sein Blick und seine Berührung dafür sorgten, dass sich jedes noch so kleine Härchen auf meinem Körper aufstellte.

Mit einem Mal beugte Caleb sich vor und betätigte einen Knopf, was dazu führte, dass zwischen Henry und uns eine Trennwand hochfuhr. Blitzartig löste er meinen Anschnallgurt und zog mich auf seinen Schoß.

»Caleb, was soll das werden?«, fragte ich erzürnt, aber er schnaubte nur belustigt und legte mir einen Finger auf die Lippen.

»Du wirkst angespannt, mein Engel«, stellte er fest.

»Ich *bin* angespannt, aber erst seitdem du diesen Blick hast, den du mir immer zuwirfst, bevor du mich verschlingst.«

Er lachte so herzlich, dass seine Brust unter mir bebte und sich kleine Lachfältchen um seine Augen bildeten. Gott, ich würde alles dafür geben, ihn öfter so lachen zu sehen.

Seine Hände wanderten zu meinem Hintern und sein Mund erforschte küssend meinen Hals.

»Nicht hier. Henry könnte uns hören.«

»Dann solltest du dir Mühe geben, leise zu sein. Ich werde dieses Auto erst verlassen, wenn ich deine hübsche kleine Pussy verwöhnt habe.« Er leckte über seine Lippen, während seine Finger kaum spürbar über meinen Slip fuhren.

Mit einem resignierten Seufzen zog ich ihn an mich, bis meine Lippen seine trafen. Hingebungsvoll nahm ich seine Zunge auf, während seine Hände mein Kleid am Ausschnitt runterzogen und meine nackten Brüste entblößten. Er schluckte hart, bevor er seinen Mund zu meinem Nippel beugte und ihn zwischen seine Zähne nahm.

»Du ahnst nicht, wie hungrig mich diese perfekten Titten machen.« Er massierte sie mit festem Druck und umkreiste meinen vor purer Erregung bereits harten Nippel mit seiner Zunge. Unwillkürlich keuchte ich auf.

Das, was wir hier taten, war alles andere als unauffällig, aber er hatte mich jetzt zu sehr in den Strudel der Lust gezogen, als dass ich es beenden könnte. Ein sehnsüchtiges Ziehen in meiner Mitte machte sich breit. Das Verlangen, das er in mir auslöste, nahm beunruhigende Dimensionen an – es machte mich willenlos, und ich kam mir vor wie ein triebgesteuertes Tier, das unter seinen Berührungen dahinschmolz wie Schnee unter heißem Wasser.

Als hätte er meine Gedanken gelesen, ließ er seine Hand wieder unter mein Kleid wandern, schob meinen Slip zur Seite und streichelte über meinen feuchten Eingang.

»Ich liebe es, wie schön nass du jedes Mal für mich bist. Sieh dich nur an, du tropfst ja förmlich vor Verlangen.« Seine Worte und die Berührungen meiner Knospe ließen mich erzittern.

Er würde mich nicht aus diesem Wagen steigen lassen, bevor er nicht zu Ende gebracht hatte, was er begonnen hatte. Seine Berührungen wurden zunehmend hemmungsloser und fordernder. Mit seinem Daumen massierte er meine Perle, ließ einen Finger in mich gleiten und verteilte meine Lust auf meiner gesamten Scham.

»Runter mit deinem Slip«, knurrte er an meinem Ohr.

Caleb ließ von mir ab und hob mich von seinem Schoß, um mich quer auf der Rückbank zu positionieren. Schwer atmend half er mir, mein Höschen auszuziehen und hockte sich in den Fußraum, sodass er direkt zwischen meinen Beinen kniete.

Bestimmend zog er mein Kleid ein Stück höher und betrachtete mich ausgiebig. »Du bist so wunderschön, mein Engel. Ich muss dich schmecken.« Kaum verließen die Worte seine Lippen, umkreiste seine Zunge meinen Lustpunkt. Ich stieß einen leisen Fluch aus. Das hier würde nicht gut für mich enden.

Er glitt tiefer und tauchte in mich ein, ließ seine Zunge vor- und zurückschnellen, während sein Daumen mich dabei unnachgiebig weiter stimulierte. Das warme Gefühl seiner Zunge in mir war beinahe zu viel für mich. Haltsuchend krallte mich in seinem Haar fest, während mein Atem vor Ekstase so abgehackt kam, dass mir fast schwindelig wurde. Mit purer Leidenschaft und Hingabe verwöhnte er mich immer weiter, während ich geradewegs auf meinen Orgasmus zuraste und ein ekstatisches Zucken mich durchdrang. Niemals hatte ein Mann sich so große Mühe darum gegeben, mir Lust zu bereiten, aber für Caleb war es immer die höchste Priorität, dass ich auf meine Kosten kam, und er hörte nie auf, bevor ich mich nicht laut stöhnend unter seinen Berührungen wand.

Er krümmte seine Finger in mir und ich bäumte mich unweigerlich auf, als er die Stelle fand, die mich jedes einzelne Mal so zum Schreien brachte.

»Schneller«, presste ich hervor, sobald ich merkte, wie meine Muskeln sich anspannten. Er reagierte sofort und erhöhte das Tempo, als ich unter ihm erbebte und seinen Namen stöhnte. Erschrocken stellte ich fest, dass es mein Schrei war, der soeben den Raum erfüllte und drückte mir beschämt die Hand auf den Mund.

Caleb sah mit glitzerndem Mund zwischen meinen Schenkeln hervor und grinste selbstgefällig. »Spätestens jetzt weiß Henry, was ich mit dir anstelle. Du warst so laut, dass es vermutlich ganz Boston gehört hat.«

Meine Wangen glühten und ich brauchte einen Moment, um mich zu sammeln.

»Das muss dir nicht unangenehm sein. Du bist in meinem

Auto und hier bist du sicher.« Er ließ seinen lustvollen Blick über meinen schwer atmenden Körper schweifen und lehnte sich ein Stück zu mir hoch, um mir einen Kuss zu geben.

Dann fiel mein Blick auf seine Härte, die sich deutlich an seinem Schritt abzeichnete. Ich richtete mich auf, leckte mir über die Unterlippe und warf ihm einen Blick zu, der ihm unmissverständlich zu verstehen gab, was ich mit ihm vorhatte.

Caleb lehnte sich zurück und überkreuzte seine Hände hinter dem Kopf. »Engel, du glaubst nicht, wie wild mich dieser Blick von dir macht. Ich hätte dich auch liebend gern gefickt, aber leider habe ich keinen Schutz dabei.«

Ich biss mir auf die Unterlippe, denn ich war soeben erst gekommen, aber der Anblick seiner steinharten Erregung, die ich aus seiner Anzughose befreite, ließ in mir den sehnsüchtigen Wunsch aufkommen, ihn zu reiten.

Ich lehnte mich vor, schloss die Lippen um seinen Schwanz und begann, ihn leidenschaftlich zu lutschen. Ich umspielte gerade zärtlich seine Spitze mit meiner Zunge, als der Wagen plötzlich hielt.

Caleb entfuhr ein enttäuschtes Seufzen, bevor er den Knopf der Sprechanlage betätigte. »Henry, wir brauchen noch einen Moment.«

Entschlossen, das hier für uns beide zu Ende zu bringen, nahm er meinen Kopf und führte ihn langsam wieder dahin, wo er ihn sehen wollte. Ich leckte über seine Eichel und nahm seinen Lusttropfen extra lasziv mit meiner Zunge auf, was er mit einem kehligen Laut quittierte und seinen Kopf in den Nacken legte. Mit schnellen Bewegungen glitt ich an seinem Schwanz auf und ab, schloss meine Lippen enger um ihn und erhöhte den Druck. Ich versuchte, ihn so tief wie möglich aufzunehmen. Zentimeter für Zentimeter schob er sich immer tiefer in meinen Rachen. Ich wollte alles von ihm. Spucke trat aus meinen Mundwinkeln.

»Wirst du es brav schlucken?«, fragte er mit einer so sündigen Stimme, dass mein Lustzentrum erneut Feuer fing. Ich nickte, so gut ich konnte, während ich mit glasigen Augen und würgend zu ihm aufsah. Seine Atmung wurde schneller, sein Griff an meinem Kopf fester, bis sein Schwanz anfing zu pulsieren und sein warmer Saft meine Mundhöhle füllte. Ich löste mich von ihm, schluckte alles runter und leckte über meine Mundwinkel.

Er beobachtet jede meiner Bewegungen ganz genau. »Wie kann etwas so verdorben und gleichzeitig unschuldig aussehen?« Mit einem schiefen Grinsen zog er mich zu sich hoch und küsste mich so zärtlich, dass mir ganz warm ums Herz wurde.

KAPITEL 30
Caleb

VIER WOCHEN WAREN seit der Party bei MCW Pharmaceuticals vergangen; seit dem Tag, an dem ich Liv in mein Leben ließ. Sie schlief mittlerweile jede Nacht in meinem Bett und wir verbrachten jede freie Minute miteinander, zumindest soweit mein Leben es zuließ. Denn im Gegensatz zu ihren Freunden, die Verständnis aufbrachten, wussten Catherine und Landon nichts von meiner Beziehung zu ihr. Landon hatte mir das ein oder andere Mal einen fragenden Blick zugeworfen, was aber auch daran gelegen haben könnte, dass er im Bilde über meinen angeblichen One-Night-Stand mit ihr war. Also bemühte ich mich, den Schein zu wahren und traf mich weiterhin regelmäßig mit ihm. Liv hatte vor, das Wochenende bei ihrer Familie zu verbringen, weil ihre Mutter diese Woche aus der Reha gekommen war.

Wir achteten am Arbeitsplatz stets darauf, nicht zu lange in einem Büro zu sein oder uns zu nah zu kommen, jedoch war heute Samstag und es war bereits 18 Uhr, also war kaum jemand mehr auf der Etage. Liv ordnete an meinem Schreibtisch die Papiere, wobei sie mir ihren knackigen Arsch so verführerisch entgegenstreckte, dass ich nicht anders konnte, als sie auf meinen Schoß zu ziehen und sie zu küssen.

»Caleb, lass das, nicht hier im Büro.«

»Es ist niemand mehr da, der jetzt einfach in mein Büro kommen würde. Außerdem sehe ich dich das ganze Wochenende nicht.« Ich küsste mich ihre Kehle abwärts und inhalierte ihren einzigartigen Duft. Es war die reinste Folter, mit dieser Frau zusammenzuarbeiten; sie den ganzen Tag anzusehen, aber nicht anfassen zu dürfen. Sie wie Luft behandeln zu müssen, nur um den Schein zu wahren.

»Also gut, ganz kurz.« Sie lächelte und schmiegte sich an mich.

»Henry wird dich gleich fahren«, ließ ich sie wissen und fuhr mit meiner Nasenspitze über die weiche Haut ihrer Wange.

»Bis nach Fall River?« Sie drehte den Kopf und sah mich ungläubig an.

»Ja, genau. Wie wolltest du sonst dorthin kommen?«

»So wie immer mit den öffentlichen Verkehrsmitteln.«

»Nein«, antwortete ich gedehnt. »Ich weiß, dass viel Geld dich wenig beeindruckt, und das soll es auch gar nicht, aber so lang du die Frau an meiner Seite bist, werde ich dafür sorgen, dass du sicher bist. Keine Diskussion. Gewöhn dich besser daran. Außerdem bist du die ganzen letzten Wochen gefahren worden, warum sollte das jetzt anders sein?«

Ihre blauen Augen funkelten mich aufgeregt an. »Bin ich das? Die Frau an deiner Seite?«

Ich wusste, sie wünschte sich Bekenntnis meinerseits, und ich hatte längst vor, ihr diese Sicherheit zu geben, denn diese Frau verdiente die Welt.

»Ja, Engel, das bist du. Gib mir noch ein wenig Zeit, es öffentlich zu machen. Wie könnte ich dich jemals wieder gehen lassen?«

Ihre vollen Lippen öffnete sich, um etwas zu erwidern, als es plötzlich an der Tür klopfte. Erschrocken fuhr sie hoch und strich sich das Kleid glatt, als die Tür sich öffnete und eine kleine blonde Frau mittleren Alters eintrat. Die Ähnlichkeit zu Liv war verblüffend. Sie hatte die gleichen gletscherblauen Augen und war nicht viel größer als sie. Selbst die blonden Locken waren gleich.

»Ich hoffe, ich störe nicht bei irgendeinem wichtigen Meeting.« Sie trat ein und ließ einen bedeutungsschweren Blick zwischen uns umherschweifen.

»Mom, was machst du denn hier?« Völlig überrascht starrte Liv ihre Mutter an.

Ich stand auf und räusperte mich. Auf einen solchen Moment war ich nicht vorbereitet. Ich konnte nur hoffen, dass sie nichts von dem mitbekommen hatte oder ahnte, was soeben zwischen mir und ihrer Tochter vorgefallen war.

Liv ging auf ihre Mutter zu und umarmte sie herzlich. »Ich wollte mich gleich auf den Weg machen. Wie bist du hierhergekommen?«

»Ich freue mich auch, dich zu sehen, mein Schatz.« Mrs. Hayes streichelte ihrer Tochter liebevoll über die Wange. »Ich wollte gar nicht zu dir, ich bin eigentlich gekommen, um meinem Lebensretter zu danken.« Dann trat sie auf mich zu und streckte mir ihre Hand entgegen. »Sie müssen Mr. West sein.«

Nervös nahm ich ihre zierliche Hand in meine. »Ja, der bin ich. Es freut mich, Sie kennenzulernen. Vor allem freut es mich, dass es Ihnen wieder besser geht, Mrs. Hayes.«

»Bitte nennen Sie mich doch Gillian. Sie haben mir schließlich das Leben gerettet.«

Ich lächelte verlegen und überlegte, was ich wohl darauf antworten sollte. Ich war der verdammte Besitzer eines milliardenschweren Konzerns und fühlte mich gerade wie ein kleiner Junge, der Angst hatte, etwas Falsches zu sagen. Warum hatte ich mir nie Gedanken darüber gemacht, dass ich ihr eines Tages gegenüberstehen würde?

»Ich weiß nicht, wie ich das jemals gutmachen kann. Ich danke Ihnen von Herzen.« Es waren nicht nur leere Worte. In ihren Augen spiegelte sich eine tiefe Dankbarkeit, die mir einen eigenartigen Stich versetzte.

»Das war das Mindeste, was ich für Sie tun konnte. Ihre Tochter ist eine sehr geschätzte Mitarbeiterin.«

Sie schaute zu Liv und zog die Augenbrauen hoch. »Das kann ich mir gut vorstellen.«

»Es ist wirklich nett, dass Sie sich die Mühe gemacht haben, den weiten Weg hierherzukommen, um sich persönlich zu bedanken.«

Sie machte eine wegwerfende Handbewegung. »Ich bitte Sie, das ist doch wohl das Mindeste meinerseits. Es war mir nur leider vorher nicht möglich.« Sie lächelte sanft und wandte ihren Blick nicht von mir ab.

»Natürlich. Mein Fahrer wird Sie und Ihre Tochter gleich nach Fall River bringen.«

»Na, wenn das mal kein Service ist«, stieß Gillian lachend aus und zwinkerte ihrer Tochter zu.

Livs Blick traf meinen, denn uns beiden war klar, dass ihre Mutter längst über uns Bescheid wusste.

Am Montagmorgen betrat ich die Küche, um wie jeden Morgen mit Liv gemeinsam meinen Kaffee zu trinken. Als ich pfeifend um die Ecke bog, sah ich sie in weißer Spitzenwäsche auf der Küchentheke sitzen. Sie hatte die Beine verführerisch übereinandergeschlagen und hielt mir lasziv eine Tasse Kaffee entgegen. Unweigerlich musste ich grinsen und steuerte auf sie zu.

Ich liebte es, wie wohl sie sich mittlerweile in unserer Beziehung fühlte und wie sie nach und nach immer mehr von ihrer anfänglichen Unsicherheit und Scham abgelegt hatte. Inzwischen war sie zu einer kleinen Verführerin mutiert, und ich mochte die

Person, die ich in ihrer Gegenwart war. Ich nahm ihr die Tasse aus der Hand, stellte sie neben ihr auf der Theke ab, spreizte ihre Beine und stellte mich dazwischen.

»Als dein Boss müsste ich dir jetzt sagen, dass das nicht der richtige Zeitpunkt ist, …«, ich blickte auf die Uhr, »denn wir müssen in dreißig Minuten im Büro sein. Aber bei deinem Anblick vergesse ich gerade jegliche Vernunft, und die Grenzen scheinen wieder einmal zu verschwimmen.«

Ich griff ihren nackten Hintern und zog sie näher zu mir heran, woraufhin sie den Kopf in den Nacken warf und frech lachte. Ich knabberte an ihrer Unterlippe, schob ihr Spitzenhöschen zur Seite und ließ meine Finger durch ihre Pussy gleiten, während sie sich über meinen Gürtel hermachte und meinen bereits harten Ständer aus der Anzughose befreite. Unser Kuss wurde immer leidenschaftlicher, als ich plötzlich ein lautes Räuspern hinter mir wahrnahm. Erschrocken fuhr ich herum, während ich mein bestes Stück wieder zurück in meine Boxershorts schob. Liv schrie auf und zog mich enger an sich, um sich zu bedecken.

»Irgendetwas mache ich grundsätzlich verkehrt mit meinen Assistentinnen.« Landon lehnte lässig am Kühlschrank und grinste schmierig. Ich hasste seine sarkastische Art, die gerade mehr als fehlplatziert war. Er machte keine Anstalten, sich wegzubewegen, sondern blickte ungeniert in Livs Richtung.

»Dreh dich gefälligst um«, blaffte ich ihn an. Er lachte, folgte dann aber meiner Anweisung und drehte sich von ihr weg. Ich zog mein Jackett aus und legte es ihr über. Ihre Wangen waren gerötet und ihr panischer Blick ließ Wut in mir aufkommen. Der Gedanke daran, dass Landon sie gerade so vorgeführt hatte, brachte mein Blut zum Kochen. Ich wandte meinen Blick nicht von ihr ab, bis sie außer Sichtweite war.

»Was zur Hölle machst du hier, Landon?«

»Ich habe gleich einen Termin in der Nähe und dachte, ich komme noch kurz auf einen Kaffee vorbei. Mir war nicht klar, dass du so beschäftigt bist.«

Mit dem Zeigefinger und Daumen rieb ich mir über den Nasenrücken. Ich hatte vollkommen ausgeblendet, dass Landon und Catherine ungehinderten Zugang zu meinem Penthouse hatten. Es war für mich niemals störend gewesen, da ich ohnehin keinen Frauenbesuch empfing, und davon abgesehen kam es in all den Jahren äußerst selten vor, dass einer der beiden unangekündigt vor mir stand. Kurz beschlich mich das Gefühl, dass Landon etwas geahnt und auf eine solche Situation spekuliert hatte.

»Dir ist hoffentlich bewusst, dass es mich gerade sämtliche Selbstbeherrschung kostet, dir nicht meine Faust ins Gesicht zu hämmern?«

Er lachte nur amüsiert, griff nach meiner Kaffeetasse und trank einen großen Schluck. »Du hast ja nichts dagegen, wenn ich deinen Kaffee trinke, da du deine Manieren ja anscheinend irgendwo verloren hast.« Sein Blick fiel auf meine Hose, die immer noch offenstand. »Sagtest du nicht, es sei eine einmalige Sache gewesen und du hättest die Angelegenheit im Griff?« In seinem Tonfall schwang etwas Vorwurfsvolles mit – sein Amüsement schien verblasst.

Mit einem unmissverständlichen Blick gab er mir zu verstehen, dass er enttäuscht darüber war, dass ich nicht ehrlich zu ihm gewesen war.

Ich brachte keinen Ton heraus.

»Du hast sie also die ganze Zeit gevögelt? Entgegen all deiner Prinzipien? Für ein bisschen Spaß, Cal, ernsthaft? Den hättest du dir auch auf anderen Wegen holen können.«

Meine Wut erreichte ein gefährliches Level. »Das sagt der Richtige. Welche deiner Assistentinnen oder Empfangsdamen hast du bitte noch nicht gehabt?«

Landon schüttelte den Kopf. »Das ist etwas völlig anderes. Ich veranstalte nicht jedes Jahr so ein Spektakel, um neue Mitarbeiter aufzutreiben, weil ich mir selbst nicht traue. Was denkst du, was Catherine davon halten wird? Und was willst du der Kleinen sagen, wenn das Jahr des Spaßes vorbei ist? Dass du nicht die Finger von ihr lassen konntest, aber jetzt die nächste kommt?«

Ich schnaubte abfällig. »So ist es nicht.«

Landon musterte mein Gesicht eindringlich, auf der Suche nach einem Hinweis darauf, dass es nicht das war, was er befürchtete.

Er schlug beide Hände über dem Kopf zusammen. »Scheiße, sie bedeutet dir was? Ist es dir etwa ernst?«

Ich blickte ihm direkt in die Augen. Jetzt oder nie. Ich würde ihn nicht länger belügen. Er war mein bester Freund und er musste wohl oder übel damit klarkommen, dass ich nach so vielen Jahren meine Meinung geändert hatte. Was konnte falsch daran sein, sich wieder für die Liebe zu öffnen? Was konnte falsch daran sein, sich weiterzuentwickeln?

»Ja, schätze schon.«

Sein tiefes Lachen schallte bis in den Flur.

»Ich hoffe wirklich sehr, dass du weißt, was du da tust. Wann willst du es Catherine sagen?«

Ich seufzte genervt, denn im Grunde konnte es ihm scheißegal sein. »Ich sage es ihr sobald sich die Gelegenheit bietet.«

Landon schüttelte fortwährend mit dem Kopf. »Unfassbar, Caleb West hat sich verliebt. Wer hätte das gedacht?«

Ich ballte meine Hände zu Fäusten und atmete tief durch, damit ich ihm sein spöttisches Grinsen nicht aus dem Gesicht schlug. Stattdessen brachte ich krampfhaft ein schmales Lächeln hervor. »Ja, wer hätte das gedacht?«

KAPITEL 31
Liv

DIE TAGE, NACHDEM Landon uns in flagranti erwischt hatte, waren mehr als unangenehm. Caleb hatte versucht, mich zu besänftigen und mir vergewissert, dass er es auch Catherine sagen würde und das Versteckspiel somit ein Ende hätte, aber das peinlich berührte Gefühl blieb jedes einzelne Mal, wenn ich Landon auf dem Flur begegnete.

Es war Samstag und alle im Büro hatten gute Laune, weil das Wochenende nahte. Caleb war nachmittags bei einem längeren Meeting, bei dem ich nicht dabei sein musste, also beschloss ich, Donuts für alle zu besorgen. Ich schnappte mir meine Tasche und ging von Büro zu Büro, um zu fragen, wer was haben wollte. Mit einem beklommenen Gefühl steuerte ich auf Landons Büro zu und blieb in der Tür stehen. Ich klopfte zaghaft, um seine Aufmerksamkeit zu erlangen.

»Liv, was verschafft mir die Ehre?«

»Ich wollte Donuts für alle besorgen, möchten Sie auch etwas?«

Mit einem spitzbübischen Lächeln betrachtete er mich. Ob er mich jemals wieder so ansehen würde, wie er es tat, bevor er mich halb nackt mit Calebs Hand in meinem Höschen erwischt hatte? Wieder stiegen dieses beklemmende Gefühl und die altbekannte Wärme in meinen Wangen auf.

»Wir sollten doch langsam zum Du wechseln, jetzt, wo du doch die feste Freundin meines besten Freundes bist.«

Beunruhigt schaute ich hinter mir in den Flur, um mich zu vergewissern, dass niemand unsere Unterhaltung hörte.

»Oh, ich vergaß, es weiß ja noch nicht jeder.« Dabei blickte er demonstrativ in Richtung des Büros von Catherine.

»Ja, das Du geht in Ordnung«, murmelte ich und ein unliebsames Lächeln trat auf meine Lippen, denn irgendwie hatte diese Situation etwas Unheimliches.

Ich beschloss, mich zusammenzureißen und ihn geradeheraus darauf anzusprechen. »Gibt es denn irgendein Problem damit?«

Er war sichtlich überrascht über meine offensive Reaktion und schüttelte den Kopf, während er sein Lächeln beibehielt. »Nein, ganz und gar nicht. Du bist für Caleb eine gute Partie. Ich freue mich ehrlich für euch.«

Stumm nickte ich ihm zu, auch wenn mich das Gefühl beschlich, dass er alles andere als aufrichtig war.

Ich stand geschlagene zwanzig Minuten in der Schlange im Donutladen an, in denen ich noch immer über die seltsame Situation mit Landon nachdachte. Völlig verschwitzt trat ich auf die Straße. Es war Anfang Mai und die ersten Tage, an denen die Temperaturen über zwanzig Grad kletterten, waren angebrochen. Ich hätte eine bessere Kleiderwahl treffen sollen. Mit der riesigen Donutschachtel auf dem Arm schaute ich gen Himmel und atmete tief ein. Gerade lief alles einfach nur gut und ein Gefühl von tiefer Dankbarkeit flutete mich. Ich würde keine weiteren Gedanken an Landon oder irgendwen anderes verschwenden, denn alles, was zählte, war, dass es uns mit der Situation gutging.

Verträumt schlenderte ich rüber zur nächsten Ampel und

blickte aufmerksam auf die gegenüberliegende Seite, um die grüne Phase nicht zu verpassen, als mir im Augenwinkel ein Mann auffiel, der ein Foto schoss. Mein Blick schwenkte in seine Richtung, während mich das leise Gefühl beschlich, dass der Typ mich fotografiert hatte. Denn als ich meinen Blick jetzt demonstrativ weiter auf ihn richtete, nahm er die Kamera plötzlich runter und ging mit schnellen Schritten in die entgegengesetzte Richtung. Merkwürdig, dachte ich mir. Doch hier waren eine Menge Leute unterwegs – er könnte sonst wen oder was fotografiert haben. Trotzdem schlug mein inneres Gefahrenbarometer leise Alarm.

Mittlerweile waren die Büroräume leer und ich beseitigte im großen Konferenzraum gerade die Spuren des Meetings von heute Nachmittag, als ich plötzlich zwei mir vertraute Hände auf meinen Hüften spürte. Grinsend drehte ich mich um und legte Caleb eine Hand auf die Brust, um Abstand zwischen uns zu bringen. Das Lodern in seinen haselnussbraunen Augen kannte ich nur zu gut. »Was haben Sie vor, Mr. West?«

»Ich hole mir, was mir nach einem langen Arbeitstag zusteht, Ms. Hayes.« Mit einem Ruck hob er mich an den Beinen hoch und setzte mich vor ihm auf dem Konferenztisch ab – dem Tisch, an dem ich vor so vielen Monaten mein Vorstellungsgespräch für diesen Job hatte.

»Glaubst du das ist eine gute Idee, es hier zu tun? Es könnte jemand reinkommen. Du weißt, wie das mit Landon geendet ist.«

Mit einem leidenschaftlichen Kuss versuchte er meine Worte zu ersticken, aber der Widertand in mir ließ sich nicht gänzlich vertreiben.

Caleb trat zwischen meine Beine, öffnete ganz langsam seinen Gürtel und gewährte mir einen Blick auf seine unübersehbare Erektion. Gott, der Anblick dieses perfekten Schwanzes ließ mich jedes Mal innerlich nach Luft schnappen. Wie konnte dieser Mann nur so ein brennendes Verlangen in mir auslösen und damit jegliche Vernunft ausschalten? Ich zog ihn an seiner Krawatte näher zu mir, sodass er mit dem Oberkörper über mir thronte.

»Wir sollten das hier nicht tun. Lass uns nach Hause fahren«, ließ der letzte Rest meines rationalen Verstandes ihn wissen.

Knurrend zog er meinen Slip beiseite, umschloss seinen Schwanz und ließ ihn langsam, aber mit festem Druck, immer wieder über meinen Lustpunkt fahren. Damit entfachte er ein Feuer zwischen meinen Schenkeln und ihm war klar, dass diese unfairen Mittel dazu führten, dass ich meine Beine unweigerlich weiter für ihn öffnete.

»Du willst also, dass ich damit aufhöre?«, flüsterte er mit tiefer Stimme und hielt sofort in seiner Bewegung inne, als ich lustvoll aufkeuchte.

»Nein, bitte hör nicht auf«, wisperte ich und umklammerte ihn fest mit meinen Beinen, damit er nicht auf die Idee kam, sich abzuwenden. Er hatte es zu weit getrieben und der letzte Rest meiner Vernunft hatte sich bereits verabschiedet.

Mit einem schälmischen Grinsen zog er ein Kondom aus seiner Hose und streifte es sich über.

»Unfassbar, du hast das geplant?«, fragte ich ihn mit hochgezogener Braue.

Er antwortete mir nicht, stattdessen versenkte er seinen harten Schwanz mit einem einzigen Stoß in mir. Ich war feucht genug, um ihn vollständig aufzunehmen, und genoss die Art, wie er meinen Körper dominierte. Caleb hielt meine Beine fest und bewegte sich in schnellen, rhythmischen Bewegungen in mir.

»Nimm mich härter«, wimmerte ich, denn ich konnte ihm einfach nicht nah genug sein, und ich liebte seine hemmungslose und wilde Seite. Calebs Stöße wurden auf Befehl härter, ich ließ den Kopf in den Nacken fallen und stöhnte seinen Namen, so wie er es gernhatte, während sein Schwanz mich mit gezielten Bewegungen zum Orgasmus brachte. Caleb hatte scheinbar nur auf meinen Befehl gewartet. Hart stieß er seinen Schwanz ein paar Mal hintereinander bis zum Anschlag in mich, bis er in mir zu pulsieren begann und seine Bewegungen langsamer wurden. Erschöpft lehnte er sich auf meine Brust und für einen kurzen Moment spürte ich seinen schnellen Herzschlag direkt an meinem.

Er gab mir einen sanften Kuss auf die Stirn und zog sich aus mir zurück, bevor er mir seine Hand reichte und vom Tisch aufhalf. Hastig richtete ich meinen durchnässten Slip. Der Geruch von Sex lag schwer in der Luft. Ich war heilfroh, dass heute kein Meeting mehr hier stattfinden würde.

»Ich muss dringend nach Hause und mich frisch machen«, ließ ich ihn wissen.

Er schloss seinen Gürtel und grinste zufrieden. »So solltest du jeden Tag das Büro verlassen.«

KAPITEL 32
Caleb

NACH UNSERER NUMMER im Konferenzraum drängte Liv mich zunehmend, das Gespräch mit Catherine zu suchen. Sie hatte recht mit dem, was sie sagte. Ich versuchte, es so lange wie möglich vor mir herzuschieben, aber der unangenehme Teil würde kommen. Also traf ich mich an einem Sonntag mit Catherine zum Essen, um ihr reinen Wein einzuschenken. Sie klang am Telefon nicht sonderlich überrascht, dass ich mich mit ihr treffen wollte.

Tastsächlich sah ich Catherine zwar jeden Tag im Büro und ich wusste, dass sie immer da wäre, wenn ich etwas brauchte, aber seit dem Tod meines Vaters vor drei Jahren sah ich sie im privaten Rahmen längst nicht mehr so oft wie früher. Sie hatte das Haus, in dem Maddie und ich groß geworden sind, vor zwei Jahren mit meiner Zustimmung verkauft und sich ein nobles Apartment in der Nähe der Firma gekauft. Ich hatte keine Sekunde gezögert, diesen Schritt zu gehen, denn es war eine Erlösung, dieses Haus zu verkaufen – das Haus, das mich so sehr an den Menschen erinnerte, den ich am meisten in meinem Leben geliebt hatte und den ich hätte beschützen müssen. Seit Maddies Tod war ich nur widerwillig in dieses Haus zurückgekehrt, um meine Familie zu besuchen. Das letzte Weihnachtsfest, das ich mit ihnen gefeiert hatte, war das, an dem ich meine Schwester zum letzten Mal lebend gesehen hatte.

»Schön, dass wir uns mal wiedersehen, um uns in Ruhe zu unterhalten.« Sie wartete bereits am Tisch, stand aber auf, als ich sie erreichte und gab mir einen Kuss auf die Wange.

Catherine war ein wundervoller Mensch. Sie hatte sich all die Jahre so viel Mühe gegeben, damit es uns als Kindern und auch als Erwachsenen an nichts fehlte, denn Familie war für sie das Wichtigste. Ich hatte nie verstanden, wie ein solch liebenswerter Mensch mit meinem Vater auskam. Ich fragte mich oft, was sie an ihm gefunden hatte, aber das gleiche galt auch für meine Mutter.

»Du hast nicht sonderlich überrascht geklungen, als ich mich mit dir treffen wollte.«

Sie lächelte mich wissend an während sie einen Schluck von ihrem Wein trank. »Ich kann mir denken, worum es geht, mein Lieber.«

»Ach, ist das so?« Verwunderung machte sich auf meinem Gesicht breit. Sie konnte unmöglich über uns Bescheid wissen.

»Ich hatte mich schon gefragt, wann du mir davon erzählen willst, was zwischen dir und deiner Assistentin läuft.«

Wie erstarrt sah ich sie an, unfähig, auch nur einen Ton rauszubringen. Verdammter Landon! Der konnte seinen Mund wohl doch nicht halten. Das sah ihm eigentlich nicht ähnlich, aber anders konnte ich es mir nicht erklären, dass Catherine sich so sicher war.

Sie warf mir einen besorgten Blick zu, denn die Farbe war mir vermutlich aus dem Gesicht gewichen.

Ich räusperte mich und versuchte, mich zu sammeln. »Landon hat es dir gesagt?«

Sie sah mich mit großen Augen an. »Landon weiß davon?«

Fuck, also nicht Landon. Woher wusste sie es dann?

»Ja, aber erst seit Kurzem und er hat darauf gedrängt, dass ich mit dir spreche.«

Sie nickte erleichtert, weil sie vermutlich ihrem Sohn nun nicht die Hölle heißmachen musste.

»Also, wie hast du es herausgefunden?«

»Caleb, du beleidigst meine Intelligenz. Ich kenne dich gut genug und ich sehe, wie du sie ansiehst, wie du dich um sie sorgst …« Sie machte eine Pause und nahm einen weiteren Schluck von ihrem Wein.

Aufmerksam sah ich sie an, denn ich ahnte, dass sie noch nicht fertig war.

»Ich kann nicht glauben, dass dir als CEO dieser Firma scheinbar nicht in den Sinn gekommen ist, dass wir vor einigen Jahren die Konferenzräume mit Videokameras ausgestattet haben.«

Sie presste die Lippen aufeinander und sah mich mit verengten Augen an, denn ihr war durchaus bewusst, dass das, was sie mir soeben offenbarte, mich am liebsten an Ort und Stelle in den Boden hätte versinken lassen wollen.

Es fühlte sich kurzzeitig so an, als hätte mein Herz aufgehört zu schlagen, nur um dann wie wild pochend fast aus meiner Brust zu springen. Seufzend fuhr ich mir mit den Händen durchs Gesicht, in der Hoffnung, dass das hier nur ein schlechter Scherz war. »Du hast mich gesehen, wie ich …«

Sie schüttelte amüsiert den Kopf. »Nein, mein Lieber, dieser Anblick ist mir zum Glück erspart geblieben.«

Ihr höhnisches Lachen ging mir durch Mark und Bein. Wenn sie es nicht gesehen hatte, wer dann?

Als hätte sie meine Gedanken gehört, fügte sie hinzu: »Unser Sicherheitschef Monti hat es gesehen und mich informiert.«

Verflucht, dieser Typ hatte Liv gesehen. Mir wurde übel. Ich war unachtsam und hatte sie in eine solch unangenehme und ekelhafte Situation gebracht. Eine Welle der Panik drohte, mich mit sich zu reißen. Verzweifelt versuchte ich, alles gedanklich zu rekonstruieren. Sie hatte ein Kleid an, man konnte sicher nicht viel von ihr erkennen.

»Wo ist das Video jetzt, und warum kommt er damit zu dir und nicht zu mir? Denn soweit ich mich erinnern kann, gehört diese verfickte Firma mir und ich dulde es nicht, übergangen zu werden.« Mein Tonfall war schneidend scharf, was Catherine sichtlich erschaudern ließ, denn in all den Jahren hatte sie diese Seite von mir nicht oft zu Gesicht bekommen. Aber sie wusste, dass es mir nicht um mich ging, sondern um *ihren* Schutz.

Sie sah mich an und zögerte, bevor sie sich vorbeugte und ihre Stimme senkte. »Caleb, er hat es mir gesagt, weil er dich nicht in eine unangenehme Situation bringen wollte. Er weiß, wie wichtig du mir bist und …« Sie stockte und sah betreten auf ihren Teller.

Ich brauchte einen Moment, bis ich begriff. »Sag mir nicht, du schläfst mit unserem Sicherheitschef? Wie lange geht das schon?«

Jetzt hatte das Blatt sich gewendet. Catherines Wangen färbten sich zunehmend rötlich und ihre Stimme wurde mit jeder Sekunde zittriger. »Acht Monate. Samuel ist seit drei Jahren tot, ich habe mich schrecklich einsam gefühlt, weißt du, und Monti ist ein toller Kerl, ich …«

»Catherine, du musst dich nicht rechtfertigen«, unterbrach ich sie. »Du bist eine erwachsene Frau und hast alles Glück der Welt verdient. Ich werde dir auf ewig dankbar sein, für das, was du für Maddie und mich getan hast.«

Sie nickte stumm, aber in ihren Augen sammelten sich Tränen, die sie wie immer gekonnt wegblinzelte. »Das Video existiert nicht mehr. Niemand wird je davon erfahren«, brachte sie wieder völlig gefasst hervor.

»Gut, dann wird die erste Begegnung mit deinem neuen Partner und meinem Angestellten ja sehr angenehm, wenn ich daran denke, dass er mich mit heruntergelassenen Hosen und in Aktion gesehen hat.« Jetzt mussten wir beide lachen.

»Er hat sich das Video nicht ganz angesehen. Als er realisierte, worauf das Ganze hinauslief, hat er es ausgeschaltet.« Sie musterte mich prüfend. »Sie bedeutet dir was.« Es war keine Frage von ihr, eher eine Feststellung.

»Ja, sie bedeutet mir alles.«

Catherine lächelte sanft. »Was hast du nun vor?«

Ich zuckte mit den Schultern. »Sie möchte das Jahr gern bleiben, das möchte ich ihr ermöglichen. Dieser Job ist nichts für die Ewigkeit, das wissen wir alle. Sie ist überqualifiziert und sie träumt von einer großen Karriere.«

Sie nickte zustimmend. »Bekommt ihr das hin?«

»Ich denke schon. So ein Fauxpas wie im Konferenzraum wird mir sicher kein zweites Mal passieren.«

Seufzend ließ sie sich gegen ihren Stuhl fallen. »Ich hoffe, dir ist bewusst, dass ich nur noch ein Bewerbungsverfahren führen werde, und dann erwarte ich eine Festanstellung einer neuen Assistentin oder eines Assistenten. Ich denke, du hast bewiesen, dass du dich weiterentwickelt hast.« Mein fragender Blick ließ sie lächeln, sodass ihre Augen leuchteten. »Naja, du hast nach so vielen Jahren wieder jemanden an dich herangelassen, und sie scheint dir wirklich gutzutun.«

Sie hatte recht. So etwas wie für Liv hatte ich nicht ansatzweise je für eine andere Frau empfunden, und es war an der Zeit, die Vergangenheit hinter mir zu lassen und mein Glück nicht selbst zu sabotieren. Jedoch ließ es sich nicht abstellen, dass mich nachts, wenn ich sie in meinen Armen hielt, oft Ängste plagten, sie verlieren zu können, oder dass jemand sie verletzen oder sie mir nehmen könnte.

»Caleb, ich habe deinen Vater geliebt. Das heißt aber nicht, dass ich alles für gutheiße, was er getan hat – vor allem in eurer

Erziehung. Ich werde es mir nie verzeihen, nicht früher eingegriffen zu haben.«

In all den Jahren war Catherine nie so ehrlich zu mir gewesen, was meinen Vater betraf.

»Samuel hatte seine dunkle Seite. Er hat aus euch emotionslose Roboter machen wollen, und er hätte es fast geschafft. Ich habe die Theorie über einen Angriff auf deine Schwester durch die Konkurrenz immer kritisch gesehen, aber es gab damals eben auch keine anderen Hinweise.«

Bei den Themen, die sie auf den Tisch brachte, schnürte sich mir die Kehle zu. Ich schluckte gegen das Engegefühl in meinem Hals an und stellte ihr diese eine Frage, die seit so vielen Jahren in meinem Unterbewusstsein schlummerte – verdrängt von mir und meinen eingepflanzten Überzeugungen. »Denkst du, Samuel hatte etwas mit Maddies Tod zu tun?« Ich dachte an den Streit, den sie an Weihnachten hatten, und an die Enttäuschung meines Vaters über Maddies Widersetzung was seine Lebenspläne für sie anging.

»Dein Vater war ein Arschloch und ganz sicher nicht immer ein guter Vater oder Ehemann, aber er hat euch geliebt. Er hat auf seine Weise aufrichtig um deine Schwester getrauert, genau wie um deine Mutter.«

Ich sah, wie sich ihre Augen wieder mit Tränen füllten. Diesmal gelang es ihr nicht, sie wegzublinzeln. Sie schob ihren Teller beiseite und griff nach ihrer Serviette, um sich die Tränen von der Wange zu tupfen. Wenn Catherine weinte, berührte es mich jedes Mal auf eine tiefe Weise, denn sie war eine der stärksten Frauen, die ich kannte. Ich griff nach ihrer freien Hand und drückte sie leicht, um ihr ein wenig Trost zu spenden.

»Ich habe mir für euch immer ein normales Leben gewünscht, dass ihr das machen könnt, was ihr euch vorstellt, dass ihr euch verliebt und Freude am Leben habt. Landon und du seid beide erst Anfang dreißig, es ist noch nicht zu spät für euch, ein Leben zu führen, das nicht bestimmt ist von Einsamkeit und Dunkelheit, nur um dem toten Geist von Samuel gerecht zu werden.«

Meine Brust zog sich schmerzlich zusammen, denn ihre Worte trafen mich so hart, wie ein Kometeneinschlag.

»Es gibt nur eine Sache, die mir neben *deinem* Glück noch wichtig ist, Caleb.« Sie sah mich eindringlich an und straffte die Schultern, als könnte sie ihren Schmerz einfach so von sich abschütteln. »Tu ihr nicht weh. Liv ist eine wundervolle Frau, die nur das Beste verdient hat. Es könnte für sie gefährlich werden, einen Mann wie dich so nah an sich heranzulassen.«

Ich musste nicht fragen, wie sie das Gesagte meinte, denn sie hatte vollkommen recht. Ich war innerlich kaputt, gezeichnet von all den Dingen, die geschehen waren, von der Art meines Vaters, die mich zu einem Menschen gemacht hatte, der ich nicht sein wollte. Es existierte auch in mir diese Dunkelheit, die allzeit dazu bereit war, die hässlichste Seite an mir zum Vorschein zu bringen. Ich hielt Menschen auf Distanz, sowohl emotional als auch körperlich. Was ich mit ihr geteilt hatte, war alles, wogegen ich die letzten zwölf Jahre angekämpft hatte. Aber egal, wie sehr ich mich gegen sie, gegen meine Gefühle, gegen ihre Nähe gewehrt hatte, es war aussichtslos. Sie war die Art von Medizin, nach der ich verzweifelt gesucht hatte. Sie hatte mich mit all ihrer strahlenden Energie und Liebe dazu gebracht, wieder Zugang zu dem Mann zu finden, den ich vor zwölf Jahren verloren hatte.

KAPITEL 33

Liv

HEUTE WAR ICH früher vom Besuch bei meinen Freundinnen nach Hause gekommen, weil ich unbedingt vor Caleb da sein wollte. Er hatte vorgehabt, sich mit Catherine zu treffen, weshalb er erst später nach Hause kommen würde. Das Wetter heute war wunderschön, und ich hatte einen Rotwein, ein paar Snacks und Kerzen besorgt, um ihn zu überraschen. Ich richtete die Lounge auf der Dachterrasse her, stellte die Kerzen auf und deckte den Tisch ein. Rylee hatte heute Morgen noch ein paar Cookies mit mir gebacken, die ich dazustellte.

Summend suchte ich gerade nach zwei Weingläsern, als ich spürte, wie sich jemand hinter mir näherte und sanft seine starken Arme um meine Taille legte, während seine Lippen zaghaft die weiche Haut an meinem Nacken streiften. Sein vertrauter maskuliner Duft ließ meine Beine sofort weich werden und ich gab dem Drang nach, mich umzudrehen und ihn an mich zu ziehen.

»Hey, mein Engel, wie war dein Tag?« Er gab mir einen flüchtigen Kuss, bevor seine Hände in Richtung meines Hinterns wanderten um dort fest hineinzugreifen.

»Er war gut. Jetzt ist er perfekt.«

Lächelnd verringerte er den Abstand zwischen uns und seine Lippen suchten wieder meine, während sich seine Erregung gegen meinen Bauch presste.

Ich legte meine Hände auf seine Brust, um ihn sanft von mir zu schieben. »Nicht so eilig, ich habe eine Überraschung für dich.«

Enttäuscht, aber gleichzeitig neugierig, trat er ein Stück zurück, zog sein Jackett aus und lockerte seine Krawatte. »Willst du mir sagen, es gibt keinen Begrüßungssex?« Schmollend verzog er seinen Mund.

Sein Anblick ließ mich kurz innehalten und ich überlegte, ob wir den Abend nicht doch mit dem Sex beginnen sollten. Er sah so verdammt heiß aus in seiner Anzughose und dem weißen aufgeknöpften Hemd, das den Blick auf seine trainierte Brust freigab. Seine Ärmel hatte er soeben hochgekrempelt und seine sehnigen Unterarme, die ich so liebte, forderten den Großteil meiner Aufmerksamkeit. Der Gedanke daran, wie mühelos er mich jetzt packen und unfassbar heiße Dinge mit mir anstellen könnte, brachte mein Blut in Wallung und meine Mitte zum Pulsieren. Aber ich hatte andere Pläne, also versuchte ich, einen klaren Gedanken zu fassen. Entschlossen griff ich nach seiner Hand und führte ihn zur Dachterrasse. Es war mittlerweile dunkel draußen und der Anblick der Kerzen und der Ausblick auf die beleuchtete Skyline Bostons ließen mich schlucken. Wie unfassbar schön dieser Moment war – mit diesem Mann, bei dem ich mich wohler und beschützter fühlte als bei jedem anderen Menschen auf dieser Welt.

Er grinste breit, als wir auf die Dachterrasse traten, und zog mich an sich. »Mmhhh«, hauchte er in mein Ohr, sodass sich an meinem ganzen Körper eine Gänsehaut ausbreitete. »Du hast den Abend wirklich perfekt gemacht, meine kleine Romantikerin.«

Lächelnd schmiegte ich mich an seine warme Brust und inhalierte seinen Duft.

Wir kuschelten uns auf die Lounge und sahen gemeinsam in den Sternenhimmel, während Calebs Hände immer wieder sanft über die nackte Haut an meinen Schultern fuhren und er meine Haare zur Seite strich, um zarte Küsse hinter meinem Ohr zu verteilen.

» Wie war dein Treffen mit Catherine?«

Er hatte bis jetzt nichts erwähnt, aber er wusste, was ich von ihm hören wollte. Das mit uns lief seit fast zwei Monaten und dieses ganze Versteckspiel wurde uns beiden allmählich zu anstrengend.

Er hielt inne und atmete hörbar ein. »Sie weiß Bescheid.«

Ruckartig drehte ich mich zu ihm um. »Das ist alles?«

Er lachte leise und fuhr mit den Fingern sanft durch mein Haar. »Was möchtest du noch wissen?«

»Naja, alles? Wie hat sie reagiert? Lass dir doch nicht alles aus der Nase ziehen.«

»Sie hat es erstaunlich gut aufgenommen. Ich denke, sie hat es schon geahnt.«

Ich warf ihm einen misstrauischen Blick zu. »Hat sie mich jetzt noch genauso gern wie vorher?«

Caleb lachte wieder, aber diesmal lauter. Er schien das Ganze ziemlich amüsant zu finden. Für mich war es jedoch ein großer Schritt und sehr wichtig, denn *er* bedeutete mir die Welt und Catherine würde ein Teil meines Lebens bleiben, auch wenn meine Zeit bei MCW Pharmaceuticals endete.

Entschieden nahm er mein Kinn zwischen Zeigefinger und Daumen und kam mit seinem Gesicht so nah, dass ich seinen Atem spürte. »Sie verehrt dich.«

Jetzt musste auch ich grinsen und drückte ihm einen ungehaltenen Kuss auf die Lippen.

»Was bedeutet das nun für uns?«

Seufzend lehnte er sich zurück und sah mich eindringlich an. »Ich hatte mir gedacht, dass diese Frage heute kommen wird.«

Stirnrunzelnd musterte ich sein Gesicht. »Und?«

»Liv, ich will ehrlich mit dir sein.« Er stockte, und mein Herz fing wie wild an zu pochen.

Für einen kurzen Moment vereinnahmte mich die Angst, er könnte mich abservieren. Tausend Gedanken schossen mir in seiner Redepause durch den Kopf, als er plötzlich mit einem schnellen Handgriff, mit dem er mich rittlings auf seinen Schoß zog, meine destruktiven Gedanken durchbrach.

Einen quälenden Moment lang sah er mir tief in die Augen, bis er endlich das Wort ergriff: »Ich kann mir nicht einen Tag mehr ohne dich vorstellen. Ich will dich jeden verdammten Tag berühren, deinen Geruch einatmen, dich lachen sehen und dich in Sicherheit wissen. Ich liebe dich, mein Engel, und das jeden Tag ein bisschen mehr, auch wenn ich das selbst kaum für möglich halte. So sehr, dass es beinah weh tut.«

Ich stieß den angehaltenen Atem aus. Eine Woge der Erleichterung durchflutete meinen Körper. Ich wollte so gern etwas erwidern, brachte aber keinen Ton heraus, stattdessen füllten sich meine Augen mit Tränen, gegen die ich nun verzweifelt ankämpfte, um den Moment nicht mit meinem Geheule zu ruinieren. Aber seine Worte hatten mich so tief berührt, dass der Kampf schier unmöglich zu gewinnen war. Ich nahm sein Gesicht in beide Hände und küsste ihn mit voller Leidenschaft und all den Emotionen, die mich eben noch gelähmt hatten.

Zärtlich legte er seine Hand in meinen Nacken und lehnte sich ein Stück vor. Automatisch sank ich ein Stück zurück, aber er stützte mit einer Hand meinen Rücken. Ich löste mich für einen kurzen Moment von seinem Mund und blickte in seine haselnussbraunen Iriden, die vor Verlangen nur so glühten.

»Ich liebe dich«, hauchte ich atemlos an seinen Lippen.

Er wirbelte mich herum und ließ seinen Körper auf meinem nieder. Schwer lag er zwischen meinen Beinen, seine Erregung presste sich gegen meine Mitte, aber er machte keine Anstalten, weiterzugehen. Stattdessen küsste er mich eine ganze Weile so leidenschaftlich, dass ich mich in diesem Moment vollständig verlor. Dann, ganz langsam, zog er doch meinen Slip aus und schob mein Kleid nach oben. Er öffnete seinen Gürtel und griff nach einem Kondom, dass er sich ganz langsam überstreifte. Unsere Blicke waren tief miteinander verwoben, als er mit einer geschmeidigen Bewegung in mich eindrang. Seine Bewegungen waren langsam und zärtlich, aber tief und leidenschaftlich, wodurch ich mich ihm emotional und körperlich näher als jemals zuvor fühlte.

Wir liebten uns in dieser Nacht noch zwei weitere Male unter dem klaren Sternenhimmel. Hätte man mich als Teenager gefragt, wie ich mir mein erstes Mal vorstellte, wäre es ganz sicher exakt dieses Szenario gewesen. Es war einfach zu schön, um wahr zu sein. Irgendwann um zwei Uhr morgens trug er mich in sein Bett und ich schlief erschöpft, aber friedlich in seinen Armen ein.

Die Nacht auf der Dachterrasse war nun eine Woche her. So schön sie auch war, hatten mich manche Themen, die wir besprochen hatten, tief berührt und nachdenklich gestimmt. Ich hatte Caleb nach dem Tag in seinem Fitnessraum gefragt und er hatte mir von Maddie erzählt. Sie hatte, genau wie ich, Ballett getanzt. Das Musikstück hatte ihn in eine Situation versetzt, die ihn anscheinend retraumatisiert hatte. Das Thema um Maddie versetzte mir immer wieder einen tiefen Stich. Es tat mir leid, ihn so leiden zu sehen, diesen Schmerz niemals von ihm nehmen zu können. Ich war froh, ihn nun ein bisschen besser verstehen zu können und ich wertete es als ein gutes Zeichen, dass er sich mir immer weiter anvertraute und öffnete.

Ich war nicht länger nur seine Assistentin, mit der er eine leidenschaftliche Affäre hatte – ich war seine Freundin, die Frau, mit der er sein Leben teilte.

Diesen Sonntag würde ich wieder zu Rylee fahren, um ihren Geburtstag zu feiern. Ich hatte Caleb gefragt, ob er mitkommen wolle, aber dazu hatte er sich noch nicht ganz bereit gefühlt, vor allem, weil auch Thiago da sein würde und er die Situation als merkwürdig empfand. Es war nicht so, als hätte ich kein Verständnis dafür, aber ein kleiner Teil in mir schrie nach diesen stinknormalen Dingen, die Pärchen gemeinsam taten.

Da wir den Tag dadurch wieder getrennt voneinander verbringen würden, frühstückten wir am Sonntag ausgiebig gemeinsam in der Sonne. Mittlerweile war die Dachterrasse zu meinem Lieblingsort geworden. Caleb schlug mir selten einen Wunsch ab, und er bestand darauf, dass sich meine Tätigkeiten als Assistentin nur noch auf die Zeit im Büro beschränkten. Es kam immer öfter vor, dass er mir morgens Kaffee machte und nicht umgekehrt. An diesem Sonntag hatte er frische Croissants und Früchte für mich kommen lassen.

»Verwöhne mich nicht zu sehr, eigentlich werde ich immer noch dafür bezahlt, dir dein Leben leichter zu machen.«

Grinsend klaute er mir die Erdbeere aus der Hand. Mit gespielter Empörung schaute ich ihn an und versuchte, sie mir zurückzuholen, aber er wich geschickt aus und aß sie selbst.

»Wie wird es laufen, wenn das Jahr vorbei ist?«, fragte ich und nahm mir eine neue Erdbeere vom Teller.

»Was meinst du damit?« Er runzelte die Stirn und griff nach seinem Kaffee.

»Naja, du wirst wieder eine Assistentin oder einen Assistenten brauchen. Wie werden wir unsere Beziehung weiterführen?« Ich zögerte einen Moment, weil ich mir nicht sicher war, ob es nicht kindisch wäre, meine Bedenken zu äußern, allerdings sollte eine Beziehung auf Ehrlichkeit beruhen. »Ich fühle mich nicht wohl bei dem Gedanken, dass du hier mir einer anderen Frau wohnst«, erklärte ich.

Ein Zucken umspielte seine Mundwinkel, während er einen großen Schluck aus seiner Kaffeetasse nahm und sie ganz langsam vor sich abstellte. »Dann solltest du hier einziehen«, erwiderte er völlig trocken und widmete sich seiner Zeitung.

Ich schluckte hart, griff nach der Zeitung und legte sie beiseite.

Sein Blick folgte kurz meiner Hand, dann sah er irritiert zu mir auf.

»Caleb West, fragst du mich gerade, ob ich bei dir einziehe?«

Er hob unbeeindruckt eine Schulter. »Sieht ganz so aus.«

»Und was heißt, ich sollte bei dir einziehen, wenn ich mir Gedanken wegen anderer Frauen mache? Willst du mir damit sagen, ich kann dir nur trauen, wenn ich immer da bin?«

Schwer seufzend lehnte er sich zurück und schürzte die Lippen. »Ich habe den Eindruck, du willst gerade mit allen Mitteln unseren ersten Streit vom Zaun brechen. Wenn dem so ist, dann beende ich dieses Gespräch, denn mein einziger Gedanke liegt darin, dich immer bei mir zu haben. Das ist die Art, wie ich mir unsere weitere Beziehung vorstelle.«

Eine unangenehme Hitze stieg in mir auf, denn ich benahm mich wie ein verfluchter Teenager. Ich stocherte auf meinem Teller herum und überlegte, wie ich diese Situation noch retten könnte.

»Engel, sieh mich an.«

Mein reuevoller Blick traf auf seine ernste Miene.

»Habe ich dir bis jetzt einen Grund geliefert, mir zu misstrauen?«

Verlegen schüttelte ich den Kopf.

»Komm her zu mir.« Er klopfte mit der Hand auf sein Bein und forderte mich mit der anderen Hand auf, mich in Bewegung zu setzen.

Folgsam erhob ich mich und setzte mich auf seinen Schoß. »Es tut mir leid, ich weiß nicht, was mit mir los ist.«

»Schon gut. Ich weiß am besten, dass es nicht immer einfach ist, sich zu beherrschen. Ich denke, wir dürfen beide noch in unsere neue Situation hineinwachsen. Ich warte allerdings noch auf eine Antwort von dir. Wenn du sie mir jetzt nicht geben kannst, dann gebe ich dir noch Bedenkzeit.«

Entschlossen schüttelte ich den Kopf. »Ich brauche keine Bedenkzeit. Wenn ich ab Oktober einen Job angenommen habe, sehen wir uns nur noch abends. Wir werden beide viel arbeiten.«

Er nickte zustimmend und gab mir einen sanften Kuss. »Und wer dein jetziges Zimmer beziehen und uns hier unterstützen wird, besprechen wir beide mit Catherine zu gegebener Zeit. Ich habe nicht vor, dich von solchen Entscheidungen auszuschließen. Du lebst hier, es ist dein Zuhause und du musst mit der Person gut auskommen, die hier mit uns zusammenwohnt.«

Unmittelbar überkam mich ein schlechtes Gewissen, weil ich ihm mit einer so unreflektierten Art und Weise begegnet war. Dieser Mann gab sich alle Mühe, seine eigenen Dämonen im Zaum zu halten, und ich sprudelte ihm mit meiner ungezügelten Art all meine Emotionen ungefiltert entgegen.

Rylee feierte heute ihren vierundzwanzigsten Geburtstag und hatte uns ins Cube eingeladen. Henry brachte mich zu ihr. Nachdem er mir geholfen hatte, all meine Ballons und den Kuchen aus dem Auto zur Haustür zu tragen, kramte ich meinen Schlüssel raus. Als ich die Treppen hinaufging, hörte ich gedämpfte Stimmen aus Rylees Apartment.

Erschrocken fuhr ich zurück, denn plötzlich schwang die Tür auf, und ich stand Ace in dem kleinen Hausflur gegenüber. Mit neugierigen Augen musterte ich erst ihn und dann Rylee.

»Oh, hey«, kam es etwas zu überschwänglich über meine Lippen, und ich musste mich merklich anstrengen, um nicht zu überrascht zu wirken, sodass beide in Erklärungsnot gerieten. Auf so eine unangenehme Situation hatte ich gerade keine Lust.

Ace schien das genauso zu sehen, denn er stammelte ebenfalls nur ein »Hey« und verabschiedete sich eilig.

Zielstrebig ging ich an Rylee vorbei und steuerte die Küche an, stellte alles ab und zog sie dann in eine stürmische Umarmung. »Happy Birthday, Lieblingsmensch.«

Kichernd legte sie ihre Arme um mich und gab mir einen Kuss auf die Wange. »Danke, Liv, ich freue mich, dass du gekommen bist.«

Sichtlich gut gelaunt stellte sie zwei Gläser vor uns ab und holte eine kalte Flasche Sekt aus dem Kühlschrank.

»Na, da hat ja jemand heute Großes vor und gute Laune noch dazu«, schmunzelte ich sie herausfordernd an, aber sie winkte eilig ab.

»Den hier brauche ich als Konter. Ich habe es gestern Abend leider schon etwas ausufern lassen. Naja, man wird nur einmal vierundzwanzig.« Sie bewegte sich tänzelnd in meine Richtung, während sie eines der Gläser füllte.

»Und welche Rolle hat unser sexy Barbesitzer gestern Nacht gespielt?«

Rylee lachte, wie sie es tat, wenn sie etwas verbergen wollte oder sich ertappt fühlte. »Wir hatten nur ein bisschen Spaß.«

»Es war aber nicht das erste Mal«, stellte ich fest.

Sie nahm einen Schluck aus ihrem Glas schüttelte den Kopf.

»Nein, aber es ist nichts Ernstes. Er sieht gut aus, ist humorvoll und wir haben guten Sex. Das ist alles.«

Ich zuckte mit den Schultern und verzog den Mund zu einem schiefen Lächeln. »Klingt nach einem Mann, in den man sich verlieben könnte.«

Rylee lachte amüsiert. »Bestimmt nicht. Ich habe kein Interesse an einer Beziehung.«

Ich nickte. Rylee war tatsächlich nie in Beziehungen. Seit ich sie kannte, hatte sie keine einzige emotionale Verbindung zu einem Mann gehabt. Männer verliebten sich reihenweise in sie, aber bei Rylee sprang nie der Funke über.

Wir plauderten noch eine Weile in netter Sektatmosphäre über unser derzeitiges Liebesleben. Es war schön, nun so offen über Caleb und mich sprechen zu können und der Welt zu zeigen, wie viel mir dieser Mensch bedeutete.

»Wir müssen gleich los, Piper und Thiago kommen direkt ins Cube.« Rylee klatschte laut in die Hände, sprang von ihrem Hocker auf und ging zu ihrem Mülleimer, um den Beutel herauszuholen und zuzuknoten. »Ich bring nur schnell den Müll raus, dann mache ich mich fertig.«

Ich stand auf und nahm ihr den Beutel aus der Hand. »Heute ist dein Geburtstag, ich übernehme das. Los, mach dich fertig.« Mit einer nickenden Kopfbewegung in Richtung des Badezimmers ließ ich sie wissen, dass ich keine Widerrede gelten ließ.

Ich schloss das Tor zum Hinterhof auf, als mir ein silberfarbener Cadillac auf der gegenüberliegenden Straßenseite ins Auge fiel. Ein bärtiger Typ mit Sonnenbrille saß am Steuer und blickte in meine Richtung – zumindest wirkte es so. Ein ähnlich mulmiges Gefühl wie vor kurzem an der Ampel, als ich Donuts gekauft hatte, überkam mich. Ich war versucht, den Gedanken von mir zu schütteln, bevor ich wieder in der Haustür verschwand. Vielleicht wurde ich allmählich paranoid.

Eine Stunde später saßen wir im Cube, und Piper und Thiago befragten mich zu meinem Beziehungsstatus.

»Heute ist Rylees Tag«, entgegnete ich, um den Gesprächen über Caleb aus dem Weg zu gehen. Irgendwie musste ich die ganze Zeit unweigerlich daran denken, dass etwas nicht stimmte. Seitdem Thiago mir klar gemacht hatte, was er von dem Ganzen hielt, fühlte ich mich außerdem nicht wohl dabei, meine Freude hier offenkundig zu teilen.

Thiago schien das gemerkt zu haben und ließ den Blick nicht von mir. »Liv, es tut mir leid, wegen meiner Reaktion von neulich.«

Ich lächelte und atmete erleichtert auf, denn seine Meinung war mir wichtig. Wir kannten uns erst einige Monate, aber er war zu einem guten Freund geworden. Auch wenn wir uns nicht oft gesehen hatten, standen wir fast täglich in Kontakt. Außerdem war ich ihm unendlich dankbar, dass er in dieser anfänglich schwierigen Phase für mich da war. Thiago sprach mit mir, im Gegensatz zu Rylee und Piper, oft *tough love,* aber genau so einen Freud brauchte ich. Außerdem liebten Rylee und Piper ihn abgöttisch, denn auch zwischen ihnen war mittlerweile so etwas wie eine Freundschaft entstanden.

»Er hat mich heute gefragt, ob ich bei ihm einziehe«, platze es aus mir heraus.

Ein schriller Schrei drang aus Rylees Kehle, Piper legte sich die Hand auf den Mund und Thiagos Augen waren weit geöffnet.

»Wahnsinn, dein heißer Milliardär macht ernst.«

Ich lachte und spürte, was diese Worte mit mir machten. Er war meiner. Nicht mein Boss, nicht meine Affäre, er war mein Freund und er plante sein Leben mit mir. Er hatte mir seine Liebe gestanden und mich gebeten, bei ihm einzuziehen. Ein warmes Gefühl flutete mein Herz, und ich strahlte über beide Ohren.

Wir verbrachten ein paar schöne Stunden im Cube. Es war mittlerweile dunkel geworden, und Thiago wartete mit mir draußen auf Henry, als ich unter dem schwachen Licht der Straßenlaternen den gleichen Cadillac von vorhin ein Stück weiter die Straße hinunter ausmachte. Mich überkam ein mulmiges Gefühl. Während ich in Richtung des Wagens starrte, wurde mir erschreckenderweise allmählich klar, dass das hier ganz und gar kein Zufall war.

»Alles okay?« Thiago schnippte mit den Fingern vor meinem Gesicht, denn ich hatte nicht bemerkt, dass Henry bereits vorgefahren war.

Ich nickte nur wortlos und blickte weiterhin in die Ferne.

»Ist wirklich alles in Ordnung?«, vergewisserte er sich abermals. Thiagos Blick ging in Richtung des Cadillacs, den ich noch immer argwöhnisch betrachtete.

»Siehst du den silbernen Wagen da drüben?«

Thiago nickte sichtlich irritiert. »Ja, was ist mit dem?«

Auf die Gefahr hin, dass ich mich lächerlich machte, erzählte ich ihm von all meinen Beobachtungen; auch von dem Typen, der Fotos von mir gemacht hatte.

Thiago schüttelte entsetzt den Kopf.

»Du glaubst mir?«

»Natürlich glaube ich dir. Setz dich ins Auto, Liv.« Er klopfte an Henrys Scheibe und bat ihn, noch einen kurzen Moment zu warten. Dann ging er mit großen Schritten auf den Cadillac zu. Als der Fahrer ihn bemerkte, zündete er den Motor und fuhr mit quietschenden Reifen davon, ehe Thiago ihn erreichen konnte. Ich stieg aus dem Wagen und sah ihn verzweifelt an, als er wieder mit ernster Miene auf mich zukam.

»Irgendetwas stimmt da nicht. Du solltest nach Hause fahren und Caleb einweihen.«

Ich schluckte schwer. Wie würde er es aufnehmen, wenn ich

ihm berichtete, dass mich anscheinend jemand verfolgte und fotografierte? »Konntest du die Person erkennen?«

»Nein, nur dass sie definitiv männlich war. Er trug eine Sonnenbrille«, murmelte er und sah wirklich nachdenklich und besorgt aus.

Verdammt, so viel wusste ich auch schon. Wer war dieser Typ und was wollte er von mir? Bis gerade eben dachte ich noch, es wäre alles ein blöder Zufall. Nachdem er vor Thiago geflüchtet war, blieb definitiv kein Zweifel mehr.

Caleb war noch wach, als ich nach Hause kam. Er saß auf dem Sofa und lächelte mich an. »Da bist du ja.« Verlangend streckte er die Hände nach mir aus, um mir zu signalisieren, dass ich zu ihm kommen sollte.

Ich ließ mich in seine Arme sinken, in der Hoffnung, dass er meine Aufregung nicht bemerkte.

Er gab mir einen flüchtigen Kuss und sah mir dann ins Gesicht. »Geht es dir gut, mein Engel? Du bist blass.«

Ich rang mir ein Lächeln ab und streichelte ihm über die Wange. Dann legte ich meine Lippen auf seine und küsste ihn sanft, als mein Handy plötzlich klingelte. Überrascht griff ich nach meinem Telefon und stellte fest, dass es Thiago war. »Ich muss da kurz rangehen.«

Caleb nickte skeptisch, ließ mich aber aus seiner Umarmung frei. Ich wusste nicht, was Thiago mir sagen wollte, also beschloss ich, lieber kurz in den Flur zu gehen, um ungestört mit ihm zu sprechen.

»Liv, bist du gut zu Hause angekommen?«, hörte ich Thiagos besorgte Stimme am anderen Ende der Leitung.

»Ja, es ist alles gut, ich bin zu Hause«, flüsterte ich.

»Hast du den Cadillac nochmal gesehen? Ist er dir gefolgt?«

»Nein, es ist mir niemand gefolgt. Es geht mir gut.«

Plötzlich nahm ich ein Schatten an der Wand wahr. Ein lautes Räuspern ließ mich herumfahren. Caleb stand neben mir und bäumte sich mit verschränkten Armen vor mir auf. Ich drückte den Anruf weg und sah in sein zorniges Gesicht.

Völlig unerwartet zog er mich an meinem Arm zu sich. »Du erzählst mir jetzt sofort, was passiert ist«, forderte er mich messerscharf auf, während seine Augen sich verfinsterten.

Ich schluckte hart und überlegte tatsächlich für einen kurzen Augenblick, ob es eine gute Idee war, ihm die Wahrheit zu sagen, aber mir war klar, dass lügen keine Option war. »Ein silberfarbener Cadillac hat mich heute verfolgt. Ich dachte erst, es wäre ein Zufall, aber als Thiago den Typen zur Rede stellen wollte, ist er mit quietschenden Reifen davongefahren.«

Calebs Blick wurde düster, während seine Kieferpartie sich sichtlich verhärtete. Er war wütend. Jetzt sollte ich besser vollständig auspacken.

»Vor einigen Wochen wurde ich schon einmal von einem Mann an einer Ampel fotografiert. Ich habe mir erst nichts dabei gedacht …« Ich brachte den Satz nicht zu Ende, denn im nächsten Moment schlug er mit der Hand gegen die Wand neben mir und ich fuhr erschrocken zusammen.

»Verdammt, Liv, und das sagst du mir erst jetzt? Weißt du, was bis hierhin alles hätte passieren können?«

Die Tiefe und Lautstärke seiner Stimme ließen mir das Blut in den Adern gefrieren. Ich starrte ihn an, unfähig etwas zu sagen. Wortlos ging er an mir vorbei in sein Büro.

Als er wieder kam, hielt er mir einen Block und einen Stift hin. Ein derart harter Zug hatte sich auf sein Gesicht gelegt, dass es mir Angst machte. So hatte ich ihn noch nie zuvor erlebt.

»Schreib das Nummernschild auf«, forderte er mich nachdrücklich auf.

Ich sah ihn noch immer entsetzt an.

»Das hast du dir doch wohl gemerkt?«

Ich nickte und griff mit zitternden Händen nach dem Block.

Caleb fuhr sich mit der Hand über den Nacken und seufzte.

Die Angst, die seine Reaktion in mir hervorrief, lähmte mich.

»Ich gehe duschen«, sagte er mit einer Kälte in der Stimme, die mich frösteln ließ. Dann verschwand er einfach, ohne ein weiteres Wort zu sagen.

KAPITEL 34
Caleb

ICH LIEß DEN warmen Wasserstrahl auf meine Haut prasseln, während mein Herz heftig gegen meine Brust hämmerte. Ein unruhiges und höchst alarmierendes Gefühl hatte vollkommen Besitz von mir ergriffen. Die Worte meines Vaters hallten in meinem Kopf wider: »*Das, mein Lieber, passiert durch deine Gefühlsduselei.*«

Meine Gegenwart und Fürsorge bedeuteten nichts Gutes für die Menschen in meinem Umfeld. So, wie ich meine Schwester in Gefahr gebracht hatte, hatte ich auch jetzt die Frau, die ich liebe, in Gefahr gebracht. Meine Gedanken überschlugen sich und ich bekam nur schwer Luft, denn es fühlte sich an, als läge die Last tausender Leben auf meiner Brust. Schwer atmend stieg ich aus der Dusche, trocknete mich ab und zog eine Jogginghose über. Ich wischte über den beschlagenen Spiegel und betrachtete meinen nackten bebenden Oberkörper. *Caleb West, du bist ein Idiot, dass du geglaubt hast, du könntest mit dieser Frau einfach so ein normales Leben führen.*

Ich kam mir albern vor. Dieser Moment bestätigte mir nur wieder einmal, wie kaputt und gebrochen meine Seele war und wie lächerlich der Glaube daran war, durch *sie* heilen zu können.

Warum habe ich sie überhaupt da hineingezogen? Warum hatte ich sie instrumentalisiert, um endlich wieder etwas in mir fühlen zu können? Ich wusste, es würde nur einen Ausweg geben aus dieser Situation.

Fest entschlossen trat ich in den Wohnbereich, in dem Liv zusammengekauert auf dem Sofa saß und ins Leere starrte. Die Gewissheit darüber, dass ich im Begriff war, uns beiden gnadenlos das Herz aus der Brust zu reißen, war ekelerregend. Ein letztes Mal sah ich ihr eindringlich in ihre tiefblauen, liebenswerten und unschuldigen Augen und versuchte, diesen Moment wie einen Screenshot in meinem Gedächtnis zu speichern, bevor ich sie nach meinen nächsten Worten für immer brechen würde.

»Das mit uns war ein großer Fehler. Du musst gehen«, brachte ich so tonlos wie möglich heraus und wandte sofort meinen Blick ab, damit ich sie nicht ansehen musste.

Doch sie sagte nichts. Gespenstisch ruhig stand sie auf und kam auf mich zu, bis sie ganz dicht vor mir stehen blieb und zu mir hochblickte. »Caleb, was redest du da?«, fragte sie mit brüchiger Stimme.

Wie durch Watte drangen ihre Worte an mein Ohr. Zögerlich begegnete ich ihrem Blick. Als ich sah, dass ihre Augen sich mit Tränen füllten, hätte ich sie am liebsten sofort an mich gezogen, aber ich wusste, es gab kein Zurück mehr.

Weil ich nicht reagierte, griff sie verzweifelt nach meiner Hand, doch ich wich reflexartig zurück.

»Du bist durcheinander. Ich weiß, dass du dir Sorgen machst, aber es ist nicht so wie bei Maddie. Ich passe auf mich auf – *du* passt auf mich auf.« Ihre Worte waren fast ein Flehen und ich würde sie nicht eine Sekunde länger so ertragen können.

»Hör sofort auf. Du hast ja keine Ahnung, wovon du redest«, grollte ich unheilvoll.

Ihr Brustkorb hob und senkte sich beunruhigend schnell, und

ihre Lippen bebten. »Bitte sag mir, dass du es nicht so meinst. Ich schlafe heute Nacht in meinem Zimmer und dann reden wir morgen früh in Ruhe, wenn du dich beruhigt hast.«

Sie blieb hartnäckig, weinte aber mittlerweile bitterlich, was mir unweigerlich den Magen umdrehte. Krampfhaft versuchte ich, einen klaren Gedanken zu fassen, während mein Brustkorb sich weiter zuschnürte. Je länger ich sie ansah, desto sicherer war ich mir: Sie musste vollständig aus meinem Leben verschwinden. Der Schmerz in ihren Augen brachte mich fast an Ort und Stelle um. Niemals würde ich zulassen, dass diese Frau in Gefahr schwebte. Sie hatte etwas Besseres – jemand Besseren – verdient.

Sie schluchzte, Tränen rannen über ihre Wangen, während sie wieder verzweifelt nach meinen Händen griff. Doch diesmal hielt ich ihre Arme fest und blickte ihr tief in die Augen.

»Liv, ich habe mich klar und deutlich ausgedrückt. Ich will diese Beziehung zu dir nicht mehr«, presste ich aus zusammengebissenen Zähnen hervor und hielt sie so gut es ging auf Abstand. Es wurde Zeit, dass sie das Arschloch kennenlernte, das ich wirklich war – umso schneller würde sie über mich hinweg sein.

Sie schluckte schwer, lockerte ihre Hände und trat von mir weg. »Wie stellst du dir das vor? Wir arbeiten zusammen.«

»Jetzt nicht mehr. Du bist fristlos gekündigt.« Mein Tonfall war eiskalt und emotionslos, so, wie mein Vater es mich gelehrt hatte.

Ihre Augen verengten sich und ich sah, wie sie ihre Hände zu Fäusten ballte. »Du willst mir auch meinen Job nehmen?«, keifte sie und stürmte auf mich los. Ihre kleine wütende Faust traf meinen Brustkorb, während ich ihren anderen Arm bereits abgefangen hatte und festhielt. Mit einem Ruck wirbelte ich sie herum und drückte sie gegen die Wand hinter uns. Ihre Nähe fuhr mir unter die Haut, während ich ihre Arme beide über ihrem Kopf fixierte und sie so mit meinem großen Körper einkeilte, dass sie sich nicht einen Millimeter mehr bewegen konnte. Sie schluchzte herzzerreißend, und für einen Moment hatte ich das Gefühl, dass der schlagende Muskel, der mich am Leben hielt, buchstäblich einen tiefen Riss bekam.

»Du hörst jetzt sofort auf, hier eine Szene zu machen, denn es führt zu nichts. Meine Entscheidung ist gefallen.«

Sie drehte ihren Kopf zur Seite, um mich nicht ansehen zu müssen. In ihrem Blick war jetzt neben ihrem Schmerz auch Trotz zu erkennen.

»Du bist ein mieses Arschloch, Caleb. Wie konnte ich mich nur so in dir täuschen?« *So war es gut, mein kleiner Engel.* Ihr Selbsterhaltungstrieb war endlich erwacht und der würde sie hoffentlich weit von mir wegbringen. Müde lächelnd zwang ich sie, mich wieder anzusehen, indem ich ihre Arme losließ und ihr Kinn in meine Richtung drehte. Ihr verächtliches Schnauben versetzte mir den nächsten Stich.

»Du hörst mir jetzt ganz genau zu. Du packst das Nötigste zusammen und lässt dich von Henry dorthin fahren, wo du möchtest. Cruz wird dich gleich hier oben abholen und dich nach unten bringen. Den Rest deiner Sachen bringt Henry dir in den nächsten Tagen vorbei. Die letzten vier Monate deines Vertrags zahle ich dir in den nächsten Tagen aus, plus einen Bonus als Entschädigung, damit du über die Runden kommst, bis du einen Job gefunden hast. Catherine wird dir ein tadelloses Arbeitszeugnis ausstellen.« Ich ließ sie los und trat einen Schritt zurück.

Zitternd sackte sie an der Wand zu Boden und zog die Beine an.

»Komm schon, Liv, steh auf. Henry wartet auf dich«, sagte ich und reichte ihr meine Hand, die sie entschieden zur Seite schlug.

»Fass mich nicht an und auch sonst keiner deiner Leute, nie wieder, hörst du?«, schrie sie heiser und rappelte sich auf. Wütend stapfte sie an mir vorbei und ging in ihr Zimmer. Ich hörte, wie sie telefonierte und in den Hörer schluchzte, daneben nahm ich das Geräusch eines Reißverschlusses wahr. Gut, sie packte also. Jetzt musste ich sie nur davon überzeugen, dass Henry und Cruz sie sicher hier wegbrachten.

Zwanzig Minuten später kam sie mit zwei gepackten Taschen zurück und stellte sich an den Aufzug, ihr Handy fest umklammert. Ihre Augen waren noch immer gerötet, aber sie weinte nicht mehr. Sie hatte sich gefangen und würde hoffentlich in ein paar Tagen nicht mehr zurückschauen.

»Ich konnte mich nicht mal von den anderen auf der Arbeit verabschieden. Du solltest dich wirklich schämen, wie du mit Menschen umgehst. Ich hätte auf all die Warnungen zu deiner Person hören sollen, stattdessen war ich so naiv, auf mein Herz zu hören.«

Ihre erstickten Worte voller Trauer und Verachtung trafen mich wie ein harter Faustschlag, der mich beinahe zu Boden riss. Das Vibrieren meines Handys in der Hosentasche brachte mich ins Hier und Jetzt zurück.

»Hier unten ist eine rothaarige, sehr impulsive Lady, die zu Ms. Hayes will«, ließ Cruz mich wissen.

Ich kniff mir mit Daumen und Zeigfinger in die Nasenwurzel. »Bring sie nach oben.«

Die Aufzugtür öffnete sich und ihre Freundin trat unbeirrt in den Flur. Als ihr Blick den von Liv traf, ging sie mit schnellen Schritten auf sie zu und umarmte sie stürmisch. Liv vergrub ihr Gesicht in dem langen kupferfarbenen Haar dieser ungezügelten kleinen Frau. Fürsorglich gab sie ihr einen Kuss auf die Stirn und nahm ihr eine der Taschen ab. Dann führte sie Liv Richtung Aufzug und drehte sich entschlossen zu mir um.

Einen Moment funkelten ihre grünen Augen mich hasserfüllt an. Liv würdigte mich keines Blickes mehr.

Cruz bemühte sich, eine ausdruckslose Miene beizubehalten,

während er das Schauspiel beobachtete.

Livs Freundin kam einen Schritt auf mich zu und tippte mir energisch mit dem Finger gegen die Brust. »Du bist ein gefühlskaltes Monster und du hast die Liebe dieser wundervollen Seele nicht verdient. Das, mein Lieber, war der größte Fehler, den du je begangen hast. Glaube mir, du wirst dich an meine Worte schmerzlich erinnern.«

Diese Frau hatte Feuer, und ich war mir nicht sicher, ob ich beunruhigt durch ihre Drohung sein sollte oder mich darüber freuen, dass Liv so loyale und gute Freunde hatte – denn sie würde sie verdammt nochmal brauchen.

Blitzartig wandte sie sich ab, nahm Liv in den Arm und verschwand mit ihr im Aufzug.

Ich atmete tief ein und wartete sehnlichst auf die Erleichterung, von der ich dachte, sie zu spüren, sobald sie weg war, aber nichts geschah. Das Blut rauschte durch meine Ohren, und ich befand mich geradewegs im freien Fall, bevor ich hart und schmerzhaft aufschlagen würde – unvermeidbar. Dort, wo gerade noch mein Herz geschlagen hatte, lag jetzt ein riesiger, kalter Stein – erdrückend und leblos.

Schwerfällig sah ich zu Cruz, der mir bereits einen fragenden Blick zuwarf.

»Folge den beiden und stelle sicher, dass sie unversehrt zu Hause ankommen.«

Er nickte knapp und verschwand.

Jetzt stand ich hier, allein in dieser alles verschlingenden Dunkelheit, die ich nur allzu gut kannte. Sie würde dafür sorgen, dass sich all die schönen Gefühle, die ich durch Liv spüren durfte, wieder zersetzten – wie ein langer und schmerzhafter Prozess der Verwesung.

KAPITEL 35
Liv

ES WAR SPÄT, als wir bei Rylee zu Hause ankamen. Langsam führte sie mich zur Couch und schaltete die kleine Lampe an.

»Leg dich hin, ich bringe deine Sachen in dein Zimmer.«

Völlig fertig ließ ich mich auf das Sofa fallen, dabei versuchte ich noch immer zu realisieren, was vorhin passiert war. Ich zog das Kissen enger an mich und ließ meinen Tränen freien Lauf, als ich bemerkte, dass Rylee wiedergekommen war und sich neben mich gesetzt hatte. Behutsam strich sie mir über den Rücken und deckte mich zu. Mittlerweile hatte ich mich einfach zur Seite gedreht, umklammerte das Kissen und starrte die Wand an. »Tut mir leid, dass ich deinen Geburtstag ruiniert habe«, murmelte ich und versuchte irgendwie, meinen Tränenfluss unter Kontrolle zu bekommen.

»Liv, so etwas will ich nicht hören, hörst du? Ich wäre für dich in so einer Situation bis ans andere Ende der Welt geflogen heute Nacht, wenn es hätte sein müssen, und das selbst an meinem Hochzeitstag.«

Ein leises Lächeln schlich sich auf meine Lippen, bis mich einige Sekunden später wieder die Trauer überwältigte und ich das Kissen weiter in Tränen tränkte.

Plötzlich klingelte es an der Tür, und noch bevor ich sie fragen konnte, wen sie so spät erwartete, war sie bereits aufgestanden. Ich setzte mich auf und wischte mir mit meinen Handballen die Tränen weg, als mich Pipers trauriger Blick traf. Sie schmiss ihre Tasche an das Ende des Sofas und fiel mir in die Arme. »Es tut mir so leid, was passiert ist. Es zerreißt mich innerlich, dich so zu sehen.«

Jetzt setzte sich auch Rylee zu uns und legte ihre Arme um Piper und mich. Meine Freundinnen trauerten mit mir, und irgendwie hatte diese Situation etwas verdammt Tröstliches, auch wenn sie so schmerzlich war. Piper und Rylee waren meine Seelenverwandten. Mein Schmerz war ihrer, und neben meiner Mutter und meinem Großvater gab es keinen Menschen, der so ein ehrliches Interesse an mir hatte, wie die beiden.

»Wisst ihr eigentlich, wie froh ich bin, dass es euch gibt? Ich danke dem Universum, dass wir zur gleichen Zeit leben.«

Die beiden lösten sich von mir und brachten ein trauriges Lächeln zustande. Piper strich mir mit ihrer Hand über meine tränennasse Wange. »Ich weiß, du willst das nicht hören, aber es wird besser werden.«

Ich nickte stumm und schluckte den Kloß in meiner Kehle herunter, denn zum aktuellen Zeitpunkt bezweifelte ich, dass dieser Riss, den er mir gerade zugefügt hatte, jemals wieder heilen würde. Er, der mir seine Liebe gestanden und mir heute Morgen noch die Tür in ein gemeinsames Leben geöffnet hatte. Er, der mir immer wieder versichert hatte, dass er mich beschützen würde. Und nun war *er* es, der mich im Bruchteil einer Sekunde in tausend Einzelteile zerbrochen hatte.

Ein erneutes Klingeln riss mich aus meinen Gedanken. Mein Blick fiel auf Rylee, die nur schuldbewusst mit den Schultern zuckte und sich wieder Richtung Tür bewegte.

Thiago betrat das Apartment und hielt eine Tüte in die Höhe.

»Ich dachte, wir könnten Wein und Schokolade gebrauchen.« Er zog seinen Mantel aus und übereichte ihn und die Tüte Rylee.

Piper folgte ihr zur Küchentheke, während Thiago wie angewurzelt vor mir stehen blieb und seinen Kopf schieflegte. Mit skeptischem Blick beäugte er mich, so als wollte er abschätzen, von wie vielen Giftpfeilen ich getroffen worden war.

»Jetzt sag es schon: *Ich habe dich gewarnt, Liv, aber du wolltest ja nicht hören*«, forderte ich ihn mit dünner Stimme auf.

Thiago schüttelte energisch den Kopf. »Niemals.« Sein Blick nahm eine Sanftheit an, die mich sofort in eine Schutzblase hüllte, die ich gerade so dringend brauchte.

Meine Lider brannten, als ich in seine Arme stürmte und er mich fest an seine Brust zog. Ich konnte nichts anderes tun, als mein Gesicht in seinem Hemd zu vergraben und völlig in mich zusammenzubrechen – aber Thiago hielt mich und streichelte mir sanft übers Haar.

»Es ist okay, Kleines. Es ist okay. Du bist hier in Sicherheit. Ich bin da.«

Schluchzend schüttelte ich den Kopf und drückte meine Arme noch fester um seine Taille. Seine leise und beruhigende Stimme löste einen angenehmen Schauer auf meiner Haut aus, und ich spürte, wie sich mein Herz ganz langsam beruhigte.

»Warum habe ich nicht auf das gehört, was du mir gesagt hast? Tief im Inneren wusste ich doch, wie es mit ihm enden würde. Ich fühle mich unendlich dumm, dass ich geglaubt habe, dass das mit uns funktionieren könnte.«

Thiago sagte nichts, er hielt mich einfach nur fest und gab mir einen festen Kuss auf den Scheitel. Es tat gut, hier bei ihm alles loszulassen, auch wenn ich gerade das Gefühl hatte, dass mein Herz in tausend Teile zersprang. Aber solange Thiago mich hielt, würde ich auch das überleben, redete ich mir ein.

Warum nur ist man so unendlich enttäuscht, wenn man das

Ergebnis eigentlich schon kannte?«

»Weil in so einem guten und reinen Herzen wie deinem immer ein Funke Hoffnung besteht, dass es anders verlaufen könnte. Weil jemand wie du an das Gute im Menschen glaubt. Und egal was passiert ist, Liv …«, er hielt inne und sah mich einen Moment lang an, bevor er weitersprach: »versprich mir, dass du das beibehältst. Hör nicht auf, an das Gute zu glauben.«

Ehe ich etwas erwidern konnte, tauchten Rylee und Piper mit einem Teller voller Schokolade und Weingläsern hinter uns auf.

Wir klappten das Sofa aus und legten uns nebeneinander. Ich erzählte ihnen, was passiert war. Alles. Von unserer ersten Begegnung, über Paris, bis hin zu der Beziehung, die wir zueinander aufgebaut hatten, und dem abrupten Ende, das unsere gemeinsame Geschichte genommen hatte. Ich erzählte ihnen von meinen tiefen Gefühlen für diesen Mann und der vernichtenden Angst, ihn niemals wieder zu sehen, niemals wieder mit ihm zu sprechen, mich niemals wieder an ihn zu schmiegen, niemals wieder seine Küsse auf meiner Haut zu spüren und niemals wieder mit ihm zu lachen. Wir redeten bis tief in die Nacht hinein, bis Thiago und Piper sich irgendwann verabschiedeten und Rylee und ich eng umschlungen und betrunken auf dem Sofa einschliefen.

Ich erwachte Montagmorgen mit einem fiesen Kopfschmerz. Vor Benommenheit blinzelnd, versuchte ich auszumachen, wo ich war. Es war also kein Traum. Es war die bittere Realität.

Rylee lag nicht mehr neben mir. Ein Blick auf die Uhr verriet, dass es bereits 9 Uhr war, also war sie vermutlich schon im Laden.

Lustlos hievte ich mich auf, tappte ins Badezimmer und öffnete den Spiegelschrank auf der Suche nach einer Kopfschmerztablette. Ich stellte mir die Frage, ob die Kopfschmerzen von dem Rotwein kamen oder der Tatsache, dass ich gefühlt in einer Nacht alle Tränen aufgebraucht hatte, die mir für den Rest meines Lebens wohl noch zur Verfügung standen. Und so fühlte ich mich auch. Neben diesem miesen Hämmern in meinem Kopf fühlte ich mich vor allem leer. So leer, dass ich hätte tot sein können, wenn nicht der pochende Schmerz mich daran erinnerte, dass ich noch da war.

Schlagartig kamen die Gedanken an den gestrigen Albtraum zurück. Zögerlich begegnete ich meinem Spiegelbild und zuckte innerlich zusammen. Mein Gesicht war aschfahl und meine Augenringe ließen vermuten, dass ich mindestens drei Tage nicht geschlafen hatte. Das war also das Ergebnis seiner Worte, die nun in Dauerschleife durch meinen Kopf liefen. Mir wurde übel. Nein, das konnte alles nicht wirklich passiert sein.

Träge brachte ich mich irgendwie bis zur Küche, spülte die Tablette mit einem Glas Wasser herunter und betätigte den Knopf der Kaffeemaschine. Vorbei war die Zeit des leckeren Luxuskaffees. Hier stand ich nun, barfuß in Rylees Küche, wieder angekommen im echten Leben. Ich setzte mich mit dem Kaffee an den Tisch, nahm einen großen Schluck und verzog das Gesicht. Angewidert stellte ich die Tasse vor mir ab. So schnell hatte ich mich also an den noblen Kaffee meines Milliardär-Bosses gewöhnt.

Bei dem Gedanken an ihn überkam mich wieder dieses flaue Gefühl in der Magengegend, denn ich müsste eigentlich schon längst auf der Arbeit sein. Hatten die anderen nach mir gefragt? Was hatte er Catherine für eine Geschichte erzählt? Würde sie mich kontaktieren? Mit nur einem Satz hatte sich gestern mein gesamtes Leben verändert. Ich war glücklich – mit meinem Job, mit den Menschen in meinem Umfeld, mit meiner Beziehung, mit mir selbst. Mein Herz war voll mit Liebe für diesen Mann, bis er es gestern völlig unerwartet und skrupellos mit Säure übergossen hatte. Krampfhaft versuchte ich die Gedanken an meine gestrige Realität abzuschütteln und mich auf das zu konzentrieren, was vor mir lag.

Ich müsste mein Leben wieder neu organisieren. Es würde sicherlich etwas dauern, aber am Ende würde wieder alles gut werden. Was ich aber niemals wieder loswerden würde, wären die schmerzhaften Erinnerungen an diesen Menschen, der in so kurzer Zeit so viele Spuren in meinem Leben hinterlassen hatte. Oder würden sie irgendwann verblassen und auch den Schmerz schwinden lassen? Aktuell war das unvorstellbar, denn die Erinnerungen an ihn und unsere gemeinsame Zeit brodelten noch siedend heiß in mir.

Plötzlich war mir nur noch danach, mich für den Rest des Tages in meinem Bett zu verkriechen. Ich wünschte mir nichts sehnlicher, als dass es mir besser ging. Stattdessen fühlte es sich so an, als zerfiele ich mit jeder Stunde ein Stück mehr. Konnte ein gebrochenes Herz tatsächlich so wehtun?

KAPITEL 36
Caleb

CATHERINE SCHLUG MIT der flachen Hand auf meinen Schreibtisch und schrie mich an. In all den Jahren, in denen wir uns kannten, hatte ich sie niemals so außer sich vor Wut erlebt. Sie war eine stets kontrollierte und rationale Frau, weshalb sie auch an der Spitze dieses Unternehmens stand. Fluchend drehte sie sich von mir weg und schlug die Hände über dem Kopf zusammen. Landon saß auf dem Ledersofa und runzelte die Stirn. Ich hatte beide in mein Büro zitiert, um es kurz und schmerzlos zu machen.

»Du musst dich ab jetzt selbstständig um einen neuen Assistenten bemühen, und du wirst dir eine plausible Geschichte einfallen lassen, warum sie von heute auf morgen nicht mehr hier ist. Jeder hat sie gerngehabt.« Während sie sprach, hielt sie die ganze Zeit über den Zeigefinger eindringlich auf mich gerichtet.

Ich nickte stumm und strich mir mit der Hand über mein unrasiertes Kinn.

»Sorge dafür, dass sie hier in keinem schlechten Licht steht. Das meine ich verdammt ernst.« Wütend verließ Catherine mein Büro und ließ die Tür krachend ins Schloss fallen.

Landon stand auf und trat an den Schreibtisch. »Ich hatte dir gesagt, lass die Finger von ihr.« Er ließ eine Pause entstehen, in der er mich eindringlich ansah. »Du hast das Richtige getan – auch wenn es jetzt gerade schmerzhaft ist – zu ihrem und zu deinem Schutz.« Schwer seufzend steuerte er die Tür an und drehte sich noch einmal zu mir um, bevor er sie öffnete. »Gib ihr ein paar Tage, sie wird sich wieder beruhigen, und dann ist hier alles beim Alten.«

Ich nickte wieder nur knapp. Was konnte ich auch schon groß erwidern? »Vermutlich hast du recht.«

Landons Worte waren genau das, was ich brauchte. Catherine hatte versucht, ein schlechtes Gewissen in mir zu wecken, welches ich einfach nicht haben sollte. Ich hatte im Wohle aller entschieden, genauso wie es immer von mir verlangt wurde.

»Was hast du nun vor?«

Ich stieß hörbar die Luft aus, während ich meine Schläfen massierte. Catherine wollte, dass ich die Sache der Polizei übergab, aber das würde ich nicht tun. Ich war nicht so dumm wie damals, zu glauben, dass sie wirklich etwas unternahmen. Mein Gefühl, dass diese Angelegenheit etwas mit dem Mord an meiner Schwester zu tun haben könnte, ließ mich nicht los. Ich würde mich diesmal selbst um die Angelegenheit kümmern, denn ich hatte zwölf lange und quälende Jahre auf eine weitere Spur gewartet, der ich folgen konnte. Ich entschied mich, vorerst Landon und Catherine nicht einzuweihen. Je weniger Menschen involviert waren, desto besser.

»Sie ist von meiner Bildfläche verschwunden und damit uninteressant geworden. Dabei belassen wir es.«

Diese Antwort schien ihn zufrieden zu stimmen, denn er schenkte mir ein zustimmendes Lächeln und verließ mein Büro.

Am Abend ließ ich Dimitri und Cruz in mein Penthouse kommen, um sie in meine Pläne einzuweihen. Ich vertraute Cruz blind, Dimitri kannte ich noch nicht lang genug, aber da Cruz ihm traute, tat ich es auch, denn er hatte ihn schließlich vermittelt. Die beiden kannten sich schon lange, und ich wusste aus eigener Erfahrung, wie schwierig es war, gutes Sicherheitspersonal zu finden. Vor allem welches, das seine Sache so ernst nahm, dass auch solche Tätigkeiten, wie Cruz sie ausführte, für sie Normalität waren.

»Ich habe einen Auftrag für euch«, ließ ich die beiden wissen, nachdem wir uns in mein Büro zurückgezogen hatten. Ich kramte in meiner Schublade und holte den Block hervor, auf dem Liv das Nummernschild des Cadillacs notiert hatte, und übergab ihn Cruz. »Dieser Auftrag wird mit höchster Diskretion behandelt. Weder Catherine noch Landon sollen irgendetwas davon mitbekommen.«

Beide nickten nur, aber ich wusste, dass sie mein Anliegen ernst nahmen und aufmerksam zuhörten.

»Ich will, dass ihr ausfindig macht, wem dieser Wagen gehört. Außerdem will ich, dass ihr ab heute für die Sicherheit von Ms. Hayes sorgt und zwar unauffällig.«

Cruz hatte eine militärische Ausbildung genossen und ich wusste, dass er höchst wachsam war. Auch wenn er Liv durch seine imposante und gefährliche Erscheinung in der Vergangenheit oft Unbehagen bereitet hatte, würde niemand sie besser beschützen können als er.

»Du kannst dich auf uns verlassen.« Cruz klopfte Dimitri auf die Schulter, der ebenfalls zustimmend nickte. Cruz hatte das Drama mitbekommen, als sie abgereist war, aber er stellte keine weiteren Fragen, wofür ich ihm sehr dankbar war.

»Ich wünsche, informiert zu werden, sobald sich etwas ergibt. Sollte Ms. Hayes in Gefahr geraten, greift ihr ein und informiert mich auch darüber umgehend.«

Wir waren gerade fertig mit unserer Unterredung, als uns auf dem Weg zum Aufzug Catherine entgegenkam. Sie nickte den beiden Männern höflich zu und wandte sich an mich.

»Ich würde gern mit dir sprechen.«

Ich verabschiedete Cruz und Dimitri und geleitete Catherine auf die Dachterrasse. Sie nahm in der Lounge Platz und wartete auf mich, während ich uns zwei Gläser Bourbon einschenkte.

»Danke, mein Lieber.« Sie nahm einen großen Schluck, lehnte sich zurück und sah sich um. »Sehr schön hast du es hier.«

Ich ließ meinen Blick ebenfalls umherschweifen und spürte ein unangenehmes Ziehen in meiner Brust. Die Gedanken an die gemeinsamen Stunden und den Moment, in dem ich Liv meine Liebe gestanden hatte, fluteten unweigerlich meinen Kopf. Ich schloss die Augen und atmete tief ein. Sie war einfach überall, und so sehr ich mich auch bemühte, ohne sie weiterzumachen, ich konnte sie nicht aus meinen Erinnerungen verbannen.

»Hör zu, es tut mir leid, dass ich heute Morgen so aus der Haut gefahren bin, aber ich habe sie wirklich gern, und ich bin mir sehr sicher, dass du einen riesigen Fehler gemacht hast. Ich bin nicht deine Mutter, aber du weißt, dass ich dich liebe wie meinen eigenen Sohn.«

»Ich weiß, Catherine, aber ich bin mir sicher, dass es die richtige Entscheidung war«, erwiderte ich wie aus der Pistole geschossen, vermutlich, damit ich selbst nicht in Zweifel geriet.

»Und du glaubst nicht, dass es auch etwas weniger hart für sie hätte ablaufen können? Du hättest mit mir reden können, sie hätte die Abteilung gewechselt oder ich hätte ein angemessenes Gespräch mit ihr geführt.«

Ein ungutes Gefühl machte sich bei ihren Worten in mir breit. Vielleicht hatte sie nicht unrecht. Ich hatte aus meiner puren Panik und Verzweiflung gehandelt, ohne darüber nachzudenken, was das mit ihr machte.

»Ich wollte sie schnell loswerden, aber ich wollte sie nicht verletzen, das musst du mir glauben.«

Sie legte den Kopf schief und streichelte sanft mit ihrer Hand über meine Wange. »Das weiß ich, aber du hast sie verletzt, vielleicht sogar zerstört. Das sage ich dir nicht, damit es dir schlecht geht, sondern weil es wichtig ist, dass du die Konsequenzen für dein Handeln erfährst und sie trägst.« Sie seufzte schwer, wandte sich ab und griff nach ihrem Glas. »Weißt du, nach unserem gemeinsamen Essen war ich so glücklich darüber, dass du dich endlich für die Liebe geöffnet hast. Ich dachte wirklich, dass du dein eigenes Glück nicht länger sabotierst und dass du dich emotional weiterentwickelt hast. Aber leider hat mir dein Ausraster gezeigt, dass du immer noch geleitet wirst von all deinen Schutzstrategien, die du über die Jahre entwickelt hast, um zu überleben. Du denkst, du hättest eine rationale und vernünftige Entscheidung getroffen, dabei war das nur eine massive Traumareaktion, die dich steuert.« Ihr entfuhr ein bitteres Lachen, während sie in die Ferne starrte, dann ging ihr Blick wieder zu der honigfarbenen Flüssigkeit, die sie schwenkend in der Hand hielt. Sie zitterte leicht, während sie ihr Glas ansetzte und den Bourbon mit zwei großen Schlucken verschwinden ließ.

Ihre Worte blieben in meinem Kopf, auch noch lange nachdem sie gegangen war.

KAPITEL 37
Liv

EINE WOCHE WAR seit meinem Rauswurf und dem massiven Bruch zwischen Caleb und mir vergangen. Ich war wieder vollständig bei Rylee eingezogen. Henry hatte vor drei Tagen meine restlichen Sachen gebracht, die immer noch unausgepackt in einer Ecke meines Zimmers standen. Ich war seit einer Woche nicht mehr vor die Tür gegangen, hatte die meiste Zeit in meinem Bett gelegen und meine Haare waren so fettig, dass sie mittlerweile von alleine standen.

Skeptisch beäugte ich mich im Spiegel und stellte fest, dass ich müde aussah. Ich schlief nachts nicht sonderlich gut. Entweder überkam mich tiefe Trauer und ich weinte stundenlang, oder ich wachte schweißgebadet von einem Albtraum auf, in dem es meistens darum ging, dass Caleb mich von einer Klippe oder aus einem Flugzeug in die Tiefe stürzte. Denn genauso hatten sich seine Worte für mich angefühlt – er hatte mir den Boden unter den Füßen weggerissen.

Wortwörtlich.

Bei dem Anblick meiner strähnigen Haare fragte ich mich unweigerlich, wann ich das letzte Mal duschen war. Es musste schon ein paar Tage her sein. Zögerlich roch ich unter meinen Armen und rümpfte die Nase. Es wurde definitiv Zeit. An der Jogging-hose, die ich trug, klebte bereits Schokolade und irgendetwas anderes, das sich nicht mehr identifizieren ließ. Ich zog mich aus und stieg unter die Dusche. Jede Bewegung fühlte sich so schwer an. Ich drehte das Wasser auf und ließ es eiskalt über meinen Körper laufen. Sofort spürte ich, wie mein Kreislauf etwas in Wal-lung kam und ich mich nicht mehr ganz so zittrig auf den Beinen fühlte. Bibbernd von meinem Kälteschock, stieg ich aus der Dusche und zog mir frische Sachen an – Leggings und ein weites T-Shirt –, benutzte ein Deo, cremte meine Haut ein und knotete mir einen Dutt oben auf dem Kopf zusammen.

Frisch geduscht betrat ich die Küche und sah Rylee mit ihrem Laptop am Tisch sitzen.

»Hey, welcher Tag ist heute und wie spät ist es?«

Rylee hob ihren Blick und verzog ihren Mund zu einem leich-ten Lächeln. »Es ist Sonntag und wir haben 20 Uhr.« Sie klopfte auf den Stuhl neben sich. »Komm her und iss was«, dabei zeigte sie auf einen Pizzakarton, der vor ihr auf dem Tisch stand. Ich öffnete den Deckel und blickte auf eine Pizza mit Tomaten und Mozzarella.

»Die ist schon kalt, aber ich wollte dich gerade nicht wecken.«

Hungrig griff ich nach der Pizza. Ich hatte in der letzten Woche nicht sonderlich viel Appetit gehabt und sicherlich auch einige Kilos verloren, aber jetzt gerade knurrte mir der Magen.

Rylee bemühte sich, mir jeden Tag etwas zu essen zu besorgen, von dem sie wusste, dass ich es gerne aß, weil sie sich sicher war, dass ich sonst nichts essen würde.

»Du siehst wieder annährend aus wie ein Mensch«, neckte sie mich, und ich erwischte mich tatsächlich dabei, wie ich lächelte.

»Ich danke dir wirklich für alles, was du für mich getan hast.«

Sie stöhnte gequält auf und machte eine wegwerfende Hand-bewegung. »Ach bitte, wir hatten das doch schon. Wenn ich von einem schwer traumatisierten Milliardär erst abgelehnt, dann geliebt und dann wieder weggestoßen werde, möchte ich bitte auch, dass du für mich da bist.«

Ich prustete los und verschluckte mich beinahe an meinem Stück Pizza. Sie brachte mich mit ihrem trockenen Humor das erste Mal nach einer Woche wieder zum Lachen. Irgendwie hatte sie Calebs und meine Beziehung zueinander gut in einem Satz zusammengefasst.

Anstatt in Selbstmitleid zu zerfließen, konnte ich für einen kurzen Moment in den Vordergrund rücken, dass dieser Mann einfach schwere innerliche Konflikte mit sich selbst austrug und es nichts mit mir als Mensch zu tun hatte, wie er sich verhielt.

Rylee beobachtete mich, aber ihr Blick war mittlerweile ernst geworden. »Wie geht es weiter?«

»Was meinst du damit?«

»Naja, seit einer Woche verkriechst du dich hier. Versteh mich nicht falsch, ich weiß, wie belastend diese Situation für dich ist, aber ich glaube, du musst langsam wieder in dein Leben zurückfinden.«

Seufzend warf ich das Stück Pizza zurück in den Karton und brachte nur ein leises »Ich weiß« hervor.

Sie bedachte mich mit einem mitfühlenden Blick. »Ich mache mir ernsthaft Sorgen. Ich kann nicht zulassen, dass dieser Mann dich so bricht. Ich weiß, die schönen Erinnerungen sind schmerzhaft, aber er ist es nicht wert, dass du daran zugrunde gehst. Ich denke, du musst dich damit abfinden, dass diese schönen Wochen zwischen euch leider nur eine Illusion waren. Wahrscheinlich ist dieser Kerl einfach zu kaputt, um zu lieben.«

Ihre Worte waren hart, aber auch ehrlich und genau das brauchte ich nach so vielen Tagen des Selbstmitleids.

»Vielleicht könntest du wieder tanzen, oder ich helfe dir dabei, einen guten Job zu finden, der dir Spaß macht.«

Kopfschüttelnd verneinte ich ihren Vorschlag. »Nein, so weit bin ich noch nicht. Ich brauche eine Pause vom Job. Ich werde in der nächsten Woche zu Maria ins Studio gehen.«

Ich war noch nicht bereit, mich in das Abenteuer Job zu stürzen. Rylee schien ihre Zweifel an meiner Vorgehensweise zu haben, sagte aber nichts.

Caleb hatte Wort gehalten und mir zwei Tage nach seinem Rausschmiss eine beachtliche Summe überwiesen. Neben den drei fehlenden Monatsgehältern hatte er 100.000 Dollar *Entschädigung* drauf gepackt. Zuerst war ich außer mir vor Wut, weil ich nicht wollte, dass er versuchte, meinen Schmerz mit Geld zu entschädigen. Allerdings hatte Thiago mich schnell davon überzeugt, dass es das Mindeste war, was er tun konnte, denn schließlich hatte ich keinen Job mehr und andere Firmen zahlten bei fristloser Kündigung auch eine Abfindung. Somit hatte ich zumindest erst mal die Freiheit, nichts zu tun und irgendwie wieder klarzukommen.

Ich verabredete mich wenige Tage später mit Thiago zum Shoppen, denn auch er nahm sich aktuell eine berufliche Auszeit, nachdem er bei seinem letzten Arbeitgeber zwar Unsummen verdient hatte, aber enorm unglücklich war. Es ging mir mit jedem Tag ein klein wenig besser, was ich vor allem auch Thiago, Rylee und Piper zu verdanken hatte.

Gestern Abend war ich bei Maria und hatte sogar getanzt. Ich hatte mich lange nicht mehr so lebendig gefühlt. Maria nutzte die Gelegenheit und schlug mir vor, die Mädchen wieder zu trainieren, aber ich hatte sie darum gebeten, mir noch etwas Zeit zu geben. Die Stunden, die ich mit Thiago verbrachte, waren jedes

Mal so unbeschwert und kraftgebend. Er war mittlerweile zu meinem besten Freund geworden und er wusste ganz genau, wie er mich auf andere Gedanken brachte.

»Schätzchen, wir werden uns jetzt erst mal ein oder zwei Drinks gönnen, um dann angeschwipst die sexysten Kleider, auf Kosten deines Ex-Lovers Schrägstrich Ex-Bosses zu shoppen.« Er hob sein Glas und warf mir einen Flugkuss zu. »Auf deine Freiheit und die geilste Zeit deines Lebens.«

Ich warf den Kopf in den Nacken und lachte lauthals. O Gott, ich liebte diesen Mann, denn er gab sich seit Tagen so unfassbar viel Mühe, mich aus meinem emotionalen Desaster zu holen.

Er zuckte mit den Schultern und fuchtelte mit seiner Hand in der Luft herum. »Ich meine, du bist jung, heiß und hast Cash.« Thiago besaß die Fähigkeit, mein Selbstbewusstsein Stück für Stück wieder aufzubauen. »In zwei Wochen ist eine wirklich tolle Party in dem Club, in dem wir waren ...«, setzte er an und entschied sich dann dazu, kurz innezuhalten. »Du weißt schon, als du anderweitig beschäftigt warst.«

Es dämmerte mir, welchen Tag er meinte. »Ich bin dabei«, platzte es aus mir heraus, während ich auf Thiagos überraschten Gesichtsausdruck traf.

»Und ich dachte, ich müsse mehr Überzeugungsarbeit leisten«, witzelte er.

Ich wollte mich gedanklich nicht mit der letzten versäumten Party beschäftigen und damit, dass ich in dieser Nacht mein zartes Herz in Calebs Hände gelegt hatte. Es war schon schlimm genug, dass ich mehr als eine Woche meiner wertvollen Lebenszeit dafür verschwendet hatte, in meinem Zimmer vor mich hin zu vegetieren.

Ich klatschte in die Hände. »Gut, dann suchen wir einen wirklich heißen Fummel für die Party, lass uns losziehen.«

Thiago grinste zufrieden über beide Ohren. »Ms. Livia Hayes, freut mich, dass Sie wieder an Bord sind.«

Auf dem Weg zu unserem dritten Shoppingziel war ich mir sicher, dass Calebs Sicherheitsleute uns im Blick hatten. Ich hatte Dimitri bereits ein zweites Mal gesehen und wusste, dass es sicher kein Zufall sein konnte. »Das darf doch wohl nicht wahr sein«, fluchte ich, während ich wutentbrannt mein Handy aus der Tasche kramte und hastig eine Nachricht an Caleb tippte.

Thiago riss mir unvermittelt das Handy aus der Hand. »Willst du das wirklich tun? Du solltest ihm keine Aufmerksamkeit schenken, Liv. Er soll wissen, dass es dir gut geht und dass du dein Leben lebst. Sollen seine Leute ihm das doch berichten. Und vielleicht ist es ja doch nur ein Zufall.«

Energisch schüttelte ich den Kopf. »Als ob. Gib mir das verdammte Handy, Thiago«, zischte ich wie eine Viper.

Er war schlau genug, es mir zwar augenrollend, aber wortlos zurückzugeben.

Ich tippte weiter.

Liv: Zieh sofort deinen Wachhund zurück. Das ist peinlich, selbst für dich.

Ich drückte auf Senden und atmete zittrig ein. Thiago sah mich stirnrunzelnd an. Ich blickte wieder aufs Handy und sah, dass er schrieb. Mein Herz fing an zu rasen. Fuck. Ich hatte seit elf Tagen nichts von ihm gehört, und der bloße Anblick seines Namens auf meinem Display ließ meine Knie weich werden. Elf Tage waren keine Zeit, um jemanden aus seinem Herzen zu verbannen, wenn man nicht gerade Caleb West war. In elf Tagen hatte ich es lediglich geschafft, mich soweit zusammenzuflicken, dass ich gerade auf die Straße treten konnte.

In diesem Moment wurde mir schmerzlich bewusst, wie sehr er mir fehlte und wie sehr ich es hasste. Ich war verletzt und ich verachtete ihn für das, was er mir angetan hatte, gleichzeitig sehnte ich mich mehr nach ihm, als nach allem anderen auf dieser Welt. Ich sehnte mich nach dem Gefühl, das er mir gegeben hatte, nach der Sicherheit, die ich bei ihm gespürt hatte, bis er mir alles mit einem Fingerschnippen genommen hatte. Mit bebenden Lippen starrte ich auf mein Display, als seine Nachricht erschien.

Caleb: Es ist nur zu deinem Schutz.

Wieder flogen meine Daumen wie wild über das Display, während Thiago neben mir eine Reihe wilder Flüche ausstieß.

Liv: Hör auf, deine Ängste auf mich zu projizieren. Das, was du tust, ist Stalking und strafbar. Wenn ich mich unsicher fühle, gehe ich zur Polizei, dafür brauche ich dich nicht. SUCH DIR HILFE!

Tränen befeuchteten mein Gesicht – nicht aus Trauer, wie es in den letzten elf Tagen der Fall war, sondern aus brennender Wut. Was dachte er, wer er war? Hatte er ernsthaft geglaubt, er könnte mich auf diese Weise behandeln und dann noch Anspruch auf Informationen rund um mein Leben haben? Wollte er jetzt für meine Sicherheit sorgen, nachdem er derjenige war, der mich mehr verletzt hatte, als jemals ein anderer Mensch zuvor? Ich wurde aus diesem Menschen nicht schlau, aber ich war mir sicher, dass er eine tickende Zeitbombe war. Ich war eine Idiotin, dass ich das nicht erkannt und mein Herz völlig naiv in seine Hände gelegt hatte. Ich blinzelte in Thiagos Richtung und nahm nur noch verschwommen wahr, wie er die Hand nach mir ausstreckte und mir das Handy aus der Hand nahm – diesmal ganz behutsam.

»Es wird Zeit, dass du ihn blockierst und seine Nummer löschst.«

»Ja«, brachte ich erstickt hervor und lehnte meinen Kopf, der sich gerade so unsagbar schwer anfühlte, gegen Thiagos Brust.

Während er mich mit dem einen Arm aufrecht hielt, tippte er mit der anderen Hand irgendetwas in mein Handy und steckte es in seine Tasche. Dann nahm er mich fest in die Arme und drückte seine Lippen gegen meine Schläfe. »Ich glaube, das genügt für heute. Ich bringe dich nach Hause.«

KAPITEL 38
Caleb

MEINE NACHRICHT KAM nicht mehr bei ihr an, sie schien mich blockiert zu haben. Gut so. Sie war nicht dumm und taff genug, das hatte sie mir mehr als einmal bewiesen. Nur zu blöd, dass Dimitri anscheinend die einfachste Anweisung nicht befolgen konnte: unauffällig zu sein. Ich würde nun jemanden schicken müssen, den sie nicht kannte.

Ihre Nachricht ließ mich aufgewühlt zurück. Ich hatte gehofft, sie durch den abrupten Cut aus meinem Leben vor allem auch aus meinem Kopf zu bekommen, aber dem war leider nicht so. Es gab nicht einen Tag, an dem ich nicht an sie denken musste, an dem es nicht irgendetwas gab, das mich an sie erinnerte. Jede Nacht wurde ich wach und fühlte instinktiv, ob sie neben mir lag, aber ihre Bettseite blieb leer – weil *ich* es so entschieden hatte. Aktuell war es wahrscheinlicher, ein Flugzeug selbstständig und blind zu fliegen, als diese Frau aus meinem Kopf zu bekommen. Landon hatte mir mehrmals angeboten, etwas zu unternehmen oder vorbeizukommen, aber mir war nicht danach.

Die Suche nach einer neuen Assistenz gestalte sich schwieriger als gedacht und das belastete mich zusätzlich, denn ich wollte, dass alles wieder beim Alten war. Aber Catherine weigerte sich vehement, noch einmal einen Jahresvertrag aufzusetzen. Jetzt, wo ich den überwiegenden Teil der Termine selbstständig koordinieren musste, bis auf ein paar wenige Aufgaben, die ich an Claire und Lisa delegieren konnte, hatte ich eine Ahnung davon, wie viel Liv als meine Assistentin geleistet hatte. Trotz unserer Startschwierigkeiten hatte sie sich sehr gut und schnell in alles eingearbeitet und mir den Rücken freigehalten. Aber ich wusste selbst, dass sie mir mehr als die Frau an meiner Seite als in ihrer Funktion der Assistenz fehlte, auch wenn sie hier einen hervorragenden Job gemacht hatte.

Es war eine Woche vergangen, seit ihrer Nachricht, als ich nachmittags im Büro saß und plötzlich der süße Klang ihrer Stimme in mein Ohr drang. Unsicher ging ich Richtung Tür, als ich es ganz deutlich hörte – ihr Lachen. Sie war hier. Verdammt. Was wollte sie hier? Ich nahm wahr, wie sie sich angeregt auf dem Flur mit Lisa und Claire unterhielt.

»Was machst du hier? Wir haben uns echt Sorgen gemacht. Du fehlst uns«, hörte ich Lisa sagen.

»Ich wollte noch ein paar Dinge abholen, die in meinem alten Büro sind und dann zu Catherine, sie erwartet mich.« Sie ging den Flur entlang in ihr altes Büro und schloss die Tür hinter sich.

Tatsächlich war ich nicht auf die Idee gekommen, ihr auch diese Sachen von Henry bringen zu lassen. Im Gegensatz zu den Dingen, die sie im Penthouse hatte, wusste ich hier nicht genau, was ihre persönlichen Sachen waren. Sie schien in der Schublade des Schreibtischs zu kramen, als ich mich langsam der Zwischentür näherte. Ohne darüber nachzudenken, folgte ich meinem inneren Impuls und öffnete sie.

Keine Ahnung, was ich mir dabei dachte oder was ich ihr sagen sollte, denn ich wollte sie eigentlich nicht sehen. Ich wollte, dass sie mich hasste, aber irgendetwas drängte mich dazu, mich einmal selbst zu vergewissern, dass sie okay war.

Ich war so leise eingetreten, dass sie es nicht bemerkt hatte. Erst als ich mich räusperte, fuhr sie sichtlich erschrocken zu mir herum. Für einen kurzen Moment trafen sich unsere Blicke, bis sie gewissenhaft die Schultern raffte und sich wieder ihrem Schreibtisch widmete.

Gott, sie sah umwerfend aus in ihrer engen Jeanshose, dem blauen Top, was das Blau ihrer Augen noch mehr leuchten ließ und diesen sündhaften High Heels. Eine Strähne ihrer blonden Locken fiel wild in ihr Gesicht und ich unterdrückte den Drang, sie ihr hinters Ohr zu streichen – sie zu berühren.

»Keine Sorge, ich wollte nur kurz meine Sachen holen und dann zu Catherine, um mein Arbeitszeugnis zu besprechen. Danach wirst du mich nie wieder sehen.«

Ihre Worte gruben sich wie spitze Nadeln tief in mein Herz. Sie hatte recht. Vielleicht war es heute das letzte Mal, dass ich sie sah.

»Wie geht es dir?«, sprudelte es aus mir heraus und ich bereute es noch im selben Augenblick, als es mir über die Lippen kam.

Stirnrunzelnd sah sie mich an. »Gut, danke der Nachfrage, es geht mir wirklich sehr gut«, versetzte sie mit einem gezwungenen Lächeln. Es war zu erkennen, wie schwer sie schluckte und der traurige Glanz in ihren Augen verriet mir, wie sehr sie noch immer litt. Ich wollte etwas sagen, ich wollte sie um Verzeihung bitten, sie trösten, aber es war, als suchte ich nach Worten, die nicht einmal existierten. Stattdessen blieb ich stumm. Ihr Anblick schmerzte, als sie aufstand und Richtung Tür ging.

Eine tiefe Sehnsucht breitete sich in mir aus, ehe sie sich ein letztes Mal zu mir umdrehte. »Leb wohl, Caleb.«

Eine Stunde später hörte ich, wie sie die Büroräume verließ, woraufhin ich zielstrebig Catherines Büro ansteuerte. Ich machte mir nicht die Mühe, zu klopfen, und öffnete die Tür.

Sie war bereits in irgendwelche Unterlagen vertieft. Stirnrunzelnd sah sie zu mir auf und legte ihre Brille beiseite. »Du hast also mitbekommen, dass sie hier war?«

»Ja«, erwiderte ich in einem mürrischen Tonfall.

Catherine bedeutete mir mit einer Handbewegung, die Tür zu schließen und mich zu setzen. »Was möchtest du wissen?«

Am liebsten hätte ich *alles* gesagt.

»Wie geht es ihr?«

»Warum hast du sie das nicht selbst gefragt?«

»Habe ich, aber ich bezweifle, dass sie mir die Wahrheit gesagt hat.«

Catherine lachte hämisch. »Kannst du ihr das verübeln?«

Ich schüttelte den Kopf, während sie mich mit strengem Blick musterte.

»Sie hat mir ihre Version der Geschichte dargelegt und ich muss sagen, dass du maßlos untertrieben hast. Ich kann nicht fassen, dass du sie so brechen wolltest. Was hast du dir nur dabei gedacht, ihr jeglichen Boden unter den Füßen zu entreißen, nachdem du sie Stunden zuvor darum gebeten hast, bei dir einzuziehen?«

Wut stieg in mir auf. Nicht auf Liv oder Catherine, sondern auf mich selbst.

»Wie sehr leidet sie?«

»Das möchtest du lieber nicht wissen.«

Ich mahlte mit dem Kiefer und ballte meine Fäuste.

»Du bist ein Idiot, Caleb. Du kannst dir noch so oft einreden, dass du sie nur schützen wolltest, das ändert nichts an der Tatsache, dass du vor allem dich schützen wolltest. Du hast deine Sicherheitsleute auf sie angesetzt. Dabei war sie bei dir sicher. Und jetzt, nachdem du sie so erniedrigt hast, bist du der Einzige, vor dem sie beschützt werden muss.«

Catherines Worte waren so gewaltig, dass es sich anfühlte, als bebte der Boden unter mir.

Durch meinen Tunnelblick und die Fixierung darauf, sie irgendwie beschützen zu wollen, hatte ich nicht länger darüber nachgedacht, was ich ihr damit angetan hatte. Wie sehr ich sie verletzt hatte, wie sehr ich in ihr Leben eingegriffen hatte.

Morgens hatte sie als glückliche Frau, die ihren Job liebte und gerade mit ihrem festen Freund eine gemeinsame Zukunft plante, das Haus verlassen, und abends hatte ich ihr all das genommen. *Mein Engel, du hast das nicht verdient. Ich wollte dich lieben und beschützen und jetzt habe ich dich und dein Herz auf jede erdenkliche Weise gebrochen.*

KAPITEL 39
Liv

ES HATTE MIR wirklich alles abverlangt, heute in die Büroräume zu gehen. Catherine hatte mir vor zwei Tagen eine Nachricht zukommen lassen, dass sie mich gern wieder sehen wollte.
Sie fand, es wäre eine gute Idee, alle noch nötigen Dinge damit zu
verbinden. Es war wirklich schön, sie wiederzusehen, jedoch hielt
sie sich rund um das Thema unserer Trennung bedeckt, was ich
ihr natürlich nicht verübeln konnte. Aber sie hatte wie immer ein
offenes Ohr.

Caleb hingegen hatte mir mit seiner plötzlichen Anwesenheit
in meinem alten Büro den Rest gegeben. Wollte er mich quälen?
Ich hatte fest damit gerechnet, dass er sich verkriechen würde,
sobald er meine Stimme hörte. Deshalb hatte ich das Gespräch
mit Lisa und Claire extra auf dem Flur vor seinem Büro geführt.
Diese feige Art hätte zumindest zu ihm gepasst, nachdem er mich
aus seinem Leben radiert hatte wie eine zu krumm geratene Blei-
stiftlinie, die nicht in das Bild passte.

Ich dachte nach wie vor jeden verfluchten Tag an ihn und es
ärgerte mich. Es nervte mich, dass er in meinen Träumen auftauchte, dass ich an ihn dachte, wenn ich mich selbst berührte,
dass ich ständig an manchen Klamotten von mir schnüffelte, die

ich noch nicht gewaschen hatte, als könnte ich seinen Geruch so konservieren. Aber der Geruch würde verblassen, genauso wie all die Momente, die wir geteilt hatten. Eines Tages wären sie nur noch eine verschwommene Erinnerung.

Nach unserer heutigen Begegnung überkamen mich erneut Zweifel darüber, ob er mich jemals so geliebt hat, wie ich ihn. Er hatte anscheinend kein Problem damit, einfach ohne mich weiterzumachen, als hätte es die Zeit zwischen uns nie gegeben. Warum hatte er mich einfach so ausgelöscht? Warum hatte er nicht wenigstens versucht, eine Lösung zu finden? Dachte er wirklich, ich sei nicht sicher bei ihm? Und rechtfertigten seine Angst und sein Trauma, dass er so mit mir umging? All diese Fragen schwirrten seit unserer Trennung wie ein Looping in meinen Kopf und ließen mich nicht zur Ruhe kommen. Das Schlimmste war, dass ich mir sicher war, auf all diese Fragen niemals eine Antwort zu bekommen.

Eine Woche später ging ich mit den Mädels und Thiago in den Club. Ich hatte mich in den letzten Tagen tatsächlich gefreut, mit ihnen auszugehen.

Max hatte sich schon mehrmals bei mir gemeldet und wollte sich mit mir treffen, jedoch konnte ich mich noch nicht überwinden, obwohl er wirklich toll war. Wir telefonierten ein paar Mal, und Max hatte das Talent, mich bei jedem Gespräch zum Lachen zu bringen, egal wie hart mein Tag auch gewesen war. Und obwohl ich diejenige war, die gnadenlos abserviert wurde und sicherlich kein schlechtes Gewissen haben musste, fühlte es sich dennoch so falsch an.

Aber Max blieb hartnäckig. Ich hatte ihm erzählt, dass wir heute Abend ins Golden Magician gehen würden, und er wollte mit einem Freund auch dorthin kommen.

Ich seufzte und legte das Handy zur Seite, während Rylee mir die Haare glättete. »Ich weiß nicht, was du hast, er wird auch da sein und ihr könnt euch unterhalten oder eben nicht. Du bist ja niemandem zu irgendetwas verpflichtet. Außerdem ist er ziemlich süß, zumindest auf seinem Profilbild.«

Sie hatte wie immer recht. Ich war mit meinen Freunden da und konnte alles ganz langsam angehen lassen. Ja, Max sah gut aus, was mich jetzt aber nicht sonderlich reizte.

»Denkst du nicht, es wäre zu früh, sich jetzt auf jemanden einzulassen?«

Sie brach in schallendes Gelächter aus, während sie auf meinem Kopf nach einer Strähne griff und das Glätteisen erneut ansetzte. »Ich denke, da fragst du die Falsche.«

Stimmt, Rylee machte sich nichts aus intensiven Verbindungen. In all den Jahren hatte sie nur eine einzige Beziehung geführt, und das war noch zu Highschool-Zeiten. Travis Cooper hatte ihr in der zehnten Klasse den Kopf verdreht, und wie alle Typen, auf die Rylee stand, war er ein Sonderling, der durch sein polarisierendes Äußeres, aber introvertiertes und mysteriöses Inneres genau die Eigenschaften vereinte, die Rylee Shaws Herz höherschlagen ließen. Rylee stand auf Freaks.

»Selbst wenn du nur ein bisschen Spaß hast, dann gönn es dir. Du musst ihn ja nicht gleich heiraten.«

Bei ihren Worten krampfte sich mein Magen zusammen, weil ich unweigerlich an Caleb denken musste. Wir hatten uns geliebt. Wir hatten Pläne. Wir wollten eine gemeinsame Zukunft.

Zum Glück riss Thiagos schrille Stimme mich aus meinen selbstzerstörerischen Gedanken. »Göttinnen, ihr seht beide zum Anbeißen aus.«

Rylee zwinkerte ihm zu und grinste neckisch, während ich mir wieder einmal mehr wünschte, ich hätte ihr Selbstbewusstsein. Es gab bei mir öfter Tage, an denen ich nicht ganz mit mir im Reinen war, aber heute war ein Tag, an dem ich mich wirklich passabel fand – vor allem seitdem ich so böse abserviert wurde.

In den letzten Wochen musste ich nämlich schmerzlich feststellen, dass mein Selbstwertgefühl doch einen Riss bekommen hatte.

Ich hatte mir auf der Shoppingtour mit Thiago einen schwarzen Ledermini gekauft, zu dem ich heute ein schwarz-glitzerndes Mesh-Top und goldene High Heels trug. Meine jetzt geglättete hellblonde Mähne fiel mir locker bis zum unteren Rücken.

Thiago griff nach meiner Hand und zog mich in eine Drehung. »Lass dich ansehen.« Er stieß einen anerkennenden Pfiff aus, mit dem er mich unwillkürlich erröten ließ. »Das Outfit ist der Hammer, und wie ich hörte ist der hübsche Anwalt heute auch anwesend?«

Ich warf Rylee einen funkelnden Blick zu, den sie aber nur mit einem theatralischen Augenrollen quittierte.

Das Golden Magician war ein neuer Club, der schnell an Hype gewonnen hatte. Innerhalb zweier Monate war er jedes Wochenende zum Bersten gefüllt, so auch heute.

Wir schlängelten uns durch die Menge, vorbei an verschwitzten Körpern und überschwappenden Drinks. An einer der Theken angekommen, zog Piper mich an sich, während sie hektisch versuchte, sich mit ihrer Clutch Luft zuzufächeln – hier drin war es heiß wie in einer Sauna. Thiago und Rylee waren bereits ohne uns auf der Tanzfläche verschwunden, weil Piper und ich es uns zur Aufgabe gemacht hatten, zuerst ein alkoholisches Getränk zu uns zu nehmen. Ich schrie dem Typen hinter der Bar unsere Bestellung entgegen und versuchte, wild gestikulierend zu erklären, was wir haben wollten, als ich plötzlich eine starke Hand um meine Taille spürte. Erschrocken wirbelte ich herum und machte mich darauf gefasst, gleich jemanden unliebsam von mir zu stoßen, als ich direkt in Max' strahlend blaue Augen blickte.

»Du hast mich erschreckt«, ließ ich ihn wissen und stupste ihm gegen die Brust. Sein Mundwinkel wanderte kaum merklich nach oben, als er mir einen zarten Kuss auf die Wange hauchte, der die Luft hier drin noch heißer werden ließ.

»Ich hätte nicht gedacht, dass ich dich hier so schnell finde.« Mit der Hand wies er in Richtung der tanzenden Menge.

»Ja, ganz schön voll hier«, schrie ich über die dröhnenden Elektrobeats hinweg. Mittlerweile hatte er seine Hand von meiner Taille genommen, war ein Stück zurückgetreten und ließ seinen Blick unverhohlen über meinen Körper wandern.

»Wow, Liv, du siehst wirklich umwerfend aus.« Es war nicht zu übersehen, wie sein Blick an meinem schwarzen BH unter dem Mesh-Oberteil hängen blieb. Ich räusperte mich, sodass er mir wieder in die Augen blickte und verwegen grinste. Er sah heute Abend auch unverschämt gut aus, das musste ich zugeben. Max hatte ein Lächeln, das Frauenherzen höherschlagen ließ, was Pipers Reaktion auf ihn nur bestätigte.

»Willst du mich deinem Freund nicht vorstellen?«, fragte sie und lugte neugierig an mir vorbei. Max sah zu Piper, streckte ihr seine Hand entgegen und nannte seinen Namen, bevor er sich zu einer Barkeeperin wandte und zwinkernd Tequila für uns orderte. Dieser kleine Charmeur.

Nachdem ich zum dritten Mal die ätzende Flüssigkeit meine Kehle runtergespült und mit der sauren Zitrone neutralisierte hatte, fühlte ich mich irgendwie leichter. Max hatte eine Art, Geschichten derart lebhaft zu erzählen, dass man wirklich dachte, dabei gewesen zu sein. Also hingen Piper und ich an seinen Lippen, während er uns unentwegt zum Lachen brachte.

Piper stieß mich in einem unbemerkten Moment von der Seite an und bedachte mich mit erhobenen Brauen. »Sag mal, willst du mich eigentlich verarschen? Dieser Typ ist mindestens eine Elf, und du zögerst, mit ihm auszugehen?«

Ich überlächelte ihre Frage gekonnt, als ich sah, dass Max sich uns wieder zugewandt hatte.

Einen Moment lang beobachtete ich sein schönes Lächeln, seinen sportlichen Körperbau, der unter seinem engen Shirt nicht zu übersehen war, seine Bewegungen – so selbstbewusst und kontrolliert. Er war sexy in jeder Hinsicht, und er war gebildet, und dennoch setzte jedes Mal dieses widerstrebende Gefühl ein, wenn ich mir vorstellte, mehr daraus entstehen zu lassen.

Max war den ganzen Abend nicht mehr von meiner Seite gewichen, aber es störte mich keineswegs. Er war eine nette Gesellschaft und eine willkommene Ablenkung, denn zum ersten Mal seit fast einem Monat dachte ich wirklich nicht an *ihn*, sondern war vollkommen im Moment.

An diesem Abend stellte er uns zwei seiner Freunde vor, die ich ebenfalls von MCW Pharmaceuticals kannte, also ging ich davon aus, dass sie auch beide Anwälte waren. Wir tanzten und lachten ausgelassen, wobei mir nicht entging, dass Max immer wieder Körperkontakt suchte. Es fühlte sich wie ein völlig normaler Samstag in meinem Leben an, bevor ich mich für einen Job entschieden hatte, der einfach alles verändert hatte – der *mich* verändert hatte.

Mittlerweile war es schon früher Morgen und die Tanzfläche wurde allmählich leerer. Meine Füße schmerzten vom ganzen Tanzen. Keuchend lehnte ich mich an eine der Säulen, während Max kurz verschwand, um dann mit einem Barhocker wieder zurückzukommen.

»Setz dich, du hast es dir verdient.«

Ich musste lachen, denn ich hatte wahrhaftig getanzt, als ob es kein Morgen gäbe, weil es mich irgendwie alles vergessen ließ. Stöhnend vor Schmerz hievte ich mich auf den Barhocker, und jetzt, als mein Körper zur Ruhe kam, spürte ich die Wirkung des Alkohols deutlich. Aus dem Augenwinkel sah ich, wie Max mich beobachtete, bis er einen Schritt auf mich zumachte und mir eine verirrte Haarsträhne aus dem Gesicht strich.

»Alles in Ordnung bei dir?«, fragte er mich mit einer Sanftheit in seinem Blick, die ein merkwürdiges Kribbeln in meinem Hinterkopf auslöste.

»Ja, ich bin tatsächlich nur etwas erschöpft«, entgegnete ich träge, wurde im nächsten Moment aber von einer Unsicherheit gepackt, die mich nervös auf dem Hocker hin und her rutschen ließ. Max war noch einen Schritt nähergetreten, sodass er dicht vor meinem Hocker stand. Einen längeren Moment schaute er mir tief in die Augen, wodurch mein Puls sich merklich beschleunigte. Ich wusste nicht, wie ich auf seine Nähe reagieren sollte, auf seinen Duft, der so anders war, als der des Mannes, den ich liebte. Plötzlich war ich mir seiner Nähe und seinem Vorhaben überdeutlich bewusst und hielt instinktiv die Luft an. Sein warmer Atem streifte meine Wange, während er seine Hand zärtlich in meinen Nacken legte und mich näher zu sich zog.

»Ich werde jetzt etwas tun, das ich schon seit unserer ersten Begegnung im Aufzug tun will.« Dann überwand er die letzten paar Zentimeter zwischen uns und ich spürte, wie seine weichen Lippen sich auf meine senkten. Berauscht von dem Gefühl seiner Nähe, lehnte ich meinen Kopf ein Stück zurück, während Max' Zunge sich ganz vorsichtig ihren Weg in meinen Mund bahnte. Für einen kurzen Augenblick erwiderte ich seinen Kuss in einer intensiven Art und Weise, die mich erschrocken zusammenzucken ließ. Als er mich an den Hüften packte und leise aufkeuchte, riss ich die Augen auf und wich zurück. Hektisch machte er einen Schritt nach hinten und sah mich irritiert an, aber ich hatte keine Augen für ihn, denn mein Blick traf einen anderen.

Aus finsteren Augen funkelte er mich an. An seiner Mimik war nicht zu übersehen, wie sehr ihn dieser Anblick getroffen hatte. Eine Mischung aus Schmerz, Ekel und Enttäuschung las ich in seinem Blick, ehe er sich ruckartig zum Gehen wandte und in der Menge verschwand.

»Caleb«, rief ich ihm nach, löste mich von Max und folgte ihm mit eiligen Schritten. Ich sah, wie er den Club verließ, aber als ich völlig atemlos draußen ankam, war er verschwunden. Suchend sah ich mich um, konnte ihn aber nirgendwo finden. Warum war er hier? Und warum hatte sich sein Blick, als er Max und mich zusammen gesehen hatte, so schmerzhaft in meine Seele gefressen? Er hatte mir mein Herz bodenlos herausgerissen, und jetzt stand er hier für wenige Sekunden vor mir, und ich konnte an nichts anderes denken, als daran, ihn zu finden und mich davon zu überzeugen, dass er okay war. Ratlos sah ich in die Ferne und schlang meine Arme um mich, als ich Schritte hinter mir bemerkte. Ich drehte mich um, und kurz überkam mich das Gefühl von Enttäuschung, als ich Max' besorgtem Blick begegnete.

Er runzelte die Stirn. »Es tut mir leid, wenn ich dich überrumpelt habe. Willst du wieder reingehen? Ich bringe dich zu deinen Freundinnen.«

Energisch schüttelte ich den Kopf. »Ist schon gut. Mir tut es leid, dass ich dich so plötzlich stehen lassen habe.«

»Willst du darüber reden?«

»Nein, aber ich würde gern ein Stück gehen. Wenn du mich also begleiten möchtest?«

Max bot mir seinen Arm an und ich hakte mich bei ihm unter. Wir gingen die Straße auf und wieder ab, ohne auch nur ein Wort zu sprechen, wofür ich ihm sehr dankbar war. Ich wollte mich ihm gegenüber nicht erklären, auch wenn ich mir gerade wie die größte Idiotin vorkam.

In einem Seiteneingang neben dem Club setzte ich mich auf eine Stufe, denn meine Füße schmerzten mittlerweile unerträglich. Max blieb vor mir stehen, und mit einem Mal spürte ich seine Blicke ganz deutlich auf mir – sie brannten regelrecht auf meiner Haut. Ich konnte mir nicht erklären, was es war, ob ich einfach nur zu viel getrunken hatte oder durch Caleb so durch den Wind war, aber irgendetwas hatte sich verändert.

»Ich sollte jetzt wieder reingehen, Rylee und Piper suchen mich bestimmt.«

Max lächelte müde und reichte mir seine Hand, um mir hoch zu helfen. Plötzlich veränderte sich sein gesamter Ausdruck und er riss mich ruckartig herum, sodass mein Rücken hart gegen die Wand stieß. Mit seinem schweren Körper drückte er mich schmerzhaft gegen die raue Hauswand, während seine Lippen über meinen Hals fuhren. Der Geruch von Tequila stieg mir in die Nase und ließ Übelkeit in mir aufsteigen. Mein Atem ging stoßweise.

Völlig überrumpelt von seinem Verhalten legte ich die Hände bestimmt an seine Brust und versuchte, ihn auf Abstand zu bringen, aber er hielt dagegen.

»Ich will dich, Liv«, knurrte er an meinem Ohr.

»Das geht mir zu weit, Max, bitte hör auf.«

Er presste seine Lippen auf meine und ließ seine Hand an meinem Körper hinabgleiten, bis zum Saum meines Rocks. Zitternd begriff ich allmählich, was hier gerade passierte und bekam es mit der Angst zu tun. Was war nur los mit ihm? Wo war der humorvolle und charmante Kerl, mit dem ich den Abend verbracht hatte?

»Ich habe dir gesagt, du sollst aufhören. Du tust mir weh«, brachte ich ungehalten hervor und stieß ihn heftig von mir. Doch er war blitzschnell wieder bei mir, keilte mich mit seinem Körper ein, und nur wenige Sekunden später spürte ich seine Hand unter meinem Rock.

»Nein!« Ich schrie so laut ich konnte, aber er legte seine andere Hand fest auf meinen Mund, um meinen Schrei zu ersticken.

»Ich weiß, dass du es willst. Du hättest es gewollt, wäre *er* nicht aufgetaucht. Du kannst mich nicht den ganzen Abend heißmachen und jetzt eiskalt abservieren.« Seine Stimme war bedrohlich und sein Gewicht lag so schwer auf mir, dass mein Selbsterhaltungstrieb kurzerhand beschloss, besser stillzuhalten. Ich wimmerte unter seiner Hand, als er langsam mit seinem Daumen über meinen Slip fuhr.

»Mmhhh … das gefällt dir, nicht wahr? Das ist es doch, was du willst, oder nicht? Hast es dir schön von deinem Boss besorgen lassen, wie eine kleine Hure. Jetzt bin ich an der Reihe, Livia«, säuselte er an meinem Ohr, während er seine Hose öffnete und seinen Schwanz befreite. Galle stieg in mir auf, als er seine harte Erektion unter meinen Rock schob und sie gegen meinen Slip presste. Ein weiteres tränenersticktes »Nein« verließ meinen Mund, als er seine Hand kurz von mir löste, um sie im nächsten Moment wieder brutal auf meinen Mund zu drücken. Gerade als Max meinen Slip zur Seite schieben wollte, wurde er abrupt von mir gerissen.

»Du verdammter Wichser, sie hat Nein gesagt.« Erleichterung überkam mich, als ich realisierte, dass er von mir abgelassen hatte.

Calebs Faust traf seine Nase und ein dumpfes Knacken ließ mich innerlich zusammenzucken.

Max fiel stöhnend und fluchend zu Boden. »Das wirst du bereuen.« Er wand sich auf dem Asphalt und hielt sich die Nase. Blut strömte über seine Hände.

»Du bist sowas von gefeuert.«

Max lachte dreckig und spuckte in Calebs Richtung. »Denkst du, nur weil du Caleb West heißt, kannst du dir alles erlauben?«

Caleb ignorierte Max' Provokation und kam auf mich zu. Er warf einen Blick über seine Schultern und bedeutete Dimitri und Cruz, die ich jetzt erst bemerkte, sich um Max zu kümmern.

Noch immer stand ich zitternd an der Hauswand und zog hastig meinen Rock nach unten. Weinend ließ ich mich in seine Arme fallen und nahm den vertrauten Duft und das warme Gefühl seiner tröstenden Brust wahr.

»Komm, ich bringe dich sicher nach Hause.«

Protestlos ließ ich mich von ihm hochheben, als wöge ich nichts, und zum Auto tragen.

»Bist du okay?«, fragte er mich mit schmerzerfüllter Stimme und ließ seinen prüfenden Blick über meinen Körper wandern. Als ich nichts sagte, blieb er stehen, sah mich an und schluckte hart. »Hat er … hat er dich …«

Energisch schüttelte ich den Kopf.

»Nein, so weit ist er nicht gekommen.«

»Hat er dir wehgetan?«

Mein Hals fühlte sich trocken an und ich bekam keinen Ton heraus. Mein Schweigen reichte, damit er knurrend über die Schulter blickte, in die Richtung, aus der Max' Schreie die Nacht erfüllten. Ich wollte besser nicht wissen, was Cruz und Dimitri ihm antaten.

Caleb setzte mich behutsam ins Auto. Henry schenkte mir ein warmes Lächeln, was mir direkt einen weiteren Stich versetzte, denn ich hatte ihn vermisst. Caleb stieg zu mir in den Wagen und ließ die Trennwand hochfahren. Ich warf ihm einen irritierten Blick zu, aber er schüttelte den Kopf und hob sofort beschwichtigend die Hände.

»Keine Angst, ich fasse dich nicht an. Ich möchte nur kurz mit dir reden.«

Ich ließ mich in den Sitz fallen und atmete hörbar aus. »Ich wollte nicht, dass du das mit ansehen musst.« Meine Stimme bebte, und ich fühlte mich fröstelig, obwohl es Juli war und die Temperaturen auch in der Nacht noch mild.

Seine Augen verdunkelten sich. »Warum hast du dich in so

eine verdammt gefährliche Situation gebracht? Warum hast du in diesem Club zugelassen, dass er seinen schmierigen Mund auf deinen legt?« Es war nicht zu überhören, dass er wütend war, aber er bemühte sich, die Fassung zu behalten. Sein Adamsapfel bewegte sich auf und ab, während sein Blick eisern meinen hielt.

Ungläubig sah ich ihn an. »Willst du mir jetzt sagen, dass ich selbst schuld bin, dass er mich fast vergewaltigt hat?« Bei dem Wort zuckte Caleb kaum merklich zusammen.

»Nein, das meinte ich nicht! Aber du hast dich von einem anderen Mann anfassen lassen und bis zu einem gewissen Punkt wolltest du es. Natürlich hatte er kein Recht, ohne dein Einverständnis weiterzugehen.«

»Du hast mich abserviert, schon vergessen? Und du bist nicht mein Babysitter. Um genau zu sein, hast du in meinem Leben nichts mehr verloren. Das hast du selbst so entschieden.« Ich konnte nicht fassen, dass er ernsthaft glaubte, er hätte Besitzansprüche mir gegenüber. Dachte er wirklich, er dürfe sauer sein, weil ich Max' Kuss für den Bruchteil einer Sekunde erwidert hatte?

»Verdammt, Liv, du bist gerade eben so einer Vergewaltigung entkommen, und das nur, weil ich da war.« Er hielt inne und versuchte, sich zu sammeln. Da hatte er es ausgesprochen, und ich sah, wie es ihn innerlich zerfraß. »Ich habe mir in den letzten Tagen nichts sehnlicher gewünscht, als das, was ich dir angetan habe, rückgängig machen zu können. Ich hasse mich dafür, dir so wehgetan zu haben. Aber ich lasse nicht so mit mir reden, und ich lasse es nicht zu, dass irgendwer dich berührt.«

Mein Puls beschleunigte sich, alles fühlte sich gerade so surreal an – hier mit ihm in seiner Limousine zu sitzen, und vor allem die Worte, die seinen Mund verließen.

»Ich weiß nicht, was du von mir möchtest, Caleb. Ich bin nicht dein Besitz, und ich lasse mich von dir ganz bestimmt nicht abservieren, um dir trotzdem das Versprechen zu geben, mein Leben lang unberührt zu bleiben.«

Eine kurze Zeit sah er mich an, ohne etwas zu sagen. »Ich möchte, dass du mir verzeihst, Engel. Gib mir die Chance, es wieder gutzumachen. Ich denke jeden verdammten Tag an dich, und es zerreißt mich, dich nicht bei mir zu haben.«

Meine Brust zog sich schmerzlich zusammen. Das konnte unmöglich sein Ernst sein. Er bat mich einfach so um Verzeihung. Ich sollte einfach so zu ihm zurück. In Sekunden füllten meine Augen sich mit Tränen, als ich in sein schmerzverzerrtes Gesicht sah.

»Du hast mir etwas genommen, das noch schlimmer für mich war, als mir deine Liebe zu entziehen. Du hast mir Sicherheit genommen. Du hast mich mitten in der Nacht aus deinem – nein, eigentlich aus *unserem* – Zuhause geschmissen, mir meinen Job gekündigt, unsere Beziehung beendet und das Ganze, ohne dich zu erklären. Du hast mich morgens noch gebeten, bei dir einzuziehen. Ich kann dir nicht verzeihen, was du mir damit angetan hast, und ich weiß nicht, ob der Schaden, den du in mir angerichtet hast, jemals wieder heilen wird.« Jetzt waren endgültig alle Dämme gebrochen und ich weinte bitterlich.

Er saß wie angewurzelt neben mir und starrte mich mit einem solch leeren Blick an, der mir fast Angst machte. Schluchzend drehte ich mich von ihm weg. Sein hilfloser Versuch, mich zu berühren, indem er mir mit der Hand über meinen Oberschenkel fuhr, scheiterte kläglich, als ich panisch vor ihm zusammenzuckte.

»Nimm deine Finger von mir«, fauchte ich ihn an, sodass er sich postwendend zurückzog. »Du hast gesagt, du fasst mich nicht an. Aber was dachte ich, dass man dir glauben kann? Du wolltest mir ja auch nicht weh tun und hast es dennoch getan.«

Wir hielten an einer Ampel und ich rüttelte wie wild an der

Autotür, die zu meinem Entsetzen verschlossen war. »Du hast mich eingesperrt? Mach sofort die verdammte Tür auf«, kreischte ich hysterisch und schlug gegen die getönte Autoscheibe.

»Es tut mir leid, mein Engel, beruhige dich. Ich will nur, dass du dir anhörst, was ich zu sagen habe.«

»Ach, und dafür musst du mich stalken, entführen und einsperren? Ich habe genug gehört von deinen Lügen.«

Wie von Sinnen schlug ich in seine Richtung, um ihn immer weiter auf Abstand zu bringen, als ich ihn plötzlich bedrohlich knurren hörte. Ich sah, wie sein Blick sich verdunkelte, sodass ich erschrocken zurückwich.

Ich hatte den Bogen anscheinend überspannt. Blitzschnell packte er mich und zog mich zu sich hinüber. Ich strampelte mit den Beinen und wehrte mich mit meinen Fäusten, die aber an seiner harten Brust einfach abzuprallen schienen.

»Du bist nicht besser als er, du tust mir weh, du Bastard.«

Er wirbelte mich herum, sodass ich auf dem Bauch landete und lehnte sich mit seinem großen Körper so weit über mich, dass ich mich kaum rühren konnte. Ich spürte seinen warmen Atem an meinem Hals.

»Du hörst sofort auf, dich wie ein hysterischer Teenager zu benehmen. Ich werde dich jetzt mit zu mir nehmen und wir reden, wenn du dich wieder wie eine erwachsene Frau aufführst.«

Prompt erntete er von mir ein zynisches Lachen. »Wer sich hier wie ein Kind aufführt, wissen wir beide. Wärst du einfach nur immer weiter das Arschloch geblieben, das du am Anfang warst. Warum diese Maskerade zwischenzeitlich? Dann wäre doch alles beim Alten geblieben.« Fluchend versuchte ich mich aus seinem Griff zu winden, aber das führte nur dazu, dass er noch mehr Druck ausübte und mein Gesicht so fixierte, dass ich es nicht mehr drehen konnte. »Warum tust du mir so weh?«

»Hör einfach auf, dich die ganze Zeit zu wehren, du hast

ohnehin keine Chance.«

Wimmernd resignierte ich schließlich unter ihm, sodass er den Griff lockerte und ich mich umdrehen konnte. Er lag immer noch über mir, nur blickte er mir jetzt genau in die Augen.

»Wer bist du? Ich erkenne dich nicht wieder. Es gab mal einen Caleb, von dem ich geglaubt habe, er würde mir niemals schaden.«

»Dieser Caleb existiert auch immer noch. Aber du wirst auch mit dieser dunklen Seite von mir leben müssen, denn sie ist ein Teil von mir. Zwing mich nicht, sie zu oft hervorzuholen.«

»Du bist krank. Du spielst mit mir so, wie es dir passt. Niemals werde ich dich wieder in mein Leben lassen.«

»Das werden wir ja noch sehen.«

Schwer atmend sah ich ihn an, dann tat ich das Dümmste, was ich in dieser Situation hätte tun können. Ich riss ihn an mich, umschlang seine Hüfte mit meinen Beinen und küsste ihn hart. Ich spürte seine fordernden Lippen, seine Zunge, seine Zähne – er verschlang mich regelrecht, bis ich meinen Unterleib keuchend gegen seine Härte presste. Mit einem lauten »Fuck!« löste er sich von mir und brachte Abstand zwischen uns.

»Was ist mit dir?«, fragte ich und fuhr mir über die geschwollenen Lippen. Ich streckte meine Hände wieder nach ihm aus, wollte ihn wieder an mich ziehen, denn sofort vermisste ich seine Berührungen schmerzlich. Doch er hielt meine Handgelenke fest und sah mich kopfschüttelnd an.

»Du willst mich nicht mehr, verstehe.« Mit einem verächtlichen Schnauben setzte ich mich zurück ans Fenster.

»Das ist es nicht, Liv. Ich will dich, aber du bist betrunken. Wir sollten dringend reden, und die Bilder des heutigen Abends sind einfach gerade noch zu präsent.«

Er erhielt keine Antwort mehr von mir. Schweigend sah ich aus dem Fenster, während mir Tränen der Enttäuschung und Wut über die Wangen rollten. Ich lehnte meinen Kopf an das kühle Glas der Autotür, unwissend, was nun als nächstes passieren würde.

KAPITEL 40
Caleb

DIESES GESPRÄCH WAR völlig aus dem Ruder gelaufen. Sie hatte sich von diesem Wichser anpacken lassen und sich in eine gefährliche Situation gebracht. Ich wollte einfach nur mit ihr reden, aber sie musste sich vollkommen hysterisch verhalten und stellte somit eine Gefahr für sich und andere dar. Solange sie nicht wieder bei Sinnen war, würde ich sie nicht alleine lassen. Ich hatte gehofft, sie davon überzeugen zu können, dass es die beste Option war, wenn sie bei mir bliebe, aber sie wollte in keinerlei Hinsicht kooperieren.

Vor meinem Penthouse angekommen schüttelte sie noch immer hitzig den Kopf und wehrte sich erbittert dagegen, auszusteigen.

»Zwing mich nicht, dich da reinzutragen, Liv«, presste ich zwischen zusammengebissenen Zähnen hervor. Sie stellte mich heute wirklich auf die Geduldsprobe.

Wie ein trotziges Mädchen verschränkte sie die Arme.

»Wenn du mich anfasst, schreie ich, und jeder wird wissen, dass du mich gegen meinen Willen hierhergebracht hast.«

Ich vibrierte vor unterdrücktem Zorn. Warum machte sie alles so kompliziert? Fluchend öffnete ich die Tür und stieg aus der

Limousine. Mit einem frustrierten Halblachen warf ich Cruz einen kurzen Blick zu, womit ich ihm zu verstehen gab, dass Plan B folgte.

Nachdem er mir gebracht hatte, was ich brauchte, stieg ich zurück in den Wagen und setzte mich zu ihr. Unsanft zog ich sie auf meinen Schoß und fixierte sie mit einem Arm. Laut protestierend versuchte sie sich aus meinem Griff zu winden. Doch noch bevor sie sich ernsthaft zur Wehr setzen konnte, musste sie das Brennen an ihrem Oberschenkel bemerkt haben, denn ihre Augen weiteten sich vor Entsetzen.

»Was hast du getan?« fragte sie lallend und versuchte vergeblich, ihren Arm zu heben. Ihre Augenlider flackerten, ehe sie gegen meine Brust sackte und nur noch unmissverständliches Zeug nuschelte. Ihre Glieder wurden mit jeder Sekunde schlaffer.

»Es tut mir leid, Engel, auch das ist nur zu deinem Schutz. Du hast mir keine andere Wahl gelassen.« Sanft streichelte ich ihr übers Haar und gab ihr einen Kuss auf die Stirn.

Es stellte kein Problem dar, sie an dem Rezeptionisten vorbeizutragen und ihm glaubhaft zu versichern, dass sie einfach zu viel getrunken hatte. Niemand würde das hier hinterfragen, denn sie war keine Fremde.

Nachdem ich sie umgezogen hatte, legte ich sie behutsam in mein Bett und deckte sie zu. Das würde ihr sicherlich morgen ganz und gar nicht gefallen, aber nachdem ich sie gegen ihren Willen mitgenommen und zu allem Überfluss betäubt hatte, würde ich morgen sicher weitaus größere Probleme haben.

Wie war diese Situation nur derart außer Kontrolle geraten? Ich hatte mich meiner Kurzschlussreaktion hingegeben und sie rausgeschmissen, und damit alles noch schlimmer gemacht. Ich hätte sie einfach direkt unter Arrest und somit in meiner Obhut lassen sollen.

Ich griff nach ihrem Handy und entsperrte es mühelos, denn

ich hatte ein paar Mal gesehen, wie sie ihren Code eingegeben hatte. Ich wollte nicht in ihre Privatsphäre eindringen, aber ich musste ihren Freunden eine plausible Erklärung liefern, wo sie abgeblieben war. Ich schaute mir ein paar ihrer Nachrichten an, um in etwa zu wissen, in welcher Art sie mit ihren Freundinnen kommunizierte. Ich teilte ihnen mit, dass sie sich mit mir getroffen und ausgesprochen hatte und dass wir ein paar Tage zusammen verbringen würden. Eine Antwort erfolgte sofort:

Rylee: Ich kann nicht glauben, dass du es diesem Psycho so leicht machst. Ruf ich morgen an, damit ich es dir ausreden und dich verbal ohrfeigen kann.

Natürlich machte die quirlige Rothaarige es mir nicht leicht. Was hatte ich auch erwartet?

Schwerfällig ließ ich mich neben ihr aufs Bett fallen. Sie schlief friedlich und sah auch jetzt noch aus wie ein Engel. Zaghaft streichelte ich ihr über die Wange und deckte sie noch ein Stück höher zu, bevor ich das Licht ausschaltete und in die Dunkelheit starrte. Sie würde mir all das niemals verzeihen.

KAPITEL 41
Liv

MÜHSELIG ÖFFNETE ICH die Augen und blinzelte, bis ich sie im nächsten Moment wieder fest schloss. Seit wann tat Tageslicht so verdammt weh? Es fühlte sich an, als würde das Licht meine Netzhaut versengen. Mein ganzer Kopf dröhnte. Wie viel hatte ich gestern getrunken?

Ein vertrauter Geruch umgab mich, und ich kuschelte mich instinktiv in das Kissen, bis ich realisierte, dass es *sein* Duft war. *Caleb.* Erschrocken fuhr ich hoch und sah mich im Raum um. Ich war in seinem Schlafzimmer, aber von ihm fehlte jede Spur. Warum zur Hölle fühlte ich mich so benebelt? Wie war ich hierhergekommen?

Langsam kamen die Erinnerungsfetzen der gestrigen Nacht wieder: Der Club, Max, seine unangenehmen Berührungen, Calebs starken Arme, die Limousine, der Streit, der Kuss, die Ablehnung, ein brennender Schmerz in meinem Oberschenkel … und dann wurde alles schwarz. Gottverdammt, hatte dieser Mistkerl mich etwa betäubt?

Trotz des hämmernden Kopfschmerzes sprang ich aus dem Bett und ging mit großen Schritten zur Tür. Ich rüttelte an ihr, nur um festzustellen, dass auch sie verschlossen war – genau wie die Tür der Limousine gestern Abend. Ein eiskalter Schauer lief mir über den Rücken und ich fing am ganzen Körper an zu zittern. Übelkeit stieg in mir auf, als plötzlich die Badezimmertür aufging und ein frisch geduschter Caleb mit nichts als einem Handtuch um die Hüften heraustrat.

»Guten Morgen, Sonnenschein. Wo willst du denn hin?«

Ich rannte los, zwängte mich an ihm vorbei und entleerte meinen brennenden Mageninhalt in der Toilette. Tränen vermischten sich mit Speichel. Stöhnend kauerte ich auf dem Boden. Caleb trat hinter mich und reichte mir ein Tuch, ehe er mich unter den Armen packte und hochzog. Strauchelnd trat ich ans Waschbecken, spülte meinen Mund mit Wasser und Zahnpasta aus und ließ mir kaltes Wasser übers Gesicht laufen.

»Du solltest dich ins Bett legen und noch ein bisschen ausruhen.« Stützend bugsierte er mich wieder zu seinem Bett. Ich ließ mich aufs Kissen fallen und zog die Decke über mich, denn ich trug nur meinen Slip und eines seiner T-Shirts.

»Was hast du mit mir gemacht, du Arschloch?«, brachte ich wimmernd hervor. »Warum bin ich hier, und warum habe ich dein T-Shirt an? Hattest du in diesem Zustand etwa Sex mit mir?«

Sein schallendes Gelächter ließ mich aufschrecken. »Glaubst du ernsthaft, ich leide unter Somnophilie?«

Ich schüttelte irritiert den Kopf. »Wovon redest du?«

»Natürlich hatten wir keinen Sex. Ich rühre dich nicht an, wenn du es nicht willst, das habe ich dir doch gesagt. Es kränkt mich, dass du das denkst, nach allem, was dir gestern widerfahren ist. Außerdem warst du betrunken.«

»Ja, genau«, ächzte ich und wälzte mich im Bett umher. »So wie du auch Rücksicht darauf genommen hast, dass ich nicht betäubt werden will.«

Caleb hob eine Braue. »Das hast du nicht ausdrücklich gesagt, außerdem hast du mir keine andere Wahl gelassen mit deinem hysterischen Verhalten.«

»Was hast du mir für Drogen verabreicht?«

»Krieg dich wieder ein, es war ein harmloses Schlafmittel.«

Völlig überfordert mit dieser Situation schüttelte ich den Kopf und schlug mir die Hände vors Gesicht. »Caleb, ich will nach Hause. Jetzt sofort.« Ich schrie ihn an, aber er blieb völlig ruhig, was mich noch wütender machte.

»Das geht nicht. Nicht, bevor ich nicht weiß, wer es auf dich abgesehen hat.«

Plötzlich drängten sich mir die Bilder von Max und seinen Berührungen auf. Ein Schauer des Ekels überkam mich. »Vielleicht war es Max?«

Caleb sah mich eindringlich an, dann verneinte er diese These mit einem angedeuteten Kopfschütteln. »Max ist ein perverser Widerling, aber ich denke nicht, dass er dich länger verfolgt hat.«

»Ach ja? Und was unterscheidet dich von diesem perversen Widerling?«

Er sah mich an, und in seinen Augen blitzte etwas Beunruhigendes auf. Mit finsterer Miene machte er ein paar Schritte auf mich zu. Er trug immer noch nur ein Handtuch, und der Anblick seiner muskulösen nackten Brust, an die ich mich früher so gern gekuschelt hatte, löste ein merkwürdiges Flattern in meiner Magengegend aus. Er kam näher und setzte sich aufs Bett, was das Flattern nur verstärkte.

»Sag das nochmal«, raunte er unheilvoll.

Ich schluckte schwer, denn ich hatte diese Seite von ihm nicht oft erlebt. Sie machte mir Angst, aber irgendwie war sie auch auf eine Art faszinierend erregend. Er hatte sich mir gegenüber anfänglich wie ein Arschloch verhalten, aber er hatte mir nie wirklich weh getan. Ich wusste, es war nicht richtig, ihn jetzt in dieser Situation weiter zu provozieren, aber er hatte mich betäubt und gegen meinen Willen zu sich gebracht.

»Du bist ein perverser Widerling«, spie ich ihm voller Verachtung entgegen.

Calebs Hand schnellte vor, schloss sich blitzschnell um meinem Hals und drückte mich zurück ins Kissen. Er packte nicht fest zu, und doch spürte ich seine bedrohliche Dominanz.

»Du beweist es doch gerade wieder«, stachelte ich ihn weiter an.

Er kam so nah an mein Gesicht, dass unser beider Atem sich vermischte. »Du denkst also, ich sei genauso wie er? Du vergleichst mich mit einem verschissenen Vergewaltiger? Habe ich dich jemals gegen deinen Willen angefasst?« Ein gefährlicher Unterton hatte sich in seine Stimme geschlichen. Zögernd nickte ich. Erschüttert stieß er die Luft aus.

»Jetzt gerade tust du es doch.«

Calebs Augen funkelten belustigt, während sein Mund sich zu einem schiefen Grinsen verzog. Seine Hand glitt über meinen Bauch, der jetzt frei lag, weil das T-Shirt hochgerutscht war. Er zog sanfte Kreise um meinen Bauchnabel und sah mir dabei tief in die Augen, während seine Berührungen wie elektrische Impulse durch meinen Unterleib schossen. Verdammt, ich hasste es. Ich hasste es, dass seine Berührungen und seine Blicke diese Wirkung auf mich hatten. Er ließ seine Hand tiefer gleiten und strich über den durchsichtigen Stoff meines Höschens, der bereits von meiner Feuchtigkeit benetzt war, bis sein selbstzufriedenes Lächeln mich vollkommen bloßstellte.

»Du willst also nicht, dass ich dich berühre?«

Hitzig schüttelte ich den Kopf.

»Nein, niemals wieder.« Ich reckte das Kinn und tat so, als würde ich nicht völlig in Flammen stehen, bei dem Gedanken daran, ihn in mir zu spüren.

Entschlossen griff er beide Bänder meines Slips und zog ihn langsam über meine Beine, bis ich völlig entblößt vor ihm lag.

Mit schiefgelegtem Kopf betrachtete er, wie mein Höschen neben ihm zu Boden fiel. Er stieß einen leisen Fluch aus, als er mit beiden Händen meine Beine spreizte und meine vor Lust feuchte Scham inspizierte.

»Dein kleiner Wasserfall hier straft dich Lügen, mein Engel.«

Ich schnaubte und warf ihm einen zornigen Blick zu, weil er verdammt nochmal recht hatte, aber er tat nichts weiter, als meine glänzende Pussy zu betrachten. Mein Atem ging stoßweise. Ich war unfähig, mich gegen all das zu wehren. Wollte ich mich überhaupt wehren? Wenn er etwas tat, das ich nicht wollte, warum fühlte es sich so unfassbar gut und vor allem erregend an? Warum schrie mein Körper förmlich danach, von ihm berührt zu werden? Mein Kopf und mein Herz führten einen erbitterten Kampf, bei dem es ganz sicher gleich einen klaren Verlierer geben würde. Nachdem er meinen Körper nur mit dieser kleinen Berührung schon fast entzündet hatte, überkam mich eine leise Vermutung, zu wessen Gunsten das hier enden würde.

Ich starrte auf die Beule unter seinem Handtuch, die verriet, dass es ihm genauso ging wie mir, also warum berührte er mich nicht endlich? Ganz langsam beugte er seinen Kopf zwischen meine Beine und für einen kurzen Moment überkam mich ein freudiges Kribbeln, aber dann spürte ich nur seinen warmen Atem vor meinem Eingang. Caleb pustete mir einen Luftstoß ganz langsam gegen meine Klit. Fuck. Was tat er da? Ich war kurz davor, durchzudrehen.

»Engel, ich fasse dich nicht an, es sei denn, du bettelst darum.« Wieder strich sein warmer, aber zugleich fester Atem meinen empfindlichsten Punkt. Bei jedem leisen Wimmern von mir, wiederholte er das Prozedere und stieß die Luft mit immer festerem Druck aus. Mein Brustkorb hob und senkte sich in schnellem Tempo und ich spürte, wie die Feuchtigkeit mittlerweile bis zu meinem Hintern hinunterlief. Dann sah er zu mir hoch. Die Sache schien ihn deutlich zu vergnügen.

»Willst du etwa, dass der perverse Widerling dich berührt?«

Ich biss mir auf die Unterlippe und nickte kaum merklich, denn ich würde diese Folter keine Sekunde länger aushalten.

»Dann sag es.«

»Bitte, Caleb.«

»Bitte *was*? Ich brauche es deutlicher.«

»Bitte berühre mich.«

Er schnalzte missbilligend mit der Zunge. »Wo soll ich dich berühren? Ich brauche es genauer.«

»Hier.« Ich ließ meine Finger über meinen nassen Spalt fahren.

Seine Augen leuchteten lustvoll auf. »Sag es.«

»Ich will, dass du meine Pussy berührst.«

Mit einem diabolischen Grinsen verschwand er wieder mit dem Kopf zwischen meinen Schenkeln. In mir loderte ein Inferno aus Wut, Frustration und Verlangen. Seine warme Zunge traf auf meine Perle und umkreiste sie zärtlich.

Ich keuchte auf und schob ihm mein Becken weiter entgegen. »Mehr«, stöhnte ich, woraufhin er begann, abwechselnd an meinem Lustpunkt zu saugen und zu beißen – erst ganz sanft, dann gröber, aber in einem solchen Gleichgewicht, dass aus Lust und Schmerz eine berauschende Symphonie entstand.

Er schob erst einen und dann einen weiteren Finger in meine feuchte Höhle, die er rhythmisch bewegte, während er meine Klit wieder mit seiner Zunge umspielte. Caleb nahm sich Zeit und widmete sich meiner Pussy mit der größten Hingabe. Gott, ich stand kurz vor dem ultimativen Orgasmus, als er sich plötzlich zurückzog.

Enttäuscht seufzte ich auf und sah ihn an. »Hör bitte nicht auf.« Ich hasste es, wie flehentlich meine Stimme klang.

»Keine Angst, ich werde dich kommen lassen, Engel, aber ich

brauche zuvor ein Versprechen von dir.«

Mein Unterleib zog sich schmerzhaft zusammen, so sehr wollte ich ihn.

»Was denn?«, wimmerte ich.

»Versprich mir, dass du hierbleibst.«

»Was?« Entsetzt starrte ich ihn an. »Wie lange?«, keuchte ich.

»So lange, bis es wieder sicher für dich ist.«

»Nein, das kann ich nicht machen, ich habe ein Leben.«

Unbeeindruckt zuckte er mit den Schultern. »Wie du willst, dann tust du es eben nicht freiwillig, bleiben wirst du dennoch«, sagte er bestimmt und wandte sich bereits von mir ab.

Dieser Mistkerl. Er ließ mir ohnehin keine Wahl. »Okay. Okay, ich tue es«, hörte ich meine verräterische Stimme. *Wie erbärmlich Liv. Hat dieser Mann ernsthaft deine Sinne so sehr benebelt, dass du dich auf so ein krankes Spiel einlässt, nur um von ihm zum Höhepunkt gebracht zu werden?*

Fluchend ließ ich mich zurückfallen. Als ich merkte, wie er plötzlich da weitermachte, wo er gerade aufgehört hatte, verwandelte sich mein Fluchen in ein leises Stöhnen.

»Na siehst du, es geht doch auch ohne Gegenwehr.« Ganz langsam leckte er über meine Mitte und küsste meine Schamlippen, als er innehielt. »Braves Mädchen.«

Dann wirbelte er mich ohne Vorwarnung herum und zog mich in den Vierfüßlerstand. Er zerrte an meinem T-Shirt und zog es mir aus, sodass ich völlig nackt vor ihm hockte, während ich spürte, wie sein feuriger Blick über meinen Körper wanderte.

Mit der einen Hand streichelte er meine Mitte, mit der anderen Hand verteilte er die Feuchtigkeit zwischen meinen Beinen, bis hin zu meinem Hintereingang.

»So feucht bei einem solch perversen Widerling wie mir? Schauen wir doch mal, welche perversen Dinge du so mit dir anstellen lässt«, hauchte er mit einem provokanten und abfälligen

Unterton an meinem Ohr, wobei mir ein Schauer purer Erregung durch den gesamten Körper fuhr. Gott, wie sehr mich das anmachte. Er umkreiste meine Perle mit seinem Daumen, bis ich aufstöhnte und ihm meinen Hintern entgegenstreckte. Ich war vollkommen verloren.

»So brav heute«, raunte er, als ich spürte, wie er langsam einen Finger in meinen engen Muskel gleiten ließ. Erschrocken zuckte ich zusammen. Es tat nicht weh, ganz im Gegenteil, es fühlte sich unfassbar gut an, aber mein Hintern war absolut jungfräulich und das wusste er auch. Trotzdem schob er seinen riesigen Finger da rein als hätte er das schon tausende Male getan. Wie zur Hölle sollte da ein ganzer Penis reinpassen?

»Entspann dich, Engel.«

Ich atmete tief ein und ließ mich in seine Berührungen fallen. Mit der einen Hand streichelte er meine Klit, während er mit der anderen das enge Loch meines Hinterns penetrierte.

»Caleb«, keuchte ich verzweifelt seinen Namen.

»So ist es gut. Du machst das wundervoll«, entgegnete er mit beinahe echtem Stolz in der Stimme. Langsam ließ er seinen Finger rein und raus gleiten, während er meinen Lustpunkt mit dem perfekten Druck massierte, bis eine nicht zu beschreibende Hitze in mir aufstieg und ich spürte, wie mein Höhepunkt sich näherte. Mein Atem beschleunigte sich, mein Herz raste. Niemals zuvor hatte ich ein solches Verlangen nach den Berührungen eines anderen Menschen verspürt – die so intensiv waren, dass ich wie ein wimmerndes Lustbündel vor ihm hockte. Seine Bewegungen wurden schneller, bis ich meinen Kopf in den Nacken legte und mich schreiend und bebend um ihn zusammenzog.

Definitiv würde ich diesen Orgasmus niemals vergessen. Es hatte keine zwei Minuten gebraucht, bis er mich da hatte, wo er mich sehen wollte. Stöhnend krallte ich mich in das Laken, als die kleinen elektrischen Impulse sich bis in meine Zehenspitzen entluden. Caleb zog langsam seine Finger aus mir und seufzte selbstgefällig. Erschöpft sank ich nach vorn und umklammerte das Kissen. Überall, wo er mich berührt hatte, brannte meine Haut nun und erinnerte mich schmerzhaft daran, was ich nicht mehr haben konnte.

»Vielleicht bist du doch nicht so ein kleiner unschuldiger Engel«, sagte er mit rauer Stimme und gab mir einen festen Klaps auf den Hintern.

»Aua.« Erschrocken sah ich hinab auf meine rechte Pobacke, auf dem sich ein deutlich roter Abdruck abzeichnete.

»Du solltest duschen gehen. Ich erwarte dich gleich zum Frühstück. Wir müssen reden.«

Eine halbe Stunde später tapste ich barfuß in die Küche. Ich hatte geduscht und mir seinen Bademantel übergezogen, denn ich hatte rein gar nichts zum Anziehen hier. Caleb saß an der Kücheninsel und beäugte mich skeptisch. Er ruckte das Kinn in Richtung des gedeckten Platzes neben ihm, wo bereits eine Tasse Kaffee, Croissants und frische Früchte auf mich warteten. Ein schmerzhaftes Gefühl breitete sich in meiner Brust aus. Für einen kurzen Moment hatte es sich so angefühlt wie vor all dem ganzen Scheiß, der passiert ist – als ich hier bei ihm noch glücklich war. Wehmütig betrachtete ich das Frühstück und verschränkte die Arme vor der Brust.

»Du willst nichts essen?«, fragte er über sein Handy hinweg, ohne aufzublicken. Als Antwort bekam er nur ein Kopfschütteln, das ich so lange ausdehnte, bis er endlich hochsah. »Ich diskutiere das nicht mit dir. Wenn du auf einen Machtkampf aus bist, kann ich dir sagen, dass du diesen ganz gewiss verlieren wirst.« Seine Nasenflügel bebten. »Warum hast du dich nicht angezogen?«

»Sehr lustig. Vielleicht, weil ich nichts Sauberes zum Anziehen hier habe? Ich besitze nicht einmal eine Zahnbürste, und so werde ich ganz sicher nicht einen weiteren Tag hierbleiben.«

Mit erhobener Braue lehnte er sich zurück und musterte mich. »Ach, und was willst du sonst machen?«

Diese Macht über mich, die er mir gerade mit jeder Faser seines verdammten Daseins demonstrierte, brachte mein Blut zum Kochen. »Caleb, ich brauche zumindest ein paar Dinge für mich, wenn ich hierbleiben muss«, erwiderte ich mit zornigem Blick, der ihn aber völlig unbeeindruckt ließ. Glaubte er wirklich, er könnte mich hier einfach so festhalten?

»Wo ist mein verdammtes Handy?«

»Ich habe es an mich genommen, so lange bis du endlich aufhörst mit deinem Gezeter und wir uns angemessen unterhalten können.«

Hilflos starrte ich ihn an. Ich wusste nicht, wie lange ich mich noch zusammenreißen konnte, um nicht vollkommen die Beherrschung zu verlieren. Ich atmete tief durch, um ihn nicht wieder anzuschreien. Meine Augenlider brannten, und das kloßartige Gefühl in meinem Hals wurde unerträglich. »Ich kann kaum glauben, dass wir uns mal geliebt haben. Ich kann kaum glauben, dass du mich so geblendet hast.« Bevor er darauf reagieren konnte, stand ich auf, machte auf dem Absatz kehrt und lief zurück in sein Schlafzimmer. Weinend kauerte ich mich in die Ecke. Eigentlich wollte ich mich ins Bett legen, aber irgendwie schien mir der Boden jetzt tröstlicher, weil ich seinen Geruch gerade einfach nicht ertragen konnte.

Schluchzend umklammerte ich meine Knie, als ich hörte, dass sich Schritte näherten. Konzentriert achtete ich auf eine gleichmäßige Atmung, um mich zu beruhigen.

»Sieh mich an.« Sein Tonfall war wieder sanfter. »Wir besorgen dir später ein paar Dinge, okay?« Verwundert über sein Angebot sah ich zu ihm auf und wischte mir die Tränen aus dem Gesicht. »Bist du bereit, vernünftig mit mir zu reden?«

»Ja«, antwortete ich heiser, legte das Kinn auf meinem Knie ab und starrte ins Leere.

Er trat noch ein paar Schritte näher und beugte sich zu mir herunter. »Ich wollte dir niemals etwas tun. Weder wollte ich deine Gefühle verletzen noch wollte ich dass du körperlich versehrt wirst.« Seufzend fuhr er sich durchs Haar, bevor er vorsichtig mein Kinn anhob und mir in die Augen sah. »Ich für meinen Teil bin bereit, uns beiden eine zweite Chance zu geben. Ich weiß, dass ich mich in vielerlei Hinsicht nicht richtig verhalten habe, aber mit nichts von dem, was ich gemacht habe, hatte ich die Absicht, dir wehzutun, Engel. Das musst du mir glauben.«

Eine Lawine an Emotionen drohte mich zu begraben. Wie konnte er all diese Dinge behaupten und sich doch so gegensätzlich verhalten? Sein Blick brannte auf meiner Haut und drohte jeden Schutzwall zu durchbrechen, den ich in den letzten Wochen mühselig errichtet hatte.

»Wenn du mich wirklich lieben würdest, dann hättest du mich nicht betäubt und hierhin verschleppt. Nach allem, was du mir ohnehin schon angetan hast, hast du hiermit wirklich den Vogel abgeschossen. Ich kann dir niemals wieder vertrauen.« Ein unangenehm heiseres Schluchzen durchdrang meine Kehle und machte es unmöglich weiterzusprechen. Ich hielt die Luft an und versuchte mich unter Calebs gequältem Blick zu sammeln.

»Ich kann nicht diejenige sein, die deine Ängste kompensiert. Ich kann nicht unter dem leiden müssen, was dir widerfahren ist. Und weißt du, was das Schlimmste ist? Ich hatte keine Angst vor dem Typen, der mir gefolgt ist, und werde es auch nie haben – aber ich werde an deiner Seite jeden Tag der Angst ausgesetzt sein, dass du mich von heute auf morgen wieder von dir stößt, dass du mich fallen lässt, dass du verschwindest, wenn es schwierig wird.«

Ich sah ihm an, wie sehr ihn meine Worte schmerzten. Verzweifelt griff er nach meiner Hand, aber ich entzog mich seinem

Griff und umklammerte wieder meine Beine.

»Du verstehst das nicht. Ich bin mir sicher, dass es etwas mit dem Mord an meiner Schwester zu tun hat.«

Jetzt konnte ich nicht mehr innehalten und brach vollkommen in Tränen aus. »Du musst doch erkennen, dass du Hilfe brauchst.«

Es tat mir leid, ihn so zu sehen, und mein Herz zog sich unweigerlich schmerzhaft zusammen. Ich wollte ihm so gern helfen, aber die Art und Weise, wie er die Probleme lösen wollte, machte mir Bauchschmerzen.

»Was hast du vor? Wie lautet dein Plan?«, brachte ich mit kratziger Stimme hervor und versuchte, die Tränen zu verdrängen, die mich schon viel zu lange beherrschten.

»Wir gehen gerade ein paar Spuren nach und solange möchte ich dich in Sicherheit wissen.«

Ich nickte ihm zu und wischte mit dem Handballen die Tränen fort. Obwohl dieser Mann mir so wehgetan hatte, verspürte ich ihm gegenüber eine tiefe Verbundenheit, die ich nicht leugnen konnte.

»Okay, ich will einen Deal mit dir.«

Stirnrunzelnd sah er mich an.

»Ich bleibe ein paar Tage hier, damit du alles klären kannst, wenn es dir so wichtig ist, mich in Sicherheit zu wissen. Ein paar Tage, nicht Wochen. Ich spiele mit und sage meinen Freundinnen, dass ich hier bin.«

Er nickte zufrieden.

»Aber danach will ich, dass du mich gehen lässt und dich niemals wieder bei mir meldest.«

Caleb fiel wortwörtlich die Kinnlade herunter.

»Dimitri und Cruz halten sich von mir fern, du wirst dich komplett aus meinem Leben halten, und ich ziehe heute wieder in mein Zimmer.«

Kopfschüttelnd erhob er sich. »Das geht nicht. Du bleibst hier. In meinem Bett.«

»Gut, dann gibst du mir dein Versprechen, dass du mich nicht mehr anrührst. So etwas wie gerade darf nicht noch einmal passieren. Nutze meine Gefühle, die ich für dich hege, nicht in dieser Weise schamlos aus.«

Er taxierte mein Gesicht, als würde er nicht meinen Worten, sondern meinem Ausdruck folgen. »Du bist dir sicher, dass du mich nie wieder sehen willst?«

Ich schluckte trocken bei dem Gedanken daran, mit ihm abschließen zu müssen, aber ich wusste, dass es das einzig Richtige war, nach allem was zwischen uns passiert war. »Ja.«

Einen Moment lang sah er mich ohne jeglichen Ausdruck in den Augen an, dann hielt er mir die Hand hin, um mir aufzuhelfen. »Okay, wir haben einen Deal.«

KAPITEL 42
Caleb

IHRE FORDERUNGEN WAREN utopisch. Wie sollte ich mich jemals von ihr fernhalten? Es war schmerzhaft, zu wissen, dass es niemals wieder so werden würde, wie es einmal war. Der Gedanke daran, das loszulassen, was ich mehr wollte, als alles andere, war einfach nur vernichtend. Aber für den Moment hatte ich sie dringend besänftigen und sie dazu bringen müssen, hier zu bleiben, denn mein Gefühl sagte mir, dass sie in Lebensgefahr sein könnte.

Ich durfte mir nicht noch einmal einen solchen Fehler wie bei Maddie erlauben. Wenn es nötig wäre, würde ich ihr Leben mit meinem beschützen.

Ich vertraute auf ihr Wort und ließ sie kurz mit ihren Freundinnen telefonieren. Aus irgendeinem Grund war ich mir ihrer Loyalität, nach allem was ich ihr angetan hatte, dennoch sicher. Sie würde mich nicht verraten.

»Und, wie ist es gelaufen?«, fragte ich sie in einem sanften Tonfall.

»Sie hassen dich und denken, ich sei geistesgestört.«

Schmunzelnd fuhr ich mir mit der Hand über den Nacken.

»Können wir bitte kurz zu Rylee fahren, damit ich ein paar

persönliche Dinge holen kann? Bitte, Caleb. Ich habe dir mein Wort gegeben.«

Zögernd betrachtete ich sie. Ich war unsicher, wollte aber die Stimmung nicht wieder zerstören. Obwohl diese alles andere als gut war, so hatte Liv sich zumindest so weit beruhigt, dass sie nicht auf mich losging oder mir irgendwelche Vorwürfe machte.

»Gut, wir fahren mit Henry und Cruz. Du hast zehn Minuten. Verarsch mich nicht, sonst hole ich dich persönlich da raus, und das kann sehr unschön werden.«

Sie verdrehte die Augen, während sie in ihr gestriges Outfit schlüpfte. Mein Blick schweifte über den kurzen Lederrock und das durchsichtige Top, das meinen Schwanz unmittelbar mit Leben füllte. Ich durfte nicht daran denken, dass dieser Wichser Max sie geküsst und unsittlich berührt hatte. Mich überkam der Impuls, ihm dafür noch die Hände abzuhacken, aber Cruz und Dimitri hatten ihm gestern bereits ordentlich zugesetzt.

Liv hatte sich an unsere Absprache gehalten und war zehn Minuten später wieder mit einer Reisetasche in den Wagen gestiegen. Sie hatte sich noch schnell umgezogen, aber ihre schwarzen hautengen Leggings machten die Angelegenheit für meinen Schwanz nicht erträglicher.

»Was willst du essen?«, fragte ich sie bewusst offensiv, da sie augenscheinlich versuchte, mich mit Missachtung zu strafen. Sie zuckte mit den Schultern und machte sich nicht mal die Mühe, mich anzusehen.

»Okay, dann besorgt Henry jetzt einfach irgendetwas.«

Ich schrieb Catherine eine Nachricht, dass ich morgen im Home Office arbeiten würde und dass sie meine Termine bitte übernehmen soll, denn ich vertraute Liv noch nicht so weit, als dass ich sie den ganzen Tag allein lassen würde. Catherine war natürlich sofort alarmiert, denn dass ich montags einfach von zu

Hause arbeitete, kam äußerst selten vor. Ich hatte ihr gesagt, dass ich einfach mal etwas kürzertreten wolle. Ich würde austesten, wie es läuft, und es vielleicht beibehalten. Sie klang skeptisch, aber das war mir relativ egal. Ich hatte ihre und Landons Schlüsselkarte deaktivieren lassen, um nicht Gefahr zu laufen, dass einer der beiden mir wieder einen unangekündigten Besuch abstattete.

Liv war ohne Worte im Schlafzimmer verschwunden. Sie hatte heute nicht wirklich was gegessen und das passte mir gar nicht, denn mir war aufgefallen, dass sie abgenommen hatte – vermutlich vor lauter Kummer.

Mit schwerem Herzen folgte ich ihr ins Schlafzimmer, wo sie im Bett lag und sich irgendeine Trash-TV-Sendung ansah. Räuspernd lehnte ich im Türrahmen und verschränkte die Arme vor der Brust, aber sie rührte sich nicht.

»Wie lange möchtest du mich jetzt ignorieren?«

»Du hast nicht gesagt, dass ich mit dir sprechen muss.«

So sehr ich diese Frau liebte, sie triggerte mit ihrem derzeitigen Verhalten eine Seite in mir, die ich selbst lieber wegsperren würde.

»Ich möchte, dass du was isst.«

Ohne mir zu antworten, starrte sie weiterhin auf den Fernseher. Entschlossen ging ich auf sie zu und zog sie ruckartig an ihren Handgelenken auf die Beine.

»Sag mal, tickst du noch richtig? Was verstehst du nicht an *fass mich nicht an?*«

Diese Frau schaffte es, mich in kürzester Zeit innerlich vor Zorn brodeln zu lassen, während ich krampfhaft dagegen ankämpfte, die Kontrolle gänzlich zu verlieren. Fest vergrub ich meine Finger in ihrem Haar und zog ihren Kopf so weit zurück, dass sie gezwungen war, mich anzusehen.

»Ich dulde weder, dass du mich respektlos behandelst noch

dass du dich selbst respektlos behandelst.«

Ihr eiskalter Blick schickte mir eine Gänsehaut über den Körper, denn sie schien völlig unbeeindruckt von meinem festen Griff.

»Was meinst du damit?«

»Ich meine, dass ich nicht zulasse, dass du mit dir und deinem Körper so umgehst. Geh jetzt in die Küche und iss etwas.«

Trotz blitzte in ihren Augen auf. »Es kann dir doch wohl egal sein, wie ich mit mir umgehe. Es ist dir doch auch egal, wie ich mich fühle.«

Sie stellte meine Geduld dermaßen auf die Probe, dass ich mich nicht mehr beherrschen konnte und sie kurzerhand hochhob und über meine Schulter schmiss, um sie in die Küche zu bringen. Protestierend schrie sie und schlug mir mit ihren kleinen Fäusten gegen den Rücken.

»Hinsetzen«, wies ich sie in strengem Tonfall an.

Sie schüttelte den Kopf und umschlang ihren Oberkörper mit den Armen.

»Ich sage das kein zweites Mal«, zischte ich bedrohlich und schlug mit der Hand auf den Tisch, bis sie zusammenzuckte, als hätte ich ihr eine Ohrfeige verpasst.

»Du bist echt tief gesunken«, murmelte sie und setzte sich an ihren Platz.

»Gut so, und jetzt isst du brav auf.«

Sie gehorchte und nahm ein paar Bissen ihres Currys, wenn auch widerwillig. »Willst du mir dabei zusehen, oder was? Ist das auch irgendein perverser Fetisch von dir?«

»Übertreibe es nicht, Engel, du weißt ja, was heute Morgen passiert ist, als du dich ähnlich weit aus dem Fenster gelehnt hast.«

Sie schnaubte verächtlich und verengte die Augen zu engen Schlitzen.

»Man könnte den Eindruck haben, du möchtest diese Art der Aufmerksamkeit durch Ungehorsam.«

»Du bist kranker als ich dachte.«

KAPITEL 43

Liv

SEIT FAST EINER Woche war ich nun hier in diesem Penthouse gefangen und mir fiel allmählich die Decke auf den Kopf.

Am Dienstag war Caleb wieder ins Büro gefahren, und Dimitri und Cruz passten auf mich auf. Es fehlte mir an nichts. Caleb sorgte dafür, dass alles für mich zur Verfügung stand, und dennoch war ich totunglücklich. Davon abgesehen, dass es mich ziemlich schmerzte, meine Freunde so zu hintergehen, störte es mich zunehmend, wie eiskalt Caleb mir gegenüber war, seitdem ich ihn letzten Sonntag so hatte auflaufen lassen. Er redete nur noch das Nötigste mit mir, und er hatte Wort gehalten und nicht einmal Anstalten gemacht, mich anzufassen – und diese Tatsache gefiel meinem verdrehten Hirn irgendwie ganz und gar nicht. Er achtete penibel darauf, dass er sich im Badezimmer umzog, und er schlief nicht mehr mit nacktem Oberkörper. Ich sollte dankbar dafür sein, dass er mich dahingehend wenigstens wieder respektvoll behandelte, aber auf eine seltsam kranke Weise störte es mich, dass er mich keines Blickes würdigte.

Irgendwie hatte ich Gefallen an unserem kleinen Krieg gefunden, den wir gegeneinander führten, denn auf diese Weise konnte ich mir erlauben, ihn gleichermaßen zu lieben und zu hassen. Es fiel mir zunehmend schwerer, mit diesem Mann unter einem Dach zu leben, in einem Bett zu schlafen und doch so distanziert zu sein. Aber jedes Mal, wenn ich einen Schritt auf ihn zugehen wollte, erinnerte ich mich wieder daran, was er alles mit mir gemacht hatte, wie viel Gewalt er angewandt hatte, um mich zu *beschützen*.

Heute war Samstag, das hieß, wenn Caleb gleich nach Hause kam, müsste ich die Stunden bis Montagmorgen hier mit ihm aushalten. Ich saß auf dem Sofa und beantwortete Nachrichten von Rylee und Piper, die mittlerweile geschluckt hatten, was ich ihnen erzählt hatte, aber gegenüber meiner *Beziehung* zu Caleb äußerst kritisch standen. Während ich ihnen die frisch Verliebte vorspielte, die sich gerade einfach nicht von ihrem Märchenprinzen trennen konnte, machte ich mir Gedanken darüber, welche Geschichte ich ihnen auftischen sollte, wenn der Albtraum hier vorbei war. Lediglich Thiago schien etwas sauer darüber zu sein, dass ich mich nicht gemeldet hatte und so plötzlich von der Bildfläche verschwunden war, was ich ihm ganz sicher nicht übelnahm. Ich konnte nur hoffen, dass er mir all das hier eines Tages verzeihen würde. Innerlich schüttelte ich jedes Mal den Kopf, bei dem Gedanken daran, was ich für diesen Mann alles auf mich genommen hatte. Nicht nur, dass ich ständig Dinge aushalten musste, um seine Ängste zu kompensieren, nein, jetzt musste ich sogar meine Freunde anlügen, um ihn zu decken, obwohl ein Teil von mir ihn für all das hasste. Aber da war eben auch der Teil in mir, der diesen Mistkerl immer noch liebte und Höllenqualen durchmachte, sobald er litt.

Pünktlich um 20 Uhr hörte ich das Geräusch des Aufzugs. Es gab Zeiten, da wäre ich ihm in dieser Situation freudestrahlend entgegengesprungen. Jetzt machte ich mir nicht einmal die Mühe aufzustehen.

Ich hatte die ganze Woche mit Jogginghose im Bett oder auf

der Couch verbracht und Junkfood in mich hineingestopft, damit er mir wegen dieses leidigen Essensthemas nicht mehr auf den Zeiger ging.

So wie auch schon die letzten Tage, ging er an mir vorbei und würdigte mich keines Blickes, sondern stellte wortlos das Essen auf der Theke ab, bevor er seine Krawatte löste und in Richtung des Schlafzimmers verschwand. Ich wusste, er würde jetzt duschen gehen und irgendwie erregte mich die Vorstellung seines massiven Körpers unter dem warmen Wasserstrahl, der mich früher hart gegen die Fliesen gevögelt hatte. Verflucht nochmal, wie konnte ich nach allem noch diese Gedanken hegen? Vielleicht lag es an der chronischen Langeweile.

Er war nach dem Duschen in seinem Büro verschwunden, und ich nutzte die Zeit, um ebenfalls duschen zu gehen. Danach würde ich wie jeden Abend im Bett noch eine Folge meiner Serie gucken. Als ich aus der Dusche trat, kam ich nicht umher, mich im Spiegel zu betrachten. Leicht fuhr ich mir mit den Fingern über meinen Rippenbogen. Meine Bauchmuskulatur war kaum noch vorhanden. Unweigerlich dachte ich ans Tanzen und daran, wie glücklich ich war, wieder regelmäßig zu Maria ins Studio gehen zu können, und nun saß ich hier fest.

Ich beschloss, mich nicht mehr so hängen zu lassen und morgen früh eine Tanzsession oben im Fitnessraum zu starten. Caleb konnte nicht von mir erwarten, dass ich hier versauerte, auch wenn ich es war, die sich in den letzten Tagen hatte gehen lassen.

Frisch rasiert und eingecremt zog ich mir ein schwarzes durchsichtiges Negligé mit passendem Höschen an. Ich würde das tragen, was ich auch früher getragen hatte. Kurz stellte ich mir die Frage, warum ich diesen heißen Fummel überhaupt eingepackt hatte, wenn ich ihn nicht verführen wollte, aber ich verwarf den Gedanken schnell wieder, denn schließlich konnte ich tragen, was ich wollte. Das sollte niemals eine Einladung für einen Mann sein, mich gegen meinen Willen anzufassen.

Vor allem aber gefiel mir der Gedanke daran, ihn zu quälen, so wie er mich quälen wollte. Langsam beschlich mich das schmerzhafte Gefühl, er könnte tatsächlich mit mir abgeschlossen haben. Hatten meine Worte etwas bei ihm bewirkt und er ließ sich auf den Trennungsprozess vollkommen ein? Ein leiser Hauch von Panik flackerte in mir auf, als ich realisierte, dass ich selbst diejenige war, die noch nicht bereit war, das Band zwischen uns vollständig zu durchtrennen. Anders konnte ich mir nicht erklären, dass ich noch immer hier war und dieses völlig gestörte Theater mitspielte.

Mir war bewusst, dass mein Verhalten komplett ambivalent war, und dass mein Aufzug hier gerade das genaue Gegenteil von dem herausforderte, was ich von ihm erwartete, aber ich fühlte mich schmerzhaft hingezogen zu diesem Mann, und ich wollte, dass er litt. War ich schon immer so verkorkst oder hatte er das aus mir gemacht?

Als ich aus dem Bad kam, brannte nur noch die Nachttischlampe. Caleb kam gerade aus seinem Ankleidezimmer, bekleidet mit einer Boxershorts und einem T-Shirt. Sein Blick fiel auf mein durchsichtiges Nachthemd.

Er musterte mich von oben bis unten, und an seinem Kehlkopf sah ich, wie schwer er schluckte, doch er sagte nichts. Stattdessen legte er sich auf seine Seite des Betts und drehte sich von mir weg. Wut und Enttäuschung bahnten sich ihren Weg, aber es blieb mir nichts anderes übrig, als ins Bett zu gehen und es ihm gleichzutun. Schwer atmend hatte ich Mühe, meine Tränen zu unterdrücken, während wir Rücken an Rücken lagen und uns nichts mehr zu sagen hatten. Kurz bevor ich dachte, ich halte all diese Gefühle, die gerade in mir umherwirbelten, nicht mehr aus, setzte ich mich auf, griff nach seinem Arm und rüttelte an ihm.

Caleb drehte sich zu mir um und sah mich fragend an.

»Warum redest du nicht mehr mit mir?«, flüsterte ich leise und meine traurige Stimme passte so gar nicht zu der ruppigen Art, wie ich gerade seine Aufmerksamkeit eingefordert hatte.

Müde lächelnd setzte er sich auf. »Es ist doch das, was du dir von mir gewünscht hast. Ich bin deine Gegenwehr leid und versuche, mit dir abzuschließen, so wie du es wolltest.« Auf seiner Stirn bildeten sich tiefe Furchen.

Nun hatte ich das Gefühl, sein Psychospielchen durchschaut zu haben, und sprang aus dem Bett. »Gut, wenn du so kooperativ bist, dann kann ich ja jetzt gehen.« Entschlossen griff ich nach meiner Tasche und schmiss alles hinein, was ich von mir greifen konnte, aber Caleb stand mit einem Satz hinter mir und riss mir die Tasche aus der Hand.

»Was tust du da?«, knurrte er mich an, während ich hysterisch mit den Armen vor ihm herumfuchtelte.

»Ich bin jetzt fast eine Woche hiergeblieben, ich will nicht mehr. Unser Deal ist hinfällig. Ich will nach Hause.«

Caleb drückte mich gegen die Wand, packte beide meiner Hände und fixierte sie schraubstockartig über meinem Kopf. »Warum wehrst du dich so gegen mich?«

»Ich hasse dich«, schrie ich ihn an und drehte dabei meinen Kopf zur Seite, um ihn nicht ansehen zu müssen.

»Engel, sag mir, was ich tun kann, damit es dir besser geht.«

Mein Herz verkrampfte sich. Wie sehr hatte ich es vermisst, dass er mich liebevoll Engel nannte.

Er schaute an mir herab, über meine nackten harten Nippel, die sich unter dem durchsichtigen Stoff abzeichneten. Meine Hände hielt er noch immer fest über meinem Kopf zusammen, sodass ich mich nicht bedecken konnte, und jetzt kam ich mir unendlich dumm vor.

»Lass mich gehen«, wimmerte ich und versuchte, ihn nicht

dabei anzusehen.

Er schob eins seiner Beine zwischen meine und stemmte sich gegen mich, bevor seine Lippen kurz vor meinen innehielten.

»Bist du dir ganz sicher, dass du gehen möchtest?«, flüsterte er und riss mich damit in einen Strudel an Empfindungen, denn in seinen Augen spiegelte sich dasselbe Verlangen, was sich gerade in Form von Feuchtigkeit zwischen meinen Beinen sammelte. Alles, woran ich in den letzten Tagen festgehalten hatte, geriet ins Wanken. Meine innere Welt drohte vollkommen auseinanderzubrechen.

»Kannst du mich bitte einfach ficken?«, kam es atemlos über meine Lippen.

Calebs Mund verzog sich zu einem wölfischen Grinsen, bevor er seine Lippen hart auf meine presste. Nichts davon war zärtlich, und als seine Zunge sich in meinen Mund schob, öffnete ich ihn mehr als bereitwillig. Seine dominanten Zungenschläge nahmen mich in Sekunden vollkommen ein. Der heiße und harte Druck seines Munds führte dazu, dass ich mich wie eine formbare Masse unter ihm fügte. Sein vertrauter Duft benebelte meine restlichen Sinne, sodass ich erregt aufkeuchte. Haltsuchend legte ich meine Arme, die er mittlerweile freigegeben hatte, um seinen Nacken. Er löste unseren Kuss nicht, als er mich hochhob und sich zum Bett bewegte. Ich schlang meine Beine um seine Hüften und küsste ihn mit mindestens genauso einer rohen Intensität, wie er mich. Verlangend drängte ich mein Becken näher an seine Lenden, bis sein harter Schwanz gegen meine pulsierende Mitte drückte.

»Fick mich so hart, dass ich drei Tage nicht laufen kann«, säuselte ich an seinem Hals.

KAPITEL 44
Caleb

FUCK, WAS HATTE dieser Abend für eine Wendung genommen? Ich ließ sie runter und löste mich ein Stück von ihr, um zu prüfen, ob sie es ernst meinte. Verdammt, sie sah mehr als heiß aus in diesem Nachthemd. In ihren Augen blitzte Enttäuschung darüber auf, dass ich unseren Kuss unterbrochen hatte, aber der Anblick war es wert. Mit einer Wildheit, die ich so nicht von ihr kannte, zerrte sie an meinem T-Shirt und zog es mir über den Kopf, bevor sie ihre Hand schnell über meine Brust und dann zu meinen Bauchmuskeln hinunterfahren ließ. Kurz vor dem Bund der Boxershorts machte sie Halt, biss sich auf die Unterlippe und zog sie mir ruckartig herunter. So stand ich in meiner vollen Größe vor ihr und sah in ihre weit geöffneten Augen, die vor Erregung nur so funkelten.

Sie streifte ihr Höschen über ihre sexy Kurven und stieg elegant heraus, bis sie nur noch dieses durchsichtige, verdammt heiße Etwas trug. Fordernd schubste sie mich gegen die Brust und stieß mich achtlos aufs Bett.

»Komm her, Engel.« Ich wollte sie unbedingt schmecken, aber sie hatte anscheinend den gleichen Plan. Als sie vor mir niederkniete und gerade meinen Schwanz zwischen ihre vollen Lippen nehmen wollte, packte ich sie und zog sie zu mir aufs Bett. Ich positionierte sie so, dass sie rücklings mit ihrem Schoß über meinem Gesicht hockte. Überrascht blickte sie über ihre Schulter und sah mich an, aber als ich über ihre bereits feuchte Pussy leckte, stöhnte sie auf und griff nach meiner Härte. Während ich sie verwöhnte, leckte sie gleichzeitig leidenschaftlich über meine Spitze und begann zu saugen. Je tiefer ich mit meiner Zunge glitt, desto schneller bewegte sie ihr Becken und umso tiefer nahm sie meinen Schwanz. »Gefällt dir das?«, raunte ich gegen ihre empfindlichste Stelle.

»Gott! Das ist der Wahnsinn.«

Plötzlich stoppte sie unerwartet diesen unfassbar guten Blowjob und kletterte von mir hinunter. Ich stützte mich auf meine Ellbogen und sah sie enttäuscht an, aber im nächsten Moment hatte sie sich bereits rittlings auf mich gesetzt und ließ sich auf meinem pochenden Schwanz nieder. »Ich halte es nicht mehr aus, ich muss dich in mir spüren«, ächzte sie atemlos.

Während ich ihre Brüste knetete und ihre Brustwarzen durch den dünnen Stoff umspielte, ließ sie ihr Becken kreisen und krallte sich in meinen Schultern fest. Sie fühlte sich heute so unfassbar intensiv an.

Ihre Bewegungen waren schnell und ungehalten, ihr Stöhnen so laut, wie ich es selten von ihr gehört hatte. Gerade schien sie wie in einen Rausch verfallen zu sein, denn sie gab sich mir vollkommen hin und ich liebte alles daran. Immer schneller ritt sie meinen Schwanz, und gerade als ich dachte, ich könnte mich nicht mehr zurückhalten, realisierte ich, was sich so anders anfühlte. Ich lehnte mich vollständig zu ihr hoch und hielt ihr Becken fest, um ihr ein Zeichen zu geben, dass sie aufhören sollte.

»Was tust du denn da?«

»Engel, du musst stillhalten. Wir haben kein Kondom benutzt.«

Flehend sah sie mich an, jetzt nicht aufzuhören. In einer fließenden Bewegung drehte ich sie auf den Rücken, sodass ich über ihr lag.

»Überlass mir die Führung, ich kann das besser steuern.«

Mit leicht geöffnetem Mund nickte sie und zog mich eng an sich, um ihren Mund auf meinen zu legen. Rhythmisch stieß ich mich in sie, als sie ihre Beine fest um meine Hüften schlang.

Sie war so verdammt nass und ohne Gummi umhüllte die Wärme ihrer Wände mich so intensiv, dass es mir die Schweißperlen auf die Stirn trieb. Als ich sah, wie ihre Lider flatterten, spürte, wie sie sich eng um mich herum anspannte und meinen Namen stöhnte, ließ ich auch meinen eigenen Höhepunkt auf mich zukommen. Im letzten Moment zog ich ihn heraus und verteilte meinen warmen Saft in langen weißen Streifen auf ihrem Bauch.

Schwer atmend, aber lächelnd blickte sie an sich herab. »Das macht mich so unfassbar scharf.«

Lachend löste ich mich von ihr und drehte mich zur Seite. »Du bist doch gerade erst gekommen.«

»Ich weiß, aber ich kann einfach nicht genug von dir bekommen.«

Nachdem ich aus dem Bad wiedergekommen war und ihr ein feuchtes Tuch gereicht hatte, glitt ihr hungriger Blick über meinen Körper. Sie nahm ihre Unterlippe zwischen die Zähne und stieß einen wohligen Seufzer aus. Während ich ihren Bauch sauber wischte, ließ sie mich nicht aus den Augen und spreizte einladend ihre Beine.

»Gibt es etwas, das du mir sagen möchtest?«

Nickend sah sie mich durch ihre leuchtend blauen Augen an.

»Du musst es mir sagen«, forderte ich sie auf, als ich mich vorbeugte und ihr einen sanften Kuss gegen ihre Brüste hauchte.

Sie zögerte einen Moment, wobei der Biss auf ihrer Unterlippe sich verfestigte. »Ich will, dass du mich so anfasst, wie du es letzte Woche getan hast.« Zaghaft fuhr sie mit ihrem Zeigefinger über meine Eichel.

Kurz hielt ich inne, um zu überlegen, was sie meinte, als sie sich plötzlich auf den Bauch legte und mir ihren Hintern entgegenstreckte.

Zischend holte ich Luft. »Du willst meinen Finger, Engel?« Langsam fuhr ich die Konturen ihres perfekten Hinterns nach.

Kopfschüttelnd fiel ihr Blick auf meinen Schwanz, bevor sie fest zupackte. »Nein, nicht deinen Finger.«

Holy Shit, sie hatte keine Ahnung, was sie mir da anbot. »Bist du dir sicher, dass du das willst?«

Ihr Nicken kam fast zu schnell, sodass ich kurz in meiner Bewegung innehielt, aber als ihre blauen Augen mich in dieser erwartungsvollen, aber unschuldigen Weise ansahen, die meinen Schwanz zum Glühen brachte, gab es kein Zurück mehr.

»Okay, aber wir machen es auf meine Weise.« Mit einer Handbewegung befahl ich ihr, sich vor mir hinzustellen. »Zieh dein Nachthemd aus.« Sie gehorchte brav und ließ den durchsichtigen Stoff achtlos neben sich auf den Boden fallen. Vor ihr auf der Bettkante sitzend, zog ich sie zwischen meine Beine und umschloss ihren harten Nippel mit meinem Mund, bis sie sich mir keuchend entgegenstreckte. Als meine Finger über ihre nassen Schamlippen fuhren, krallte sie sich stöhnend in meinem Haar fest.

Langsam erhob ich mich und trat hinter sie. Während ihre Augen mir aufgeregt folgten, bewegte sich ihr Körper keinen Millimeter. Mit der einen Hand griff ich in ihre wilde Lockenmähne und legte damit ihren Kopf schräg, die andere Hand umfasste eine ihrer Brüste.

»Es ist wichtig, dass du mir jetzt gehorchst und genau das machst, was ich dir sage, Engel. Wirst du das hinbekommen?«, hauchte ich an ihrem Hals, auf dem sich eine feine Gänsehaut abzeichnete. »Sag es«, raunte ich und verfestigte den Griff in ihrem Haar.

»Ich tue, was du mir sagst«, entgegnete sie heiser, bevor sie sich so fest auf die Unterlippe biss, dass ein kleiner Tropfen Blut hervorquoll.

Mit einem zufriedenen Grinsen auf meinem Gesicht und einem festen Klaps auf ihren Hintern, der sie aufstöhnen ließ, befahl ich ihr, aufs Bett bis zum Kopfteil zu klettern.

»Jetzt halte dich am Kopfteil fest.« Mit festem Griff zog ich ihren Hintern zu mir und positionierte mich hinter ihr. Ich küsste über die rote Stelle, die ich auf ihrer Pobacke hinterlassen hatte.

»Mach das nochmal«, keuchte sie. Diese Frau steckte voller Überraschungen.

»Findest du, du hast es verdient, dass ich dir den Hintern versohle?«

»Ja, ich habe einen anderen Mann geküsst und ich habe nicht auf das gehört, was du mir gesagt hast.«

Ein tiefes Grollen drang aus meiner Brust, bei dem Gedanken daran, dass ein anderer sie angefasst hatte. Mit einem lauten Klatschen traf meine Hand ihren Hintern, diesmal ein bisschen fester. Liv stöhnte auf und streckte mir ihren Po noch weiter entgegen. Es schien ihr ernsthaft zu gefallen. Ich zog ihren Kopf an den Haaren nach hinten und beugte mich über sie. »Engel, übertreib es nicht, du hast ja keine Ahnung, was du gerade mit mir machst.«

Sie grinste diabolisch und in ihren Augen loderte das pure Verlangen. »Ich brauche mehr davon.«

»Okay, bist du bereit, deine Strafe entgegenzunehmen?«, knurrte ich finster an ihrem Ohr. Ihr entschlossenes Nicken feuerte meine eigene Lust weiter an.

Ich ließ ihren Kopf los, holte aus und ließ meine Hand auf

ihren bereits geröteten Hintern schnellen.

»Das ist dafür, dass du dich von einem anderen Mann hast anfassen lassen.« Ohne ihre Reaktion abzuwarten, holte ich erneut aus – schlug noch fester zu.

»Das ist dafür, dass du mich einen Bastard genannt hast.«

Laut stöhnend ließ sie ihren Kopf zurückfallen.

»Das ist dafür, dass du nie machst, was man dir sagt.« Ein erneuter Schlag traf ihren Hintern und sie reckte ihn mir noch weiter entgegen, anstatt ihn wegzuziehen.

»Mehr«, wimmerte sie, aber ich ließ von ihr ab, denn sie wurde langsam übermütig.

»Ich denke, das ist genug.«

Ihr enttäuschtes Seufzen verlor sich unter dem Stöhnen, das ihr entfuhr, als ich mit meiner Hand zwischen ihre Schenkel griff und ihre Klit stimulierte. Unfassbar, wie sehr sie dieses Spiel erregt hatte. Mühelos verteilte ich ihren Saft bis zu der engen Öffnung ihres Hinterns und ließ einen Finger sanft hineingleiten. Ihr Atem beschleunigte sich, diesmal zuckte sie aber nicht zusammen. Stattdessen beugte sie ihren Oberkörper vor und machte mir somit mehr Platz.

»Ich will deinen Schwanz«, brachte sie flehend hervor und ruckelte damit kräftig an meiner Selbstbeherrschung.

»Langsam, dafür müssen wir erst ein bisschen Vorarbeit leisten. Glaub mir, jetzt bist du noch nicht bereit.«

Ein frustriertes Seufzen drang aus ihrem Mund, gefolgt von einem leisen Stöhnen. Sie bewegte ihr Becken, während ich die andere Hand wieder an ihre empfindlichste Stelle führte und diese mit leichtem Druck massierte.

Mit einem zweiten Finger dehnte ich ihren engen Muskel ein Stück weiter, während ich den Druck auf ihre feuchte Mitte erhöhte.

»Mmhhh, das ist gut.«

Als ich einen dritten Finger dazu nahm, schloss sie wimmernd die Augen. Sie schien das Ganze wirklich zu genießen, was mich dazu veranlasste, meine Finger aus ihr zurückzuziehen und meinen Schwanz vor ihrem Eingang zu positionieren.

»Du bist so weit.« Ihr hinteres Loch war durch die Feuchtigkeit ihrer Pussy glitschig genug, dass ich mühelos mit der Spitze in sie gleiten konnte.

Sie stöhnte, aber zog das Becken ein Stück vor.

»Sei brav und entspann dich für mich. Ich werde dir nicht wehtun«, versuchte ich sie zu beruhigen, während ich mich aus ihr zurückzog. »Vertraust du mir?«

»Ja, ich vertraue dir«, entgegnete sie ohne zu zögern.

»Dann leg dich seitlich aufs Bett.«

Einen Moment lang sah sie mich irritiert an, aber erinnerte sich scheinbar wieder daran, was ich ihr gesagt hatte, nämlich dass sie genau das machen sollte, was ich ihr sagte. Nachdem sie sich so aufs Bett gelegt hatte, wie von mir befohlen, positionierte ich mich liegend hinter ihr und hob ihr Bein auf meines. Dann fuhren meine Finger wieder zärtlich zwischen ihre Spalte, sodass sie sich unter meinen Berührungen merklich entspannte. Vorsichtig startete ich den zweiten Versuch und drang so langsam wie möglich in sie ein. Diesmal ließ sie locker und nahm meine Länge stückweise tiefer in sich auf.

»Gefällt dir, was ich mit dir mache, mein Engel?«

Während sie nickte und dabei meinen Namen stöhnte, bewegte sie sich mit langsamen Bewegungen mit. Der Anblick, wie mein Schwanz ihren kleinen, prallen Hintern füllte, machte mich beinahe wahnsinnig, und ich musste mich beherrschen, um dieses Erlebnis für sie nicht vorzeitig beenden zu müssen. Während sie sich lustvoll unter meinen Bewegungen und Berührungen wand, verlor ich mich vollkommen in ihr – in dem Gefühl, das sie mir gab, in ihrem Stöhnen, in ihrem Duft, ihrer sanften Haut und ihren lodernden Blicken. Jetzt war sie meins, voll und ganz. Niemals wieder würde ich zulassen, dass sie litt. Ihr Stöhnen wurde lauter, meine Stöße härter, als mich ein unbändiger Drang packte, sie vollkommen zu besitzen.

»Hör nicht auf«, wimmerte sie und schmiegte sich enger an meinen Körper.

Ich erhöhte den Druck auf ihren Lustpunkt und genoss es, wie ekstatisch sie unter mir zu zittern begann. Durch den Orgasmus entspannte sich ihre Muskulatur noch ein Stück mehr, und ich glitt ein paar weitere Male tief in sie, bis ich mein Sperma mit einem beinahe animalischen Laut in ihren süßen Hintern pumpte. In einem von Oxytocin gefluteten Rausch zog ich mich aus ihr zurück und drückte sie fest an mich. Atemlos verteilte ich sanfte Küsse auf ihren zarten Schultern.

»Bist du okay?«

Sie nickte, drehte sich zu mir um, schlang ihre Arme um meinen Nacken und vergrub ihr Gesicht in meiner Halsbeuge. Ich spürte etwas Feuchtes zwischen uns, unsicher, ob es sich um Schweiß oder Tränen handelte, bis ihr Schluchzen mich aus meiner Entspannung riss.

Ich nahm ihr Gesicht in beide Hände und strich mit den Daumen ihre Tränen weg. »Habe ich dir irgendwie wehgetan?«

Kopfschüttelnd sah sie mich an. Ihr trauriger Blick bohrte sich bis in die hintersten Winkel meiner Seele und verursachte ein unaushaltbares Brennen. »Nein, das ist es nicht.«

»Was ist es dann?« Hilflos ließ ich meinen Blick über ihr Gesicht wandern, während ich ihr sanft durch ihre Haare fuhr.

»Ich habe Angst, Caleb.« Mit einem Mal wurde ihre Stimme unendlich leise.

»Ich werde dich beschützen.«

»Kannst du mich auch vor dir beschützen?«

Entsetzen machte sich auf meinem Gesicht breit. »Also habe

ich dir doch wehgetan?«

»Nein, körperlich nicht.«

Ihre Worte legten sich wie eine Schlinge um meinen Hals. »Was brauchst du von mir? Ich werde alles tun, um dich glücklich zu sehen.«

»Versprich mir, dass du noch da bist, wenn ich die Augen öffne. Versprich mir, dass du mich nicht wegstößt, wenn es schwierig wird. Versprich mir, dass du dein Wort mir gegenüber hältst.«

»Mein Engel, ich werde dich niemals wieder so verletzen, ich werde dich niemals wieder so von mir stoßen und du kannst dich fortan auf mein Wort verlassen.«

Mit einem traurigen Blick sah sie mich an. Aber da war auch noch etwas anderes: Hoffnung flammte in ihren Augen auf.

»Du bist mein und ich bin dein«, flüsterte ich, ehe sie mich zu sich hinunterzog und ihre Lippen auf meine legte. Ihr Kuss schmeckte salzig, aber ich würde jede einzelne ihrer Tränen trocknen, die ich in ihr hervorgerufen hatte. Ich würde es wiedergutmachen, und wenn es das Letzte war, was ich tat.

»Sag mir, dass du mir gehörst, Livia Hayes, und ich werde dir die Welt zu Füßen legen. Sag mir, dass du mir gehörst, und ich werde alles vernichten, das dich verletzt. Sag mir, dass du mir gehörst, und ein gewisser Teil meines Herzens wird mein Leben lang nur für dich schlagen.

»Ich gehöre dir, Caleb West, das habe ich schon seit unserer ersten Berührung«, wisperte sie an meinem Hals und küsste ihn zärtlich, um kurz darauf ihren Kopf an meine nackte Brust zu schmiegen, so wie sie es immer getan hatte, als sie nachts in meinem Bett lag.

»Weißt du, was ich niemals verstehen werde?«

»Mmh?«, antwortete sie leise und fuhr langsam mit ihren Fingern die Linie meiner Bauchmuskeln nach.

»Wie habe ich es geschafft, dass du dich in mich verliebt hast?«

Plötzlich verharrte sie in ihrer Bewegung und setzte sich auf, um mir in die Augen sehen zu können.

»Weil du keine Vanille bist. Du bist Karamell mit Salzbrezeln, du bist speziell und nicht alle mögen dich, aber du bist eben *meine* Lieblingssorte. Ich kann es nicht erklären, aber ich bin verrückt nach diesem Gemisch aus süß und salzig.«

Sie sagte das mit einer Selbstverständlichkeit, die mich schmunzeln ließ. Ich wusste nicht, ob mir das als Antwort genügte, aber das Leuchten in ihren Augen löste ein atemberaubendes Gefühl in meiner Herzgegend aus. In der Gegend, in der jahrelang nur Kälte geherrscht hatte.

KAPITEL 45
Liv

AM SONNTAGMORGEN FRÜHSTÜCKTEN wir gemeinsam auf der Dachterrasse. Ich fühlte mich gut – und das nicht nur, weil Caleb und ich uns gestern Nacht auf jede erdenkliche Weise versöhnt hatten. Entspannung breitete sich in mir aus. Das Gefühl, Rylee, Piper und Thiago jetzt nicht mehr belügen zu müssen, ließ mich innerlich aufatmen. Natürlich konnte ich ihnen nicht die ganze Wahrheit sagen, aber zumindest konnte ich aufrichtig erklären, dass ich Caleb und mir noch eine zweite Chance geben würde.

Ich setzte mich auf seinen Schoß und gab ihm einen liebevollen Kuss. Langsam ließ er die Hand unter meinen Bademantel gleiten, doch ich stoppte ihn abrupt in seiner Bewegung.

»Ich bin noch wund von gestern Nacht. Das ist gerade keine gute Idee«, gab ich kleinlaut von mir. Lachend zog er seine Hand wieder zurück. Wir hatten es gestern so oft getan wie noch nie zuvor; so sehr hatten wir uns beide nach dieser Versöhnung gesehnt.

»Warst du es nicht, die mich gestern angefleht hat, sie so hart zu ficken, dass sie drei Tage nicht laufen kann?«

Schnell schlug ich mir die Hände vors Gesicht, damit er nicht sah, wie ich errötete.

Mit seiner bestimmten Art, die ich so liebte, nahm er meine Hände runter und drehte meinen Kopf in seine Richtung. »Sieh mich an. Ich habe es dir schon mal gesagt. Ich will nicht, dass du dich für irgendetwas schämst, das wir getan haben oder das du gesagt hast. Wir werden noch viele solcher schmutzigen Dinge tun. Was in unserem Schlafzimmer passiert, bleibt auch dort. Und egal, was wir tun, solange es dir damit gut geht, hast du keinen Grund zu erröten, mein Engel.« Er gab mir einen leidenschaftlichen Kuss und streichelte sanft über meine Taille.

»Wir sollten nach gestern doch vielleicht mal über das Thema Verhütung sprechen.« Caleb betrachtete mich argwöhnisch. Also erklärte ich weiter: »Naja, ich könnte die Pille nehmen. Dann müssten wir nicht immer …«

»Auf keinen Fall«, schnitt er mir bitterernst das Wort ab.

Ich sah ihn überrascht an. »Wo ist das Problem? Viele Frauen nehmen die Pille.«

»Was viele Frauen machen, ist mir vollkommen egal. Du nimmst diesen Dreck garantiert nicht. Hast du eine Ahnung, was diese künstlichen Hormone in deinem Körper anrichten? Die gehören da nicht hin, und außerdem hat die Pille massive Nebenwirkungen, wie depressive Verstimmungen, Libidoverlust und ein erhöhtes Thromboserisiko – um nur einige wenige zu nennen. Willst du all das riskieren?«

Ungläubig starrte ich ihn an.

Ich hatte völlig vergessen, dass diesem Mann ein verdammter Pharmakonzern gehörte. »Was schlägst du vor?«, fragte ich herausfordernd, aber auch neugierig.

»Es macht mir nichts aus, ein Kondom zu benutzen. Und wenn du es unbedingt ohne möchtest, finden wir eine alternative, nicht hormonelle Methode. Da können wir uns zeitnah drüber informieren, aber jetzt haben andere Dinge Vorrang.«

Sprachlos nickte ich ihm zu und ließ mir von ihm sanft über den Rücken streicheln. Der neuen Situation gegenüber noch immer skeptisch, sog ich jedes bisschen Zuneigung in mich auf, aus Angst, dass er mich wieder von sich stoßen könnte.

»Wie weit bist du in der Angelegenheit um den Cadillac?«, wechselte ich das Thema, und sein Blick wurde schlagartig ernst.

»Wir verfolgen gerade eine Spur. Cruz und Dimitri konnten den Fahrer ausfindig machen und versuchen derzeit, an weitere Informationen zu kommen.«

Ich positionierte mich so, dass ich ihn direkt ansehen konnte. »Das heißt, ihr wisst, wer es war, und du hast mir nichts davon gesagt?«

Er schüttelte den Kopf. »Nein, wir wissen lediglich, wer den Cadillac gefahren ist. Der Typ hatte einen Auftraggeber, und der wiederum vermutlich einen anderen. So läuft das eben, und wir wollen denjenigen bekommen, der ganz oben die Fäden zieht und dich als Ziel ins Visier genommen hat. Der Typ, der den Cadillac gefahren ist und dich beschattet hat, ist auch nur irgendein Handlanger, verstehst du?«

Ich nickte, und ein unbehagliches Gefühl machte sich in meiner Magengegend breit. Hatte ich die Situation tatsächlich zu sehr verharmlost?

»Kann ich helfen? Kann ich irgendetwas tun?«

Caleb sah mich verwundert an. »Nein, du solltest hierbleiben, bis wir die Sache gelöst haben. Es ist zu gefährlich.«

»Glaubst du wirklich, dass mich irgendwer töten wollte?«

Schwer schluckend wandte er den Blick von mir ab. »Ich weiß es nicht, aber bei Maddie hätte ich es auch nicht für möglich gehalten.«

Der zittrige Klang seiner Stimme schmerzte in meiner Brust, also gab ich ihm einen liebevollen Kuss auf die Stirn.

Jedes Mal, wenn wir über sie sprachen, fühlte ich mich hilflos.

Caleb räusperte sich, während er seine Aufmerksamkeit wieder auf mich richtete. »Ich muss aber eine andere wichtige Sache mit dir besprechen«

»Und die wäre?«

»Jetzt, wo du freiwillig hier bist, könnte es funktionieren.«

Stirnrunzelnd sah ich ihn an. »Nun sag es schon.«

Caleb rümpfte die Nase, weil meine Haare ihn kitzelten. »Ich muss am Mittwoch für zwei Tage wegfliegen und Cruz und Dimitri werden mich begleiten. Ich würde Catherine und Landon einweihen, und Monti, unser Sicherheitschef, wird dir geeignetes Sicherheitspersonal stellen, bis ich am Freitag zurück bin.«

»Warum kann ich nicht einfach mitkommen?«, fragte ich enttäuscht und irgendwie leicht panisch.

»Weil ich denke, dass es hier sicherer für dich ist, als irgendwo unbeaufsichtigt in einem Hotel. Ich treffe mich mit einem etwas schwierigen Kunden, weshalb ich mein Sicherheitspersonal brauche. Landon und Catherine werden für dich da sein.«

Ich nickte, auch wenn es mir Unbehagen bereitete, dass wir so schnell schon wieder voneinander getrennt sein werden.

»Es sind nur zwei Tage. Ich bin Freitagabend wieder zurück und werde mir Samstag für dich frei nehmen. In Ordnung?«

Schwer seufzend lehnte ich meine Stirn gegen seine Schultern. »Okay«, antwortete ich mit einem knappen Lächeln, denn ich wusste, wie sehr er um mich fürchtete, weshalb ich ihm nicht noch mehr Sorge bereiten wollte, in dem ich mich querstellte.

Am Mittwochmorgen tranken wir noch gemeinsam einen Kaffee, bevor Henry Caleb abholte. Catherine war gestern hier gewesen und er hatte sie eingeweiht. Monti, der mittlerweile wohl auch

Catherines fester Partner war, würde gleich drei seiner besten Männer hier positionieren. Catherine hatte mich fest in die Arme geschlossen, während sie Caleb einen warnenden Blick zuwarf. Ich wusste nichts über die Gesprächsinhalte der beiden, wenn sie alleine waren, aber ich wurde das Gefühl nicht los, dass Catherine ihm mächtig die Ohren langgezogen hatte.

»Bist du sicher, dass es nicht irgendetwas gibt, dass ich von zu Hause aus tun könnte?«

Caleb lächelte gequält, weil ihm dabei sicher nicht wohl war. »Es ist lieb, dass du helfen willst, aber ich wüsste nicht, welche Aufgabe ich dir dahingehend übergeben sollte.«

»Hatte Maddie keine persönlichen Dinge, die uns irgendeinen Hinweis liefern könnten? Ich meine, vielleicht gibt es irgendwo einen Zusammenhang, den wir noch nicht erkannt haben.«

Caleb warf mir einen anerkennenden Blick zu. Ihm war klar, dass ich nicht lockerlassen würde.

»Gut, Sherlock, du darfst mitmischen, aber nur, wenn du mir versprichst, dass du deinen süßen Arsch in diesen vier Wänden lässt, bis ich zurück bin.«

»Ich verspreche es dir hoch und heilig.«

Mit einem klirrenden Geräusch stellte er die Tasse in die Spüle und bedeutete mir mit der Hand, ihm zu folgen. Caleb führte mich zu der Tür, mit der ich am wenigsten gerechnet hatte.

»Die Speisekammer?«

Er nickte knapp und wies mit dem Kinn auf eine weitere Tür neben dem Regal. Sie war mir nie aufgefallen, allerdings war ich auch nicht oft in der Speisekammer gewesen. Er öffnete die Tür zu einem kleinen Raum, in dem nichts weiter als Kartons waren. Räuspernd zeigte er auf fünf Kisten, die ganz hinten ordentlich aufgereiht an der Wand standen.

»Sie beinhalten alles, was Maddie besessen hat. Catherine brachte sie mir vor einigen Jahren, als sie das Haus verkaufte.«

Ich ging auf die Kartons zu und streifte mit einer Hand über ihren Namen, der mit schwarzem Edding auf den Deckel geschrieben war. Dabei wischte ich eine Staubschicht ab, die nun an meinen Fingern haftete.

»Du hast sie nie geöffnet?«, fragte ich ungläubig, während ich meine Hände aneinanderrieb, um den Staub loszuwerden.

Caleb schüttelte kaum merklich den Kopf. »Nein, ich konnte es nicht.«

»Und die Polizei? Ich meine, die müssen bei ihren Ermittlungen all diese Dinge doch längst gesichtet haben.«

»Haben sie auch, aber anscheinend nichts Brauchbares gefunden. Nichts für Ungut, aber ich denke nicht, dass du da etwas findest, aber es schadet sicher nicht, wenn du alles nochmal durchsiehst.« Er stockte einen Moment und furchte die Stirn, ehe er weitersprach: »Ich hatte nicht den Eindruck, als hätten die Detectives die Ermittlungen damals so genau genommen.«

Ich legte den Kopf schräg und griff nach seiner Hand. »Und du bist dir ganz sicher, dass es okay ist, wenn ich ihre Sachen durchsehe?«

»Ich würde es keinem anderen Menschen anvertrauen. Außerdem finde ich den Gedanken daran, dass du so ein Stück von Maddie kennenlernst, sehr schön.« Zärtlich nahm er mein Gesicht in seine Hände und gab mir einen weichen, aber leidenschaftlichen Kuss. Ein angenehmes Prickeln hüllte mich ein wie ein Mantel. »Ich muss jetzt los, weil ich vor meinem Flug noch eine kleine Sache erledigen muss.«

Irgendetwas sagte mir, ihn nicht näher danach zu fragen, also schlang ich lächelnd meine Arme um ihn und ging auf Zehenspitzen.

»Denk daran, wenn du irgendetwas brauchst, dann melde dich bei Catherine, ich habe ihre Schlüsselkarten wieder freischalten lassen, wobei keiner der beiden hier einfach so auftauchen würde.«

»Okay, danke. Bitte pass auf dich auf und melde dich, wenn du angekommen bist.«

»Ich liebe dich.«

Es war merkwürdig, diese drei Worte wieder aus seinem Mund zu hören, aber sie trafen mich mitten ins Herz und legten sich wie eine heilende Salbe über die tiefen Wunden, die er selbst mir zugefügt hatte.

»Ich liebe dich, Caleb West.« Mit diesen Worten drückte ich ihn noch ein letztes Mal fest an mich, bevor er das Penthouse verließ.

Ich hatte mir noch einen Kaffee gemacht und mich mit einem Kissen auf den Boden gesetzt. In den ersten drei Kartons, die ich mir ansah, waren hauptsächlich Kleider von Maddie. Sie hatte einen guten Kleidergeschmack und anscheinend hatte es der Familie West vor zwölf Jahren schon nicht an Geld gemangelt, denn jedes Teil war von irgendeinem namhaften Designer. Neugierig kramte ich in den Kisten mit ihren persönlichen Sachen und fand eine Menge Fotos, auf denen Maddie und Caleb noch sehr klein waren. Sie waren am Meer, eine Frau hielt die beiden an den Händen und strahle in die Kamera. Es war unschwer zu erkennen, dass es sich dabei um ihre Mutter handelte. Alle drei hatten die gleichen haselnussbraunen Augen. Auf einigen Fotos waren Caleb und Maddie, als sie älter waren. Fotos, auf denen sie mit Catherine und Freunden zu sehen war, oder mit Caleb und ihrem Vater.

Ein Brief ihrer Freundin Sarah fiel mir in die Hände, in denen sie über einen Typ namens Dorian sprach, aber nichts von alldem war in irgendeiner Weise verdächtig.

Plötzlich kam ich mir blöd dabei vor, so tief in der Privatsphäre von Calebs Schwester zu graben. Seufzend griff ich nach dem Deckel und wollte ihn gerade wieder auf eine der Kisten packen, als ich darunter ein Kuscheltier entdeckte. Wehmütig nahm ich den grauen Stoffelefanten hoch und drückte ihn fest an meine Brust. Mein Herz wurde schwer, denn das hier bedeutete ein Stück Kindheit einer jungen Frau, deren Leben auf dramatische Weise viel zu früh geendet hatte. Der Frau, die dem Mann, den ich liebte, einst die Welt bedeutet hatte.

Je länger ich das Kuscheltier in den Händen hielt, desto sicherer war ich mir, dass hier etwas nicht ganz stimmte. Mit sorgsamer Skepsis inspizierte ich den Elefanten, der schon ziemlich mitgenommen aussah, als es mir plötzlich in den Sinn kam. Es war das Gewicht – es stimmte nicht. Bei genauerer Betrachtung fand ich eine Naht am Bauch des Tiers, die nicht so wirkte, als hatte sich jemand große Mühe gegeben, sie zu verschließen. Mühelos öffnete ich sie mit meinen Fingern und zog ein kleines schwarzes Notizbuch hervor. Erschrocken holte ich Luft, als ich realisierte, was ich in den Händen hielt. Ihr Tagebuch. Zittrig schlug ich es auf und las mit flauem Gefühl einen Eintrag nach dem anderen. Je mehr ich in ihre Gedanken eintauchte, desto schlimmer wurde die Enge in meiner Brust.

Wieder fühlte mein Herz sich an wie Blei, als ich eine Ahnung davon bekam, unter welchen Umständen Caleb und seine Schwester großgeworden waren. Der frühe Tod der Mutter durch Bauchspeicheldrüsenkrebs, die harte Hand ihres Vaters, die er, wie Maddie beschrieb, nicht selten auch körperlich gegen seine Kinder eingesetzt hatte. Maddie erzählte immer wieder von Albträumen, die sie heimgesucht hatten. Aber die Worte, die sie über Caleb geschrieben hat, gruben sich tief unter meine Haut.

Die beiden verband ein unfassbar starkes Band. Er war ihr großer Held, ihr Beschützer, ihr Ein und Alles. Kein Wunder, dass Caleb sich so große Vorwürfe machte, dass er sie nicht hatte davor bewahren können, was mit ihr geschehen war. Denn er hatte es sich so sehr zur Aufgabe gemacht, Maddie zu beschützen.

An einem Eintrag blieb ich hängen, denn als ich die ersten Zeilen las, drehte sich mir der Magen um. Es war ihr letzter Eintrag. Nicht einmal ein Datum stand dabei, aber aus dem Text konnte ich mir erschließen, wann es ungefähr gewesen sein musste.

Seit zwei Jahren ist da dieser immer wiederkehrende Traum, der mich eines Tages zugrunde richten wird. Wäre es doch nur ein Traum, und ich könnte erwachen und mir sagen, dass alles nicht real ist, aber so ist es leider nicht. Denn das, was mich in meinen Träumen verfolgt, ist real. Es ist existent und hat von mir Besitz ergriffen.

Es ist nun zwei Jahre her, dass du mir genommen hast, was dir nicht zustand. Du hast mir etwas genommen, was niemals wieder zu mir zurückfinden wird. In dieser Nacht hast du mir meine Stimme geraubt, als du dich mit deinem schweren Gewicht über mich beugtest und mir den Mund zuhieltest. In dieser Nacht hast du meine Schreie erstickt, aber es hielt nicht nur für diese Nacht, es hält seit zwei Jahren. Zwei Jahre, in denen ich nicht darüber sprechen konnte, zwei Jahre in denen ich mich stumm fühle, wie gelähmt und benutzt. Zwei Jahre, in denen du nicht damit aufgehört hast, bis du mir etwas hinterlassen hast, von dem du nun nichts wissen willst.

Du hast mich gebrochen, und das nicht nur in den Minuten, in denen du dir gewaltvoll genommen hast, was mir gehörte. Sondern auch mit jeder Erinnerung, die sich mir aufdrängt an jene Nacht und all die Male danach, bei denen du aber nur noch meine leere Hülle hattest. Jede Berührung von dir, die so unendlich geschmerzt hat, jedes Wort, das mich lähmte, jeder Blick, der mir befahl, stillzuhalten und zu schweigen. Ich war erst 16 und du so viel älter. Du hattest mir versprochen, mich immer zu beschützen, dabei warst du es, der mir mehr wehgetan hat, als ein anderer Mensch es jemals könnte.

In jener ersten Nacht hast du all das in mir getötet, für das ich zu leben glaubte. Du hast es kaputt gemacht, auf ewig. Es wird das letzte Mal sein, dass ich über dich schreibe, dass ich einen Gedanken an dich verschwende. Ich werde weggehen und ich werde meinem Baby ein besseres Leben schenken – dem Baby, das du nicht willst, weil du Angst vor der Verantwortung hast, weil du nicht zu dem stehen willst, das du mir zwei Jahre lang angetan hast. Weil du mehr Angst davor hast, dass Caleb es erfährt, als dass es dir wichtig ist, für dein Kind da zu sein, das du gewaltvoll in diese Welt gebracht hast.

Ich werde es meinem Bruder erzählen, denn er hat die Wahrheit verdient. Zwei Jahre habe ich geschwiegen, weil ich mich geschämt habe, weil ich mich für uns geschämt habe, für das, was du mit mir gemacht hast. Ich weiß, dass es nicht meine Schuld war, auch wenn du es mich immer glauben lassen wolltest. Ich will, dass du weißt, das ich nicht wegen dir geschwiegen habe, sondern einzig wegen Caleb. Ich wusste, dass es ihn zerbrechen würde, wenn er wüsste, was du getan hast, wenn er wüsste, wer du wirklich bist.

Galle stieg in mir hoch und mir wurde übel – so übel, dass ich dachte, mich jeden Moment übergeben zu müssen. Bilder durchfluteten meinen Kopf, während sich mosaikartig alle Teile ineinanderfügten. Es gab nur eine Person, die auf keinem einzigen von ihren Fotos zu sehen war. Als ich aufsprang und losrannte, um mein Handy zu suchen, stolperte ich in meiner Panik fast über den ausgeräumten Inhalt der Kartons. Nur noch ein einziger Gedanke beherrschte mich: Ich muss es ihm sagen.

Wie eine Wahnsinnige schmiss ich die Kissen vom Sofa, konnte aber mein Handy nirgends finden. Ich stieß einen frustrierten Schrei aus und griff mir mit beiden Händen fest ins Haar bis mir einfiel, dass ich es in Calebs Büro gelassen hatte. Hastig bewegte ich mich in Richtung des Arbeitszimmers. Als ich den Ton des Aufzugs vernahm, rannte ich los, als sei der Teufel hinter mir her.

KAPITEL 46
Caleb

MEIN FLUG GING erst in drei Stunden, aber ich hatte noch etwas Wichtiges zu erledigen, weshalb ich Catherine, Landon und Liv in dem Glauben ließ, schon unterwegs zu sein. Ich wusste, es war sicherlich nicht der beste Neustart, ihn mit einer Lüge zu beginnen, aber für das, was ich vorhatte, war es besser, wenn so wenig Menschen wie möglich davon wussten. Cruz hatte mich darüber informiert, dass er den Auftraggeber des Typen mit dem Cadillac gefunden und in eine Lagerhalle unserer Firma gebracht hatte, die aktuell leer stand. Henry brachte mich auf direktem Weg dorthin. Cruz hatte mir bereits seinen Namen genannt, ich wusste also, wer dort auf mich wartete. Maxwell Edison war kein Unbekannter.

Ich betrat die schummrige Halle und steuerte auf den Typ zu, der bereits ziemlich zugerichtet und mit Kabelbindern gefesselt auf einem Stuhl saß. Dimitri stand neben ihm, Cruz lief dicht hinter mir, er hatte mich in Empfang genommen. Laut klatschend machte ich auf mich aufmerksam, damit Maxwell mich ansah.

»Max, alter Freund, warum überrascht es mich nicht, dich hier wiederzusehen?«

Keuchend blickte er zu mir auf, ließ seinen Kopf aber im

nächsten Moment wieder nach vorne sinken. Wirklich ansehnlich sah der gute Max nun nicht mehr aus, das musste ich zugeben, denn sein Gesicht war geschwollen, die Nase sicherlich ein zweites Mal gebrochen.

»Aus ihm ist nicht wirklich viel rauszubekommen«, ließ Dimitri mich wissen, während er seine muskulösen Arme vor der Brust verschränkte und neben mich trat.

Grob packte ich Max an den Haaren und zwang ihn, mich wieder anzusehen, wobei ich schwer einschätzen konnte, ob er durch die geschwollenen Lider überhaupt noch was sehen konnte.

»Was wolltest du von ihr? Was sollte dieser Typ für dich erledigen?«

Er sah mich an und grinste schief. Er musste wahnsinnig sein. Cruz und Dimitris Schläge waren hart einzustecken. Cruz hatte eine militärische Nahkampfausbildung genossen, er konnte einen Menschen mit einem gezielten Schlag töten, und Dimitri war jahrelang ein sehr erfolgreicher MMA-Fighter gewesen.

»Caleb West persönlich.« Hustend verkrampfte er sich, bevor er mir sein Blut vor die Füße spuckte.

Mit erhobener Braue sah ich rüber zu Dimitri, der nur mit den Schultern zuckte. »Ihr solltet ihn nicht umbringen, nur zum Reden animieren.«

Es sah ganz danach aus, als hätte Max schon innere Blutungen, weshalb ich mich beeilen musste, um an die Information zu kommen, die ich brauchte. Summend nahm ich ein Feuerzeug aus meiner Anzughose und ging langsam um ihn herum.

»Gut, Max, du bist zäher als ich dachte. Du willst nicht reden? Dann spielen wir doch ein kleines Spielchen.« Ich drehte meinen Nacken zu beiden Seiten und ließ ihn knacken. Ganz ruhig trat ich neben ihn und ließ das Geräusch des Feuerzeugs an seinem Ohr für sich sprechen, damit er eine Vorahnung von dem bekam, was gleich geschehen wird.

»Scheiße, du bist geisteskrank«, schrie er hysterisch und strampelte vergeblich mit den Beinen. Oh, er hatte ja keine Ahnung, wie recht er damit hatte.

»Weißt du, Max, du hast einen großen Fehler gemacht. Du hast meinen kleinen Engel in Gefahr gebracht. Du hast ihr wehgetan, und jetzt wirst du mir Antworten liefern, oder ich sorge dafür, dass du Höllenqualen erleidest.«

Max begann zu flehen und zu bitten, während ich Cruz und Dimitri einen zufriedenen Blick zuwarf, denn mit jedem Betteln waren wir unserem Ziel ein Stück nähergekommen.

Um seine Schreie zu dämpfen, schob ich ihm ein geknülltes Stofftaschentuch in den Mund, ging um ihn herum und zündete das Feuerzeug. Quälend langsam hielt ich es an die Fingerkuppe seines Zeigefingers. Sofort stieg mir der Geruch von verbranntem Fleisch in die Nase. Sein Finger sah nicht gut aus. Max' erstickte Schreie und sein Zappeln brachten mich dazu, von ihm abzulassen und ihm das Tuch aus dem Mund zu reißen.

»Was wolltest du von ihr?«

Er wimmerte und der Geruch von Urin erfüllte die Luft.

Ich rümpfte die Nase und schnalzte mit der Zunge. »Nun sieh dir diese Sauerei an. Hast du etwa Angst, Max?«

Er nickte knapp, während sein Körper gefährlich zitterte. Aber Mitleid würde er von mir nicht erwarten können, denn dieser widerwärtige Vergewaltiger hatte es nicht anders verdient. Mir war unklar, wie oft er so etwas schon abgezogen hatte, aber diesmal hatte er definitiv die falsche Frau in Angst versetzt. Nochmal würde ich nicht tatenlos zusehen, wie einem Menschen, den ich liebte, Schaden zugefügt wurde.

»Ich weiß, es fühlt sich nicht schön an, aber es muss leider sein. Weißt du, mein Mädchen hatte auch furchtbare Angst, als du deine dreckigen Hände unter ihren Rock geschoben hast.«

Max' flehender Blick ließ mich kalt. Das Geräusch des Feuerzeugs erweckte erneut Todesangst in ihm und er zog panisch den Kopf weg.

»Ich wollte gar nichts von ihr, ich wurde nur beauftragt, mich an sie ranzuschmeißen.«

»Ich brauche genauere Infos«, blaffte ich ihn an, während das Adrenalin gefährlich durch meine Venen raste.

»Ich sollte mich mit ihr treffen, sie vögeln und im besten Fall dazu bringen, dass sie dich vergisst.« Er hustete und spuckte abermals Blut.

Wütend riss ich seinen Kopf zurück. »Was ist mit den Fotos, und dem Typ, der sie verfolgt hat?«

»Ich sollte ihn damit beauftragen, sie im Auge zu behalten. Die Fotos waren nicht für mich. Ich habe keine Ahnung, was er damit wollte«, winselte er, während ihm Schnodder aus der Nase lief.

»Wer? Wer hat dich beauftragt? Ich will verdammt nochmal einen Namen.« Mit mahlendem Kiefer zündete ich das Feuerzeug erneut, als er hastig das Wort ergriff.

»Er erpresst mich. Wenn er rausbekommt, dass ich geredet habe, kann er mich viele Jahre hinter Gitter bringen.«

Ich konnte mir denken, womit Max erpressbar war. Wer weiß, wie viele Frauen er bereits vergewaltigt hatte.

»Knast oder Tod, du hast die Wahl.« Ich stopfte ihm brutal das Tuch zurück in den Mund und trat hinter ihn. Mit seinem Mittelfinger wiederholte ich das Prozedere, diesmal ein wenig kürzer, denn ich lief Gefahr, dass er kollabierte, und das konnte ich mir so kurz vor dem Ziel nicht erlauben. Ich riss das Stück Stoff aus seinem Mund. Max zitterte am ganzen Körper. Seine Atmung ging beunruhigend schnell, und er schien jeden Moment zu hyperventilieren.

»Sag mir seinen verdammten Namen«, brüllte ich ihn an.

Max hustete. Seine Worte waren kaum mehr als ein Flüstern,

als er mit nur einem einzigen Namen meine ganze Welt aus den Angeln hob. »Landon Barnes.«

Mein Herz wummerte gegen meine Brust. Blut rauschte durch meine Ohren. Blanke Panik schoss wie ein lähmendes Gift durch meinen gesamten Organismus, aber ich zwang mich zu einem klaren Verstand.

Ich befahl Cruz und Dimitri, sich um ihn zu kümmern, während ich mein Handy zückte, um Henry zu informieren, dass er vorfahren soll. Mit eiligen Schritten lief ich nach draußen. Liv war in größter Gefahr, denn ich hatte sie in der Obhut ihres Feindes gelassen. Was zur Hölle wollte Landon von ihr? Ich versuchte, meine Gedanken zu sortieren. Wie in Trance riss ich die Tür der Limousine auf.

»Henry, fahr sofort zum Penthouse zurück.«

Laut fluchend lehnte ich mich in den Sitz und konzentrierte mich auf meine Atmung, als mich das Vibrieren meines Handys in die Realität zurückbrachte.

Ich sah aufs Display und erkannte ihren Namen. Mein Herz überschlug sich beinahe, als ich mit zitternden Händen den Anruf entgegennahm, aber am anderen Ende war nichts als Stille.

KAPITEL 47

Liv

DAS ADRENALIN RAUSCHTE durch meine Adern, als ich hörte, wie die Schritte immer näherkamen. Mit zittrigem Atem schaffte ich es gerade eben noch, mein Handy vom Schreibtisch zu nehmen und Calebs Nummer zu wählen, als plötzlich jemand im Türrahmen auftauchte. Unauffällig ließ ich das Handy neben mir auf den Bürostuhl sinken.

»Landon, was machst du denn hier?«, begrüßte ich ihn eine Spur zu freundlich und atemlos.

Räuspernd scannte er in Sekundenschnelle den Raum, bevor er einen großen Schritt auf mich zumachte. In seiner Hand hielt er einen weißen DIN A4 Umschlag.

»Ich wollte nur mal nach dir sehen. Caleb sagte, du seist ganz alleine.« Seine Lippen formten sich zu einem Lächeln, aber aus seinen Augen strömte so etwas wie Verachtung. Dieses ganze Bild von ihm passte irgendwie nicht – es war angsteinflößend. Ein kalter Schauer ließ mich frösteln, als er mich mit seinem finsteren Blick eindringlich musterte.

»Danke, das ist wirklich nett von dir. Er ist auch gerade erst gefahren.« Mit einer Handbewegung zeigte ich in Richtung des Flurs und lächelte unsicher, in der Hoffnung, er könnte annehmen, Caleb könnte jeden Moment nochmal zurückkommen.

Stattdessen schloss er mit einem beunruhigenden Klicken die Tür hinter sich und trat langsam auf mich zu, bis er kurz vor dem Schreibtisch stehenblieb. Nervös rutschte ich auf dem Stuhl ein Stück zur Seite, damit er das Handy nicht sehen konnte.

»Was machst du denn hier in Calebs Büro?« Seine Stimme war rau und es fehlte jede Spur des freundlichen Tonfalls, den er sonst hatte.

»Ich habe was gesucht«, log ich, und so wie er mich ansah, war ihm meine Nervosität ganz sicher nicht entgangen. Schwer schluckend bemühte ich mich, seinem bohrenden Blick standzuhalten.

»Warum habe ich den Eindruck, dass du lügst, Livia?« Er betonte meinen Namen mit einer Strenge, die mich erschaudern ließ.

»Ich weiß es nicht. Warum bist du wirklich hier, Landon?« Mir war bewusst, dass er dieses Penthouse ganz sicher nicht einfach so wieder verlassen würde, denn er war nicht hier, um nach meinem Wohlbefinden zu schauen – das war so sicher, wie das Amen in der Kirche.

Ein Muskel in seinem Kiefer zuckte, dann legte er seinen Kopf schief und ließ seinen Blick über meinen Körper wandern. »Sagte ich doch bereits. Ich bin wegen dir hier.«

Angst schnürte mir die Kehle zu, als er den Umschlag mit einem dumpfen Geräusch vor mir auf den Schreibtisch fallen ließ.

»Was ist das?«, fragte ich beinahe erstickt.

»Etwas, das dich interessieren wird.«

Mein Unterkiefer bebte, als ich zu ihm aufblickte.

Landon tippte ungeduldig mit den Fingern auf den Umschlag. »Mach ihn auf. Ich biete es dir kein zweites Mal an.«

Mit zittrigen Fingern griff ich nach dem Umschlag und öffnete den Verschluss. »Fotos?«, krächzte ich und ahnte Schlimmes.

»Nein, keine einfachen Fotos. Wunderschöne Fotos. Sie werden dir gefallen.« Sein dunkles Lachen war markerschütternd.

Schockiert stieß ich die Luft aus. Es waren Fotos von mir – unzählige Fotos – im Supermarkt, im Cube, im Golden Magician. Dann fiel mein Blick auf ein Foto, das mir vollständig die Luft raubte. Paris – ich auf Calebs Schoß, seine Hand unter meinem Kleid. Das konnte unmöglich sein. Wie war er an solche Fotos gekommen und warum hatten wir nichts bemerkt?

»Das hat mich wirklich wütend gemacht, Livia.« Landon sah mit undurchlässiger Miene auf das Foto, sein ruhiger Tonfall stand in völligem Kontrast zu der Emotion, die er gerade verbal geäußert hatte.

»Ach, und das hier sind meine Lieblinge.«

Mit Entsetzen fiel mein Blick auf Fotos, die mich vollkommen schutzlos in meinem Zimmer zeigten – nackt, wie ich mich selbst berührte oder telefonierte. Ich schluckte, um das trockene Gefühl aus meinem Hals zu vertreiben, als Landon einige der Fotos aufhob und zufrieden lächelte. Dann warf er mir ein anderes Foto hin und seine Miene verfinsterte sich schlagartig. Es zeigte Caleb und mich in meinem Bett – ebenfalls nackt und tief ineinander verschlungen. Es war der Tag, an dem meine Mutter ins Krankenhaus gekommen war.

Wilde Panik machte sich in mir breit und mir wurde speiübel. Wie hatte er es geschafft, mich all die Monate zu beschatten? Wie war er an all diese Fotos gekommen? Meine Gedanken überschlugen sich. Er wusste die ganze Zeit über alles Bescheid. Er war in unseren intimsten Momenten live dabei.

»Was ist denn? Bist du etwa geschockt?« Er strich mir eine Strähne aus dem Gesicht und ich zuckte erschrocken zurück.

Grob und ungehalten packte er mein Kinn und riss meinen Kopf herum. »Sieh mich an, wenn ich mit dir rede.«

Ein Schluchzen verließ meinen Mund, ohne dass ich etwas dagegen tun konnte. »Warum?«, flüsterte ich und drückte den Kiefer fest aufeinander, weil Landons Griff so schmerzte.

»Ich war so nett zu dir und du hast mich keines Blickes gewürdigt.« Er schnalzte missbilligend mit der Zunge, bevor er fortfuhr: »Alles hätte so viel einfacher sein können, wenn du den richtigen Mann gewählt hättest. Stattdessen machst du die Beine breit für jemanden, der dich monatelang wie Dreck behandelt hat. Und es war so unfassbar einfach, die Kameras in deinem Zimmer zu installieren, dich beschatten zu lassen – mit Geld kann man einfach alles erreichen. Aber das weißt du ja. Ich wusste über jeden Schritt Bescheid, den du gegangen bist – war dabei, wenn du es dir selbst gemacht oder dich in den Schlaf geweint hast. Der gute Max war so ein leichtes Opfer. Eine kleine Erpressung und schon hat er seinen Auftrag, dich abzulenken, mit Leidenschaft ausgeführt.« Er grinste selbstgefällig, ließ mein Kinn los und beugte sich zu mir herunter.

»Ich finde diese Fotos würden sich gut in deinem nächsten Bewerbungsschreiben machen. Findest du nicht? Dein neuer Boss würde dich sicher ernst nehmen und dir einen Sonderbonus erteilen, wenn er sieht, wie ambitioniert du deine Karriere vorantreibst – das kleine Milliardärsflittchen.«

»Das wagst du nicht. Du bist krank!« Meine Spucke traf ihn mitten ins Gesicht. Landons Antwort traf mich unmittelbar in Form einer schallenden Ohrfeige. Mein Kopf flog zur Seite. Zähneknirschend richtete ich mich auf, während er sich fluchend meinen Speichel aus dem Gesicht wischte.

»Du hättest ihn in Ruhe lassen sollen. Er war all die Jahre tief versunken in seiner Angst und seinen Selbstvorwürfen. Das Leben mit ihm war einfach – bis du aufgetaucht bist. Anfangs dachte ich, es wäre ein Leichtes, dich für mich zu gewinnen, aber aus irgendeinem Grund hatte er von Beginn an ein besonderes

Augenmerk auf dich gelegt und du bist darauf angesprungen. Du hast mich praktisch dazu gezwungen, die volle Kontrolle zu behalten.«

»Du brauchst Hilfe, Landon.«

»Weißt du, Livia, ich bin es gewohnt, zu bekommen, was ich will. Und wenn ich es nicht bekomme, dann hole ich es mir einfach.« Seine Stimme troff vor Arroganz.

»Hast du das auch so mit Maddie gemacht? Sie dir genommen und dann aus dem Weg geräumt?« Ich musste lebensmüde sein, ihn derart zu konfrontieren, aber ich hoffte, dass mein Plan aufging, und setzte alles auf eine Karte.

Seine Augen verdunkelten sich, als er mit geballten Fäusten auf mich herabsah.

»Entschuldige bitte, aber ich verstehe nicht genau, worauf du hinauswillst.« Sein Blick hatte mit einem Mal etwas Wahnsinniges an sich. Ich konnte kaum glauben, dass derselbe charmante Mann, mit dem ich die letzten Monate zusammengearbeitet hatte, jetzt vor mir stand.

»Du hast ihr das angetan. Maddie, du hast sie vergewaltigt und du hast sie und euer Baby getötet. So war es doch, oder?«

Landons Ausdruck wurde starr, bis er mich plötzlich an den Haaren packte und aus dem Sessel zerrte. Mit brutaler Gewalt schubste er mich auf das Sofa und beugte sich über mich, während seine Hand sich fest um meine Kehle legte. Sein Gewicht drückte mich tief in das Polster der Ledercouch, und vom Geruch seines penetranten Aftershaves wurde mir noch schlechter.

»Du tust mir weh, Landon«, presste ich hervor, nicht in der Lage, mich zu rühren.

»Du hast ja keine Ahnung, wovon du da redest.« Er lockerte seinen Griff und zog mich ein Stück hoch – direkt vor sein Gesicht. »Jetzt erkläre mir doch mal, wie du auf diesen Schwachsinn kommst?«

Ächzend rang ich nach Luft. »Ich habe ihr Tagebuch gelesen. Es gibt kein einziges Foto von dir und ihr in ihrem Album. Du hast es getan, und du wolltest verhindern, dass sie es Caleb erzählt.«

Sein Griff wurde wieder fester und schnürte mir die Kehle zu. Vor Panik strampelnd, wand ich mich unter ihm, denn er hatte in mir den Überlebensmodus aktiviert. Schwarze Punkte flackerten vor meinem Sichtfeld.

»Ich wusste schon, warum ich dich dreckiges kleines Miststück loswerden wollte. Du hast von der ersten Sekunde an nach Ärger gerochen.« Er ließ von mir ab.

Röchelnd fiel ich zur Seite, während er lüstern an mir herabblickte, um im nächsten Moment seine Hand ganz langsam über meine Bluse gleiten zu lassen. Schwer atmend zuckte ich zusammen, als er mit einem Ruck meine Bluse zerriss und meinen BH freilegte. Mit einem schmierigen Grinsen zog er ein Taschenmesser aus seiner Anzughose und klappte es auf. Mein Herz hämmerte wie wild gegen meine Rippen, während ich angsterfüllt versuchte, mich zum Kopfteil hochzuschieben.

Grob packte er meine Füße und zog mich wieder zurück. »Wo willst du denn hin, meine Hübsche?« Mit seinem Messer fuhr er die Konturen meines BHs entlang, bis er ihn in mit geübter Präzision in der Mitte durchtrennte.

Ein brennender Schmerz durchfuhr mich. Hilflos sah ich dabei zu, wie das warme Blut aus der Wunde meinen Oberkörper hinablief.

Ehrfürchtig betrachtete er meine nackten Brüste, dann positionierte er sich mit einem schmierigen Grinsen neben mir. »Sie in Natura zu sehen, ist so viel besser.« Er umgriff meine Brüste und knetete sie mit festem Druck, während er sich gierig über die Lippen leckte.

»Bitte hör auf damit«, flehte ich ihn an und versuchte, die

Tränen herunterzuschlucken, die sich ihren Weg bahnten. Jede seiner Berührungen schmerzte wie ein heißer Schürhaken auf meiner Haut.

»Was kann er dir geben, was ich dir nicht geben kann?«

Entsetzt sah ich ihn an, während er mit der Messerspitze langsam meine Brustwarze umrundete. Ich wusste, wenn jetzt kein Wunder geschah, wäre es der zweite Vergewaltigungsversuch, dem ich diesmal sicher nicht so leicht entkommen würde. Also versuchte ich, trotz der erdrückenden Angst einen kühlen Kopf zu bewahren und ihn in ein Gespräch zu verwickeln.

»Du tust das alles nur, weil ich dich abgelehnt habe? Hast du Maddie auch vergewaltigt und getötet, weil sie nicht mehr für dich empfunden hat, als für einen Bruder?« Ich hatte es kaum ausgesprochen, als Landons Faust mein Gesicht traf und mein Kopf ruckartig zurückflog. Zitternd fasste ich mir an die Lippe; weiteres Blut tropfte auf meine nackten Brüste. Ich hatte kaum Zeit, mich zu sammeln, da riss er mich auch schon wieder an den Haaren hoch, drehte mich um und schmiss mich zurück aufs Sofa. Noch immer benommen von seinem harten Schlag, vernahm ich das Öffnen seiner Gürtelschnalle. Seine Hand wanderte zu meinem Rock und schob ihn gewaltvoll nach oben. Verzweifelt versuchte ich mich mit aller Kraft zu wehren, aber Landons Gewicht hielt mich an Ort und Stelle.

»Hör auf, so zu zappeln. Vertrau mir, ich ficke dich besser als er es getan hat. Gleich schon schreist du vor Erlösung.«

Ich nahm nur noch mein ersticktes Schluchzen und das Geräusch seines Reißverschlusses wahr, bevor die Tür laut krachend aufflog und Landon plötzlich von mir abließ.

KAPITEL 48
Caleb

ENTSCHIEDEN RICHTETE ICH die Waffe auf Landon und bedeutete ihm, rückwärts Richtung Wand zu laufen. Catherine schrie hinter mir auf. Ich hatte sie über Henrys Telefon von unterwegs aus benachrichtigt. Dieser Bastard hatte seine Hose offen. Ich sah hinunter zur Couch, von wo aus ein leises Wimmern meine Seele in Brand steckte. Ihr Anblick zertrümmerte mein Herz endgültig in tausend Teile, nachdem ich durch ihren Anruf alles mitbekommen hatte. Ihre Lippe schien aufgeplatzt, ihre Bluse war zerrissen und das Blut klebte ihr bis runter zu ihrer nackten Brust.

»Catherine«, brüllte ich nach hinten, während meine Schultern bebten. »Kümmere dich um sie.«

Catherine stürmte zu Liv, half ihr auf und nahm sie an sich. Langsam zog ich mit einer Hand mein Jackett aus, die Waffe weiter auf Landon gerichtet, der mich mit einem eiskalten Lächeln taxierte.

»Das Lachen wird dir noch vergehen, du elendiger Bastard.« Ich warf Catherine das Jackett zu, damit sie es Liv überziehen konnte. Mein Engel zitterte am ganzen Körper, was meinen Puls weiter in die Höhe trieb. Mein Adrenalinlevel war mittlerweile so hoch, dass ich bereit war, Landon direkt eine Kugel in seine schmierige Visage zu verpassen.

»Bring sie hier raus, Catherine.«

Sie rührte sich nicht, sondern starrte ihren Sohn unentwegt mit tränenunterlaufenen Augen an, während sie versuchte, gleichzeitig Liv Trost zu spenden, indem sie sie festhielt. Sie schien unter Schock zu stehen.

»Catherine«, schrie ich sie erneut an und drehte mich kurz zu ihr um. »Schaff sie hier raus, verdammt nochmal.«

Endlich setzte sie sich in Bewegung, als ich aus dem Augenwinkel etwas Metallisches aufblitzen sah und mich noch im selben Moment ein sengender Schmerz in meiner rechten Schulter durchfuhr. Reflexartig ließ ich die Waffe fallen und presste meine Hand auf die Wunde. Catherine und Liv sackten zu Boden und wimmerten, während Landon blitzschnell nach der Waffe griff.

»Geh auf die Knie«, befahl er mir barsch.

Schmerzverzerrt und völlig überfordert mit der neu gewonnen Wahrheit, ließ ich mich zu Boden sinken.

»Ich würde sagen, mir ist das Lachen noch nicht vergangen. Wie sieht es bei dir aus, Cal?« Sein Gesichtsausdruck glich dem eines Wahnsinnigen, sein Lächeln so bösartig, dass ich nicht glauben konnte, dass er es war – der Landon, der wie ein Bruder für mich war, dem ich mein Leben lang blind vertraut hatte. Einen Moment lang hielt ich inne, während mein Blick auf die beiden Frauen fiel, die zusammengekauert neben der Tür saßen.

»Landon, tu das nicht«, kam es schluchzend aus Catherines Mund. Jetzt starrte er seine Mutter an und seine Augen glitzerten verräterisch. Wenn Landon wohl jemals einen Menschen geliebt hatte, dann war es seine Mutter.

»Ich kann nicht glauben, dass du das getan hast. Was du Maddie angetan hast.« Ihre Stimme war dünn und wurde teilweise von ihrem Schluchzen geschluckt. Ich nutzte die Gelegenheit und suchte den Blick von Liv. Sie sah mich an, ihr Atem ging stoßweise. In ihrem Gesicht spiegelten sich derart viele Emotionen wider, dass ich keine von ihnen greifen konnte. Pfeilschnell riss ich meinen Blick von ihr los und achtete wieder auf Landon, denn die Situation war lebensbedrohlich für uns alle, und mir durfte nicht noch ein Fehler unterlaufen.

Er stand immer noch regungslos da und starrte seine Mutter an, doch er blieb ihr eine Erklärung schuldig, denn im nächsten Moment richtete er die Waffe auf Liv. »Sie hat alles kaputtgemacht.«

»Nein, Landon, du warst es. Du hast Maddie zerstört und wolltest auch Liv zerstören«, sagte ich so ruhig, dass ich selbst erschrak.

Landon verzog das Gesicht zu einer schmerzverzerrten Grimasse, während er gefährlich mit der Waffe immer wieder auf Liv zielte. »Ich habe sie verehrt.« Ein trauriges Lächeln wich dem Schmerz von eben. »Ich habe sie beide verehrt.« Landon straffte seine Schultern und richtete die Waffe fest entschlossen auf Liv. »Aber sie waren beide undankbare Schlampen.«

Ich schluckte hart. Mein Blick fiel wieder zu Liv. Ihr Gesichtsausdruck war wie versteinert. Nur noch eine einzelne Träne rann über ihre Wange, als sie die Augen schloss und ein ohrenbetäubender Knall mein Herz stillstehen ließ.

Blut, da war so viel Blut. Mein Körper schien sich unter mir aufzulösen, als ich plötzlich Livs vertrauten Geruch wahrnahm, ihre Arme, die sich fest um mich schlangen.

Benommen sah ich hoch und sah Landon am Boden liegen. Er lag in seiner Blutlache, in der auch Catherine hockte und so laut schrie, dass ich ihren Schmerz bis in mein Innerstes spürte.

Ein sauberer Kopfschuss. Mein Blick ging zur Tür, in der Cruz stand, noch immer die Waffe auf Landon gerichtet. Dankbar nickte ich meinem Freund zu. Er war mir also hierher gefolgt. Er wurde eingestellt, um mein Leben und das derer, die ich liebte, zu schützen, und das hatte er heute getan.

Erleichtert schloss ich meine Arme um Liv und gab ihr einen Kuss auf den Scheitel. Ihr Schluchzen erschütterte meine Brust und brachte mein Herz kurzzeitig aus dem Rhythmus.

Unser Blick fiel auf Catherine, die ihren Sohn mittlerweile im Arm hielt und ihm übers Gesicht streichelte. Er war ihr Sohn, und egal was er getan hatte, sie hatte ihm dieses Leben geschenkt, und zuzusehen, wie es nun aus ihm herauswich, musste das Grausamste sein, was einer Mutter widerfahren konnte.

Ihr Weinen war verstummt, als die Sirenen immer lauter wurden. Sie regte sich nicht und wandte ihren Blick auch nicht ab, als eine Polizistin sie sanft am Arm nahm und auf sie einredete.

Liv wurde draußen in einem Krankenwagen versorgt, während Cruz seine Aussage machte und eine Ärztin sich um meine Stichwunde kümmerte. Cruz hatte wenig zu befürchten, denn er hatte aus Notwehr gehandelt und damit ganz klar seinen Auftrag als Personenschützer erfüllt. Catherine würde eine lange Zeit brauchen, um ihren Verlust und die Wahrheit über ihren Sohn zu verarbeiten.

»Mr. West, das wird jetzt ein klein wenig wehtun, aber ich muss die Wunde einmal gründlich untersuchen. Dann bringen wir Sie in das nächste Krankenhaus, um sicher zu gehen, dass nichts weiter verletzt wurde«, ließ mich die Ärztin wissen.

Ich nickte stumm und verzog keine Miene, als sie sich über meine Wunde hermachte. Meine Gedanken waren einzig bei Liv und bei all dem, was ich ihr angetan hatte, aus einem Gefühl der blanken Angst um sie. Ein eiskalter Schauer durchfuhr mich, als mir bewusst wurde, dass ich die letzten zwölf Jahre dem Feind so nah war. Ich hatte ihm vertraut und er sah mehr als ein Jahrzehnt dabei zu, wie ich mich emotional zugrunde richtete. Ich hatte die letzten Jahre alles daran gesetzt, andere Menschen und mich selbst zu schützen, dabei galt mein größtes Vertrauen Maddies Mörder, der täglich neben mir saß. Unwissend hatte ich Liv in dessen Obhut gelassen und sie in Lebensgefahr gebracht. Ich hätte den Tod meiner Schwester verhindern können, wenn ich nur damals an jenem Weihnachtsabend darauf bestanden hätte, dass sie mit der Sprache rausrückte. Der tiefe Schmerz darüber, was er meiner Schwester angetan hatte, würde niemals vergehen. Er hatte ihr so unsagbar wehgetan und sie einfach so ausgelöscht. Erschöpft schloss ich die Augen und konzentrierte mich darauf, dass Liv heute überlebt hatte.

Liv legte mir liebevoll eine Hand auf die Schulter, während ich vor ihr am Grab kniete und die Blumen niederlegte. Zwei Wochen waren seit dem Vorfall vergangen, und es war das erste Mal seit Jahren, dass ich es fertigbrachte, das Grab meiner Schwester zu besuchen. Ich richtete mich auf, zog sie an der Taille zu mir und gab ihr einen sanften Kuss. Liv war wieder bei mir eingezogen, nicht weil sie mir und meinem Kontrollwahn einen Gefallen tun wollte, sondern weil wir in einer völlig neuen Dimension füreinander da waren. Sie hatte eingesehen, dass meine Ängste begründet waren und es einen Zeitpunkt gegeben hatte, an dem ihr Leben ernsthaft in Gefahr gewesen war, und ich hatte sie aufrichtig um Verzeihung gebeten, für all das, was sie wegen mir durchstehen musste.

Ich wusste, dass viel Arbeit vor uns lag, aber ich wusste auch, dass die Möglichkeit, auch nur einen Tag ohne diese Frau zu leben, für mich nicht mehr existent war. Hier stand sie vor mir, mit ihren hellblonden Locken und den eisblauen unschuldigen Augen, und lächelte mich an. Es war kein Zufall, dass sie aussah wie ein Engel. Es war auch kein Zufall, dass sie gekommen war und mit ihrer bloßen Erscheinung meine dunkelsten Dämonen befreit hatte. Es war ebenfalls kein Zufall, dass sie es schaffte, mich mit ihren Handlungen in einer unsagbaren Art zu triggern, was unweigerlich dazu führte, dass ich mich selbst reflektierte. Und es war ganz sicher kein Zufall, dass es sich bei dieser Frau um den stärksten Menschen handelte, der mir je begegnet war. Das Schicksal hatte uns zusammengeführt und hielt innerhalb dieser Verbindung für uns beide ein riesiges Spektrum an Selbsterfahrung bereit. Ich war in einer Art für sie da, die sie so dringend gebraucht hatte, und sie war in einer Art für mich da, ohne die ich niemals mehr sein wollte.

EPILOG
Caleb

6 Monate später

»MR. WEST, WIE geht es Ihnen heute?«

Nervös wippte ich mit dem Bein auf und ab, während ich meine schwitzigen Hände an meiner Anzughose abwischte. Die Sitzungen bei Dr. Leroy waren für mich meistens mit großer Anspannung verbunden, aber heute kam ich mir wieder vor wie ein kleiner ängstlicher Junge. »Ich denke, ich bin aufgeregt.«

Sie nickte und rückte ihre Brille zurecht. »Wir haben das mehrmals besprochen, ich bin mir sicher, Sie sind so weit.«

Prüfend ließ ich die Hand in meine Anzugjacke fahren und umklammerte die Schachtel. Sie war noch da, und der Plan für heute war, dass sie es spätestens heute Abend nicht mehr sein würde. Ich lockerte meine Krawatte ein Stück, denn bei dem Gedanken daran, was ich vorhatte, breitete sich ein Engegefühl in meiner Kehle aus.

Dr. Leroy musterte mich eindringlich und seufzte leise. »Wovor haben Sie Angst?«

»Dass sie Nein sagt«, sprudelte es aus mir heraus.

Dr. Leroy lächelte sanft.

Die Angst, Liv zu verlieren, war genau das, was derzeit mein Leben bestimmte. Nach Landons Tod musste ich schmerzlich feststellen, dass es nun mal nicht so ist, wie in all den Filmen und Büchern, in denen die Liebespaare, nachdem alles aufgedeckt wurde, glücklich bis an ihr Lebensende zusammenlebten. Nein, meine beschissenen Ängste hatten zugenommen, und weil ich Liv in keiner Weise versuchte einzuschränken, litt ich still für mich. An manchen Tagen brachten mich diese Ängste fast um den Verstand.

»Ihre Partnerin ist eine kluge Frau, sie hat Sie hierhergeschickt. Sie ist in den schlimmsten Zeiten, als Sie von nichts anderem mehr als Angst und Schmerz getrieben waren, an Ihrer Seite geblieben. Wie groß ist die Wahrscheinlichkeit, dass sie heute tatsächlich Nein sagt?«

»Gering, aber existent. Vielleicht ist es, nach allem, was sie wegen mir durchstehen musste, zu früh. Vielleicht sollte ich sie erst fragen, wenn ich all das losgeworden bin, was diese dunkle Seite in mir hervorruft.«

»Mr. West, wir alle bestehen aus Schatten und Licht als Produkt unserer Erfahrungen und daraus resultierenden Glaubenssätzen, die uns antreiben. Aber Trauma ist etwas komplexer, als Sie es annehmen. Es geht nicht darum, dass Sie es loswerden, sondern dass Sie es integrieren. Denn so, wie Ihnen niemand die positiven Erinnerungen an Maddie nehmen kann, so kann Ihnen auch niemand all das Schmerzhafte nehmen, was Ihnen widerfahren ist. Das Geschehene wird immer ein Teil Ihres Lebens bleiben, aber es ist nicht das, was Sie als Mensch ausmacht. Sie sind mehr als das, was Ihnen passiert ist.«

Schwer schluckend lockerte ich den Griff um die Schachtel, die ich immer noch umklammert hielt, und richtete mich auf.

»Und wenn Ihre Partnerin heute Nein sagt, dann haben Sie sie nicht verloren, sondern dürfen sich daran üben, die Beweggründe anderer Menschen zu erforschen und zu verstehen. Denn wir alle haben unser Paket zu tragen, auch Ihre Partnerin. Nicht jede Entscheidung hat etwas mit Ihnen zu tun.«

Erleichtert atmete ich auf und schenkte Dr. Leroy ein aufrichtiges Lächeln. Ich war äußerst skeptisch, als Liv mir den Therapieplatz bei ihr besorgt hatte, aber mittlerweile war ich mehr als dankbar, dieses Wagnis eingegangen zu sein. Diese Frau hatte die Fähigkeit, meine Hirnwindungen in Sekunden wieder geradezurücken.

Liv stand mit dem Rücken zu mir und verabschiedete die Mädchen. Sie unterrichtete seit einigen Wochen wieder und es war schön zu sehen, wie sehr sie dabei aufblühte. Ich hatte sie ein paar Mal in der letzten Zeit hier abgeholt und Maria kennenlernen dürfen, die uns vor einem Monat eröffnet hatte, dass sie die Ballettschule verkaufen werde. Liv hatte diese Nachricht ziemlich aus der Bahn geworfen, bis sie sich in den Kopf gesetzt hatte, die Ballettschule zu kaufen. Ich hätte nicht mit der Wimper gezuckt und das Geld sofort für sie investiert, aber sie bestand darauf, dass sie die Schule selbst kaufte. Durch die Arbeit in meinem Unternehmen hatte sie einiges gespart, und den Rest finanzierte sie – sehr zu meinem Leidwesen – über eine Bank. Ich konnte ihren Wunsch, sich zu verschulden, nicht nachvollziehen, aber es war mir wichtig, dass sie ihre eigenen Entscheidungen traf.

Sie hatte mich bereits gesehen und mir einen verstohlenen Blick zugeworfen, aber ich wartete brav, bis alle Mädchen verschwunden waren, ehe ich auf sie zuging und sie sanft in eine Umarmung zog. »Hey, mein Engel, wie war dein Tag?«

Lächelnd sah sie zu mir auf, spitzte ihre Lippen und forderte mich auf, ihr einen Kuss geben.

»Gut. Die Firma, die den neuen Namen angebracht hat, war heute da.« Ihr entfuhr ein leises Quieken und ihre Augen leuchteten. »Ich würde es dir gern zeigen.«

Ich nickte, als sie im selben Moment schon meine Hand ergriff und mich Richtung Tür zog. Mein Blick fiel nach oben auf ein großes Tuch, das den Schriftzug verbarg. Irritiert darüber, dass es mir gerade gar nicht aufgefallen war, trat ich einen großen Schritt zurück. Liv machte sich, sichtlich aufgeregt, an einem Ende des Tuchs zu schaffen. Sie hatte ein riesiges Geheimnis um den neuen Namen ihres Ballettstudios gemacht und als das Tuch endlich fiel, wurde mir schlagartig bewusst, wieso.

MADISON SCHOOL OF BALLET

Mein Herz zog sich zusammen und ein merkwürdig warmes Gefühl fuhr meine Wirbelsäule entlang. Ungläubig sah ich in ihre strahlenden Augen.

»Das hätte ihr sehr gefallen«, sagte ich leise, und zum ersten Mal war es mir nicht möglich, die Tränen zu unterdrücken, die sich ihren Weg bahnten.

Liv hatte dafür gesorgt, dass ein Teil von Maddie weiterlebte.

Berauscht von dem warmen Gefühl, das meinen Körper flutete, griff ich spontan in die Tasche meines Jacketts und holte die Schachtel hervor. Ich hatte eigentlich vor, ihr heute Abend einen Antrag zu machen. Dafür hatte ich bereits ein Arrangement in einem noblen Restaurant gebucht. Aber ich wusste, dass sie sich nie wirklich wohl in diesen elitären Kreisen fühlte, also tat ich das einzig Richtige. Ich machte ihr einen Antrag an dem Platz, an dem sie sich am wohlsten fühlte, mit dem sie emotional etwas verband – aus einem Gefühl der tiefen Verbundenheit heraus und nicht nach einem geplanten Skript. Also folgte ich meinem Impuls, ging vor ihr auf die Knie und öffnete die Schachtel. Liv schlug die Hände vor den Mund. Das Glitzern in ihren gletscherblauen Augen raubte mir vollkommen den Atem.

»Es war nicht mein Plan, dich zum Weinen zu bringen, mein Engel. Ich wollte dich lediglich fragen, ob du den Rest deines Lebens mit mir verbringen möchtest; denn ich bin bereit dazu. Ms. Livia Hayes, ich möchte, dass Sie fortan ganz nah an meiner Seite als Mrs. Livia West Ihr Leben bestreiten. Lass mich dich lieben und beschützen, und lass mich weiter durch dich zu einem besseren Menschen werden.«

Tränen liefen langsam an ihren Wangen hinab, aber sie hatte ihren Humor nicht verloren und stützte die Hände in die Hüften. »Kommt da noch was?«

Ich räusperte mich und unterdrückte ein Grinsen. »Willst du meine Frau werden?«

»Ja! Ja! Ja!« Ungeduldig riss sie mich hoch und zog mich an sich. Unsere Münder fanden sich und verschmolzen zu einem Kuss, der so viele Emotionen entlud, wie es nur zwischen zwei Menschen möglich war, die eine solche Geschichte schrieben wie wir. Ich legte ihr eine Hand an den unteren Rücken, eine in den Nacken und küsste sie leidenschaftlich und innig, bis sie sich abrupt von mir löste und mich ansah.

»Ich habe aber ein paar Forderungen«, ließ sie mich herausfordernd wissen und verzog ihre eben noch sanften Gesichtszüge zu einer ernsten Miene.

Ich hob eine Braue und sah sie fragend an.

»Du betäubst mich nie wieder.«

Kopfschüttelnd verneinte ich. »Natürlich nicht.«

»Du sperrst mich niemals wieder ein.«

»Nein, Engel. Niemals.«

»Aber du versohlst mir weiterhin den Hintern, wenn ich es verdient habe«, wisperte sie an meinem Ohr, denn sie war wieder einen Schritt nähergekommen und streichelte sanft über meine Brust.

Ein Lächeln umspielte meinen Mund, bis ich ihn im nächsten

Moment wieder auf ihren legte. Himmel, diese Frau. »Versprochen«, hauchte ich gegen ihre Lippen und spürte wie ihre Worte meine Hose schon wieder mit Leben füllten. »Und ich habe auch eine Forderung«, ließ ich sie wissen und drängte sie näher an meine Lenden, damit sie spürte, was sie angerichtet hatte.

Erwartungsvoll sah sie mich aus ihren liebenswerten Augen an.

»Sobald du meine Frau bist, werde ich diesen Laden kaufen und jeden weiteren, den du eröffnen willst. Und du wirst nichts dagegen unternehmen und keine weiteren Schulden machen. So lange ich Milliarden besitze, tust du es auch, und du wirst damit leben müssen. Hast du das verstanden?«

Sprachlos starrte sie mich eine Weile an, bis sie ihren Mund leicht öffnete, ein leises »Okay, Boss« flüsterte und ihr Gesicht an meiner Brust vergrub.

EPILOG
Liv

6 Jahre später

ICH KONZENTRIERTE MICH auf meine Atmung und auf das Gefühl des warmen Wassers, das mich umgab.

»Liv, Sie machen das wunderbar. Bei der nächsten Welle versuchen Sie mitzuschieben.« Dolores lächelte mir motivierend zu. Caleb saß neben mir und tupfte mir mit einem kühlen Lappen über die Stirn.

»Die Welle kommt«, brachte ich gepresst hervor. Ich richtete mich auf, drehte mich in den Vierfüßlerstand und umfasste Calebs Oberkörper über den Wannenrand hinweg.

Dolores hockte sich hinter mich, während die Welle über mir hereinbrach wie eine Fliegerbombe und ich mit aller Kraft versuchte, mitzuschieben.

»Ich kann das Köpfchen schon fühlen, es ist gleich geschafft.«

Calebs Miene war deutlich angespannt, aber er versuchte, sich nichts anmerken zu lassen. Sanft strich er über meinen Kopf. »Du bist so unfassbar stark, mein Engel.«

Ich konzentrierte mich wieder ganz auf meine Atmung, so wie wir es gelernt hatten. Nach der vierten, enorm kraftvollen Welle, war der Kopf da, und nach der fünften glitt unsere Tochter in Dolores' Hände, die sie sanft durch das warme Wasser führte und mir auf die Brust legte. Ich hatte mich bereits wieder umgedreht und nahm meine Tochter mit unbeschreiblicher Glückseligkeit entgegen. Ihre nackte Haut auf meiner, ihre zaghafte Stimme, die schwarzen kleinen Härchen – sie war perfekt.

Atemlos und zitternd traf mein Blick den meines Mannes, der ein erstauntes und zugleich erleichtertes Seufzen von sich gab und seine Lippen gegen meine Schläfe presste. Seine Miene erhellte sich schlagartig, als er auf unsere mittlerweile kräftig schreiende Tochter blickte. In dieser Nacht weinten wir beide, nicht aus Hoffnung, Verzweiflung oder Schmerz, sondern aus tiefster Dankbarkeit und Liebe. Louann West wurde in der Nacht zu Neujahr im heimischen Badezimmer in vertrauter Atmosphäre auf den Tag genau achtzehn Jahre nach dem Tod ihrer Tante geboren.

Achtzehn Jahre lang hatte Caleb das große Glück, Maddie an seiner Seite zu haben, und seit genau achtzehn Jahren lebte sie nur noch in seinen Erinnerungen. Ein Mensch, der so viele Spuren mit seinem warmen und liebevollen Wesen hinterlassen hatte, dass selbst Louann und ich sie immer in unserem Herzen tragen werden.

Ich beobachtete meinen Mann eine Weile, wie er seine in warme Decken eingewickelte Tochter wiegte und aus dem Fenster blickte. Dann sah er sie mit einem atemberaubenden Leuchten in seinen braunen Iriden an und strich ihr über die Wange. Ich spürte, wie sich ein wohlig warmes Gefühl in mir ausbreite, denn ich nahm etwas bei ihm wahr, das nie zuvor da gewesen ist – Frieden.

Dolores hatte mich liebevoll umsorgt und wies Caleb an, mich ins Schlafzimmer zu bringen. Da lag ich nun auf unserem Bett und stillte unsere Tochter. *Unsere Tochter.* Es würde sich vermutlich immer komisch für mich anhören. Jahrelang hatte ich immer gedacht, ich könne niemals einen Menschen so sehr lieben wie ich ihn liebte, bis ich soeben seine Tochter kennenlernte. Es war eine andere Liebe, aber so tiefgreifend, dass sich mein Herz zusammenzog, bei dem unbändigen Bedürfnis, dieses kleine Wesen mit meinem Leben zu beschützen. Sie sah ihrem Vater so ähnlich, und ich realisierte, dass dieser Mann sich noch ein Stück tiefer in meinem Herzen vergraben hatte, auch wenn ich das bis gerade eben niemals für möglich gehalten hätte.

Vorsichtig öffnete sich die Tür und Caleb trat ein, gefolgt von Grandpa, Mom und Catherine, die beide schlagartig in Tränen ausbrachen, während Grandpa Caleb an sich riss und ihm auf die Schulter klopfte. Er hatte mittlerweile einen Narren an meinem Ehemann gefressen, und es verging keine Woche, in der er ihn nicht um irgendeinen fadenscheinigen Gefallen bat, nur um Zeit mit ihm zu verbringen.

Seitdem Caleb MCW Pharmaceuticals vor gut vier Jahren verkauft hatte und ins Immobiliengeschäft eingestiegen war, hatte Grandpa ohnehin keinen Grund mehr, sich an ihm aufzureiben. Er liebte ihn wie den Sohn, den er nie gehabt hatte und verstand mit den Jahren, dass mein Mann sich nie aus freien Stücken für die Pharmaindustrie entschieden hatte. Das hatte Caleb selbst erst erkannt, als er zu seinem ursprünglichen Wesen zurückgefunden hatte – als er bereit war, sein Herz wieder für andere Menschen zu öffnen.

»Hey, kleine Lou, deine beiden Grandmas sind da, um dich willkommen zu heißen.«

Mom lehnte sich bereits runter, um ihre Enkeltochter zu begutachten, aber Catherine stand wie versteinert am Bett. Mit einer Hand hielt sie ihren Mund bedeckt, während Tränen an ihren Wangen hinab kullerten, doch ihre Augen strahlten. Caleb trat neben sie und legte einen Arm um ihre Schultern.

»Ich bin so stolz auf dich, mein Sohn. Meine Enkeltochter ist wunderschön.« Liebevoll legte sie ihm eine Hand an die Wange und Caleb schenkte ihr sein schönstes Lächeln.

»Danke für alles Catherine, ohne dich wäre ich heute nicht hier.«

Catherine hatte sich nach dem Verkauf des Unternehmens mit ihrem Mann Monti zur Ruhe gesetzt. Die beiden reisten so viel, dass wir sie nur selten zu Gesicht bekamen.

Mom wusch mir liebevoll mit einem feuchten Tuch über die verschwitzte Stirn.

»Es bedeutet mir so viel, diesen Moment mit dir erleben zu können. Ich liebe dich.« Ihre Worte ließen Tränen in mir aufkommen. Seit ihrer schweren Krankheit war ich um jeden Tag dankbar, den ich mit ihr verbringen durfte. Nichts war seitdem mehr selbstverständlich. Seit Mom die Mädchen in meinem Studio unterrichtete, hatte sie wieder einen Lebensinhalt, der sie mehr als erfüllte.

In den frühen Morgenstunden betraten Rylee, Piper und Thiago den Raum. Alle drei heulten wie Schlosshunde, und Caleb war bemüht, jeden von ihnen mit Taschentüchern zu versorgen.

»Das hast du sehr gut gemacht«, klopfte Piper ihm auf die Schulter. »Eine echte West«, spielte sie auf die unverkennbare Ähnlichkeit ab.

Caleb strahlte vor Glück und Stolz, als er den Blick über Lou und mich gleiten ließ.

»Ich kann leider nicht lange bleiben, die Zwillinge sind gerade außer Rand und Band und mein lieber Ehemann jongliert das Chaos so gut er kann.« Lächelnd verdrehte Rylee die Augen und gab mir einen Kuss auf die Stirn. Sie beklagte sich nicht wirklich, das wusste ich. Niemals zuvor hatte ich sie so glücklich erlebt wie jetzt, denn sie hatte viel durchgemacht und jedes Glück der Welt verdient.

»Wenn ich ihn gleich abgelöst habe, kommt er natürlich auch vorbei, um seine Nichte zu begrüßen.« Rylee warf Caleb einen sanften Blick zu, der diesen mit einem freudigen Nicken erwiderte, dann widmete er sich wieder der Unterhaltung mit Thiago. Die beiden waren zu guten Freunden geworden, nachdem Thiago wieder die Stelle seines persönlichen Assistenten angenommen und viele Jahre hier bei uns gewohnt hatte, bis er mit seinem Partner zusammengezogen ist.

Zufrieden beobachtete ich all die Menschen, die ich so sehr liebte, und kuschelte mich ein Stück näher an meine Tochter, die nun auch für immer dazugehören wird.

Nachdem alle gegangen waren, legte Caleb sich zu uns ins Bett. Wir blickten uns tief in die Augen – das schlafende schutzlose Bündel zwischen uns. Ich griff nach seiner Hand und streichelte ihm durchs Haar.

»Und jetzt?«, fragte ich ihn, überrumpelt von all den neuen Gefühlen in mir.

Er erwiderte meine Geste und strich mir eine verschwitzte Strähne aus dem Gesicht. »Jetzt ist die Wahrscheinlichkeit, dass diese Welt eines Tages brennen wird, erheblich gestiegen.« Beschützend legte er eine Hand auf Lous Herz.

Manche Dinge ändern sich nie – und das müssen sie auch nicht.

Danksagung

Bevor man so eine erste Danksagung in seinem Leben schreibt, ist einem nicht bewusst, dass das Schreiben der Geschichte den geringsten Teil der Arbeit ausmacht.

Unfassbar viele Stunden an Fleißarbeit stecken in diesem Buch, nachdem es bereits geschrieben wurde. Es wurde testgelesen, Feedback gegeben, korrigiert, lektoriert, motiviert und getröstet. Stunden über Stunden haben wir über die Protagonisten gesprochen und sind vollkommen in ihre Welt eingetaucht.

An dieser Stelle danke ich meinem hervorragenden Testleserteam. Ihr habt einen großartigen Job gemacht und ihr wart die Ersten, in deren Herzen Liv und Caleb einen Platz gefunden haben. Ab diesem Zeitpunkt habt ihr diese Geschichte zum Leben erweckt, und das hat mir die Welt bedeutet.

Danke an Vanessa, die übers testlesen hinaus, immer mit Rat und Tat zur Seite stand. Du bist eine wundervolle Seele.

Danke an meine bezaubernde Lektorin und Freundin Tabea, die so viel Geduld, Fleiß und Glauben in diese Sache gesteckt hat, dass ich es immer noch nicht fassen kann. Danke für all die aufbauenden Worte, für all die roten Striche im Text und all die gemeinsamen Lachanfälle, ohne die ich diese kraftraubende Zeit vielleicht nicht geschafft hätte.

Danke an meine Tochter Marni, die diese Geschichte gefühlt und geliebt, und immer an mich geglaubt hat. Danke für die unzähligen Stunden, die du mit mir gemeinsam korrekturgelesen hast.

Danke an meinen Ehemann, der mein größter Fan und Unterstützer ist. Danke für all die Stunden, die du mir ermöglicht hast, um meinen Traum wahr werden zu lassen.

Danke an meine Schwester Janina, die mir all das mentale Handwerkszeug mitgegeben hat, um so ein Projekt überhaupt stemmen zu können.

Und zu guter Letzt danke ich dir von Herzen. Danke, dass du dieses Buch gekauft und gelesen hast. Danke, dass du Livs und Calebs Geschichte in diese Welt trägst.

 cecemalonebooks@gmail.com

 @cecemalonebooks

 @cecemalone_autorin

Inhaltswarnung

Dieses Buch beinhaltet:

Explizite Gewaltszenen, Folter, Erkrankung, Waffengebrauch (Einsatz von Pistole und Messer), Autounfall, Koma, explizite sexuelle Handlungen, sexuelle Übergriffe und Vergewaltigung, Gewalt an Frauen, Femizid, Tod und Trauerbewältigung, Tod eines Familienmitglieds, Tod eines ungeborenen Kindes